써커스★의 별

써커스의 밤

앤젤러 카터 장편소설 | 조현준 옮김

창비

차 례

제 1 부

런던

1

"주님은 당신을 사랑하십니다!" 페버스가 쓰레기통 뚜껑처럼 쨍그랑대는 소리로 노래했다. "제가 태어난 곳은, 글쎄요, 바로 이 거무칙칙하고 고색창연한 런던이고, 전 여기서 생의 빛을 보았지요, 그래요! 사람들은 절 '곡예줄 위의 헬레네'라고도 부르지만, 기자님, 아무 이유도 없이 제가 '런던의 비너스'라고 불리는 건 아니랍니다. 그건 제가 세상에 나게 된 특이한 상황 때문이죠. 정상적 출구에서 나온 것이 아니라, 오 이런, 어쩌나, 꼭 트로이의 헬레네처럼 알에서 부화했기 때문이랍니다.

언제나처럼 보우 교회의 종소리가 울려퍼질 때, 전 엄청나게 커다란 알에서 부화했다니까요!"

금발 여인이 쩌렁쩌렁 울리도록 박장대소하면서, 랩스커

트 자락 사이로 드러난 대리석 같은 허벅지를 철썩 때렸다. 그러고는 수첩을 펼쳐들고 필기 태세를 갖춘 젊은 기자에게 헤퍼 보이는 크고 푸른 눈을 빛냈다. 마치 그에게 '믿거나 말거나!' 하며 도전이라도 할 태세였다. 그런 뒤 회전식 화장대 의자에 앉아 빙그르르 돌았다. 벨벳을 씌운 등받이 없는 피아노 의자였는데, 리허설 연습실에서 집어온 것이었다. 그녀는 거울 속에서 한껏 웃고 있는 자신을 바라보다가, 왼쪽 눈꺼풀에서 15센티미터가량의 인조 속눈썹을 뜯어냈다. 예리한 동작으로, 작지만 파열하는 듯한 거슬리는 소리를 내면서.

페버스, 당대의 가장 유명한 **공중곡예사**. 그녀의 슬로건은 "사실일까? 거짓일까?"였다. 그녀는 잠시도 이 슬로건을 잊도록 놓아두지 않았다. 이 질문은 프랑스어로, 약 30센티미터짜리 글자로 씌어 그녀가 빠리에서 거둔 대성공의 기념품인 벽면 크기의 포스터에서 도드라져 번쩍거렸다. 런던에 있는 그녀의 분장실을 압도하면서 말이다. 이 포스터엔 정신없긴 하지만, 적절히 충동질하며 질주하는 뭔가가 있었다. 우아! 젊은 여자 하나를 로켓처럼 쏘아올리는 터무니없는 그림이었다. 그것은 '겨울 써커스단'(Cirque d'Hiver)의 나무 창공위 어딘가에 있는 보이지 않는 공중그네를 향해 요동치는 톱밥의 폭발 속에 있었다. 화가는 이 여자가 나는 모습을 엉덩이 중심의 구도로 그려보려 했다. 하늘 높이 둥실 떠 있는 엉덩이 말이다. 여자는 엉덩이 살이 부각되어 보이는 구도로 떠있었다. 저 거대한 붉은색과 보라색의 날개 깃털, 이런 거대한 여자를 들어올리기에 충분할 만큼 크고 강력한 날개 깃털을 펼쳐들고. 그녀는 **거구**였다.

분명, 이 헬레네는 어깨 부분이 아버지로 알려진 백조를 닮았다(헬레네는 트로이전쟁의 원인이 된 세상에서 가장 아름다운 여자인데, 올림포스의 최고신 제우스가 백조로 변신한 뒤 레다를 겁탈하여 낳은 딸이다. 페버스가 백조의 날개를 갖고 있기 때문에 아버지가 제우스일 거라고 추측하는 소문을 의미한다—옮긴이).

그러나 밤이 되면 이 악명높고 논란도 많은 날개, 그녀에게 명성을 가져다준 날개는 소라색 쌔틴 실내복의 때묻은 누비 옷감 아래로 잘 접혀넣어졌다. 날개는 이 실내복 속에서 불편해 보이는 한쌍의 혹을 만들었는데, 이따금씩 풀려나기를 바라기라도 하듯 팽팽한 옷감 표면이 진저리를 치게 했다. (기자는 생각했다. '대체 어떻게 한 거지?')

"빠리 사람들은 나를 랑쥬 앙글레즈, 영국의 천사라고 불렀답니다. 옛 성현 말대로 '영국 사람이 아닌 천사'라고 말이에요." 여자는 자기가 좋아하는 포스터를 향해 고개를 홱 돌리며 말했다. 그녀는 아무렇지도 않게 말했는데, 이 포스터는 "화필도 잡기 전에 낯부끄럽지 않을 만큼 자기 거시기에다 쉬를 해달라고 애원했던 어떤 프랑스 난쟁이"가 석판에 끼적여놓은 것이라 했다. 그러더니 "속임수 냄새가 나요?" 하며 차갑게 해둔 대형 샴페인 병의 코르크를 잇새에 물어 펑 터뜨렸다. 쉬익 소리가 나는 샴페인 잔이 그녀 팔꿈치 옆 화장대 위에 놓여 있었고, 아직도 탁탁 소리가 나는 병은 얼음으로 가득 찬 세숫물통 속에 아무렇게나 박혀 있었다. 물통은 생선장수가 준 게 분명한 얼음들로 가득했다. 얼음덩어리들 사이로 빛나는 생선비늘이 한두 개 갇혀 있었기 때문이다. 슬쩍 바닷내가 올라오는 원인이 바로 이렇게 두 번 사용된 얼음 탓일 것이다. 런던 토박이 비너스에게 느껴지는 의심쩍은 비린내 말이다. 마치 페버스의 분장실 공기를 덩어리째 들이마신 것처럼 느끼게 하는 향수냄새, 땀냄새, 분장 메이크업, 거기다 생짜로 새어나오는 가스냄새까지 뒤섞인 뜨겁고 진한 냄새의 복합물 아래엔 이런 바닷내가 깔려 있었다.

한쪽 속눈썹은 떼고, 다른 한쪽은 붙인 채, 사심없는 만족감에 차서 페버스는 거울에 비친 비대칭의 아름다움을 유심히 보려고 몸을 약간 뒤로 기댔다.

"그리고 이제 이 방탕한 딸은 유럽 꽁띠넝(그녀는 컨티넨트를 꽁띠넝이라고 발음했다)까지 점령했다가 다시 고향 런던으로 돌아온 거죠. 너무나 사랑하는 내 사랑 런던으로 말이에요. 존경하옵는 댄 레노(런던 사투리 유머와 귀부인 분장 팬터마임으로 유명한 빅토리아 시대의 대표적 희극배우—옮긴이)는 런던을 '써커스장과 사기술이 주요 사업인 템즈 강가의 작은 마을'이라 불렀죠."

그녀는 거울이 주는 모호함 속에서 젊은 기자에서 커다랗게 윙크하더니, 다른 쪽 인조 속눈썹마저 경쾌하게 뜯어냈다.

페버스의 고향은 『런던 사진 뉴스』지가 '페버마니아' 현상이라 칭한 광란에 차서 그녀의 귀향을 반겼다. 그녀의 사진은 어디서나 볼 수 있었다. 상점들은 '페버스의' 가터, 스타킹, 부채, 담배, 면도 비누로 넘쳐났다. 그녀는 심지어 베이킹 파우더 상표에까지 자기 이름을 빌려주었다. 그 제품을 한 스푼 넣기만 하면 그녀의 몸이 떠오르듯 당신의 스펀지케이크도 공중에 떠오를 것이다. 이 시대의 여주인공, 학구적인 토론과 세속적인 추측의 대상, 이 헬레네는 수천개의 농담을, 그것도 주로 외설적인 면에서 만들어냈다.("페버스가 어떻게 떠돌이 판매원의 **거시기를 세웠는지** 얘기 들었어요?") 그녀의 이름은 공작부인에서 행상에 이르기까지 모든 사람의 입에서 떠나지 않았다. "페버스를 본 적 있어요?" 그다음엔 "어떻게 그렇게 한대요?" 그러고 나선 "그녀가 **진짜**일 거라고 생각하세요?"

젊은 기자는 침착하게 행동하고 싶었으므로 유리잔과 수첩, 그리고 연필로 요령을 피우면서, 그녀가 잔을 채워넣는 곳이 어딘지를 은밀히 탐색하고 있었다. 잔을 계속 채워둘 순 없는 거니까. 그것은 아마도 검은색 철제 벽난로 선반 위 같았다. 그 선반의 무지막지한 모서리는 마미단(馬尾緞) 소파에 앉은 그의 위로 튀어나와 있어서 갑작스레 움직이기라도 하면 그의 머리통을 후려치게끔 되어 있었다. 확실히 자기 사냥감에게 사로잡힌 꼴이다. 망할 유리잔을 치워보려 했으나, 그 바람에 숨겨둔 **연애편지**가 시끄럽게 우르르 쏟아졌다. 연애편지와 함께 벽난로 선반에서는 초록, 노랑, 분홍, 주홍, 검정의 씰크스타킹으로 된 꿈틀대는 뱀 둥지가 쏟아졌다. 그것은 악취나는 발냄새를 나타내는 강력한 표상이자 대단히 개인적인 그녀의 향기였고, '페버스 향수'를 구성하는 마지막 성분이기도 했는데, 이제 그 냄새가 방을 꽉 메우고 있었다. 여기에 그녀가 손을 뻗는다면 그 냄새마저 병에 잘 담아다가 판매할 것이다. 그녀는 결코 기회를 놓치는 법이 없었다.

페버스는 남자의 당혹감을 무시해버렸다.

아마 이 스타킹은 공들여 만든 다른 은밀한 의상과 공동전선을 펼치려고 쏟아진 듯했다. 의상이라야 리본은 벌레가 먹고, 레이스는 좀먹어서 어떻게 사용했을지 짐작이 갔다. 직업상 수도 없이 옷을 입고 벗으면서, 방 안 이곳저곳으로 아무렇게나 벗어던졌을 테지. 프릴이 달린 커다란 속바지는 분명 무심코 던진 곳에 떨어져 다른 물건, 예컨대 시계나 대리석 흉상 아니면 유골 단지 같은 것에 걸쳐져 있었는데, 그것은 이제 완전히 덮여 원래의 물건이 뭐였는지 전혀 알아볼 수 없었다. 빈 석탄 양동이에서는 아이언 메이든(죄수의 몸에 착용시킨 뒤 칼로 찔러서 많은 피를 흘려 죽게 만드는 중세의 고문기구—옮긴이)이라 불리는 엄청난 코르셋이, 다족류의 다리처럼 긴 레이스를 옆으로 늘어뜨리며 자기 소굴에서 기어나온 거대한 새우의 분홍 껍데기처럼 비죽 튀어나와 있었다. 이 방은 어디를 보아도 절묘하게 여성적인 불결함으로 가득한 작품이었고, 그 꾸밈없는 방식 때문에 별 보호 없이 살아온 젊은 남자를 위협할 만했다.

그 남자 이름은 잭 월써였다. 캘리포니아 태생으로, 이 세계의 반대편에서 온 그는 스물다섯 해의 여름 대부분을 지구 구석구석을 두루 방랑하며 보냈다. 거친 인상은 지워졌어도 여전히 어쩔 수 없는 악당소설의 주인공다운 전력이다. 이제 그는 가장 부드러운 매너를 자랑하고 있으니, 그 외모에서 오래전 쌘프란씨스코에서 상하이까지 증기선을 타고 밀항했던 망나니 건달 소년의 모습은 찾아볼 수 없을 것이다. 모험을 하다가 그의 언어적 재능을 발견했고, 적기 적소에 출현하는 데 훨씬 소질이 있다는 것을 알게 되었다. 그러다 우연히 자신의 직업을 찾았고, 지금 시점에는 뉴욕의 한 신문사에 기삿거리를 보내며 먹고살고 있었다. 그래서 그는 원하는 곳은 어디든 여행할 수 있는 반면, 언론인의 특권인 무책임함과, 보고도 아무것도 믿지 않는다는 직업적 요건을 구비하고 있었다. 그 요건은 월써의 성격상의 관대함, 즉 새빨간 거짓말에도 관대한 미국인 특유의 기질과 기분좋게 결합되어 있었다. 그 직업은 그가 조심스레 발딛고 서 있는 바로 그 현실적 기반 때문에 그와 잘 맞았다. 그를 이스마엘(「창세기」에 등장하는 아브라함과 하녀 하갈 사이의 아들. 아브라함의 적통은 사라가 낳은 이삭이기 때문에 불운한 방랑자에 대한 은유가 되며, 후에 허먼 멜빌의 『백경』의 화자 이름이 되기도 한다 —옮긴이)이라 부르리라. 그저 다른 점이라고는 소요경비 계좌가 있고, 거기다 헝클어진 황갈색 머리털과, 혈색좋고 기분좋은 네모 턱, 의심에 찬 차가운 잿빛 눈을 하고 있다는 것이다.

그러나 그에겐 아직도 뭔가 약간 미완성인 구석이 있었다.

집으로 치면 가구 딸린 멋진 셋집 같았다. 인성에는 조금도 개인적인 것이라 불릴 만한 요소가 거의 없었다. 마치 좀처럼 믿지 않으려는 습관이 자신의 존재에까지 확산된 것처럼 말이다. 단언컨대, 그는 '적기 적소에 출현하는' 경향은 있지만, 그 자신이 흡사 발견된 대상과 같았다. 그가 찾고자 한 것이 자기 자신은 아닌 까닭에, 주체적으로 자기 자신은 찾지 못했기 때문이다.

자신을 '행동하는 인간'이라 불렀을 수는 있다. 연이은 대격동의 충격에 자신의 삶을 내맡긴 탓이다. 그것은 자신의 뼈가 놀라 덜걱대는 소리를 듣기 좋아했기 때문이다. 그게 바로 자신이 살아 있음을 느끼는 방법이었다.

그래서 월써는 쓰촨에서 역병에 걸리고, 아프리카에서 창날에 찔리고, 다마스쿠스 길가의 유목민 텐트에서 남색을 당하는 모진 경험을 겪고, 또 그보다 훨씬 더한 것을 겪고도 살아남았다. 그러나 그중 어떤 것도 이 남자 내부의 보이지 않는 어린아이를 크게 변화시키지는 못했다. 그 아이는 실상 수면에 얽혀 있는 돛단배들을 허기진 채 주시하며 피셔먼스 와프(미국 캘리포니아 주 쌘프란씨스코 어항의 선창가—옮긴이)를 떠돌곤 하던 겁없는 녀석에 지나지 않았다. 마침내 그 또한 무한한 장래를 향해 조류에 몸을 싣고 떠날 때까지 말이다. 월써는 경험을 경험으로 겪은 것이 아니었다. 경험이 그의 외모를 사포로 다듬어냈을지언정, 내면은 건드리지 않은 채였다. 청년기 내내 그는 단 한 번도 자기반성의 떨림을 느낀 적이 없었다. 그가 아무것도 두려워하지 않았다면 그건 그가 용감해서가 아니었다. 두려움에 떠는 법을 모르는 동화 속 소년처럼, 윌써는 어떻게 두려워하는지를 몰랐던 것이다. 그러니 그의 습관적인 초연함은 무의식적인 것이었다(그림형제의『공포를 찾아나선 청년』을 보면 성숙한 인간으로 성장하기 위해 두려움은 필요조건이다―옮긴이). 그것은 판단의 결과물이 아니었다. 판단은 신념의 긍정적인 면과 부정적인 면을 포함하는 것이니.

그는 의식을 지닌 변화무쌍한 만화경 같은 사람이었다. 그것이 바로 그가 좋은 기자인 이유이기도 했다. 그러나 이젠 자신을 둘러싼 변화에 다소 지쳐가고 있었다. 전쟁과 재난은 한때 그 끝에 이행되리라 약속한 바를 딱히 실현하지 못했고, 최근 황열병으로 고전한 탓에 그는 지금 이 순간에도 여전히 불안정한 상태였다. 그는 지금껏 자신을 비껴간 '인간적 관점'에 주의를 집중하면서 그러한 상태를 다소 편안하게 받아들였다.

그는 좋은 기자였으므로 과장된 기삿거리를 감식하는 데 꼭 필요한 눈을 갖고 있었다. 그래서 지금 런던에 와 있고, 페버스와 이야기를 하러 갔다. 잠정적으로 '희대의 사기극'이라는 제목을 붙여둔 일련의 인터뷰를 위해서였다.

윌써의 미국식 매너는 자유롭고 편안한 것이긴 했지만, 공중곡예사의 매너도 만만찮은 호적수였다. 이 곡예사는 이제 무게중심을 한쪽에서 다른 쪽 엉덩이로 옮기더니 "참느니 뀌는 게 낫죠" 하며 멋진 방귀소리를 방 안 가득 울렸다. 남자가 그걸 어떻게 받아들이는지 관찰하느라 그녀는 어깨너머로 살펴보았다. 그녀가 선한 인간성, 아니 선한 여성성이라는 장막 아래 경계하고 있다는 것을 월써는 알아차렸다. 월써는 그녀에게 선의의 거짓 웃음을 날렸다. 그는 이런 소명을 기쁘게 생각했다.

유럽 순회공연 때 빠리 사람들은 그녀를 보려고 쏜살같이 몰려왔다. 로트레끄뿐 아니라 모든 후기 인상파 화가들은 앞다퉈 그녀를 화폭에 담고 싶어했다. 윌리는 그녀에게 저녁식사를 대접했고, 그녀는 꼴레뜨에게 몇가지 훌륭한 조언을 해주었다. 알프레드 자리는 그녀에게 프러포즈를 했다. 그녀가 쾰른 역에 도착했을 때는 학생들의 환영 인파 때문에 풀린 말들이 도망가자, 학생들이 직접 그녀가 탄 마차를 호텔까지 끌고 갔다. 베를린에서 그녀의 사진은 모든 신문판매업자의 진열창마다 황제 사진 바로 옆에 진열되어 있었다. 빈에서는 온 정신을 정신분석학에 쏟으려던 그 세대의 꿈을 몽땅 바꾸어버렸다. 그녀가 가는 곳마다 그녀를 위해 강물이 갈라졌고, 전쟁의 위협이 도처에 생겼으며, 하늘엔 일식이 일어나고 개구리나 신발이 비처럼 쏟아진다고 언론은 보도했다. 뽀르뚜갈 왕은 달걀 모양 진주로 만든 줄넘기를 주었다. 그녀는 그것을 은행에 보관했다.

이제 온 런던이 그녀의 날개 아래 있다. 그리고 여느 때와 같은 10월 어느날 아침, 바로 여기 분장실에서, 앨험브러 연예장에서, 더러운 속옷들 사이에서, 그녀는 그 투어 동안 황제 두어 명을 깜짝 놀라게 할, 러시아에 들렀다 일본으로 가는 그랜드 임페리얼 투어에 참여하기로 하고 몇십만 파운드짜리 계약서에 서명을 하지 않았던가? 그다음엔 요꼬하마에서 씨애틀로 가는 배를 타게 될 것이다. 미합중국의 대(大)민주주의 순회공연을 시작하기 위해.

미합중국 전역에서 관중은 그녀의 도착에 박수갈채를 보낼 것이고, 이는 새로운 세기의 도래와 함께할 것이다.

우리는 지금 역사의 재떨이에 떨어낼 19세기의 끝자락, 담배꽁초의 마지막 연기 자락에 도달한 때문이다. 때는 기울어가는 1899년의 마지막 계절이다. 그리고 페버스는 이제 막 시작될 새로운 시대의 명성을 확보했다.

겉으로 보면 월써도 그녀를 '펑 터뜨리려고' 여기 와 있다. 인력으로 가능하다면 그녀를 펑 하고 폭발시키기 위해 말이다. 그 둘 다일 수도 있고 후자일 수도 있다. 그러나 그녀가 사기꾼인 게 발각된다고 그녀의 연예장 생활이 끝장나리라는 생각은 말 것. 전혀 아니니까. 의혹이 가는 인물이 아니라면 찬반논쟁할 게 뭐가 있겠는가? 뉴스거리가 될 게 또 무엇인가?

"한잔 더 마실 준비 됐나요?" 그녀는 생선비늘이 있는 얼음 속에서 물이 뚝뚝 떨어지는 병을 꺼냈다.

가까이서 보니, 그녀는 천사라기보다는 짐마차 끄는 암말처럼 보인다고 해야 할 것 같았다. 스타킹만 신은 맨발만으로도 188센티미터인 그녀는 월써와 눈높이만 맞추려 해도 5~8

센티미터는 깎아내야 할 판이었다. 거기다 그녀는 "신성할 정도로 크다"고 사람들에게 일컬어졌지만, 무대 바깥의 그녀에게는 그리 신성할 것이 없었다. 천국에 그녀가 바텐더를 맡아줄 싸구려 선술집이 없다면 말이다. 그녀의 얼굴은 스테이크 접시처럼 널찍한데다 타원형으로, 조악한 진흙으로 빚어진 평범한 거구의 몸통 위에 얹혀 있었다. 그녀가 풍기는 매력엔 세련된 구석이 없었고, 그건 또 어떻게 보면 합당하기도 했다. 그녀는 곧 다가올 평민의 신세기에 민주적으로 선출된 신성 역할을 맡게끔 되어 있을 테니.

그녀는 다시 펑 하고 병마개가 튀어나갈 때까지 매혹적으로 병을 흔들었다. "이 술 마시고 남자답게 강해지세요!" 월써는 웃으며 손으로 자기 잔을 덮었다. "이미 저는 강한 남자인걸요, 페버스 양."

그녀는 알아들었다는 의미로 싱긋 웃었고, 통 큰 손으로 자신의 잔에 술을 가득 따랐다. 거기서 흘러나온 거품이 그녀의 입술연지통 위로 흘렀는데, 거품이 연지에 닿아 쉭쉭 탁탁 보글거리는 소리가 났다. 그녀의 모든 제스처에는 통 크고 세속적이고 부주의한 무언가가 흘러넘쳤다. 그녀에게는 소문낼 만한 것이 충분했고, 그러지 않고 남겨둘 것도 좀 있었다. 여러분이 이런 여자를 보면서 손익계산을 떠올리지는 않을 테니 그녀의 공연이 그토록 멋지다고 판단되는 것이다. 사람들은 그녀가 밤에 은행계좌 꿈을 꾼다고는 생각하지 않을 것이며, 그게 아니래도 그녀에게 천상의 음악이란 현금등록기의 쟁그랑거리는 현찰 소리일 뿐이라는 생각은 전혀 못할 것이다. 월써조차 그렇게는 생각하지 않았다.

"이름에 관해서인데요." 월써는 필기할 준비를 하고서 운을 떼었다.

그녀는 샴페인 한모금을 꿀꺽 넘기며 정신을 가다듬었다.

"내가 아기였을 때, 주워온 다른 애들과 달리 특별한 점이 있었다면 등과 양쪽 어깨뼈 위에 난 약간의 배내털, 노란 솜털이었을 거예요. 마치 병아리 솜털 같았죠. 엄마가 날 와핑(런던 템즈 강 북단의 선착장 근처 지명—옮긴이)의 그 계단 위 세탁 바구니 안에서 발견했죠. 알 수 없는 누군가가 나를 버린 곳, 깨진 달걀껍데기 부스러기 가운데 달콤하게 잠들어, 무척이나 사랑스럽게 짚단에 감싸여 있던 작은 어린애를 버린 그곳에서 말이죠. 엄마는 이 버려진 불쌍한 생명을 우연히 마주한 순간 꼭 끌어안았답니다. 가슴속 깊이 우러난 선의로 두 팔을 벌려서 말이죠. 그러고는 그 품에 나를 거둬들인 거죠.

안으로 들어와 바구니에서 꺼내 감싸인 숄을 푼 뒤, 우윳빛의 졸음 가득한 보드라운 깃털의 갓난아이를 보자 여자들은 한목소리로 이렇게 말했대요. '이 조그만 게 깃털을 싹틔우려는 것 같아!' 하고. 안 그래, 리지?" 그녀는 자기 화장대로 관심을 돌렸다.

지금까지 리지가 인터뷰에 참여한 거라고는 마치 무기라도 되는 양 와인잔을 들고 거울 옆에 뻣뻣이 서 있는 일뿐이었다. 잭 월써가 지갑에 돈을 얼마나 넣어뒀는지 마지막 동전

한냎까지 가늠해보겠다는 양 그를 면밀히 주시하면서 리지는 낮은 목소리로, 월써에게는 낯선 특이한 악쎈트로 맞장구치며 끼어들었다. 이딸리아어의 복모음과 성문폐쇄음이 느껴지는 그 악쎈트는, 그가 아는 한 런던 출신 이딸리아인의 것이었다.

"사실이에요, 기자 양반. 내가 바로 페버스를 발견한 사람이잖아? 우리가 얘한테 '페버스'('페버스'는 '페더즈'와 유사한 발음으로 '깃털'을 귀엽게 발음한 이름─옮긴이)라는 이름을 지어줬으니, 아마 그건 인생이 막을 내리는 날까지 이애 이름이 되겠지. 비록 우리가 얘한테 세례를 해주려고 클레멘트 데인(런던 웨스트민스터에 있는 교회─옮긴이)으로 데려갔을 때, 교구목사는 페버스 같은 이름은 들어본 적이 없다며 쏘피라는 이름으로 법적 처리를 해주겠다고 했지만."

"화장 좀 지워줘, 엄마."

리지는 아주 작고 쭈그러진 난쟁이 지신(地神) 같아 보여서, 서른에서 쉰 사이의 모든 나이로 가늠되었다. 반짝이는 검은 눈과 혈색 나쁜 피부, 윗입술에 나기 시작한 콧수염과, 바짝 깎았지만 세 가지 색깔이 나는 고수머리라니. 머리뿌리 부분은 밝은 회색, 중간은 짙은 회색이었고, 끝부분은 적갈색으로 물들여 타오르는 듯했다. 꽉 죄는 점잖은 검은 원피스 차림이었는데 어깨는 비듬으로 허옇게 덮여 있었다. 그녀는 암컷 테리어처럼 털을 곤두세워 날카로운 분위기를 자아냈다. 한눈에 봐도 전직이 창녀였음을 알 수 있었다. 화장대 위의 잡동사니 중 유리병 하나를 들어올리더니 손가락을 구부려 콜드크림을 한줌 퍼내 페버스의 얼굴로 철썩 던져올렸다.

"기다리는 동안 샴페인이나 쪼끔 더 하시지, 젊은 양반." 리지가 탈지면 조각으로 페버스의 얼굴을 문질러 닦으며 월써에게 제안했다. "우리한텐 샴페인이 공짜거든. 어떤 자식이 우리한테 갖다주지 않았겠어. 자자, 여기 좀 봐라, 우리딸……" 리지는 콜드크림을 닦아내면서 갑작스레, 당혹스럽게, 또 부드럽게 애정을 담아 공중곡예사를 어르고 있었다.

"프랑스 자식이었는데 딱 한상자만 주더라고요, 인색한 새끼." 붉고 윤기흐르는 비프스테이크처럼 보이는 페버스가 말했다. "제발 한모금만 더 마셔봐요, 기자님. 우리가 너무 앞서가잖아요. 여자들만 취하게 할 건 아니죠? 신사가 뭐 그래요?"

엄청나게 쉰 목소리에 쇳소리였다. 콘트랄토(여성 가수의 최저음역대─옮긴이) 아니면 심지어 바리톤 음역대의 쓰레기통 쨍그랑대는 소리라고 할까. 그녀는 다른 한줌의 콜드크림에 뒤덮였고 지루한 침묵이 이어졌다.

정말 이상하게도, 흡사 여자 코르셋 공장을 폭파시켜놓은 것 같은 이 난장판에도 불구하고 페버스의 분장실은 익명성으로 유명했다. 목탄으로 휘갈겨쓴 "언제나, 툴루즈가"라는 메씨지가 씌어진 거대한 포스터가 있었지만, 그건 자기광고일 뿐이었고, 감춰진 그녀의 무대 밖 모습을 보러 온 방문자들에게 과시하기 위한 것이었다. 이것 말고는 화장대에 놓인 여러 연고들 사이로 액자사진 하나조차 도드라지는 것이 없었다. 잼 단지에 꽂아둔 한다발의 파르마 바이올렛꽃만 있었을 뿐인데, 벽난로 선반에 넘쳐나는 꽃들을 가져다 꽂아둔 것 같았다. 행운의 마스코트도, 검은색 도자기 고양이도, 흰색 히스 단지도 없었다. 안락의자나 양탄자 같은 개인적 사치품도 없었다. 그녀의 속내를 드러낼 만한 것은 아무것도 없었다. 스타의 분장실은 부엌데기의 다락방만큼이나 초라했다. 인상적인 부분이라고는, 목재받침이 달린 세면대 위에 놓인 금간 접시 위 투명한 페어스 비누에 줄무늬를 남긴 몇올의 금발뿐이었다.

전에 쓴 목욕물 비누거품으로 가득한 에나멜 좌욕기의 뭉뚝한 모서리가 캔버스 칸막이 뒤로 삐죽 나와 있었고, 칸막이 위로는 달랑거리는 분홍색 민소매 타이츠가 걸쳐져 있어서 언뜻 보면 페버스 자신이 벗고 나온 허물처럼 여겨질 지경이었다. 염색한 타조 깃털로 만든 키 높은 머리장식은 대접도 못 받고 난로 쇠살대에 처박혀 있었지만, 리지는 주의를 더 기울여 자신의 여주인공이 대중 앞에 첫선을 보일 다른 의상을 손보고, 그중에서 붉은색과 보라색 깃털이 달린 로브(아래위가 붙은 헐렁한 겉옷—옮긴이)의 먼지를 털어내고 나무 옷걸이에 걸어 분장실 문 뒤편의 못에 달았다. 옷의 술장식 끝단은 아귀가 맞지 않는 창문에서 불어오는 바람 때문에 계속 펄럭이고 있었다.

막이 걷히자, 앨험브러의 무대 위에는 그 옷을 입고 금빛

창살 뒤 깃털더미 속에 몸을 숙인 그녀가 보였다. 그동안 오케스트라석 악단은 '금빛 새장 속의 한마리 새'가 등장하는 것을 보고 같은 제목의 곡을 크게 연주했다. 멜로디가 어찌나 저속하면서도 그리도 적절한지! 그 멜로디는 펼쳐진 광경 속의 음탕한 요소들을 조목조목 지목하면서, 여자가 괴물 쇼로 직업적 이력을 시작했다는 소문을 떠올리게 했다(점검사항! 월써가 적었다). 악단이 연주하는 동안, 그녀는 천천히, 천천히 무릎을 세운 뒤 두 발로 일어섰는데, 아직도 커다란 망또에 감싸여 있었다. 머리에는 붉은색과 보라색 깃털로 장식된 투구를 쓰고 있었다. 그녀는 희미한 소리를 내면서, 튼튼하지 않은 빛나는 새장 줄을 마지못해 비틀기 시작했다.

정체된 밤공기에 바람 한줄기가 일더니 앨험브러의 붉은 벨벳 의자 위 보풀이 물결쳤고, 무대 위 엄청나게 큰 꽃장식을 떠받치고 있는 석고로 만든 게루빔 천사들의 뺨을 어루만졌다.

위에서, 사람들이 그녀의 공중그네를 내렸다.

사물을 흘깃 한번 보기만 해도 새로운 에너지에 닿을 영감을 얻는 양, 그녀는 창살 몇개를 단단히 거머쥐더니, 드럼의 트레몰로에 맞추어 그것들을 갈랐다. 그리고 정교하지만 독특한 개성은 없는 우아함을 떨치며 그 사이로 걸어나왔다. 금빛 새장은 잠시 공중그네와 엉키더니 무대장치 조작부로 날쌔게 들려올라갔다.

그녀가 망또를 벗어서 옆으로 던졌다. 거기 그녀가 있었다.

분홍색 민소매 타이츠를 입은 그녀의 흉골이 뱃머리처럼 삐죽이 튀어나와 있었다. 아이언 메이든이 허리를 거의 보이지 않을 지경으로 조이고, 젖가슴은 왕창 위로 부풀려 조금만 방심해 움직였다간 몸이 두 동강 날 것처럼 보였다. 이 민소매 타이츠에 장식이라고는 가랑이 부분과 젖꼭지 부분의 쎄퀸 금속 스팽글이 다였다. 그녀의 머리카락은 염색한 깃털 속에 숨겨져 있었는데, 그 깃털은 이미 엄청 큰 키에다 족히 46센티미터는 더해주었다. 등에는 브라질 앵무새 깃털만큼이나 화려한, 접힌 날개깃이라는 비상(飛上)의 도구가 달려 있었다. 그녀의 붉은 입술 위로 가식적인 미소가 번졌다.

나를 보세요! 장대하고 당당하며 반어적인 우아함을 떨치면서 그녀는 자신을 관객의 시선 앞에 내놓았다. 마치 자신이 함께 어울리기에는 너무나 경이로운 존재이기라도 한 것처럼…… 보세요, 하지만 만지지는 마세요.

그녀는 실물보다 두 배는 커 보였고, 만지는 것이 아니라 보여줄 의도로 만들어진 모든 것처럼 전하는 말이 분명했다. 보세요! 손은 대지 마세요!

날 보세요!

그녀는 발끝을 들고 일어서더니 천천히 한바퀴 돌았다. 관객이 자신의 등을 전체적으로 볼 수 있게 하기 위해서…… 백문이 불여일견이니까. 그러고는 수줍은 감사기도라도 올리듯 거대하고 육중한 두 팔을 위로 펼쳤다. 팔을 펼치자 그녀의 날개 또한 펼쳐졌다. 183센티미터 너비는 충분히 되는 형형색색의 날개였다. 그것은 독수리의 날개, 콘도르의 날개, 홍학을 분홍색으로 만드는 음식을 과하게 먹여 키운 알바트로스의 날개가 펼쳐지는 모습이었다.

오오오오오오오! 관중의 숨막힌 탄성이 극장 전체에 물결치는 경탄의 바람을 불러일으켰다.

그러나 월써는 별나게도 합리적인 이유를 따졌다. 자, 새들의 날개는 앞다리, 말하자면 팔과 다를 바가 없고, 날개의 골격은 정말로 팔꿈치, 팔목, 손가락을 전부 고스란히 보여준다. 그러니 홍보를 통해 주장하듯, 이 사랑스러운 여인이 진짜로 어떤 굉장한 새-여성이라면, 그녀는 모든 진화의 법칙과 인간의 이성에 따라 두 팔 중 어느 하나도 갖고 있어선 안 된다. 그녀의 팔이 날개가 되어야 하니까!

달리 말해보자. 힌두의 여신처럼, 부두노동자 같은 육감적인 어깨 양쪽에 모두 온전한 팔 네 개가 달린 여자가 있다면 믿겠는가? 정말, 바로 그것이 생리학적 기형성의 진정한 본질이고, 그 대목에서 페버스 양은 우리가 품은 불신을 거두라고 요청하고 있으니까?

자, 이제 팔이 달리지 않은 날개란 하나의 불가능성이다. 그러나 팔이 달린 날개는 그 두 배는 더 불가능한 것, 불가능 제곱이다. 네, 맞습니다!

월써는 붉은색 벨벳으로 된 기자석에서 오페라글라스로 그녀를 보다가 방콕에서 본 무희들을 떠올렸다. 그들은 깃털 달린 금빛의 반짝이는 외양과, 각도를 잰 듯한 성스러운 동작, 그리고 지금 그의 눈앞에 있는 지나치게 사실적인 날개 단 술집 여급보다 훨씬 더 설득력있는 환상적 창조물의 환각을 보여주었다. "이 여자 지독히도 열심이다"라고 그는 수첩에 휘갈겨썼다.

그는 인도의 로프 트릭(공중부양 마술의 일종 — 옮긴이)을 떠올렸다. 캘커타 시장에서 로프를 타고 올랐던 한 아이는 그 다음 순간 깨끗이 사라졌다. 구름 한점 없는 하늘에서 아이의 절망적인 비명만 떠내려왔다. 마술사의 바구니가 땅 위에서 흔들리고 진동하기 시작했을 때, 흰옷을 입은 관중이 얼마나 함성을 질렀던가! 그 아이가 바구니에서 다시 뛰어나오고, 모두가 웃게 될 때까지 말이다. '집단 히스테리와 관중의 환각…… 다소 원시적인 기술과 믿겠다는 엄청난 의지.' 카트만두에서 그는 못 침대에 앉은 수도승을 봤는데, 그 수도승은 아주 완전하게, 판잣집 처마에 달린 선명한 색채의 악마와 수평을 이루는 높이까지 떠올랐다. 뇌물을 잔뜩 먹이자 노인은 말했다. 그저 환각처럼 보이는 거라면 환각의 핵심은 뭐겠소? 진지한 듯 엄숙하게, 그 늙은 사기꾼이 월써에게 자기 의견을 말했다. 이 온 세계가 일종의 환각 아니겠소? 그런데 이제 환각이 모두를 속이고 있다.

이제 오케스트라의 연주가 으스러지듯 중단되었고 악보 넘기는 소리가 바스락거렸다. 목청을 가다듬는 소리 같은 순간적 불협화음이 지나간 뒤, 악단은 자신이 가장 잘 연주할 수 있는 곡, 바로 「발퀴레의 비행」(바그너가 작곡한 오페라곡 — 옮긴이)을 현악으로 켜기 시작했다. 오, 연주자들의 솜씨가 어찌나 서투르던지! 음조 하나 맞지 않는 그 연주의 엉성함이라니! 월써는 입술에 기쁜 미소를 띠며 다시 의자 깊숙이 앉았다. 페버스의 공연에 잔뜩 배어 있는 이 미덥지도 않고 피할 수도 없는 무대마술의 향기는 그녀가 고른 음악에서도 충분히 드러났다.

페버스는 전력을 모으더니 발끝으로 뛰어올라, 힘차게 어깨를 들어올렸다. 어깨를 펼치기 위해서였다. 그러더니 팔꿈치를 아래로 떨어뜨렸고, 머리장식 위로 양쪽 날개의 솜털자락을 공중에서 맞댔다. 첫번째 크레쎈도에서 그녀가 점프했다.

그랬다. 점프했다. 매달려 있는 공중그네를 잡으려고 점프했고, 9미터가량을 한번의 강한 도약으로 뛰어올랐는데, 그 순간 무대조명의 환한 아치형 흰 칼날에 못 박히듯 고정되었다. 그녀를 끌어올리고 있을 보이지 않는 철사는 여전히 보이지 않은 채였다. 그녀는 한손으로 공중그네를 잡았다. 그녀의 두 날개는 벌떡이고 고동치더니, 그다음 휘릭 하고 붕붕거렸고, 마침내 공중에서 계속 퍼덕이기 시작했다. 날개가 바람을 일으켰기 때문에 월써가 적던 수첩의 페이지들이 펄럭거렸고, 그는 순간적으로 갈피를 잃어 급히 정신을 수습해야 했으며, 거의 평정심을 잃을 뻔했다. 그러나 날개가 기자석의 가로대로 날아오르려는 순간 그는 의심의 칼날을 단단히 세울 준비를 간신히 해냈다.

첫인상은 신체적 흉측함이었다. 그 날개는 엄청나게 큰 혹덩이처럼 보였다! 그러나 곧이어, 바로 연이어 숙련된 우아함이 나타났다. 아마도 지독한 연습의 결과일 것이다(그녀가 댄서로서 훈련받은 적이 있는지 점검할 것!).

세상에, 코르셋이 어찌나 조이던지! 아마 여러분은 그녀의 젖가슴이 당장이라도 터져나갈 것 같다고 생각했을 것이다. 그게 얼마나 큰 쎈쎄이션을 몰고 올 것인가! 공연에 그걸 계획적으로 짜넣았을지 궁금하다. 비행중의 신체적 흉측함은, 아마 꼬리가 없다는 사실, 즉 날아다니는 새들의 방향타가 되는 것이 없다는 사실에서 오는 것 같았다. 왜 그녀가 팬티 뒤편에 꼬리를 갖다붙이지 않았는지 궁금하다. 꼬리만 있어도 사실성이 커질 것이며, 아마 공연의 질도 높아질 텐데 말이다.

그러나 그녀를 **공중곡예사**로 유명하게 만든 것은 스피드, 아니 스피드 부족이었다. 공연의 절정인 삼단 공중제비넘기를 할 때도 마찬가지다. 평범하고 날개도 달지 않은 버라이어티 쇼에 출현하는 진부한 공중곡예사가 삼단 공중제비를 연출할 때 곡예사는 족히 시속 96킬로미터로 공중을 가르고 다닌다. 그러나 페버스는 시속 40킬로미터라는 명상적이고 여유로운 방식을 생각해냈고, 그건 극장을 가득 메운 관객이 슬로우모션으로 그 장관을 즐길 수 있게 하기 위해서였다. 루벤스 화풍으로(화가 페테르 파울 루벤스 화풍으로 통통하고 살집있는 관능적 여성을 그리는 스타일—옮긴이) 팽팽하게 당겨진 모든 긴장된 근육이 주는 볼거리를 말이다. 그녀의 움직임보다는 음악이 더 빨랐다. 그녀는 느릿느릿 꾸물거렸다. 사실 그녀는 정말로 발사체의 법칙에 저항하고 있었다. 발사체가 자신의 궤적을 따라 어슬렁댈 수는 없기 때문이다. 발사체가 공중 한가운데에서 스피드를 늦추면, 땅에 떨어지게 되어 있다. 그러나 분명, 페버스는 공중그네 사이의 보이지 않는 통로 사이를 어슬렁대고 있었다. 어디선가 던져진 한줌의 옥수수를 주워 먹으러 이쪽저쪽에서 퍼덕이며 날아다니는 트래펄가 광장의 비둘기처럼 당당한 위엄을 떨치면서 말이다. 그러고는 공중제비를 세 번 넘었다. 자신의 엉덩이 계곡을 충분히 자랑하고 남을 정도로 굼뜨게 말이다.

(월써는 생각했다. 하지만 확실히, **진짜** 새라면 너무 영리해서 처음부터 삼단 공중제비를 넘는다는 것은 생각도 못할 것이다.)

그러나 중력의 법칙에 위배되는 것과는 별개로, 물론 그녀도 네팔 수도승과 똑같이 한 것이겠지만, 월써는 관찰 결과 그녀도 다른 공중곡예사와 별반 다르지 않다는 것을 알아냈다. 좀 다르긴 했지만, 그녀 또한 날개 없는 두발 동물이 공연으로 보여줄 수 없는 것은 무엇이든 시도도 하지 않았고, 성공도 못했다. 그리고 발키리(북유럽 신화에서 오딘 신의 시중을 드는 열두 명의 시녀들—옮긴이)가 마침내 발할라(발키리에게 인도된 영혼이 영원한 기쁨과 향응을 받는 오딘의 전당—옮긴이)에 다가오듯이, 월써는 잠시나마 상상 불가능한 것을 상상하게 만든 것이 바로 그녀 공연행위의 내적 한계라는 것을 알아채고는 깜짝 놀랐다. 확실한 불신의 중지를 말이다.

생업을 위해서, 진짜 새-여성이 마치 가짜인 것처럼 행동해야 하는 것은 아닐까? 새-여성이라는 존재가 실재한다는 이 믿기 어려운 사건을 통해서 말이다.

이런 역설에 맞닥뜨리자 그는 절로 웃음이 났다. 세속적인 시대에, 진정한 기적은 세상 사람들의 신뢰를 얻기 위해 사기극인 양 위장해야 한다. 그리고 월써는 백문이 불여일견이라는 확신의 고동이 치던 것을 기억하면서 다시 스스로에게 미소를 보냈다. 그런데 이 여자 배꼽은 어떻게 된 거지? 방금 내게 그녀는 자신이 자궁에서 수태된 것이 아니라, 알에서 부화했다고 말하지 않았던가? 알에서 난 종은 그 정의상 태반으로 영양공급을 받지 않는다. 그러니 이들은 탯줄이 필요없다…… 그러니까, 따라서 탯줄이 없어진 상흔은 필요가 없다. 런던 전체가 왜 이런 질문은 안하는 거지? 페버스는 배꼽이 있는가 말이야.

공연 동안 그녀에게 배꼽이 있는지를 확인하기란 불가능했다. 월써가 그녀의 배에 대해 떠올릴 수 있는 것은 분홍색에, 특색없는 메리야스 소재의 살색 타이츠뿐이었다. 그녀의 날개가 어떻든간에, 그녀가 발가벗고 있다는 것은 무대 위의 환각이 확실했다.

그녀가 삼단 공중제비를 성공적으로 해내자 악단은 바그너의 「최후의 일격」을 연주했고, 그다음엔 멈췄다. 페버스는 한손으로는 그네를 잡고 다른 한손으로는 손 키스를 날리며 흔들고 있었다. 그녀의 유명한 날개는 뒤로 접어올린 상태였다. 이제 그녀는 땅으로 곧장 뛰어내렸고, 떨어졌고, 바로 내리꽂혔다. 박수갈채와 환호성 때문에 소리의 일부가 묻혔을 뿐, 너무나 인간적인 쿵 소리와 함께 그 거대한 두 발이 무대에 정면으로 부딪혔다.

꽃다발이 무대로 던져졌다. 꽃은 중고시장이 없기 때문에 그녀는 꽃다발에 관심이 없다. 발코니 뒷줄에서도 그녀가 얼마나 아름다운지 알 수 있도록 루주와 파우더로 두껍게 칠한 그녀의 얼굴은 승리의 미소로 장식되어 있다. 빨간 두건 소녀의 할머니처럼 그녀의 흰 치아는 커다랗고 육식성이다.

그녀가 모두에게 자유롭게 키스를 날린다. 마치 도색소설 한권을 잘 치워두듯, 그녀는 수없이 떨면서 찡그리고 찌푸리며 흔들리는 날개를 접어올린다. 합창단 소년 같은 아이가 나타나 그녀를 깃털 망또로 인도한다. 깃털 망또는 플로리다 원주민들이 만들던 것처럼 약해 보이긴 하지만 색이 선명하다. 페버스는 매우 침착하게 지휘자에게 인사를 하고, 막이 내려오고 악단이 「신이여 여왕을 보우하소서」를 연주하기 시작하자 아우성대는 박수갈채에 대한 답으로 손으로 키스를 날렸다. 신께선 비만한데다 수염까지 기른 군주의 어머니를 보우하셨는데, 그 군주는 앨험브러에서 열린 페버스의 첫 밤 공연 이래로 이틀 밤째 로열박스의 자리를 차지하고 있었다. 그는 턱수염을 쓰다듬으며, 맴돌며 날아다닐 수 있는 그녀의 능력에서 비롯된 에로틱한 가능성에 대해, 또 얼굴을 마주 보는 정상체위를 취할 경우 자기의 올챙이배가 불러올 문제점에 대해 명상중이시다.

리지가 탈지면으로 콜드크림을 닦아내자, 더러운 솜뭉치가 아무렇게나 바닥에 떨어지면서 분장이 페버스의 얼굴에서 둥둥 벗겨졌다. 분장이 벗겨지자 다시 나타난 페버스는 얼굴에 홍조를 띤 채 열심히 거울 속 자신을 들여다보았다. 그토록 건강한 장밋빛 뺨과 빛나는 눈을 지닌 자기 모습이 기쁘고 놀랍다는 듯이 말이다. 월써는 마치 아이오와 주의 옥수수밭처럼 건강해 보이는 그녀의 안색에 놀랐다.

리지는 벨벳 퍼프를 밝은 복숭앗빛 파우더 통에 담그더니, 얼굴의 번들거림을 제거하기 위해 페버스의 얼굴에 대고 두드렸다. 그녀는 노란 금속 재질의 솔빗을 집어들었다.

"누가 이걸 줬는지 안 가르쳐줄래요." 그녀는 음모를 짜듯 선언하면서 솔빗을 흔드는 바람에 빗에 (영국 왕세자의 깃털 문양으로) 아로새겨진 작은 보석들이 빛의 프리즘을 흩뿌렸다. "왕궁의 의전이자 은밀한 비밀이지. 빗과 거울은 함께 가는 거잖아. 이건 진짜라고. 이게 얼마짜린지 알고 내가 얼마나 충격을 받았는데. 바보는 돈과 곧 이별한다고 하지만 이건 내일 아침 은행으로 직행할 거야. 여자는 바보가 아니니까. 항상 그렇듯 오늘밤만은 사용해야겠지만."

마치 리지는 못 견딜 정도로 매혹당할 일은 없는 것처럼 목소리에 빈정대는 기색이 어렸다. 그러나 페버스는 만족한 듯 가진 자의 여유로 자신의 솔빗을 바라보았다. 잠시동안이지만 관대함이 사라진 듯했다.

"물론, 남자는 별수없어." 페버스가 말했다.

그녀에게 범접할 수가 없다는 것 또한 너무나 유명한 이야기였다. 월써가 수첩에 이미 적어넣었다시피, 과도한 요구를 한 난쟁이 프랑스인에게는 그저 약간의 예외를 허용할 준비가 되어 있었던 것이라고 해도 말이다. 리지는 터져나갈 것처럼 풍성한 페버스의 머리카락을 막고 있던 푸른 리본을 풀었고, 마치 융단을 펼친 듯한 길이를 자랑이라도 하듯 머리칼을 자기 왼팔에 걸치더니 열심히 빗질을 시작했다. 그것은 충분히 놀랄 만한 두발이었는데, 모래처럼 노랗고 끝이 없는데다, 크림처럼 기름져서 솔빗 아래서 지글지글 속삭이고 있었다. 페버스는 머리를 뒤로 젖히고, 두 눈은 반쯤 감고 쾌락의 탄식을 질렀다. 리지는 팔로미노(미국 남서부산 말로 갈기와 꼬리가 흰 담갈색의 말―옮긴이)의 갈기를 솔질하고 있었던 것이리라. 페버스 등에 육봉이 달렸다는 것만 제외한다면.

그 더러운 화장복 위로 드러난, 분장용 화장품으로 끔찍하게 떡칠해놓은 목덜미에서…… 리지가 한아름 되는 머리카락을 들어올리자, 악취를 풍기는 둘로 나뉜 씰크 아래로 그녀의 육봉, 그 혹덩어리가 보인다. 마치 젖가슴을 앞뒤로 달고 있는 것처럼 커다란 육봉이었다. 그것은 그녀의 특징처럼 보이는 기형의 모습이었고, 무대조명이 아닌 등불이나 햇살 아래 지내야 하는 시간에는 잘 접어두는 다 큰 쌍둥이 언덕이었다. 그러니 거리에서, 야회파티에서, 또한 공작이나 왕자나 사업가나 콩팥 따위를 거는 도박사들과의 값비싼 식당의 점심식사에서 그녀는 언제나 불구자였다. 비록 그녀가 언제나 사람들의 이목을 집중시켰고, 사람들은 그녀를 보려고 의자에 올라섰다 해도 말이다.

"드레스는 누가 만들어주죠?" 월써가 기자정신을 발휘해 통찰력있는 질문을 던졌다. 리지는 타격을 받은 듯 동작을 멈췄다. 마치 푸른 우산이 획 펼쳐지듯 순간적으로 페버스의 눈동자가 커다래졌다.

"아무도요. 내가 직접 만들죠. 리지가 도와주고." 페버스가 날카롭게 말했다.

"그러나 얘 모자만큼은 최고의 유행 모자 제작자에게 산답니다." 리지가 부드럽게 강조했다. "빠리에는 정말 예쁜 모자들이 많아, 그치, 우리 딸? 그 이끼장미가 달린 밀짚모자……"

"저 사람 잔이 비었네요."

리지가 거북딱지 핀을 입에 문 채 양손을 다 페버스의 뒷머리에 땋아붙인 쪽을 올리는 일에 쓰기 전에, 그의 잔을 다시 채우도록 월써는 그냥 두었다. 문 닫을 무렵 연예장에서 나는 소리가 이들 주위에서 쨍그랑거리며 메아리쳤다. 파이프에서 꽐꽐대는 소리, 코러스 무희들이 나와서 무대 입구 고등룸펜들이 대기시켜둔 2인승 이륜마차를 향해 아래층으로 뛰어내려가며 서로 작별인사를 건네는 소리, 또 어디선가 들려오는 조율 안된 피아노로 뗑똥대는 소리들 말이다. 페버스의 거울을 둘러싼 전구들이 그녀의 얼굴에 적나라하고 몰인정한 빛을 던졌지만, 그녀의 자태가 드리우는 고전적인 풍모에서 단점을 도드라지게 하지는 못했다. 그녀의 싸이즈 자체가 그녀를 속되어 보이게 한다는 단점을 뺀다면 말이다.

1.8미터가 넘는 금발을 틀어올리는 데에만 해도 오랜 시간이 걸렸다. 마지막 핀을 찔러넣자 밤의 침묵이 건물 전체에 내려앉았다.

페버스는 롤빵처럼 틀어올린 머리를 만족스러운 듯 두드렸다. 리지는 샴페인 병을 흔들어본 뒤 빈 것을 알고는 한쪽 구석으로 가볍게 던져두고, 칸막이 뒤에 비축해둔 나무궤짝에서 다른 병을 꺼내 술잔마다 다시 채웠다. 페버스는 한모금 마시더니 몸서리를 쳤다.

"미지근해."

리지는 세숫물통 안을 들여다보고, 녹아버린 내용물을 욕조물에 뒤집어 비웠다.

"얼음은 이제 없다고." 마치 그것이 그의 잘못이기라도 한 듯, 그녀는 월써에게 따지듯 말했다.

어쩌면, 어쩌면…… 내 뇌가 벌써 비누거품으로 변해버렸나봐. 월써는 생각했다. 그러나 난 물고기 한마리를 봤다고, 작은 놈으로, 청어 한마리, 아니 스프랫이나 피라미 한마릴 봤다고 맹세할 수 있을 지경인데. 그러나 그 녀석은 그녀가 세숫물통을 뒤집어 비우자 꿈틀거리며 살아서 오오…… 욕조로 들어갔다. 그러나 자신이 어떻게 눈속임을 당한 것인지는 생각할 틈이 없었다. 이제 페버스가 진지하게, 아까 멈추었던 부분 직전으로 돌아가서 인터뷰를 재개했기 때문이다.

"알에서 부화했다니까요." 그녀가 말했다.

2

"알에서 부화했다니까요. 누구 알인지는 나도 몰라요. 누가 나를 낳았는지도. 대단한 미스터리죠, 기자님. 내가 알에서 나왔다는 특징만큼이나요. 아빠와 엄마는 나한테도 둘 다 완전히 알 수 없는 존재지만, 누군가 말했듯, 자연계에서도 미지의 존재, 어쩌면 그보다 더한 사람들이래요. 하지만 내가 알을 깨고 나온 건 사실이에요. 그리고 화이트채플(영국 런던의 타워 햄릿 자치구에 있는 지역 이름으로 빈민가와 사창가로 유명하다 ─ 옮긴이)의 어느 집 문간에 깨진 알껍데기와 지푸라기투성이의 바구니에 들어 있었다는 것도 사실이고요. 그게 무슨 뜻인지 알겠어요?"

그녀가 자신의 잔으로 손을 뻗자, 월써가 앉은 소파 다리만큼이나 정교하게 구부러진 팔에서 더러운 쌔틴 소매가 흘러

내렸다. 그녀의 손은 마치 어떤 감정을 억누른 것처럼, 가볍게 떨리고 있었다.

"아까도 말했지만, 집 밖으로 어떤 고객을 배웅하다가 그 당시 내 모습이었던, 희미한 아기울음 소리를 내던 작은 생명체를 마주한 사람은 저기 있는 우리 엄마 리지였어요. 리지는 나를 집 안으로 들였고, 그 집에서 난 여기 친절한 여자들 손에 길러진 거예요. 마치 내가 여섯 엄마 모두가 낳은 딸이기라도 한 것처럼 말이에요. 그게 진실이고 그게 전부예요.

그리고 이런 얘긴 전에 이 세상 누구한테도 한 적이 없어요."

월써가 휘갈겨 받아적는 동안, 페버스는 거울 속에서 그의 수첩을 곁눈질로 흘낏거렸다. 마법의 수를 써서 그의 속기를 해석해보려는 듯 말이다. 월써가 침묵하자 그녀의 침착함이 흔들리는 듯했다.

"자, 자, 기자님, 신문사 사람들이 **그걸** 다 신문에 내게 해줄까요? 여기 여자들은 **최하층 계급**인데다 **불결한** 사람들인데."

"곧 알면 좋아하시겠지만, 신대륙의 매너는 구대륙 것보다는 상당히 융통성이 있습니다." 월써가 감정없이 말했다. "그리고 저도 꽤 품위있는 창녀들을 알고 있거든요, 몇몇 엄청 멋진 여자들, 실은 어떤 남자라도 당당히 결혼했을 그런 여자들 말이죠."

"결혼? 쳇!" 리지가 부루퉁하며 낚아챘다. "설상가상이지! 결혼이란 게 여러 남자 대신 한 남자에게 매춘하는 것 아닌가? 젊은 양반, 품위있는 창녀가 **당신**과 결혼하는 걸 자랑스러워할 거라고 생각해? 그래요?"

"신경쓰지 마요, 엄마. 그냥 호의로 하는 말이잖아. 자, 아직 사환이 대기하고 있나요? 난 배고파죽을 지경이라고요. 장어 파이랑 쌔벌로이(조미한 건제 쏘시지 ─ 옮긴이)만 준다면 내 황금 솔빗이라도 갖다 잡힐 지경이야." 그녀는 엄청난 교태를 떨면서 월써에게로 고개를 돌렸다. "장어 파이랑 매시트포테이토 약간 드실 생각 있어요, 기자님?"

사환은 아직 근무중인 것으로 확인되었고, 그녀의 통박에 여전히 경직된 채 리지는 사환을 불러서 당장 스트랜드에 있는 파이 가게로 보냈다. 그러나 십분 뒤 덮개로 가린 바구니에 도착한 맛있는 음식을 보자 그녀의 마음은 곧 누그러졌다. 일일이 끈적끈적한 장어 육즙을 한국자씩 가득 부은 고기 파이, 후지야마 식당의 매시트포테이토, 마른 콩을 다시 조리해 푸르딩딩한 액체 속에 둥둥 떠 있게 만든 끈적끈적한 콩요리였다. 페버스는 사환에게 값을 치렀고, 잔돈을 기다렸다. 팁은 아직 수염이 없는 사환의 복숭앗빛 뺨에 입맞추는 것으로 대신했다. 그 입맞춤 때문에 사환의 뺨은 붉어졌고 살짝 반질거렸다. 여자들은 빌린 나이프와 포크가 부딪치는 소리로 빠져들었지만, 월써는 김빠진 샴페인이나 한잔 더 하기로 작정했다.

"영국 음식은…… 글쎄, 익숙해져야 좋아지는 맛이라는 걸 알았어요. 당신 고향 음식은 세계 8대 불가사의라고 생각하는데요, 페버스 씨."

그녀는 그에게 기묘한 표정을 지어 보였다. 그가 자기를 놀리는 건 아닌지 의심하는 듯했고, 조만간 이 일을 갚아주리라 벼르는 듯한 표정이었다. 그러나 가장 세속적이고 천박한 마부나 먹을 법한 것을 엄청난 열의를 갖고 먹어치우는 동안, 그녀의 입은 음식으로 가득 찬 나머지 반격조차 할 수 없었다. 그녀는 게걸스레 먹고, 배를 한껏 채웠으며, 몸에 육즙을 흘렸고, 완두콩은 칼로 퍼서 집어삼켰다. 그녀는 몸에 걸맞은 크기의 식도와, 엘리자베스 시대 식사법에서는 변종된 예법을 지니고 있었다. 이에 깊은 인상을 받은 월써는 직업정신에서 비롯된 끈질긴 유순함으로 버티더니 마침내 그녀의 엄청난 식욕이 만족될 때까지 기다렸다. 그녀는 소매로 입가를 쓱 닦더니 트림을 했다. 그녀는 또 한번 그에게 기묘한 표정을 지었다. 마치 자신이 폭식하는 광경이 그를 자리에서 쫓아내버렸으면 하고 반쯤 바란 듯했다. 그러나 무릎에는 수첩, 손에는 연필을 들고 그는 자리에 남아 있었고, 그녀의 소파에 앉아 있었다. 이제 그녀는 한숨을 쉬고, 다시 트림을 했으며, 또다시 말을 이었다.

"요점을 말하자면, 난 사창가에 자랐고, 그게 자랑스러워요, 기자님. 왜냐하면 엄마들이 내겐 욕 한번 냉대 한번 한 적 없었고, 그저 난 모든 것 중에서 최고의 것만 받고, 언제나 저녁 여덟시면 다락방 내 작은 침대에 고이 누워 잤으니까요. 술잔을 깨뜨리는 거물 고객들이 도착하기 전이었죠.

그래서 난 그곳에서⋯⋯"

"그곳에서 앤 좀 순진했어. 커다란 푸른 눈에 어울리라고 내가 매어주곤 한 푸른 리본으로 노란 머리를 땋아내리고 있었지."

"거기서 살았고 또 그렇게 자랐죠. 그리고 내가 크면서 어깨에 난 작은 솜털 봉오리도 같이 커갔어요. 그러다가 언제인가 내가 일곱살이 되어 넬슨이……"

"넬슨?" 월써가 캐물었다.

페버스와 리지는 일제히 눈을 들어 경건히 천장을 올려다보았다.

"넬슨, 편안히 잠들길…… 그래요, 그녀는 마담이 아니었어요! 한쪽 눈밖에 없어서 언제나 넬슨이라고 불렸어요. 다른 쪽 눈은 세계박람회가 있던 해에 한 선원이 깨진 병으로 후벼내버렸거든요, 가엾은 사람. 그때 넬슨은 그럴듯한, 괜찮은 영업집 하나를 운영하고 있었지만, 나를 그 사업에 끌어들일 생각은 없었어요. 다른 애들처럼 내가 아직 짧은 아동복을 입던 동안엔 말이죠. 그러나 어느날 저녁 넬슨과 우리 엄마 리지가 난로 앞에서 목욕시켜주던 날, 넬슨은 내 작은 깃털 봉오리에 아주 부드럽게 비누칠하면서 외쳤어요. '큐피드! 이런, 살아 있는 육신을 지닌 우리의 큐피드가 바로 여기 있었네!' 그게 내가 첫번째 밥벌이를 얻게 된 경위예요. 우리 엄마 리지가 분홍색 작은 면 장미화관을 만들어서 내 머리에 씌워주었고 장난감 활과 화살도 주었으니까."

"난 얘를 위해 그것들에 금박을 입혔어. 그건 진짜 금박이었지." 리지가 말했다. "손바닥에 금박을 올려놔봐. 그리고 뭐든 도금하고 싶은 것의 표면에 대고 아주아주 가볍게 후 불어보라니까. 살살 해야지. 불어보라고. 휴, 세상에, 신경쓰이는 일이었어."

"그러니 장미화관을 쓰고, 점점 검은색이 드러나는 금박 입힌 아기 활, 그리고 미성숙한 욕망의 화살을 들고 응접실 **벽감**(벽체에서 오목하게 파인 부분으로 주로 조각품을 세워두는 곳─옮긴이)에 앉아 있는 게 내 일이었어요. 신사분들이 오면 그 응접실에서 아가씨들이 자기소개를 했고 난 큐피드가 되었죠."

"아기 날갯죽지를 달고. 세상을 다 지배하는 큐피드였지."

두 여자는 서로 향수어린 미소를 나누었다. 리지는 병 하나를 더 꺼내려고 칸막이 뒤로 손을 뻗었다.

"어린 큐피드를 위해 건배."

"좋아요." 페버스는 잔을 내밀면서 말했다.

"그렇게 난 거기서 살았어요." 기운이 돋도록 한모금 꿀꺽 넘긴 뒤 그녀는 말을 이었다. "일곱살 때부터 계속 **활인화**(活人畫, 산 사람을 그림 속 인물처럼 분장시키고 말없이 부동자세로 배치시켜 역사나 문학, 혹은 명화의 한장면을 모방적으로 표현한 것─옮긴이)였던 거예요. 거기서 난 손님들 머리 위에 자리잡고 있었어요."

"얘는 그 집의 수호천사 같았지."

"그리고 7년이라는 긴 기간 동안 난 단장하고 금박 입힌 사랑의 기호일 뿐이었어요. 어쩌면 **보여지는** 대상으로서 수습기를 지냈다고 말할 수도 있겠죠. 그날이 올 때까지, 저……

실례지만, 여자들 달거리가 시작된 날이 올 때까지, 날 보는 사람들의 눈에 보여지는 대상이 된 거예요. 엄청난 사건이…… 굳이 말하자면, 젖가슴 부분에서 나타나기 시작하면서였어요. 하지만 다른 여자애들처럼 나도 그때까지는 별말도 없고 요구도 없던 내 몸에 나타난 신비한 성징에 압도되어버렸죠.

열세살 반이 될 때까지 양쪽 젖가슴이 모두 다리미판처럼 납작했다니까요, 기자님.

그 모든 일로 놀라긴 했어도, 나한텐 훨씬 더 놀랍고 어리둥절한 일이 일어났어요. 그건 첨에는 그저 등이 지독히 가려운 증상으로 나타났어요.

처음엔, 그저 작고, 정말로 거의 기분좋다 할 정도의 자극 같은 거, 뭐랄까 말하자면 몸이 윙윙거리는 것 같았죠, 기자님. 그래서 난 고양이처럼 의자 다리에 대고 등을 북북 문지르곤 했어요. 아니면 욕조에 몸을 담근 채 리지나 다른 여자들한테 부석이나 손톱솔 따위로 등을 긁어달라고 했어요. 간지러운 곳이 바로 내 두 어깨뼈 사이 가장 난감한 곳에 자리잡고 있어서 아무리 애써도 손가락이 닿질 않았으니 말이에요.

그런데 간지럼증은 점점 더 심해졌어요. 처음에는 대수롭지 않았지만, 얼마 지나지 않아서 등에 불이라도 난 것처럼 온통 화끈거렸고, 사람들은 내게 진정 로션이나 쿨링파우더를 발라줬어요. 그리고 나는 등에 얼음주머니를 달고 잠자리에 들곤 했지만, 화산이 터질 듯한 피부 속의 무시무시한 폭풍을 잠재울 만한 것은 아무것도 없었어요.

하지만 이 모든 것이 다 내 날개가 싹트게 되리라는 예고였다는 거 이해되시죠. 그때는 그걸 몰랐지만요.

전에 젖가슴이 부풀었던 것처럼, 내 몸에 달린 깃털 부분도 뒤쪽에서 부풀어갔으니까요. 그러다가 열네살 어느날 아침 다락방의 바퀴 달린 침대에서 그게 펼쳐졌어요. 쎄인트 메어리 르 보우 성당의 다정한 종소리가 창문을 통해 들려오고, 겨울의 태양이 런던이라는 대도시 외곽을 멋지게 비추고 있을 때였죠. 그때는 몰랐지만, 그건 언젠가 제 발아래 놓일 도시였죠.”

“얘가 날개를 펼쳤지.” 리지가 말했다.

“내가 날개를 펼쳤다니까요.” 페버스가 말했다. “이른 아침 목욕을 하려고 작은 화장대밑에서 작고 흰 나이트가운을 벗었어요. 그때 내 슈미즈(원피스 모양의 여성용 속옷―옮긴이)의 엉덩이와 다리 뒤쪽 부분이 엄청나게 터져 있었고, 의도한 것도, 바란 것도 아니었는데 무심결에, 갑작스레 내 특이한 유전인자가 발현된 거죠. 이 내 날개들 말이에요! 그러나 아직은 어른 싸이즈 절반도 안되는 미숙한 크기였고, 4월의 나무에 달린 새로 돋은 팔랑이는 이파리처럼 촉촉하고 끈적였어요. 그래도 날개는 날개였죠.

아픈 덴 없었어요. 그저 황홀하기만 했거든요.”

“애는 엄청나게 비명을 질렀어.” 리지가 말했다. “자기를 꿈에서 꺼내달라는 거야. 내가 얘랑 다락방을 같이 썼거든, 기자 양반. 그리고 거기 얘가 서 있었어. 돌처럼 뻣뻣이 굳어서, 찢어진 슈미즈를 발목께까지 늘어뜨리고서 말이야. 난 아직 꿈을 꾸는 것이거나 아니면 죽어서 하늘나라의 축복받은 천사들 가운데로 간 거라고, 그것도 아니라면 얘야말로 나의 폐경을 고지하는 가브리엘 천사라고 생각했어.”

“얼마나 충격이었는데요!” 페버스는 얌전히 말했다. 그녀는 말아올린 머리에서 곱슬머리 한가닥을 당기더니 손에 감았다. 그러고는 그 머리카락을 도르르 말기도 하고 생각에 잠긴 듯 입에 물기도 했다. 그러더니 갑자기 회전의자에 앉은 채 거울에서 휙 떨어져나와, 월써에게 은밀히 기댔다.

“기자님, 이제 내가 엄청난 비밀을 하나 알려줄 테니, 듣기만 하시고 기사로는 쓰지 마세요. 왜냐하면 당신 얼굴이 맘에 들었거든요.” 그렇게 말하면서 페버스는 교태를 떨듯 눈꺼풀을 깜빡였다. 속삭이듯 소리를 낮추었기 때문에, 월써는 그녀의 목소리를 듣기 위해 몸을 앞으로 숙여야만 했다. 샴페인 향이 나는 그녀의 숨결이 그의 뺨에 온기를 주었다.

“내가 **염색했어요**, 기자님!”

“네?”

“내 깃털 말이에요, 내가 그걸 염색했다니까요! 사춘기 때부터 그런 화려한 색깔이었다고 생각하진 마세요! 공중그네 위에서 첫 공식 일에 나섰을 때, 더욱 완벽하게 열대조로 분장하기 위해 내 깃털을 염색하기 시작했어요. 내 순백의 소녀시절과 초창기에는 원래 타고난 색을 유지하고 있었어요. 원래 색은 금발 비슷했는데, 머리카락 색보다는 약간 더 짙고, 그리고 나의 음, 말하자면 은밀한 부분의 털 색깔에 더 가깝죠.

자, 이것이 나의 엄청난 비밀이랍니다, 월써 씨. 내가 대중 앞에서 행하는 모든 진실과 단 하나의 속임수를 밝힌다면 말이죠."

이 점을 강조하기 위해 그녀는 빈 술잔을 화장대 위에 쾅 하고 내려놓았다. 그 때문에 화장품과 로션 병들이 튀어오르며 덜컹댔다. 동시에 강렬한 싸구려 향내 바람이 일더니, 살짝 밀린 상자 하나에서 공중으로 파우더 구름이 솟아나 월써의 목구멍을 고통스럽게 막았고, 그는 기침을 내뱉었다. 리지가 그의 등을 툭툭 쳐주었다. 페버스는 이런 상황 전개를 무시했다.

"리지는 이런 뜻하지도 않은 사태를 보고는 슈미즈 바람으로 소리를 지르며 아래층으로 달려내려갔죠. '넬슨, 마 넬슨, 빨리 와보세요. 우리 작은 새가 지금 막 날아가려 해요.' 착한 여인 넬슨이 한번에 두 계단씩 달려올라왔고, 기르던 어린애한테 벌어진 사태를 보고 순수한 기쁨에 사로잡혀 웃었어요.

'이런 사실도 모른 채 천사와 살고 있었다니!' 그녀가 말했죠.

'오, 내 딸, 우리 아가, 난 네가 지금 날개 단 채 기다리고 있는 신세기의 순수한 자손이 분명하다고 생각해. 어떤 여자

도 더이상 땅에 묶이지 않게 될 새로운 시대의 아이 말이야.'
그러고 나서 넬슨은 울었어요. 그날 밤 우리는 활과 화살을
던져버렸고, 난 처음으로 날개 단 승리의 여신상으로 분장했
죠. 당신도 아시다시피, 나는 몸집이 크게끔 설계되어 있어
서, 열네살 나이였지만 내 몸 하나에 리지 두 명은 족히 들어
갈 크기였어요.

　오오, 기자님, 잠시 내 마음이 기쁨에 들떠서 그러니 그 다
정했던 집에 대해 좀 말할래요. 그 집이 악명이 높긴 했어도
그토록 오랫동안 불행의 폭풍에서 날 막아주었고, 내 어린 날
개가 진창에 끌리지 않게 해줬거든요.

　그 집은 평범하고 소박한 외관에다 대문 위로 우아한 가리
비 모양의 부채꼴 채광창이 있는 낡고 네모난 붉은 벽돌집이
었는데, 그런 집은 당시 유행과는 너무도 동떨어져서, 한번도
유행을 타본 적 없는 런던 일부 지역에서나 찾아볼 만한 것
이었죠. 당신은 넬슨 엄마의 집을 볼 때마다, 이성의 시대에
어찌 이런 집을 지었을까 하는 생각이 들었을 거예요. 그리
고 이성의 시대가 제대로 시작도 하기 전에 끝나버렸다는 생
각에 소리를 내지를 지경이었을 거예요. 그리고 이 조화로운
유물은 랫클리프 고속도로의 소음 저 뒤편에 잘 놓여 있었죠.
주정뱅이의 정신머리에 남아 있는 한가닥 분별력처럼 말이
에요.

　작은 계단이 현관문까지 뻗어 있었어요. 런던의 여느 가정
주부처럼 충실한 리지가 매일 아침마다 북북 문질러 표백제

로 닦던 그 계단 말이에요. 정직하고 교양있는 분위기가 그곳을 둘러싸고 있었죠. 우리가 언제나 흰 블라인드를 쳐두던 높은 창문도 있었어요. 마치 눈을 감고 있는 것처럼, 그 집은 자신만의 꿈을 꾸는 것 같았죠. 평범하고 잘 균형잡힌 출입문의 박공벽 사이로 걸어들어오면 집 밖의 참사는 전혀 보지 못하는 안주인처럼 특권적 장소로 들어서는 거예요. 그 안은 그곳을 방문한 방문객이 합당한 액수만 지불하면, 경험치를 넓힐 특권을 주던 장소였으니까요. 그곳은 합리적인 욕망이 합리적으로 충족될 수 있는 곳이었어요. 그건 옛날식 집이었고, 그런만큼 당시에는 그 자체가 너무 **현대적**으로 보일 법도 했죠. 과거란 게 현재를 앞질러갈 때는 종종 그렇게 보이잖아요.

응접실 얘기를 하자면, 난 거기서 소녀시절 내내, 살아 있는 석고상 노릇을 했는데 그곳은 이층에 있어서 웅장한 대리석 계단을 통해야 도달하게 되죠. 실례를 무릅쓰고 말씀드리면, 그 계단은 마치 창녀의 엉덩이처럼 화려하게 이층으로 뻗어 있었답니다. 그 계단에는 멋들어진 철제 난간과, 과일로 장식된 화환과 꽃들, 그리고 싸티로스 두상과 함께 신나게 매끄러운 대리석 난간이 아래로 뻗어 있었어요. 마음이 들떴던 유년기의 나는, 땋은 머리를 뒤로 휘날리면서 능숙하게 난간을 타고 내려오곤 했죠. 그건 업무 개시 전 내가 했던 유일한 놀이였어요. 매음굴에서 어린아이를 보는 것만큼이나 넬슨이 좋아했던 명망높은 후원자들을 뒤로 제쳐둘 일이란 전혀 없었으니까.

멋진 벽난로가 응접실 중앙에 있었는데, 이 벽난로 또한 계단을 만든 대리석 전문가가 만든 것이 분명했죠. 버팀대에는 통통하고 미소 띤 여신들이 새겨져 있었는데, 그 여신들은 들어올린 손바닥의 평평한 면으로 벽난로 선반을 떠받치고 있었어요. 마치 모든 것이 다 끝났을 때 여자들이 세계를 떠받치고 있는 것처럼 말이죠. 그 벽난로는 로마 사람들에게는 제단이나 무덤으로 사용되었을 것이고, 우리에게는 베스타 여신(그리스 신화의 헤스티아에 해당하며 부엌과 불의 여신―옮긴이)을 모시는 가내 신전이었어요. 매일 오후마다 리지는 향긋한 향이 나는 나무로 거기다 불을 피웠으니까요. 리지는 최고 품질의 향을 태워서 그 나무의 자연향을 퍼뜨리는 데 능숙했어요."

"나로선." 리지가 중간에 끼어들었다. "기도를 드리던 불편한 습관이 창녀로 일하는 데 그리 걸림돌이 되지는 않았어. 기도는 내 가족에게 배운 것이고, 그걸 떨쳐낼 순 없었거든."

명백히 그건 믿을 수 없는 말이었고, 윌써는 여전히 의혹이 가시지 않았다. 리지의 이글대는 검은 눈이 의혹에 맞서고 있었지만 말이다.

"내가 이십명, 아니 사십명의 고객을 로마 가톨릭교로 개종시킨 뒤, 어느날 오후 마 넬슨이 나를 사무실로 부르더니 이렇게 말하더군. '리지, 이제 그런 일은 조금도 해선 안돼! 네가 계속 이러면, 너 때문에 우리 불쌍한 아가씨들을 모두 해고해야 한단 말이야!' 넬슨은 내가 평상시 하던 일을 그만

두게 하고, 가정부 일을 줬어. 그리고 그 일은 나랑 아주 잘 맞았지. 아가씨들도 그 일로 내가 팁을 좀 받는다는 것을 알고 있었으니까. 그리고 매일 저녁 어스름이 내릴 때면 불을 피우고 불을 잘 보살폈어. 저녁 여덟시나 아홉시가 되어 응접실이 사타구니처럼 아늑해질 때까지."

"또 아라비아 새를 화장할 때 장작을 태우는 방처럼 달콤해질 때까지, 마치 환각처럼 연기로 달콤해지고 엷은 자줏빛이 날 때까지 말이죠, 기자님.

자, 그러니 월써 씨, 이제 내가 처음으로 날개를 펼친 날이 오자, 짐작하셨겠지만 나 자신의 본질이 무엇인지 더욱 혼란스러워졌지요. 마 넬슨은 등에 두르고 있던 캐시미어 숄을 벗어 나를 둘둘 감쌌어요. 나는 격심한 변화로 인해 폭발할 지경이었고, 리지는 이제 내 변화된 체형에 맞게 옷을 수선하느라 바늘을 바쁘게 놀려야 했으니까요. 옷이 준비되기를 기다리며 다락방 침대에 앉아 있는 동안, 나는 이 부드러운 깃털의 발육이라는 미스터리에 대해 골똘히 생각했어요. 그 발육은 육안으로는 보이지 않는 연인의 재촉과 그 무게로 인해 이미 어깨를 뒤로 잡아당기고 있었지요. 창밖으로, 시원한 햇살 속에서, 난 거대한 템즈 강의 굽이치는 물길을 따라오면서 끼룩대던 갈매기를 보았어요. 그 새들은 바람의 정령처럼 공기의 흐름을 타고 있었는데, 그걸 보고 있노라니 이런 생각이 들었죠. '날개가 있다면, 그럼 날아야지!'

때는 이른 오후였고, 집 안은 고요했어요. 여자들은 제각기

자기 방에서 각자의 노동이 시작되기 전에 몰두하던 여러 여가생활로 바빴죠. 나는 캐시미어 숄을 벗어던지고, 깃털 날개를 펼치면서 공중으로 점프했답니다, 얍.

하지만 그것만으론 아무 일도 일어나지 않았어요. 심지어 떠 있지도 못했죠. 왜냐하면 날개를 다루는 요령도 몰랐고, 비행이론에 관해서라면 이륙도 하강도 아는 바가 전혀 없었거든요. 나는 뛰어올랐고, 그다음에 쿵 하고 떨어졌어요. 그게 다였죠.

그래서 생각했죠. '저 아래 대리석 벽난로가 있고, 그 난로에는 대리석 여상주(女像柱)에 매여 양쪽에 달려 있는 1미터 80센티 높이의 벽난로 선반이 있다! 나는 즉시 말없이 응접실 쪽으로 달려갔어요. 날개를 완전히 다 펼친 다음 그 벽난로 선반에서 뛰어내리면, 깃털에 갇혀 있던 공기가 나를 공중에 뜨게끔 해줄 것이란 생각이 들었기 때문이죠.

첫눈에 봐도, 이 응접실이 최고급 남성 전용 클럽의 끽연실이란 걸 알았을 거예요. 넬슨은 거의 애처로울 만큼 고객들에게 남성적 선행을 독려했으니까요. 넬슨은 가죽 안락의자와, 또 리지가 매일 아침 잘 다림질해둔 『타임즈』지가 놓인 탁자를 특히나 좋아했어요. 적포도줏빛 다마스크 문직의 벽지를 바른 벽에는 세월이 흘러 고색창연해진, 신화를 주제로 한 유화가 한점 걸려 있었는데, 묵직한 황금 액자 속에 그려진 장면은 달콤한 고대의 햇살로 가득 찬 듯 보였고, 완전히 그렇게 굳어져서 부드럽지만 단단한 외피를 형성하고 있었어요. 거기 있는 그림은 전부, 그중 일부는 베네찌아 화파(이딸리아 베네찌아에서 르네쌍스 시대에 활약한 화가들—옮긴이)의 것이고 분명 엄선된 것입니다만, 마 넬슨의 집이 허물어지면서 오래전에 파괴되어버렸지요. 그렇지만 영원히 잊을 수 없는 그림 하나가 있었어요. 그 그림은 마치 내 가슴에 각인된 것 같았으니까요. 그 그림은 벽난로 선반 위에 걸려 있었고, 주제가 '레다와 백조'(레다의 아름다움에 반한 제우스가 백조로 변신하여 낳은 딸이 트로이전쟁을 야기한 지상 최고의 미녀 헬레네이므로 이 그림은 새-여인 페버스 부모의 정사 장면이자 그녀의 탄생기원에 관한 유일한 증거이다—옮긴이)라는 것까진 굳이 말씀드릴 필요도 없겠네요.

그녀의 갤러리를 본 사람들은 모두 의아해했지만, 넬슨은 자기 그림을 절대 닦으려 하지 않았어요. 그녀는 언제나 시간 그 자체, 변신하는 아버지야말로 최고의 예술가라고 말했어요. 맞지, 엄마? 보이지 않는 시간의 손은 모든 인간 화가와 암묵적인 공모를 하고 있기 때문에 시간은 어떤 대가를 치러도 존중받아야 한다고 말이죠. 그래서 난 언제나 내 기원이 된 장면일, 나의 수태 장면, 그 위엄에 찬 흰 깃털을 지닌 천상의 새가 절박한 욕망에 차서, 반쯤 기절상태로 흥분한 여자에게 하강하는 장면을 유리창을 통해 보듯 흐릿하게 보았답니다.

이 그림이 무엇을 의미하는지를 내가 마 넬슨에게 묻자, 우아한 육체를 향한 맹목적 돌진의 표상이라고 하더군요."

이 멋진 말을 전하면서 페버스는 머리색보다 좀더 짙은 속눈썹 아래로 유혹하듯 흘긋 월써에게 교묘한 시선을 주었다.

점점 더 호기심이 발동한 월써는 생각했다. 애꾸눈인데다, 형이상학적인 부인이라, 화이트채플에서, 그것도 덩치 큰 여자 거인을 직원으로 두고? 이걸 믿어야 해? 믿는 척이라도 해야 하나?

"이름은 못 외우지만 어떤 사내가 페버스에게 그 그림을 줬지." 리지가 말했다. "그 남자는 페버스가 음모를 면도로 다듬는 방식 때문에 얘를 좋아했거든."

페버스는 리지에게 나무라는 눈빛을 보냈으나, 킥킥 웃는 바람에 힘을 잃었다. 리지는 이제 핸드백을 앉은뱅이의자 삼아 페버스의 발치에 웅크려앉았다. 그녀의 거대한 핸드백은 변색된 놋쇠가 눈에 띄는 흠집투성이 가죽가방이었다. 그녀는 각진 턱을 무릎에 올리고, 그 무릎을 기미낀 양손으로 끌어안고 있었다. 그 자세로 탁탁거리는 작은 소리를 내고 있었는데 사소한 것도 놓치는 법이 없었다. 경비견이랄까. 아니면…… 어쩌면 그럴 수도, 가능할 듯도 싶다. 월써는 자문하고 있다는 걸 깨달았다. 얘네들 진짜 모녀간인가?

그러나 진짜 모녀간이라면, 한쪽은 날개 달린 게르만족 거인인데 다른 한쪽은 가무잡잡하고 조그만 몸뚱이라니 어찌 된 일이지? 그리고 그 모든 일에서 이 여자를 인공적인 작품으로 만들고, 놀라운 기계로 만들고, 살아온 내력까지 그럴싸하게 갖다붙여준 사람은 누구고 또 어디에 있는 거지? 그 애꾸눈 창녀가, 과연 그런 사람이 있기나 하다면, 이 기괴한 공범자들의 첫번째 사업 관리자였던 건가?

그는 수첩을 한 페이지 넘겼다.

"내가 마 넬슨의 숄 하나만 걸치고 그 응접실로 사뿐히 걸어들어가는 걸 상상해보세요, 기자님. 응접실엔 덧문이 단단히 잠겨 있고, 심홍색 벨벳 커튼이 드리워져 있어서, 그 모두가 어두운 쾌락의 밤을 자극하고 있었어요. 촛불이 크리스털 촛대에서 타고 있긴 했지만요. 간밤에 피워둔 향불은 화로에 남은 그저 시커멓게 탄 막대에 불과했고, 김빠진 방탕의 찌꺼기만 남은 술잔들은 부하라(우즈베키스탄의 고급 카펫 생산지—옮긴이) 카펫 위에 떨어진 채 그대로 널브러져 있었어요. 내가 갖고 있던 동전 한푼 가치나 될까 싶은 희미한 빛이 벽에 걸린 백조-신의 위엄을 자극해서 나를 꿈꾸게 했으며, 꿈꾸면서 용기를 갖게 만들었던 거예요.

나는 발육상태가 좋았지만, 유리 케이스 안에 있던 프랑스제 도금 시계로 올라가 그것을 끌어내리려면 의자를 벽난로 선반으로 끌고 와야 했어요. 이 시계는 마 넬슨의 자그마한 개인적 영역을 나타내는 뭐랄까, 기호랄까 신호랄까 그런 거였어요. 문자반 위 한쪽 바늘엔 낫이, 다른 바늘에는 해골이 달린 아버지상의 괘종시계였는데, 두 바늘이 언제나 자정이나 정오를 가리키고 있어서, 분침과 시침은 마치 기도하는 두 손처럼 영원히 포개져 있었죠. 접견실에 있는 이 시계는 낮이나 밤의 부동의 중심을, 그림자가 생기지 않는 시각을, 선견과 계시의 순간을, 시간의 폭풍 한가운데 있는 정적의 순간을 보여줘야 한다고 마 넬슨이 말했기 때문이에요.

 좀 이상한 사람이었어요, 마 넬슨은.”

월써는 쉽게 이해할 수 있었다.

“내가 움직일 공간을 만들기 위해 나는 그 낡은 시계를 집어다가 어지러운 난로 주변에 조심스레 내려놨어요. 그러자, 골동품인데다 작동도 안되는 그 기계장치가 희미하지만 아름다운 현악소리를 냈는데, 시계태엽의 작용으로 소리가 울리는 것 같았죠. 그런 뒤 나는 괘종시계가 있던 곳에 올라섰어요. 마치 막 목이라도 맬 사람처럼. 그리고 의자로 뛰어내려가고 싶은 유혹을 없애기 위해 의자를 멀찌감치 차버렸지요.

 저 아래 바닥이 어쩌나 멀게 느껴지던지! 아시겠지만 기껏해야 몇미터 아래였고, 그 자체로는 뭐 그리 먼 거리도 아니었는데 말이에요. 그런데도 그것은 깊은 틈새처럼 내 앞에 쩍 벌어져서, 정말 지금 내 앞에 있는 이 구멍이 거대한 심연, 분명한 경계지점을 표상한다고 말할 수 있을 지경이었죠. 앞으로 나를 보통 사람과 갈라놓을 그런 경계 지점이요.”

 그 말을 하면서 그녀는 그 엄청나게 큰 눈을 돌려 월써를 보았다. ‘무대용으로 만들어진’ 이 두 눈이 보내는 메씨지는 일반석 관객의 입석에서 보면 알 수 있을 것이다. 밤은 그녀의 눈빛을 어둡게 물들였고, 그녀의 홍채는 이제 거울 앞에 놓인 파르마 바이올렛꽃과 같은 보랏빛을 띠고 있었다. 어둠 속에 동공이 너무 크게 확대되어서, 분장실과 그 안의 모든 것이 그 압도적인 허공 속으로 흔적도 없이 사라질 것만 같았다. 월써는 그 무엇보다 기묘한 감각을 느꼈다. 마치 이 공중곡예사의 눈이 한벌의 중국 상자 쎄트처럼, 마치 그 각각이 어떤 세계로 열린 다른 세계로 열린 또다른 어떤 세계로, 무한한 여러 세계로 열려 있는 것처럼 말이다. 그리고 이 가늠할 수 없는 눈의 깊이가 가장 강력한 매력을 내뿜고 있어서, 월써는 자신이 마치 미지의 세계 문턱에 서 있는 것처럼 떨고 있음을 느꼈다.

그는 자신이 이런 혼란에 빠진 데 놀란 나머지, 현실적인 사고방식을 새롭게 가다듬기 위해 재빨리 마음을 다잡았다. 페버스는 그만하면 충분하다는 걸 안다는 듯 눈꺼풀을 내리깔고 나서, 말을 다시 이어가기 전 김빠진 샴페인을 한모금 마셨다. 그녀의 눈이 다시 평범한 한쌍의 푸른 눈으로 되돌아왔다.

"난 벽난로 선반 위에 서 있었고, 거긴 리지가 불을 피우기 전엔 지독히 추워서 조금 떨고 있었어요. 카펫은 어느 때보다 더 멀게만 보였죠. 그러나 그때 난 생각했어요. 모험하지 않으면 얻을 수도 없다. 그리고 내 등뒤로, 정말이지 그 벽에서, 시간의 거미줄에 걸린 채였으나 그 소릴 들었다고 맹세도 할 수 있어요. 내 거대하고 하얀 날개에서 언제나 나는 분명하고 힘찬 그 맥박소리를 말이죠. 그래서 나는 날개를 폈답니다. 두 눈을 감고 나 자신을 앞으로 던졌어요. 중력의 자비에 나를 온전히 맡기면서 말이죠."

그녀는 잠시동안 조용해졌고, 손톱으로 무릎에 놓인 더러운 쌔틴 자락을 잡아당겨 작은 물줄기들을 만들었다.

"그러고는 기자님…… 난 루씨퍼처럼 쿵 떨어졌죠. 아래로 아래로 곤두박질쳐, 바닥에 깔린 페르시아 융단에 쿵 하고 부딪혔어요. 자연의 숲의 일원이 되는 은총을 받지 못한 꽃과 동물, 그 꿈의 피조물들과, 나와는 다른 추상물들 한가운데로 얼굴을 납작 깔고요, 월써 씨. 그제야 내가 내 등에 있는 기형성이라는 이 짐덩어릴 질 준비가 아직 안되어 있다는 것을 깨달았죠."

정확히 심장이 세 번 박동하는 동안 그녀는 말을 멈췄다.

"추락했죠…… 그리고 불쌍한 내 코는 놋쇠로 된 난로망에 완전히 강타당했어요."

"……그뒤에 내가 불을 피우러 들어왔다가, 공중에서 잘못되어 작은 금빛 날개만 퍼덕이고 있던 페버스를 발견했지. 불쌍한 우리 딸, 엄청나게 곤두박질쳐서 코는 거의 두 동강으로 부러진데다, 오 저런…… 피를 그렇게나 많이 흘렸는데도 비명 한마디도 지르지 않은 거야. 단 한마디도 말이야. 앤 어렸지만 용감했던 거야. 정말 눈물 한방울 안 흘렸다니까."

"그깟 코피가 뭐 대수겠어요, 기자님?" 페버스는 격정적으로 외쳤다. "짧은, 아주 짧은 순간, 너무 쏜살같아서 그 낡은 프랑스 패종시계가 작동된다고 해도 그 느린 톱니나 태엽 위에 기록조차 남길 수 없는 그런 한순간, 어쩌면 시간이 말을 더듬는 순간, 나비의 가장 빠른 날갯짓만큼이나 될까 싶은 그 짧은 찰나…… 나는 하늘을 날았어요.

네, 날았어요. 거의 내 상상에 불과한 게 아닐까 할 정도로 아주 짧은 동안 말이에요. 왜냐하면 그건 어쩌다가 잠들기 직전에 느꼈던 감각이었거든요…… 그러나 기자님, 아무리 짧은 순간이라도 내 미숙한 날개 아래에서 공기가 나를 떠받쳤고, 그건 이 거대하고 둥근 세계가 물건을 아래로 당기는 인력이 있다는 것을 부인했어요. 지금껏, 모든 인간의 물건은 이런 인력에 의존할 수밖에 없었는데 말이죠."

"나는 가정부였으니까 기쁜 마음으로 온 집안 열쇠들을 허리춤 열쇠고리에 달고 다녔지." 리지가 중간에 끼어들었다. "백단향을 한아름 안고 응접실로 짤랑대며 왔을 때, 피흘리는 코를 치료할 방책을 갖고 있던 셈이었어. 나는 얘의 양 날개 사이에 현관문 열쇠를 털썩 내려놓았는데, 그것은 약 30센티미터 길이로 지독히 차가웠어. 그 쇼크 때문에 피가 멎었지. 그다음 앞치마로 잘 닦아주고 주방으로 데려갔어. 따뜻하게 담요로 감싸고 상처에는 거몰린 연고를 발라주고, 여기저기 반창고를 좀 붙여줬어. 그리고 나서 얘가 막 태어난 아기처럼 상태가 좋아지자, 벽난로 선반에서 뛰어내릴 때 느꼈던 특별한 감각에 대해 내게 모두 말해줬다오."

"난 경이로움으로 꽉 차 있었어요, 기자님.

그러나 이제 내가 공중에 뜰 수 있다는 것도 알고 또 공기가 나를 뜨게 해준다는 것도 알았지만, 어떻게 움직여야 날 수 있는지는 알지 못했어요. 아기가 걸음마를 배워야 하듯, 나도 낯선 요소를 정복하는 법을 배워야 했죠. 그리고 내 깃털 달린 사지에 어떤 힘의 제약이 있는지뿐만 아니라 그 사건 이후 나의 두번째 고향이 된 공기의 매개에 대해서도 공부해야 했어요. 선원이 될 사람이라면 강력한 조류와 조수간만, 또 소용돌이를 해석할 필요가 있고, 세상의 물로 된 부분에서 오는 변덕, 우울, 그리고 상반된 기질 전부를 이해할 필요가 있는 것처럼 말이에요.

처음엔, 모든 새들이 그렇듯, 나도 다른 새들을 보고 배웠어요.

모든 일은 2월말을 향해가던 이른봄에 일어났어요. 새들이 겨울의 무기력상태에서 막 깨어날 무렵이었죠. 봄이 오자 창가의 화분에 있던 수선화에 봉오리가 맺혔고, 런던의 비둘기들은 구애기에 들어갔죠. 수컷은 가슴을 부풀리고 우스꽝스러운 모양새로 거들먹대며 암컷 뒤를 따라갔어요. 그러고는 그 비둘기들이 우리 다락방 창문 밖 박공벽에 둥지를 틀었어요. 작은 비둘기 새끼들이 부화하던 날, 리지와 나는 당신은 상상도 못할 만큼 조심스레 그들을 보살폈어요. 엄마 비둘기가 어떻게 그 벽 모서리를 따라 아장아장 걷도록 아기 비둘기를 가르치는지 보았고, 또 어떻게 공중에서 팔, 관절, 팔목, 팔꿈치를 사용하도록 소리없이 가르치는지를 아주 세세히 관찰했어요. 그건 엄마 비둘기의 행동을 흉내내게 만드는 것이었는데, 실은 그 행동이 수영선수와 그리 다르지 않다는 것을 깨달았죠. 하지만 이러한 연구를 나 혼자서 했다고는 생각지 마세요. 우리 엄마 리지가 자기는 날지 못해도, 스스로 이런 엄마새 역할을 맡아 해주었거든요.

오후의 조용한 시간에, 함께 살던 친구이자 자매들이 독서에 열중하고 있을 때 리지는 발육이 좋은 열네살짜리 인간 여자아이와 작은 비둘기 새끼 사이의 엄청난 무게 차이를 설명하기 위해 네모난 종이 위에 그래프를 그렸어요. 이카루스(새의 깃털과 밀랍으로 된 날개로 미로를 탈출했으나 너무 높이 날아 태양열에 밀랍이 녹아서 에게 해에 떨어진 신화 속 인물―옮긴이)의 운명이 되지 않으려면 얼마나 높이 솟아올라야 하는지 알아야 하니까요. 그러는 동안 몇달이 흐르면서 나는 점점 커가며 강해졌고, 또 강해지면서 커갔어요. 그러던 어느날 엄마는 내게 엄청나게 발달한 상체를 다 덮을 수 있는 완전히 새로운 드레스를 만들어주느라 수학은 한편으로 치워둘 수밖에 없었죠.

마 넬슨을 위해 이 말은 꼭 해야겠어요. 넬슨은 즉석에서 이 모든 비용을 다 지불했어요. 어린 꼬마에 대한 순수한 사랑의 발로에서였죠. 게다가 계획도 생각해두었죠. 페버스가 곱사등이라는 점을 이용할 방법 말이에요.

그래요, 사실이에요, 기자님, 매일 밤 나는 거실에 있는 벽감에서 날개 단 승리의 여신 흉내를 냈고, 모든 사람들에게 찬미의 대상이었지만, 넬슨은 이런 빛나는 금빛 날개는 강력 접착제로 곱사등 위에 붙인 것이니까 진짜가 아니라는 것을 인식시켜주었어요. 그래서 품위를 떨어뜨리는 호기심만큼은 면할 수 있었지요. 여기저기서 내 처녀성을 사겠다는 제안이 들어오기 시작했고, 몇천 파운드에 달하는 제안까지 받기 시작했지만, 넬슨은 비밀이 누설될까 두려워서 그걸 다 거부했답니다."

"교양있는 여자였지." 리지가 말했다. "넬슨은 착한 사람이었어."

"맞아요." 페버스도 동의했다. "한가지 특이한 점은 있었어요. 자신의 별명이랄까 별칭이랄까 때문에, 넬슨은 언제나 함대의 제독이 입는 제복을 완전하게 갖춰입고 다녔어요. 언제나 바늘 끝처럼 예리한 그녀의 외눈은 단 한 번의 속임수도 놓친 적 없었고 항상 이렇게 말하곤 했어요. '내겐 단단한 작은 배가 한척 있지.' 그녀의 배, 그녀의 전함에 대해 그녀는 때로 웃으면서 말하곤 했어요. '그것은 해적선이라서 가끔은 국기를 잘못 달고 나타나기도 해.' 그건 느릿느릿 흐르는 템즈 강에서 전혀 예기치 않은 곳에 닻을 내리는 쾌락의 범선을 말하는 거였죠."

리지는 월써에게 빛나는 눈을 고정하더니 목소리를 죽이고 말을 낚아챘다.

"내 딸이 처음으로 난 것은, 말하자면 그 배의 중간 돛대에 있는 돛, 아니면 까마귀 둥지에서 시작된 일이었어. 그리고 그 일이 어떻게 일어났느냐면……

어느 맑은 6월 아침 내가 얼마나 놀랐을지 생각해봐. 난 평상시처럼 성실하게 내 비둘기 가족을 돌보다가 작은 새끼 비둘기 한마리가 세상을 찾아 박공벽 끝에서 아장대는 걸 봤어. 그건 마치 물이 적당히 따뜻한지를 놓고 혼잣말로 씨름하고 있는 수영선수 같았지. 아, 그 새끼새가 거기서 망설이며 벌벌 떨고 있는데 그 뒤에서 사랑하는 어미새가 바로 달려오더니 새끼를 가장자리 밖으로 완전히 밀어버리는 거야!

처음엔 그 새가 돌멩이처럼 떨어져버렸어. 내 마음도 그 새와 함께 덜컥 내려앉았지. 나는 슬퍼서 신음을 내뱉었는데, 그 소리가 채 입술 밖으로 새나가기도 전에, 이 모든 일에서 얻은 교훈이 새끼새의 그 작은 머릿속으로 한꺼번에 밀려든 것 같았어. 갑자기 하얀 섬광과 함께 날개가 펼쳐지더니 그 새는 태양을 향해 날아올랐어. 그리고 더이상 보이지 않았지.

그래서 내가 페버스에게 말했어. '뭐 대단한 건 아니야, 우리 딸, 근데 엄마는 지붕 위에서 널 떠밀어야겠다.'"

"나한텐." 페버스가 말했다. "리지가 바람과 나의 결혼을 주선하겠다는 말로 들렸어요. 소용돌이치는 대기의 자유로운 품으로 나를 밀어버리겠다는 제안으로 말이에요."

그녀는 둥근 피아노 의자에 앉아 빙그르르 돌더니, 월써에게 그러한 혼례를 기뻐하는 신부의 광채를 보여주었는데, 월써는 그것을 보고도 못 본 체했다.

"그래요! 난 전망도 육신도 없는 야생의 방랑자 신부가 분명해요. 그게 아니라면, 난 존재하지도 못했겠죠, 기자님.

넬슨의 집은 오층 높이인데다 집 뒤에는 강으로 이어지는 깔끔한 작은 정원이 있었어요. 우리가 기거하는 다락방 천장에는 위층으로 이어지는 뚜껑문이 하나 있었고, 그 위층 천장에는 또다른 뚜껑문이 있어서 지붕으로 직접 연결되어 있었어요. 그래서 6월 어느날 밤, 아니 어쩌면 그보다 이른 새벽, 네시나 다섯시경, 달도 없는 밤에 리지와 그 견습생은 그리로 해서 기왓장 위를 기어나갔답니다. 마치 여자 마법사들처럼 우리의 행동에는 어둠과 은밀함이 필요했으니까요."

"한여름이었지." 리지가 말했다. "한여름 밤이라고 해야 할까, 아니면 한여름 아주 이른 아침이라고 해야 할까. 기억나지, 우리 딸?"

"한여름, 그래요. 그해의 신록 한가운데서, 응, 리지, 기억나." 심박의 정지.

"그 집도 장사가 끝난 상태였어요. 하룻밤 묵고 가기에는 돈이 모자란 마지막 손님과 함께 마지막 마차도 미끄러져 사라졌고, 드리워진 커튼 뒤로 모든 것이 긴 잠에 빠졌죠. 그 근처에서 비열한 거리를 활보하던 도둑, 살인자, 밤의 배회자들도 잠자리를 찾아 집으로 돌아갔어요. 각자의 운에 따라 획득한 전리품에 기분이 들떠 있건 아니건 간에.

기대를 품은 침묵이 이 도시에 가득 찬 듯 보였어요. 모든 것이 뭔가 예리한 침묵의 긴장 속에 전에 한번도 없었던 사건을 기다리는 것처럼 보였죠."

"쌀쌀한 밤이었는데도 페버스는 실오라기 하나 걸치지 않았어. 우리 둘 다 옷감의 무언가가 몸의 생생한 움직임을 방해할지 몰라서 두려웠던 거지. 우리가 기왓장으로 기어나가자, 높은 곳에 부는 작은 바람이 다가와 굴뚝 주변을 배회했어. 바람은 부드럽고도 시원했는데, 내 예쁜 딸은 소름이 잔뜩 돋은 채 그렇게나 덜덜덜 떨면서 기어나왔지. 그치? 지붕 위 경사가 그저 완만한 정도여서 우리는 홈통까지 기어갔어. 그 집 홈통 쪽에서 볼 수 있는 거라고는 우리의 옛 아버지 템즈 강뿐이었지. 뱃사람들이 좌우로 흔들며 정박을 유도하는 불빛이 강을 스치는 곳마다 템즈 강은 검은 기름장막처럼 빛이 났어."

"마침내 이런 상황까지 이르자, 난 엄청난 두려움에 사로잡혔어요. 엄청나게 고통스럽게, 내 날개가 암탉의 날개, 아니면 타조의 흔적기관과 똑같다는 것을 깨닫게 될 수도 있다는 공포 때문만은 아니었어요. 날개야 일부 여자들이 지닌 아름다움처럼, 실용성과는 상관없이 그저 보여주기 위해 만들어진 일종의 신체 사기술일지 모른다는 두려움 때문만도 아니었어요, 기자님. 그게 아니었어요. 이미 하늘 끝자락 위로 해가 고개를 내민 그 아침에, 햇살이 손가락으로 간질이듯 집을 쓸어내리다가 어쩌면 마 넬슨의 정원에서 뼈가 잔뜩 부러진 채 쓰러져 있는 나를 발견하게 될까봐 두려웠던 것도 아니었을지 몰라요. 몸에 부상을 입을지 모른다는 단순한 두려움과 섞여 있긴 했지만 어떤 알 수 없는 공포가 가슴속에서 생겨났어요. 그 마지막 숨막히는 순간, 그 공포 때문에 나는 마침내 리지의 치맛자락을 붙들고 늘어졌고, 우리의 이 계획만은 포기하자고 애원했어요. 그건 이 시도가 성공하면 내 특징으로 분명히 낙인찍힐, 이제 돌이킬 수 없는 차이에 대해, 상상할 수 있는 극한의 공포를 느낀 때문이었어요.

나는 몸의 상처가 아니라 영혼의 상처가 두려웠던 거예요, 기자님, 나란 존재와 나머지 인류 간에 회복할 수 없는 차이가 있다는 것 말이에요.

나만의 특이성을 나타내는 증거가 두려웠던 거예요."

"그러나 현명한 아이라면, 말을 할 수 있다손 쳐도 자궁 속에서 '날 여기 그냥 어둠속에 놔둬요! 계속 따뜻하게 보호해줘요! 그냥 우연에 맡겨요!'라고 외치지는 않을 거야. 그래도 자연을 부정할 수는 없는 거야. 그래서 이 어린것은 자기에게 주어진 운명을 따르지 않겠다고 내게 외쳤던 것이고, 눈물이 앞을 가릴 정도로 그런 이 아이의 애원이 나를 감동시키긴 했지만, 나는 어떤 일이 일어날지, 또 일어나야 하는지를 알고 있었어. 그래서…… 결국 밀쳐버렸지."

"바람의 투명한 두 팔이 처녀의 몸을 받아주더군요.

소녀시절 잠 못 이루던 그 소중한 밤들을 보낸 다락방 창문을 휙 지나가자, 펼쳐진 날개 아래에서 바람이 덜컹거리며 솟아올랐고, 나는 내가 공중에 떠 있다는 걸 알았죠. 정원은 멋진 보드게임판처럼 내 아래에 있었고, 그저 있던 그 자리에 있었어요. 대지가 나를 맞이하겠다고 솟아오르진 않았거든요. 보이지 않는 연인의 두 팔에 안겨 난 안전했어요.

그러나 바람이 나의 이 놀라운 정지상태를 오랫동안 아껴준 것은 아니었어요. 내가 황홀감 속에 감각을 잃은 채 그에게 매달려 있는 동안 천천히, 또 천천히 마치 나의 수동성에 모욕이라도 당한 듯, 바람은 자기 손가락 사이로 나를 미끄러뜨리기 시작했고, 나는 또다시 그 공포의 추락을 시작했죠. 그러다가 발뒤꿈치로 박차고 올라갔어요. 구름 속에 닻을 내릴 수 있는 작은 배, 즉 내 몸이 방향타를 만들기 위해 어떻게 온몸을 바짝 조여야 하는지는 새들에게 배워 알고 있었죠.

그래서 나는 발꿈치를 박차고 올라갔어요. 그러자 내가 마치 수영선수라도 된 듯, 날개 끝 깃털 중 가장 길고 가장 유연한 부분이 머리 위로 올라갔어요. 그다음에 길게, 점점 더 자신있게 날갯짓을 해서, 날개를 펼쳤다가 다시 모았어요. 그래요! 그것이 바로 나는 방법이었죠. 그래요! 나는 다시, 다시, 또다시 날개 끝으로 박수를 치듯 함께 날개를 모았고, 바람은 그게 맘에 들었는지 한번 더 날 자기 가슴에 꽉 껴안아주었죠. 그래서 나는 그와 협력하면 내가 원하는 대로 나갈 수 있다는 것을 깨달았고, 그렇게 보이지 않는 공기의 유동성을 통해 활주 공간을 줄일 수도 있다는 걸 깨달았죠.

리지, 술 한병 더 남았어요?"

리지는 새 병의 포장을 열어 따서 모두의 잔을 채웠다. 페버스는 갈증난 것처럼 잔을 들이켠 후, 떨리는 손으로 한잔 더 따랐다.

"너무 흥분하진 마라, 얘." 리지가 부드럽게 말했다. 그 말에 거의 토라지기라도 한 듯 페버스가 턱을 치켜올렸다.

"오, 리지, 이 신사분은 진실을 알아야 해요!"

그러더니 마치 이 남자와 진도를 얼마나 나갈지 확인하려는 듯, 그녀는 날카로운 판단의 눈초리를 월써에게 고정했다.

거인국의 대칭미를 지닌 그녀의 얼굴은 어쩌면 나무를 깎아다가 밝은 색으로 칠해놓은 것인지도 모른다. 써커스장의 카니발 레이디나 항해선의 이물장식을 만드는 화가들이 만드는 것 말이다. 마음속에 이런 생각이 깜빡였다. 이 여자는 진짜 사람일까?

문밖에서 삐걱거리는 소리, 숨 헐떡이는 소리가 들려오는 것으로 보아 곧 문이 쾅 하고 열릴 것이다. 가죽망또를 걸친 늙은 야간경비원이 들어왔다.

"어, 아직 여기 계셨어요, 페버스 양? 실례합니다. 문틈 아래로 새어나온 불빛을 보았거든요. 저……"

"지금 언론을 접대중이거든요." 페버스가 말했다. "오래 걸리진 않아요. 이제 나도 늙어서요. 샴페인 한모금 하고 가세요."

그녀는 자기 잔에 샴페인을 넘치게 따라서 경비원에게 내밀었다. 그는 달려들어 단숨에 마시더니 입맛을 다셨다.

"저야 그냥 제 일을 하는 거죠 뭐. 문제가 생기면 제가 어디 있는지 아시죠, 미스……"

페버스는 속눈썹 아래로 비꼬는 듯한 눈빛을 월써에게 던지고는, 자리를 뜨는 경비원을 보고 웃었다. 마치 이렇게 말하는 듯했다. "저 남자가 내 상대가 될 거라 생각해요?"

리지가 말을 이었다.

"밤하늘의 별처럼, 실오라기 하나 걸치지 않은 내 딸이 집 한쪽 구석으로 사라지는 것을 봤을 때 내가 얼마나 큰 기쁨과 자랑과 경이를 느꼈을지 상상해보라고! 그리고 사실을 말하자면, 난 정말 진심으로 마음이 놓이기도 했어. 이게 성공하느냐 죽느냐가 걸린 시도라는 걸, 마음속으론 우리 둘 다 알고 있었으니까."

"그치만 도전을 했으니 이뤄낸 게 아니겠어요, 기자님!" 페버스가 갑자기 끼어들었다. "그 첫번째 비행은 넬슨의 정원에 있는 체리나무 꼭대기 정도의 높이에서 집을 한바퀴 도는 것으로 끝났죠. 나무 높이는 9미터 정도였어요. 그리고 난 엄청난 감각의 혼란을 느꼈고 새로 발견한 기술을 연마하는 데 엄청난 집중력이 필요했지만, 리지에게 그 열매를 한움큼 따다주는 걸 소홀히 하진 않았어요. 맨 꼭대기 가지에 달린 열매는 막 알맞게 익은 상태였는데, 보통은 어쩔 수 없이 지빠귀들에게 약간의 공물로 남길 수밖에 없는 거였어요. 텅 빈 거리에선 나를 보는 사람이 아무도 없었고, 나를 술집의 연기 속에 나타나는 환각이나 백일몽, 또는 유령이라고 생각하는 사람도 없었어요. 성공적으로 집을 한바퀴 도는 항해를 마쳤고, 그러고 나자 기쁨에 후끈 달아서 친구에게 돌아가려고 지붕을 향해 솟아올랐답니다.

한번도 쓰지 않던 날개를 한꺼번에 너무 많이 움직이자, 내 날개가…… 오, 하느님, 그만 삐어버리기 시작했어요. 그걸 그땐 전혀 몰랐지만, 올라가는 데는 내려가는 것과는 완전히 다른 톱니와 도르래 작용이 수반되기 때문이죠. 우린 아직 비교생리학에 관한 연구를 완성하지 못한 상태였거든요.

그래서 난 껑충 뛰어올랐어요. 마치 돌고래가 뛰어오르듯 말이에요. 그렇게 하는 게 아니라는 걸 지금은 알고 있지만. 처음에, 얼마나 높이 뛰어야 하는지 난 잘못 판단했고, 지친 내 날개가 이미 몸 아래쪽으로 주저앉았어요. 심장이 멈추었죠. 첫번째 비행이 마지막 비행이 되겠구나 생각했고, 내 오만의 대가로 목숨을 내놓아야 할 지경이었죠.

모아둔 체리들이 정원 위로 보드라운 검은 싸락눈처럼 흩날리는 동안, 난 집에 달린 홈통을 붙잡고 늘어졌어요. 오오! 아아! 그 홈통이 무너져내렸어요! 오래된 납이 끄응 하는 신음을 내면서 처마에서 갈라졌고, 다 큰 여자가 거기 매달렸죠. 내 날개는 또 한번, 인간의 운명인 공포에 완전히 사로잡혀버렸지요."

"난 손을 뻗어 얘 팔을 잡았어. 사랑만이, 오직 위대한 사랑만이 나한테 그런 대단한 힘을 줄 수 있었던 거지, 기자 양반. 중력의 힘을 거슬러 지붕 위로 얘를 잡아당길 힘을 내게 허락해준 거야. 물살을 거슬러 역류하다 물에 빠져 죽어가는 사람을 건져올릴 때처럼 말이지."

"그리고 거기서 우린 서로의 품에 안겨 한덩어리가 된 채, 기쁨과 안도가 어우러진 눈물을 흘리며 함께 흐느꼈어요. 런던 위로 새벽이 솟아 쎄인트 폴 성당의 거대한 돔을 미끄러져나갈 때였죠. 성당은 이 도시에 솟은 신성한 젖가슴처럼 보였는데, 내겐 달리 그런 대상이 없으니, 그걸 나를 낳아준 엄마라고 불러야겠죠.

런던은 젖가슴이 하나뿐인 아마존의 여왕이었죠."

그녀가 침묵했다. 방에 있던 어떤 물건이, 아마도 온수 파이프가 금속성의 짤랑거리는 소리를 내는 것 같았다. 삐걱이는 소리가 나는 핸드백 위에 앉은 리지는 이쪽저쪽으로 엉덩이 위치를 바꾸더니 기침을 했다. 한동안 페버스는 내적인 성찰에 잠겨 있었고, 바람이 불면서 빅벤(런던 국회의사당의 시계—옮긴이)은 자정을 울리고 있었다. 월써에게 그 소리는 너무나 정처없고, 외롭게 들렸기 때문에 그 시계는 버려진 도시에서 종을 울리는 것 같았고, 살아남은 주민이라고는 그들뿐 같았다. 월써는 상상력이 풍부한 사람이 아니었지만, 어둠이 사람을 움츠러들게 하는 이런 두려운 밤시간엔 월써라 해도 신경이 예민해졌다.

마지막 종소리의 반향이 잦아들었다. 페버스는 가슴께의 쌔틴 옷자락을 흔드는 한숨을 내쉬었고, 한동안 지속되던 쾌활함도 잠시 사그라졌다.

"그 당시 내 직업생활에 대해 좀더 말씀드리죠. 박쥐처럼 쏜살같이 하늘 이곳저곳을 날 수 없던 시절, 내가 어떤 일까지 해야 했나 말이죠, 기자님! 당신은 내가 매일 밤 응접실에서 날개 단 승리의 여신상 역할을 하느라 어찌 서 있었을지 떠올렸을 것이고, 어떻게 이런 일이 가능했을지 궁금해했겠죠. 나한텐 두 팔이 있으니까……" 그리고 그녀는 두 팔을 펼쳤는데 그 길이가 분장실 절반에 미쳤다. "승리의 여신상에는 팔이 없잖아요.

글쎄요, 마 넬슨은 나야말로, 망가지고 불완전한 상태인 탓에, 수천년 동안 상상력을 자극해서 원래의 완벽하고 역동적인 아름다움을 꿈꾸게 한 그 여신상의 완벽한 모델이자 원형이라고 공언했어요. 그건 말하자면, 역사가 그 수족을 잘라낸 아름다움이었죠. 마 넬슨은 내 두 팔, 전부 완전한 팔이 있다는 점을 깊이 생각하더니 이제 자신에게 이런 질문을 던진 거예요. 승리의 여신은 팔에 무엇을 들고 있었을까? 세상에 잊혀진 거장이 처음으로 그녀의 불굴의 정신이 담긴 대리석 조각에서 그녀를 해방시켰을 때 말이야(미켈란젤로는 조각은 돌 속에 들어 있는 형상을 해방시키는 것이라 보았다—옮긴이). 그리고 마 넬슨에겐 금방 대답이 떠올랐어요. 그건 바로 칼이야.

그래서 그녀는 자신의 해군제독 제복과 어울리는 의전용 금장도를 내게 갖춰줬어요. 그 칼을 그녀는 자기 허리춤에 차고, 때로는 술파티를 지휘하기 위한 막대기로 사용하곤 했죠. 그건 프로스페로(셰익스피어의 희곡 『템페스트』에 등장하는 주인공이자 늙은 남자 마법사—옮긴이)가 쓰던 마법 지팡이였어요. 그리고 이제 나는 칼끝을 아래로 향한 채 오른손에 그 칼을 거머쥐었죠. 도발만 하지 않으면 해를 입힐 의도는 없다는 것을 보여주기 위해서였어요. 그동안 왼손은 엉성하게 옆구리 근처에 두고 있었는데 주먹은 꽉 쥔 채였죠.

이 역할을 위한 의상 준비는 어떻게 했느냐고요? 머리칼은 초크로 하얀 가루칠을 했고, 리본을 매어놓았어요. 날개 또한 흰 가루분을 발라놓아서 건드리기만 해도 가루가 날렸죠. 얼굴과 상반신에는 광대들이 써커스에서 사용하는 **백색 액체안료**를 발랐고, 배꼽부터 무릎까지는 흰 휘장을 둘렀고, 정강이와 발은 액체안료에 담갔죠."

"그리고 앤 정말 사랑스러워 보였지." 진심어린 리지가 외쳤다. 페버스는 겸손하게 속눈썹을 내리깔았다.

"사랑스럽건 아니건, 마 넬슨은 언제나 내 의상이 완전히 만족스럽다고 표현했어요. 그리고 곧 나를 '날개를 단' 승리의 여신상이 아니라, 아예 날개 달린 '승리의 여신', 즉 자기 함대 최고의 영적 존재로 부르게 했답니다. 마치 무기를 들고 있는 처녀 하나가 집 안 가득한 창녀들에게 가장 알맞은 수호천사라도 되듯 말이죠. 그러나 칼을 찬 **덩치 큰 여자**가 매음굴 최고의 홍보물은 아닐 수도 있었겠죠. 천천히 그러나 분명히, 열네살 생일 이후엔 매상이 계속 줄어들었으니까요.

신의가 두터운 고객이 많았던 것은 아니지만, 아마 그 옛적 아직 수염도 안 나고 사정도 황급히 하던 청년기에 마 넬슨이 직접 이 업계에 입문시켜준 오래된 난봉꾼도 있었고, 애니나 그레이스에게 특별한 애착이 생겨서 이들과 결혼 이야기 따위를 했던 사람들도 있었죠. 아뇨. 이런 신사들이 평생의 습관을 바꿀 순 없었어요. 마 넬슨은 이들이 정오와 자정이라는, 그림자가 생기지 않는 시간에 중독되게 했어요. **돈으로 산 쾌락의 확실성**과, 말 그대로 그녀의 향기로운 응접실에서 축연을 벌이는 계약의 단순함에 중독되게 한 거죠.

이들은 그녀가 큐피드 역할을 하던 초창기에 알고 있던, 반은 여자고 반은 조각상인 사람에게 걸어둔 작은 진주알 목걸이나 이상하게 생긴 반 파운드짜리 옛날 동전 모양에 아버지가 보여준 탐닉을 다른 데로 좀 넓혀보려는 그런 옛날 치들이었죠. 그리고 이들은 가끔씩 유치한 장난 삼아 그녀의 장난감 화살을 뺏어서, 자기들끼리 놀면서 때로는 귀를, 때로는 엉덩이를, 어떤 때엔 한쪽 불알을 쏘아 맞히기도 했어요.

그러나 이들의 아들과 손자들은 완전히 달랐죠. 그들이 마 넬슨과 그 집 여자들을 만나러 올 때면, 총총걸음으로 들어왔고, 겁은 많아도 대담하게, 이튼 학교 교복 칼라 위로 드러난 목덜미까지 붉게 달아올라, 초조한 기대와 공포로 벌벌 떨다가 내가 든 칼로 시선을 떨어뜨린 다음에는 루이자나 에밀리와 악마의 짓거리를 하곤 했죠.

나는 그들이 **보들레르**의 영향을 받게 했어요, 기자님.”

“누구라고요?” 월써는 직업적 냉정함을 잃어버릴 정도로 깜짝 놀라서 그만 큰 소리로 외쳤다.

“프랑스 시인 말이에요, 선생님. 쾌락 때문이 아니라, 그 자신도 알고 있듯, **공포** 때문에 창녀를 사랑했던 불쌍한 친구 말이에요. 마치 우리가 돈 때문에 일하는 여자들이 아니라, 오로지 어두운 운명으로 남자들을 유혹하기 위해서 그짓을 하는 **저주받은 영혼**이라도 되는 듯 말이죠. 마치 우리에겐 더 나은 일이 없는 것처럼 말이에요. 그러나 그 집에 있던 우린 모두 여성참정권 찬성론자들이었어요. 오, 넬슨도 ‘여성에게 참정권을!’을 외치던 사람 중 하나였죠. 그것만큼은 단언할 수 있어요!"

"그게 당신한테는 이상해 보이나? 새장에 갇힌 새가 세상의 끝을 보고 싶어할 거라는 게, 기자 양반?" 목소리에 칼끝같은 예리함이 서리며 리지가 캐물었다.

"마 넬슨의 집안은 완전히 여자들 세상이었다는 걸 말씀드리고 싶어요. 심지어 그 집을 지키던 개조차 암컷이었고, 고양이도 마찬가지였는데, 그중 한두 마리는 언제나 새끼고양이거나 갓 태어난 것들이었죠. 다산이라는 말의 숨겨진 뜻에, 학계에서 말하는 육체의 쾌락에서 오는 빛나는 불임까지 포함된 거죠. 이런 벽 안에서 보호받은 삶은 부드럽고 사랑어린 원리로 다스려졌어요. 난 단 한 번도 날 길러준 자매들 사이에 주먹이 오가는 걸 본 적이 없고, 욕설이나 분노의 목소리가 커지는 것도 들은 적이 없어요. 여덟시, 그러니까 일이 시작되고 리지가 현관문에 난 외부 관찰용 구멍 앞에 자리잡을 때까지 여자들은 방에 틀어박혀 있었고, 이 온화한 침묵이 멈추는 것은 그저 그레이스가 속기술 연습을 할 때 타이프라이터에서 나는 스타카토의 달각거리는 소리, 아니면 에스메랄다가 뭔가 거장다움을 증명하려고 불던 피리의 서정적 음률밖에 없었죠.

그러나 읽던 책을 치운 뒤에 남는 것은 그저 생계를 해결하려는 불쌍한 여자들뿐이었어요. 고객 중 일부는 창녀가 쾌락을 위해 그짓을 한다고 욕했지만, 그건 그저 자기 양심을 달래주려는 것에 지나지 않았죠. 쾌락을 무제한 주지는 않아야, 사실 아무 실체도 없는 쾌락 때문에 남자들이 내놓는 단단한 현찰이 좀 덜 멍청하게 느껴질 테니까요. 오, 정말이지! 우리가 파는 것은 씨뮬라끄라(포스트모더니즘 이론가 장 보드리야르가 말하는 가상현실 — 옮긴이)에 지나지 않는다는 것을 우린 잘 알고 있어요. 어떤 여자도 경제적 궁핍에 시달리지 않는 한 아랫도리를 거래하진 않거든요.

나는 어땠느냐 하면, 마 넬슨의 함대에서 살아 있는 조각상으로 일하며 내 길을 개척했어요. 그리고 열네살부터 열일곱까지 한창 꽃피던 시절에는, 밤에 문간을 두드리는 노크가 시작된 뒤로는 늘 남자들 눈에 하나의 대상으로만 존재했어요. 내 삶의 견습기가 바로 그런 거였죠. 그건 이 세상에서 삶에 대한 우리의 태도를 밝히는 일이 결국 타인의 시선에 달려 있어서가 아닐까요? 몸을 온통 뒤덮은 액체안료 때문에 얼굴과 몸은 마치 데스마스크처럼 굳어버린 탓에, 나는 어떤 껍데기 안에 갇힌 것만 같았어요. 하지만 그 대리석 외관 속에서 미래에 대한 가능성을 안고 나보다 더 민활하게 움직이던 것은 없었지요! 이 인공적인 껍데기, 이 아름다움의 석관에 봉인된 채, 나는 기다리고 또 기다렸어요…… 내가 뭘 기다렸는지는 모르겠지만. 단 하나, 장담할 수 있는 것은 있어요. 마법의 왕자가 해줄 키스를 기다린 건 아니라는 점이죠, 기자님. 밤마다 난 내 이 두 눈으로, 그런 키스가 어떻게 내 겉모습을 영원히 봉인해버리는지 똑똑히 보았으니까요!

그러나 나는 나한테 깃털이 난 것은 어떤 특별한 운명 때문이란 생각에 사로잡혔어요. 그 운명이 뭔지는 전혀 몰랐지만요. 그래서 기다렸어요. 돌처럼 굳은 인내심을 갖고, 그 운명이 스스로 드러나길 말이죠.

지금도 기다리니까요." 그녀는 월써에게로 몸을 빙 돌리더니 곧바로 그에게 말했다. "구세기의 마지막 거미줄이 바람결에 걷히기를 말이죠."

그러고는 거울 쪽으로 다시 몸을 빙 돌리더니 뻗친 머리카락 컬을 신중하게 안으로 말아넣었다.

"하지만, 리지가 문을 열어 남자들을 안으로 들일 때까지, 다시 말해 우리 모든 여자들의 절박한 상황이 갑자기 주목의 대상이 되어서 우리 모두 여성스럽게 행동해야 할 때까진, 아마 정리가 잘된 우리집의 모든 게 '화려하고 평안하며 관능적'이라고 말할 수도 있겠죠. 보들레르가 상상한 것과 똑같진 않겠지만. 우린 모두 지성이나 예술, 아니면 정치에 대한……"

이 대목에서 리지가 기침을 했다.

"연구에 빠져 있었거든요. 난 뭘 했느냐 하면, 그 긴 여가시간을 마 넬슨의 서재에서 비행의 공기역학과 생리학 공부에 바쳤어요. 내가 가진 작은 지식의 저장고가 무엇이든간에 그건 넬슨의 풍부한 서고에서 수집한 거죠, 선생님."

그 말을 하면서 그녀는 거울 속으로 월써에게 자신의 속눈썹을 깜박였다. 족히 9센티미터는 될 법한 옅은 속눈썹의 길이 때문에, 월써는 페버스가 가짜 속눈썹을 이미 떼어낸 게 아닐지도 모른다는 생각을 할 뻔했다. 화장대 위의 엄청난 잡동사니 가운데서, 축 늘어져 기대 있는 구스베리처럼 숱 많은 속눈썹을 보지 못했다면 말이다. 그는 계속해서 기계적으로 수첩에 필기를 해나갔다. 그러나 두 여자가 함께 그들이 같이 한 공통된 이야기 실타래를 풀어내자, 월써는 점점 더 자신이 처음부터 풀 수 없게 되어 있는 양털 뭉치에 엉켜 있는 새끼 고양이처럼 느껴졌다. 그게 아니라면 둘 다 하룻밤에 천 가지 이야기로 감동을 주는 데 골몰한, 한 명이 아닌 두 명의 셰에라자드를 마주하고 앉은 술탄처럼 느껴지기도 했다.

"서재요?" 다소 피곤한 기미가 있었지만 월써는 지치지 않고 캐물었다.

"E가 그걸 그녀에게 남겼지." 리지가 말했다.

"누가 누구에게 뭘 줬다고요?"

"그 괴짜 노친네 말이오. 그자가 넬슨에게 자기 서재를 남겼지. 넬슨은 런던에서 유일하게 그자의 거시기를 세워줄 수 있는 여자였기 때문이지만."

"리지! 내가 그런 저속한 말 싫다고 했잖아."

"넬슨의 검정 안대와 변장에도 불구하고 말이야, 아니 어쩌면 그 때문인지도 모르지만. 암사슴가죽으로 된 승마용 바지를 입은 그녀의 작고 통통한 허벅지는 치킨커틀릿 같았어! 어찌나 별스럽게 재단을 했는지! 그 남자는 수염이 난 커다란 스코틀랜드 신사였어. 나는 그를 잘 기억하고 있지. 물론 그는 이름을 알려준 적이 없어. 그런데 그자가 도서관을 남겨준 거야. 우리 딸 페버스는 언제나 그 안 어딘가에 자리를 틀고 앉아서 책에 코를 박고 있었지. 책이란 건 사람들한테 속임수 같은 말만 찔러대는 것에 불과한데."

속임수, 월써는 다시 샘솟는 열정을 가지고 그렇게 적어넣었다. 영국에서는 일종의 사탕발림, 미국에서는……

"내가 나는 것에 대해서라면." 페버스는 지치지 않고 계속했다. "당신은 내 키와 몸무게, 그리고 전체적인 구조가 날기에 쉽지 않게 생겨먹었다는 것을 깨달아야 해요. 가슴에는 나는 데 꼭 필요한 크기의 폐가 들어가기에 충분한 공간이 있긴 했지만요. 그러나 새들의 뼈는 기체로 가득한 반면, 내 뼈는 고체인 골수로 가득해요. 또 내 흉부의 빈 공간이 엄청나게 발달해서 비둘기의 흉강과 같은 바람막이가 되어준다고 한들, 둘의 유사성도 그걸로 불쑥 그쳐버려서, 균형을 잡는 문제나 변덕스러운 연인이라 할 바람과 타협할 기초적 방법 등에 오랫동안 몰두하게 되었죠.

제 다리를 관찰해보셨나요, 기자님?"

그녀는 실내복 자락 사이로 오른쪽 다리를 불쑥 내밀었다. 발엔 지저분한 백조 깃털로 장식된데다, 뒤축은 다 닳아버린 분홍색 벨벳 슬리퍼가 신겨져 있었다. 다리엔 아무것도 신지 않은 상태였는데 그건 그저 감탄할 만큼 길고 가늘었다.

"보시다시피, 순수한 미학의 관점에서 보면 내 다린 내 몸 상체와 맞지 않아요. 내가 비너스의 진본이라면, 나 정도의 크기로 지어진 몸이라면 통나무 정도는 되는 다리를 가져야 하죠, 기자님. 상체가 무거운 무게 배분 때문에 내 이 허약하고 왜소한 지지대는 몇번이나 몸통을 뒤틀었고, 어디 부딪히기라도 하면 잘 넘어지게 했고, 대자로 뻗게 하기도 일쑤였어요. 제 걸음걸이는 최고로 멋지다기보다는 튀어오르듯 걷는다는 편이 옳겠죠. 나 정도 키의 새라면 작고 짧은 다리를 가졌을 테고, 그런 다리는 몸 안으로 당겨올려서 공기를 가로지를 V자 대형을 이루는 데 쓰일 수 있었겠죠. 그러나 이 가늘고 긴 다리는 하늘을 나는 새에게나 땅 위의 여자에게나 전혀 맞지 않았어요.

이 문제는 리지와 논의하는 것이……

어느 일요일 오후 나는 런던 동물원으로 나들이를 가자고 제안했어요. 그리고 우린 거기서 황새, 두루미, 홍학을 봤어요.

그 다리 긴 새들은 더 연장된 비행시간을 보장할 거라는 들뜬 약속을 해주었죠. 전엔 더 오래 난다는 것이 내겐 불가능하다고 생각했거든요. 두루미는 여러 대륙을 건너고, 오래 날 수 없다고 생각하진 않잖아요. 두루미는 아프리카에서 겨울을 나고, 발트 해에서 여름을 보내요! 나는 마침내 급강하와 급상승에 대해 배우기로 결심했어요. 마침내 알바트로스와 겨뤄볼 정도로, 또 거친 북위 40도 폭풍해역이나 광폭한 50도 광풍해역을 가뿐하게 기쁜 마음으로 활공할 수 있을 정도로 말이에요. 이런 지역의 바람은 하얀 남극을 지키는 지옥의 숨결 같은 것들이죠! 뭐 내 다리가 자라면서 날개의 크기도 커졌으니까요. 그리고 다리와 날개를 맞춰볼 정도로 내 야심은 부풀었죠. 나는 해크니 마시스(런던 해크니 자치구역에 있는 리 강 서쪽 둑에 있는 목초지—옮긴이)까지의 짧은 비행으로는 만족할 수 없었거든요. 태생은 런던 빈민가의 참새였을지 몰라도 기질은 그렇지가 않아서요. 그땐 세계가 만든 규제에 관해 아는 게 없었으니까, 내 미래는 전세계를 횡단하는 것이라고 생각했어요. 그저 아는 거라곤 내 몸에 무한정의 자유가 깃들어 있다는 것뿐이었죠.

초심자였기 때문에 이런 욕구는 작은 시작으로 만족해야 했어요. 아무도 보는 이 없는 그믐밤 지붕에 올라가서, 잠든 도시 위로 비밀의 날갯짓을 시작하는 거였죠. 수직이륙처럼 우리가 찾아본 초창기 실험 중 몇가지는 우리집 거실에서도 할 수 있었어요."

마치 어떤 책에 나온 교과인 듯 리지가 반복해 말했다. "새가 갑자기 위쪽으로 상승하고자 할 때는 추진력을 낸 직후 양 팔꿈치를 낮춘다."

페버스는 의자를 뒤로 젖히고는 발끝으로 일어서서 천장을 향해 얼굴을 들어올렸다. 갑자기 더없는 천상지복을 나타내는 표정, 주일학교 그림책에 그려진 천사의 얼굴 같은 표정을 지어 보였다. 그것은 놀라운 변신이었다. 그녀는 거대한 가슴 위로 팔짱을 꼈고, 쎄틴 실내복 등 쪽의 불룩한 부분이 솟아오르더니 비상을 준비했다. 낡은 쎄틴 옷에 주름이 잡혔다. 모든 것이 막 폭발하여 이륙하기 직전이었다. 그러나 풀려난 컬 몇가닥이 높이 틀어 말아올린 그녀의 머리 꼭대기에서 흔들리고 있었는데, 그 머리카락은 담배연기 때문에 변색된 천장에서 정처없이 떠돌던 거미줄을 벌써 쓸어내고 있었다. 이어서 리지의 경고가 들렸다.

"여긴 공간이 충분치 않은데, 우리 딸. 그건 이 사람 상상력에 좀 맡겨둬야겠어. 넬슨의 거실은 이 고약한 다락방보다 천장이 두 배는 높았고, 우리 딸도 그땐 지금 키의 반도 안됐잖아. 열일곱살 땐 정말 대단하게 총알처럼 솟구쳤지, 안 그래?" 오, 그 목소리의 부드러움이라니!

페버스는 마지못해 의자 위로 다시 가라앉았고, 그녀의 눈썹에 생각에 잠긴 그림자가 드리웠다.

"열일곱살이 되자 우리에겐 악운의 해가 시작되었어요. 거친 황야의 세월이었죠." 그녀는 화산처럼 격한 숨을 다시 한번 들이마셨다. "샴페인 남은 거 있어요, 리지?"

리지는 칸막이 뒤를 주시했다.

"세상에, 믿어지니? 우리가 다 마셨네."

바닥에서 냄새나는 속옷들 사이로 굴러다니는 버려진 술병들 때문에 그 방은 타락한 듯한 인상이 풍겼다.

"그래요, 그럼 차 한잔 만들어줘요. 예쁜 사람이 왔잖아."

리지는 칸막이 뒤로 숨는가 싶더니 양철 주전자를 들고 나났다. "금방 가서 복도에 있는 수도에서 물 좀 담아올게."

이 대단한 거인 여성과 둘만 남겨지자, 월써는 인터뷰를 하는 동안 그녀가 불완전하게 감추고 있던 월써 자신에 대한 의심의 저류가 이제 표면으로 떠오르고 있다는 것을 알아챘다.

그녀의 친절함은 어디론가 사라졌다. 그녀는 거의 적의를 드러내다시피 하면서 숱 많은 옅은 색 속눈썹 아래로 그를 흘겨보았고, 어딘지 심기가 불편해 보였으며, 지루한 듯 바이올렛 꽃이 한다발 담긴 작은 통에 손을 뻗었다. 뭔가가 어디서, 아마도 양철 주전자 뚜껑이 덜그럭, 쨍그랑거리고 있었던 것 같았다. 그녀가 고개를 들었다. 그러자 고요한 밤에 다시 한번 빅벤의 종소리가 들려왔고, 갑자기 그녀는 활기로 가득 찼다.

"벌써 열두시네요! 자신에 대해 허튼소리를 늘어놓을 땐 시간이 어찌나 빨리 가는지!"

그날 밤 처음으로, 월써는 진심으로 당황했다.

"저, 이봐요! 아까 전에 시계가 자정을 치지 않았어요? 경비원이 들렀다 간 뒤에 말이에요."

"그랬나요, 기자님? 어떻게 그럴 수 있지? 오 저런, 기자님. 아니에요. 시계는 열시, 열한시, 열두시를 알리지 않았어요? 바로 좀전에요. 우리 둘 다 여기 앉아서 들었잖아요? 절 못 믿겠다면 회중시계 좀 보세요."

월써는 시키는 대로 고분고분 가슴의 주머니를 뒤졌다. 시계는 두 바늘이 다 자정에 고정되어 있었다. 그는 시계를 귀로 가져갔다. 시계는 평상시처럼 열심히 똑딱거리고 있었다. 리지는 물방울이 뚝뚝 떨어지는 주전자를 갖고 돌아왔다.

분장실에는 차를 끓일 장비가 다 갖추어져 있었다. 벽난로 옆 찬장에는 놋쇠 느낌이 나는 난로가 있었고, 검게 윤이 나는 쟁반에는 통통한 갈색 찻주전자와 흰색의 커다란 머그잔들이 놓여 있었다. 리지는 성냥을 가져다가 작은 불을 피웠고, 푸른색 설탕주머니와 우유를 꺼내느라 다시 찬장에 손을 뻗었다.

"또 떨어졌네." 그녀는 단지 안을 유심히 들여다보았다.

"그럼 블랙으로 마셔야겠네."

"그을쎄요, 제가 뭘 잘못 들었나봐요." 월써는 시계를 도로 가슴의 주머니로 미끄러뜨리면서 중얼거렸다.

"그게 뭔데?" 날카로운 청력을 가진 리지가 귀를 쫑긋했다.

"월써 씨는 우리가 빅벤을 한시간 뒤로 돌려놨다고 생각하시는데요." 페버스가 태연한 얼굴로 말했다.

"그럴듯하네." 리지가 경멸하듯 말했다. "오, 아주 그럴듯해."

페버스는 튼튼하고 아름다운 치아를 갖고 있었다. 그녀는 도구를 사용하지 않았고, 설탕주머니에서 직접 설탕을 기울여 자신의 김나는 머그잔에 연달아 부어댔다. 그녀는 양손으로 머그잔을 감싸 손을 데우면서 다시 말을 이었다. 지금 시간이 몇시든, 밤에는 추워지기 때문이다.

페버스의 목소리. 월써는 마치 그 목소리의 포로가 된 것 같았다. 빈 동굴에서 나는 듯한, 음침한 그녀의 목소리, 그건 폭풍우라도 몰아칠 듯한 목소리였고, 천상의 걸걸한 생선장수나 낼 법한 목소리였다. 이상한 음악성이 있었으나 노래처럼 들리지는 않았다. 그것은 불협화음으로 이루어져 있었고, 음폭은 12음계에 달했다. 거기엔 뒤틀리고 촌스러운 런던 사투리의 모음과 불규칙한 기식음이 있었다. 그녀의 어둡고 쉰 목소리, 가라앉았다가 급습하는 목소리는 마치 쎄이렌의 목소리처럼 오만했다.

그러나 이런 목소리의 발원지는 그녀의 목구멍이 아니라 다른 정교한 기계장치이거나 캔버스 칸막이 뒤의 다른 무엇일 수도 있었다. 강신술 모임에서 가짜 영매 역할을 하는 목소리 말이다.

"마 넬슨은 끔찍이도 갑작스레 죽음을 맞았어요. 우리 모두한테 간이 된 소고기 쌘드위치를 사주려고 화이트채플 하이스트리트를 건너서 블룸스로 오는 길에, 과일 껍질인지 개똥인지 전혀 상관도 없는 것을 밟고 미끄러지더니 달려오던 양조장 사륜마차의 말발굽과 바퀴 아래 깔려버렸고, 순식간에 과일처럼 으깨져버렸죠."

"병원으로 가는 도중에 죽어버렸어, 가엾은 양반." 리지가 깨진 종소리처럼 끼어들었다. "'키스해줘, 하디'라든지, 그 비슷한 부드러운 임종의 말 같은 건 할 기회조차 없었지. 우린 시폰 씰크햇에 검은 깃털과 장례식 차량까지 동원해서 그녀에게 멋진 장례를 치러주었어, 기자 양반. 화이트채플은 그런 멋진 광경을 한번도 본 적이 없었고, 이후로도 그렇겠지! 애도하는 창녀들의 인파가 줄지어 따라가던 그 장례 행렬이라니."

"그러나 우리가 사랑하던 고인이 영면한 뒤, 우리가 응접실에 모여 장례식용 스테이크 한두 조각을 자르고 있는데, 마치 심판의 날이라도 온 것처럼 문간에 노크소리가 들렸어요."

"그리고 그날이 정말로 심판의 날이라는 것이 입증되었지. 옷깃을 귀 높이까지 바짝 올린 비국교도 목사 하나를 어쩌다 문 안으로 들였지 뭐야. 그자는 이를 박박 갈면서 이렇게 외치더군. '이 죄의 죗값이 좋으신 주님의 과업에 쓰이게 하리라!'"

"자, 넬슨은 우릴 수양딸로 생각했다고 해도, 인생의 황금기에 그렇게 갑자기 우리 곁에서 떠나갔으니 유언장 하나 만들 생각도 못 했죠. 지금의 우리 엄마 리지만큼도 나이를 먹지 않았을 때니까요. 게다가 그녀는 죽음에 대한 생각을 견딜 수 없어했어요. 그러니 그처럼 유언장도 없이 죽었고, 그녀의 모든 재산은 그런 경우 법이 정한 합당한 절차에 따라 살아 있는 그녀의 친척에게로 넘어갔답니다. 오, 운명의 아이러니라니! 어릴 적 넬슨이 처음으로 작은 실수를 했을 때 그녀를 집에서 쫓아냈고, 그 때문에 그녀가 파멸하게 된 바로 그 엄격하고 무자비한 오빠한테 재산이 다 넘어간 거예요. 어떤 의미로 보면 이것도 그녀의 운명이겠지만 말이죠.

땅에도 하늘에도 정의는 없는 것인가요? 정말 없는 것 같아 보이네요. 바로 그 오빠, 잔인하고도 잔혹한 넬슨의 오빠가 이제는 합법적으로 그녀의 재산을 다 털어먹을 자격을 가지고 온 거죠. 우리가 잔돈푼을 모아서 넬슨의 비석값이나마 미리 치르지 않았다면……"

"우리는 묘비명에 '안전한 항구'라고 써넣기로 했지."

"그 오빠란 자도 그렇게 훌륭하고, 친절하고, 교양있는 여자가 자신이 일구어놓은 것을 다 버리고 다시 땅속으로 돌아가는 것을 보았으면 좋았을 것을. 그리로 가는 길을 표시할 **조약돌**조차 없이 갔는데 말이에요.

　그는 자기 소유라고 생각하는 음식을 우리가 먹으면서 거기에 앉아 있는 모습을 견딜 수 없어했어요. 그 작자는 돼지고기 파이를 뒤엎고 우리가 빼내온 마 넬슨의 고급 빈티지 와인을 전부 다 카펫 위에 쏟아버렸죠. 우리의 시대는 끝났다고 선언하더군요. 그러고는 선심이라도 베풀듯 하는 말이, 다음날 오전 아홉시까지 가방이건 보따리건 짐을 싸서 슬그머니 집에서 나갈 시간을 주겠다고 하더군요. 우리가 아는 집이라곤 그곳이 유일한데, 거길 떠나 모두 한꺼번에 나가라는 거죠. 그런 식으로 그 작자는 '주님의 말씀에 불충한 자들의 사원을 일소할' 계획을 짰답니다. 자신의 주님은 우리 중 누구든 회개하고 남아 있고자 하는 자에게는 미소를 지으시리라는 암시를 흘릴 정도의 친절은 베풀었지만요. 단 하나 권선징악의 정의만 알던 그는 자기가 받은 유산으로 죄지은 여자들의 감화원을 만들 계획이었는데, 말하자면 밀렵꾼이 사냥터지기로 변하듯이 회개한 한두 명의 매춘부라면 그런 곳에 요긴하게 쓰일 것이라고 생각했기 때문이에요."

　"그러나 우리 중 누구도 그자가 제안한 간수직을 받아들이진 않았지. 고맙지만 사양이라고!"

　"그자가 마차를 타고 뎁퍼드에 있는 목사관으로 돌아간 뒤, 우리는 앞으로 어찌해야 할지를 얘기했어요. 우리의 미래라는 게 이제 더이상 같을 수 없겠다고 예측은 했지만. 그래야 하는 게 슬펐지만, 처음엔 우리를 하나로 뭉치게 했던 필연성이 이젠 뿔뿔이 흩어지게 만드는 것이 분명하니 응당 모두 그래야 하듯, 그 필연성에 고개를 숙였답니다. 보이지 않는 애정의 결속감이 우리가 어디서 방황을 하건 언제나 우리를 굳게 결합시키겠지만요.

그러나 예기치 않은 일이 일어났다고 우리 모두가 대비를 못한 것은 아니었어요. 당신도 생각나게 될 거예요. 마 넬슨이 어떻게 그 고색창연한 매음굴 시절이 얼마 안 남았다는 것을 알았는지, 또 어떻게 늘 자기가 이끌던 예술원 식구들이 더 넓은 세계를 준비하도록 격려했는지를 말이에요.

루이자와 에밀리는 그런 직업의 여자들이 종종 겪는 힘든 상황에 적응할 수 있게 하는, 말하자면 서로에 대한 친밀한 애착감 같은 것이 있었어요. 그래서 마 넬슨이 작고하기 한참 전에, 브라이턴에 있는 작은 하숙집에 기반을 잡을 만큼만 저금하면, 일찍이 은퇴하기로 둘은 결정해놓고 있었더랬죠. 그들은 오랫동안 그 계획을 소중히 간직해왔기에, 일하는 고된 시간도 종종 느긋하게 보내곤 했어요. 추잡한 남색가가 쓸모도 없는 연장으로 그들을 찔러보는 동안에도, 베갯잇은 무늬가 없는 것이 좋을까 아니면 레이스로 끝단을 장식한 것이 좋을까 계획하고, 식당에는 어떤 벽지를 붙일까를 계획하면서 말이죠. 그들의 계약이 갑작스레 종결되는 바람에 할 수 없이 그 영민한 여자들은 원래 바라던 것보다는 좀 적은 자본으로 모험적인 사업을 시작할 수밖에 없긴 했지만, 그들은 즉시 자신들의 예금통장을 참고해 고민했고 이렇게 선언했죠. '호랑이 굴에 들어가야 호랑이를 잡는 법이야.' 그러고는 트렁크 짐을 싸려고 그 즉시 이층으로 올라갔어요. 그 다음날 싸우스 코스트로 떠나 적당히 싼 값의 부동산이 있는지 물색해보려고 말이죠.

애니와 그레이스도 작은 가게 하나를 따로 봐둔 것이 있었는데, 타이핑과 사무업무를 보는 작은 대리점을 열려고 공동 출자하기로 결심했죠. 그레이스는 최고의 캐스터네츠를 치듯 타자기 자판을 두드리는 데 일가견이 있었고, 애니는 마넬슨의 회계장부 정리를 수년 동안 쭉 처리해왔기 때문에 숫자라면 능숙했기 때문이에요. 그러니 그들 또한 짐을 싸서, 다음날 숙박할 곳을 향해 떠나 합당한 건물을 찾는 데 착수할 참이었죠. 성실한 노동과 훌륭한 경영 덕분에 이런 여자들이 잘살 수 있게 되었다고 말하게 되어 기쁘네요, 기자님."

"그러나 제니 얘기라면, 제니가 피커딜리 거리에서 최고로 예쁘고 마음씨도 최고로 고운 여자이긴 했지만, 특별한 재주도 없는데다 동전은 거지에게 죄다 줘버렸을 뿐 저금 한푼 해놓은 것이 없었어요. 제니가 가진 유일한 자본이라곤 고운 피부밖에 없었죠. 장례식과 더불어 퇴거 명령장이 오고, 마넬슨의 기지에 있던 사람도 급격히 줄자 그녀는 눈물을 쏟으며 '난 어떻게 되는 거지?'라며 좌절했어요. 이 예술원의 보호와 우정이 사라진 뒤, 혼자 살아나갈 배짱이 그녀에겐 없었기 때문이에요. 우리가 그녀를 위로해주고 눈물을 닦아주고 있는데, 문고리에서 똑똑 하는 소리가 들려왔어요. 어라, 그 건 전보를 배달하는 소년이었어요.

윙 하고 울리는 전선이 어떤 내용을 전달했느냐고요? 오오, 그건 남편감이었어요. 전보에는 이렇게 씌어 있었으니까요. '한사람의 죽음은 또다른 죽음으로 이어진다. 다들 말하듯, 내 아내는 제독이 닻을 내렸듯 같은 항구에 막 닻을 내렸다.' (그는 언제나 마 넬슨을 제독이라고 불렀죠.) '상냥한 제니퍼, 주님과 여러 사람들 앞에서 내 사람이 되어주오. ○○○경 서명.'"

"쓰레기." 너무 진지해서 빈정거리는 것처럼 리지가 끼어 들었다.

"쓰레기 경이었죠." 페버스가 반사적으로 맞장구쳤다. "내 가 그자의 이름을 말해주면 당신은 『버크의 귀족 작위』에서 이름을 찾아보고 매우 놀라게 될 테니, 우린 그냥 그자라고 만 부를게요. 세번째 죽음이 있으면 두번째 죽음도 있는 거라 잖아요. 글쎄요, 그들은 스미스 광장의 쎄인트 존스 성당에서 결혼했고, 꽤나 세련된 행사였어요. 그녀는 흰색이 아닌 연노 랑 드레스를 입었는데, 그녀가 시골 과부라고 그가 떠들고 다 녔기 때문이죠. 그리고 그후 싸보이 호텔에서 열린 리쎕션 때 최고의 사건이랄 수밖에 없는 일이……"

"그자는 봉브 쒸르프리즈 얼음과자를 먹다가 질식해 죽어 버렸지." 리지가 말했다. 그리고 갑작스럽고도 격렬하게 째 지는 웃음소리를 쏟아냈다. 그 때문에 페버스는 표정으로 리지를 책망했다.

"그래서 제니는 저기 요크셔 위쪽 지방과 스코틀랜드의 다른 지방에서 연간 삼만 파운드의 수입을 얻게 되었고, 거기에 덧붙여서 이튼 스퀘어에 있는 아주 멋진 집도 얻게 되었어요. 그리고 우리 귀여운 작은 아씨는 감상적인 영혼이라서 떠나간 사람에 대해 아주 많이 슬퍼하는 것만 빼면 예쁘게 잘 정착해왔을 거예요. 언제나 낙천주의자였던 그녀는 그 노친네랑 길고 행복한 나날을 보내리라 기대했으니까요."

"오직 창녀만이 결혼에서 그런 희망을 볼 수 있는 법." 리지가 갑작스럽게 힘주어 의견을 말했다.

"우리 제니는 빨간 머리였는데, 그만 검은 베일로 덮여버렸답니다. 그리고 애도기간 동안 그녀는 몽떼까를로로 여행을 떠나기로 했어요. 도박 테이블에서 약간의 설렘을 느껴보려는 거였죠. 11월이 되어가고 있었고, 고향은 날씨가 좋지 않았거든요. 그녀에게 단점이 있다면 그건 도박이었어요. 그래서 그녀는 워스 근처에서 검은 상복을 입고 도박 테이블에 앉았답니다. 묵묵히 과부가 된 자신의 다이아몬드로 치장한 채로요."

"제니가 재봉틀을 만드는 시카고 출신의 한 신사의 시선을 끌게 되자 그때……"

"설마……" 월써가 불쑥 끼어들었다.

"사실이에요."

월써는 연필 끝으로 자기 치아를 톡톡 두드렸고, 이들이 자신에게 한 말 중에 최초로 확인 가능한 사실과 함께, 그 사실을 확인할 방법이 없다는 딜레마와 마주하게 되었다. 모 귀족 부인에게 전보를 쳐서 넬슨이라는 애꾸눈 창녀가 운영하던 매음굴에서 일한 적이 있는지 물어본다? 이보다 가벼운 사안이라고 해도 교신은 이미 거절된 것이나 마찬가지이다!

페버스와 리지는 이제 한목소리로 한숨을 쉬었다.

"그렇지만 이 두번째 남편이 요즘 통 기력이 딸리는 것도 이해가 가요, 불쌍한 제니. 그 남자가 가진 수백만 달러가 이런 상실감을 위로해줄 수 있을지 사람들이 궁금해하겠지만." 리지는 표정없는 얼굴로 읊조렸다.

페버스는 잠시 왼쪽 눈꺼풀을 왼쪽 눈 위로 내리깔았다.

"에스메랄다 얘길 하자면." 페버스가 말을 이었다. "그앤 계속해서 피리만 삑삑 불어댔어요. 그러다가 마 넬슨의 단골 고객 하나가, 그 사람은 에스메랄다랑 잘 알고 지내던 사람으로 극장 일을 하던 신사였는데, 최적의 타이밍을 골라 그애한테 배역 하나를 주겠다고 특별한 심부름꾼을 보냈죠. 그 배역은 바로 에스메랄다가 뱀을 길들여 세탁바구니에서 뱀이 나오도록 하는 것이었는데, 나중에 보니 그 뱀은 핸섬한 용모와 불가사의한 신체적 기동력을 지닌 젊은 청년으로 업계에서는 인간 뱀장어로 알려져 있더라고요. 에스메랄다는 그 공연을 위해 호피에 그리스식 샌들을 차려입고 나타났어요. 그러니 그녀의 피리는 **마술피리**라는 것이 밝혀졌고, 그 예술 공연 자체도 엄청난 박수갈채를 받으며 영국과 유럽을 순회했죠.

곧 인간 뱀장어는 몸을 꼬면서 에스메랄다의 사랑을 받는 길로 나가볼 궁리를 했고, 하느님이 축복하사 그들은 이제 한 쌍의 작은 뱀장어 커플이 됐죠. 리지와 내가 그들의 결혼식 증인을 서주었다니까요, 기자님."

"우리 두 사람도 정처없이 집을 떠난 것은 아니었어. 수년간 페버스와 나는 수입과 팁을 전부 내 여동생의 사업에다 투자했거든. 그리고 이제 거기 자리가 하나 마련되어 동생이 우리를 기다리고 있었지. 그래서 우리도 은퇴할 결심을 한 거야. 프랑스 사람들 말대로 '도약하기 위해서는 한발짝 물러서야 한다'는 말도 있잖아. 내 여동생 이쏘타는 런던에서 제일가는 아이스크림 가게를 열었는데 말이오, 기자 양반. 씨칠리아 빼고는 최고의 까싸따 아이스크림(이딸리아 씨칠리아 섬 북부 항구인 빨레르모 지방의 전통식 디저트로 견과류와 과일이 곁들인 아이스크림─옮긴이)이었지. 우리 가족만의 오랜 조리법 덕분이었어. 우리 아버지가 그 조리법을 갖고 오셨거든. 봉브 쒸르프리즈 얼음과자라면……"

"이크!" 그 순간, 우연찮은 사고로 분통을 뒤엎어버리고 만 페버스가 중간에 말을 끊었다. 어찌나 엉망이던지! 화장대 위의 모든 것에 분가루가 먼지처럼 날리며 쏟아진 데에는 일이초밖에 걸리지 않았다. 그다음 다시 말을 이은 것도 페버스였다.

"그래서 우리 여자들은 모두 갈길을 정해두었고, 그날 밤엔 우리 중 누구도 잠 한숨 자지 못했어요. 우리 모두가 앞으로의 계획이며 짐 꾸리는 일로 바빴으니까요. 마침내 일단 물건들을 다 싸서 정리해두고 나자, 우린 응접실에 모두 모였답니다. 미치광이 같은 그놈의 목사가 들이닥쳤을 때 사려깊은 에스메랄다가 난로망 뒤에 숨겨뒀던 마 넬슨 기지에 남은 마지막 술을 끝장내기 위해서였어요. 우린 서로에게, 또 그 응접실에 작별을 고하노라니 얼마나 슬펐던지요! 매춘행위와 자매애로 이루어진 그 방은 너무나 많은 희비가 엇갈린 기억과 모욕과 우정의 창고였거든요. 그리고 나한테 그 방은 처음으로 중력을 벗어났던 곳이니까, 내 마음속엔 언제나 신성한 것으로 남아 있을 거예요. 단단한 심성의 넬슨을 영원히 기억하기 위해 우리는 모두 각각 작은 기념물을 챙겼어요."

"나는, 난 언제나 자정 아니면 정오를 가리키던 프랑스제 벽시계를 챙겼지." 리지가 말했다.

"그건 시간이 멈추었다는 살아 있는 증거이기 때문이 아닐까요, 기자님?"

페버스는 다시 한번 월써를 향해 커다란 눈을 떴다. 그때 속눈썹에서 휙 하고 인 바람 때문에 월써의 수첩 페이지들이 미풍에 사라락 휘날렸다. 늦은 시간이었기 때문에 그 눈의 찐득하면서도 빛나는 흰자위가 이제 붉은색으로 약간 충혈되긴 했지만 말이다.

"그 시계는 바로 저기 벽난로 선반에서 볼 수 있을 거예요. 우린 그 시계 없이는 꼼짝도 안하거든요. 뭐야, 정말이라니까요! 시계가 완전히 숨어버린 걸 보니 오늘 저녁 쇼 때문에 급히 서두르느라 드로즈를 그 위에 걸쳐둔 게 분명해요!"

그녀가 방을 가로질러 긴 팔을 쭈욱 뻗더니, 자신의 설명대로 매우 예쁘고 고풍스러운 시계 위에서 묵직한 드로즈를 건져올렸다. 위쪽에 시계가 있었고 두 바늘은 영원토록 열두시를 가리키고 있었다. 그다음 그녀는 풍성한 레이스가 달린 드로즈를 월써의 무릎에 떨어뜨렸다. 그가 재빨리 엄지와 다른 손가락 끝을 이용해 그것을 자기 뒤의 소파로 치우자 여자들이 싱긋이 웃었다.

"그렇지만 나는 칼을 갖고 왔어요." 그녀가 말했다. "승리의 여신의 칼, 처음에는 넬슨이 허벅지에 차고 다녔던 그 칼 말이에요."

그녀는 손을 화장복 가슴께로 쑥 밀어넣더니 금장된 칼 하나를 꺼냈다. 그러고는 그것을 머리 위로 휘둘렀다. 그 칼은 완전히 차려입은 제독에게는 작은 장난감에 지나지 않았으나, 빛이 잦아든 가운데서 날카롭게 번쩍이며 빛을 발하자 월써는 놀라 껑충 뛰었다.

"내 칼이죠. 나는 이걸 항상 지니고 다녀요. 감상적인 이유도 있지만 호신용이기도 하죠."

칼날이 얼마나 날카로운지 월써가 알아차렸음을 확인하자 그녀는 그것을 가슴으로 도로 갖다넣었다.

"그날 밤이 다할 무렵, 우린 슬픈 새들처럼 거기 응접실에 모여서 포트와인을 홀짝거리고, 리지가 크리스마스용으로 장만해두었지만 더이상 보관할 필요가 없어진 과일케이크를 조금씩 뜯어먹었죠. 그 방이 어찌나 슬프고도 으스스하게 느껴지던지! 장례식 이후로는 일부러 불을 피우느라 애쓰지 않았거든요. 그러니 화로에는 어제의 백단향 나무에서 떨어진 향수어린 재만 좀 남아 있었죠. 우린 그저 '이거 기억나?' 아니면 '저거 기억나?'라는 말만 하다가 우리 제니가 이렇게 말했어요. '저 말이야, 우리 커튼을 열고 여기에 빛이 약간 들어오게 하는 건 어떨까? 우리가 이 방을 보는 것도 마지막일 테니까.'

아무리 기억해봐도 커튼이 열린 적은 한번도 없었어요. 다른 여자들 중에도 그 커튼이 마지막으로 걷혔던 때를 기억하는 사람은 하나도 없었죠. 그 커튼의 주름 자락으로 인해서, 연중 계절을 타지 않고 호황을 누리던 그 응접실에서 인공적인 밤의 쾌락이 만들어졌던 것이니까요.

그래서 우리는 커튼을 열고 덧창도 열었어요. 그러자 음울한 강 위로 열린 키 높은 창문, 거기서 차갑지만 상쾌한 바람 한줄기가 흘러들어왔죠.

그것은 이른 새벽의 차가운 빛이었는데 그 빛이 얼마나 구슬프게 또 정신이 번쩍 들게 그 방을 비추었는지 몰라요. 눈을 속이는 촛불 때문에 그리도 멋져 보였던 방을 말이죠! 이제 우린 전에는 보지 못했던 것을 보게 되었답니다. 나방이 가구를 얼마나 갉아먹었는지, 쥐들은 페르시아 카펫과 먼지가 켜켜이 쌓인 벽장식을 또 얼마나 쏠아댔는지 말이죠. 그 방의 호화로움이란 그저 한밤의 촛불들이 만들어낸 환상에 지나지 않았던 거예요. 그리고 새벽에 보니 모든 것이 시들고 말라빠진 퇴물에 지나지 않았어요. 우리는 지붕이며 능직천을 바른 벽에서 습기와 곰팡이로 생긴 얼룩을 보았어요. 거울에 달린 금장식도 모두 녹슬었고, 만발한 먼짓덩어리가 거울을 흐릿하게 만들고 있었죠. 그래서 우리가 거울을 들여다보았을 때 본 것은 예전의 싱싱한 젊은 아가씨의 모습이 아니라, 앞으로 다가올 노파의 모습이었죠. 쾌락이 언젠가 사라지듯, 우리 또한 사라지고 마는 그런 존재라는 것을 깨달았죠.

그제야 그 집이 우리에게 참 도움이 되었다는 사실을 이해하게 되었어요. 응접실 자체가 바로 우리 눈앞에서 흔들리며 분해되기 시작했으니까요. 소파의 내구성조차 의심스러울 지경이었어요. 소파와 그 묵직한 가죽 안락의자들까지도 이제는 연기로 만들어진 듯한, 곧 쓰러질 듯한 가구의 풍모를 띠고 있었으니까요.

'자, 지금이에요!' 결코 침울해하는 법이 없는 에스메랄다가 외쳤어요. '옛 이교도의 왕들에게 바치듯, 이 착한 노부인에게 화장용 장작더미를 바치면 어떨까요? 그리고 목사가 재산을 상속받지 못하게 수를 쓰는 거예요. 쫓아내버리게요.'

그녀는 주방으로 달려가더니 등유 한 깡통을 들고 돌아왔어요. 우리 모두는 서둘러 이런저런 잡동사니를 안뜰로 옮겨 대화재의 위험을 없앤 후, 의식을 치르듯 이 오랜 집의 벽이며 대문에다 기름을 발랐답니다, 기자님. 지하실은 완전히 기름에 잠겼고, 그 망할 놈의 침대들도 흠뻑 젖었으며, 카펫에도 기름을 뿌렸죠.

리지는 그 집을 관리해온 사람으로서 완전 정리라는 최종 임무를 맡고 싶어했어요. 그녀가 성냥불을 켰지요."

"난 울었어." 리지가 말했다.

"우리 여자들은 안뜰에 서 있었고, 템즈 강에서 불어오는 아침바람이 우리 주위로 치맛자락을 때렸어요. 인생의 한막이 끝나고 새로운 즐거움이 시작되는 시점에서, 우리는 덜덜 떨었지요. 어쩌면 추위 때문이고, 어쩌면 불안 때문에, 또 어쩌면 슬픔 때문이었을 거예요. 불길이 꽤 잡히자 우리는 한줄로 서서 각자의 짐꾸러미를 부여잡고 뱃길을 향해 뿔뿔이 흩어졌어요. 그러다가 우린 대로에 이르렀고, 런던탑 아래 일렬로 늘어선 졸음 가득한 마부들이 그런 이른 아침에 고객을 만나게 되어 기뻐하는 것을 보았어요. 우리는 키스를 나누고 서로 헤어져 각자 길을 떠났어요. 그리고 이렇게 내 인생의 첫번째 장은 화염 속에 공중분해되었답니다, 기자님."

3

"배터씨까지 가는 길은 어찌나 멀던지! 하지만 우리가 거기 도착하자 정말 대단한 환영을 받았지! 어린 조카들은 아침 식탁에서 펄쩍펄쩍 뛰면서 두 팔로 우리를 끌어안아주었고, 이쏘타는 신선한 커피를 끓이려고 달려갔어! 오랫동안 다른 삶을 살아온 터였지만, 좀 구식인 가족생활은 우리 둘한테 불편할 게 없었어. 우리는 가게 일을 도와주곤 했지. 나는 아침이면 아이스크림 기계를 돌리곤 했고, 그동안 페버스는 조신하게 숄을 걸치고는 카운터 일을 보곤 했지."

한 덩이에 일 페니짜리 길거리 아이스크림
많이 먹으면 먹을수록 더 높이 콩콩 뛰지요.

"난 어린애들 무리에 끼어 있는 것이 참 좋았어요, 기자님! 그애들의 재잘거림과 그 즐거운 리듬에 맞춰 쬐그맣게 떠드는 혀짧은 목소리를 듣는 게 얼마나 좋았게요. 아아! 기자님, 그 많은 세월을 더러운 영감탱이들한테 상술이나 부리고 살다가, 이 작은 어린아이들에게 저렴한 가격에 좋은 아이스크림을 파는 것보다 더 순수한 밥벌이가 어디 있을 것 같아요? 아무튼, 그 하얗고 잘 닦인 빛나는 아이스크림 가게 안에서 보낸 매일매일은 정말 확실한 정화작용이었어요! 천국에서는 우리 모두 아이스크림만 먹고 살 거라고 생각하지 않나요, 기자님?" 페버스는 예쁘게 웃다가 트림을 했고, 그 바람에 말이 끊겼다. "저기 있잖아, 리지…… 여기 뭐 한입 먹을 것 있어? 또 배가 고파죽겠네. 온통 내 얘기만 하잖아요, 기자님. 오 저런, 세상에, 당신 기운이 쫙 빠졌나봐요."

리지는 바구니 안 냅킨 아래를 자세히 봤으나, 때묻은 질그릇 말고는 아무것도 찾지 못했다.

"자, 이렇게 하면 어떨까." 그녀가 말했다. "피커딜리 거리에서 밤새 하는 마차 승차장에 잠깐 나가서 베이컨 샌드위치를 사올까 하는데 괜찮아요? 아니에요, 기자 양반, 돈은 도로넣어둬요. 우리가 사는 거라니까."

리지는 경쾌하게 회색의, 불온하게도 아무 개성없는 모피재킷을 원피스 위에 후딱 걸쳤다. 그리고 단발로 짧게 자른 머리에는 기묘하게 작지만 살짝 둥근 검은 모자를 멋진 핀으로 꿰었다. 그녀는 아직도 데이지꽃처럼 싱싱했다. 리지는 문

밖으로 불쑥 빠져나가면서 월써에게 호의인지 뭔지 알 수 없는 추파를 날렸다.

이제 월써는 이 거구의 여자와 홀로 남았다.

이 여인은 리지가 그들만 남겨두고 처음 나갔을 때처럼 고요히 침묵에 빠져, 거울이라는 뒤집힌 세상 속으로 되돌아갔다. 거울 속에서 그녀는 마치 자신의 털을 완벽히 정돈하는 것이 마음의 평화를 얻기 위해 반드시 필요한 양 눈썹 하나를 어루만졌다. 그러더니 아마 그 향기가 그녀에게 새로운 활력을 주기 바랐는지, 잼 단지에 넘쳐나는 바이올렛꽃을 끌어다가 얼굴을 묻었다. 어쩌면 피곤했던 것일까? 그녀는 바이올렛꽃에서 얻어낼 수 있는 모든 효능을 마음껏 다 들이켠 후에 하품을 했다.

그러나 그것은 피곤에 지친 여자의 하품이 아니었다. 페버스는 거대한 에너지를 발산하며 하품했다. 돌묵상어의 목구멍만한 심홍색 목구멍을 열어젖히더니, 대형 열기구를 띄울 분량의 공기를 들이마시고는, 갑작스레 엄청난 기지개를 켰다. 마치 거울 전체를 꽉 채우고 자기 몸의 부피로 온 방을 다 채울 의도인 양 보일 때까지, 고양이가 온몸을 쭉 펴듯 모든 근육을 다 잡아늘이면서 말이다. 그녀가 팔을 들어올리자, 월써는 털을 짧게 깎은데다 분칠로 범벅한 그녀의 겨드랑이와 맞닥뜨려서 기절할 것만 같았다. 세상에! 그 거대한 두 팔은 손쉽게 월써를 뭉개서 죽여버릴 수도 있을 것만 같았다. 월써도 캘리포니아 햇살의 강력한 힘을 사지에 농축한 강건한 남자였는데 말이다. 지진과 같은 에로틱한 진동이 그를 떨게 했다. 그것이 그놈의 망할 샴페인 때문이 아니라면 말이다. 윌써는 갑자기 당황하여, 소파에 놓인 속옷을 여기저기로 흩뜨리면서, 벽난로 장식에 머릿가죽이 깨지도록 부딪히며 허둥지둥 일어섰다.

"아얏! 실례합니다, 저, 화장실 좀……"

그가 그저 잠깐동안만 그녀의 방 바깥으로 나간다면, 아무리 짧게나마 그녀의 존재에서 벗어나 저 차갑고, 더러운 통로에 혼자 서 있을 수 있다면, '페버스 향수'로 숨막히지 않는 공기로 단 한 번만 허파를 채울 수 있다면, 그는 곧 분별력과 균형감을 회복할 수 있을 것 같았다.

"칸막이 뒤에 있는 요강에다 눠요, 자자. 어서요. 우린 체면치레 같은 건 안한다고요."

"하지만……"

"어서요."

페버스와 그 지인들이 그에게 어떤 처분을 내릴 때까지는 그가 방을 나가서는 안될 것 같았다. 그래서 그는 명을 받은 그대로 공손하게 칸막이 뒤로 가서 과도한 샴페인으로 인한 갈색 곡선줄을 흰색 도자기 단지 안에 겨누었다. 이 가장 인간적인 행위 때문에 그는 다시 현실감각을 회복했다. 최소한 우리 문화권에서는 소변보는 일에 형이상학적인 요소란 없기 때문이다. 그가 지퍼를 잠그는 동안 현실감은 그의 주변에서 온통 더 확실해졌다. 분장실은 갑자기 구운 베이컨에서 나는 짭짤하고 풍미어린 냄새로 지글거렸고, 갈색 찻주전자를 든 손이 칸막이 근처에 나타나 그 안에 담긴 식은 찻물을 페버스의 더러운 욕조물에 비웠다. 마지막으로 버린 찻잎 찌꺼기가 이미 둥둥 떠올라 있던 회색 욕조물에 대고 말이다. 그가 칸막이 뒤에서 나타났을 때, 열린 현관문으로 자유로이 유영하는 공기 한줌이 정체된 분위기에 활기를 주었다. 리지가 복도에 있는 수돗물로 주전자를 새로 채우는 동안, 그 방은 흐르는 물소리와 쨍쨍대는 배관의 멜로디로 공명하고 있었다. 월써는 자신감을 되찾기 위한 깊은 숨을 내쉬었다.

"들어봐요!" 페버스가 손을 들면서 말했다.

소리없는 밤공기를 타고 빅벤의 음률이 다가왔다. 리지는 쉭쉭 소리나는 난로에 주전자를 올려놓으려고 돌아오면서 문을 쾅 닫았다. 자줏빛과 오렌지빛 불꽃이 잠깐 내려앉더니 너울거렸다.

빅벤은 도움닫기를 마치더니 종을 쳤다. 그리고 종소리는 계속되었다.

월써는 소파로 돌아가서 주르륵 미끄러지는 씰크 속옷더미뿐 아니라, 그 아래에 숨겨져 있던 팸플릿과 신문 무더기도 치워버렸다. 변명을 중얼중얼 늘어놓으면서 그는 사향내 나는 의류를 한덩이로 모았다. 그러나 화가 나 뭐라고 중얼거리던 리지는 그에게서 신문들을 낚아채 선반 귀퉁이에다 잘 챙겨넣었다. 이상했다. 자기 기사가 실린 옛날 신문을 월써가 조사하길 원치 않는다니.

그러나 더 이상한 것은 빅벤이 또 한번 자정을 쳤다는 사실이었다. 바깥의 시간은 안에 있는 멈춰버린 금장시계가 가리키는 시간과 여전히 같았다. 내부와 외부가 정확히 일치했으나 둘 다 완전히 틀린 것이었다.

흠······

그는 베이컨 샌드위치를 거절했다. 두껍게 썬 흰 빵 사이에 철썩 던져진 기다란 갈색 고깃조각은 월써가 보기엔 대단히 극단적으로 굶주린 상태에나 먹을 수 있을 것 같았지만, 페버스는 맛난 듯이 커다란 이로 열심히 씹으면서, 기름기가 번들거리는 통통한 입술 안으로 쩝쩝대는 소리를 내며 밀어넣었다. 리지는 월써에게 새로 끓인 홍차 한잔을 건넸는데, 월써는 그 차를 마시다가 식도를 델 뻔했다. 시간만 제외한다면 그 모든 점에서 모든 것이 지나치게 정상적인 활기를 띠고 있었다.

음식은 이 **공중곡예사**에게 신선한 활력을 불어넣어주었다. 그녀가 지저분한 쌔틴 자락에 번들거리는 베이컨 지방의 흔적을 남기면서 한번 더 소맷자락으로 입을 닦는 동안, 등뼈는 곧추세워졌고 그녀는 다시 매우 밝게 빛나기 시작했다.

"아까도 말했지만." 그녀가 말을 이었다. "우리는 가정의 축복을 한껏 누리며 한동안 배터씨에 있는 이쏘타의 집에 살았어요. 그리고 특별한 기쁨도 있었지요. 우리는 워털루에 있는 그 멋진 빅토리아홀에 딱 한발짝, 한걸음, 아니 한달음이면 갈 수 있는 거리에 있었답니다. 빅토리아홀에서 우린 매우 저렴한 가격으로 일반석에 자리잡고서는, 「로미오와 줄리엣」을 보면서 울기도 했고, 곱추 딕(셰익스피어의 사극 「리차드 3세」의 등장인물 —옮긴이)을 보며 우우하는 야유를 퍼붓기도 했고, 또 말볼리오(셰익스피어의 희극 「십이야」의 등장인물 —옮긴이)의 노란 스타킹을 보면서 실없이 웃어젖히기도 했죠."

"우린 정말 셰익스피어를 좋아한다오, 기자 양반." 리지가 쾌활하게 말했다. "셰익스피어는 어찌나 많은 정신적 양분을 주는지!"

"그리고 우리는 오페라에 살짝 빠져 있기도 해요. 우리가 가장 좋아하는 거요? 왜 있잖아요."

"고품격 분석용이라면 「피가로의 결혼」이지." 리지가 무표정한 얼굴로 말했다. 페버스의 진심어린 웃음도 리지의 짜증을 완전히 감추지는 못했다.

"오, 리지, 엄마도 참 대단해. 나는 비제의 「카르멘」을 특별히 좋아해요. 여주인공의 기백 때문이죠."

다시 말을 잇기 전, 그녀는 푸른 눈빛으로 폭격하듯 한꺼번에 도전과 공격을 하며 월써를 제압했다.

"배터씨에서 우린 그렇게 지냈답니다. 참으로 행복한 나날이었죠! 그러나 끔찍하게 추운 겨울이 다가오면서 아이스크림을 찾는 사람도 거의 없어지고, 지아니의······"

"이쏘타의 남편이고 나한텐 제부가 되는 셈이지."

"지아니의 폐가 아주 나빠졌어요. 이들 부부는 어린애가 다섯인데다 뱃속에 애가 하나 더 들어서 있었죠. 사업이 악화

되면서 정말이지 우리는 경영에 어려움을 겪었어요. 그때 그 애가 앓게 되었는데 영양 공급을 제대로 해주지 못해서, 우린 모두 걱정으로 돌아버릴 지경이었어요."

"어느날 아침, 나이가 찬 애들은 학교에 갔고, 지아니는 꽁꽁 언 11월의 안개 속에서 기침을 해대며 가게 일을 보고 있었어, 불쌍한 것. 이쏘타는 위층에서 아픈 애를 돌보며 슬픔에 잠겨 있었고, 난 주방에서 설탕에 절인 과일 껍질을 자르고 있었거든. 페버스는 가게 뒷방에서 네살배기 애한테 알파벳을 가르치고 있었지."

"나도 애들 중 하나를 편애하면 안된다는 건 알고 있었고, 애들 모두를 마치 내 자식처럼 진심으로 사랑했어요. 하지만, 아, 나의 비올레타⋯⋯"

그녀는 미소를 지으며 손을 뻗어 화장대에 놓인 파르마 바이올렛꽃 한다발을 어루만졌다. 그리고 그 미소만큼은 월써에게 보이려고 꾸민 것이 아니었다.

"내 무릎에 올려놓은 비올레타⋯⋯ 우리는 함께 A, B, C를 탐구하고 있었는데 그때 종소리가 딸랑 하고 울리더니 내가 본 중에 가장 괴기스럽게 생긴 노부인이 가게로 들어섰어요. 젊은시절에 입었을, 말하자면 그 시대보다 한 50년은 뒤떨어진 옷을 차려입고 말이죠. 그 옷은 검정 시폰 소재였는데 호박단 페티코트 뭉치 같은 것에 매달린 누더기처럼 보였어요. 그 때문에 처음에는 그녀가 얼마나 말랐는지도, 사실 거죽과 뼈밖에 없는 여인이라는 것도 알아볼 수 없었죠. 머리에는 우중충한 검은 쌔틴으로 된 옛날식 포크 보닛을 쓰고 있었어요. 그 모자 양쪽에는 흑옥 장식이 달려 있었고, 앞쪽엔 검은색 땡땡이무늬의 베일이 드리워져 있었어요. 베일이 어찌나 두꺼운지 얼굴도 볼 수가 없을 정도였죠.

'내실로 들어갑시다, 승리의 여신상 아가씨.' 그녀는 이렇게 말했는데, 목소리가 마치 전선주에 걸린 바람소리 같았어요.

날 찾아온 이 방문객을 보고 비올레타는 울음을 터뜨렸고, 나는 서둘러 그애를 주방으로 밀어넣어서 리지가 손질하던 감귤과 땅콩을 먹게 했지만, 나 역시도 섬뜩한 그녀의 등장에 적잖이 당황했어요. 그러고는 난롯가에 있던 가장 좋은 의자에 앉혔는데, 정말이지 한눈에 봐도 그녀가 완벽한 숙녀라는 걸 알 수 있었기 때문이죠. 나와는 사뭇 다르게 말도 좀 머뭇거리고 과민하게 법석을 떠는 걸 보면 알죠. 그녀는 난롯불 쪽으로 손을 뻗었어요. 손엔 대고모 같은 분위기가 풍기는 검정 레이스 달린 긴 장갑을 꼈는데, 그 장갑은 엄지와 나머지 손가락이 만나는 첫번째 연결 부위까지만 뻗어 있어서, 그녀의 손이 온통 뼈다귀와 손톱뿐이라는 것을 볼 수 있었죠.

'넬슨이 죽고 나서 힘들었겠지.' 그녀는 이렇게 말하더군요.

'장밋빛처럼 환하단 말은 못하겠죠.' 내가 말했어요. 그녀의 존재 자체가 나를 두려움에 떨게 했어요 그녀는 방문한 내내 베일조차 들어올리지 않았지만요.

'자, 페버스, 제안할 게 하나 있어요.' 그녀가 내 이름을 말하자 나는 움찔 놀라 숨이 멎었어요.

'원치 않으면 안해도 되는 일이니, 오오, 우선 안심해요.' 그녀가 말했어요. 그래서 나는 그녀가 나에 대해 들어 다 알고 있다는 것을, 마 넬슨의 전함에 살면서도 언제나 전투에서는 왜 면제되었는지, 또 넬슨이 나를 그 구역으로 데려간 적이 없기에 내가 런던의 모든 지하세계에서는 처녀 창녀로 유명했다는 것도 소문으로 들어 모두 알고 있다는 것을 깨달았죠.

'나는 당신이 내 여자 괴물들의 박물관에서 일해주길 바라요.' 이렇게 말하더군요. '충분한 시간을 두고 마음을 정해봐요.' 그녀는 일어서면서 벽난로 선반에 명함을 남겨두고 떠났어요. 그녀가 나간 길을 따라 가게 바깥을 보니 작고 구식풍인 마차가 보였는데, 그 마차는 모든 문이 닫혀 있었고, 작은 검은 망아지가 끌고 있었어요. 마부석에는 유독 슬픔이 가득해 보이는 흑인 남자가 있었는데 그 남잔 입이 없는 채 태어난 사람이었어요. 그다음엔 템즈 강에서 피어오른 시큼한 암갈색 안개가 이 모든 것을 다 삼켜버렸지만, 난 그 말발굽 소리가 첼시 다리 쪽으로 따각따각대는 것을 들었죠. 마차바퀴가 단단한 고무 재질이어서 그 바퀴소리는 듣지 못했지만 말이에요."

"그 사람은 그 유명한 마담 슈렉이었어." 마치 그 이름을 언급하는 것 자체만으로도 충분히 나쁜 소식인 듯 리지가 단조롭게 말했다.

그녀가 유명한 것은 사실이었다. 월써도 이미 마담 슈렉에 대해, 또 남자들 클럽에서 브랜디와 여송연들 사이로 떠도는 희미한 소문에 대해 알고 있었다. 그 이름은 너털웃음, 추파, 또는 슬그머니 옆구리를 찌르는 팔꿈치와 함께 거명되는 것이 아니라, 대단히 이상한 것들을 적나라하게 또는 암시적으로 속삭이는 말과 함께 나오는 이름이자, 공포의 여인이 만든 삼중 자물쇠 달린 문 뒤에서 우리를 반기는 호기심을 끄는 비밀의 누설과 관련된 이름이었다. 그 문은 볼트와 체인이 덜걱거리는 엄청난 소리를 내면서 마지못해 열렸다가 절망의 신음소리를 내며 빙그르르 닫히는 문이었다.

"마담 슈렉이라." 월써가 적어넣었다. 기사는 음산한 방향으로 막 선회하기 직전이었다.

"오, 불쌍한 내 딸!" 리지가 한숨을 지르며 탄식했다. "그저…… 그저 그 아이 건강이 더 나빠지지만 않았어도…… 아아, 그저 지아니의 기침이 패혈증으로 바뀌지만 않았어도, 그래서 자리보전하고 눕지만 않았어도…… 아니 이쏘타가 그렇게 계단으로 굴러떨어지지만 않았어도, 그래서 인생에서 마지막 남은 세 달을 주방 소파에 몸져누워 보내야 한다고 의사가 선언하지만 않았어도…… 아아, 월써 씨, 이 가난한 사람들의 불행에서 온 슬픔에 찬 기도문은 온통 줄줄이 '그러지만 않았어도'뿐이네."

"그 의사의 청구서만 없었어도, 우리가 예금한 돈 전부를 먹어치운 그 겨울만 없었어도, 그리고 런던 경시청 공안부의 활약이……"

이번엔 리지가 성이 나서 페버스의 발목을 걷어찼는데, 페버스는 이야기하던 리듬을 놓치지 않으려고 다른 방향으로 부드럽게 이야기를 이어갔다.

"그리고 어린애들은 굶어죽기 직전이었죠. 아아! 우리 중 누구의 잘못도 아닌데 우리처럼 못사는 사람들을 그런 가난의 구렁텅이로 몰아간 예기치 못한 재난이 줄줄이 겹쳐 일어나서 우리 살림이 완전히 몰락하지만 않았어도."

"'그건 안돼, 페버스.' 지아니가 페버스에게 간청했지만, 바로 그다음 순간 그는 기침을 하다가 피를 토했지."

"그래서 온 가족이 잠에서 깨어나기 전에, 아무도 나를 말릴 수 없을 때, 나는 아침 일찍 일어나 리지를 침대에 내버려두고 여행가방에 서둘러 몇가지를 챙겼어요. 내가 아끼던 부적, 바로 마 넬슨의 장난감 칼도 용기를 북돋기 위해 잊지 않았죠. 나는 주방 식탁에 서둘러 휘갈겨쓴 메씨지를 남기고, 방금 달이 진 첼씨 다리 위로 터덜터덜 걸어갔어요. 그날은 지독히도, 정말 지독히도 추운 날이었고, 넬슨의 장례식 때도 내 마음이 그렇게까지 무겁지는 않았죠. 그 다리 위 마지막 가로등에 다다르자 깜빡이던 등마저 꺼져버렸고, 새벽이 오기 전 어둠속에서 배터씨의 모습은 보이지 않았어요."

4

"수첩을 다 채우셨네." 리지가 알아챘다. 월써는 새로 빈 페이지들을 활용해 쓰려고 수첩을 뒤집었다. 그는 이런 때 쓸 요량으로 항상 속주머니에 지니고 다니던 면도날로 연필도 깎았다. 그는 아픈 손목을 구부렸다. 리지가 그의 이런 행동에 보상이라도 하듯 그의 머그잔을 다시 채워주자 페버스도 차를 더 달라고 자기 머그잔을 내밀었다. "갈증나는 작업이네요. 자서전 쓰는 일이란 게 말이에요." 페버스가 말했다. 그녀의 숱 많은 머리카락이 리지가 꽂은 머리핀 사이로 몇가닥 삐져나와 기세등등한 목덜미를 따라 이리저리 까불대고 있었다.

"월써 씨, 그 점을 잘 이해하셔야 해요." 그녀는 월써를 향해 의자를 빙 돌리면서 진심으로 말을 이었다. "넬슨의 예술원에는 몸에 문제가 있는 사람들로, 그리고 아무리 애매모호하고 또 아무리 비용이 많이 들어도 육체의 쾌락이라는 게 사실 대단한 것임을 입증하고 싶은 사람들로 가득했지요. 그러나 마담 슈렉 이야기라면, 슈렉은 영혼에…… 문제가 있는 사람들에게 만족을 가져다주었어요."

잠시 그녀는 마시던 당밀차로 주의를 슬쩍 돌렸다.

"켄싱턴의 어떤 음침한 대저택이었어요. 가운데에 시든 잔디와, 잎이 다 떨어진 나무들이 가득한 우울한 정원이 있는 구역이었어요. 마치 회반죽 자체가 상(喪)을 겪고 있기라도 한 듯 그 집의 외관은 런던의 검댕 때문에 검게 변색되어 있었죠. 대문 위로 음울한 주랑이 달려 있고, 내부의 모든 덧문에 빗장이 꽉 질러져 있었어요. 그리고 노크용 문간 고리쇠는 무엇보다 불길하게 검은 비단으로 감겨 있었답니다.

전에 봤던 바로 그 입 없는 친구가, 참 불쌍한 친구죠, 안에서부터 여러 번이나 빗장을 벗긴 후에 내게 문을 열어주었어요. 그리고 손으로 웅변적인 제스처를 취하면서 들어오라 하더군요. 나는 그의 눈동자만큼 슬픔으로 가득한 눈은 본 적이 없었어요. 그것은 추방된 슬픔이자 버림받은 슬픔이었죠. 입술이 있었다면 그 입술만큼이나 분명하게 그의 눈은 이렇게 말했을 거예요. '오오 이런, 아가씨! 집으로 가요! 아직 시간이 있을 때 자신을 구해요!' 심지어 그가 내 모자와 숄을 받아두는 동안에도 그렇게 말하고 있었지만, 나 역시 그 사람만큼이나, 그 사람이 거기 머물러야 하는 만큼이나 그곳에 있을 수밖에 없는 참 어쩔 도리 없는 가련한 인간이었죠.

쾌락을 파는 집의 입장에서는 이른 아침이었어요. 아직 일곱시도 안됐으니까요. 마담 슈렉은 완전히 잠이 깬 것 같아 보였지만, 핫초코를 마시면서 아직 침대에 누워 있었죠. 그녀는 나를 앉히더니 자기처럼 나에게도 컵을 하나 주도록 시키더군요. 너무 공포스러웠지만, 오랫동안 걸어서 완전히 지쳐 있었고 배가 무척 고팠기 때문에 나는 기꺼이 그 컵을 받았어요. 덧문이 올려지고, 블라인드가 내려오더니 육중한 커튼이 드리워져서, 그 침실에 유일한 빛이라고는 벽난로 선반에 있던 작은 야간용 촛불 그러니까 시체 곁에 켜놓는 것 같은 촛불뿐이었어요. 그래서 나는 내 컵에 대체 어떤 마녀의 수프가 들어 있는지 보려고 안간힘을 썼는데, 그녀는 기둥 네 개짜리 구식 침대에 누워 있었어요. 그 침대에는 거의 통으로 내려진 장식 커튼이 있어서 난 그녀의 얼굴이나 형체조차 식별해낼 수 없었어요. 그토록 모든 것이 지독히도 차가웠지요.

'널 다시 만나 반갑구나, 페버스.' 그녀가 이렇게 말하는데, 그 목소리가 마치 무덤가에 부는 바람소리 같았어요. '뚜쌩이 지금 숙소로 안내할 거다. 그리고 저녁시간까지는 휴식을 취할 수 있고, 그후에는 네 옷을 맞추기 위해 치수를 잴 거다.' 마담 슈렉의 말투로 봐서 그 옷이란 게 수의가 아닌가 싶을 정도였어요.

내 눈이 어둠에 익숙해지면서 그 방에 그녀가 누운 침대와 내가 앉은 의자를 제외한 가구라고는, 내가 본 중 가장 커다란 숫자조합형 놋쇠 자물쇠가 달린 옷장만한 금고와, 여기저기 온통 걸어잠근 뚜껑 책상뿐이라는 걸 알아차렸죠.

그녀가 한 말이라곤 그것이 다였어요. 정말이지 나는 서둘러 핫초코를 다 마셔버렸어요. 그러자 하인 뚜쌩이 최대한 부드럽게 자기 손으로 내 눈을 가렸고, 다시 그 손을 떼자 마담 슈렉은 자리에서 일어나 옷을 차려입고, 검은 드레스에 두꺼운 베일을 걸치고 내 앞에 서 있었어요. 마치 스페인 과부가 무릎까지 내려오는 두꺼운 베일을 쓰고 팔목장갑까지 전부 완벽하게 착용한 것처럼 말이죠.

자, 월써 씨, 내가 겁쟁이 여자라고는 생각지 마세요. 나도 검은 마차며 벙어리며 감방 같은 냉기, 그 모든 것이 대단한 쇼라는 것을 잘 알고는 있었지만, 동시에 그녀에게는 눈속임이 아닌 어떤 것, 뭔가 섬뜩한 특징이 있었어요. 그러니 당신 같으면 그녀가 입은 상복과도 같은 그 옷 안엔 줄을 당겨 조종하는 사악한 꼭두각시 인형밖에 없을 거라고 정말로 생각했을 거예요.

'그만 가봐라!' 그녀가 말했어요. 그러나 나는 바로 그 순간, 아침으로 먹을 것을 달라고 리지를 괴롭히고 있을 내 어린 사촌과 조카들을 떠올렸지요. 우리가 간밤에 저녁식사 때 그 집에 있던 마지막 빵 한조각을 나누어먹었으니 말이에요. 그래서 나는 목청껏 외쳤죠. '계약금 좀 주시는 게 어때요, 마담 슈렉? 주지 않으면 나는 곧장 저 굴뚝으로 날아가버릴 테고, 그럼 다신 못 볼 텐데요.' 그리고 나는 몸을 날려 난롯가로 달려갔고, 그 난로는 평생 불에 탄 장작은 구경도 못해본 데다, 난로 망마저 한쪽으로 밀어젖혀져 있었으므로, 나는 그대로 약속을 이행할 준비가 되어 있었죠.

'뚜쌩! 당장 하인을 불러다 굴뚝을 죄다 막아버려!' 그녀가 말했어요. 그러나 내가 격렬하게 이쪽저쪽으로 부젓가락을 휘두르자 그녀는 마지못해 '그래, 좋다'라고 말하더니, 베개 아래를 더듬어 열쇠를 찾아서는, 내가 비밀번호를 읽을 수 없도록 신중하게 금고 사이 중간에 적당히 자리를 잡더군요. 그리고 다음 순간 금고문이 빙그르르 열렸어요. 금고 내부는 알라딘의 동굴 같았어요! 그 안의 내용물이 그 자체의 빛만으로 번쩍번쩍 빛이 났지요! 산더미처럼 쌓아올린 일 파운드짜리 금화들, 여왕의 몸값이라도 치를 만큼의 다이아몬드 목걸이와 진주, 루비, 에메랄드가 은행어음이며 환어음, 담보로 잡은 저당권 등 사이로 되는대로 아무렇게나 쌓아올려져 있었죠! 마담 슈렉은 극도로 꺼리는 기색을 보이면서 금화 다섯 닢을 고르더니, 그것을 다시 세어보고서, 마치 그 금화 다섯 닢이 자신의 소중한 심장에서 떨어진 핏방울이라도 되는 양 고통스럽게 망설이고 망설이다가 내게 건네주었어요.

마담 슈렉의 손가락 끝이 내 손바닥에 긁히는 느낌을 받았을 때 어찌나 놀랐던지! 그 손가락들은 살점이라곤 하나도 없는 것처럼 정말로 딱딱했어요. 나중에 내가 다시 자유의 몸이 되었을 때, 에스메랄다의 남편인 인간 뱀장어는 그런 마담 슈렉이, 스스로도 그렇게 부르듯이, 어쩌다가 써커스 촌극 쇼 순회공연을 하면서 '살아 있는 해골'의 삶을 시작하게 되었는지, 또 어쩌다가 항상 뼈만 앙상한 여인이 되었는지 말해줬어요.

그 침실을 나가면서 그 간악한 노파가 지금 날 골탕먹이기 위해 무슨 일을 꾸미는지 보려고 어깨 너머로 흘깃 살폈어요. 그녀가 몸을 날려 금고 속으로 돌진한 것은 아닌지, 격하기 그지없는 열정을 과시하며 뼈만 앙상한 그 가슴에 금고에 든 금은보화를 끌어안은 것은 아닌지 살피려고요. 히힝 하는 희미한 말울음 소리를 내면서 말이죠.

나는 뚜쌩을 신뢰했고, 그를 보자마자 마음에 들었어요. 그래서 나는 그에게 그 금화들을 곧장 배터씨로 갖다주게 한 다음, 딱딱하고 납작한 베개에 머리를 누이고 잠속으로 즉각 도피했어요. 밤이 다가오니까 몇시간 뒤에 깨어나기 위해서였죠. 내가 본 가장 황량하고 수수한 방이었는데, 작은 철제 침대 틀과 목재받침 세면대가 있었고, 창문에는 쇠창살이 가로질러져 있었고, 그 창 너머로 돌보지 않고 버려진 정원의 황폐한 나무들과 이 동네 위쪽의 집에서 새어나오는 약간의 빛이 보였어요. 행복한 가정에서 나오는 그 빛들을 바라보노라니 내 눈엔 눈물이 흘렀어요, 선생님. 나는 지금 어떤 빛도, 그 어떤 빛도 새어나가지 않는 집에 있는 거니까요.

그러고는 어쩌다 내가 여기를 떠날 수 없게 된 건지, 이제 어쩌다 내가 자유의지로 여기에 오게 되었는지 실감이 났어요. 최선의 동기라고는 해도 그놈의 돈 때문에, 내가 자발적으로 스스로를 그 저주받은 곳에 감금했다는 사실이, 이제 파멸의 운명이 코앞에 와 있다는 것을 제대로 실감한 거죠.

세상의 종말을 고하는 바로 그 순간, 방문이 열리더니 등유 램프 뒤로 그림자 하나가 보였어요. 난 깜짝 놀라 침대에서 벌떡 일어나 소리를 질러댔지요. 그런데 그 그림자가 강한 요크셔 사투리로 말하는 거예요. '난 올드 패니일 뿐이에요. 그러니 자자, 무서워하지 마세요!'

저주받은 이들 사이의 동료애가 내 유일한 위안거리라는 것을 나는 알게 되었죠.

마담 슈렉을 위해 일하는 사람들이 누구냐고요, 기자님? 그야, 나처럼 자연이 만든 불가사의들이죠. 친애하는 네눈박이 올드 패니, 잠자는 미녀, 90센티미터가 채 안되는 월트셔 원더, 둘이 갈라져서 한쌍인, 다시 말해 반반씩이지만 각각은 아무것도 아닌 앨버트와 앨버티나, 그리고 거미줄이라 불리는 여자가 있었어요. 내가 마담 슈렉의 집에 머무는 동안 식구라고는 이들이 전부였어요. 마담 슈렉은 뚜쎙에게도 이런 활인화의 일부로 참여해줄 것을 간곡히 청했으나 그는 대단한 존엄성을 가진 사람인지라 한번도 응한 적이 없었죠. 그가 한 일이라고는 오르간을 치는 것뿐이었어요.

그리고 지하에는 주정뱅이 요리사가 하나 있었어요. 그 여자의 모습은 별로 본 적이 없지만."

"그러면 그 뚜쎙이라는 사람은 어떻게……" 쓰던 연필을

이에 톡톡 두드리면서 월써가 말했다.

"먹느냐고요? 코에 꽂아둔 관을 통해서요, 선생님. 액체밖에는 못 먹지만 먹고살기엔 충분해요. 이 말을 하게 되어 참 기쁜데, 그 저택에서 내가 유명세를 타고, 과학을 하는 무리와 알고 지내면서 나는 뚜쌩의 사례에 대해 S경이나 J경의 관심을 끌 수 있었고, 뚜쌩은 2년 전 2월에 쎄인트 바솔로뮤 병원에서 성공적으로 수술을 받았어요. 그러니 이제 뚜쌩은 나나 당신처럼 훌륭한 입이 있는 거죠! 1898년 6월호 『랜씻』지를 보면 그 수술에 관한 설명이 전부 나와 있을 거예요."

그녀는 눈부시게 웃으면서 뚜쌩의 존재에 관한 과학적 증거를 그처럼 제시했다.

페버스가 많은 과학자와 우정을 쌓았다는 것은 사실이었다. 이 젊은 여자가 과학자들을 위해 웃옷을 벗은 것도 아닌데 어떻게 세 시간 동안이나 영국왕립외과의사회 전체의 호기심을 만족시켜주었는지, 또 어떻게 영국학술원 총회의에서 새들의 항공술에 관해 논의했을지 월써는 생각해보았다. 그때 그녀는 엄청난 확신에 차 있었으며 대단히 풍부한 과학 전문용어를 구사했기 때문에 단 한 명의 교수도 감히 그녀의 개인적 경험의 폭에 대해 질문하는 결례를 범할 수가 없었다.

"아하, 그 뚜쌩!" 리지가 말했다. "대중의 마음을 움직이는데 어찌나 일가견이 있던지! 어찌나 엄청난 웅변술을 구사하던지 말이야! 아아, 그런 말을 할 수 있는 사람에겐 전부 입이 있다면 좋으련만! 그런데 그런 수많은 사람들이 벙어리가 되는 고충과 설움을 겪는 거잖아. 하지만 그것의 변증법을 생각해봐요, 기자 양반." 새롭게 생기가 오른 열정에 차서 그녀는 말했다. "말하자면 말이야, 어째서 바로 그 목청에 말을 할 수 있는 출구를 터서 열어준 사람이 백인 지배자의 손이었느냐 말이지. 처음엔 그 손이 그를 벙어리로 만들었다고도 할 수 있을 텐데 말이야. 그리고……"

리지가 갑자기 그런 말을 하자 페버스는 마녀가 상대를 입막음할 때 보일 법한 이글대는 분노의 표정을 쏘아보냈다. 월써는 마음속으로 놀라워했다. 그 눈초리가 말하는 것 이상의 것이 페버스의 샤프롱(사교계에 나가는 젊은 여성의 보호자로 주로 나이 많은 여성, 여기서는 리지를 지칭—옮긴이)에게 있다! 그러나 페버스는 화술로 월써에게 올가미를 걸었고, 월써가 리지에게 뭔가 물어볼 기회를 잡기도 전에 그를 자기 쪽으로 끌어왔다.

"마담 슈렉을 만나기 전이라면, 뚜쌩 그 사람은 장날에 열리는 쇼에서 일했어요. 자기들끼리 북대서양의 텐인원(Ten-in-Ones, 열 가지 볼거리로 구성된 카니발 쇼의 일종—옮긴이)이라 부르던 쇼였어요. 그러니까 뚜쌩은 타락의 정도를 감정해주는 사람이었어요. 그는 우리같이 정상이 아닌 사람을 캐보고 파보기 위해 금화를 지불하는 사람은 우리가 아니라, 그 잘난 신사들이라고 항상 주장했죠. 도대체 왜 '정상'이니 '비정상'이니 하는 게 있는 거죠, 기자님? 인간 형상이 만들어진 거푸집은 몹시도 약해요. 손가락으로 살짝 한번 툭 쳐보면 그냥 부서지고 말죠. 그리고 마담 슈렉의 집에 왔던 사람들은 어째서 하나같이 그토록 지독히도 심한 추남이었는지 오직 하느님만이 아시겠죠. 월써 씨, 그들의 얼굴을 보노라면 처음으로 인간의 형상을 만드신 그분이 그 일을 하시다가 한눈을 파셨다는 생각이 들었거든요.

물론, 뚜쌩은 우리가 하는 말을 완벽히 잘 이해했어요. 그리고 때로는 격려하는 말을 써놓기도 했고, 때로는 항상 지니고 다니는 메모판에 약간의 경구를 적어놓기도 했죠. 그래서 지금 뚜쌩이 더 큰 세상에서도 그런 것처럼, 그때 우리가 감금생활을 하는 동안에도 우리에게 대단한 위안과 영감이 되었지요."

리지는 강조하듯 고개를 끄덕였다. 페버스는 부드럽게 더 말을 이어갔다.

"마담 슈렉은 자신의 박물관을 이렇게 구성해놓았어요. 포도주 저장실로 사용된 아래층에는 지하실 아니면 토굴 같은 것을 만들었는데, 머리 위로는 스멀스멀 빛이 기어나왔고, 발 아래엔 기분나쁘고 축축한 판석이 있었어요. 그것은 '저 아래' 아니면 '심연'으로 불렸어요. 여자들은 질척한 벽을 깎아 만든 석조 벽감에 모두 서 있게 되어 있었어요. 엎드려 누워 있는 것이 특기라서 엎드린 채 있는 잠자는 미녀만 예외였어요. 앞에는 작은 커튼이 내려졌는데, 그 커튼 앞 작은 램프에 불을 켜두고 있었지요. 그녀가 늘 그렇게 부르듯 거기는 그녀의 '속세의 제단'이었어요.

어떤 신사가 현관문에 노크를 한다고 해봐요. 노크용 고리쇠엔 검은 크레이프 천을 감아놓은 탓에 쿵쿵 하고 부드럽지만 죽음 같은 천둥소리가 나겠죠. 뚜쌩이 빗장을 벗기고 그 신사를 안으로 들이고 외투와 모자를 벗겨서 그를 작은 응접실로 모셔놓겠지요. 응접실에서 고객은 커다란 옷장 속 의복들 사이를 뒤져보고는, 성직자의 옷이든, 발레리나의 옷이든 뭐든 꿈꾸는 대로 자신을 한껏 꾸미게 되죠. 하지만 내가 가장 싫어한 것은 사형집행인의 두건이었어요. 언제나 사형집행인을 꿈꾸는 판사가 정기적으로 오던 단골이었거든요. 그러나 그가 원하는 거라고는 눈물을 흘리면서 자신에게 침을 뱉어줄 소녀였어요. 그 사람은 그런 특권을 누리기 위해 백 기니(약 105파운드에 해당하는 영국의 옛 통화―옮긴이)를 지불하곤 했죠. 단, 그가 스스로 검은 모자를 쓰는 날이면 그는 이층에서 옷을 벗었어요. 이층은 마담 슈렉이 '검은 극장'이라고 부르는 곳이었는데, 거기엔 앨버트와 앨버티나가 목에 올가미를 걸고 상처를 입지 않을 정도만 줄을 조여두고 있었어요. 그는 거기에 대고 사정을 한 뒤에 그와 그녀에게 오 파운드의 팁을 주었는데, 그건 언제나 마담 슈렉이 맡아두었죠.

손님이 자신이 택한 의상을 차려입고 나면, 조명이 어두워졌어요. 뚜쌩은 아래층으로 서둘러 내려와, 구멍을 뚫어둔 고딕 양식의 접이식 칸막이 뒤에 숨겨놓은 페달식 오르간에 자리잡고 앉았죠. 그는 어떤 장송곡에서 골랐는지 「주여 우리를 불쌍히 여기소서」같이 멋지고 분위기를 돋우는 연주곡을 오르간으로 뿜어대기 시작했어요. 그것은 우리가 추위를 막으려고 뒤집어쓰고 있던 숄과 웃옷을 벗어던지라는 신호였고, 시간을 때우느라 하던 카드놀이나 주사위놀이를 중단하고 무대로 기어올라가 커튼을 치라는 신호였죠. 그다음엔 그 늙은 마녀가 마치 맥베스 부인이라도 되듯 비틀거리며 지하실로 내려와서, 행복해하는 고객에게 길을 안내하는 거예요. 사슬에서 쩅그랑거리는 소리가 많이 났고, 거기엔 열어야 할 문만 해도 대여섯 개였으며, 그녀가 든 등을 빼면 완전히 깜깜했어요. 등이라야 해골 안에 싸구려 초 하나를 켜둔 것이었지만.

그래서 우린 모두 일어서서 각자 맡은 역할에 주의를 집중했고, 마지막 문이 열리면서 마담 슈렉이 마치 지옥에 간 베르길리우스(『아이네이스』 등 서사시와 영웅시를 쓴 고대 로마의 시인 ― 옮긴이)처럼 걸어들어왔어요. 그녀 뒤에 꼬마 단떼(『신곡』을 쓴 13세기 이딸리아 시인 ― 옮긴이)가 종종걸음으로 뒤따라들어왔고요. 기분좋게 당해주리라는 기대감으로 콧노래를 부르면서 말입니다. 그리고 해골 등은 습기가 스며나오는 벽 위로 온갖 그림자를 드리웠답니다.

그녀가 무작위로 아무 벽감이나 하나 골라 그 앞에 서고 나면 이렇게 말해요. '커튼을 열어젖힐까요? 어떤 괴물 같고 비정상적인 광경이 그 뒤에 있는지 누가 압니까?' 그러면 그들은 전에 거기 와본 적이 있는지에 따라서 '좋소' 아니면 '싫소'라고 말하죠. 전에 와본 적이 있다면 자신이 상상하던 바를 실현시킬 수 있을 테니까요. 그리고 '좋소'라는 대답이 나오면 그녀는 커튼을 뒤로 젖혔고, 그동안 뚜쌩은 그 낡은 오르간으로 놀라운 불협화음을 혈떡여댔죠.

거기에 그녀가 있곤 했죠.

윌트셔 원더가 오럴쎅스를 해주는 데에는 또 백 기니가 들었고, 앨버트와 앨버티나를 위층으로 데려가는 데에는 족히 이백오십 기니가 더 들었어요. 그와 그녀는 각각 다른 몸이라서 그만큼 가치가 있었으니까요. 한편 당신이 원하는 것이 뭐든 정상에서 조금이라도 벗어나면 가격은 천정부지로 뛰어오르죠. 그러나 나와 잠자는 미녀의 경우 슬로건은 '보기만 하세요. 만지지 마세요'였어요. 마담 슈렉은 우리를 활인화 연작으로 배치하려고 작정하고 있었거든요.

그 문이 철커덕 다시 닫히고 나면, 나는 가서 불을 켜고 잠자는 미녀에게 담요를 던져주고, 원더에게는 횃불을 건네주었어요. 원더가 뛰어서 잡기엔 불이 너무 높은 곳에 있었거든요. 그리고 뚜쌩은 브랜디를 약간 섞은 뜨거운 커피 한 주전자나, 럼을 섞은 홍차를 우리에게 가져다주곤 했어요. 저 아래는 너무나 추웠거든요. 오, 맞아요, 그건 쉬운 일이었어요. 나와 잠자는 미녀에게는 특히나 말이죠. 그러나 내가 결코 익숙해질 수 없던 건 손님들의 눈빛이었어요. 집 안에서 그들의 눈에는 아무런 두려움이 없었거든요. 손님이 두려워하면서 거길 들어오지는 않으니까요.

우리는 매주 기본급으로 십 파운드를 **받게끔** 되어 있었어요. 기술을 쓰면 보너스가 따르고요. 그게 상황을 뒤집는 것이었죠. 그러나 그 돈에서도 마담 슈렉은 우리 몫 각각에서 다시 오 파운드를 제해버렸기 때문에, 그 돈으로는 수육이나 당근, 아니면 점박이 개를 사기도 부족했어요. 그리고 나머지 돈, 그건 대부분의 일하는 여자들이 꾸던 꿈보다 많은 재산이 었는데, 참 내, 우린 그중 일 페니짜리 동전 한닢 본 적이 없 었다니까요. 그녀는 '우리를 위해 금고에 잘 간직해두고 있 다'고 했죠. 하하하! 이 얼마나 굉장한 농담인지! 내가 그 집 에 온 첫날 그녀에게 받았던 금화 다섯 냥이, 내가 거기서 일 한 시간을 통틀어 내 손에 떨어진 유일한 현찰이었어요.

왜냐, 당신 앞에서 그녀의 대문이 닫히는 그 순간, 당신은 그녀의 포로가 된 것이니까요. 정말로 그녀의 노예가 되어버 린 거라니까요."

리지가 다시 한번 페버스의 발앞에 웅크리고 앉아, 공중곡 예사의 실내 가운 자락을 잡아당겼다.

"잠자는 미녀에 대해 얘기해드려야지." 리지가 다음 할말 을 알려주었다.

"오, 어찌나 비극적인 경우였는지요, 기자님! 그녀는 시골 에 있는 부목사의 딸이었고 아주 명랑하고 쾌활한 사람이었 는데 열네살 때 어느날 아침, 생리가 시작된 바로 그날이 오 자, 정오까지 잠에서 깨어나지 못했어요. 그리고 그 다음날은 오후의 차 마시는 시간까지 깨어나지 않았죠. 그리고 그 다음 날 슬픔에 찬 부모님이 그녀의 침대 옆에서 보살피며 기도하 노라니, 그녀가 저녁시간 때쯤 눈을 뜨더니 이렇게 말했대요.

'끓인 우유에 빵을 뜯어넣은 죽 한그릇만 먹으면 좋겠어요.'

그래서 부모님은 그녀를 베개에 기대어 앉히고 스푼으로 음식을 먹였는데, 그것을 다 먹자 이렇게 말했대요. '애를 써봐도 눈을 계속 뜨고 있을 수가 없어.' 그러고는 다시 잠들어 버렸어요. 그러고는 같은 일이 계속된 거지요. 일주일 뒤, 그리고 한달 뒤, 그리고 일년이 흐른 뒤에, 이 엄청 놀라운 일에 대해 우연히 듣게 된 마담 슈렉은 그녀가 사는 마을로 왔고, 자신이 불쌍한 소녀를 돌보아주는 인정 많은 숙녀인 척하며, 최고의 의사를 불러 소녀를 진료하게 했어요. 수년간이나 그런 일을 겪은 부모님은 그 행운을 믿을 수가 없었죠.

그녀는 런던 기차의 경비가 지키는 수하물칸으로 들것에 실려왔는데, 그런 식으로 켄싱턴까지 갔고, 그곳에서도 이전과 같은 삶이 계속되었어요. 그녀는 밤의 향기를 맡는 종족이라도 되는 것처럼 해질녘에 일어나, 식사하고 환자용 변기를 채운 뒤, 다시 잠자리에 들었어요. 차이가 있다면 이제는 그걸 매일 밤 자정에 한다는 것뿐이었어요. 뚜쌩이 단번에 그녀의 꿈꾸는 몸을 안아다가 지하실로 데리고 갔어요. 내가 처음 그녀를 봤을 때, 그녀는 그림처럼 예뻤는데, 아주 작고 여위긴 했어도, 아마 나이는 스물한살가량이었을 거예요. 그녀의 생리혈은 잠을 자는 동안 점점 줄어들더니, 마침내 거의 생리대에 얼룩조차 남기지 못하는 지경이 되어 완전히 말라버렸어요. 그래도 그녀의 머리칼은 계속 자랐는데 머리칼 길이가 몸길이 정도 되었지요. 그 머리칼을 빗질해주고 솔질까지 해주는 일을 맡은 사람은 패니였어요. 눈이 네 개 달린 노련한 패니는 사랑하는 마음을 지닌 다정한 여인이었으니까요. 잠자는 미녀의 손톱과 발톱도 계속 자라났는데, 그걸 짧게 깎아 주는 일은 월트셔 원더의 몫이었지요. 그녀의 작은 손가락에는 놀라운 재능이 있었으니까요.

잠자는 미녀의 얼굴이 너무 말라버렸기 때문에 특히나 눈이 퉁방울처럼 튀어나왔고, 감긴 눈꺼풀은 버섯대처럼 검어진데다, 그녀가 오랜 세월 잠자는 동안 그런 상황은 분명 아주 급속히 진전되어버렸어요. 왜냐하면 매일 밤 어둠이 다가와서 그녀가 작은 창문을 열 때마다 점점 더, 훨씬 더 힘든 노력이 필요했기 때문이죠. 마치 가게 문을 여는 데에만 얼마 되지도 않은 실낱같은 여력을 온통 다 써버린 것 같았거든요.

그리고 매번 그녀가 저녁식사하는 모습을 바라보며 시중들던 우리는, 어쩌면 이번이 그녀가 그토록 씩씩하게 애써 깨어나려고 분투하는 마지막이 될지도 몰라서 늘 노심초사했죠. 마침내 어느날 밤, 휩쓸려다니는 해초더미처럼 그녀가 떠다니던 저 광대하고 막막한 잠의 바다는 그녀를 알 수 없는 해류에 실어 해안에서 너무 멀리 떨어진 곳으로 끌고 갔기 때문에 그녀는 다시는 돌아오지 않았지요. 하지만 내가 마담 슈렉의 집에 사는 동안은 그래도 잠자는 미녀는 언제나 잘게 다진 닭고기 약간이나 연유 한스푼을 먹을 만큼은 **정말** 깨어 있었어요. 그다음엔 패니가 그녀 밑에 받치고 있던 환자용 변기에 작고, 반쯤은 액체인 변을 쏟아내곤 했죠. 그러고는 짧은 한숨과 함께 다시 부드러운 잠의 무게 속으로 가라앉곤 했어요.

그녀가 꿈을 꾸지 않으면서 잔다고는 생각하지 마세요. 그 나긋한 잎맥결의 눈꺼풀 피부 아래로 안구가 이리저리 계속 움직였으니까요. 마치 그 눈꺼풀 안에서 공연을 펼치는 기묘한 발레의 형상들을 보는 것 같았어요. 때로 그녀의 발가락과 손가락은 부르르 떨리거나 씰룩거리기도 했는데, 그건 마치 개가 토끼 꿈을 꿀 때의 앞발 모양과 같았어요. 아니면 나직하게 신음소리를 내거나 소리를 지르기도 했고, 또 때로는 아주 나긋하게 웃기도 했어요. 웃는 게 가장 낯설기는 했지만요.

한번은 장사가 부진해서, 어느날 밤 패니와 내가 주사위놀이를 하는데, 원더가 이 꿈꾸는 미녀에게 매니큐어를 발라주다가 갑자기 소리쳤어요. '아, 정말 못 참겠어!'

왜냐하면 잠자는 미녀가 속눈썹 아래로 굵은 눈물방울을 떨어뜨렸기 때문이죠.

'나는 이애가 모든 고통을 초월해 있다고 생각했어.' 원더가 말했어요.

원더는 키가 정말 작았지만, 자신이 구현하는 여러 인물만큼이나 완전했어요. 예컨대 착한 왕비 베스의 작고 예쁜 둘도 없는 친구 토미쎈 부인이라든가, 미세화를 그리던 작은 친구와 결혼한 앤 깁슨, 아니면 똑바로 서도 똑같이 난쟁이인 오빠의 어깨에도 못 미칠 정도로 작았던 아름다운 아나스따샤 보르꿀라스끼처럼 말이죠. 게다가 원더는 가장 눈부시게 뛰어난 댄서였고, 장식가위 하나를 한껏 벌린 것처럼 높은 킥을 찰 수 있었어요.

그래서 그녀에게 말했죠. '원더, 왜 이 집에서 일하느라 자신의 격을 떨어뜨리는 거예요? 이 집은 정말이지 수치의 전당이잖아요. 당신은 무대를 직업으로 해도 충분히 먹고살 수 있잖아요?' 그녀가 이렇게 답하더군요. '오, 페버스, 나 같으면 끔찍하고 더럽고 털투성이 인간들로 꽉 찬 극장 전체에 나를 보여주느니 차라리 한번에 한사람한테만 보여주고 싶어요. 그리고 여기서 나는 어둡고 부정한 세상의 무리에게 잘 보호받고 있어요. 그 세상에서 나는 너무 많은 고통을 겪었거든요. 괴물들 사이에 나는 잘 숨어 있잖아요. 누군들 숲속에서 이파리 하나를 찾을 수 있겠어요?

내가 수태된 경위를 말해줄게요. 우리 엄마는 성격이 명랑한 소젖 짜는 여자였는데 짓궂은 장난을 무엇보다 좋아했대요. 우리 마을 근처에는 꽤 둥근 언덕이 하나 있었는데, 풀이 자라 무성하긴 했어도 사람 하나 없이 거의 텅 비어 있었대요. 그곳엔 여기저기 굴이 파여 있었고, 그 굴은 쥐들이 세세대대로 드나드는 통로처럼 보였기 때문이래요. 그렇지만 그 언덕은 자연이 만든 작품이 아니라 거대한 무덤이었고, 우리보다 먼저 월트셔에 살았던 사람들, 노르만 사람이나 쌕슨 사람, 심지어는 로마 사람들도 오기 전에 거기 살았던 사람들이 죽은 자들을 입관할 준비를 하던 곳이라고 들었어요. 그 마을에 있던 일반인들은 그곳을 요정의 언덕이라고 불렀는데, 그

곳이 실제로 저주받은 장소는 아니더라도, 사람들은 그렇다고 믿었기 때문에 밤에는 그곳에 가지 않았죠. 그곳에서 우리 인간은 어쩌면 신기한 운명이나 변신을 겪을 수도 있었으니까요.

그러나 충동적인 우리 엄마는 불량배였던 지주 아들의 부추김에 감히 하지도 못할 일에 육 펜스짜리 은화를 걸고는, 한번은 동쪽에 있는 그 성에서 어느 여름밤을 꼴딱 보냈어요. 엄마는 빵과 꿀 그리고 찍어먹을 것 등 약간의 간식을 싸서, 그 한가운데 있는 방으로 가로질러갔는데, 그곳에는 제단과도 흡사한 기다란 돌이 있었어요. 하지만 그건 모든 가능성을 고려해볼 때 죽은 지 오래된 웨섹스의 왕쯤 되는 사람의 관일 확률이 더 많았죠.

그 무덤 위에 앉아 엄마는 저녁을 먹었고, 불빛이 점점 더 꺼져가자 어둠속에 남겨졌죠. 자신의 어리석음을 막 후회하려는데, 엄마는 아주 부드러운 발소리를 들었어요. '거기 누구세요?' '글쎄요, 메그, 요정의 왕이 아니면 누구겠어?' 그리고 그 보이지 않는 낯선 자가 엄마를 석판에 뉘었고, 성적인 쾌락을 주었대요. 아니 엄마 말대로 옮기면, 그건 이전과 이후의 어떤 남자도 주지 못한 강한 쾌감이었대요. 엄만 말했어요. '그날 밤 난 정말로 요정의 나라에 갔단다!' 그 증거로 아홉 달이 지나자 내가 세상에 나와 그 자그마한 외모를 선보였죠. 엄마는 호두 껍데기 반쪽에 요람을 만들어, 장미 꽃잎 이불을 덮어주었으며, 개암나무 열매 안에 갓난아기 용품을 잘 챙겨서 나를 런던 시까지 데리고 갔어요. 거기서 엄마는 시간당 일 씰링을 받는 '요정아기를 돌보는 여자'로 자신을 전시했고, 그동안 나는 작은 열매조각처럼 엄마 가슴에 꼭 매달려 있었죠.

그러나 엄마는 경솔한 사람이어서 가진 돈을 죄다 술과 남자에 탕진해버렸죠. 이제 젖먹이 행세를 하기에는 너무 커져버리자 나는 이렇게 말했어요. '엄마, 이래선 안돼요! 우린 우리의 신분과 나이를 생각해야 한다고요!' 엄마는 딸이 그런 식으로 목소리를 높이는 것을 듣고는 엄청 웃었어요. 나는 겨우 일곱살이었고, 엄마도 스물다섯이 채 안되었으니까요. 그리고 경솔한 엄마의 마음에 미래에 대한 생각을 불어넣은 그날이 나에겐 파멸의 날이었어요. 왜냐하면 엄마가 그 생각 때문에 나를 팔았기 때문이에요.

눈앞의 금화 오십 기니라는 현찰 때문에, 바로 내 엄마가 나를 콧수염이 뱅뱅 꼬인 프랑스인 패스트리 요리사에게 팔아버린 거예요. 그 사람은 계절이 두 차례 바뀌는 동안 케이크 안에 날 넣어서 손님상에 차려냈어요. 요리사 모자는 날렵한 각도로 그의 머리 위에 놓여 있었고, 그는 주방에서 은쟁반을 가져다가 생일을 맞은 소년 앞에 내려놓았죠. 제빵사는 그처럼 감성이 풍부했기 때문에 나는 아이들만을 위한 특별한 즐거움이었어요. 생일을 맞은 아이가 보통 촛불을 끄고 나이프를 들어서 케이크를 자르지만, 패스트리 요리사는 칼 손잡이를 자기 손으로 잡아 칼날을 인도했어요. 칼날이 혹시라도 나를 베어서 자기 재산에 흠을 낼까봐였죠. 그다음엔 스팽글이 달린 원피스를 입고 내가 구멍에서 퐁 튀어나와서 상을 휘젓고 다니며 춤을 추는 거예요. 그러면서 장식리본과 기념품과 봉봉사탕을 나눠주죠.

그러나 때로는 식탐이 무지무지 심한 아이들이 눈물을 터뜨리면서 그건 야비한 트릭이라고, 자기가 원하는 것은 케이크지 요정의 방문이 아니라고 말하기도 했어요.

아마 내가 수태된 환경 탓인지 나는 언제나 폐소공포증에 시달렸어요. 나는 속을 비운 그런 케이크 안에 감금되는 상태를 거의 견딜 수 없다는 걸 알게 되었죠. 나는 점점 더 설탕코팅 아래 감금되는 순간을 무서워하게 되었고, 나의 주인에게 제발 내보내달라고 애걸도 하고 애원도 해봤지만 그는 오븐으로 나를 위협하곤 했어요. 그리고 그가 시키는 대로 하지 않으면 그때는, 또 그다음에는 나를 케이크에 넣어서 내놓는 것이 아니라 아예 볼로방 파이에 넣어 구워버리겠다고 했어요.

그 공포가 날 압도해버린 날이 마침내 오고야 말았어요. 나는 관으로 기어올라가서 내 위로 관 뚜껑이 닫히는 것을 견뎠고, 고객이 사는 곳까지 덜컹거리는 마차를 타고 가는 것도 참아냈어요. 그다음엔 대충 주방에 있는 쟁반 위로 갔고, 식탁까지 여정이 이어졌죠. 모자 상자만한 그 둥근 공간 안에서 반쯤 기절한 상태로 땀을 흘리며 공기 부족으로 질식한 채, 구운 달걀과 버터에서 나는 코를 찌르는 냄새로 역겨워하면서, 설탕과 건포도로 끈적끈적해진 나는 더이상 참을 수가 없었어요. 나는 있는 힘을 다해 빵껍질을 향해 맨어깨를 들이받았고, 그렇게 해서 내가 등장할 시간이 되기도 전에 나타난 거죠. 설탕으로 온통 뒤범벅이 된 채, 눈에는 빵부스러기를 깜빡이면서 말이에요. 내가 그렇게 튀어나온 바람에 촛불이 사방으로 흩어졌고 여기저기에 보랏빛 결정체가 만들어졌죠.

머리칼과 망사 스커트가 온통 화염에 휩싸인 채로 내가 식탁을 가로질러 달리자, 식탁보에도 불이 붙었고, 작은 아이들은 모두 공포의 비명을 질러댔어요. 그때 성난 패스트리 요리사는 케이크 자르는 칼을 휘두르며, 나를 한입거리로 만들어버리겠다고 욕을 퍼부으며 날 쫓았어요.

그러나 한 아이가 이런 혼란을 틈타 기지를 발휘했는데, 내가 그 아이 접시에 다다를 때까지 식탁 끝에 진지하게 앉아 있다가, 내 위로 냅킨을 떨어뜨려서 불길을 잡아주었어요. 그러고는 나를 집어들어 주머니에 잘 챙겨넣고는 그 패스트리 요리사에게 이렇게 말했어요. '저리 가버려요, 무서운 아저씨! 어떻게 사람을 그렇게 괴롭힐 수가 있어요!'

나중에 알게 되었는데, 그 어린 소녀는 그 집의 장녀였어요. 그애가 나를 어린이실로 데려갔고, 그애 유모는 내 화상 부위에 진정 연고를 발라주고는 어린 여주인이 나를 위해 양보한 씰크드레스를 입혀줬어요. 혼자서도 옷 입는 일쯤은 완벽히 할 수 있었는데도. 그러나 곧 인형뿐 아니라 부유한 여인들도 옷 입을 때는 언제나 도움을 받는다는 것을 알게 되었죠. 그날 밤 늦게 저녁식사가 끝나고, 가족이 모두 커피를 마시며 앉아 있을 때 나는 엄마와 아빠에게 소개되었어요. 그때 나 역시 커피를 대접받았는데, 내게 딱 맞는 크기의 잔에 담겨 나왔기 때문이죠. 나한테 아빠는 그가 피우던 담배연기 때문에 정상이 가려져버린 어떤 산처럼 보였어요. 하지만 그 산은 어찌나 착하고 친절한 것이던지! 그리고 내가 최선을 다해 살아온 이야기를 마치자 그 산은 보랏빛 구름을 뿜어내더니 엄마에게 웃으며 이렇게 말했어요. '글쎄, 우리 작은 아가씨, 우리가 너를 수양딸로 삼는 수밖에 없겠구나.' 그리고 엄마는 이렇게 말했어요. '민망해라. 그런 끔찍한 술수로 살아 있는 생명에 고통을 주리라곤 생각조차 못했구나.'

그들은 나를 애완동물이나 장난감처럼 다룬 것이 아니라 정말 진정한 그들의 자식으로 대했어요. 나는 곧 날 구해준 소녀에게 깊은 애착을 느꼈고, 그애 역시 내게 애착을 느꼈어요. 그래서 우리는 서로 뗄 수 없는 관계가 되었죠. 내 다리가 그애의 보폭을 따라가지 못할 때는 그애가 날 자기 팔꿈치 안쪽에 넣어서 갔죠. 우리는 서로를 '자매'라 불렀어요. 난 아홉살이었는데, 그애는 딱 여덟살이었거든요. 나를 태운 배는 행복한 항구에 들어와 쉬게 되었죠.

시간이 흘러갔어요. 우리는 머리를 틀어올리고 드레스 자락을 늘어뜨리는 꿈을 꾸기 시작했어요. 그리고 성장한다는 것의 모든 달콤한 미스터리가 그 앞에 펼쳐져 있었어요. 나는 세속적인 의미로는 전혀 자라지 않을 거라는 걸 알고 있었지만요. 그 사실이 때로는 나를 슬프게 했어요. 한번은 크리스마스 때 팬터마임과 관련된 일이 있었어요. 아마도 어떤 육감이 내 앞에 위험이 있다는 경고를 해준 것 같아요. 나는 엄마에게 유치한 일은 이제 그만두고 그날 밤 집에 있으면서 책이나 읽고 싶다고 했어요. 그러나 내 자매는 성장의 과정이 나보다 약간 뒤처져 있었기 때문에 밝은 불빛과 예쁜 금은사 장식을 무척이나 보고 싶어했어요. 그리고 내가 가족파티에 가지 않는다면 그 파티는 몽땅 망쳐버리게 될 거라고 했죠. 나는 그녀의 부드러운 협박에 지고 말았어요. 나중에 보니, 그 팬터마임은 「백설공주」였어요.

무대가 내 앞에 펼쳐지자, 우리가 있던 특등석에서 난 처음엔 불처럼 타올랐다가 다음엔 얼음처럼 차가워졌죠. 내가 가족을 매우 사랑하긴 하지만, 우리 사이에는 항상 어찌해볼 수 없는 차이가 있었으니까요. 그들의 손발 놀림이 서투르다거나 움직임이 육중해서 나를 압박한 것은 아니에요. 평생 잠자리에 들 때마다 두통을 겪게 했던 천둥 같은 그들의 목소리도 날 압박하진 않았어요. 아뇨, 나는 태어나면서부터 그 모든 일을 알고 있었고, 인간이라는 종의 괴물 같은 추악함에 길들여지며 자랐죠. 사실 그런 친절한 집에서의 생활을 생각하면 그런 추악한 종족의 추악한 짓거리 중 최소한 몇가지는 용서할 수도 있었을 거예요. 그러나 그 무대 위에서 나와 태생이 같은 동족을 보았을 때, 심지어 웃긴 난쟁이 쇼를 보여주느라 뛰놀고 깡충댈 때조차, 나는 소인국의 세상, 어떤 작고 완전한 천상의 장소에 대해 상상했어요. 페버스, 당신이 현명한 새의 눈으로 사물을 바라볼 것처럼 말이에요. 그런 곳이 나의 집처럼 보였고, 그 작은 사람들은 그 집에 사는 사람들 같았죠. 나를 '작은 여자'가 아니라 그냥 여자로 사랑해줄 그런 사람들 말이에요.

그때 어쩌면…… 그건 아마도 내 엄마의 피가, 양은 줄었어도 내 핏속에 흐르고 있어서였나봐요. 어쩌면…… 나는 그저 단순한 만족으로는 만족할 수 없었나요! 어쩌면 나는 언제나 사악한 애였고, 내 사악함이 이제 결국 행동으로 드러난 거죠.

쇼가 끝난 뒤 열광하는 분위기를 틈타 가족들 틈에서 빠져나오기란 쉬운 일이었어요. 그 남자가 백설공주에게 주는 꽃다발을 받는 동안, 극장 뒤편 무대 출입구를 찾아 그 문의 경비원을 빠르게 지나쳐오는 것도 쉬웠죠. 나는 끔찍할 정도로 우습고 서투른 솜씨로 일곱 개의 작은 별을 붙여둔 문을 금방 찾아냈어요. 노크를 했죠. 안에는 최고로 잘생긴 젊은 남자가 딱 우리 둘의 싸이즈에 맞는 소파에 앉아 있었어요. 그는 작은 바지 한벌을 수선하느라고 정신이 없었죠. 페버스 당신 눈에는 보이지도 않을 바늘이나 실이었을 그런 길이의 것들을 가지고 말이에요.

'얼마나 작은 별나라에서 온 거예요?' 그가 날 보자 이렇게 외쳤어요.

그때 원더는 두 손으로 얼굴을 가리고 비통하게 울었어요.

'페버스, 내가 타락하게 된 슬픈 사연은 자세히 얘기 안할 래요.' 원더가 좀 진정이 되자 이렇게 말했어요. '일곱 달이 라는 긴 시간 동안 그들과 여행하며 이곳저곳을 다녔다고 말 하는 것만으로도 그 얘긴 충분해요. 그들은 내 형제들이었고, 똑같은 몫을 받는다고 생각했으니까요. 그들이 나를 친절히 대하지 않는 것이 두려웠어요. 그들은 작긴 했어도 남자들이 었으니까요. 나는 매일 밤 눈을 감을 때마다 그들이 어떻게 날 베를린에서 무일푼으로 내다버렸고, 내가 어떻게 마담 슈 렉의 끔찍한 보호 아래 있게 되었는지 그 상황들을 스스로에 게 되뇌어요. 다시 일어날 시간이 될 때까지 몇번이나 반복해 서 영원 같은 그 끔찍한 기억들을 되풀이해 그려봐요. 어째서 내 작은 몸에 대고 기막힌 욕정을 채우러 오던 그들이야말로, 내가 어떤 사람이라 한들 나보다 훨씬 더 타락한 사람들이라 는 걸 스스로 깨닫기 위해서예요.'"

페버스가 한숨을 쉬었다.

"그러니 그 사랑스러운 사람이 자신은 은총의 상태에서 너 무나 동떨어진 파멸로 고꾸라졌고, 그 심연의 구렁텅이를 결 코 헤어나올 방법이 없다고 얼마나 진심으로 믿고 있는지 이 제 당신도 알 거예요. 그녀가 예쁘고 티없는 자기 자신을 극 도의 혐오감을 가지고 바라본다는 것도요. 나는 이 세상에서 거래되는 그 무엇도 그녀가 자신을 동전 한푼 이상의 가치가 있는 사람이라고 느끼게 해줄 것은 없다고 생각해요. 그녀는 잠자는 미녀를 가리키며 이렇게 말하곤 했어요. '난 저 가련

한 애가 얼마나 부러운지 몰라요. 저애가 꿈을 꾼다는 것, 그 한가지만 빼면 말이에요.'

그러나 패니는 완전히 종류가 다른 사람이었어요. 요크셔 출신으로 기골은 큰데 빼빼 마르고, 솔직하고 인정 많은 여자 인데다, 뺨에는 장밋빛 홍조가 일고 걸음걸이에는 활력이 넘쳐나는 것만 제외한다면 거리에서 만나도 두 번 눈길을 주지는 않을 평범한 사람이었죠. 마담 슈렉이 패니에게 쳐져 있는 커튼을 젖힐 때, 그녀는 슈미즈와 눈가리개만 걸친 뼈만 남은 여성 건설노동자처럼 거기 서 있었죠.

그리고 마담 슈렉은 이렇게 말하곤 했어요. '이분을 보아라, 패니.' 그러면 패니는 눈가리개를 벗고 그에게 빛나는 미소를 지어주었죠.

그러고 나면 마담 슈렉은 '나는 이분을 보라고 말했다, 패니'라고 말하곤 했어요. 그 말이 떨어지면 패니는 슈미즈를 위로 당겨 벗었어요.

왜냐하면 그녀의 젖꼭지가 있어야 할 곳에 두 눈이 있었거든요.

그다음에 마담 슈렉은 이렇게 말하곤 했어요. '이분을 제대로 보아라, 패니.' 그러고 나면 패니는 그 다른 두 눈을 뜨곤 했어요.

그 눈은 얼굴에 달린 눈과 아주 똑같은 짙은 푸른빛이었어요. 크지는 않았지만 매우 밝았지요.

나는 언젠가 한번 그녀에게 이렇게 젖가슴에 달린 눈으로 무엇을 볼 수 있는지 물어본 적이 있는데, 그녀는 이렇게 말했죠. '글쎄요, 위에 있는 눈과 같지만, 더 낮은 쪽을 보죠.' 하지만 나는 그녀의 자유롭고 개방적인 기질에도 불구하고, 그녀가 세상의 너무 많은 것을 한꺼번에 보았다고 진짜로 생각해요. 그리고 그것이 그녀가 우리와, 권리가 박탈된 다른 사람들과 함께 머물게 된 이유라고 생각해요. 그 여성성의 창고에서, 그런 마음의 넝마 가게에서는 권리가 박탈된 사람들에게 실제로 유용한 것이 없거든요.

그 무력한 입술 사이로 뭉근히 끓인 달걀을 한스푼 떠넣으려고 잠자는 미녀의 머리를 가슴에 받친 패니를 보다가 나는 말했어요. '결혼하지 그래요, 패니? 일단 충격만 극복하고 나면, 어떤 남자라도 당신을 얻게 되어 기뻐할 텐데요. 그리고 당신이 그렇게 원하고 또 그만한 자격도 있는 당신의 자식도 낳아보지그래요?' 대단히 평온하게 그녀는 말했어요. '짜디짠 눈물로 어떻게 애한테 영양분을 주겠어요?' 그러나 그녀는 늘 명랑했고 늘 웃음과 농담으로 가득했어요. 그러나 거미줄 얘기라면, 그녀는 별로 말도 안했고 우울한 사람이어서 혼자 하는 카드점놀이를 하면서 오랫동안 혼자 앉아 있었어요. 그게 그녀의 삶이라고 하더군요. 카드점놀이 말이에요."

"왜 그녀를 거미줄이라고 불렀어요?" 월써가 한편으로는 불쾌감에서, 다른 한편으로는 매혹감에서 물었다.

"그녀의 얼굴이 거미줄로 덮여 있었으니까요. 눈썹부터 광대뼈까지요. 앨버트와 앨버티나가 그녀를 웃기려고 하곤 했던 것들 말이에요! 그와 그녀는 웃긴 친구들이어서 언제나 재밋거리가 가득했거든요. 하지만 아서요, 거미줄은 웃음만큼은 그리 지어 보이지 않았지요.

그들은 모두 커튼 뒤에 있던 여자들이었어요, 기자님. '저 아래'로 불리는 곳에 사는 사람들이죠. 그 모두가 당신처럼 심장이 고동치고 영혼이 고통받는 사람들이랍니다."

"당신은 무슨 일을 했죠?" 월써가 연필을 씹으면서 물었다.

"나요? 내가 마담 슈렉의 상상의 공포실에서 했던 연기요? 잠자는 미녀는 완전 나체로 대리석판에 누워 있었고, 나는 그녀의 머리맡에 날개를 펼친 채 서 있었어요. 나는 묘비천사였고 죽음의 천사였어요.

자, 만약 당신이 잠자는 미녀와 자고 싶다면 그것은 수동적인 의미에서지, 적극적인 의미로 하는 말이 아니에요. 잠자는 미녀는 건강이 나빠져 대단히 위험한 상태가 되었고 마담 슈렉은 황금알을 낳는 거위를 죽이기 싫어했으니까요. 당신이 살아 있는 시체 옆에 눕고자 한다면, 그리고 떨리는 두 팔로 완전한 의식불명의 미스터리를 끌어안고 싶다면 그것은 되기도 하지만 안되기도 하는 일이죠. 왜냐, 그건 현찰을 걸어야 가능한 일이었으니까요. 뚜쌩은 당신 머리에 자루를 씌우고 심연에서 나와 한층 위 극장으로 당신을 이끌 거예요. 그러면 당신은 거기서 기다리는 거죠. 아무것도 듣지도 보지도 못하면서…… 절대 암흑과 절대 침묵, 그러고 나면 당신에겐 당신의 생각만 남고, 저 아래에 있는 여자들의 모습을 보고 당신의 상상력이 정수를 뽑아낸 환영만 남죠. 그 사이에 뚜쌩이 저 아래에서 우리를 끌고 올라와 벽에 있는 작동이 잘되는 자동 식품회전대에 올려놓고, 쓰고 있던 가리개를 벗기면 거기에 우리가 있는 거죠.

다리가 여러 개인 촛대만이 관 위에서 잠자는 미녀에게 음울한 빛과 그림자를 던져주었고, 나는 날개를 구부리고 칼을 든 채로 몸을 굽혔어요. 아시다시피 죽음의 천사이자 수호천사였죠. 그러니 그중 누구든 규정가격에 준하지 않고 뭔가 일을 일으키려고 하면 내가 바로 그 자리에서 그들의 관절 마디를 호되게 후려칠 수 있었죠. 잠자는 미녀는 어땠느냐 하면, 한숨을 쉬고 뭔가 중얼거리면서, 그 시간 동안 내내 무슨 일이 있는지 아무것도 모르고 있었죠. 하지만 나는 떨고 있는 가련한 인간을 바라보곤 했죠. 마치 그녀가 처형대라도 되는 양 그녀에게 다가간다는, 우리가 고안해낸 발상을 돈을 내고 사용하는 가련한 인간을 말이에요. 그리고 나는 햄릿처럼 생각했죠. '인간이란 얼마나 멋진 예술작품인가!'

얼마 지나지 않아, 한 신사가 아주 정확히 정기적으로, 일주일에 한번씩 일요일마다 오기 시작했어요. 그는 언제나 가장 특이한 의상을 입고 '저 아래'로 모험을 했죠. 그 옷은 벨벳으로 된 일종의 성직자복이었는데 길이는 그의 무릎까지 내려왔고, 보랏빛인데다 끝단은 회색 털로 장식한 것이었어요. 발에는 반짝이는 빨간 가죽부츠를 신고, 발목에는 작은 방울을 달아서 그가 걸을 때마다 매우 아름다운 소리가 퍼져나갔죠. 목에는 금목걸이를 걸고 있었는데, 그 줄에는 진짜 금으로 된 기묘하기 짝이 없는 모양새의 커다란 메달이 달려 있었어요. 마담 슈렉이 부러움에 찬 시선으로 그 메달을 바라보는 걸 난 종종 보았지요.

메달에 새겨진 형상은 저희 집에 오시는 프랑스 회원께는 실례가 되겠으나 남성을 나타내는 종류의 것이었어요(영어의 member와 마찬가지로 회원이라는 뜻의 프랑스어 membre에 음경이라는 뜻도 포함된 데서 착안한 말장난─옮긴이). 그것은 팔루스(남근─옮긴이)였고, **발기한** 것을 알리는 상태로 문장에 새겨져 있었지요. 그리고 불알에는 작은 날개가 달려 있어서 그게 제 시선을 즉각 끌었던 거예요. 그처럼 생식력을 담당하는 부분의 축이 되는 곳 부근에는 장미 줄기가 쌍을 이루며 있었는데, 그 봉오리는 포피(包皮)가 뒤로 접힌 곳에서 부끄러운 듯 둥지를 틀고 있었답니다. 그것이 고대의 것인지 현대의 것인지는 알 수 없었으나, 엄청나게 비싼 물건이 분명했죠.

그 기묘한 금붙이를 갖고 즐거워하던 자는 중년도 저물어가는 나이의 사내로, 길고 홀쭉하고 다소 등이 굽은 골격이었는데, 마치 감기를 앓은 사람처럼 안색은 자줏빛이 나기 시작한데다 반점이 많아 얼룩얼룩해 보였어요. 하지만 높은 매부리코에, 뺨에 파르라니 깎은 수염자국이 난 마른 체격이었어요. 그리고 방황하는 듯한, 물기에 젖은 푸른 눈을 지녔는데, 자신의 세계에 만족하지 않는 남자의 눈빛이었죠. 그의 의상을 완성하기 위해서 그는 언제나 드럼처럼 생긴 커다랗고 둥근 씰크햇을 썼어요. 그러나 그 모자는 테두리가 온통 둥글게 뒤로 말려 있었고, 모자 아래로 머리카락은 볼 수 없었죠. 마담 슈렉이 처음으로 내 앞의 커튼을 들어올렸을 때, 그 남자는 깜짝 놀라 펄쩍 뛰더니 '아즈라엘(주로 유대교와 이슬람교에 나타나는 죽음의 천사로 인간이 죽을 때 영육을 분리하는 일을 한다—옮긴이)!' 하고 외쳤어요. 그다음부터 그 남자는 오로지 나만을 보러 왔지요. 그는 잠자는 미녀에게는 아무것도 원하지 않으면서, 나 혼자만 윗방까지 끌고 가서 내 주변을 돌며 서성거렸어요. 혼자서 키득거리면서 자신이 입은 여자 속옷 아래로 자기 아랫도리와 혼자 놀면서 말이죠. 패니는 나를 놀리느라 그를 나의 '백마 탄 왕자'라고 불렀지요.

일요일이 여섯 번 흘러가는 동안 그는 내 신전에 경배하러 왔는데, 일곱번째 오던 날엔 우리 여자들이 저녁을 먹으려고 식탁에 앉아 있었고, 그때 마담 슈렉이 뚜쌩 편에 내게 메씨지를 보내서 잠깐 나와서 보자고 했어요.

우리는 그 음침한 무덤에서 저녁으로 아주 형편없는 음식을 먹었어요. 주방에서 술에 절어 살던 늙은 할멈이 술잔을 들고 있을 땐 삶은 달걀을 태워먹곤 해서 패니가 언제나 잠자는 미녀의 환자용 식사를 만들어두곤 했는데, 나는 그 일요일을 특별히 기억해요. 그 요리사 할멈이 토요일 밤에 완전히 뻗어버려서 패니가 뚜쌩을 보내 돼지고기 약간을 외상으로 받아오게 했고, 그 일을 뚜쌩이 잘해냈거든요. 그래서 패니는 팬을 꺼내 부산을 떨었고, 바삭바삭하게 구운 돼지껍질이 달린 먹음직한 족발과 약간의 애플소스를 우리가 먹을 식탁에 올렸거든요. 그리고 우리가 그것을 막 먹으려던 찰나에 나는 주인마님의 침실로 호출을 받았고, 그것이 내가 그 집에서 먹었던 마지막 일요일의 만찬이었답니다.

'어떤 신사분이 제안을 하나 하셨구나.' 마담 슈렉이 말하는 거예요. 그녀는 내게 등을 보이며 자기 책상 앞에 앉아 있었어요. 그녀 위로 가스등불만 뱀처럼 쉭쉭 소리를 내며 빛을 뿜었죠.

'어떤 신사가 얼마를 제안했는데요?' 나는 즉시 의심에 차서 물었어요.

'그분은 크리스티안 로젠크로이츠(장미십자회의 창시자로 알려진 전설적인 인물의 이름—옮긴이)라고 하신다. 매우 인심이 후한 분이야.'

'얼마나 후한 게 후한 건데요?'

'너한테 오십 기니를 주셨지. 수수료는 제외하고.' 마담 슈렉은 그동안 그 망할 놈의 장부에 뭔가를 휘갈겨 써넣으면서 어깨 너머로 말했어요. 그러자 나는 갑자기 그녀에게 화가 폭발했죠.

'뭐라고, 인류 역사상 단 하나밖에 없는 완전히 성장한 숫처녀에게 고작 썩을 놈의 오십 기니라고? 당신 뚜쟁이 맞아?'

나는 그녀의 어깨를 단단히 거머쥐고 그녀를 의자에서 번쩍 들어올려 세게 흔들어주었죠. 그녀는 장작 한다발 무게밖에 안될 만큼 가벼웠고 희미하게 덜그럭대는 소리를 냈어요.

그녀가 '이 손 못 놔!' 하며 얼마나 꽥꽥거렸는지 몰라요. 그러나 나는 그 여자가 헐떡이며 '좋아, 좋아, 그럼 백 기니로 하자'라고 말할 때까지 계속 그녀를 흔들었죠.

'조심해야 해, 이건 함정일 거야!' 그 순간 나는 그걸 믿지 않았기 때문에 이렇게 스스로에게 되뇌었어요. 대신 이렇게 주장했죠. '망할 놈의 마담 슈렉, 당신은 단 한 푼의 수수료도 받을 수 없어. 당신은 육개월 전 반짝이는 금화 다섯 닢을 준 뒤로는 내게 단 한 푼도 주지 않고 그때부터 쭉 여기에 죄수처럼 감금했으니까!'

나는 그 여자를 다시 흔들었고, 급기야 그녀는 이렇게 비명을 질렀어요. '좋다, 수수료 안 받아! 그러면 네 몫은 이백 기니가 된다, 이 망할 년아.' 그제야 나는 그녀를 놔주었어요.

'금고문 열어.' 내가 명령했죠.

그녀가 가서 베개 밑을 뒤지더니 열쇠를 가져왔어요. 그 일을 하는 내내 꺼리는 빛이 역력했죠. 그녀는 그 검은 넝마를 걸치고 삐딱하게 베일을 쓴 채 허둥대면서 바닥에서 갈팡질팡하더니, 마치 몰래 빠져나갈 쥐구멍이라도 찾듯 고개를 이쪽저쪽으로 두리번댔어요. 하지만 나는 이제 복수의 천사였고, 나를 피해 달아날 방법은 없었죠. 그녀가 등을 돌렸을 때 나는 블라우스를 벗어버리고 날개를 펼칠 기회를 잡았죠. 그녀는 금고를 열었고, 장갑 낀 손을 뻗었지만, 그녀의 떨리는 손가락이 금화에 닿는 바로 그 순간, 나는 그녀의 어깨를 다시 한번 꽉 붙들었어요. 나는 그녀를 잡고 위로 솟구쳤죠. 위

144

로! 위로! 위로! 천장이 높던 게 어찌나 다행이던지! 우리는
내 머리가 석회벽에 부딪힐 때까지 올라갔어요. 그리고 나는
커튼레일이 끝나는 곳에다 그 늙은 여자의 등 칼라를 걸어버
리고는 그녀를 거기다 내버려뒀어요. 그녀는 퍼덕거리며 시
끄럽게 짖어대고 허공에 대고 그 작은 팔다리를 휘둘러보았
지만 이젠 어찌해볼 도리가 없었죠.

'이제 내가 유리한 입장에서 협상을 할 수 있겠네.' 나는
말했어요. '그 사람이 사실은 얼마를 제안한 거죠?'

'천 기니다! 나 좀 내려줘!' 마담 슈렉은 깽깽대며 비통하
게 울부짖었어요.

'선금으로 내놓은 건 얼만데요?' 나는 정직한 여자니까 이
렇게 물었어요.

'그 절반을 선금으로 줬다! 나 좀 내려놓으란 말이야!' 하
지만 나는 혼자 내려와서 두 손을 금고 속에 찔러넣었어요.
거기서 정당한 내 몫과 그 여자의 수수료만 빼낼 생각이었죠.
금화를 세면서 침대맡에 앉아 있는데, 문간에서 불길한 노크
소리가 들렸어요. 누가 노크를 했든 그 사람은 고리쇠에 감겨
있던 크레이프 천을 떠어낸 게 틀림없어요, 요점인즉슨, 일찍
이 들어본 적 없는 굉음이 들렸다는 얘기예요.

나를 함정에 빠뜨린 건 바로 그 금화였어요. 계단에서 성난
발소리가 들리는 와중에도 반짝이는 그 보물더미를 버리고
도망간다는 게 견딜 수 없었거든요. 뚜쌩이 서둘러 들어왔고,
원래 검은 안색이 허옇게 질려서는 손동작이 어느 때보다 거

칠었죠. 그리고 그의 뒤를 바짝 따라서 건장한 덩치 두 명이 들어섰는데, 그자들은 흉악할 정도로 거구에 무슨 코믹 오페라 출연자처럼 튜닉과 쌘들과 망또를 갖춰입고 있었어요. 둘 사이에는 낚시 그물망이 들려 있었고요.

나는 즉시 날개를 펼쳤어요. 하지만 어디로 날아가죠? 창문은 모두 나무 널을 덧대어놓았고…… 천장까지 올라가서 밤새도록 거기서 맴돌고 있을까요? 커튼 가로대의 맞은편으로 가서 늙은 마담 슈렉 꼴이 될까요? 한쌍의 이무깃돌처럼 그녀와 거기 머물면서? 나는 아무 생각도 떠오르지 않은 나머지 궁지에 몰린 새처럼 퍼덕거렸는데, 그 덩치들이 순식간에 그물로 나를 잡아 아래로 끌어당겼고, 나는 내려가면서 계단마다 엉덩방아를 찧었어요. 우리 뒤로 입을 쩍 벌린 금고를, 그 돈더미를, 당황해하는 하인과, 천국으로 가는 중간에 매달려 있는 늙은 박쥐를 뒤로 남겨두고 말이죠. 그 천국이란 게 언젠간 그녀가 가게 될, 그녀의 끔찍한 영혼이 가게 될 곳과는 한참 거리가 있겠지만요.

엄청난 공포심에 나는 짓눌렸고, 날개 깃털 뒤로 현관문이 꽝 하고 닫혔고, 나는 사륜마차에 실려 밤의 어둠속으로 황급히 질주했어요.

고상한 체하는 그 양반들에게 날 어디로 데려가는 거냐고 물었어요. 그러나 둘 다 팔짱을 끼고 동상처럼 가만히 앉아서는 앞만 똑바로 바라보고 내겐 단 한 마디도 하지 않았어요. 블라인드가 내려지고 말들이 맹렬히 전력질주했어요. 나는 그 위험한 사태에 그저 나 자신을 맡길 수밖에 없었죠, 기자님. 달리 뾰족한 수가 없었으니까요."

5

"내 판단으로는, 채 두 시간이 지나지 않아 말들이 황급히 내달리던 속도를 누그러뜨린 것 같았어요. 우린 멈췄어요. 덩치 중 하나가 문을 열고 다른 녀석은 내게서 그물을 벗겨냈죠. 그 녀석은 그물을 벗기면서 되도록이면 내 젖꼭지를 더 많이 만져보려고 주의를 기울이더라고요. 나는 팔꿈치로 그 자식 입을 가격했고 그 작자는 욕설로 되갚더군요. 나는 여행용 무릎덮개로 몸을 꽁꽁 싸매고는 그 녀석들을 떨쳐낸 뒤 혼자 힘으로 당당히 마차에서 걸어나왔어요. 납치된 게 아니라 초대받은 사람처럼 말이에요.

내 앞에는 고딕 양식의 대저택이 보였어요. 그 저택은 온통 담쟁이덩굴로 뒤덮여 있었고 망루 위로는 손톱 같은 초승달이 별 하나를 품에 안고 떠 있었어요. 어디선가 개 한마리가 짖고 있었죠. 주변은 숲이 우거진 언덕 가운데 있는 비밀요새였어요. 그 저택은 고풍스럽게 디자인되었지만, 시공 자체는 새것이었죠. 담쟁이 사이로는 거친 벽돌이 보였고, 그을린 떡갈나무로 된 대문엔 갓 만든 놋쇠 받침을 장식못처럼 보이게끔 박아놓았지요. 대문은 열려 있었고, 현관에선 엄청나게 밝은 빛이 쏟아져나왔어요.

두 덩치가 다시 내 팔을 각각 하나씩 꽉 잡았고, 정면 입구 계단에서 내 손을 뒤로 묶어 결박하려 했어요. 나는 되는대로 드잡이를 벌였지만 현관문 말고는 달리 갈 곳이 없었고, 그 문은 쿵 소리를 내며 내 뒤에서 닫혔어요.

떡갈나무 상자 위에 놓여 있던 런던판 『타임즈』지 최신호만이 어쨌거나 내가 마술에 걸려 한 세기 이전으로 전송된 게 아니라는 유일한 증거였어요. 그곳에선 모든 것이 새로웠어요. 그게 다 모조품이어서가 아니라 죄다 새것이었기 때문이죠. 나는 커다랗고 네모나게 자른 돌로 만든 네모난 대기실에 서 있었어요. 바닥엔 판석을 깔아놓고, 천장엔 홈을 새겨넣었으며, 궁륭 중앙에는 아주 영민하게도 로젠크로이츠 씨가 목에 걸었던 것과 똑같은 날개 달린 장밋빛 형상이 있었어요. 뭔가 어두운 암석을 조각한 것이었는데, 아마도 대리석 같았어요. 전기 때문인 것 같긴 한데 모든 것에 밝게 불이 들어왔지만, 그 조명의 근원은 여기저기 벽이 접혀들어간 곳에 숨겨져 있었어요.

돌로 된 문을 지나자 작은 방이 있었는데, 그 방은 전부 벽

널로 되어 있었고, 조각이 새겨진 떡갈나무 의자 한쌍 중 하나에 앉아 있는 남자의 모습이 보였어요. 의자 옆에는 하얀 장미 화병이 올려진 나지막한 떡갈나무 탁자가 있었어요. 그는 걸쇠가 달린, 성경인 듯한 커다란 책을 읽고 있었기 때문에 얼굴이 가려 보이지 않았어요.

잠시동안, 모자를 쓰지 않은 로젠크로이츠 씨를 나는 알아보지 못했어요. 그는 정말 달걀처럼 맨들맨들한 대머리였는데, 마치 하녀가 은식기 닦을 때 쓰는 천으로 여러 번 닦은 듯 반짝반짝 빛이 났어요. 그는 짙은 보라색 사제복을 입고 있진 않았지만, 끈으로 여미는 흰색의 긴 잠옷을 걸치고 있었지요. 그런데 그 남자의 메달을 보자 나는 내 고객을 알아보았고, 정말이지 마담 슈렉의 집에 놓고 온 천 기니가 쓰라리도록 후회되었어요. 그다음엔 그 거래가 이루어진 방식, 즉 절반은 계약금으로 또 절반은 인도와 동시에 지불하기로 했다는 것을 기억해냈고, 아직 미불된 돈이 남아 있으니 나는 아주 공손하게 이런 말을 건넸지요. '안녕하세요, 로젠크로이츠 씨?'

이제 그는 짐짓 겸손을 떨면서 읽던 책을 아래로 내리고 찬찬히 나를 뜯어보았는데, 그에게 내가 실망을 안겨주었다는 것을 확신할 수 있었어요. 낡은 무릎덮개에 둘둘 말려서 꼴이 온통 엉망이었으니까요. 그러나 그는 털끝 하나 내색하지 않더군요.

'잘 왔어요, 아즈라엘.' 그는 말했죠. '아즈라엘, 아즈라일, 아슈리엘, 아즈리엘, 아자릴, 가브리엘, 여러 이름으로 불리는 어둠의 천사. 세번째 하늘에 있는 당신의 집에서 내게로 온 것을 환영합니다. 자 봐요, 나는 당신의 존재만큼이나 역설적인 의미로 장미꽃을 들고 당신을 환영합니다. 당신은 프로쎄르피나(그리스 신화의 페르세포네에 해당하는 로마 신화의 봄의 여신, 명부를 다스리는 플루토의 아내—옮긴이)처럼 죽음의 땅에서 새로운 삶을 알리러 오는 것이니까요!'

물론 그건 모두 매우 훌륭한 말이었지만, 그런 경우, 그가 나에게 할 수 있는 최소한의 예의는 앉도록 청하는 것이라 생각했어요. 그런데 그는 전혀 그런 생각이 없을뿐더러, 내가 매우 고된 여정을 치러낸 다음인데도 차 한잔 내주질 않았어요. 대신 나를 보며 계속 미소지었고, 그 늙어 점액이 끈적이는 가련한 눈만 이리저리 굴려대고 있었죠.

'어찌나 예쁜 천사이신지!' 그는 감상에 빠져 말했어요. '심지어 코에 검댕이 묻어 있는데도 말이오!'

'그러시다면, 욕실로 안내해주시면 씻도록 하지요.' 나는 영리하게 응수했고, 그는 갑자기 자신의 구매품에 대한 찬사를 멈추었어요. 구매품이 말대꾸하는 것은 거래에 없었나봐요. 그는 다소 풀이 죽어서 중얼거렸어요. '저 문으로 가서 이층으로 올라가시오. 올라가면 오른쪽 첫번째 방이오.' 그는 다시 책을 보았고, 지나가면서 보니 그 책은 라틴어로 씌어 있었는데 제목은 『신비한 미지의 계시』였어요.

욕실이 얼마나 대단하던지! 세상에나, 온통 다 대리석으로 되어 있었어요! 수건은 두께가 3센티미터는 되었어요! 수도

꼭지에서는 뜨거운 물이 콸콸 쏟아졌어요. 그런 게 바로 제대로 된 삶이라고 생각했고, 아로마 욕조에 몸을 담그기 전에 거기다 트럼퍼 사의 라임유 반병을 들이부었지요. 하지만 먼저 페티코트를 열쇠구멍 위에 걸어서 로젠크로이츠 씨가 구멍으로 엿보지 못하게 했어요.

자 이제, 내가 물에 몸을 담그는 동안 날개는 어떻게 관리할지가 궁금하겠죠, 기자님? 글쎄요, 다른 날짐승들처럼, 내 깃털도 꽤 방수처리가 되어 있었지만, 내 경우는 안타깝게도 '완전 방수'는 아니었어요. 물에 젖지 않게 하는 게 최선이었는데, 그러지 못하면 가라앉아버리니까요. 손이 닿는 데까지는 손끝으로 날개를 조금 손질하고 나서, 충분히 몸을 털어주면 새것처럼 좋아지죠. 그래서 나는 날개가 욕조 밖으로 나와 있게끔 주의를 기울였어요. 그치만 아시다시피 날개를 뺀 나머지 부분은 완벽히 정상적으로 잘 씻었답니다. 그리고 그자의 레몬향 비누며 그 모든 것으로 나는 정말 좋은 한때를 보냈지요.

내가 목욕타월로 몸을 닦노라니, 그러리라 예상한 것처럼 문간에서 쑤석거리는 소리가 들렸고, 나는 대뜸 닦아세웠죠. '그만하면 충분히 됐네요. 하나만 덧붙이자면, 제대로 걸칠 만한 것을 갖다주기 전엔 이 욕실에서 안 나갈 거예요!'

'글쎄요, 내 분명히 말하는데, 아즈라엘, 들어올 때 걸쳤던 그 누더기를 걸쳐서 목욕으로 깨끗해진 몸을 더럽히면 당신한테 더 안 좋을 텐데요.' 로젠크로이츠 씨가 말했어요. '그러

니 내가 수수께끼 하나를 내겠소. 수수께끼를 좋아하오, 아즈라엘?'

난 아무 말도 하지 않았어요.

'만약에 말이오.' 그가 말했어요. '당신이 이 수수께끼를 맞히면 내가 백 파운드의 팁을 주겠소. 이미 내기로 했던 것에 더 얹어서 말이지. 그리고 이 돈은 마담 슈렉과는 상관없는 것으로 하지.'

'수수께끼 내보시죠.' 나는 즉시 말했고, 그는 기쁨에 들떠 킬킬거렸어요.

'아름다운 것이 새이고 새는 아름답다지만, 이도저도 아닌, 사람의 몸도 새의 몸도 아닌 아름다운 아가씨, 킬킬킬! 킬킬킬! 내가 당신에게 약속한 그 의식을 치르기 위해서 당신은 알몸도, 그렇다고 옷을 입지도 않은 상태로 물에서 나와야 하오.'

그 작자는 자신의 천재성에 들떠 기뻐하며 욕실문 뒤에서 숨을 씨근대고 있었어요.

'그리고 당신이 준비되기 전엔 욕실문 밖으로 나올 수 없소!' 그는 덧붙였죠. 그다음 열쇠구멍으로 들려오는 유일한 소리는 그의 거친 숨소리뿐이었지요.

백 파운드라는 생각에 환상적으로 정신집중이 되었어요. 그래서 나는 그 난제에서 벗어날 방법을 짜낼 때까지 욕조 귀퉁이에 걸터앉아 있었어요. 보시다시피 자연은 내게 지나치다 싶을 만큼 길고 풍성한 머리칼이라는 축복을 주었거든요. 그래서 나는 그 머리칼을 빗질해서 그걸로 몸을 가렸어요. 레이디 고디바(남편이 소작농에게 부과한 세금을 면제해주는 조건으로, 머리칼로 주요 부분만 가린 채 알몸으로 말을 타고 영국 코번트리 거리를 활보했던 중세의 귀족부인―옮긴이)가 비현실적이긴 해도 절도있게 차리고 코번트리 거리로 그 유명한 활보에 나섰던 것과 같은 방식으로 말이죠. 다행히도 내겐 몸 전체를 가리고도 남을 머리칼이 있었지만, 모든 것을 어떻게 확실하게 장담할 수 있겠어요? 음, 난 머리카락을 조금 잡아서 땋은 뒤 넬슨의 칼로 그걸 잘랐어요. 그 칼은 언제나 내 코르셋 속에 있었거든요. 그리고 나는 땋아서 잘라낸 머리를 내 허리 아래 두르고 완벽하게 점검했어요. 분명히 말하는데, 그 와중에도 금도금된 내 마스코트는 그 아래 속살에 묶어두는 걸 잊지 않았죠.

'당신이 옳아요!' 나는 문을 열면서 외쳤고, 레몬향 수증기 구름 속에서 그를 향해 박차고 나갔죠. 그리고 그는 기쁨과 어쩌면 후회가 뒤섞여 나지막이 골골대는 소리를 냈는데, 내가 만약 정답을 떠올리지 못했다면, 그자가 나에 대해 뭘 어떻게 생각했는지 아무도 못 맞힐 테니까요.

정말 기쁘게도, 내가 몸을 씻고 머리를 빗질하는 동안 아주 실속있는 음식이 아래층 응접실에 차려져 있었어요. 쎌러드, 치즈, 그리고 식힌 닭고기 요리가 있었는데, 나는 배고픈 나머지 닭다리를 조금씩 뜯어먹었죠. 하지만 다른 걸 택할 수 있었다면 닭이나 오리나 뿔닭류 등은 한조각도 건드리지 않았을 거예요. 동족살상은 하고 싶지 않으니까요. 그러나 이번에는 너무나 다급한 상태라서 깃털 달린 내 조상님들께 용서를 구하는 기도를 자그맣게 속삭이고는 그것을 입속에 밀어넣었어요. 그 음식을 넘길 수 있게 썩 괜찮은 적포도주 한병이 있기에 그것도 좀 마셨죠. 로젠크로이츠 씨가 어슬렁대며 다가오기 시작했어요.

'모든 밤 중에서도 오늘밤만은 우리 만남에 뭐든 육욕과 관련되거나 불손하거나 조금이라도 육체적인 것이 있을 거라는 생각으로 도망가지는 마시오. 바로 이 집 위에서 저 빛나는 별이 달의 순결한 포옹을 받고 있는 동안은 말이오. 그 별은 신성한 노아의 홍수 이후, **끔찍한 것들**의 사면과 화해를 의미하는 것이오. 그 순수한 호의라는 모토가 혼란스러워지는 어떤 비밀의 권고가 있기 때문이오. 왜냐하면 그것은 '악을 생각하는 자가 부끄러울지어다'(Honi soit qui mal y pense)가 아니라 '요니를 생각하는 자가 부끄러울지어다'(Yoni soit qui mal y pense)이기 때문이오. 물론 요니는 힌두어로 여성의 신체 일부, 혹은 부재, 극악한 구멍, 또는 끔찍한 틈새, 심연, 저 아래, 그리고 소용돌이지. 공포가 지배하는 저 아래로, 또 아래로 모든 것을 끔찍하게 빨아들이는 소용돌이라네.'

그러니 **그것**이 금으로 된 메달의 의미였던 거예요! 메달 그 자체가 표상하는 남근은 날개로 표현되어 위쪽을 열망하고 있으나, 장미로 표상되는 여성적 신체 일부 때문에 비비 꼬인 줄기로 표현되면서 아래로 끌리고 있었지요. 음, 그 사람은 아마도 이단종파의 하나로 신플라톤주의적인 장미십자회의 신비사상을 마니교식으로 해석하는 종파 같았어요. 그래서 스스로 다짐했죠. 이 아가씨야, 조심해! 난 스스로에게 타일렀어요.

그는 구멍이라는 개념에 질색을 했어요. 그래서 그 가련한 늙은이는 혼자 중얼거리며 훌쩍대다가 말고 멈추었죠. 일요일마다 날 찾아왔으니 그런 **심연**이 처음도 아니면서 말이에요. 구멍이란 게 언제나 자신의 생각만큼 끔찍하다는 걸 스스로 확인하는 것에 불과했죠. 마음을 굳건히 하려고 포도주를 한잔 더 따르고 나서, 나는 집주인에게도 한잔 따랐지요. 그도 포도주가 필요해 보였거든요. 그는 얼빠진 사람처럼 단숨에 들이켜더니, 잠시 후에 더 행복한 상태로 마음을 돌리기에 충분한 평정심을 회복했어요.

'플로라!' 그가 이렇게 외쳤어요. '깨어난 세계의 발빠른 요정이여! 날개가 달려 위를 향해가는 영령이여! 플로라, 아즈라엘, 비너스 판데모스(모든 사람의 비너스 여신이라는 뜻—옮긴이)! 이들은 내가 여신으로 받드는 그 많은 이름 중 몇 안되는 이름에 불과하지만, 나는 오늘밤 당신을 아주 자주 '플로라'라고 부르겠소. 그러니 당신은 오늘밤이 며칠인지 알고 있지요, 플로라?'

그의 신화 지식에서 바로크식 절충주의의 기미가 느껴진다고 생각하면서, 그가 내온 질좋은 고급 치즈를 약간 맛보았어요.

'4월 30일이요.' 나는 이 대답이 다른 수수께끼로 이어지지 않을지 의심하면서 말했죠.

'5월의 전야지, 플로라, 내 사랑.' 그가 힘주어 말했죠. '하지만 잠시 후면 당신의 날이, 올해의 초록 이음매가 될 거요. 봄의 문이 활짝 열려 여름이 지나가게 할 것이오. 즐거운 5월의 아침이 올 것이야!'

나는 와인 한잔을 더 마시면서 초조하게 마음을 다잡고 있었어요.

'자, 오월제의 기둥은 당연히, 바로 **남근**의 재현물, 즉 힌두의 남근상이고, 다시 말해 롱기누스의 창(예수가 십자가에 달린 뒤 사망 확인을 위해 롱기누스라는 맹인 병사가 소유했던 창으로, 예수 옆구리에서 튄 피가 눈에 닿아 그 병사는 시력을 회복했다고 알려져 있다─옮긴이)과 같이 뭔가를 관통한 뒤 비옥한 결실을 맺게 하는 창이지. 그것이 그토록 '길다'는 데 유념할지어다! 롱기누스의 긴 창이라……' 그러나 이 대목에서 그는 눈을 깜빡이며 말을 더듬었어요. 자신의 신화 지식 가운데서 길을 잃고 헤매다가, 막 아서 왕 신화로 때우려던 찰나였거든요. 아서 왕 신화는 단박에 그를 막다른 골목으로 몰고 갈 테니까요. 그는 떨리는 손으로 자기 잔에 포도주를 한잔 더 따르더니 자신이 준비한 풍요의 의식을 향해 비틀거리며 돌아갔어요.

'오월제 기둥, 팔루스, 남근상! 으하하! 위로! 허허! 그것이 위로 솟아올라 솟구치리라! 이 축복받은 계절의 성스러운

근이 내일 유쾌한 영국에 있는 모든 마을 녹지대 위로 솟아 오를지어다. 그것이 바로 여러 밤 중에서도 바로 오늘밤, 그 어둠의 집에서, 심연에서, 지옥의 늙은 도깨비 마담 슈렉이 지배하는 영원한 겨울의 깊은 어둠에서 널 감쪽같이 채 가기로 결정한 이유니라.'

자, '지옥의 늙은 도깨비'는 앞서 말한 마담 슈렉에게 딱 들어맞은 말이었고, 그래서 나는 그 바보가 그런 바보짓을 하면서도 어쩌면 분별있는 말을 할지도 모른다는 생각이 들어 그를 더 친절하게 바라보았어요.

그 사람 이름이 알고 싶은가요, 기자님?" 그녀는 푸른 철강 같은 눈빛을 주며 급작스레 하던 말을 중단했다. 25킬로그램은 나가는 머리채를 갑작스레 휘두른 탓에 그녀의 머리핀은 죄다 빠져나가서, 이제 머리카락이 온통 사방에 흩날리고 있었다. 그리고 그녀는 다소 상기되어 있었는데, 그로 인해 그녀는 야생적이고 열광적인 인상을 풍겼다. 윌써는 돌풍과도 같은 그녀의 관심을 집중적으로 받자 기가 눌렸다.

"굉장히 지쳐 보이는데, 기자 양반." 예상치 못한 관심을 보이며 리지가 말했다. 그리고 실제로 윌써는 피로감이 엄습하는 시점에 다다랐다고 정말 느꼈다. 작은 개처럼 순종하며 페이지를 종횡무진하면서 그들의 말을 받아쓰던 손이 이제 더이상 자기 것이 아닌 것만 같았다. 손은 팔목 관절께에서 위아래로 움직였다. 언제나처럼.

"아니, 아니요." 그는 거짓말을 했다. "괜찮아요."

"당신은 그 신사분의 이름을 알아야 해요!" 페버스가 고집을 부렸다. 그리고 그의 수첩을 거머쥐더니 이름을 써내려갔다. 그녀는 가늘고 견고하며 유려한 이탤릭체로 썼다. 그것을 읽고 나자 "세상에나!" 하고 월써가 말했다.

 "나는 어제서야 신문을 읽고서 그가 여성 투표권이라는 주제로 하원에서 참으로 감동적인 연설을 어떻게 해냈는지 비로소 알게 되었죠. 그는 여성에게 투표권을 주는 데 반대했어요. 여자가 어떻게 남자와 다른 영혼의 본질을 갖고 있는지, 또 어떻게 다른 영혼의 직물 한필에서 분리되어나갔는지, 또 여자들의 작은 머리를 이런 속세의 일들로, 예컨대 아일랜드 문제라든지, 보어 전쟁 같은 일들로 성가시게 하기에는 모두 너무 순수하고 순화된 종족이라는 설명들이었죠.

 일방적이긴 했지만 이런 끊이지 않는 대화를 하는 중에, 그는 자신이 나이드는 것에 대해 얼마나 두려워하는지 드러냈어요. 사실, 누군들 안 두렵겠어요! 언젠가 우리 모두가 거기서 벗어나 쓰러지게 될 운명인, 천상의 물레바퀴의 가차없는 물레질을 누군들 두려워하지 않겠느냐고요. 그리고 에헴 어허 하는 소리와 무슨 소린지 알 수 없는 염불을 잔뜩 늘어놓은 뒤에, 마침내 그는 털어놓았죠. 현자 아르테피우스가 은밀히 젊은 여인들의 몸에서 신비로운 청춘의 기운을 뽑아올린 어떤 신비한 자석을 발명해냈다고 말이에요. 그는 의미심장한 어조로 말하더군요. '청춘, 플로라.' 마술로 이런 기운을 농축해 스스로에게 쏟아부어서, 지속적으로 자신을 회춘시켰기 때문에 아르테피우스에겐 1년 내내 봄이 있었던 것이고, 그래서 로젠크로이츠 씨는 자신에게도 그런 일이 벌어지리라 기대한 것이죠.

게다가 로젠크로이츠 씨는 이렇게 생각했어요. 다윗 왕이 늙었을 때 수넴 여자 아비삭을 데려다 자기 품에 안고 누웠더니, '그로 인해 그가 열기를 취해서' 그는 이삼백살을 더 살았고, 그래서 아홉 호걸에 들지 않았던가? 그는 또한 자신이 베네찌아에서 만난 적 있는 과르디 씨란 사람에 관해서 계속 말했어요. 과르디 씨가 어떻게 해서 **띠찌아노**(17세기 이딸리아의 베네찌아 화파 화가─옮긴이)가 그린 젊은시절 자신의 초상화를 소장하게 되었는지를 말이죠. 과르디 씨는 자기가 족히 삼백살가량은 된다는 것을 입증하면서, 아뻰니노 산맥(이딸리아 반도를 종주하는 산맥─옮긴이)에서 자란 열세 명의 어린 소녀들에게 자기 온몸을 마싸지하게 한 경위와, 그 소녀들이 쓰던 마싸지오일이 봄꽃 증류액과 자신만 아는 화학적 추출물로 이루어져 있다는 것을 로젠크로이츠 씨에게 말했던 거죠. 그러나 과르디 씨의 처방에 대해 말할 때, 로젠크로이츠 씨의 얼굴에는 대단히 파악하기 어려운 표정이 떠올랐고, 나는 그가 자신에게만 비밀로 숨겨둔 뭔가가 있다고 생각했어요.

그러나 그건 그가 말하겠죠. 그가 비전의 비법과 마술을 처음으로 통달한 뒤, 나의 존재에 대해 알게 되었어요. 그를 육체의 굴레에서 해방시킬 빛나는 천사에 대해, 또한 전 인류의 청춘기를 알리는 날개 달린 요정에 대해 말이에요. 나는 지옥의 땅 아래 유폐되어 있었지요. 흐음, 난 그것에 대해 생각하고 또 생각했어요. 그가 자신의 책을 뒤지면서, 죽음과 삶은 모두 같은 것이라고 말하는 페이지에 짤막한 손가락을 찔러 넣고 있을 때 말이에요. 그다음엔, 그가 손을 떠는 바람에 그 책이 그의 무릎에서 미끄러져 떨어졌고, 마침내 그는 말을 하면서 얼굴을 붉히고 말도 더듬더니 목소리를 낮추어서 자신이 어떻게 하려는지 내게 말했어요. 봄이 오는 문턱에서 자신의 육체를 아즈라엘, 죽음의 천사의 몸과 결합함으로써, 그는 죽음 자체를 기망하여 영원한 삶을 살겠다는 것이었죠. 그동안 플로라는 겨울의 추위에서 벗어나 영원한 자유를 누리게 될 것이고요.

나를 처음 본 지 7주 만에, 이것을 그는 온갖 밀교적 구성의 방식으로 입증했으며 내게도 그 증거를 기꺼이 보여주겠노라 단언했죠. 그러나 나는 그에게는 권하지도 않고 마지막 남은 포도주를 잔에 따랐어요. 그 가격으로 이천 기니는 싸다고 생각했기 때문이에요. 그래서 그렇게 말했어요. 그러나 그는 자신만의 황홀경에 깊이 빠진 나머지 내 이야기를 듣지 못했지요. 그가 그런 영생의 삶을 너무나 싸게 얻을 것이고, 나는 그 기묘한 거래에서 생긴 이득의 절반만 얻게 되리라는 것을 깨닫자, 나는 그가 최소한 포도주 병 하나는 더 따야 한다고 생각했어요. 그러나 그는 세상에 대해 일시적으로 눈도 귀도 먼 상태가 되어서, 오로지 자신의 귓가에서 소리치고 있는, 보이지 않는 천사들의 소리에만 귀기울이고 있었죠. 그래서 나는 책을 들어 소란스럽게 책상을 두드렸고 그 소리 때문에 덩치 중 하나가 들어왔어요. 이중문에서, 패널 벽에 감춰둔 비밀 문에서 나온 거예요.

'손님 접대 때문에 저렇게 들떠 있지만 않다면 이 신사분은 아마 술 한병 더 내주라고 분명 지시했을 거예요.' 내가 말했죠. '포도주 창고에 있는 거라면, 이번엔 88년산 고급 빈티지 와인으로 해요.'"

('기회가 있을 때 좋은 포도주 한잔 마셔보고 싶었거든요, 윌써 씨.')

"로젠크로이츠 씨는 몽상에 잠겨 중얼댔어요. '……연금술의 신봉자에 비하면, 왕국은 초라하다.' 그리고 그 덩치는 쟁반 위에 더러워진 요리 냄비를 차곡차곡 쌓으면서 내게 눈짓을 했고, 이렇게 속삭였죠. '그는 침실 사무용 책상 첫번째 서랍에 지갑을 넣어둡니다. 곧 보게 될 테니 내 말을 기억하쇼.'

나는 사실 그를 기억하고 있었어요. 내 오른쪽 젖꼭지를 더듬던 자였으니까요. 그 덩치가 술병을 들고 돌아올 때까지, 기괴하고 화려한 몽상에만 골똘한 그 가련한 숙맥에게 거의 미안한 마음마저 들 지경이었어요. 남자는 자기 하인에게 돈을 뜯기고, 협잡꾼에게는 사기를 당하고 있었으니까요. 로젠크로이츠 씨는 깜짝 놀라 몽상에서 깨어나며 말했죠. '이게 다 뭐야? 당신이 지닌 생명의 영기를 저급한 망상으로 흐리게 할 순 없어!' 그러고는 흰 장미 단지에 포도주를 거꾸로 들이부었고, 그 바람에 흰 장미가 얼굴을 붉혔죠. 나는 갈증으로 목이 바짝 타들어가 그 끔찍하고 딱딱한 의자에 앉아야 했고, 거래를 마치기 위해 새벽을 기다려야 했지요.

나는 내가 받아야 할 현금을 챙기고 나서 떠날 계획이었죠.

아뇨! 절대로!! 물론 절대 마담 슈렉에게 되돌아가지는 않죠. 나는 배터씨에 있는 집으로 곧장 갈 거예요. 내 장담하는데, 로젠크로이츠 씨가 내 연골조직 약간을 파열시킬 특권을 얻기 위해 기꺼이 지불코자 한 돈이면 내 가족 전체가 편안히 정착하는 데 충분했거든요. 그리고 나는 아주 기쁜 마음으로 그 짧은 여름밤의 몇시간을 보냈어요. 내가 바보였던 거죠. 로젠크로이츠 씨가 비밀의 마법 주문을 반복해 읊조리는 동안 나는 터무니없는 백일몽을 꾸느라 바빴으니까요. 그는 마치 반쯤 미친 사람처럼, 내 포옹을 통해 자기가 생각하는 신성성을 얻을 거라는 생각으로 흥분해 있었죠.

어디선가 시계가 시간을 알렸고, 네시인가 네시 십오분인가가 되자 그는 다소 정신을 차리고, 나도 스스로를 준비해야 한다고 말했어요.

'어떻게 제 자신을 준비할까요, 주인님?' 나는 교활하게 물었어요.

'순수한 생각으로 준비하시오.' 그는 이렇게 말한 뒤 돈호법으로 나를 불렀어요. '모호성의 여왕, 중간 상태의 여신, 종의 경계에 있는 존재, 아리오리프, 비너스, 아카마토트, 쏘피아의 현신이여.'

그가 나를 '쏘피아'라고 불렀을 때 내가 얼마나 질겁했는지 몰라요. 아무리 우연인들 어쩌다 그가 내 세례명을 말한 걸까요? 마치 그게 날 그의 지배력 안으로 끌고 가는 것 같았고, 그가 내 이름을 마땅히 알고 있어야 할 것 같았으며, 보통 땐 미신을 믿지 않는데도 그땐 이상하게 두려운 마음이 들었어요.

'하늘의 수레바퀴 가운데 있는 여인, 반은 속세의 형상이면서 반은 천상의 형상이며, 처녀인 동시에 창녀인 여인이여. 지계와 천계를 융화하는 자, 모호한 몸의 중개를 통해 대립상태를 융화하는 자, 죽음과 삶이라는 웅대한 대립물을 융화하는 자여, 그대는 벗지도 입지도 않은 상태로 내게 와서, 어둡지도 밝지도 않은 시간, 동트기 전 새벽의 시간까지 나를 기다렸도다. 이제 당신은 스스로 자신을 내어줄 것이나, 나는 당신을 소유하지 않으리라.'

'스스로 나를 내줘? 거참 웃기네!' 내게로 넘어올 돈의 액수를 생각하면서 그렇게 생각했죠. 그러나 겉으로는 복종하는 자세를 취했고, 겸손한 목소리로 물었어요. '오, 위대한 현인이시여, 이제 어떻게 할까요?'

'지정된 시각에 나머지 수수께끼를 풀어야 하느니라.' 그는 기도하듯 읊조렸어요. 그래서 나는 그걸로 만족해야 했죠.

당연히 기자님은 내가 왜 일찌감치 창문 밖으로 바로 뛰어나가 멀리 도망치지 않았는지 궁금할 테죠. 하지만 내가 있는 장소의 위치에 대해 아는 것이라고는 그 집이 홈 카운티즈 근처 어딘가라는 것뿐이었어요. 그리고 그 이상은 거기가 어디인지 내 평생 생각조차 해낼 수 없었어요. 그때 내가 어딘지도 모르는 곳 한가운데서 빠져나온들 곤경에 처하지 않겠어요! 배터씨로 가는 내내 망할 강아지처럼 이 나무 저 나무로 숨느라 날개를 퍼덕대며 말이죠.

나는 그 탁 트인 교외가 증오스럽기도 하고 두렵기도 했다는 것도 말씀드려야겠네요. 솔직히 말하면 나는 사람이 없는 곳엔 가고 싶지 않아요. 나는 내 삶이나 사람이 없는 풍경을 좋아하는 것만큼, 인간미 넘치는 광경과 냄새와 소란도 좋아해요. 주거지에 있는 굴뚝에서 정다운 연기가 피어오르지 않는다는 것은 내겐 버려진 불모의 땅과도 같아요. 다행히도, 나는 숲이나 들판에서 많은 시간을 보낸 적은 없지만, 마 넬슨과 살던 시절, 이따금씩 8월의 일반 공휴일이면 넬슨은 우리 모두를 사륜마차에 태워주었고 우린 뉴포레스트로 소풍을 가곤 했어요. 그리고 나는 와핑 하이 스트리트로 돌아가는 길이 언제나 진심으로 좋았답니다. 왜냐하면 거기 공기가 더 편했거든요. 난 뼛속까지 런던 토박이라니까, 기자님!

기자님, 게다가 나는 정직한 여자예요. 현장에서 현찰로 (마담 슈렉에게) 선금 대금 지불을 했잖아요? 나는 여지껏 그 돈 하나 챙기지 못하긴 했지만 말이에요. 그래도 내가 인도된 뒤 천 파운드를 받는다는 희망도 있었고, 게다가 그자가 내게 추가로 약속한 백 파운드도 있었지요. 자, 나는 라벤더 언덕에 그 멋진 커다란 집들을 이미 사놓은 것 같았고, 지아니와 이쏘타, 비올레타와 리지, 나, 그리고 나머지 모두를 내

키는 대로 신나게 그 집에 배치해뒀거든요.

내가 거길 뜨지 않고 있던 이유는 현찰에 대한 약속 때문이었어요. 글쎄요, 만약의 사태가 생긴다 해도 그 늙은 바보와 너무 많은 문제가 생기진 않으리라 생각했죠. 확실히 말할 수 있는데, 그 남자는 조루할 인상이었거든요. 그건 조루할 운명보다 더 나쁜 내 운명, 내 순진함 때문이었죠. 세상에, 난 그걸 생각조차 못했어요!

그렇게 시간이 흘러갔어요. 가끔 정말 그렇게 갈 때도 있잖아요. 그는 흑연처럼 깜깜한 창유리가 뿌예질 때까지 혼잣말로 뭔가를 중얼거리더니 그제야 노래를 터뜨렸어요.

'결합하고 결합하라! 오! 우리 모두를 결합케 하라.

오늘 여름이 다가오도다.'

그다음 그는 껑충 뛰어올라 전기를 끄고 여닫이창을 냅다 열었어요. 한줄기 봄바람이, 여전히 찬 기운이 서려 있기는 해도, 방 안으로 불어왔고, 바보같이 부드러운 마음의 나에게도 불어왔어요. 중년인 그의 건강이 걱정되었거든요.

'맨머리인 걸 주의하세요. 그러지 않으면 죽도록 심한 감기에 걸릴지도 몰라요!'

그 말, '죽음'이라는 말이 그에게 전기충격 같은 효과를 주었어요. 그는 히힝거리고 힝힝대더니 몸을 떨고는 히히힝 말울음 소리를 냈어요. 마치 여닫이창의 도움이 없으면 바닥으로 쿵 나가떨어질 것처럼 창에 매달려서는 말이에요. 하지만 발작이 곧 끝나고 나자 그는 떨리는 목소리로 말했어요.

'오, 되찾은 나의 젊음이여! 결실을 맺는 연골조직이 이제 저 언덕 뒤편에서 자신의 갈길을 재촉하고 있다. 제단 위에 누워라!'

윌써 씨, 이런 이야기를 남자한테 인정하려니 낯뜨겁긴 한데, 나는 처녀이긴 해도 등을 바닥에 대고 누우면 아무 기쁨도 없을뿐더러, 이어져 일어날 상황이 흡사 베개공장에서 자유형 레슬링 한판 벌이는 것 같은 소요사태를 불러오리라는 걸 충분히 알고 있었어요.

'오, 위대한 현인이시여, 제 날개 때문에 당신께서 오로지 뒤쪽 입구로만 절 취하실 수 있으십니다!' 마음속에선 그가 구멍을 싫어한다는 점에 의문이 들었지만 나는 그에게 급히 경고했어요. 그리고, 그제야 섬광처럼, 그의 쎅스의 마술에 대한 생각과 내 생각이 일치하지 않을 수도 있다는 생각이 번쩍 들었어요.

'너는 상관치 말지어다!' 그는 광란의 희열로 외쳤어요. '그저 눕기나 하여라!'

그는 깡충대며 뛰어 다시 내게 오더니, 앙상한 팔을 휘둘러 내 저녁식사가 차려져 있던 탁자를 쓸어버렸어요. 책이며 장미꽃을 바닥에 메다꽂으면서 말이죠. 그의 푸른 형체가 주는 신성한 두려움이 일었지만, 뭔가 다른 것, 뭔가 내게 끔찍한 문제를 일으킬 것이 없는지 몰래 살폈어요. 왜냐하면 그건 내 대녀 비올레타가 초코아이스크림이라는 금지된 기쁨에 자기 손가락을 꽂을 때 그애 얼굴에서 잡아낼 수 있는 표정, 즉 곧 짓궂은 장난을 하리라는 바로 그런 표정이었거든요. 그제야 그자가 내게 뭔가 해를 입히려 하는구나 하는 생각이 들었어요.

내 얼굴에서 뭔가 주저하는 기미가 보이자 그는 냉정을 좀 되찾은 뒤 기업체 사장이나 풍길 법한 권위를 억지로 짜내며 다시 말했어요.

'제단 위에 누워라!'

나는 의아해하며 커피 탁자에 얼굴을 대고 몸을 뻗었어요. 그는 의미심장한 걸음걸이로 내게 다가왔어요. 나는 어금니를 꽉 물었고, 내 나라 영국을 다시 못 보게 되지는 않을까 생각했어요. 어깨 너머로 바라보노라니 예복이 느슨히 풀려서, 뭔가 반짝이는 것이 그자의 털투성이의 늙어버린, 쭈글쭈글 늙어빠진 허벅지에 매달려 있었어요. 그 무엇인가는 그의 다른 무기, 즉 그 차갑고 잿빛인 5월 아침햇살 속에 장전도 준비도 안된 채 그저 까딱이고만 있던 그 불쌍한 물건보다는 더욱더 공격적인 형상이었지요. 나는 그것이 무엇인지 봤어요. 그건 칼이었죠.

전광석화처럼 벌떡 튀어나갔죠! 금도금된 작은 칼을 지닌 게 어찌나 다행이었는지! 그는 뒤로 나자빠지더니 '이건 부당해, 부당해'라고 지껄였어요…… 그는 천사가 무장을 하고 올 줄은 몰랐던 거예요. 그러나, 기자님, 나는 그를 내리칠 수는 없었어요. 아무리 정당방위라 해도 다른 사람에게 상처를 입힐 수는 없었어요. 그리고…… 사실은, 그토록 대경실색한

168

와중에도, 그 가련한 늙은 바보가 자신의 계획이 수포로 돌아가버린 것을 알고 갑자기 충격받은 것을 보자, 그만 포복절도할 만큼 즐거워졌거든요. 내가 그의 면전에 대고 웃어젖히자, 그가 나의 친애하는 넬슨의 장난감을 바라보게 된 만큼, 그만 그의 물건도 완전히 풀이 죽어버렸어요.

그가 다시 정신을 수습하기 전에, 나는 그 자리에서 벗어나 열린 여닫이창으로 재빨리 나갔어요. 정말이에요. 그건 참 곤란한 상황이었고, 나는 매트리스 하나는 족히 채울 정도의 날개털을 문틀에 잡히고서야 겨우 빠져나왔지만 말이에요. 자신의 육체를 되살릴 매력적인 회춘의 묘약이 든 약병이 날아오르는 것을 보자 분노한 녀석은 날카로운 비명을, 높고 새된 비명을 질러댔어요. 그리고 그제야 뭔가를 들고 나를 쫓아왔는데, 나중에 보니 그것은 그가 어디선가 발견한 골동품 창이었어요. 그는 심지어 내 오른발 엄지발가락 아래 부분에 육체적인 상처를 입히는 데에도 성공했죠. 그곳에 아직도 흉터가 있어요, 보세요!"

페버스는 천으로 된 실내화에서 한발을 빼더니 월써의 무릎에 들이밀었다. 그 바람에 그의 수첩이 바닥에 떨어졌다. 발바닥을 가로질러 희미하지만 주름 잡힌 흉터가 있었다.

"신탁의 증거지." 리지가 하품을 눌러참으면서 말했다. "백문이 불여일견이라."

월써는 슬그머니 수첩을 도로 집었다.

"전날 저녁 마담 슈렉의 침대에서 수직상승한 것을 뺀다면 육개월 동안 날개를 사용한 적이 없었지만, 공포가 인간이 낼 수 있는 그 이상의 힘을 내게 해주었죠. 나는 솟아올랐고 그 사악한 장소를 떠나 안뜰에 있는 오월제 기둥 위를 날아갔어요. 바로 그 순간에도 거기에는 그자가 마을에서 고용한 게 분명한 한무리의 어린애들이, 속이 비치는 얇은 실로 짠 튜닉을 걸치고 달리고 있었어요. 보슬비가 내리는데도 머리에 데이지 화관을 쓴 채 춤추고 노래할 준비를 다 갖추고 말이에요. 날 오월제의 제물로 쓸 계획이던, 끔찍한 방법으로 원기를 얻으려는 그 열혈 신도를 위해서였죠, 기자님.

그들은 축제를 위해 떠들어대더니, 내가 날아서 곁을 지나가자 전부 공포에 질려서 흩어져버렸어요.

나는 근처 덤불숲에서, 느릅나무의 맨 꼭대기 가지로 피신했어요. 거기서 그만 느른하게 졸고 있던 떼까마귀들을 깜짝 놀라게 했죠. 한숨 돌리며 아래에서 무슨 일이 일어나나 내려다보자 로젠크로이츠 씨의 덩치들이 보였고, 그들은 이제 사냥터 관리인 복장을 한 채 날 찾아 뒤지며 돌아다니고 있었어요. 그래서 나는 다시 밤이 올 때까지 그 자리에 있었지요. 그다음에는 몸을 숨긴 채 철로에 이를 때까지 여기저기로 숨어다녔어요. 그러고는 무단으로 화물칸 하나를 빌려 타고 감자를 실은 트럭에 올라가서, 머리 위로 방수포를 뒤집어썼어요. 그 당시 나는 구름에 가려질 만큼 높이 날지 못했고, 아무리 밤이라 해도 전선을 피하면서 철도 신호탑을 뛰어넘는 나체 여인보다 더 눈에 띄는 게 있으리라 생각할 순 없었으니까요. 날 다시 런던으로 인도해줄 철길이 정말 필요했기 때문이에요. 기쁘게도 그 기차는 곧 증기를 뿜으며 클래펌 환승역을 지나갔고 배터씨 공원 옆을 지날 때 나는 뛰어내렸어요. 마침내 행복하게 집에 도착할 때까지, 쥐똥나무 울타리 뒤에 숨어 있는 퀸즈타운 거리의 텅 빈 어둠을 전력으로 질주하기 위해서였죠.

집에 와보니, 리지 침대 옆에 있던 내 침대에 잠자는 미녀가 있는 게 아니겠어요?

나는 너무 지쳤고, 완전 흙투성이인데다, 배도 너무 고팠고, 그간 겪은 끔찍한 경험 때문에 신경이 튕겨나갈 듯 날카로워져서, 완전히 무너지면서 엉엉 울어버렸어요. 그 잠자리엔 나를 위한 공간이 없었으니까요. 그 바람에 리지가 깨어났죠."

"정말이지 얘를 다시 보게 되어 얼마나 기뻤는데! 뚜쌩이 모든 걸 말해줬고, 우린 최악의 사태를 두려워하고 있었으니까. 우리집은 지붕 꼭대기까지 마담 슈렉의 집에서 도망나온 사람들로 빼곡했고, 페버스가 우리한테 해줄 얘기가 있었던 것처럼, 오 그래, 우리도 얘한테 해줄 얘기가 있었다오! 나는 페버스에게 우유를 탄 따끈한 커피를 한잔 주었고, 얘는 삶은 달걀 두 개와 토스트 몇개를 먹더니 곧 미소를 되찾았지. 그 참 믿기 힘든 이야기에서 뚜쌩에 관한 부분이 궁금하다면, 기자 양반, 뚜쌩이 종이 한장에다 그걸 다 써놨다오. 다행히도 그게 지금 내 핸드백 안에 있네."

사람들이 와서 쏘피아를 납치해간 뒤에 나는 아주 비통해져서 그들을 뒤쫓으려고 했지만 그 마차는 시야에서 너무나 빨리 사라졌습니다. 나는 집으로 돌아와 마담 슈렉의 방으로 갔습니다. 그러나 그 미망인의 검은 상복은 아직도 커튼대에 걸려 있었으나 이제 그 옷자락엔 움직임이 없었습니다. 그녀는 움직이지 않았습니다.

　그 옷 안에는 남은 게 아무것도 없다는 생각이 들었습니다. 그리고 오로지 악마 같은 의지력과, 공기주머니나 기낭 같은 데서 인공적으로 숨을 내뱉는 것에 불과하던 목소리 때문에 격하게 흔들렸던 메마른 뼈 한다발을 제외하면, 어쩌면 그녀의 옷 안에는 아무것도 있은 적조차 없었다는 생각도 들었습니다. 그녀는 어떤 욕망의 허깨비였거나 허깨비가 되어버린 겁니다. 나는 의자에 올라가 그녀를 끌어내렸습니다. 그녀는 빈 바구니만큼 가벼웠고, 그녀의 손목장갑은 작게 툭 소리를 내며 바닥에 떨어졌습니다. 손가락 부분이 없는 장갑 끝에서 약간의 먼지가 툭 떨어졌습니다. 나는 그 상복을 침대에 뉘었습니다. 그 옷은 허물을 벗고 나온 껍질처럼 딱딱하고 말라 있었습니다.

　그녀의 책상 위에 판매장부가 있었습니다. 그녀는 로젠크로이츠라는 사람에게 이천 파운드가 아닌 오천 파운드를 받고 페버스를 판 것이었습니다. 그중 절반은 매매가 성사될 당시 현찰로 직접 마담 슈렉에게 지불되었고, 나머지는 '사후에'…… 가는 것이었습니다(페버스가 들은 말은 모두 거짓이었던 거죠). 나는 '사후에'라는 소리가 전혀 마음에 들지 않았습니다만, 그다음에 무슨 일을 해야 할지를 몰랐습니다. 나는 내가 지옥을 목격한 벙어리였다는 사실을 잘 압니다만, 경찰은 내가, 마담 슈렉이 살아 있는 것을 마지막으로 본 내가, 그녀가 죽지 않은 걸 처음 발견한 사람이라고 생각할 겁니다. 자, 이제 그녀가 언제 죽었는지 누가 안답니까? 아니 살아 있었다 한들, 하지만…… 죽었지요? 그 늙은 뚱쟁이 여인이 휘두를 만한 힘깨나 쓰는 친구들이 얼마나 있었는지 나보다 누가 더 잘 알겠습니까? 이 업종에 들어온 이래로 내겐 매주 금요일마다 켄싱턴 경찰서에 **묵직한 봉투**를 직접 건네주라는 임무가 떨어졌는데 말이죠. 그것도 영수증을 기다리지 말라는 명령과 함께요.

패니는 힘이 장사였습니다. 마담 슈렉의 열린 금고에서 그녀는 장부에 페버스에게 지급하게 되어 있는 돈을 가져갔습니다. 그후 계산을 좀 해본 뒤에, 잠자는 미녀까지 포함해서 남아 있는 다섯 명 모두에게 보상이 될 만한 돈을 챙겼습니다. 그들이 그 처참한 곳에서 해온 노고에 대한 보상이었습니다. 일 페니도 더도 덜도 아닌 딱 그만큼만 챙겼습니다. 마담 슈렉의 재산을 놓고 정직하게 셈을 해본 뒤에 그녀가 말했습니다. "자, 이제 서둘러 그만 가요. 그러지 않으면 우리는 사후 종범자가 될 거예요."

'어떤 사건에요?' 나는 공포에 사로잡혀 속으로 물었습니다. 그러나 우리는 페버스의 기지와 천재성이 그녀를 위험에서 구해줄 것을 기도하는 수밖에 달리 도리가 없었습니다. 친구 하나 없는 우리가 피난처로 생각할 수 있는 것이라고는, 페버스가 전에 한번 내게 준 적 있는 그 주소뿐이었습니다. 나는 그곳에 마담 슈렉이 페버스에게 주었던 처음이자 유일한 현금을 전달해주었거든요. 우리는 사라져야 했습니다. 그것도 재빨리요. 그 밤의 첫번째 고객이 당도하기 전에 말입니다.

마구간에 있던 마담 슈렉의 마차로 내가 직접 잠자는 미녀를 옮겼습니다. 나는 그 마차와 망아지를 내가 받아야 할 합당한 몫이라고 생각하기로 했습니다. 노예는 탈출수단을 상속받을 자격이 없겠습니까? 우리는 자정이 막 지나서 배터씨에 도착했고, 그 친절한 사람들은 자다가 일어나 따뜻하게 환대해주었습니다. 우리의 소중한 페버스가 사라졌다는 소식에 걱정하면서도 말입니다. 이쏘타가 우리 모두에게 잠자리와 매트리스와 담요를 찾아주었습니다.

시시각각 흥분이 고조되는 상황에서 그 다음날은 끝도 없이 길게만 느껴졌습니다. 우리는 소중한 우리 친구의 소식을 기다리고 있었으니까요. 밤새도록 일이 어떻게 될지 지켜본 후에야 몇시간의 불안한 선잠이라는 안정이 이 집에 왔고, 그때 기적과 같이 그녀가 돌아온 겁니다.

월써는 이 글을 읽고 나서 그 학식있는 필체와 힘찬 서명, 또한 완전한 확인이 가능한 주소를 주목해서 보았다. 그는 그것을 공손하게 다시 리지에게 돌려줬다. 리지는 만족스럽게 고개를 끄덕이며 그것을 도로 챙겨넣었다.

"거봐요, 뚜쌩이 그렇다니까!" 그녀가 말했다. "뚜쌩은 멋지게 말하는 법을 알지."

"그 사람들은 다 어떻게 되었느냐고요, 기자님?" 페버스가 물었다. 그리고 곧바로 자신이 그 대답을 했다. "아 그래요, 각자 제 갈길로 갔지요! 이쏘타와 지아니, 또 누구보다 그녀를 사랑하는 부모님이 원더를 설득했어요. 아무리 타락한 자식이라도 부모의 노력으로 구제 못할 만큼은 아니라고 말이죠. 그래서 원더는 한번 더 양딸이 되기로 했고, 그 많은 세월이 흐른 뒤, 다른 새끼새들은 모두 이미 오래전 둥지를 떠난 뒤에, 가족의 품으로 다시 돌아가게 되어 기쁨의 눈물을 흘렸어요. 앨버트와 앨버티나는 우리의 제니와 함께 살면서 귀부인의 하녀라는 직업을 얻었죠. 그와 그녀는 항상 여자 옷을 더 많이 입어야 한다는 제약이 있다고 말했지만, 제니는 자기의 보물을 버려두고 살려 하진 않을 테니까요. 패니는 고향 요크셔로 돌아갔어요. 거기서 마담 슈렉에게 맡겨두었던 돈의 도움을 받아서, 한 방앗간 마을에 직조기를 돌리다가 사고로 죽은 직공들의 자녀를 위한 고아원을 만들었어요. 그래서 이젠 그녀를 '엄마'라고 부르는 스무 명의 사랑스러운 아이들이 있어요. 기쁘게도 그뒤 쭉 행운이 계속되었기 때문에, 나는 학회회원이었던 착한 친구 R경에게 관심의 대상이 되었고, 거미줄은 F경의 관심을 끌게 되었지요. F경은 거미줄의 독특한 시각능력을 감지하고 거기에 맞게 그녀의 손을 훈련시켰어요. 이제 거미줄은 명암법으로 이름을 날리는 화가가 되었고, 그녀는 어두운 그림자 출신은 아니어도 언제나 그림자를 써서 그림작업을 했다고 말할 수 있겠네요. 잠자는 미녀 얘길 하자면……"

"그앤 아직 우리랑 살지요."

세 개의 심장박동이 일시에 정지했다.

"잠자는 미녀는 자고 있어요. 그리고 이제 매일 조금씩 덜 깨어나죠. 매일 음식도 덜 먹고요. 깨어 있는 최소한의 시간마저 꺼리는 듯해요. 눈꺼풀 아래 움직임이나 졸린 듯한 손발 동작을 보면 마치 그애가 꾸는 꿈이 더 급박하고 격렬해지는 것 같고, 꿈속에 갇힌 세계에서 끌어가는 삶에 이제 완전히 지배당한 것도 같고, 얼마 안되는데다 점점 더 마지못해 깨어나는 게 뭔가 더 생동하는 존재를 방해하는 것처럼 보이기 때문이죠. 그래서 그애는 깨어 있는 꼭 필요한 그 짧은 시간조차 우리와 보내는 걸 꺼리고 있어요. 깨어 있는 게 잠만큼이나 어색한 거죠. 그애의 믿기 어려운 운명이란 삶보다 더 삶 같은 잠, 현실세계를 몽땅 소모해버린 꿈이지요."

"그리고." 페버스가 거대한 오르간에서 나오는 듯한 장엄한 어조로 결론을 지었다. "우린 그녀의 꿈이…… 다가오는 20세기가 될 거라고 진정 믿어요."

"오, 세상에…… 얘가 어찌나 자주 우는지!"

마치 서로의 위안을 구하듯 두 여자가 손을 마주 잡자 깊은 침묵이 이어졌다. 그리고 월써는 몸을 떨었다. 분장실이 지독히도 추워졌기 때문이다.

그때, 소리없는 밤공기를 타고 이제 다시 한번 빅벤의 종소리가 그들에게로 흘러들었다. 하지만 아주 먼 곳에서 울린 것처럼 첫번째 종소리가 멀리서 희미하게 들려오는 걸 보면 바람이 방향을 살짝 바꾼 것이 분명했다. 그리고 페버스는 그 소리를 듣더니 거대한 골든리트리버처럼 꼼짝 않고 멈춰 '사냥감을 가리켰다'. 마치 공중에 대고 냄새를 킁킁대듯 그녀는 주둥이 부분을 치켜들었고, 목 근육에 주름이 잡히더니 꼭 죄어졌다. 하나, 둘, 셋, 넷, 다섯…… 여섯……

순식간에 마지막 종소리가 사라졌고, 현기증이 이는 기분이 들었다. 마치 월써와 상대방, 그리고 분장실 자체가 전부 한꺼번에 거대한 급류 속으로 곤두박질치는 것 같았다. 그 때문에 월써는 숨이 막혔다. 그가 모르는 어떤 방식으로 그 방은 일상적이고 시간적인 연속성을 뿌리뽑힌 것 같았고, 한동안 빙글빙글 도는 세상에 자리잡고 있다가, 이제 원위치로 떨어진 것 같았다.

"여섯시네! 이렇게 늦다니!"새로운 활력을 얻어 벌떡 일어나며 리지가 외쳤다. 그러나 페버스는 정말 갑작스럽게, 완전히 무너질 지경으로 압도되어 탈진한 것처럼 보였다. 거대한 에너지를 발산한 탓 같았다. 그 심장이 날아오르기를 원하기라도 하듯, 그녀의 가슴이 빠르게 맥동했다. 육중한 그녀의 머리는 더이상 울리지 않는 종처럼 거기 매달려 있었다. 심지어 체격까지 줄어들어, 인간보다 조금 더 클 뿐인 크기로 쪼그라든 것 같았다. 그녀는 눈을 감고 긴 숨을 토해냈다. 그녀의 두 뺨에는 홍조가 가셨으며, 그녀는 온기없는 아침햇살 속에 초췌해 보였고, 훨씬 나이가 들어 보였다. 연자줏빛 가스등불에 활기도 없고 부자연스러운 외관을 던져주는 무색의 아침햇살 때문이었다. 이 이야기를 마무리짓는 일은 리지에게로 돌아갔고, 그녀는 재빠르게 마무리지었다.

"기쁨에 겨워하며 다시 상봉한 뒤에 말이야." 리지가 활기차게 말했다. "우리 모두는 함께 아침식사를 하러 모였는데, 에스메랄다와 인간 뱀장어가 그네들 새끼를 태운 유모차를 끌고 우릴 찾아왔지 뭐야? 에스메랄다가 이렇게 말하더군. '자, 이거 어때, 페버스? 공중곡예 한번 생각해본 적 있어?'"

그다음 리지는 벌떡 일어나 소파에 놓인 속옷들을 개켜 정리하기 시작하면서, 암묵적으로 월써에게 작별을 고했다. 그러나 페버스는 약간 동요하더니, 거울을 통해 월써를 바라보고는 힘없이 최종 마침표를 찍었다.

"나머지는 역사에 묻혔어요. 에스메랄다는 겨울 써커스단에서 첫번째 일자리를 확보해주었죠. 과감히 공중곡예를 시작하자마자 난 성공을 거두었어요. 빠리, 베를린, 로마, 빈…… 그리고 이제 사랑하는 내 고향 런던. 개인적으로 부케츠의 스노우든 산을 등반한 이후 여기 앨험브러에서 보낸 첫날밤에, 당신이 처음 우리를 봤을 때처럼 리지가 내 화장을 지우고 있을 때 문간에 노크소리가 들렸어요. 그러고는 중

절모를 쓰고 성조기로 만든 조끼로 커다란 배를 감싼 남자가 나타났어요. 그는 그 대단한 성조기로 만든 조끼를 입었는데, 배꼽 바로 위에는 그놈의 위대한 달러 문양이 박혀 있었죠.

그는 이렇게 말하더군요. '안녕하시오, 깃털 친구. 난 당신한테 한몫 벌어주러 왔소.'"

그녀는 하품을 했는데 고래나 암컷 사자 같다기보다는, 밤새 잠을 자지 못한 여자처럼 보였다.

"자, 그래서 난 쌍뜨뻬쩨르부르그, 토오꾜오, 씨애틀, 쌘프란씨스코, 시카고, 뉴욕, 내가 공중곡예를 할 정도의 높은 천장이 있는 곳이면 어디에서든 곧 성공하리라 믿어 의심치 않아요. 이제 다 끝났으면……"

월써는 탁 소리나게 수첩을 닫았다. 그 안엔 한 단어도 더 적어넣을 구석이 없었다.

"네, 사실 그래요. 좋아요, 쏘피 양. 아주 좋아요."

"페버스요." 그녀가 분명하고 정확히 말했다. "페버스라고 불러요. 그리고 이제 나와 리지는 자러 집에 가야 해요."

"마차를 불러드릴까요?"

"그라씨아스, 하지만 사양하겠어요! 뭐 하러 돈 주고 마차를 타요? 우리는 언제나 쇼가 끝나면 집까지 걸어가요."

그러나 그녀는 일어서면서 약간 비틀거렸다. 밤이 가혹한 통행세를 부과했던 것이다. 그녀는 거울 속의 왜곡된 영상과 마지막으로 수수께끼 같은 표정을 주고받았다.

"실례지만, 선생님, 옷을 좀 걸칠 동안 잠시만요."

"무대 출입구에서 기다리고 있겠습니다." 윌써가 수첩을 챙겨넣으면서 말했다. "혹시 제가 에스코트하도록 허락해주실는지요?"

그들은 서로를 바라봤다.

"아…… 그럼 저 사람이랑 다리까지는 함께 가도 되지 않을까?"

낡은 가죽코트를 입은 무대 경비원이 석유난로에 차를 끓이고 있었다. 찻잎과 우유와 설탕을 모두 함께 넣고 인도식으로 뭉근히 끓이는 것이었다. 윌써는 내용물이 꽉 찬 쩔쩔 끓는 잼 단지를 받았다. 10월의 아침은 매순간 조금씩 밝아졌지만 딱 10월 아침 그 이상 환해지지는 않았다. 구름이 낮게 깔린 잿빛 하루였다. 버려진 쾌락의 찌꺼기가 밖에 있는 보도를 더럽혔다.

"페버스랑 밤을 새우셨어요?" 무대 경비원이 윙크를 하고 팔꿈치로 슬쩍 찌르면서 말했다. "잘해봐요. 무례하다 생각진 마시고, 기자 양반. 저기 있는 리지가 경비견처럼 페버스를 지키고 있잖아요. 게다가 그녀는 완벽한 여성이랍니다. 우리의 페버스라고요."

그러나 거대한 골격에 매달린 얼굴, 푸른 눈가에 칙칙한 기미자국과 다시 대충 핀을 꽂아 머리를 올린 채 검은색 낡은 숄로 둘둘 싸맨 모습의 그녀는 밤새 허탕을 치고 집으로 돌아가는 거리의 여자처럼 보였다. 아니 어쩌면 등에 진 자루에 간밤에 주워온 슬픈 포획물을 집으로 가져가는 여자 넝마주이처럼 보였다. 그것은 엄청나게 큰 짐이어서 그녀의 어깨 사이로 튀어나와 있었고, 그 무게가 그녀를 짓누르는 듯 보였다. 그녀는 경비원을 위해 무대에서처럼 활기를 띠어 보이며 생기있게 인사했다. "나중에 또 봐요, 아저씨!" 그러나 그녀는 월써가 내민 팔은 거절했다. 그들은 일찍 출근하는 사람들 무리 속에서 말없이 피커딜리 거리를 가로질렀다. 그들은 넬슨 기념비 가장자리를 따라 화이트 홀(런던 중앙의 관청 거리―옮긴이)로 내려갔다. 아침이 와도 차가운 공기는 신선하지 않았다. 검댕과 말똥냄새만 지독했다.

대로를 따라 국회의사당을 지나 화이트 홀 끝자락에 이르자 덜컹덜컹 딸랑딸랑 소리를 내는 말을 끄는 석탄 수레가 활기찬 속도로 등장했다. 그리고 그 뒤로는 최빈민층 여성들의 순간 행렬이 이어졌다. 이들은 외투도 목도리도 하지 않은 채, 면으로 된 에이프런 드레스를 입고, 페티코트를 질질 끌어 더럽히면서, 맨발에 낡은 천으로 된 실내화만 신고 있었다. 신발조차 신지 않은 아이들도 있었는데, 그들은 수레를 뒤쫓아 앞다투어 달려갔다. 에이프런 드레스를 입은 소녀와 여자들은 어쩌면 수레에서 튕겨나올지도 모르는 작은 석탄 조각이라도 하나 잡으려고 손을 뻗었다.

"오, 내 사랑 런던!" 페버스가 말했다. "반짝이는 도시! 새로운 예루살렘!"

페버스는 아주 무덤덤하게 말했기 때문에 월써는 그 말이 빈정는 소리인지 아닌지 알 수 없었다. 그외에 다른 말은 없었다. 그 대단한 장광설 뒤에 그런 침묵이 이어지는 것에 월써는 호기심이 일었다. 마치 그녀의 목소리로 뻔뻔한 여정을 계속할 수 있을 만큼만 월써를 붙잡아두고, 그에게 조목조목 이야기를 풀어낸 뒤, 이제는 빨리 끝내려는 것 같았다. 그를 버린 것이다.

런던증권거래소의 번쩍이는 장식무늬 꼭대기에 빅벤의 금도금한 시곗바늘이 일곱시 오분 전을 가리키고 있었다. 두 여자가 같이 시계 문자반을 올려다보았고, 딱 한 번 공모하는 듯한 작은 미소를 지었는데, 그 때문에 악수하려고 그녀가 몸을 돌릴 때 월써는 감흥이 사그라진 기분이었다. 힘차고 단단한 남자의 손아귀였다. 장갑도 끼지 않은 상태였다.

"만나서 반가웠어요. 월써 씨." 그녀가 말했다. "일하는 데 충분한 것을 당신이 얻었기를 바라요. 다른 질문이 더 있으시면 어디다 연락할지 아실 거예요. 여기서부터는 우리끼리 슬슬 집으로 갈 수 있어요."

"반가웠어요." 리지도 동의했다. 그러면서 반질반질한 아동용 장갑을 낀 한손을 내밀며, 특이하게 약간 머리를 숙이며 인사했다.

"정말 제가 영광이죠." 월써가 말했다.

그들 위에 있는 거대한 시계의 분침이 표면 위로 조금 움직였다. 이제 도심을 향해 물결을 이룬 덜거거리는 마차 행렬의 흐름과는 반대편으로, 웨스트민스터 다리 너머 안개 자욱한 남쪽을 향해 여자들이 출발했다. 키 차이 때문에 그들은 팔짱을 끼고 걸을 수 없었다. 그래서 그들은 손을 잡고 걸었는데 멀리서 보니 금발의 당당한 어머니가, 서쪽에서 불운한 탐험을 마치고 돌아온 어린 딸을 집으로 데리고 가는 것처럼 보였다. 그들은 나이도 불분명해 보였고, 관계도 역전되어 보였다. 가난이 힘겹게 지나가듯 그들의 발이 질질 끌리는 것처럼 보이는 것 또한 환각이었다. 다이아몬드가 쏟아지고 진주가 들이부어져도 그녀는 돈에 인색한 나머지 마차조차 타지 않았다.

시계가 종소리의 시작을 알리고, 그다음 시간의 서곡이 울려퍼졌다. 바람이 갑자기 페버스의 머리칼을 낚아채 핀에서 빠지도록 잡아당겨, 음울한 강 위로 커다란 금빛 호를 그리며 날리게 하자, 월써는 그녀가 온통 주홍색, 심홍색인 날개 깃털을 펼쳐 자신의 작은 동반자, 딸이자 어머니인 사람을 가슴에 꼭 껴안고 낮은 구름 지붕 위로 솟아올라 날아가길 반쯤 기대했다. 그는 쓸데없는 공상을 지우느라 고개를 좌우로 흔들었다.

종이 일곱 번 쳤다. 이제 하나는 큰 인형, 하나는 작은 인형 크기인 그들이 다리 저 끝에 다다르더니 뒤를 돌아보았다. 그에겐 그들 얼굴의 희미한 윤곽선만 보였다. 그리고 마차 행렬의 흐름에 그들의 모습도 흐려졌다.

"마차 타실래요, 손님?" 대기해 있던 말이 목에 건 사료자루 위로 귀리향 입김을 뿜어내고 있었다.

클러켄웰에 있는 숙소에서 월써는 씻고 면도하고 셔츠를 갈아입었다. 그리고 오늘 아침 그는 평소 마시던 홍차보다는, 쭈뼛대며 아메리칸 커피를 주문할 때 주인 여자가 더 싹싹하게 대해주는 게 좋아졌다. 리지는 그날 밤 그의 식도가 마호가니 색깔이 될 때까지…… 강한 홍차로 속을 절여놓았다. 그는 수첩을 후루룩 넘겼다. 어찌나 대단한 연기력인지! 그 멋진 스타일! 그 대단한 활력! 그리고 이 두 여자는 빅벤의 종소리를 어찌 날랜 손재주로, 아니면 귀속임수로 날조해낸 걸까? 그가 자신의 회중시계를 꺼냈을 때 놀랄 것도 없이 정확히 자정에 딱 멈춰 있는 것을 발견했다.

하지만 어떻게 하는 거람? 대체 그렇게 하는 법은 어찌 안 거야?

생각할수록 더욱 궁금해졌다.

전쟁터를 누비는 종군기자이자 황당한 기사를 쓰는 열정적 아마추어인 그는 그날 아침 느지막이 런던 사무실에 들러 남아프리카공화국에서 온 최신뉴스를 놓고 눈밑 초록 음영 아래 골똘히 생각에 잠긴 상사를 보았다.

"런던 토박이 비너스 기사는 어떻게 됐어?"

"용감한 미국인이라면 누구든 그런 써커스랑 도피 행각 한번 벌여보고 싶을 거예요." 월써가 말했다.

"그래서?"

"부장님, 제가 딱딱한 정치뉴스에서 얼마나 벗어나고 싶은지 아마 모르실 겁니다. 파나마에서 황열병의 마지막 기세에 생각 이상으로 진을 뺐어요. 잠시 전쟁 기사에서는 좀 빼주십시오! 전 재충전할 필요가 있습니다. 놀라운 기삿거리를 찾는 감각을 재연마할 필요가 있다고요. 이 이국적이고 놀라우며, 웃음과 눈물과 스릴 그 모든 것이 있는 이야기를 밀착 취재해 연재하는 것은 어떻습니까? 당신의 기자가 변장을 하고 세계에서 가장 유명한 도시들로 역사상 최고의 사기꾼을 따라나서는 것은 어떨까요? 철로도 없는 씨베리아를 가로질러, 그다음엔…… 떠오르는 태양의 제국까지?

잘 생각해보면 좋을 텐데요…… 당신의 특파원이 변장을 하고 커니 단장이 이끄는 그랜드 임페리얼 순회공연에 페버스와 함께 참여하는 건 어떻습니까? 링바크에서 직통으로 전해오는 기사 말이죠. 부장님, 부장님께서 써커스에서 며칠 밤 보낼 수 있게 제가 초대하겠습니다!"

제 2 부

쌍뜨뻬쩨르부르그

1

"돼지 한마리가 있었단다." 할머니가 꼬마 이반에게 말했다. 꼬마 이반은 주방에서 눈을 동그랗게 뜨고 할머니 옆 다리 셋 달린 등받이 없는 의자에 앉아 있었고, 그동안 할머니는 소용돌이무늬와 꽃무늬의 민속공예 패턴으로 밝게 채색된 커다란 나무 풀무를 이용해서 싸모바르(러시아의 전통 찻주전자—옮긴이)가 올려진 숯에 대고 바람을 뿜었다.

고생으로 굽은 할머니의 등이 거품 끓는 주전자 앞에서 겸허히 굽혀졌다. 그것은 오지 않을 것을 이미 알고 있는 어떤 유예나 자비를 구하는 사람의 무력한 복종의 예법 같았다. 그녀의 손, 여윈데다 정맥이 드러난 손, 수십년 넘게 풀무 손잡이를 만져서 부지불식간에 광이 나게 만든 그 손, 그 태곳적 할머니 손은, 천천히 떨어졌다가 다시 붙었다. 마치 기도하기 위해 두 손을 모으려는 것처럼 최면에 걸린 듯 반복되는 동작이었다.

할머니가 기도하기 위해 손을 모으는 순간이었다. 그러나 언제나 마지막 순간에, 마치 집에 뭔가 우선 해야 할 일이 있는 것처럼, 그녀는 다시 두 손을 떨어뜨리기 시작했다. 그리고 마르타는 마리아에게 돌아와 자신 안의 마르타에게 항의할 것이다. 기도보다 중요한 게 대체 무엇이냐고. 그럼에도 불구하고 그녀가 두 손을 다시 모으면, 그녀 안의 마르타는 아마도 좀더 중요한 일로…… 그 일이 무엇이든 마리아를 불러낼 것이다(신약성서에서 예수가 여신도의 현실적 봉사와 정신적 봉사의 동등한 중요성을 강조한 부분을 인용한 대목. 마르타와 마리아는 예수님을 집으로 초대한 자매인데 마르타는 예수를 영접하기 위해 실제로 여러 일을 하지만 동생 마리아는 예수의 말씀만 듣고 앉아 있던 것에 항의한다. 이에 예수는 물적 봉사와 영적 봉사가 둘 다 중요하다고 답한다. 「누가복음」 10:38~42 참고─옮긴이). 그런 일들이 이어지는 것이다. 풀무가 눈에 띄지 않았다면, 이런 일이 계속되는 일상을 지속적으로 방해하는 드라마가 되었을 것이다. 그래서 노인이 풀무로 숯에 바람을 불어넣을 때 풀무가 날아갔다면, 그것은 육체와 영혼 간의 긴장을 나타내는 작은 본보기가 되었을 것이다. 그 상황을 표현하기에 '긴장'이라는 말은 너무 에너지 넘치는 단어였을 테지만 말이다. 그녀의 피로감이 그런 공상에 의한 머뭇거림의 속도를 바꾸어버렸기 때문에, 그녀를 모르는 사람은 그녀가 게으르다고 생각할 것이다.

게다가 할머니의 일은 일종의 **무한한** 미완성을 의미했다. 즉 여자의 일이란 절대로 끝나는 법이 없다. 세상 모든 마르타의 일, 세상 모든 마리아의 일 또한, 현실적인 것이든 정신적인 것이든, 이 세상의 것이든 다음 세상을 준비하는 것이든 결코 끝나지 않을 것이다. 언제나 어떤 상충되는 요구가 생겨나 일상의 모든 일을 무한정 미루게 될 것이다. 그러니⋯⋯ 서두를 필요가 없는 것이다!

그도 그렇기는 했다. 왜냐하면 그녀는⋯⋯ 거의⋯⋯ 탈진 상태였기 때문이다.

러시아 전역이 그녀의 동작처럼 좌절된 구역에 갇혀 있었다. 혹사당해 시들어버린 그녀의 여성적 본질도 대부분 갇혀 있었다. 상징이면서 여성, 어쩌면 상징적 여성인 그녀는 싸모바르 앞에 쪼그리고 앉았다.

숯이 붉어졌다 검어졌다 했다. 그리고 할머니의 풀무만큼이나 낡아빠진 허파에서 나왔을 헐떡대는 날숨소리의 리듬에 따라 다시 검어졌다 붉어졌다. 그녀의 굼뜨고 음울한 동작, 그 음울하고 굼뜬 말은 희망을 상실한 자의 위엄으로 차 있었다.

"옛날에 말이야⋯⋯"훅훅! "돼지 한마리가⋯⋯"후훅! "쌍뜨뻬쩨르부르그로 갔단다."

쌍뜨뻬쩨르부르그! 그 말에 숯이 빛을 발하며 지글거렸다. 쌍뜨뻬쩨르부르그, 바로 그 이름은 당신이 그곳에 산다 해도 당신의 기운을 북돋아주기에 충분한 말이었다. 고국 러시아의 쇠진한 영혼조차 꿈틀댔다. 약간이긴 했지만.

쌍뜨뻬쩨르부르그, 이젠 더이상 존재하지 않는 아름다운 도시. 오늘날에는 다른 이름을 가진 또다른 아름다운 도시가 강력한 네바 강줄기를 지배하고 있다. 바로 그 자리에 한때는 쌍뜨뻬쩨르부르그가 있었다.

러시아는 스핑크스이다. 그 거대한 부동성, 고색창연하고 신성하며 한쪽 엉덩이에는 아시아를, 다른 한쪽에는 유럽 대륙을 깔고 앉은 거대한 스핑크스 말이다. 그 잠든 자궁 안 역사의 핏줄과 힘줄로 과연 어떤 멋들어진 운명을 만들어낼 것인가?

스핑크스는 대답하지 않는다. 그 옆구리에서 수수께끼들이 튀어오른다. 농부들의 뜨로이까(나란히 마구에 묶인 세 마리 말이 끄는 썰매로 양옆에 화려한 장식을 한다—옮긴이)처럼 유쾌하게 채색된 옆구리에서.

러시아는 스핑크스이다. 쌍뜨뻬쩨르부르그는 러시아의 얼굴에 떠오른 아름다운 미소이다. 쌍뜨뻬쩨르부르그, 모든 환상 중에서도 가장 아름다운 곳, 숨을 멈춘 짧은 순간 북쪽 황야에 어른거리는 신기루가 검은 숲과 얼어붙은 바다 사이에서 희미하게 나타났다.

이 도시 안 사방에는 아름다운 기하학적 배치가 있다. 도시 밖에는 무한한 러시아와 다가오는 폭풍이 있다.

월써는 타자치는 걸 멈추고 차가운 손가락을 구부려 타자
기 안에 새 종이 한장을 집어넣었다.

왕자의 명령을 받아 황야의 암석들은 형태를 바꾸더니
왕궁으로 변신했다! 왕자는 군주의 손을 손수 뻗어 북극광
을 잡아당겨서 샹들리에로 사용했다…… 그렇지! 가장 황
량한 하늘 아래 이 세상 끝에 있는 늪지 기슭에서 베네찌
아에 대한 자신의 기억을 돌조각에 다시금 불어넣은 도시
를 세우고자 한 어떤 전제군주의 변덕에 따라 만들어지고,
시인, 협잡꾼, 모험가, 열광한 목회자, 노예, 망명자 들에 의
해 하나하나 벽돌이 올려진 이 도시는 그 왕자의 이름을
갖게 된 것이다. 그 이름은 천국의 열쇠를 쥔 성인의 이름
과도 같다…… 쌍뜨뻬쩨르부르그, 오만과 상상력과 욕망
으로 지어진 도시여……

우리 자신이 그렇듯, 아니면 그래야 하듯이.
할머니와 아이는 자기들 뒤에서 달각거리는 타자기 소리
를 무시했다. 그들은 자신이 사는 도시에 대해 우리만큼 알지
못한다. 그 도시에서 그런 지식이나 추측 없이 살아왔다. 그
도시는 이제 전설이 되어가는 시점에 있지만, 아직 딱히 그런
것은 아니다. 그 도시, 잠자는 미녀와도 같은 도시는 자신을
깨워줄 거칠고 대단한 키스를 갈망하는 동시에 두려워하면
서 꿈틀대며 속삭인다. 과거에 자신이 살던 곳으로 나아가려

고 애쓰면서, 또 현재를 지나 지금껏 분명해졌듯 이런 이야기가 속하지 않은 그 진정한 역사의 맹렬함 속으로 폭발하기를 염원하고 갈망하면서 말이다.

　……그 도시의 복숭아 대로와 바닐라 세공장식은 가을 안개 속에 흩어졌다……

　……향수어린 설탕시럽 속에서 그 장식의 정교함을 배우면서…… 나는 지금 글을 쓰면서 어떤 상상의 도시를 창조하고 있다. 바로 그런 도시를 향해 할머니의 돼지가 종종 걸음을 친다.

"돼지 한마리가 기도하러 쌍뜨뻬쩨르부르그에 갔단다." 지친 할머니가 삶의 황량한 정원에서 유일한 꽃을 피운 풀무를 옆으로 치우면서 말했다. 할머니는 유리잔 쪽으로 향하게 싸모바르 주둥이를 돌려놓았다. 노쇠한 뼈가 어찌나 아파오는지! 아이에게 옛날이야기를 해주겠다고 약속한 것이 어찌나 호되게 후회되는지!

"돼지한테 무슨 일이 일어났는데요?" 눈은 동그랗고 팔다리는 가는 꼬마 이반이 뜨거운 잼 파이를 빨아먹으면서 이야기를 재촉했다.

그러나 할머니는 돼지나 그 이야기로 더이상 골머리를 앓지 않겠다고 결정했다. 그녀가 『천일야화』의 셰에라자드는 아니니까.

"늑대가 돼지를 잡아먹었단다. 이 차를 저 신사분께 갖다 드리고 방해하지 말고 얼른 나가거라. 밖에 나가서 놀아. 자, 어서 나가."

그녀는 성상 앞에서 무릎을 꿇었다. 그렇게 몸이 쇠약하지 않아서 육체적인 관례적 신앙행위만 할 수 있었어도, 아마 살인을 저지른 딸의 영혼을 위해 기도했을 것이다.

음침한데다 검댕으로 얼룩진 방의 어둑한 후미에서, 눈에 띄진 않아도 생동감 넘치는 인물인 월써가 조잡한 나무탁자에 앉아 있었다. 전쟁과 폭동 중에도 그의 충직한 동지가 되어준, 완전히 너덜너덜해진 낡은 여행용 언더우드 타자기로 이 도시가 주는 첫인상을 쳐대면서 말이다. 펠트부츠를 신은 아이가 꺼리듯 조금 다가오더니, 타자 치던 사람과 최대한 거리를 벌린 채 찻잔을 내려놓았다.

"스빠씨바(Spasebo, 러시아어로 감사하다는 뜻—옮긴이)!" 월써의 나는 듯한 손가락이 멈추었고, 선물이라도 되는 양 소년에게 짤막한 러시아어로 말을 건넸다. 꼬마 이반은 빨간색과 흰색 분장으로 뒤덮인 월써의 얼굴을 공포에 질린 표정으로 몰래 훔쳐보고는, 희미한 신음을 토하더니 가버렸다. 지금껏 살아오면서 월써는 어린애들을 겁에 질리게 한 적이 없었다. 꼬마 이반은 광대를 매우 무서워했던 것이고, 광대는 이반에게 두려움의 대상이었지만 그 안에 매혹의 씨앗도 갖고 있었다.

월써는 자신의 원고를 다시 한번 읽었다. 이 도시는 그를 과장하게끔 만들었다. 전에는 그렇게 많은 형용사를 섞어쓴 적이 없었으니 말이다. 광대 월써는 외신 특파원 월써를 부끄럽게 할 열정에 들떠서 사전 찾는 고생조차 마다않을 듯 보였다. 그는 이 속달 급보를 보고 편집장의 이마에 잡힐 주름을 떠올리며 낄낄 웃었다. 그러고는 모래 같은 회색 각설탕 두 개를 호박색 액체가 가득한 컵에 미끄러뜨렸다. 차를 홀짝이는 동안, 그는 치아 생각을 해서 할머니처럼 각설탕을 빨아 먹는 일은 하지 않았다. 각설탕이 사탕만큼이나 귀하기는 하지만 말이다. 이번에도 레몬은 없었다. 광대는 극빈자들 사이에서 하숙을 하고 있었다.

그는 이마에 바람 한줄기를 느꼈다. 그의 차림새는 '바보 학생' 같았다. 흰 셔츠에 헐렁한 반바지, 우스꽝스러운 멜빵에다 그 망할 가발 위에 얹은 학생모 하며, 게다가 가발은 흘러내려오고 있었다. 그는 급히 고쳐쓰고 자판으로 돌아왔다. 날짜 표시란, 쌍뜨뻬쩨르부르그, 기생충과 진주로 가득한 도시, 기묘한 알파벳 뒤로 둔감하게 몸을 감춘 도시, 아름답지만 악취가 나서 파악하기 어려운 도시. 바깥의 더러운 마당에서는 꼬마 이반과 그 친구가 길잃은 고양이 한마리를 잡아다가 그 앙상한 뒷다리로 자갈길 위아래를 걷게 하고 있었다. 그들은 불쌍하고 굶주려서 측은하게 야옹대는 동물이 춤추는 것을 보고 싶었다. 고양이 사촌인 우아하고 신비한 호랑이들이 커니 대령의 써커스에서 춤을 추었듯 말이다.

돼지 한마리가 기도하기 위해 쌍뜨뻬쩨르부르그로 종종걸

음을 쳤다면, 신앙심이 덜한 다른 돼지 한마리는 일등석 **침대** **차**의 씰크시트에 몸을 감고 재미와 돈을 위해 쌍뜨뻬쩨르부르그로 왔다. 그 행운의 돼지는 위대한 단장의 아주 좋은 친구였고, 특히나 교양을 갖추고 있었다. 그 암돼지는 카드에 씌어 있는 알파벳의 도움을 받아 운명과 미래의 점괘를 풀어놓을 운명과 소양을 갖춘 것이다. 정말이다! 그 돼지는 알파벳을 순서대로 앞에 펼쳐놓기만 하면, 스물네 개의 대문자 로마자로 미래를 점칠 수 있었고, 그런 재주는 돼지가 지닌 능력의 절반도 되지 않았다. 돼지 주인은 돼지를 '씨빌'(로마 신화에서 포에부스 아폴로의 무녀 쉬빌레를 인유한 것. 아폴로의 사랑을 받은 쉬빌레는 여자 예언자로, 소원을 말하라는 요구에 영생만 원하고 젊음은 청하기를 잊어 노쇠한 육신이 쪼그라들어도 죽지 못했다—옮긴이)이라고 불렀고, 어디든 데리고 다녔다. 처음에 월써가 런던의 리츠 호텔에 나타나 코끼리 밥을 주는 일이건, 말갈기를 빗질하는 일이건, 익명성을 보장할 수 있는 일이면 뭐든 써커스에서 할 일을 달라고 요청했을 때, 커니 대령은 자기 돼지를 불러다 그 젊은이를 고용할지 말지 결정하게 했다.

"오호라, 돼지 등에 높이 올라탄 젊은이라." 커니 대령은 켄터키 주의 독특한 리듬이 실린 억양으로 말했다. "자네를 문제의 돼지에게 소개하도록 함세."

그는 애정을 다해 자신의 팔 안쪽을 가냘프고 민첩하고 호기심 많아 보이는 어린 암돼지의 요람으로 쓰고 있었다. 돼지의 머리는 널따랗고, 딱딱하며, 바스락대는 흰색 호박단 프릴

에 얹혀 있었는데, 흡사 쟁반에 올려놓은 참수된 세례자 요한
의 목과 같았다. 돼지의 고상하고 작은 발레 무용수 같은 족발
은 단정하게 접어올려져 있었고, 빠르고 작고 밝지만 다정하
진 않은 두 눈은 마치 작은 분홍색 전구 불빛처럼 월써를 향
해 반짝였다. 돼지는 맛있어 보이는 크림빛 노란색이었는데,
금돼지처럼 빛이 났다. 매일 아침 커니 대령이 돼지의 섬세한
피부가 갈라지지 않도록 최고급 루까산 올리브유로 마싸지를
해주기 때문이었다. 대령이 돼지의 턱 아래를 툭 치자 돼지의
달랑거리던 귀가 쫑긋 섰다.

"월써 씨, 씨빌과 서로 인사하시오. 나의 루딕 게임(아동의
놀이감, 언어감, 음감을 깨우치기 위한 재미난 단어 게임이나 색칠 게임의
총칭—옮긴이) 파트너라오."

대령은 회전의자에 느긋하게 기대앉았고, 광을 낸 그의 부
츠는 그 앞 탁자 위로, 아침나절에 마시는 줄렙(위스키나 브랜디
에 설탕과 박하를 가미하고 얼음을 넣어 차게 만든 칵테일—옮긴이) 원
료 사이로 올라가 있었다. 올드 그랜대드(켄터키 스트레이트 버번
위스키—옮긴이) 한병, 얼음 한통, 싱그러운 초록의 향기가 되
어주는 민트 박하 한다발 가운데로 말이다. 대령은 성긴 반백
의 머리다발이 둥근 이마 위에 있어, 턱에 난 염소수염 같은
것과 조화를 이룬 작고 뚱뚱한 남자였는데, 수염 기르는 데에
는 영 재능이 없는 사람이었다. 들창코에다 담자줏빛 이중턱
이 있었다.

달러 문양의 청동색 버클이 그의 올챙이배 바로 아래에 있

는 가죽벨트를 조이고 있었는데, 그게 아마 페버스가 말한 달러 문양인 듯했다. 심지어 호텔방이라는 다소 개인적인 공간에서도 대령은 자신의 '트레이드 마크' 의상을 뽐내고 있었다. 그 의상이란 별무늬로 장식된 푸른 조끼와, 흰색과 빨간색 줄무늬가 들어간 타이트하게 재단된 바지였다.

깃봉에 도금한 독수리 한마리가 장식되어 있는, 구석에 기대어놓은 깃대 위에서 성조기가 당당히 자유분방함을 뽐내며 펼쳐져 있었다. 대령은 아마도 켄터키 주 태생일 것이며, 절대 남부 주 애국파는 아닐 것이다. 요즘엔 서플로리다 공화국 깃발로 이윤을 올릴 수 없으니까 말이다. 그는 성조기를 열렬히 지지했다. 그의 셔츠 소맷자락은 팔꿈치까지 말아 올려 니켈 밴드로 고정되어 있었다. 옛날식으로 재단해서 꼬리까지 제대로 갖춘 프록코트가 의자 장식에 걸려 있었고, 그 의자 위에는 중절모가 올려져 있었다. 그는 어린아이 팔뚝만한 하바나 씨가를 되새김질하듯 씹어댔다. 라일락 향내 나는 연기가 늘어지더니 그의 머리 근처로 뿜내며 맴돌았다.

연분홍색 벽은 온통 광고 전단지를 엉성하게 붙인 띠벽지로 겹겹이 발려 있었다. 그 전단지를 통해 월써는 여행 동료가 될 사람들과 첫 대면을 했다. 커다란 호랑이를 데리고 다니는 아비씨니아(에티오피아의 옛이름—옮긴이) 공주라 불리는 여인, 부포 대왕과 하얀 얼굴의 광대 단원들, 무슈 라마르끄의 교양있는 원숭이들('원숭이들을 한통 가득 쌓은 것만큼이나 똑똑해요'). 공중곡예사들, 지축을 흔드는 코끼리들 등

등…… 대령이 전세계로 순회 다니기로 작정한 진기명기는 끝도 없었고, 이들은 모두 달러 지폐를 앞에 두고 사이좋게 결합되어 있었다.

그리고 그중엔 페버스도 있었다. 월써 앞에는 페버스가 하늘을 향해, 아니면 사각틀을 벗어난 뭔가를 향해 날아오를 때 가장 놀랍고도 가장 화려하게 장식된 그녀의 꼬리뼈가 보였다. 대령이 아주 단단한 호텔 벽 내부에 얄팍하고 일회적이며 멋들어진 텐트를 급조해내려 한 듯 거기엔 너무 많은 광고 전단지가 있었다. 마치 그 벽면 위에서 나풀거리며 관심을 끌기 위한 경쟁이라도 벌이듯, 핀으로 헐렁하게 고정되어 밝게 채색된 포스터들은 서로 각축을 벌이고 있었을 뿐 아니라, 엄청난 신문조각들과 계약서, 그리고 일 파운드짜리 지폐의 홍수가 그가 파일 캐비닛으로 쓰던 거대한 휴지바구니에서 흘러넘치고 있었다. 바깥의 피커딜리 가에서 환호에 찬 야단법석이 들려오는 창문에서 한줄기 바람이 불어들어오자 그 지폐들은 바스락거리는 소리를 냈다.

대령 옆 바닥에는 축복을 받아 움직이지 않고 고정된 사과 한통이 놓여 있었다. 때때로 대령은 사과를 한개 집으려고 손을 아래로 뻗었고, 그것을 씨빌이 덥석 물었다.

"그렇소, 우리는 루딕 게임에 아주 베테랑들이랍니다. 씨빌과 나 말이오." 그는 잇새가 벌어지고 누렇게 변색된 치아에서 씨가를 빼내더니 빨갛게 타는 담배 끝을 자신있게 흘겨보면서 거슬리게 말했다. "옛날에, 아주 옛날에 켄터키 주 렉싱턴에 있던 우리 아버지 농장에서 살 때, 그땐 정말 어린애였는데, 그때 나나 증조모 씨빌의 키가 무릎 높이나 동물 뒷다리 높이나 되었으려나, 그때 처음으로 꿀꿀이죽을 들이켜던, 여기 있는 친구를 제외하고는 세상에서 최고로 당당한 작은 아가씨를 처음으로 만났다오. 그래요! 그건 바로 여기 있는 미스 씨빌의 증조할머니였소! 나의 돼지 조수들을 배출한 위대한 명가의 시조였지!

나는 게으름부리기 좋아하는 한량이었으나 끈질긴 근성이 있어서 11년째 해 전부를 빰빰 피리 연주 기술을 완벽하게 연마하는 데 소비했다오. 내 말이 무슨 뜻인지 알겠소? 우리 선생님이 등만 돌리면 그 오래고 멋진 빰빰 피리를 학교 책상 바로 위로 내놓고「켄터키 옛집」의 코러스 부분을 빽빽 불어대곤 했다는 말이지. 그동안 선생님은 칠판에다 유럽의 주요 강줄기들을 쓰고 계셨다오. 나는 그런 소년이었지. 아무리 소용이 없는 일이라 해도 나는 무엇이든 할 마음을 먹었고 그렇게 마음먹을 수가 있었지. 곧 나는 우연히 씨빌의 증조모를 보게 되었고, 그 자리에서 이렇게 혼잣말을 했다오. 도전해볼 일이 생겼는걸!

나는 학교 수업을 빼먹어가며 석 달 내내 이 암돼지가 뒷다리로 서서 깃발을 흔들게 만들려고 불굴의 노력을 기울였다오. 처음에는 아무 생각도 없었고, 그저 소일거리로만 여겼지만 나중에 이 '애국자 돼지'를 선보이는 대가로 바에서 처음으로 잔돈을 받은 후엔, 그래요, 우리가 거리로 나섰던 겁니다! 작은 도토리가 거대한 참나무로 자라나듯 말이지. 그거 아시오, 젊은 양반? 옮겨다닐 수 있는 축제, 내 눈에 안성맞춤인 오페라, 떠돌며 벌이는 삶과 웃음의 축하연, 이 모든 것이 그 옛날 고온다습한 미국 남부의 어떤 아침에 시작된 것이라는 걸 말이오. 여기 있는 미스 씨빌의 증조모가 뒷다리로 서서는, 내가 결코 학교에서 배우지 못했던 것을 가르쳐주었을 때 말이오. 그게 어떤 거였는지 아시겠소, 젊은 양반?"

씨가 연기의 장막을 통해 곁눈질로 흘끔거리면서 그는 잠시 말을 멈췄는데, 그건 루딕 게임의 모토를 흥겹게 노래하기 전에 동의를 구하기 위해서가 아니라 그 효과를 위해서였다. "바보는 돈과 인연이 없다네!"

"하하하, 줄렙 한잔 더 드시겠소?" 그가 싼타클로스처럼 우렁차게 웃었다. 그는 자기 책상 오른쪽 첫번째 서랍에 음료를 비축해두고 있었다.

"햇살 가득한 캘리포니아에서 케이프 혼을 경유해온 거 맞지요, 젊은 양반? 그리고 붉은 피가 끓는 다른 미국 친구처럼 써커스와 함께 도망가고 싶은 거고……"

대령의 우툴두툴한데다 붉게 충혈된 옅은 푸른색 눈알이 이쪽저쪽을 훑었다. 대령은 직접 마주 보는 것이 아닌 한 끊임없이 관찰을 멈추지 않았다. 그는 마음의 안정을 줄 만한 사람은 아니어서, 표면적 온유함 아래 뭔가 격동하는 것이 있었고, 누구도 얕잡아볼 수 없는 사람이었으며, 바보 취급당하는 것을 흔쾌히 견딜 사람도 아니었다. 월써는 내보일 만한 특별한 재능이 없었고, 줄타기도 할 줄 몰랐으며, 얼룩말을 타는 것조차 뱃사람이 말 탄 모양새처럼 어설펐다. 그러나 대령의 모든 풍부한 직관으로 보면 이 잘생긴 젊은이는 값싸게 고용할 수 있고, 강인하며, 다재다능한데다, 아마도 도망중이라서 괜찮은 거래가 되겠지만, 어쩌면 그 때문에 그 모든 점에도 불구하고 골칫거리가 될 수도 있었다. 대령은 파트너와 이 문제를 논의하기로 했다.

"네 의견은 무엇이냐, 씨빌? 고용할까, 말까?"

씨빌은 잠시동안 머리를 한쪽으로 갸우뚱하면서 꼼꼼히 월써의 얼굴을 살폈다. 그러더니 호기심에 찬, 짧고 작은 비명을 질렀다. 그다음에는 두 귀를 살랑거리며 고개를 끄덕거렸다.

"당신처럼 잘생긴 젊은이라면 예쁜 처녀들이 쳐다만 봐도 곧 반하겠는걸." 대령은 다시 한번 월써를 비스듬하게 훑어보며 매혹하듯 말했다. 그는 가장자리에 침 묻은 씨가를 입에서 빼낸 뒤 카펫 위에다 15센티미터나 되는 긴 재를 털어버렸다. 그러고는 조끼 주머니에서 귀퉁이가 접히고 기름때로 얼룩진 알파벳 카드를 꺼내 후루룩 넘겨보면서 카드가 다 있는지 확인하더니, 팔을 한번 쓱 휘둘러 난장판으로 어질러진 책상을 닦아 말끔히 치웠다. 그 바람에 빈 버번위스키 병이 붉은 리본으로 묶어놓은 법원 소환장 더미 위에서 아무것도 모른다는 듯이 통통 튀었다. 대령이 심호흡하며 카드를 올려놓는 동안 월써는 영문도 모른 채 즐겁게 상황을 주시했다. 대령은 이 작은 돼지를 대문자들 앞에 정확히 내려놓았다.

"자, 씨빌, 그다음을 말해줘야지. 이 대담한 신사분이 여기서 어떻게 우릴 기쁘게 해줄까나?"

씨빌은 잠시 카드를 연구하는가 싶더니, 곁눈질로 다시 한번 월써를 바라보고는, 생각에 잠긴 듯 보였다. 그러고는 탐색 전담인 돼지코를 들이밀어 카드 몇개를 밀어냈다.

C―L―O―W―N(광대)!

그러고는 만족해하며 다시 웅크려앉았다. 대령은 한바탕 박수를 쳐서 씨빌에게 보상을 내리더니, 사과 하나를 던져주었으며, 휴지통을 완전히 엎어 그 안 깊숙한 곳에 있던 올드 그랜대드의 은신처를 공개했다. 다른 병 하나의 코르크를 따더니 "얼음과 민트향으로 붕붕 한번 날아보자고!"라고 말하며 자신의 잔을 새로 채웠다. 돼지는 대령의 따뜻한 가슴속으로 다시 뛰어들어갔고, 대령은 돼지를 품에 안고 코를 비비고 어르고 있었지만, 씨빌의 눈만큼이나 가장자리가 불그스레하고 쉴새없이 움직이는 그의 눈은, 자꾸만 계속해서 월써를 향하고 있었다. 이자가 무슨 게임을 하자는 거지? 이자의 사기술은 뭐야? 이 친군 보이는 그대로 바보인가? 아니면 보이는 것보다 더 심한 바보?

"그렇다면, 젊은 양반." 그가 말했다. "이제 당신은 5월 초하루요. 왜 그런 별명이 생겼는지는 묻지 마시오. 우리가 신참자, 곡마단 초심자, 곡예술을 처음 하는 새내기를 부르는 말이니까. 몇가지 질문 좀 합시다. 우선, 빈대 결벽증이 있소?"

월써가 웃으면서 고개를 가로저었다. "빈대한테 써커스 기차만한 곳이 없다는 점에서 그거 참 멋진 질문인데요. 에 또, 진드기한테는 써커스란 게 커다란 침대차 식당칸이잖아요."

그다음 그는 경련이 이는 눈을 일초 남짓 길게 월써에게 고정하려 했지만, 계속 씨가만 피워댄 탓에 연기가 그의 주위로 뭉게뭉게 피어올랐고, 짓뜯어놓은 손톱이 달린 앙상한 손가락으로는 씨빌의 귀를 계속 당기고 있었다. 돼지는 마치 자신도 대령이 막 하려던 두번째 질문에 대한 월써의 답이 너무나 듣고 싶은 듯 젊은 친구에게 집중하고 있던 머리를 쫑긋 세웠다.

"모욕은 어떻게 견뎌낼 참이오?"

월써는 놀라서 버번위스키를 넘기다가 기침을 했다.

"당신은 광대에게 가장 중요한 점을 모르는 것 같소." 대령이 가라앉은 목소리로 말했다. "좋아요. 뭐 나한테는 상관없소. 어떤 사람은 바보로 태어나고 또 어떤 사람은 바보로 만들어지고, 또 어떤 사람은 스스로 바보짓을 해 놀림거리가 되지. 계속해보시오. 자신을 바보로 만들라는 말이오. 나는 당신을 광대 견습생으로 받아들이겠소, 젊은이. 육개월간의 계약서에 서명만 하면 우린 당신을 씨베리아로 데려갈 거요. 씨베리아! 오, 그 멋진 도전이라니! 성조기가 툰드라를 가로질러간다니!"

그 말을 하면서 그는 씨빌의 귀를 위로 당겨 그 안을 들여다보더니, 각각 별과 줄무늬가 프린트된 작은 씰크손수건을 줄줄이 이은 것을 잡아당겨 자기 머리 주위에서 흔들었다.

"물론, 미국의 영광을 보기 위해 미국 친구에게 의지할 수도 있겠지요! 모든 국가들이 자유의 깃발 아래 이 위대한 루딕 게임으로 하나가 되었다오! 이 원대한 계획을 알겠소, 젊은이? 성조기는 툰드라를 가로질러가고, 왕관을 쓴 사람들이 이 민주주의의 찬란한 쇼에다 대고 절을 하는 것이지! 생각해보시오, 돈트는 태양의 땅으로 가는 코끼리들을 말이오, 젊은이! 한니발의 코끼리들은 알프스를 넘어간 직후에 행군을 멈췄지만 이 코끼리들은 전세계를 돌아다니게 될 거요! 스릴과 웃음의 전 역사를 통틀어도, 전세계를 가로질러 행군하는 자유 미국의 써커스는 이제껏 없었다오!"

어찌나 대단한 비전인지!

"그리고 이 전례없는 신기원의 역사적 사건을 이뤄낸 후에 나는 당신을 그 좋았던 옛날의 미합중국으로 안전하고 건강하게 데려다놓을 것이오, 그렇소."

그 말을 하면서 그는 (아직도 줄줄이 이어진 손수건더미를 쥔) 주먹을 책상에 내리쳤고 그 바람에 병이며 잔들이 덜컹였다. 그러고는 반어적이거나 비아냥거리는 기색 없이, 충만하고 활기차며 흥분된 마음으로 분명하게 외쳤다.

"루딕 게임에 온 것을 환영하오."

월써가 처음으로 분장을 했을 때 그는 거울을 들여다보면서도 누구인지 알아보지 못했다. 거울 속에서 호기심에 차 자신을 되응시하는 낯선 사람을 찬찬히 살펴보면서, 그는 아찔한 자유를 느끼기 시작했다. 그런 기분은 그가 대령과 지내는 내내 결코 증발해 날아가버리는 일은 없었다. 단원들이 서로 헤어진 최후의 순간까지, 그리고 월써가 지금껏 알아온 그 자신의 자아가 스스로에게서 분리된 최후의 순간까지, 그는 가면 뒤에서 위장한 채 자유를 경험했다. 그는 존재와 유희를 벌일 자유를, 그리고 정말로 우리 존재에 필수적이면서 익살극 한가운데 있는, 언어와 유희를 벌일 자유를 경험한 것이다.

씨빌의 신탁이 정해질 무렵, 할머니는 난방장치 위에 눕더니 곧 코를 골기 시작했다. 월써는 타자 치는 소리가 나이 많은 할머니의 잠을 방해할까봐 쓰던 기사에다 '끝'이라고 쳤다. 그는 남의 이목을 끌지 않고 기사를 보내고 싶었지만, 커니 대령의 써커스단을 홍보하러 다녀야 했기 때문에 이 도시에 머물려면 우스꽝스러운 광대 복장을 감수할 수밖에 없었다. 그래서 그는 주방 입구로 가서 게임을 하고 있던 꼬마 이반을 휘파람으로 불러냈다. 이 아이가 아무리 광대를 불길한 골칫거리로 알고 있다 하더라도, 소년에게 꼬뻬이까(러시아 화폐단위―옮긴이) 몇푼만 뇌물로 찔러주면 월써의 밀봉한 봉투를 영국대사관까지 전달할 수 있었다. 그리고 대사관에서 그 봉투는 조심스러운 외교 행랑 편으로 런던에 보내졌다(월써는 이 아이가 얼마나 자기의 손을 만지기 싫어하는지를 직접 보았다).

자기 바로 뒤에서 도시의 어중이떠중이 빈민들 절반이 야유하고 조롱하며 따라오는 것을 원치 않는다면, 삭막한 셋방의 더러운 대문을 지나 빨랫감이 널려 있는 악취나는 뒷골목을 따라 뒷길 어디선가 살그머니 몸을 숨겨야 한다. 결과적으로 보면, 도시 중 가장 아름다운 이곳에서도 사실 월써는 오로지 불결한 뒷골목만 보아온 셈이다. 뒷골목에는 약국 창문에서 흘러나온 노란 불빛, 강한 가로등 불빛 때문에 코가 뭉개진 것처럼 보이는 두 여인, 그리고 문간에 게워놓은 토사물에서 구르고 있는 주정뱅이들이 있다. 더껑이가 뜬 운하에는, 죽은 개의 털로 덮인 빙판이 떠다닌다. 안개와 함께 겨울이 오고 있다.

'유럽 호텔'의 베네찌아풍 샹들리에 아래 숙소를 정한 페버스는 월써와 깃들어 살고 있는 이 도시의 이면은 전혀 보지 못했다. 그녀는 날개 사이에 두툼한 캐비아가 얹힌 얼음 조각 백조들을 보았다. 또 컷글라스 세공유리와 다이아몬드를 보았다. 그녀는 온갖 화려하고 밝고 투명한 것들을 보았는데, 그것들은 그녀의 푸른 눈을 탐욕으로 물들였다.

월써와 페버스의 눈길이 한데로 모아지는 곳은 오직 임페리얼 써커스장이라는 벽돌건물뿐이다.

2

대령은 자신이 방문한 동안 임페리얼 써커스장의 꼭대기 깃대에 짜르의 깃발 대신 성조기를 걸어야 한다고 구슬리고, 꼬드기고, 주장하고, 또 요구했다. 그리고 마치 이질적 기류의 권태로움에 굴복이라도 한 듯 짜르의 깃발이 쿵 하고 떨어졌다. 중력과 이성에 대한 인간의 승리를 영원토록 과시하기 위해 만들어진 그 써커스장은 붉은 벽돌로 된 높다란 육각형 건물로 출입문까지 웅장한 계단이 높이 솟아 있었다. 출입문 양옆은 장식 마구를 단 코끼리의 형상을 본뜬 3미터 높이의 돌기둥으로 장식되어 있었는데, 그 코끼리는 앞다리를 공중에 쳐든 채 뒷다리로 쭈그려앉은 모습으로, 비둘기 똥이 흩뿌려져 있었다. 코끼리들은 그곳을 지키는 수호신이자, 마치 힌두교의 우주를 떠받치듯 자기 앞에 놓인 기품있는 둥근 천장에서 펼쳐질 쇼를 떠받치는 써커스장 자체의 기둥이기도 했다.

일단 유료 관객이 매표소와 협상하는 데 성공하면, 공연이 진행되는 동안 사람들은 휴대품 보관소에 모피외투를 두고 갔다. 그러면 휴대품 보관소는 검은담비와 여우 그리고 희귀한 작은 쥐 가죽으로 가득 찬 보물창고가 되었다. 마치 그런 가죽으로 인해 원재료인 동물이 당황하지 않도록 외투 입은 자들의 야수성의 표피를 거기다 두고 가는 듯했다. 그리하여 야수성의 무거운 짐을 벗어던진 사람들은 거울 달린 샴페인 바가 있는 널찍한 휴게실로 들어갔고, 무대에 도달하기 위해 한번 더, 이번에는 대리석과 인테리어, 그리고 계단을 올라갔다.

써커스 공연장으로 가는 길에는 테두리를 금으로 장식한 붉은 벨벳 특등 박스석이 있었고, 흰죽지수리가 달린 최고급 장식이 달려 있었다. 배우들이 드나드는 출입문 위로는 밴드를 위한 금색 단상이 있었다. 모든 것이 우아하고 심지어 사치스럽기까지 했으나, 손톱 아래 때가 끼는 것처럼, 너무 지나쳐서 다소 역겨운 호화품으로, 러시아 특유의 호화품으로 마감을 해놓았다. 그러나 말똥냄새와 사자 오줌 냄새가 건물의 모든 천조각 구석구석마다 스며 있었기 때문에, 젊은 군장교가 그리로 안내해오는 사랑스러운 숙녀들의 부드럽고 흰 어깨와 써커스장의 짐승 털가죽 사이의 재미난 불일치가 밤공기 안에 하나로 녹아들었다. 프랑스제 향수가, 실은 그 일반 성분이 되는 것은 사향노루나 사향고양이라는 것을 보여주듯 정글과 초원지대의 향기와 뒤섞이면서 말이다.

써커스장 아래의 지하 보관소에는 커니 대령을 배려해서 황제의 동물들이 일시적으로 자리를 비운 곳에 써커스 동물원이 펼쳐져 있었다. 뒤쪽에 벽을 두른 지하 통로 하나가 안마당으로 이어져 있었다. 월써는 이제 안마당으로 들어가기 위해 배우들이 드나드는 초라한 쪽문을 이용했다.

오후의 그 느른한 시간, 반쯤 수심에 잠긴 라벤더빛 슬픈 하늘 아래 안마당에는 다리가 긴 작은 새 한마리뿐 텅 비어 있었다. 그 새는 마치 미식가라도 되는 양 조약돌에 묻은 노란 코끼리 똥더미에서 나온 섬유질을 쪼아대고 있었다. 깨진 병과 녹슨 깡통, 그리고 바닥에 떨어진 물이 얼어 방울져 떨어지는 펌프가 있었다.

동물막사에서 흘러나오는 소리라고는, 마치 먼 바다에서 나는 소리처럼 거대한 호랑이가 계속 속삭이듯 그르렁대는 소리와, 살과 피를 가진 커니 대령의 코끼리들이 기상시간에 늘 그러는 것처럼 다리에 단 사슬을 덜걱일 때 내는 희미하게 쩔렁거리는 소리뿐이었다. 이들은 천년의 오랜 인고의 세월 속에서, 백년 동안, 아니 천년 동안, 어쩌면 내일 한시간 동안 어떻게 해야 할지 너무나 잘 알고 있었기 때문이다. 그것은 모두 백만분의 일 확률인 도박이긴 하지만, 거기에는 언제나 사슬을 계속 흔들면 언젠가, 언젠가는 족쇄의 잠금쇠 부분이 풀릴 가능성이 있었기 때문이다.

그곳은 황량한 곳이었다. 수수하기 짝이 없는, 방금 막 세탁한 흰색 옥양목 여성복이 빨랫집게에 집혀 빨랫줄에 일렬로 널려 있었다. 서리를 알리는 첫번째 소식 때문에 그 옷들은 이미 사후 경직을 겪으며 삐걱대고 있었다.

아비씨니아 공주는 자신이 가진 옷 전부를 다 빤 것이 분명했다. 왜냐하면 세탁한 옷을 걷으러 왔을 때 그녀가 걸친 것이라고는 페티코트와 슈미즈뿐이었기 때문이다. 그 위로 끔찍한 앞치마를 둘렀는데, 그것은 그녀가 돌보는 육식동물의 식사 시중을 들다 묻은 피가 굳어 빳빳해진 상태였다. 그녀는 서리로 빳빳해진 옷을 하나하나 빨랫집게에서 빼내 그 허리춤을 날쌔게 툭 꺾었다. 팔에 걸 수 있는 고리가 될 만큼 빨랫감을 구부리기 위해서였다. 그녀는 허리까지 가늘게 땋은 드레드록스 헤어스타일의 호리호리한 여자였다. 써커스장에서 그녀 같은 몸집이라면 두 명은 들어가고도 남을 하얀 베흐슈타인 그랜드피아노에 앉아 포효하는 동료들을 위해 연주할 때면 그녀는 어린아이 같아 보였다. 그러나 가까이서 보니, 그녀의 얼굴엔 잔금 하나 주름 하나 없는데도 화강암처럼 노쇠해 있었고, 고갱의 그림에나 나오는 여자들처럼 무뚝뚝하고 내성적인 특징이 보였으며, 피부색은 광택없는 연한 흑갈색이었다.

우두둑! 가녀린 음악가의 손으로 언 드레스를 접는 소리가 났다.

바깥 길로 난 문이 열린다. 리지가 모피로 된, 아마도 개털

로 만들었을 재킷을 입고, 계절에 맞지 않는 뻣뻣한 밀짚모
자를 쓴 채 갓 구운 팬케이크의 맛있는 냄새가 풍기는, 흰 천
으로 덮인 쟁반 하나를 들고 들어온다. 점심시간이다. 리지는
발로 차서 현관문을 닫은 뒤, 쩔그렁대는 철제 비상구를 따라
올라가 흔들리도록 열어둔 위층 문으로 종종걸음친다.

그 열린 문으로부터 고여 있던 공기가 유동하면서, 걸걸한
목소리 하나가 들려왔다. 쉿소리가 나지만 멜로디가 없다고
는 할 수 없는 노랫소리였다.

"새 한마리만…… 금빛 새장 안……"

그러고 나서 그 문도 꽝 소리를 내며 닫혔다.

월써는 닫힌 문에서 눈을 휙 돌려 써커스장으로 향하는 지
하 통로로 몸을 숙였다.

톱밥이 깔린 써커스장, 이 작고 동그란 터는 얼마나 값싸고
편리한 표현설비인가! 눈알처럼 둥글고 가운데에는 계속 소
용돌이가 인다. 그러나 마치 알라딘의 마술램프처럼 살짝 문
질러주기만 하면, 그 즉시 써커스장은 그 오래된 은유적 의미
에서의, 제 꼬리를 문 둥근 뱀, 완전한 원으로 돌아가는 바퀴
로 변한다. 끝이 시작이기도 한 바퀴, 운명의 바퀴, 우리의 진
흙 형상이 빚어지는 도예가의 바퀴, 우리 모두가 부서지는 삶
의 바퀴로 변하는 것이다. 오, 경이롭도다! 오, 슬프도다!

월써는 언제나처럼, 진부하지만 다성적 의미를 내는 낭만
적 이미지에 전율을 느꼈다.

이 마술 써커스장은 이제 라마르끄의 교양있는 침팬지들

이 차지하고 있었다. 모두 쎄일러복을 갖춰입은 암수 여섯 마리씩 총 열두 마리의 침팬지가 2인용 작은 나무책상에 짝지어 앉아 있었는데, 투박한 손에는 각각 작은 칠판과 분필이 쥐어져 있었다. 차분한 검은 슈트에 가슴께에 시곗줄을 늘어뜨린 침팬지 한마리가 머리에는 날렵한 각도로 사각모를 쓰고 지휘봉 하나를 든 채 칠판 앞에 서 있었다. 침팬지 학생들은 숨을 죽이고 경청했다. 그 광경은 줄칼로 한가롭게 손톱정리를 하며 써커스장 꼭대기의 화려한 장식으로 장벽이 쳐진 곳에 앉아 단정치 못한 무늬의 어깨담요를 걸친 젊은 여자와 확연한 대조를 이루었다. 그녀는 하품을 했다. 그녀는 침팬지들에게 주의를 기울이지 않았다. 침팬지들은 자기네 속도대로 진행해나갔지만, 여자 조련사는 사육사에 지나지 않았고, 쓸모없는 주정뱅이 무슈 라마르끄는 침팬지들끼리 예행연습을 하도록 놔두고 자리를 떴다.

월써는 칠판에 분필로 쓰인 도표를 이해할 수 없었지만, 침팬지들은 각각 자기 칠판에 도표를 베끼는 일에 몰두한 듯 보였다. 침팬지들의 빛나는 머리 한가운데에 있는 가르마는 벌집처럼 하얬다. 프로페서는 왼손으로 재빨리 몇번 찌르는 시늉을 하더니 도표의 오른쪽 구석 아래를 지목했다. 교실 뒤쪽에 있던 암컷 하나가 열심히 손을 들었다. 프로페서가 지휘봉으로 지목하자 그 침팬지는 발리 섬 댄서의 동작을 떠올리게 하는 일련의 제스처를 선보였다. 프로페서는 깊이 생각하고, 고개를 끄덕인 다음, 도표에 다른 아라베스크를 분필로 그려넣었다. 즉시 깔끔하고 빛나는 머리통들이 일제히 숙여졌고 공중에는 열두 개의 분필이 내는 소리가 날카롭게 일었다. 마치 둥지로 돌아가는 찌르레기 무리가 내는 소리 같았다.

월써는 윤기없는 흰 분장 아래서 미소지었다. 털북숭이들의 학습장이라니 이 얼마나 지독히도 희극적인가! 그러나 그의 호기심은 이 신비한 학문적 열의에 자극을 받았다. 그는 다시 한번 곁눈질로 도표를 흘겨보았으나 거기에서 어떤 의미도 짜낼 수 없었다. 그래도 거기엔 무슨 의미가 있는 것 같아 보였는데…… 그게 뭘까? 그게 가능한 일일까? 칠판에 글이 씌어 있던 것인가? 짜르의 특등석으로 기어들어가면 더 잘 볼 수 있을 텐데…… 광대의 긴 신발을 신고 층층 좌석들을 가로질러 몰래 숨어들어가는 것은 아직 완벽하지 못했기 때문에 서투른 발끝이 계단 귀퉁이에 남겨진 빈 보뜨까 병을 건드려 떨어뜨렸다. 병은 통통거리며 다른 층으로 튀어가 벽에 꽝 소리를 내며 부딪혔다.

예상치 못한 소음에 조용히 수업에 몰두해 있던 침팬지 무리가 돌아다보았고, 열세 쌍의 빠르고 짙은 눈이 그 방해꾼에게 고정되었다. 월써는 한 좌석에 슬며시 앉아 눈에 띄지 않으려고 노력했지만, 수업이 갑자기 중단되자 그는 자신이 어떤 비밀스러운 일을 방해했다는 것을 알았다.

프로페서는 노란 지우개를 휘두르더니 순식간에 도표를 지워버렸다. 질문했던 여학생은 책상 뚜껑에 머리를 대고 엄숙하게 물구나무를 섰다. 그 여학생의 짝은 주머니에서 새

총을 꺼내더니 액체 가득한 잉크 총알을 프로페서의 면전에 대고 쐈고, 그 바람에 익살스럽고도 소란스러운 폭동이 일어났다.

지루해하던 사육사는 계속 손톱을 다듬고 있었다. 그것은 '학교의 원숭이' 순서에 불과했다.

교실에서 벌어진 그 소동을 마주한 프로페서는 재밌다는 듯 칠판 뒤에 잔뜩 쌓여 있던 고깔모자(학교에서 열등생이나 문제를 일으킨 학생에게 벌로 씌우는 모자를 보통 바보 모자라 부른다. 동물학교의 열등생이 인간이라는 역설을 위한 장치 ─옮긴이)를 찾아냈다. 그는 써커스장을 여기저기 뛰어다니면서, 깡충대고 돌아다니는 각각의 머리에 모자를 하나씩 씌웠다. 그다음에는 즉흥적으로 장벽을 가로질러 가볍게 뛰어갔고, 윌써도 고깔모자를 받았다. 그가 윌써에게 갑자기 모자를 씌웠을 때, 체셔 고양이(『이상한 나라의 앨리스』에 나오는 얼굴과 몸통 없이 눈과 입만 웃는 고양이 ─옮긴이)처럼 웃던 프로페서의 얼굴은 윌써의 얼굴에서 채 15센티미터도 떨어지지 않은 거리에 있었다. 그들의 눈이 부딪쳤다.

윌써는 그 첫번째 친밀한 교류를, 그 삶이 자기 인생에 필적하는 존재와의 교류를 잊을 수가 없었다. 색다르고 범접할 수 없지만…… 알 수 없는 것은 아닌, 그런 마술 써커스에서 살고 있는 자와 나눈 교류를 말이다. 말 못하는 자의 말하는 눈과 나눈 교류였다. 마치 안개가 제거되는 것 같았다. 그다음 프로페서는 마치 기이한 굴곡을 가로질러 이루어진 그들의 만남을 인정이라도 하듯, 광대의 웃는 분장을 한 얼굴에 투박한 손가락을 대고 눌렀다. 그 손가락은 그에게 조용히 하라고 명하고 있었다.

침팬지들은 전혀 힘들이지 않고 늘 하던 것을 반복하더니, 이제는 탈것 즉 외발자전거 바퀴를 타고 써커스장을 따라 원을 그리며 질주했다. 그들은 입고 있던 쎄일러복을 벗어던져 안에 입은 쎄틴 반바지를 드러냈고, 이제 서로에게 온갖 속임수를 썼다. 몇몇은 재주 좋은 다섯 발가락이 달린 발로 서로의 바퀴를 건드려 거기에서 떨어뜨리는가 하면, 다른 몇몇은 외발자전거 안장까지 기어올라가, 거기서 중력이 그들을 아래로 잡아당길 때까지 다리 하나로 균형을 잡고 있었다. 침팬지들은 엉뚱하면서도 기계적인 분위기로 소동을 벌이면서, 세상에 억지로 놀아야 하는 것보다 더 지루한 것은 없으니까, 그게 뭐든 어쩌면 수업으로 되돌아가기를 바라면서, 그런 놀이에는 별 재미가 없는 듯 보였는데, 반면 프로페서는 대단히 우울한 기분으로 이런 유쾌한 소동을 어떻게 뚫어지게 응시하고 있는지 월써는 보았다.

저 멀리에서 거대한 호랑이들의 포효가 희미하게 들렸다.

프로페서는 마치 결정을 내린 듯, 월써의 손을 단단히 잡았다. 180센티미터가 넘는 월써에 비해 프로페서의 키는 1미터 남짓했지만, 매우 강인하고 결단력있는 작은 친구인지라 월써가 통로를 따라 써커스장으로 내려오게끔 강력히 설득했다. 원을 따라 빙빙 돌던 침팬지들이 멈추더니, 자전거에서 내려 자전거를 팽개치는 몸짓을 하며 원을 그려 월써 주변으로 몰려들었기 때문에, 그 침팬지들이 지금 자신을 어떻게 처리할지 쑤군덕대고 있다고 월써는 확신했다. 비록 논의는 말 없는 소란 가운데 일어나고 있었지만 말이다. 바로 그때 차력사 삼손이 허리에 호피무늬 가리개를 두르고 오일을 발라 번들거리는 허벅지와 이두박근을 뽐내고, 역기를 들어올리며 새로이 등장했다. 그래도 침팬지들이 그에게 관심을 보인 만큼, 차력사도 침팬지들에게 관심을 보인 것은 아니었다. 그러나 멍키맨(원래 영어로 멍키맨은 공처가라는 뜻이지만 여기선 침팬지 조련사라는 의미 ─옮긴이) 여자는 손톱 줄칼을 치웠다.

프로페서는 월써의 고깔모자를 지목했다. 침팬지들은 마치 소리없는 웃음이라도 터뜨리듯 발바닥을 앞뒤로 마주치며 흔들었다. 그러자 아까 눈에 띄게 질문을 했던 암컷 하나가─월써는 머리에 달린 리본을 보고 그 침팬지를 알아보았다─그를 깜짝 놀라게 했는데, 그 암컷이 월써의 품속으로 곧장 뛰어들더니, 월써의 몸통을 털투성이 허벅지로 꽉 조이면서 손을 뻗어 월써의 목을 감더니 그의 목 뒤에서 셔츠 앞자락 전체에 연결되어 있는 장식단추를 찾아냈다. 그 단추가 툭 하고 뜯겨나갔다. 암컷은 뛰어내렸다.

차력사는 손으로 멍키맨의 여자가 입고 있던 옷을 벗겨 작고 하얀 젖가슴이 드러나게 했다. 그동안 그녀는 방금 매니큐어칠을 한 손가락으로 호피무늬 가리개에서 그 물건 주인의 체격에 적당히 맞는 크기의 물건을 꺼냈는데 그것은 초승달

모양으로 휘어져 있었다. 두 사람 다 월써가 처한 곤경은 안중에도 없었다.

머리에 초록 리본을 단 암컷이 월써의 셔츠 앞자락을 조심스레 근처의 책상에 올려놓고는, 몸짓으로 월써에게 조각천으로 기워 만든 웃옷을 벗으라고 했다. 긴장한 월써는 조언을 구하려고 자신의 새로운 친구, 프로페서를 바라보았다. 프로페서가 고개를 끄떡였다. "그렇게 해." 이들이 나한테 원하는 게 뭘까? 월써는 그 말에 복종하듯 옷을 벗으며 자문했다. 프로페서가 지휘봉을 다시 집어들자 침팬지들은 책상으로 돌아가 분필을 집었고, 월써는 머뭇거리며 자답했다. "아마도…… 해부학 수업인가 본데……"

분명 침팬지들은 지나치게 실제적인 생물학의 실연(實演)을 묵인하고 있었다. 왜냐하면 이들은 몸을 쭉 뻗고 누운 사육사에게는 눈길 한번 주지 않았기 때문이다. 그동안 그 여자 사육사는 붉은 벨벳천 의자에 완전히 몸을 뻗어 누웠고, 차력사의 엉덩이에 뜬 두 달이 그녀 위로 오르락내리락하고 있었다. 그녀는 볼 수 없었겠지만 말이다.

이제 월써가 걸친 것이라고는 고깔모자밖에 없었다. 침팬지들이 월써의 신발을 벗겼기 때문에 프로페서가 그의 발가락 수를 점검할 수 있었지만, 모자만은 벗기지 않은 것이다. 월써는 침팬지들은 희고 붉고 검은 광대 분장이 진짜 자기 얼굴이라 생각할 것이며, 어쩌면 이들은 월써가 개코원숭이와 관련있을지도 모른다고 여긴 나머지 호의를 베푼 거라는 생각이 들었다. 다윈 이론을 뒤집어 연구하는 건가? 월써는 골똘히 생각했다. 초록 리본이 자기 책상으로 돌아왔고, 수업이 본격적으로 시작되었다. 월써는 발가벗은 채 표본이 되어 침팬지들 앞에 서 있었고, 프로페서는 지휘봉으로 월써의 흉곽 부분을 찔렀다. 억지가 아니었고 의사소통을 하듯이 빠른 손동작으로 하는 것이었지만 말이다. 두 단계 먼 친척들의 꼼꼼한 눈초리 아래 월써는 풀이 죽어버렸다. 침팬지들이 분필을 움직일 때마다 삐걱삐걱 소리가 났다. 지휘봉이 찌르며 지나갔다. 월써는 등을 보여주기 위해 그 말에 순종하며 몸을 돌렸다. 프로페서는 특히 월써의 꼬리뼈라는 흔적기관에 관심을 표했다.

심오하고도 특이한, 심지어 소란스러운 침묵이 이제 건물을 가득 채웠다. 침묵은 이따금씩 리듬을 타고 들리는 교합의 신음소리에 끊어질 뿐이었다.

프로페서는 마치 새로운 주제를 소개하듯 경쾌하게 발걸음을 몇번 옮겼다. 그는 한번 더 월써의 몸을 돌려세워 학생들과 마주 보게 했고, 지휘봉으로 가볍게 건드려 월써의 입을 열도록 설득하자 다시 한번 칠판의 분필이 소리를 냈다. 그다음 프로페서는 누군가 무심코 써커스장에 놔두고 간 양동이를 가지러 가더니, 양동이를 뒤집어 그 위에 올라섰다. 월써의 입안을 더 잘 보기 위해서였다. 그리고 프로페서는 월써의 눈을 바로 응시했는데, 그것은 인간적인 건 무엇이고 인간적이지 않은 건 무엇인지 도통 알 수 없게 만들어 월써를 새롭게 자극했다. 월써가 마치 시를 읊는 금붕어처럼 입을 열었다 닫았다 하기 시작하자 프로페서가 얼마나 진지하게, 얼마나 간절히 구하듯이 바라봤는지!

차력사의 신음소리가 빨라지기 시작했다.

월써는 프로페서가 지금 자신이 침팬지들에게 어떤 말을 하기를 바란다는 것을 알아차렸고, 월써의 말은 그들에게 엄청난 관심거리였다. 프로페서는 계속 양동이 위에 자리잡고 서서 열심히 월써의 입안을 보며 그가 말할 때의 혀와 목젖의 움직임을 응시했다. 월써는 머뭇거리며 말하기 시작했다.

"인간이란 얼마나 대단한 예술작품인가! 이성이란 얼마나 고귀한가! 재능은 또 얼마나 무한한가!"

차력사는 짐승 같은 비명을 퍼부어대며 오르가슴에 올랐다. 그 비명은 월써가 햄릿의 대사를 암송할 때 마주한 것과 같은 소동이었지만, 차력사가 황홀경 한가운데 있는 동안 씨빌은 마치 총에서 발사되기라도 한 듯, 돼지치고는 놀라운 속도로 써커스장으로 뛰어들어왔다. 씨빌은 책상이며 학생들이며 죄다 뒤로 날려버렸다. 씨빌의 흰 러플 칼라는 찢어지고 일그러졌는데, 씨빌은 마치 그것이 시간을 옴짝달싹못하게 옥죄는 것처럼 꽥꽥거리고 있었다.

씨빌은 엄청난 반동을 일으키며 가로벽을 넘어뜨린 다음 로열박스 좌석으로 갔다. 씨빌이 안전을 위해 벨벳 카펫 속을 깊숙이 헤집고 다니는 동안에도 그 지옥 같은 소란은 그칠 줄을 몰랐다.

차력사는 소리를 질렀다. 씨빌도 비명을 질렀다. 대령의 황망한 비명도 높아졌다. 대령의 돼지가 위험에 처한 것이다. 그리고 동물막사에 갑자기, 엄청난 포효의 푸가가 울려퍼졌다. 마치 호랑이들이 모두 나와 김빠진 연주를 하던 거대한 오르간에 마침표를 찍는 것 같았다. 그다음 무시무시한 외침 소리가 들렸다.

"호랑이가 나왔다! 호랑이가 나왔어!"

프로페서는 서둘러 쩔그렁 소리를 내며 양동이를 발로 걸어찼다. 그의 학생들은 뒤집힌 책상 위로 뛰어다녔고, 오케스트라 단상에 있는 기둥에 기어오르더니, 악보대 가운데서 뒤죽박죽 엉켜서 몸을 웅크렸다. 이들은 격세유전되는 정글의 공포로 가득 차서 눈을 부릅뜨며 흥분해 있었다. 벨벳 의자 위에서 사랑을 나누던 두 연인은 얼굴이 하얘진 채 몸을 부들부들 떨면서 일어났다.

월써는 벌거벗은 상태로 침팬지들에게 버려진 채 생각했다. '바보 모자를 쓴 채 죽음의 신을 만날 순 없어!' 그리고 머리에 썼던 모자를 낚아챘다.

월써는 달렸다. 가로벽을 뛰어넘어 중앙 출구 쪽을 향해 원형무대를 반쯤 올라갔을 때 그는 마치 롯의 아내가 된 것처럼, 뒤를 돌아보지 않으면 안될 것 같았다.

호랑이가 써커스장으로 뛰어들었고, 씨빌의 냄새를 맡고 흥분해 있었다.

호랑이는 마치 오렌지색 퀵씰버(수은─옮긴이)처럼, 아니 그보다 희귀한 액체 금속 퀵골드처럼 복도에서 튀어나왔다. 호랑이는 뛴다기보다는 흘러내렸고, 뭔가를 추격하는 갈색과 노랑의 봇물이었고, 뜨겁게 용해된 죽음이었다. 호랑이는 침팬지들의 교실에 남아 있는 물건 주변을 어슬렁대며 으르렁거리더니, 거대하고 격분한 콧구멍으로 자유의 달콤한 공기를 들이켰다. 바로 가까이에서 나는 누린내가 진동했다. 그 이빨이 어찌나 누렇던지! 육식동물의 곪아터진 이빨이었다.

차력사는 매달리는 여자의 손을 뿌리치고 은밀한 부분을 가리는 허리 두르개를 바짝 거머쥐더니 공연장 입구까지 냅다 달렸다. 그는 최상의 조건을 지닌 훌륭한 인간의 표본이었다. 그는 관객석 열을 하나하나 뛰어넘어 전진하더니, 마치 소금기둥처럼 얼어붙은 월써를 지나서 위쪽으로 사라져버렸다. 월써 뒤에서 출입문이 쾅 소리를 내며 닫혔다. 월써는 빗장이 걸리는 소리를 들었다.

이제 써커스장을 벗어날 길이라고는 호랑이가 들어온 길로 나가는 것뿐이다.

난 완벽한 죽음의 덫에 걸린 거야, 월써는 생각했다.

멍키맨 여자는 벗어놓은 속옷이 올가미라도 되는 양 발목에 걸려 옴짝달싹못하게 되자 피가 엉겨붙는 듯한 비명을 내질렀다.

우린 완벽한 죽음의 덫에 걸린 거야, 월써는 생각했다.

여자의 비명소리를 듣자, 호랑이는 자기 메뉴에 돼지고기보다 더 나은 뭔가 올라왔다는 것을 알게 되었다. 호랑이는 등을 아치 모양으로 구부렸다. 정신을 집중하느라 꼬리가 솟구쳐올랐다. 그놈은 육중한 머리를 들어올렸다. 그 누런 눈깔은 비명의 근원지를 찾느라 탐조등처럼 써커스장을 이리저리 배회했다.

겁에 질린 여자는 속옷 바람으로 서둘렀고, 둥글게 배열된 좌석층을 따라 내달렸다.

이리저리 굴리던 호랑이 눈에 그녀의 모습이 잡혔다. 호랑이는 뒷발로 톱밥을 할퀴어 작은 톱밥 바람을 일으켰다. 호랑이는 둥글고 음흉한 귀를 뒤로 젖혔다. 그녀의 실내복이 배에 단 돛처럼 펄럭이다가, 망치질을 잘못해서 튀어나온 못에 걸렸고, 그 바람에 그녀는 넘어졌다. 그녀는 통로에서 바닥에 얼굴을 깔고 자빠졌다.

월써는 팔다리를 다시 움직일 수 있게 되었다. 자신이 미처 깨닫기도 전에 그는 결정을 내렸다. 호랑이가 막 튀어오르려던 순간, 그는 호박색 눈을 한 짐승을 향해 원형무대 쪽으로 몸을 날렸다. 영웅적 행동처럼 자기도 모르게, 월써는 소리없이 거창한 전쟁 슬로건을 부르짖었다. "호랑이를 죽이러 여기 광대가 왔다!"

호랑이를 죽인다고? 어떻게? 어쩌면 맨손으로 호랑이 목을 졸라서?

3

그다음엔 초록색 가스불이 쉭쉭거리는 방 안이었고, 그 방에서 눈을 뜬 월써는 어른거리는 형체가 붕대용 아마천을 페놀 향 강한 분홍빛 물에 담그는 것을 보았다. 그는 일종의 침대 겸용 소파 같은 것에 누워 있었다. 그 물을 분홍빛으로 물들인 것은 자신의 피였다. 그는 다시 눈을 감았다. 페버스는 젖은 아마천을 우악스럽게 그의 어깨에 다시 갖다댔다. 이제 그는 정신이 들어서 비명을 질렀다.

"살살 좀 해라." 뜨겁고 달콤한 차가 든 머그잔 가장자리를 월써의 입술에 기울이면서 리지가 잔소리했다. 캔에 든 연유를 섞은 홍차. 잉글리시 티였다. 페버스는 붕대를 감는 손길에 힘을 빼지 않았다. 그녀는 단호하게 넥타이를 매고 목까지 단추를 꼭 잠근 엄격한 흰 셔츠 차림이었지만, 조금도 남자답다는 인상은 주지 못했다. 그녀가 환자의 침상에 몸을 숙이자, 눈같이 흰 리넨으로 장식된 그녀의 젖가슴은 어린아이가 보는 엄마의 가슴만큼이나 거대해 보였다. 그녀는 불쾌감을 뚜렷이 드러냈다.

"그러니까 써커스에 입단하려고 도망친 거죠, 그런 거죠, 당신?" 그녀가 그다지 유쾌하다고는 할 수 없는 어조로 물었다. 더이상 그를 '기자님'으로 부를 필요가 없다고 느끼는 것만큼은 분명했다.

월써는 자신을 간호해주는 두 사람 사이에서 경련으로 몸을 떨었는데, 그 바람에 그들이 덮어준 숄이 들썩였다. 수십 개의 네모난 모직 헝겊조각을 패치워크해 만든 숄인데, 그 솜씨는 어린아이들 것처럼 대단히 형편없었다. 그는 그것이 그들이 늘 말하던 런던 동부 빈민가 태생의 조카가 여럿 있다는 첫번째 실제 증거라는 점에 주목했다. 그의 가발은 사라지고 없었고, 머리칼은 흠뻑 젖어 있었다.

"호랑이가 당신한테 한방 먹였고, 그러자 공주가 호스를 틀었지." 리지가 말했다. "휴우우우! 물대포로 때려눕히다니 그야말로 묘수였어. 그 망할 녀석 혼을 다 빼놓았으니. 그 자식 뒤로 완전히 자빠졌다니까. 그다음엔 댁이 호랑이에게 그 물을 씌워 잡은 거지."

페버스의 새 분장실에는 편안하고 익숙한 분위기가 깃들어 있었다. 시간을 알리는 금장 시계는 열두시에 멈춰 있었다. 벽에는 귀퉁이가 접힌 포스터가 붙어 있었다. 연기를 뽀

끔뽀끔 내뿜는 영혼의 주전자도 있었다. 리지는 그에게 차를 더 마시게 했다.

"물론 그건 그냥 **호랑이**가 아니지요, 정확히 말하자면!" 페버스는 그에게 알려줬다. "그 녀석이 자기 음부를 점검할 기회를 주지 않았나요? 그건 암호랑이라고요. 그 종족의 암컷이요. 수컷보다 더 치명적이죠, 그럼 끝이라고요."

"생리중인 암호랑이를 공격하다니!" 리지가 외쳤다. "도대체 무슨 생각을 한 거람?"

"이 사람은 멍키맨 여자를 구하려 했던 거예요, 그렇죠?" 페버스가 감정이 실리지 않은 어조로 말했다. 그녀가 압박붕대를 너무 단단히 조였기 때문에 월써는 다시 비명을 질렀다.

"부인해도 소용없어요."

"빨리 하기나 해." 리지가 말했다.

"그 여자는 아무한테나 완전 밥이라고요." 페버스가 말했다.

"신분을 숨기고 싶어한다는 걸 이제야 알았다오." 리지가 월써에게 말했다.

"그걸 아는 사람은 우리밖에 없어요." 페버스가 협박을 할까 말까 생각하는 어조로 말했다.

"그렇지만 이 사람이 하려는 게임은 대체 뭐야?" 마치 옆에 월써가 없는 것처럼 리지가 페버스에게 물었다.

"정말 난 모르겠어."

"난 여기 기사를 쓰러 왔어요." 월써가 말했다. "써커스에 대한 기사요. 당신과 이 써커스 말이오." 그는 능숙한 타협적인 어조로 덧붙였다.

"거기에 멍키맨의 여자와 자는 것도 포함되는군요? 그런 가요?"

그녀는 눈을 가늘게 뜨고 압박붕대를 보더니 그냥 내버려 두고, 세면대 아래 있는 들통에 대야를 비우고 오만한 자세로 주름스커트에다 손을 닦았다. 그러나 그에게 실망할 것이라고 미리 예단한 씨나리오를 따르기라도 하듯, 두 여자는 거친 자비의 손길로 남자를 치료했다. 프록코트를 입은 의사가 곧 당도해서 호랑이가 할퀸 상처에 붕대를 매주었고, 페버스는 의사에게 돈을 지불했다.

"나중에 갚아요." 그녀는 24캐럿짜리 다이아의 고결한 마음씨를 지닌 매춘부처럼 말했다.

(초록 리본을 단) 암컷 침팬지가 말끔하게 개킨 옷, 가발, 학생모까지 챙겨 한뭉치를 가져다주었다. 그리고 그를 광대 골목으로 보내기 전에 옷을 다시 차려입혔다. 페버스는 그가 했던 광대 분장까지 유지해주려고 그의 얼굴에 백색 액체안료를 급히 한겹 철썩 발라주기까지 했다. 오른팔을 심하게 다쳐서 그는 혼자 할 수 없었기 때문이다. 언제나, 그는 그들 앞에 서면 자기 모습이 너무 초라해진다고 느꼈기 때문에 분장실에서 벗어나게 되어 기뻤다.

그가 등뒤로 문을 닫는데, 리지가 골똘히 생각하더니 페버스에게 말했다. "저 남자가 어떻게 검열을 뚫고 급송문서를 보낸 거 같니?"

고통에 휩싸여서, 그리고 바로 그 터무니없는 행동에 밴 '영웅심' 때문에, 대령의 예언대로 '바보짓을 했다'는 것을 너무나 뼈저리게 느끼면서 윌써는 안마당을 향해 떨리는 발걸음을 옮겼다. 안마당에서는 벙어리장갑을 끼고 목도리를 두른 채 샤리바리(주로 신혼부부를 웃기는 농담 연기를 하는 시끌벅적한 가짜 쎄레나데 악단—옮긴이)의 줄타기 곡예를 하던 어린애들이 이제 공주의 텅 빈 빨랫줄을 따라 재미나게 비틀거리며 걸어가고 있었다. 날은 이미 어두웠다. 멍키맨이 카펫을 두들기듯 자기 여자를 때릴 때마다, 침팬지들 집 쪽에서 밤공기의 메아리를 타고 퍽퍽거리는 소리가 리듬감있게 들려왔다.

4

　광대골목이란 모든 광대들의 숙소를 일컫는 포괄적 명칭으로, 쌍뜨뻬쩨르부르그에서 임시 거처는 마치 이슬처럼 벽에서 뚝뚝 습기가 떨어지는 썩은 목조가옥이었는데, 마치 감옥이나 정신병원 같은 우울한 분위기가 지배하고 있었다. 그중 광대들은 폐쇄된 기관의 수감자 중에서도 수족이 잘린 환자들 같은 침묵을, 즉 자기 스스로 결정한 끔찍한 존재자의 인내심을 끌어냈다. 저녁시간이면 흰 얼굴들이 식탁 위로 둥글게 모였고, 그들은 할머니의 생선수프에서 피어오르는 시큼한 김에 흠뻑 젖었고, 데스마스크처럼 겉보기에는 생명이 없는 존재들만 같았다. 마치 본질적 의미에서 광대들 자신은 식사에 참여하지 않았고 광대의 복제품 뒤엔 그 어떤 사람도 들어 있지 않았던 것처럼 말이다.

무대 뒤에서 휴식을 취하고 있는 부포 대왕, 즉 광대의 우두머리를 보자. 그는 자신의 권리에 따라 식탁 끝이 아닌, 권위있는 한가운데 자리에 앉았는데, 그곳은 레오나르도 다 빈치가 검은 빵을 잘라 사도들에게 나누어주는 성스러운 직무를 하도록 예수를 위치시켜둔 곳이다.

부포 대왕, 광란의 부포, 유쾌하고 섬뜩하며 때로 사람을 놀라게 하는 부포는 둥글고 흰 얼굴이고, 눈가에는 3센티미터 두께의 붉은 테두리가 그려져 있으며, 입은 마치 리본 넥타이처럼 사각이고, 거칠게 젖혀진 흰색 고깔모자를 쓴 놀림감 중의 놀림감이다. 그는 머리카락이 없는 가발을 썼는데, 사실 그것은 방광 주머니였다. 생각해보라. 그는 내장을 외피로 쓴 것이다. 역겹고 은밀한 내장의 일부를 거기, 바깥에 쓴 것이다. 그래서 사람들은 그를 대머리라고 생각할 것이고, 그는 전통적으로 보면, 오줌을 담아주는 기관에 뇌를 담아둔 것이다.

그는 덩치가 큰 사내였다. 2미터 10센티가 훌쩍 넘는 키에, 거기에 맞는 떡 벌어진 체구여서 작은 것에 걸려넘어지는 것으로 사람들을 웃길 수 있다. 그의 키가 재미의 절반이다. 그는 체구가 지나치게 커서 가장 단순한 행동법조차 잘 처리할 수 없을 것이다. 그 거구는 물질적 사물의 희생자다. 모든 사물이 그에게 비협조적이다. 사물은 그와 전쟁을 치르고 있다. 그가 문을 열려고 하면 문손잡이가 그의 손안에서 부러진다.

당황하는 순간 마스카라를 칠한 숱많고 검은 그의 눈썹은 이마 쪽으로 치켜올라가고, 마치 눈썹과 턱이 반대 자성으로 서로 튕기기라도 하는 것처럼 턱은 아래로 떨어진다. 누런색 묘비석 같은 치아 사이로 쯧쯧 혀를 차면서 그는 과장되게 신중을 기해 손잡이를 다시 맞춰넣으려 한다. 한걸음 물러선다. 다시, 웃기게 말도 안되는 자신감을 갖고 문으로 다가간다. 단단히 손잡이를 잡는다. 이번에는 그것이 안전하다는 것을 안다. 자기가 그걸 막 고치지 않았던가? 그렇지만……

땅에 한걸음만 내디뎌도 모든 게 산산조각난다. 그는 그 자체가 스스로를 지탱할 수 없는 축이다.

그는 격렬한 슬랩스틱에 일가견이 있다. 그는 광대 경찰을 산 채로 화형시키길 즐겼다. 그릭이나 그록이 여장을 하고 가장 터무니없는 굴욕을 당하는 곳에서, 마치 미친 목사처럼 광대의 결혼식을 집행할 것이다. 그들은 자기들이 가장 좋아하는 '광대들의 크리스마스 만찬'을 진행하는 것이다. 거기서 부포는 한손엔 나이프, 다른 손엔 포크를 든 채, 식탁에서 예수 역할을 하고 있다. 그리고 운나쁜 오거스트 광대나 다른 광대들이 새처럼 머리에 닭벼슬을 쓰고 나타난다(이런 새들의 바지를 가득 채운 쏘시지와 관련된 무대 동작이 많다). 그러나 이번 구잇감은 부포의 세계에서 늘 일어나는 식대로, 일어나서 도망가려고 애쓴다……

부포 대왕, 광대 중의 광대.

그는 의자를 부수고 푸딩을 터뜨리는 옛날식 개그를 좋아한다. 그는 이렇게 말한다. "광대짓의 묘미란, 변하는 게 아무것도 없다는 점에 있지."

그의 차례가 절정에 달하자, 마치 수류탄이 터진 것처럼 그와 관련된 모든 것이 폭발해버린다. 그는 자기 자신을 해체하기 시작한다. 마치 얼굴에 바른 흰 분장 페인트를 흔들어서 떨쳐내려는 것처럼, 그는 가장 끔찍한 우거지상을 쓰며 얼굴을 뒤틀었다. 흔들어 털어! 흔들어서 털어버려! 이빨을 털어버리고, 코를 털어버리고, 눈알을 털어버리고, 모든 게 발작적인 자기해체로 다 날아가버리게 해.

그는 자신이 서 있던 곳에서 뱅뱅 또 뱅뱅 돌기 시작한다.

그다음, 이번엔 여러분이 부포 대왕이 빙빙 돌다가 조각조각해체되는 게 **틀림없다**고 여길 것이다. 마치 그가 자신만의 원심분리기에 들어간 것처럼 말이다. 그 특별한 공연에 따라다니는 소름끼치는 드럼의 연타가 결미를 장식하고, 부포는 몸을 털며 공중으로 점프한 뒤 엎어져 완전히 뻗는다.

침묵.

어슴푸레한 빛.

아주아주 천천히 그리고 구슬프게 이제 그릭과 그록이 이끄는 '사울'의 죽음의 행진곡이 울려퍼진다. 이들은 베이스 드럼과 피콜로를 들고, 아주 작은 바이올린과 아주 큰 트라이앵글을 들고 뒷발질을 하는 음악 광대들이다. 그릭과 그록은 자기네 내부에 오케스트라를 갖고 있다. 이제 '광대의 장례식'이라고 불리는 차례다. 나머지 광대들은 영국 국기가 둘린 엄청나게 커다란 관을 나른다. 그들은 부포 옆 톱밥 위에 그 관을 내려놓는다. 그리고 부포를 관에 넣기 시작한다.

그런데 그가 관에 들어갈 수 있을까? 물론 관이 맞지 않을 것이다. 그의 팔다리는 구부릴 수도 없고, 구부리지도 않을 것이며, 어떤 명령도 받지 않을 것이다! 그 누구도, 심지어 죽은 상태라고 해도 이 같은 자연의 힘을 입관시킬 수 없다. 포조와 빔보는 그의 사지를 잘라내기 위해 도끼를 가지러 뛰어간다. 그를 관 크기에 맞추기 위해서다. 그 도끼는 고무로 만들어져 있다.

길고 유쾌한 공연 마지막에, 어찌저찌해서 그들은 마침내 용케 그를 관에 담고, 뚜껑을 덮는다. 죽은 부포는 누울 수도 없고 누워 있지도 않을 것이기 때문에 관뚜껑이 덜그럭대며 기울어져 있기는 하지만 말이다. 참석한 광대들은 어깨로 관을 들어올린다. 그리고 운구에 적응하는 데 다소 어려움을 겪는다. 한사람이 일어서면서 무릎이 꺾이자 다른 사람도 무너진다. 그러나 얼마 지나지 않아 관이 그들의 어깨로 높이 들리고, 그들은 부포와 함께 써커스장을 떠날 준비를 한다.

그때 부포가 관뚜껑을 뚫고 나온다. 바로 거길 뚫고서 말이다! 찢어지는 엄청난 굉음과 함께 거대하고 울퉁불퉁한 구멍을 뒤로한 채 그의 씰루엣이 얇은 나무판에 나타난다. 그는 여기서 다시 한번, 살아 있을 때처럼 거대하고, 온통 희고 검고 붉은 상태가 된다! "이 난리법석이라니, 세상에 당신들은 내가 죽었다고 생각한 거요?"

왁자지껄 소란투성이 광대의 부활이다. 신참 광대들이 관을 높이 쳐들고 있는데도 그는 자기 관에서 튀어나와 땅으로 떨어지면서 두 번 공중제비돌기를 한다(그는 처음에 공중곡 예사였다). 박수갈채와 환호성. 그는 무서워 우는 아이들과 악수하고 입맞추면서 써커스장을 뱅뱅 쏜살처럼 질주한다. 그러면서 웃을까 울까 갈등하며 눈을 똥그랗게 뜬 아이들의 머리를 헝클어뜨린다. 죽은 부포는 이제 다시 살아 있다.

그리고 이 악마 같고, 사악하고, 매혹적인 난봉꾼에게 이끌려 모두가 써커스장 밖으로 튀어나간다.

다른 광대들은 존경의 표시로, 그를 노장이라 불렀다. 그는 아직 쉰도 안되었고 생애 전환기 언저리를 배회하는 중이지만 말이다.

그의 개인적 습관은 엄청나고 무궁무진한 갈증의 지배를 받았다. 그의 주머니는 언제나 술병들로 불룩했다. 그의 음주는 막강한 수준이었지만 그 자신에게는 언제나 다소 불만족스러워 보였다. 마치 알코올은 더 빠르고 더 근본적인 마취제 대신으로는 시원찮아 보여서, 할 수만 있다면 그는 전세계를 병에 담아 목젖으로 기울인 뒤 벽에다 오줌으로 쏟아내는 것을 좋아할 듯하다. 페버스처럼 그 또한 런던에서 태어나고 런던에서 자란 런던 토박이였다. **진짜** 이름은 죠지 버핀스지만 그는 오래전에 그 이름을 잊어버렸다. 그는 대단한 애국자였고, 뼛속까지 영국인이었지만 말이다. 재미를 선사하는 일을 하면서 대영제국만큼 넓은 세계를 순회한다 해도 말이다.

"우린 자살을 합니다." 부포 대왕이 말했다. "때로는 메시아가 인간으로 태어나지 않도록 이슬람교도들이 입는 치마

만큼이나 헐렁한 바지에 달린 번지르르한 멜빵으로 우리의 목을 매기도 하지요. 그러지 않으면, 때로 사자 조련사가 소총을 몰래 들여오기도 합니다. 공포탄 대신 진짜 총알을 장전할 때도 있어요. 빵! 총알이 뇌를 관통하는 거죠. 만일 빠리에 있다면 지하철 아래로 몸을 던질 수도 있겠죠. 혹시 운이 좋아 최신 난방설비를 갖출 능력이 있다면, 외로운 다락방에서 가스를 틀거나 해도 되고요. 절망이야말로 광대의 영원한 동반자지요.

스스로 원해서 광대가 되지는 않는 경우도 다반사니까요. 아시겠지만, 종종 다른 모든 게 실패하면 그때 광대 일을 하게 됩니다. 속이 보이지 않는 광대용 분장 페인트의 가면 아래서, 한때는 자신을 당당히 내보이던 사람들의 얼굴을 보게 되어 있다는 것을 깨달을 수도 있죠. 예를 들면 담력을 잃어버린 공중곡예사나, 안장 없는 말에 타는 기수인데 재주넘기를 너무 많이 한 사람, 술 때문에 아니면 슬픔에 겨워 손을 너무 떨어 더이상 공중에 공을 던지지 못하는 저글러들 말입니다. 그리고 남은 것은 불쌍한 광대의 마스크뿐이지요. 그들은 다른 방법으로는 불가능할 웃음을 자아냅니다.

아이들이 처음으로 광대를 보고 비웃기 전까지는 아이들의 웃음은 천진합니다."

기다란 탁자에 둘러앉은 거대한 하얀 머리들이 침묵하면서 천천히 고개를 끄덕였다.

"광대가 만들어내는 기쁨은 자신이 견뎌야 하는 모욕과 비례해 커지게 되어 있어요." 부포가 보뜨까로 술잔을 다시 채우면서 계속 말을 이었다. "그러나 한편으로, 광대는 예수의 이미지 자체라고 말할 수도 있고, 어쩌면 그럴 수 없기도 하네요." 냄새나는 주방 한구석에서 부드럽게 빛나던 성상을 향해 고개를 끄덕이면서 말했고, 그 구석에서 밤이 바퀴벌레처럼 스멀스멀 기어왔다. "멸시받고 거절당한 속죄양들의 굽은 어깨에는 군중의 격분이 쌓여 있고, 소재가 쌓여 있지만, 그 자신이 웃음의 주제인 거죠. 우리 자신의 모습 때문에 우린 그런 주제가 되도록 선택받은 거요.

그래요, 젊은 친구, 젊은 잭, 젊은 5월 초하루 양반, 우리는 선택에 의해 우리 자신을 웃음거리로 넘긴 겁니다. 우리는 매춘부처럼 웃음을 파는 창부들이죠. 우린 창녀처럼 우리 자신을 잘 아니까요. 그저 열심히 일하는 고용인에 지나지 않지만, 우리를 고용한 사람들은 우릴 영원히 즐겁게 노는 존재라고 생각하죠. 우리의 일은 그들의 기쁨이 되어주니까, 그들은 우리의 일이 우리에게도 즐겁다고 생각하는 겁니다. 그러니 우리의 일을 놀이라고 여기는 그들의 생각과, 우리의 놀이를 일로 여기는 우리의 생각에는 언제나 깊은 간극이 있죠.

그리고 웃음 자체로 말하자면, 아 그래요, 젊은 잭 양반!" 그는 월써 쪽으로 고개를 돌리고 훈계하듯 술잔을 흔들며 말했다. "내가 웃음이라는 주제를 너무 자주 생각했을 거라 보지 않소? 이 너무도 인간적인 누더기를 뒤집어쓰고 톱밥 위에 넙죽 엎드려 있는 동안 말이오. 그러니 내가 무슨 생각을 하는지 알고 싶지요? 천국에선 사람들이 웃지 않겠지. 천국이라면 결코 말이야.

대단한 써커스에 무대 공연처럼 성자들이 등장한다고 생각해봐요. 성 카타리나는 바퀴로 저글링을 하고, 성 로렌스는 괴물 쇼의 장관을 연출하느라 석쇠 위에 앉아 있다고 말이오. 성 쎄바스티아누스는 최고의 칼 던지기 묘기를 부리고 있고! 그리고 성 히에로니무스는 앞발을 책에 올린 학식있는 사자와 함께, 위대한 소규모 동물 쇼를 벌이면서 검은 피부의 암컷, 그 텅 빈 머리를 한방 갈기는 거지.

그리고 공중에는 흰 수염을 하고 손가락을 치켜든 위대한 써커스 단장이 있소. 그 단장을 위해 이 모든 그리고 신성함이 부족한 많은 다른 공연자들이 자전하는 지구를 둘러싼 끝없는 화염의 고리로 차례로 뛰어들어가지. 그러나 거기선 절대로 킬킬대거나 킥킥거리는 법이 없어. 대천사들은 광대들의 얼굴이 파래질 때까지 '광대들을 대령하라!' 하며 불러올 수는 있지만, 천상의 악단이 하프와 트럼펫으로 「검투사들의 행진」의 도입부를 두려움없이 연주할 수 없을 거요. 왜냐하면 우리는 속세의 모욕이라는 끝없는 십자가에 못 박힌 채, 저 아래에 계속 머물러야 할 운명이니까.

'인간의 아들임을, 우리 광대들도 인간의 아들이라는 것을 잊지 말지어다.'"

다른 광대들이 모두 화음을 이루며 그를 따라 노래했다. "우리는 인간의 아들." 마치 교회의 무슨 화답송 같았다.

"이건 알아야지." 부포가 계속 엄숙한 어조로 윌써에게 말을 이었다. "'광대'라는 말이 '얼간이'를 뜻하는 옛 스칸디나비아 말 '클루니'에서 나왔고, '클루니'는 덴마크어로 서투르고 솜씨없다는 뜻의 '클룬텟'이나, 요크셔 방언으로 '우둔한'이란 말과 같은 어원이지. 지금 자신이 무엇이 되었는지를, 세상이 당신을 어떻게 규정하는지 알아야 해, 젊은이. 이제 당신은 광대라는 직업을 가지면서 지혜는 잊기로 한 거라고."

"광대라니!" 그들은 꿈을 꾸듯 나지막이 중얼거렸다. "광대였어! 광대골목에 온 걸 환영합니다!"

그동안 부포의 설교에 따라 식사가 진행되었다. 생선수프가 담긴 질그릇 바닥을 숟가락들이 긁어댔고, 주걱 모양의 흰장갑을 낀 손들은 검은 빵덩어리에 가닿았다. 엉망으로 차려진 식탁에 모여 있는 슬픔에 찬 회중들처럼 음울하고 슬픈 음식이었다. 부포는 술잔을 무시하고 이젠 아예 직접 목구멍에 보뜨까를 병째 기울였다.

"나에 대해 전해오는 이야기가 하나 있소. 심지어 나, 이 위대한 부포 대왕의 얘기도 있단 말이야. 이런 절망적인 직업이 생겨난 이래로 모든 광대들에게 전해오는 이야기가 있듯 말이지." 부포가 읊조리듯 말했다. "한번은 17세기를 포복절도할 웃음으로 몰아넣은 우울한 도메니꼬 비앙꼴레뜨에 관한 이야기를 들었소. 그리말디에 관한 얘기도 들었지. 프랑스 삐에로 장-가스빠르 데부로 얘기도 들었는데, 그는 달의 기운을 계승한 사람이었어. 그 이야기는 정확한 사실이라고 할 수는 없지만, 신화의 시적 진실을 담고 있고, 그래서 웃음을 자아내는 모든 이야기에 꼭 붙어나오지. 자, 들어보오.

한번은 코펜하겐에서 사랑하는 어머니가 돌아가셨다는 소식을 전보로 들었소. 내 몸에서 튀어나온 유일한 피붙이인 내 아들을 사산한 뒤 저세상으로 간 사랑하는 아내를 묻고 온 바로 그날 아침이었어. '튀어나온다'는 말이, 아내가 아이의 생명을 포기하기 전 그애의 그 힘없는 살덩이가 아내의 자궁 밖으로 조금씩 새어나온 모양새를 설명하기에 너무 명랑한 단어가 아니라면 말이야. 내가 사랑한 모든 것이 한꺼번에 완전히 쓸려나갔지! 그리고 띠볼리에서 마티니를 줄창 마시다가 써커스장으로 허겁지겁 달려나오는데, 내기꾼들이 써커스 광경을 보려고 어찌나 기를 쓰던지. 누구도 위로해줄 수 없는 슬픔에 사로잡혀서 나는 외쳤어. '하늘이 피바다로 가득하구나!' 그러자 사람들은 모두 더 많이 웃었지. 뺨에는 눈물이 줄줄 흐르는데, 이 얼마나 우스운가 말이야! 슬픔에 가득 찬 나는 공연이 비는 시간에 평상복으로 갈아입고 싸구려 술집으로 갔는데, 명랑한 술집여급이 말하더군. '이봐요, 아저씨, 왜 그리 슬퍼 보여요? 아저씨한테 필요한 게 뭔지 알겠어요. 지금 띠볼리로 곧장 가서 부포 대왕의 얼굴을 한번 보고 와요. 그 사람이 곧 웃음을 되찾아줄걸요!'

광대는 웃음의 원천이라지만, 그럼…… 광대를 웃게 하는 건 누구지?"

"누가 광대를 웃게 할까?" 그들은 속이 텅 빈 인형들처럼 부스럭대며 함께 속삭였다.

꼬마 이반은 식탁 위에 걸린 창백해진 할로윈 등불 같은 얼굴에서 나오는 외국어로 재잘거리는 말이 무슨 뜻인지는 안중에도 없이, 덜그럭대는 수프 그릇을 모으러 뛰어다녔고, 침울해하는 분장한 희극배우의 도발에 자신없어하면서도 점점 더 매료되어갔다. 식사는 예전처럼 끝났다. 할머니가 싸모바르 앞에서 무릎을 꿇고 수십년간 일상의 고된 노동으로 굽어버린 손으로 끝없이 무한한 신앙심을 담은 손 모양을 취하고 있는 동안, 모두가 다 파이프와 담배와 갓 딴 보뜨까를 꺼내들었다. 도끼 살인범인 할머니의 딸은 저 멀리 씨베리아에 있었고, 할머니의 삶은 기도의 제스처로 이루어져 있었지만, 사실 그녀는 딸의 영혼을 위해 기도할 만한 여력이 더이상 없었다. 석탄이 붉어졌다가 검어졌다가 붉어졌다.

"그렇지만." 부포가 술병을 한번 들이켠 후에 말을 이었다. "우리에게 한가지 특권은 있지. 내쫓기고 무시당하는 우리의 신분을 뭔가 근사하고 귀중하게 만들어줄 아주 중요한 특권 말이야. 우리는 우리 자신의 얼굴을 창조해낼 수 있어. 우리가 우리 자신을 만든다니까."

그는 자기 자신의, 결코 보이지 않는 얼굴에 덧씌워진 희고 붉은 분장을 가리켰다.

"써커스의 법도는 베끼는 것도, 변하는 것도 허락지 않아. 부포의 얼굴이 아무리 그릭 아니면 그록의 얼굴과, 아니면 코코, 포조, 피조, 빔보의 얼굴과, 아니면 다른 어떤 조이, 카펫 광대, 아니면 오거스트의 얼굴과 같아 보인다고 해도, 그건 모두 다 진정한 차이를 표시하는 지문과도 같고, 나 자신의 자율성을 표현하는 진정한 표현인 거지. 그리고 내 얼굴이 그렇게 나를 숨기는 거야. 난 내 것이 아닌 얼굴이 되지만, 그 얼굴은 자유롭게 내가 택한 거야.

나처럼, 우리처럼, 또 젊은 친구, 자네가 그랬던 것처럼, 자신의 모습을 만드는 일은 극소수에게만 허용되지. 어떤 크레용으로 칠할까를 놓고 즐겁게 망설이다가 바로 그 선택의 순간에 말이야. 내가 어떤 눈을 가질지, 어떤 입을 가질지는…… 완전히 자유라고. 그러나 일단 그 선택이 이루어지면 난 그에 따라 영원히 '부포'라는 존재가 되는 형벌을 받는 거야. 영원한 부포, 부포 대왕 만세! 어디선가 어떤 아이가 나를 놀랍고 신기하고 괴물 같은 존재, 그리 창조되지 않았다 해도, 애들에게 더러운 세상의 더러운 삶의 방식에 대한 진리를 가르쳐주기 위해서 필요한 무언가로 기억하는 한 영원하겠지!"

부포는 긴 팔을 뻗어서, 찻잔을 들고 그 옆을 지나가는 꼬마 이반의 엉덩이를 일부러 찔렀다.

"꼬마 이반 같은 어린애는……" 자기 엄마가 아빠를 도끼로 내리찍을 때 꼬마 이반이 스토브 꼭대기에서 그 장면을 내려다보고 있었다는 사실을 알 리 없어 그 아이가 순진하고 천진하다고만 생각하는 부포가 말했다.

"그렇지만." 부포가 말을 이었다. "나는 과연 내가 창조해낸 부포인가? 아니면 내가 내 얼굴을 부포의 얼굴처럼 보이게 만들었을 때, 나는 **아무것도 없는 것에서** 나 아닌 다른 자아를 창조해낸 걸까? 그리고 이 부포의 얼굴이 없다면 나는 누구지? 자, 그건 아무것도 아닌 거야. 내 분장을 다 지워낸 그 아래는 그저 부포가 아닌 거야. 텅 빈 부재. 텅 빈 공허라고."

그릭과 그록은 한쌍의 뮤지컬 광대이자 오래된 배우로, 언제나 함께 다니는 중년의 광대커플인데, 그들은 희미한 램프 불빛에 비치게끔 몸을 구부리면서 월써를 향해 얼굴을 돌렸다. 그리고 월써는 두 얼굴이 서로의 거울상이라는 것을 알아차렸다. 그릭의 얼굴이 왼편으로 움직이면 그록의 얼굴은 오른편으로 움직인다는 점을 빼면, 모든 것이 세밀한 부분까지 똑같았다.

"때로는." 그록이 말했다. "이 얼굴이 어디선가 육체에서 분리된 채 자기 스스로 존재하는 것 같아요. 그 얼굴을 취할 광대를 기다리면서, 얼굴에 생명을 줄 광대를 기다리면서 말이에요. 알 길 없는 분장실 거울 안에서, 마치 더러운 연못에 있는 물고기처럼 거울의 심연 속에서 보이지 않게 된 얼굴 말이에요. 이 얼굴이 자신에게 없는 것을 찾아 자신이 반사된 모습을 초조하게 살피는 사람을 발견하면, 물고기는 말없는 깊은 심연에서 솟구쳐올라올 거예요. 식인물고기가 당신의 존재를 통째 삼키고 대신 다른 것을 주고자 기다리고 있는 거죠……"

"하지만 오랜 동료인데다 백전노장인 우리라면." 그릭이 말했다. "분장하는 데 뭐 하러 거울이 필요하겠어요? 아니,

필요없어요. 나한테 필요한 거라곤 내 오랜 옛 친구의 얼굴을 들여다보는 것뿐이죠. 우리가 우리 얼굴을 함께 만들 때, 아무것도 없는 것에서 서로의 삼쌍둥이를, 간과 폐장을 나누어쓸 만큼 강력한 유대로 묶인 가장 가깝고도 친근한 사람을 만들어내는 거죠. 그릭이 없으면 그록은 불완전한 음절, 프로그램에 적힌 오타 아니면 광고판 위의 간판장이가 하는 딸꾹질에 지나지 않는단 말이지요.

내가 **없다면** 그록도 마찬가지지요. 오, 젊은 친구, 5월 초하루 양반, 그릭과 그록이 만나서 두 개의 무익함을 공유하기 전까지, 하나의 얼굴 즉 **우리의 얼굴**을 위해 각각의 텅 빈 얼굴을 내버리기 전까지, 우리의 무능한 존재를 묻어버리기 전까지, 무능함의 변증법에 따라 그것이 각부의 총합 이상으로 변하기 전까지는, 과거 우리가 얼마나 무능했는지 어찌 말할 수 있겠습니까. 무능함의 변증법이란 바로 이거죠. 무 더하기 무는 무한이다. 단……

더하기의 속성만 알고 있다면 말입니다."

이들은 스스로가 변증법의 방정식을 도출한 까닭에 속을 볼 수 없는 분장 아래서도 만족감으로 빛났다. 그러나 부포는 아무것도 도출해내지 못했다.

"허튼소리." 그는 걸쭉한 트림을 쏟아내며 말했다. "미안하오. 그러나 녀석들, 내 오랜 친구들. 무에서 나올 것은 **무**라오. 그것이 무의 영광이지."

그러자 단원 전체가 죽은 잎사귀 버석대듯 나직하게 그를 따라했다. "그것이 무의 영광이지! 무에서 나올 것은 무라오!"

그러나 그 음악 광대들은 그 계통의 오랜 권위자인 양 즉시 고집을 부리면서 최소한 무에서 뭔가 작은 것을 만들 수 있다는 것을 증명하기 시작했다. 그릭은 가장 나긋하고 가장 작은 멜로디를 허밍하기 시작했고, 그동안 그의 오랜 연인 그록은 장갑 낀 손끝으로 식탁을 나지막이 두드리기 시작했다. 한가로운 꿀벌이 내는 듯한 허밍소리와 심장박동만큼 희미한 리듬이었지만 광대들에게는 충분했다. 다른 광대들이 자기 자리에서 일어나더니, 쌍뜨뻬쩨르부르그의 주방의 어둑한 그림자 속에서 춤을 추기 시작했기 때문이다.

그것은 베르가모 춤(이딸리아 베르가모 지방에서 유래한 서투른 시골 춤으로 셰익스피어의 「한여름 밤의 꿈」에 나온다―옮긴이) 아니면 광대 춤이었다. 그리고 「한여름 밤의 꿈」에 나오는 불손한 직인들의 춤처럼 똑같이 우아함을 조롱하며 시작하는가 싶더니 곧 그 가락은 시들해지고 엉망으로 바뀌더니, 춤이라는 개념 전체에 대한 끔찍한 비방으로 변했다.

이들은 춤을 추면서 리듬에 맞춰 먹다 남긴 검은 빵껍질로 서로를 두드리기 시작했고, 서로의 머리 위에 보뜨까 병을 부어서 비웠고, 우스꽝스러운 표정을 지었으며, 고통과 분노와 절망과 고뇌와 죽음이 일어나 질주했으며, 비워졌고, 돌고 또 돌았다. 지금껏 할머니는 온열기 위에서 졸고 있었는데, 그녀의 광대한 슬픔은 잊혔으나 눈앞의 광경에 완전히 매료된 꼬마 이반은 두려워 어둠속에 숨어 감히 볼 수가 없었다. 마음을 가라앉히려고 엄지손가락만 단단히 입에 물고 있었다.

촛농이 떨어지는 파라핀 램프가 어둑해진 벽 위에 비스듬히 그림자를 드리웠고, 그 그림자들은 빛의 법칙에 따라 있어야 할 곳에 드리워지지 않았다. 하나씩 하나씩 각각 자신의 비틀어진 그림자와 함께 광대들은 식탁 위로 올라갔고, 거기서 그릭과 그록은 마치 묘비처럼 서로의 맞은편에 자리를 잡고 허밍을 하면서 식탁을 두드렸다.

마르고 빨간 머리를 한 사람이 투우사의 무대의상처럼 프리즘 빛깔의 격자 모양 옷을 입고 있었는데, 붉은 벨벳 조끼를 입은 난쟁이의 헐렁한 체크무늬 바지를 단단히 붙잡더니, 그 때문에 벌어진 바지 틈으로 보뜨까 한 파인트를 전부 들이부었다. 그 난쟁이는 한차례 폭풍처럼 숨죽여 흐느낌을 내지르더니, 뒤로 공중제비를 넘어서, 마치 바닷가 노인처럼 자신을 공격한 자의 목에 몸을 밀착하여 올라탔다. 그 광대는 이제 연속적으로 손 짚고 재주넘기를 하면서 빙빙 돌기 시작했는데 말이다. 광대는 난쟁이 다음 차례에 다시 등장하기 위해 흐릿한 빛 속에 사라졌다. 그 시점에서 월써는 야만스러운 지그 춤의 소동중에 커플을 그만 시야에서 놓쳤다.

그들이 흉내내던 것이 얼마나 야만스럽고도 음란한 폭력이었는지! 한 일꾼이 보뜨까 병을 오거스트의 항문에다가 밀어넣었다. 그에 대한 응답으로 오거스트는 즉시 부랑자 바지를 벗어서 실제 남근 크기의 가짜 성기를 드러냈는데, 그것은 밝은 보라색에 노랑 별무늬가 점점이 뿌려진데다 바지 앞섶에 선홍색 풍선 두 개를 매달고 있었다. 그것을 보고 사악한 추파를 날리던 두번째 오거스트가 뒷주머니에서 큰 가위 하나를 꺼내 그 끔찍한 것을 잘라버렸다. 그러나 그가 승리감에 차서 잘라낸 것을 머리 위로 쳐들고 으스대자마자, 첫번째 남근이 있던 자리에는 또다른 선정적인 남근이 나타났는데, 이번 것은 주황색 큰 점이 박힌 밝은 파랑색에다 선홍색 고환이 달려 있었다. 그러저러한 일이 있더니 마침내 큰 가위를 가진 광대가 그것을 여러 개로 저글링했다.

그들은 그 방을 산산이 흩뜨리는 춤을 추는 것 같았다. 할머니가 잠들자 그녀의 너무나, 너무나 단단하던 주방 또한 그들이 일으킨 무질서의 파도 아래 조각조각 무너져내렸다. 마치 그것은 언제나 기발한 소도구인 듯했다. 그리고 보랏빛 쌍뜨뻬쩨르부르그의 밤은 식탁 주변의 벽에다 들쑥날쑥한 음경을 박아넣었고 그 식탁 위에서 희극배우들은 이 세상의 종말을 불러올 법한 춤을 추느라 그토록 기쁨 하나 느끼지 못하면서 깡충대고 뛰노는 것이다.

그러자 그동안 내내 가면을 쓴 채 무감각하게 예수의 자리를 지키고 앉아 있던 부포가 꼬마 이반에게 손짓했다. 순진무구한 꼬마 이반을 부른 것이다. 생선수프를 덜어냈던 그 검은 가마솥을 식탁으로 가져와 자기 앞에 놓으라는 것이다. 그러자 넋을 잃고 있던 아이는 무대 속으로 걸어들어왔다.

의식이라도 치르듯 두 발로 일어선 광대 단장은 솥단지 안에서 낚시질을 하더니 거기서 온갖 거슬리는 것들을 다 찾아냈다. 거기엔 여성용 속바지, 변기용 솔, 굽이굽이 이어진 화장실 휴지 등이 있었다. (항문애, 광대와 아이들이 공유하는 정말 유일한 특징.) 어디선가 요강이 나왔고, 곧 몇몇이 그것을 머리에 썼다. 그동안 부포는 더 많은, 훨씬 더 많은 혐오스러운 소품을 그 마술 같은 솥단지 깊은 곳에서 건져냈고, 그는 황제가 시종에게 방탕함을 과시하듯 그 물건들을 다루었다.

분열의 춤, 그리고 퇴행의 춤, 원초적인 쓰레기들의 축연.

꼬마 이반은 거의 기절할 지경으로 신경질적인 광기에 달해 입을 딱 벌렸지만, 모든 사람들이 더운 여름날처럼 말이 없었다. 그저 그릭과 그록이 내는 허밍과 맥박소리만이 마치 다른 세계의 소리처럼 들려왔고, 난방장치 위에서는 이따금씩 할머니의 코고는 소리와 신음이 들렸다.

페버스의 노고와 의사의 응급처지에도 불구하고 월써는 아직도 호랑이와 맞서다가 생긴 뻣뻣함과 통증을 느꼈다. 그리고 그 모양새가 어떤 의미에서는 자신에게 이득이 되며, 일종의 입회식까지 된다는 것은 알았지만, 그는 그런 데 별 취미가 없었기 때문에 난리법석을 틈타 얼어붙을 듯한 바깥 골목으로 빠져나왔다. 차가운 공기가 닿자 상처가 윙윙대며 쑤셔왔다.

희미한 가로등이 마지못해 비추고 있는 무너진 벽에는 새로 붙인 포스터가 있었다. 그는 키릴문자로 적힌 그 전설을 읽을 수는 없었지만, 그녀를, 즉 풍만함을 한껏 뽐내며 새로운 써커스 스타의 화신으로 공중에 떠 있는 페버스를 볼 수는 있었다. 프랑스 난쟁이가 그린 디자인을 택한 것은 대령이지만, 거기다가 좀 떨어지는 솜씨로 아비씨니아 공주며, 호랑이와 원숭이들, 그리고 광대들까지 덧그려놓아서, 그들 모두가 페버스의 활짝 펼쳐진 날개 아래 한 보금자리를 꾸린 것처럼 보였다. 세상의 가난한 사람들이 자비로운 동정녀의 망또 아래 보호를 받는 것과 같이 말이다.

월써가 냉소적으로 포스터를 바라보는데, 가로등 아래서 빠져나온 그림자 하나가 한줄기 돌풍처럼 길을 건너더니, 흐느끼며 월써의 발아래 몸을 내던지면서 그의 손등에 키스 세례를 퍼부었다.

5

그리고 이것이 윌써가 멍키맨의 여자를 물려받은 경위였다. 윌써는 그녀의 이름이 미뇽이라는 것을 빼고는 그녀가 하는 말을 한마디도 이해하지 못했지만 말이다. 그녀는 불쌍하고 뼈가 앙상한 두 손으로 윌써의 반바지에 매달리면서 길거리에 계속 엎드려 있었다.

그녀는 코트나 숄도 없이 아침에 입었던 그대로 올이 성기고 낡은 면 실내복을 아직도 입고 있었다. 그래서 드러난 맨어깨가 추위로 인해 자줏빛으로 얼룩져 있었다. 발목의 작고 흰 토끼뼈가 맨발에 신은 찢어진 펠트천 슬리퍼 위로 삐죽 나와 있었다. 자그만 머리통에서 늘어진 맥없이 밝은 머리칼은 쥐꼬리처럼 매달려 있었다. 윌써는 아직 성한 왼손으로 그녀를 일으켜세웠고, 그녀는 쉽게 딸려왔다. 그녀는 빈 바구니처럼 가벼웠다. 어린아이처럼 손마디로 눈두덩을 비비면서 울다가 울음이 멈출 때까지 그에게 기대서 있었다. 그녀의 얼굴에 난 거뭇한 상처들은 눈물자국 아니면 멍자국 같았다.

굽이진데다 문 닫힌 집들이 이어진 그 거리에서 그밖에 움직이는 것이 아무것도 없었다. 안개가 찻주전자 뚜껑처럼 단단히 내려 있었다. 개 한마리가 멀리서 구슬프게 짖어댔다. 월써 뒤에 있는 하숙집에서는 광대들의 악의에 찬 축제가 벌어지고 있었다. 우연히 그에게로 온 이 방랑자를 데려갈 곳이라고는 한군데밖에 없었다. 포스터 안에서 엉덩이를 흔들고 있는 써커스장의 마돈나에게로 말이다. 그는 결심했다. 이들이 갑작스레 환한 거리로 나올 때까지, 마치 여자 기수가 수줍은 말에게 순종을 유도하듯, 남자는 여자에게 재잘재잘 조근조근 속삭이더니 여자를 여러 소굴로 된 미로로 이끌다가 마침내 환히 빛나는 거리로 갑작스레 나오게 되었다.

어찌나 와자지껄한 소음이던지! 어찌나 밝은 빛이던지! 그 많은 사람, 말, 그리고 마차떼란! 월써는 가난한 셋방, 이동주택차량, 그리고 화려한 장관의 이면에만 익숙한 작은 미농이 얼마나 빨리 울음을 멈추는지 보고 감동받았고, 곧 놀라움과 흥분에 차서 그녀를 응시했다. 그녀는 임파선 환자여서 입으로 숨쉬고 있었지만, 창백하고 영양이 부족해 병색이 도는 아름다움을 지니고 있었다. 그녀가 울음을 멈추면서 숨을 내쉬자 기침이 나왔다.

그들은 이상한 커플처럼 보였다. 눈 위로 베일이 드리운 모자를 쓰고 근사한 모피코트를 걸친 짙은 화장의 행인이 고개를 돌려 지나가는 그들을 보았다. 그녀는 성호를 그었는데 아마 대단한 바보커플을 보았다고 생각한 모양이었다. 그러나 밤색 유니폼을 갖춰입고 미신이라고는 믿지 않는 유럽 호텔의 문지기는 낙원을 지키는 경비 같은 몸짓으로 유리문 입구를 막으려고 손을 쭉 내밀면서 그들에게 다가왔다.

월써는 러시아어 몇마디를 해봤고, "제발요"라는 말을 몇번이나 반복했지만, 문지기는 웃으며 고개만 흔들 뿐이었다. 그는 견장을 차고 최소한 장군의 것은 되어 보이는 금장모자를 쓰고 있었다. 미농은 월써의 팔에 매달려 유리문 너머로 그 안에 있는 마법의 세계를 황홀히 바라보고 또 바라봤다. 전기가 만든 눈부신 빛, 모피 카펫, 세련된 숙녀들, 자기보다 예쁘진 않지만 이브닝드레스 차림으로 신사들에게 고개 숙여 절하면서 젖가슴을 과시하고 있었다. 미농은 기쁨에 찬 경외감과 거의 경의로워하면서 그런 호화로움이 응당 있는 곳을 황홀히 바라보았다. 그녀는 문지기가 그들을 측은하게 여겨 입장시키는 일은 없을 거라고 생각했다. 문지기가 왜 그러겠는가? 그런 대접은 그들 같은 부류에게는 어울리지 않았지만, 언제나처럼 호텔 로비에서 보는 금지된 예쁜 상점의 광경은, 바라보는 것만으로도 바보 같은 광대보다는 그녀의 고단한 하루를 위로해주기엔 더 낫다는 것을 알고 있었다. 연인의 손에 의해 굶주린 호랑이에게 내던져지고, 남편에게 만신창이가 되도록 실컷 두들겨맞은 뒤, 반나체로 러시아의 겨울 길거리로 내쫓긴 그 하루를 위로하는 데 말이다. 그녀는 목젖 안쪽에서 아쉬운 찬탄이 담긴 쉰 목소리를 작게 내질렀다. 두 눈은 맷돌만큼 크고 동그래졌다.

그러자 월써는 문지기에게 뇌물을 주면 어떨까 생각했지만, 그릭의 가르침대로 몇루블 감춰둔 '전대'를 찾아 셔츠 안쪽 주머니를 뒤지던 바로 그 순간, 청동색 아동용 장갑을 낀 단단한 손이 그의 어깨로 내려왔고, 그사이 다른 비슷한 옷을 입은 사람이 문지기 눈앞에 분홍색 종이 두 장을 휘둘렀는데, 문지기는 그것이 세상에서 가장 위대한 쇼의 첫날 밤 공연용 공짜표라는 것을 알아차렸다. 문지기가 추종과 감사의 표시로 거의 땅바닥에 머리가 닿도록 절하는 동안, 월써와 미농은 그 즉시 페버스의 자취가 남아 있는 안쪽의 따뜻하고 향기로운 공기 속으로 쓸려들어갔다.

그녀가 묵는 스위트룸은 온통 꽃으로 뒤덮인 것처럼 보였지만, 두 개의 흰 라일락 다발 아래를 응시하던 페버스는 좌욕기만한 붉은 벨벳 안락의자를 찾아내더니 그 의자 안으로 털썩 떨어졌다. 몹시 탈진한 기색을 보이며 하이힐을 차내고 꽃무늬 장식의 스페인식 숄을 떨쳐버리고 말이다. 숄 안에는 화려한 쌔틴 드레스를 입고 있었는데, 그런 붉은 색조는 금발 머리칼을 '빼버리기' 때문에 금발은 그런 색을 피하도록 되어 있었다. 그러나 그 드레스는 페버스의 금발을 빼버리지 않았고 페버스의 루주는 훨씬 더 밝게 빛났다. 드레스는 검은 레이스 주름으로 장식되어 있었고, 거의 젖가슴까지 파여 있었다. 아마도 등에 달린 육봉으로부터 다른 데로 관심을 돌리기 위해서일 것이다. 언제나와 같았다.

"내일이면." 그녀가 뚱하게 언짢아하며 투덜거렸다. "뻬쩨르부르그의 세련된 숙녀들이 모두 곱사등이가 될 거예요. 또 하나의 사회적 쾌거죠, 월써 씨."

자비로운 동정녀는 기분이 영 더러웠다.

"저 여자가 달고 온 게 뭐죠?" 그녀가 차갑게 미뇽을 바라보면서 물었다. "빨리, 리지, 저 여자애한테서 떨어지는 게 뭔지 살피기 전에 서둘러 목욕부터 시켜요."

리지는 월써에게 구태의연한 표정을 지어 보이면서 요구대로 하기 위해 욕실 쪽으로 느릿느릿 걸어갔다.

다행히도 소녀는 그들의 차가운 태도를 알아채지 못했는데, 인정사정없는 샹들리에 불빛 아래서도 열세살 정도밖에 안되어 보였고, 응접실의 모습에 완전히 압도되어서, 카펫 위 한 지점에 서서 모든 것을 들이삼킬 듯 빙빙 돌고 또 돌았다. 벽에 걸린 아름다운 그림들, 마노 재떨이와 옥수(玉髓) 담뱃갑을 받들고 있는 가느다란 다리가 달린 탁자, 그리고 쾌활하게 타오르는 모닥불, 화려하고 반짝이는 고급 러그, 그 모든 것을 말이다. 오오오오오오오오!

굶주린 소녀의 환희를 보면서 페버스의 선한 심성은 자신의 분노와 격투를 벌이고 있었다. 그녀는 한숨을 내쉬어 마음을 가라앉힌 뒤 미뇽에게 와자지껄한 여러 언어로, 이딸리아어, 프랑스어, 독일어로 말을 걸었다. 그 모두가 발음이 조잡했고 문법도 틀렸지만 속도만큼은 기관총 총알처럼 빨랐다. 독일어를 듣자 소녀가 웃었다.

페버스는 지루하게 난초를 늘어놓은 선반 아래를 뒤지더니 리본장식이 달린 큰 북만한 상자를 빼내서는 뚜껑을 한쪽으로 밀어놓고, 짧은 프릴스커트 모양의 흰 종이에 촘촘히 들어 있는 겹겹으로 된 초콜릿을 꺼냈다. 그녀는 미뇽에게 상자를 내밀었다.

"어서, 먹어봐. 에쎈(음식). 구트(맛있어)."

미뇽은 남자아이처럼 넋이 빠져서 그 상자를 가슴에 꽉 끌어안고 반쯤 눈을 감은 채 킁킁 냄새를 맡았다. 주름장식 깊은 곳에서 타고 올라오는, 어린아이의 관능을 자극하는 코코아, 바닐라, 프랄린(설탕에 조린 아몬드나 호두과자─옮긴이), 바이올렛, 캐러멜 향이 한데 섞인 냄새에 그녀는 거의 기절할 지경이었다. 그녀는 감히 그걸 건드릴 수도 없어 보였다. 페버스는 무뚝뚝하게 설탕 옷을 입힌 생강조각이 단단히 박혀 있는 통통한 초콜릿 하나를 골라 말미잘처럼 벌린 연분홍색 입속에 퐁 하고 집어넣었다. 미뇽의 다리에는 반짝이는 달팽이 모양의 차력사가 남긴 정액이 말라붙어 있었다. 그녀에게서는 악취가 풍겼다. 멍키맨과 결혼하기 전, 미뇽은 이상한 직업을 갖고 있었다. 그녀는 죽은 사람 포즈를 취하곤 했다.

그녀는, 근처 막사에서 젊은 군인들과 놀아났다는 이유로 애들 엄마이자 자기 아내를 죽인 젊은 남자의 자식이었다. 그는 아내를 마을 끝 연못으로 데려가 목을 자른 다음, 그 칼을 연못에 던지고 나서, 자식들에게 저녁을 준비해줄 시간에 맞춰서 셋집으로 돌아왔다. 미뇽과 어린 동생은 바깥에 있는 광장에서 놀고 있었다. 미뇽은 줄을 넘고 동생은 줄을 돌렸다. 미뇽이 여섯살, 동생은 다섯살이었다.

그들은 아빠가 돌아오는 것을 보았다. "금방 저녁밥 차려줄게." 아빠가 말했다. 그는 집으로 들어갔다. 셔츠에는 피가 묻어 있었으나 그는 도살장에서 일하지 않았던가? 도살장 바닥을 청소하는 것이 직업이 아니었던가? 그래서 그들은 아버지 셔츠에 묻은 핏자국이나 젖은 바지엔 관심을 두지 않았다.

그러나 그는 금방 집에서 나왔다. "빵칼이 없어졌어." 그가 말했다. "가서 빵칼을 찾아야겠어." 나중에 사람들은 아이들에게 그가 이상하게 행동하지 않았는지 물었다. 그러나 여섯살짜리와 다섯살짜리가 무엇이 이상하고 무엇이 이상하지 않은지 어찌 알겠는가? 전엔 한번도 빵칼을 잃어버린 적이 없었다. 그것이 이상했다. 하지만 엄마는 막사로 군인들 빨랫감을 가져다주었고, 초저녁에 풀먹인 셔츠를 배달하러 가야 장교들이 저녁식사 때에 맞춰 깨끗한 새 옷을 갈아입을 수 있었으므로, 아버지가 종종 저녁을 차려주곤 했다.

"목욕 준비 다됐어요." 리지가 열린 문 사이로 한줄기 꽃향기가 나는 김을 날리면서 말했다.

미뇽은 실내복을 벗느라 법석을 피웠지만, 초콜릿 상자를 놓으려 하지 않았기 때문에 소맷자락과 분투하면서 한쪽 팔 아래서 다른 쪽 팔 아래로 바꿔들어 상자를 빼내느라 시간이 걸렸다. 리본이 달린 상자를 꽉 끌어안은 나머지 그녀가 마치 초콜릿과 사랑에 빠진 것처럼 여겨질 지경이었다.

빵을 자르지 않고는 저녁을 만들 수 없었으므로 미뇽의 아버지는 연못에 빵칼을 찾으러 갔고, 너무 열심히 찾다가 1.5미터 깊이 물에서 그만 익사해버렸다. 사람들이 연못 바닥을 갈고리로 훑고 나서야 그 빵칼이 발견되었다. "이게 너네 빵칼이니?" 판사가 꽤 친절하게 물었고, "네" 하고 미뇽이 대답한 뒤 손을 뻗었지만, 그들은 그녀에게 그것을 되돌려주지 않았다. 되돌려준 것은 나중이었다.

어린 소녀들은 어두워질 때까지 광장에서 줄넘기놀이를 했다. 미뇽이 차례가 되어 줄을 돌렸다. 다른 쪽 줄 끝은 문손잡이에 매어두었다. 이제 세든 집에 있는 모든 창에 불이 들어와 그들을 밝혀주었지만, 그들의 집 창문만은 불이 들어오지 않았다. 이윽고 동생은 배가 고팠다. 그래서 그들은 줄을 풀고 2층으로 올라갔다. 미뇽은 어떻게 불을 밝히는지 몰랐지만, 어둠속에서 손으로 더듬어 식탁에 있던 빵 한덩이를 발견했고, 그걸 동생과 나눠먹기 위해 조각조각 부수었다.

"세상에!" 페버스는 미뇽의 알몸을 보고 큰 소리로 외쳤다. 미뇽의 피부는 얻어맞아서 연자줏빛에 푸르딩딩하고 누르께했다. 그리고 희미해진 멍자국 위에 희미해지고 있는 멍자국, 또 그 위에 새로 난 멍자국이 더 많이 있었는데, 마치 직업적으로 매를 맞는 사람 같았다. 온몸을 다 얻어터진 것 같았고, 매질로 인해 아직 청소년인 그녀의 피부에서 윤기가 다 사라저버린 듯했으며, 그야말로 얻어터진 누더기 같았다. 아니 어쩌면 타작을 당했거나, 두드려 편 가느다란 금속 막대로 매질을 당한 것 같기도 했다. 매질이 그녀를 거의 유년기의 체형으로 되돌린 것 같았다. 작은 어깨는 예각으로 튀어나와 있었고, 젖가슴이라고는 없었으며, 그녀의 작은 언덕에 난 약간의 담황빛 숱을 제외하면 몸에 털조차 거의 없었다.

미뇽은 그들이 놀라워하는 기색을 알아채지 못한 채 바닥에 실내복을 떨어뜨리더니 욕실로 몸을 날렸다. 그녀는 초콜릿을 가져가는 것을 잊지 않았다. 리지는 버려진 옷을 부젓가락으로 집어 불에 던져버렸다. 거기서 옷은 불길로 타오르더니 탁탁 소리를 내고, 검은 유령으로 변했고, 굴뚝으로 사라져버렸다. 페버스는 룸써비스를 부르는 벨에 집게손가락을 올렸다.

어린 소녀들은 울다가 잠이 들었다. 아침에도 아버지는 오지 않았고, 이웃들만 왔다. 사건 조사에 관해서라면 미뇽에겐 가장 흐릿한 기억만이, 아버지가 도살장에서 내장을 한움큼 훔쳤을 때 프라이팬에서 고기 부스러기가 튀어오르던 기억이나, 어떤 군인이 미뇽에게 주었는데 엄마가 도로 뺏어갔던 예쁜 리본에 대한 기억보다 더 희미한 기억만 갖고 있었다(엄마는 왜 그랬던 것일까?).

그리고 이제 그녀는 성장한 소녀였고, 아버지에 관해서는 그저 상한 고기 냄새나 언제나 끝이 아래로 처져 있던 금빛 콧수염만 기억했다. 그 콧수염은 완전히 절망에 절어 있었다.

그가 빵칼을 그러잡고, 그걸 셔츠 속에 감추고, 직접 아내 손을 잡고, 수면에 반사된 일몰을 보자고 그녀를 꾀어내기 훨씬 전부터 말이다.

엄마에 관해서라면, 두 손은 늘 비누거품으로 젖어 있었는데, 그 손으로 언제나 미뇽에게서 물건을 뺏어갔다. 그리고 눈물, 그것이 인생에 출몰할 때의 이해할 수 없던 기억, 드물긴 했지만 부정한 여인이 이따금 가슴에 딸내미들을 끌어안을 때 흘리던 눈물이었다.

페버스는 쌍뜨뻬쩨르부르그에 머무는 짧은 기간 동안, 엉터리 러시아어를 충분히 습득한 것 같았다. 음식을 주문한 뒤, 나중에 생각이 나서 세계적인 음료인 샴페인 한병을 추가로 주문하는 데 필요한 정도는 말이다. 분명 미뇽의 상황은 그녀의 마음을 녹였다. 월써를 바라볼 때 페버스의 푸른 눈에 인 신경질 때문에 보통 사람은 짐작조차 못했겠지만 말이다.

시립고아원에 사는 아이들은 기도를 했고, 나머지 시간은 집안일로 정신없이 바빴다. 그리고 어느날 미뇽과 여동생은 서로 다른 곳으로 가게 된 듯했다. 어느날 아침 그들은 같은 침대 안 서로의 품에서 잠을 깼지만, 그날 밤 미뇽은 검은 형체의 구이용 쇠꼬챙이와 냄비와 단지, 그리고 오리를 납작하게 누르는 압착기로 가득한 어떤 주방 구석의 걸레더미 위에서 자게 되었다.

그녀는 그걸 육개월간 견뎌냈다. 겨울이었고 그녀가 하녀로 일하던 집은 눈 한가운데 묻힌 시골 한복판에 외따로 파묻혀 있었기 때문이다. 그러나 봄이 되자 미뇽은 도망쳤고, 도시에 양배추를 대주던 농부가 오럴쎅스를 받는 대가로 차편을 제공해주었다. 그녀는 고아원으로 감히 돌아갈 용기가 나지 않았다. 만약에라도 혹시 동생이 아직 거기 있을까 싶어서 밖에서 오랫동안 서성거렸지만 말이다. 그러나 그녀는 동생을 다시는 보지 못했고, 그래서 동생이 어딘가 좋은 데로 갔을 것이라고 생각했다.

여름을 지내면서 미뇽은 시장에 버려진 꽃을 주워다 엉성한 꽃다발을 만드는 일로 생계를 꾸렸다. 그녀는 그런 작은 꽃다발을 만드는 데 천재적 재능이 있다는 것을 깨달았고, 얼마 지나지 않아 공원에서 주운 꽃송이로 자신의 작품을 보강하는 법도 배웠지만, 좋은 생계수단이 되지는 못했다. 생계는 얼굴에 페인트칠하고 구걸하는 것이었고, 그런대로 살아가기 위해서는 다른 것들, 음식과 잡스러운 옷가지를 훔쳐야 했다.

잠을 잘 수 있는 곳이면 통로든, 다리 밑이든, 상점 문간이든 가리지 않고 잤고, 날씨만 따뜻하면 다 괜찮았다. 그녀는 곧 다른 거리의 부랑아들, 그 도시의 사생아들과 폭넓게 안면을 트고 지내게 되었고, 날씨가 추워지자 폐가가 된 창고에 본거지를 만든 소년 무리 전체와 물품을 나누어썼다.

거지에서 도둑으로 가는 것이 첫번째 단계였지만, 도둑이 되는 단계는 동시에 두 측면을 갖고 있었다. 거지는 도덕성이 떨어지지만, 도둑이 되면 자존감은 회복할 수 있기 때문이다.

그러나 소매치기에 성공했다 해도 절망의 구렁텅이에 빠

진 그애들은 여전히 애들에 불과했다. 그들은 밤이면 커다란 모닥불을 피웠는데, 몸을 따뜻하게 하기 위해서이기도 했고, 또 탁탁 소리를 내며 타는 불꽃이 재미있어서이기도 했다. 그들은 술래잡기, 숨바꼭질, 깜부기불 뛰어넘기 놀이도 했으며, 유치한 언쟁과 입씨름에 휘말리기도 했다. 그러다가 불길이 구둣발로 조절하기에는 너무 커져버려 그들의 본거지까지 다 태워버렸고, 그중 몇명도 집어삼켰다. 미농이 혼자 힘으로 만들어낸 집과 가족이 연기 속에 날아가자 그녀는 다시 혼자가 되었다.

그렇게 그녀는 약간씩 도둑질을 했고, 돈 몇푼 받으려고 뒷골목에서 소심한 남자아이들을 사정시켜주었으며, 돈 몇푼을 더 주면 황량한 벽에 기대어 그들이 그것을 그녀 안에 넣도록 허락했다. 그때 그녀는 열네살가량이었을 것이다.

웨이터가 문을 두드렸다. 그리고 굉장히 멋진 카트가 미끄러져들어왔다. 뚜껑 달린 식기와 은색 얼음통에 담긴 샴페인은 냉기 때문에 멋진 안개를 피워냈다. 웨이터가 빛나는 흰천을 화려한 작은 탁자 한곳에 펼쳤다. 그 일을 하는 내내, 청년은 윌써에게 그 자식 코를 한방 갈겨주고 싶다는 이상한 욕망이 내부에서 차오를 때까지 페버스의 가슴골을 몰래 훔쳐보고 있었다. 페버스는 미농의 음식만 주문했지만, 거기엔 자루 달린 받침접시처럼 생긴 유리잔이 네 개 있었다. 그녀는 거만한 태도로 손짓하더니 잔을 길쭉하고 호리호리한, 윌써를 매혹한 꼼꼼한 세련미가 있는 작품으로 바꿔오게 했다.

페버스가 식기 뚜껑을 들어올렸다. 학대받은 아이를 위한 빵과 우유, 어머니의 손길이 들어 있었다. 그녀는 손가락으로 약간 집어서 맛을 보았고, 얼굴을 찡그리더니 은빛 양념통에서 아낌없이 설탕을 뿌려댔다. 그녀는 뚜껑을 제자리에 갖다놓고 냅킨을 식기 주변에 둥글게 말아 싸서 내용물을 따뜻하게 보관했다. 그런 환대의 만찬을 준비했는데도 런던 토박이 비너스는 아직도 기분이 엉망이었다. 오늘밤, 선원용 바지만큼 짙푸른색 눈은 경멸과 짜증이 담긴 빛으로 월써를 쏘아보고 있었다.

황홀한 텀벙거림과 환희의 속삭임이 작은 증기 자락과 함께 욕실 문간 끝자락에서 빠져나왔다. 그리고 미뇽은 노래를 부르기 시작했다.

미뇽은 달콤하고 가식없는 쏘프라노 음성을 가지고 있었다. 거기까진 참으로 좋았다. 그 목소리가 그녀의 미성숙한 몸과 딱 맞는다는 점까지는 말이다. 그러나 그것은 그녀가 인생에서 겪은 상상도 할 수 없는 비극, 재난과 재앙의 바다와도 같았다. 그 바다에서 그녀는 순진무구한 오욕이라는 불안한 상태로, 자신이 뭘 말하려는지도 의식하지 못한 채, 알게 된 모든 표현을 써서, 자신의 목소리 안에서 헤엄쳤다. 그녀는 노래했다.

그래서 우리는 더이상 방황하지 않으리
너무 늦은 밤 속으로

마음은 여전히 사랑스럽고

달빛은 여전히 반짝이건만

　노래를 듣던 셋은 모두 목덜미에 솜털이 일어서는 것을 느꼈다. 마치 그 사랑스러운 목소리에 뭔가 으스스한 것이라도 있듯, 그 목소리의 주인공이 마법사이거나, 마법에 걸린 사람이기라도 하듯이 말이다.

　"저 여자앤 영어를 못하는 것 같은데." 미뇽이 그들을 속이기라도 한 양 페버스가 중얼거렸다.

　"모르겠어?" 리지가 속삭였다. "말만 하지 이해는 못하는 거라고."

　어느 겨울밤 눈송이가 굴뚝 꼭대기를 맴돌 때, 굶주린 나머지 대담해진 미뇽은 도시의 상가 아케이드를 서성였는데, 그곳에선 모험을 하지 않았다. 말쑥한 방한외투를 차려입고 씰크햇을 쓴 신사가 모자챙에 떨어지는 눈의 무게 때문에 우울해져서, 자신의 일로 골똘히 생각에 잠긴 채 그녀를 향해 서둘러 인도를 걸어왔다. 그녀는 길 한가운데 서 있었다. 이틀간 아무것도 먹지 못한 상태였다. 그녀는 너무나 말라서 그림자조차 드리우지 못했다. 그는 마치 그녀가 팔에 앉은 파리라도 되는 양 밀치고 지나갔지만, 다음 순간 멍하니 그녀의 얼굴을 바라보았고, 그의 얼굴엔 얕은 잔꾀와 뻔한 추측이 담긴 표정이 스치고 지나갔다.

　그는 보통 체구에다, 다음 블록에 있는 잡화상 위층에 안락한 아파트를 갖고 있었다. 정향과 말린 살구나무와 햄 쏘시지의 달콤한 향기가 마룻널 틈새로 스며나왔다. 그리고 미농에게 생전처음으로 먹을 것이 충분했다. 그래도 그녀는 조금도 몸무게가 늘지 않았다. 그녀의 몸 안에 있는 그 무엇이 그전에 그녀를 통째 먹어치운 것 같았다. 기생충이 있던 것은 아니었다.

그 남자, M이 머리에 숄을 쓴 어린 매춘부를 만난 것은, 자신이 종종 집전하던 영성교회의 예배를 마치고 귀가하던 길이었다. 그는 어떤 진지한 문제에 골몰해 있었는데, 그녀의 등장이 그 문제에 해결안을 주었다. 바로 그전 주에 그간 완전히 신뢰해온 슐레스비히홀슈타인 출신의 가슴 풍만한 여성이자 그의 조수였던 여자가 한 브라질 신사와 줄행랑을 쳤다. 그 사람은 커피 쌤플을 갖고 아래층 잡화상을 찾아왔던 떠돌이 외판원이었다. 그녀는 어느날 약간의 치즈와 쿠키를 사러 아래층으로 가다 미끄러졌고, 포마드 기름을 바른 성격 느긋한 라틴계 사람이 작은 가방에 든 초록 콩 파는 일은 잠시 잊고, 매혹적으로 들리는 라틴계 악쎈트로 그녀와 몇마디를 주고받았다. 그녀는 어느 일요일 멋진 식당에서 점심을 먹자는 그의 제의를 받아들였는데, 그날은 보통 M이 녹음이 우거진 교외에 사는 연로한 친척 아주머니를 방문하는 날이었다. 상황은 진전되었고, 보통 체격의 M은 저세상에 대해서는 날카로운 안목이 있어도, 자신의 코앞에서 벌어지는 상황의 진전에는 깜깜했다. 바로 코앞에서 그녀의 땋은 머리칼을 더

듣다가 아침잠을 깨는 일에 익숙해진 바로 그 베개맡에서, 그가 땋은 머리 대신, 이미 자기는 항구로 향하는 기차에 타고 있을 것이며, 거기서 애인과 리우데자네이루로 출항할 것이라고 알려주는 쪽지를 발견할 때까지 말이다. 흠!

도망친 조수는 약간의 재산, 예컨대 M의 금시계라든가 안전하게 보관하기 위해 괘종시계 속에 쟁여둔 수표 한뭉치를 가져갔다. 그러나 그는 관대한 사람이라서 자신이 **그 정도는** 그녀의 덕을 보았다고 생각했다. 또한 M은 멀리 떨어진 햇살 쨍쨍한 브라질에서는, 연인이 더이상 비밀을 누설하지 못할 것이라는 점에 안도했다. 그러나 그는 조수 없이 사는 것에 대단히 불편하던 터라 미뇽과의 만남은 진실로 성령이 주신 계시라고 생각했다.

그를 가장 놀라게 한 것은 그녀가 유령과 대단히 닮았다는 점이었다.

칼은 칼집보다 오래가고
마음은 몸보다 오래가니까요.
또 사랑 그것이 식어야
마음도 쉴 수 있으니까요.

미뇽은 의미도 모르고 느낌도 없이 외국 노래를 불렀다. 그 노래가 그녀를 통해 빛을 발하는 것처럼, 자신이 유리처럼 노래하고 있다는 것도 모른 채 말이다. 그녀는 노래를 불렀고,

그 노래는 욕망을 억제하는 사람의 고뇌를 담고 있었다.

M은 하룻밤에 한번, 짧고 기계적으로 아무 생각없이 규칙적으로 미농과 잠자리를 했다. 짧게 끝나버렸지만 괘종시계의 태엽 감기처럼 규칙적이었다. 미농으로서는 자신의 행운이 믿을 수 없을 지경이었다. 시트가 있는 침대와 안락의자, 따뜻한 스토브, 식탁보가 깔린 식탁과 식사시간이라니! 그는 그녀의 문제를 해결해주었고 의사에게 돈을 주어 그녀의 건강상태를 확인해주었다. 기적적으로 그녀는 감염된 병이 없었다. 그리고 그는 미농을 치과의사에게 보내 썩은 어금니들을 빼도록 했는데, 그로 인해 그녀의 얼굴은 점점 더 인텔리 같아졌다. 그녀가 가진 것은 지금 걸치고 있는 누더기뿐이었으므로 그는 그녀에게 속옷을 여러 벌 사주었고, 매일 입을 검소한 모와 면 혼방 원피스도 사주었다. 그리고 근무시간에 입을 소매가 넓고 장식이 달린 예쁘고 흰 영국식 잠옷도 사주었다. 그는 미농을 아파트 밖으로 나가지 못하게 했기 때문에 외투는 필요없었다. 미농은 자신이 천국에 와 있는 것이라고 생각했지만, 그것은 바보들의 천국이었다. 바보들의 천국이란 M의 성공을 정확히 표현한 말이다.

M은 일찍이 이런 좌우명을 정해두고 따랐다. 사기쳐서 얻는 지적인 만족이 더 큰데, 도둑질은 뭐 하러 할까?

그때부터 미농의 일과는 죽은 사람을 연기하는 일과 죽은 자의 사진을 위한 포즈를 취하는 일이었다.

매일 아침, 식사를 하며 M은 신문의 부고란을 유심히 보다가, 두꺼운 검은 연필로 조의 표시를 하면서 죽은 젊은 여자들 이름에 줄을 그어뒀다. 젊은 부인들 중에서도 아이를 낳다가 죽은 사람들을 선호했으나, 경우에 따라서는 대단히 만족스러운 결혼관계도 불쾌한 것으로 변할 수 있음이 입증되기도 했다. 그리고 그중 최고의 경우를 꼽자면 노년의 부모를 둔 외동딸의 죽음이었다. 디프테리아와 성홍열이라는 전염병은 언제나 그의 입가에 미소를 떠올렸고, 특히 삶은 달걀의 꼭대기를 톡톡 두드릴 때 그는 쾌활해졌다. 달걀과 치즈, 쌀라미, 토스트, 그리고 두어 숟갈의 잼을 다 먹은 뒤에—그는 풍성한 아침식사를 즐겼다—두번째 커피잔을 내려놓고 그는 자신의 기록 체계에 만족스러운 연구결과를 적어넣었다. 그는 때로 장의사와 비슷한 옷을 엄숙하게 입고, 너무 조문객이 적어 자신의 존재가 기억되겠다 싶은 장례식에는 참석하기도 했다. 그리고 또다른 사람에게는 흰 바이올렛 한다발이나 거의 피지 않은 장미봉오리처럼 절묘히 선택된 꽃다발을 검은 테를 두른 명함과 동봉해서 보내기도 했다. 그러나 그는 대체로 쇠는 뜨거울 때 두드리라는 격언을 믿지 않았다. 아니, 처음의 격렬한 슬픔이 지나가야 한발을 들여놓았다. 위로란 불가능하다는 것을 경험으로 아는 사람들에게 접근하기를 더 좋아했다.

그는 인간의 심정에 관한 자신의 지식에 자부심을 품고 있었다.

그래서 대부분은 입소문 광고에 의지했고, 응접실과 대형

저택에 향기를 채워주는 화환제조업자와 가까운 친분을 유지했다. 고객 중에서도 다른 사람의 소개를 통하지 않고 혼자 찾아온 사람을 제일 좋아했다. 눈물의 흔적으로 뺨이 얼룩진 이들이 주저하면서 문의하러 오곤 했고, 종종 당혹해하며 영성교회로 오면, 그곳에서 교회당 안내인인, 철저히 광신적인 성실성을 가진 스베덴보리파(스웨덴의 신비적 종교철학자 스베덴보리를 신봉하는 자들—옮긴이) 노인이 이름과 주소를 받아놓곤 했고, 시간이 날 때 M이 그들에게 다가가게 했다. 그는 사람들을 약간, 너무 많이는 말고 그저 자신과 하려는 협상이 얼마나 어려운지 이해시킬 만큼 기다리게 하는 것을 좋아했다.

"우리가 그 아일 볼 수 있을까요? 정말로 보게 될까요?"

오, 물론이다. 그녀는 저 너머 심연에서 가로질러올 것이다. 어스름한 빛 속에, 커튼이 드리워질 때, 그녀는 자신이 묻힌 백합의 침상을 떠나 바로 이 아파트에 구체적 형상을 남길 것이다…… 알다시피 이제 그녀는 햇살도, 가스등의 인공 불빛도 견딜 수 없지만 자신만의 광채가 어린 안개와 함께 나타날 것이다.

어린 소녀들은 오랫동안 앓고 나면 모두 똑같아 보인다. 미농은 흰 나이트가운을 입고, 목까지 단추를 채운 채 머리를 풀고 있었다. 가족을 여읜 사람들이 가장자리에 공처럼 술장식이 달린 붉은 견면 벨벳 커버가 깔린 둥근 마호가니 탁자에 앉아 있었다. 그들은 손뼉을 쳤다. M은 넉넉한 조끼와 암녹색 벨벳 재킷을 입고, 유들유들한 감성을 지닌 은행 관리처럼 단호했고 신뢰가 갔다. 강신술을 할 때 쓰는 심오한 기호로 장식된 테두리 없는 작은 모자도 썼다. 친척 아주머니가 그를 위해 바느질해준 것이었다.

그는 최고의 환각이란 가장 단순한 것이라고 생각했다. 그렇지만 취미삼아 여러 시각적인 장난감과 가장 복잡한 종류의 환등기로 실험을 했다. M은 꽤 많은 돈을 그런 장비에 쏟아부었고, 기계적인 재현 체계에 관한 꽤 명망있는 연구에 빠져 있었으며, 사실 그는 **실패한** 과학자의 특징을 많이 갖고 있었다. 그는 환각의 기술과 솜씨에 진심으로 매료되어 미농이 자신을 위해 일을 하는 내내, 런던에 있는 로버트 폴이라는 사람과, 폴이 특허를 받은 어떤 발명품에 대해 학문적인 서신을 주고받고 있었다. 폴 씨는 자신의 발명품이 과거와 현재와 미래를 동시에 살고 싶어하는 인간의 욕망을 구현할 것이라고 주장했다. 그 발명품은 영사막으로 된 것이었는데, 그 위로 과거, 현재, 그리고 다가올 미래의 시간에서 뽑은 일련의 수많은 씨뮬레이션 장면을 보여주는 그림들이 무작위로 영사되었다. 그동안 관객은 안락한 **일등석**에 자리잡고 앉아, 여행지의 바람을 흉내내어 수동으로 조작하는 선풍기의 부드러운 산들바람에 몸을 맡겼다. M은 심지어 동료를 대신해, 자신이 아는 까바레에서 일하는 무용단과 토론회를 시작하기도 했다. 까바레의 무희들은 M의 카메라 앞에서 역사적으로 존재했던 유명인사들을 연출해내곤 했다. (두말할 필요도 없이, 그는 뛰어난 사진사였다.) 모든 것이 준비되었고, 완벽했다.

그러나 비록 그가 열정적으로 자신의 취미에 빠져 여가시간 대부분을 최초의 영사기, 환등기, 동영상기 등과 함께 서재에 갇혀 보냈고, 하얀 영사막에 가끔 움직이는 것처럼 보이는 동식물의 사진들을 영사하면서 보내긴 했지만, 그런 연구들은 그의 사업에 그저 부차적인 것에 불과했다. 그의 사업은 고인이 된 자들과의 인터뷰를 주선하는 것으로 꾸려졌다.

그녀는 말하지 않을 것이다. 웃지도 않을 것이다.

아! 병마가 얼마나 그녀를 변하게 했는지! 병마가 그 작은 얼굴을 어찌나 황폐하게 했는지! 그러나 지금 그녀가 사는 행복한 나라에는 질병도 고통도 없다.

"오, 내 딸!"

"쉿! 당신의 슬픔을 아이한테 보여선 안돼요, 제발!"

그렇게 해서 M에게는 일반적인 인간성의 흔적이 아직 남아 있다는 것을 알 수 있다. 그리고 그는 종종 자신의 그런 점에 박수를 보냈다. 그는 위안을 준 것이 아닌가, 위로를 해준 것이 아닌가 말이다. 동정심 가득한 마음으로 선의의 발로에서, 그곳까지 고통을 끌고 온 아픈 영혼들을 어루만져준 것이 아닌가. 자신을 다른 영매들과 분리하는 온정어린 기술을 생각해내지 않았던들, 불행한 고객들이 사랑했으나 떠나보낸 사람들의 원본 사진을 이들에게 팔 수 없었을 것이다. 이제 어떤 세상에 살건, 여전히 잘 살고 있음을 입증해주는 사진 말이다.

그는 최고의 선의를 발휘하여 들리지도 않는 목소리를 바삐 해석했다.

"따님이 간청하고 있네요. '아빠! 엄마! 울지 마세요' 하고 말입니다." 아니면 "따님은 당신들이 슬퍼하면 평화의 안식을 얻을 수 없다고 말하고 있어요"라고 하기도 한다. M은 자신이 단순히 금전적인 것만은 아닌, 최소한 부분적으로는 착한 사마리아인이 보이는 만족감에 차서 수표들을 괘종시계 안으로 밀어넣었다.

"돈을 내지 않으면, 믿으려 하지 않지요. 그렇게 되면 전혀 아무것도 얻는 게 없어요."

그의 L자형 응접실은 아래쪽 아치형 통로에, 녹색 유약을 바른 보스턴 양치류 화분 옆에, 레이스 커튼이 고리에 묶인 채 드리워지게 해놓았다. M의 마호가니 카메라는 그 자체가 나무로 된 작은 방처럼, 안쪽 통로를 향해 있었다. 카메라 뒤에는 M이 부모들의 손을 엄숙하게 잡고 있던 둥근 탁자가 있었다. 그 엄숙함 때문에 탁자에서 M은 그들과 결혼을 하는 것 같기도 했고, 꼼짝하지 말고 있으라고 급히 속삭이면서 간청하는 것 같기도 했다. 그들의 시선은 카메라 때문에 다소 초점을 잃었으나, 그들은 언제나 시키는 대로 했고, 외경심이 넘친 나머지 목을 빼어 내다보거나 몰래 훔쳐보는 일은 결코 없었다. M은 한순간이라도 벨벳과의 접촉이 중단되면, 영혼도 사라질 것이라고 단언하면서 탁자 위에서 손님의 두 손을 꼭 잡곤 했다.

안쪽 통로는 언제나 어둠에 싸여 있었고, 보라색 구름이 중국제 향로에서 파도치듯 나왔다. 안쪽 벽에 있는 책장이 기름칠을 잘해둔 경첩 덕분에 안쪽으로 회전했다. M은 나머지 조명을 어둡게 하려고 몸을 돌렸다.

"엄마와 아빠가 너를 보러 오신 거잖아, 아가야"라고 하거나 "남편에게로 좀 나와보지 않겠어요? 남편에게 다시 오지 않으시겠어요?"라고 하거나 그 말은 뭐든 고객의 상황에 맞추어졌다. 그들은 탁자 앞에 앉아 있었고 손을 잡고, 희망에 차 있었다.

"탁자를 두드리면 나오너라, 아가."

미뇽이 나이트가운을 입고 책장 뒤로 해서 안쪽 통로로 살그머니 나왔다. 그녀는 나이트가운 안에 손전등을 들고 있어서, 몸의 외곽선만 밝게 빛이 났다. 그것은 그렇게 간단했다. 아래에서 빛을 비추면 향 구름에 덮여 있는데다, 레이스 커튼과 양치류 식물의 그물 모양 잎사귀와 카메라의 중량감에 절반이 가려져 있어 그녀는 어떤 소녀도 될 수 있었다.

그들은 진정 원하던 것을 보면 눈물이 고여 종종 시야가 흐려지곤 했다.

그녀는 미소를 지었다. M의 재치있는 질문으로 예컨대 사팔뜨기라든가 언청이라든가 하는 죽은 자의 얼굴 특징을 알게 되면, 때로는 손에 백합 한송이를 들고 있다가 그것으로 가릴 수도 있었다.

방에서 한줄기 미풍이 불어와 그녀 뒤에 있던 유리 하프의 선율을 아름답게 울렸다.

M은 카메라 덮개 아래로 고개를 처박았다. 플래시가 내는 예상 밖의 천둥소리와 불빛 때문에 미뇽의 얼굴을 본 사람 모두에겐 죽은 자의 완전한 이미지가 보였다.

연기가 걷히면 그녀는 사라졌고 M은 가스등불을 다시 켜러 갔다.

그는 왜 여자 유령을 불러내는 데에만 뛰어난 소질을 갖게 되었을까? 왜냐하면 그는 담배냄새 밴 손수건을 꺼내 코를 풀면서, 마치 남자답게 남자의 감정을 숨긴다는 인상을 주었기 때문이다. 그가 암시하는 바는 이랬다. 그는 옛날 옛적 언젠가 바닷가 왕국에서 살았는데…… 뻔한 수순에 따라 여자의 명문가 친척이 와서 그녀를 데려갔지만, M은 여자 대신 다른 것을 받을 생각을 했다. 같은 범주에 속하는 영혼, 그러니까 젊은 여자의 영혼을 전적으로 자신만 불러낼 수 있는 능력을 걸고 그 친척과 협상을 했던 것이다.

그런 세부적인 준비에도 불구하고 그가 처음 사진을 찍을 때 미뇽은 지독한 공포에 휩싸였다. 그녀는 호기심 때문에 M과 같이 암실로 갔고, 산성액 용기에서 마술이 이루어지는 것처럼 종이 위에 자신이 만들어지는 것을 흥분에 차 바라보았다. 그러나 그다음 그녀는 다소 튀어나온 앞니로 아랫입술을 깨물었다. 문제가 있었다. 산성용액에서 헤엄치던 얼굴이 그녀의 기억에서도 똑같이 떠올랐기 때문이다.

"엄마……"

M은 진심어린 연민의 마음에서 그녀를 포옹했다.

"사고란 건 원래 생길 수도 있는 거야." 그가 해명했다.

그는 장의사용 상복을 입고 손으로 사진을 전달했다. 사진 각각에는 바스락대는 박엽지로 된 수의를 입혀놓았다. 영혼은 수줍음이 많다고 고객에게 납득시키곤 했다. 그녀는 그저 그렇게 해서 여자애가 가장 사랑한 사람들이 그 여자애를 보게 되길 바란 것뿐이다. 사진은 아무한테도 보여주지 말아야지, 그러지 않으면 그녀의 얼굴은 사라져버릴 것이오! 그들을 둘러싼 어둠속에 녹아 있는 모호한 형체들은 그게 누구든간에 그들이 간절히 원하고 상상해서 만들어낸 사람들이었다.

그는 자신의 음울한 걸작을 톡톡 두드리고는 마치 그것이 의무라도 되듯 가족들이 표하는 감사의 마음을 받아들였다.

미뇽은 죽은 자의 연기를 대단히 성공적으로 해냈기 때문에 M은 그녀에게 살 집뿐 아니라 월급까지 줄까 하고 잠깐 생각해보기까지 했다. 그러나 만일 월급을 준다면 그녀가 돈을 저금해서 달아날 것이라고 판단했다. 그래서 그들은 불법이지만 명망은 있는 이상한 부류의 삶을 함께 살아갔다. 그는 그녀가 노래를 약간 부른다는 사실에 기뻐했고, 종종 그녀의 육신과 타고난 그 목소리—어쩌면 천사의 목소리라 할까—를 현장에서 합칠 방법이 있을지 생각했다. 그러나 곧 그러면 상황이 너무 복잡해질 거라고 생각했다. 그리고 상당 기간 그녀를 홀로 남겨두고, 거실에 있는 지나치게 푹신한 안락의자에 몸을 둥글게 말고서, 두서없는 일장춘몽에 넋을 놓고 있었다. 서재에서 시각의 지속성이라는 문제를 연구하다가 말이다.

그는 타산적이기는 해도 탐욕스럽지는 않았고, 항상 전략과 분별력과 친절함까지 갖고 행동했기 때문에 아주 오래 사업을 지속해왔다. 그러다가 마침내 한 어머니가 참지 못하고 죽은 아이의 사진을 자기 언니에게 보여줬다. 언니는 뒤늦게 알려준 데 기분이 상하기도 했고, 자매들은 죽은 뒤에도 경쟁할 거라는 생각을 떨치지 못했기에 그 인물사진을 훔쳐다 경찰에 넘겼다. M이 막 플래시를 터뜨리고 미뇽의 나이트가운 자락으로 속임수를 쓰려던 찰나, 가족을 여읜 삼촌 행세를 하던 건장한 형사가 카메라를 쳐서 넘어뜨렸다. 그 순간 미뇽은 회전하는 책장으로 황급히 퇴장했다. 그녀가 어찌나 킥킥댔던지! 그녀에게 그것은 결코 게임 이상이 아니었던 것이다.

댄스파티는 끝이 났다. 언제나처럼 이성적이던 M은 한번에 완전한 자백을 했고 미뇽은 반박의 여지가 없는 증거인 그 나이트가운을 입은 채 법정에 출두했다. 그 스캔들로 그의 나이 지긋한 친척 아주머니는 괴로움에 돌아가셨지만, M은 6년 중 고작 2년만 복역했을 뿐이다. 선의에서 한 행동에 대한 최고의 특별사면이었다. 복역하는 동안 멀쩡하게 생긴 공금횡령자, 사기꾼, 협잡꾼들과 유용한 연줄을 무수히 맺으며 지냈다. 출소하자마자 그는 다른 도시로 이사갔고, 힘들게 몇 달을 보낸 뒤 거기서 다시 사업을 시작했다. 그러나 이번에는

맹세코 강신술은 포기했고 스트립쇼 스냅사진을 수입원으로
삼았다.

1, 2년 뒤 그는 포르노를 완전히 포기할 수 있으리라는 취
지에서 폴 씨와 교신을 재개했고, 활동사진 업계로 진출했
다. 가끔씩이기는 해도 그는 회의감이 드는 와중에도 때때로,
이번에는 **진짜** 저세상과 접촉해보고 싶은 유혹을 받았다. 그
래서 그리운 친척 아주머니와 이야기를 나누고 싶었다.

그러나 M에게 속은 사람 가운데 많은 사람이 그의 고백을
믿지 않았다. 그들은 라벤더향이 나는 사무실 서랍에서 소중
한 사진을 꺼냈다. 사진들은 아마도 봉투에 담긴 배냇머리 가
닥이나 달각대는 젖니와 함께 그 낡은 상자 안에 담겨 있었
을 것이다. 그리고 아무리 열심히 그 광택나는 인화지를 살펴
봐도 그들에겐 미뇽의 얼굴이 아닌 다른 얼굴이 보였고, 마음
으로 듣는 귀에는 "엄마, 아빠, 울지 마세요!"라고 부드럽고
익숙한 목소리로 불가능한 요청을 하는 게 들렸다. 그러니 M
의 범죄의 증거는 그 자체도 완벽히 무죄라고 주장할 수 있
다. 오, 소중한 환각이여! 아직도 엄마는 베개 아래 그 사진을
두고 잠이 든다.

미뇽은 무사히 풀려났다. 어떤 혐의도 그녀를 심하게 압박
하지 못했고, 그녀는 아무 잘못이 없다는 피해자측의 변론 때
문에 안전했다. 이제 그녀는 좋은 옷을 몇벌 갖고 있었고, 꽤
품격있는 바에서 써빙을 보는 괜찮은 직업도 얻었고, 자신만
의 작은 방도 생겼으니, 그녀는 가끔 자신의 행운에 감사했

다. 아코디언 연주자가 오는 날이면 그녀는 또한 노래를 부르곤 했다. 그녀는 노래하기를 좋아했다. 때로 그 아코디언 연주자와 함께 귀가하는 날도 있고 아닌 날도 있었는데, 그건 그녀가 선택했다. 이때가 그녀의 최전성기였다. 무기력한 뭔가가 항상 그녀에게 배어 있었고, 너무 잦은 미소에는 뭔가 축 처져 섬뜩하기까지 한 기운이 있었기 때문에, 미뇽이 행복한 것을 볼 때면, '오래 못 갈 것 같아'라는 생각이 항상 들긴 했지만 말이다. 그녀는 과거도 없고, 현재도 없고 기억도 내력도 없는 존재의 열광적 기쁨을 갖고 있었다. 과거는 너무 황량해서 떠올릴 것이 없고, 미래에 대해 생각한다는 것은 너무 끔찍했기 때문이다. 그녀는 현재시제에 놓인 부러진 한송이 꽃이었다.

어느 토요일 밤, 우아한 붉은 선이 그려진 망또 아래 야회복 정장을 입은 신사가, 발만 빼면 자신과 꼭 닮은 축소판과 나란히 그 바에 왔다. 키가 작고 땅딸한 사람은 다소 팔이 길었는데 세상 어느 가게에서도 맞는 신발을 구할 수 없었다. 그들은 한쪽 구석에 자리잡고 앉았고 미뇽은 호기심에 차서 종종걸음으로 써빙했다. 작은 쪽 사람의 윤기흐르는 검은 머리는 가운데 가르마를 타서 빗어넘겨져 있었다. 진지한 의식을 치르듯 그는 단춧구멍을 장식했던 카네이션을 꺼내 미뇽에게 건넸다. 그녀는 웃음을 터뜨렸다. "이 사람한테 상처 주지 마세요." 멍키맨이 매력적인 프랑스 액쎈트로 말했다. 그래서 미뇽은 그 꽃을 받아 머리에 꽂았다.

멍키맨이 와인 한병을 주문했고 미뇽은 주방에 바나나를 요청했다. "내 친구이자 동료인 프로페서예요. 예쁜 아가씨에게 키스해드려, 프로페서." 프로페서는 이미 바나나를 요리조리 살펴보고 있었지만, 그것을 접시에 조심스레 내려놓고 의자에서 일어나 탁자 쪽으로 기대면서 미뇽의 목에 팔을 두르고 쪽 소리를 내며 간지럽게 볼에 뽀뽀했다. 프로페서가 멍키맨 대신 구애를 해준 것이라 말할 수 있을 것이다. 그렇다. 그녀는 그 와인을 함께 나눠 마시게 되어 기뻤다.

그녀는 아직 열다섯살이었는데, 그 남자는 오로지 능욕해볼 목적으로 그녀에게 접근했다. 그는 희생자를 고르는 데 탁월한 안목을 지녔기에, 그가 영민한 침팬지들과 삶을 함께 보내기로 정한 것이 놀라울 뿐이었다. 침팬지들은 그가 저녁이라도 주지 않는 날이면 재빨리 기어나와, 그가 대취하여 침대에 뻗어 있는 동안 재킷 주머니에서 지갑을 훔쳐 자기들끼리 저녁을 사먹곤 했다. 그는 프랑스 리용 태생의 음울한 사내였고 양쪽 눈썹이 붙어 있었다. 그녀는 그의 밴으로 다시 갔고, 그는 그때 공원에 텐트를 치고 있던 유랑 써커스단과 함께 있었다. 똑똑한 침팬지들이 양동이 물로 세수를 한 뒤 여행용 우리 안에서 네모난 깨진 거울에 얼굴을 비추면서 머리를 빗질하려고 줄서 있는 것을, 다음날 그녀는 마치 어린아이처럼 입을 벌리고 바라보았다.

그녀는 옷가지를 챙기러 방으로 돌아가는 수고를 하지 않았다. 써커스단과 함께 도망친 것이다. 그 남자가 술고래에 무

써커스의 밤 277

뚝뚝하고 과묵하며 폭력적이라는 것이 밝혀졌는데도 말이다.

길 떠난 지 사흘째 되는 날 그는 커틀릿을 태웠다고 미뇽을 때렸다. 그녀는 요리를 못했다. 나흘째 되는 날에는 미뇽이 요강 비우는 것을 잊어버리는 바람에 자기가 거기다 소변을 볼 때 넘쳐흘렀다고 또 때렸다. 닷새째 되는 날에는 때리는 버릇이 생겨서 때렸다. 엿새째 되는 날에는 한 부두노동자가 괴물 쇼를 하는 뒤편에서 그녀를 뒤쪽으로 취했다. 구타는 이제 늘 예측되는 일이었고 그 예측은 언제나 이루어졌다. 이레째 되는 날에는 세 명의 모로코 곡예사들이 그녀를 밴으로 데려와 라키(유럽 남동부 지방에서 곡물이나 포도 등으로 만드는 강한 증류주―옮긴이)를 먹이자 그녀가 기침을 했고 해시시를 먹이자 그녀의 눈이 빛났다. 그다음 그들은 티크 내장의 빛나는 동판과 컷글라스 장식 사이에서 교묘하게 여러 방식으로 번갈아가며 그녀를 취했다. 미뇽에 대한 소문은 빠르게 번져갔다.

그녀는 대단히 기억력이 나빴는데 그것만이 그녀를 비참함에서 구해주었다.

영국 출신의 마구간지기 소년이 있었다. 그는 그녀가 침팬지 우리를 청소할 때 노래하는 것을 듣고 그녀에게 새로운 노래를 많이 가르쳤다. 전부는 아니지만 그중 몇개는 가사가 저속한 것이었는데 미뇽은 그걸 몰랐다. 그는 우유처럼 말간 얼굴의 고아 여자애가 아무 의미도 모른 채 음란한 노래를 부르는 걸 듣기 좋아했다. 그러나 또한 그 여자애가 다른 종류의 노래를 부르는 걸 듣기도 좋아했다. 그는 음악을 좋아했기 때문에 미뇽은 그에게서 날쌘 연어나 히스 밭에 핀 장미와 관련된 독일 노래 몇개를 배웠다.

소년은 독일어를 잘했지만, 문제를 일으켜 사립학교에서 쫓겨났기에 그 사실은 비밀로 간직했다. 그는 소년들을 좋아해서 미뇽을 혼자 내버려두었고 그녀는 그 일로 고마워했다. 그녀는 마필 운송차의 냄새나는 구석에서 그와 함께 앉아 있곤 했으며 「배 타기 좋은 날」이나 「종달새는 눈물의 둥지를 떠나네」 같은 곡에 화음을 맞추어 함께 노래를 부르곤 했다.

어느날, 멍키맨은 소년을 인정사정없이 빗자루로 때려눕혔고, 미뇽도 빗자루가 부러질 때까지 때렸는데, 소년은 영영 의식을 되찾지 못했다. 그들은 길을 떠나 스위스의 뻐꾸기들이 있는 수풀 우거진 어느 도시의 외곽에서 야영했고, 멍키맨은 소년을 관목숲으로 질질 끌고 가서 버리고 왔다.

멍키맨의 야회복 정장과 망또는 그가 담당하고 있는 이들을 무대로 인솔하기 위한 유니폼으로, 캐러밴(이동용주택으로 종종 쓰이는 여행용 대형차량―옮긴이)과 숙소, 분장실에 있는 못에 걸린 채로, (빠리의 한 호텔에서 훔친) 코트용 나무 옷걸이에서 흔들리고 있었다. 정장 슈트야말로 미뇽을 기만한 것인데도 그녀는 그 옷에 어떤 적대감도 품지 않았다. 또한 그녀는 곧 침팬지들에 대한 관심을 잃었지만, 그래도 침팬지들을 함부로 다루진 않았다. 그녀는 침팬지들의 빨래를 해주었고 의상을 수선해주었다. 프로페서는 그녀에게 다시는 꽃을 건네는 일이 없었고, 그녀도 프로페서에게 다시 바나나를 챙겨주는 일은 없었다.

모든 것에 대해 침팬지들이 무슨 생각을 했는지가 문제다. 침팬지가 인간을 놀리는 반복적인 패턴, 자전거 경주, 티 파티, 교실 등을 연기할 때 이들을 진지하게 연구한 어떤 사람이 침팬지들이 패러디, 아이러니, 풍자를 차례로 반복 사용하여 인간에 대한 폭넓은 연구를 하고 있다는 결론을 내렸다. 멍키맨이 술을 마시면 마실수록 침팬지들은 그를 더 무시했다.

문간에서 들려온 노크소리는 웨이터가 샴페인 잔을 가져왔다는 것을 알려주었다. 페버스는 그에게 조용히 하라는 짜증스러운 제스처를 취했다.

밤은 사랑을 위해 오는데도
낮은 너무나 빨리 돌아오네.
그러나 우리는 달빛을 받아
더이상 방황하지 않으리.

그러고는 욕조에서 물이 쏴아아 빠져나가는 소리가 들려왔다.

"저애는 가사의 뜻을 몰라." 페버스가 반복했다. 그녀의 얼굴은 눈물로 젖어 있었다. 그 얼굴을 보았을 때, 월써는 가슴속에서 이상한 감각을 느꼈다. 그의 가슴이 녹아내린 것이다.

그가 페버스에게로 손을 뻗자, 그 바람에 상처난 어깨에 날카로운 통증이 엄습해 크게 소리지르고 말았다. 그리고 자기 역시 울고 있다는 것을 깨달았다. 그를 바라보는 그녀의 밤처럼 어두워진 눈동자는 눈물로 찰랑거렸고, 처음으로 그들 사이에는 어떤 아이러니도 악의도 긴장도 없었다. 그의 뜨거워진 마음이 가슴 바깥으로 쏟아져나와, 그녀를 향해 흘렀다. 마치 한방울의 수은이 다른 수은 방울을 향해 흐르듯이 말이다.

그 순간 미뇽이 욕실 문을 열고 돌아왔다.

그녀는 깨끗하고 푹신한 타월 가운에 싸여 있었고, 깨끗하게 감은 머리에는 흰 수건이 말려 있었다. 이제 그녀는 반짝반짝 깨끗했고, 미소로 빛났다. 비록 멍으로 푸르스름하긴 했지만. 그녀는 아직도 겨드랑이에 초콜릿 통을 꽉 끼고 있었지만, 첫번째 층에 남아 있는 것이라고는 바삭거리는 종이뭉치뿐이었다. 페버스가 보기에 좀 흉하게 두 손가락으로 코를 푼 뒤 그녀에게 빵과 우유로 된 아동용 접시를 가져다주자 그녀는 다소 기분이 상한 듯 보였으나, 샴페인을 보자 활기가 살아났고 양처럼 순하게 고분고분 식탁에 앉아 먹고 싶은 만큼 양껏 먹었다.

페버스는 이제 웨이터와 신속한 의사소통을 했고, 첫날 밤 공연의 공짜표 한장을 꺼내려고 가방에 손을 뻗기로 작정했다. 그녀는 또한 웨이터가 인사하고 다시 나가기 전에 갑작스레 웃음을 터뜨릴 만한 농담을 건넬 정도로 러시아어도 이미 익혀둔 터였다. 리지는 벌써 샴페인 병의 은박을 뜯어내고 있었다. 페버스는 소리가 울릴 정도로 세게 잔을 부딪쳤다. 이제 눈물은 어느정도 말라 있었고 눈동자는 이상하게 옅은 색으로 변했다. 갑자기 그녀에게는 강인하고, 밝고, 위험한 특징이 나타났다.

"우리는 이앨 정직한 창녀로 만들 거예요!" 그녀가 호랑이처럼 그르렁거리는 쉰 목소리로 자신의 손님과 건배했다. 그리고 월써는 조마조마한 기쁨을 느끼며 페버스가 미뇽을 연적으로 생각하면서 세상에나, 질투에 휩싸여 있다는 것을 알아차렸다. 페버스는 단숨에 잔을 비우더니 트림을 한 뒤 잔을 구석으로 던져서 박살냈다. 그런 행동은 이 나라의 관습이라기보다는 지금의 자기 기분을 더 드러내는 것처럼 보였다.

"이리로 와봐요." 그녀는 월써에게 거만하게 명령했다. "리지, 콜드크림 좀."

"무릎을 꿇어요, 월써 씨."

모든 가능성에 대비하면서 월써는 그녀의 발 앞에 무릎을 꿇었다. 그리고 공중곡예를 통해 단련된 두 허벅지 사이로 자신이 단단히 붙잡혀 있다는 것을 알아차렸다. 그는 갑작스러운 관능으로 인해 현기증을 느꼈고 그녀의 시선을 다른 데로 돌리려고 애썼다. 그러나 그녀는 그의 가발을 잡아당겨 납작해진 금발을 능숙하고 초연하며 세심한 유모 같은 손길로 헝클면서 끝까지 그가 아닌 다른 데를 보고 있었다. 그녀는 콜드크림으로 그를 덮어버렸다.

"예쁘게 하고 다녀야죠." 그녀가 말했다. 그가 뭔가 말하려

하자, 그녀는 콜드크림 한줌으로 입을 막아버렸다. 그녀가 콘솔에서 냅킨 한장을 집더니 엄청난 힘으로 무광택의 흰 페인트를 문질러 닦았다. 그 바람에 그는 붉은 벽돌 같아 보였고 바닥처럼 반짝반짝 닦였다. 이미 샴페인에 취해 킥킥대던 미뇽은 빵과 우유를 다시 양껏 먹고 있었다. 어떤 이유에서인지 불만으로 신경이 곤두선 리지가 이 장면을 보다가 완전히 멍해지더니, 자기 가방에서 팸플릿 같은 것을 꺼내 그것에 고개를 파묻었다. 페버스는 월써의 넥타이를 바로잡아주고는 불만에 차서 그의 복장을 바라보았다.

"세상에, 여자애가 안됐어라! 원숭이 집에서 나와 광대골목으로 가다니! 완전히 설상가상이로군요! 내가 얼마나 광대들을 싫어하는지 알고나 있어요, 자기? 난 광대가 정말 인간성에 대한 범죄라고 생각한다고요."

이제 웨이터가 돌아왔고 뭔가를 기대하며 문간에 서 있었다. 리지는 불만이 가득한 채 바스락거리는 소리를 내며 한 페이지를 넘겼다. 식사를 마친 미뇽은 호기심에 차서 그다음에 무슨 일이 일어날지 살피고 있었다.

"자, 이제 시작해요." 페버스가 말했다. "일어나서 그녀를 데리고 가요. 내가 당신들에게 신혼부부용 특실을 예약해줬다니까, 정말."

킥킥 웃던 웨이터가 절을 하고 문을 열었다. 월써는 최대의 위엄을 모아 두 발로 일어섰고, 페버스에게 가장 환한 미소를 보여주었으며, 미뇽에게는 옛날식 예법을 과시하며 멋지게 팔을 내밀었다. 그런 예법 때문에 거구의 여인은 손가락을 의자 팔걸이에 톡톡 두드려댔다. 미뇽이 갑작스러운 사건의 전개 속에 거의 잊을 뻔했던 초콜릿 상자를 다시 집어 들었다. 그들이 방을 나가자 여러 색으로 배색된 종이 포장지가 긴 꼬리처럼 흩어져 날리며 흔적을 남겼다. 그들이 나가고 두 여자만 남자, 리지는 읽던 종이를 옆으로 던지며 무덤덤하게 선언했다. "웃어! 넌 나한텐 골칫덩이가 될 테니."

신혼부부용 특실에는 흔히 있을 법한 장미색 쌔틴 침상과 금장식을 한 거울들이 있었고, 웨이터는 격조있게 손을 흔들어 침대 옆에 있는 뻣뻣하고 향 없는 붉은 장미 부케로 미뇽의 관심을 집중시켰다. 물론 그것은 페버스가 특별히 주문한 것이었다. 그다음 그는 환하게 미소지으며 우쭐대기까지 하다가 사라졌다.

월써에게 찾아온 최초의 바보 같은 충동은 자신의 몸을 그 불쌍한 어린애에게로 던져 힘으로 누르고 싶다는 것이었다. 그래서 누군지는 몰라도 누군가에게 어떤 가르침을 주고 싶었다. 그러나 그는 올바른 사람이었고, 미뇽의 어깨를 잡을 때 부상당한 팔에서 느낀 날카로운 통증이 그것은 바른 행동이 아니라고 상기시켜주었다. 그래서 그는 그녀를 그대로 뒀다.

미뇽에게 오늘 하루는 끔찍하게 시작되었지만, 마지막은 잘 풀려가고 있었다. 마치 소녀가 품은 꿈이 현실로 실현된 듯한 마무리였다. 특히나 월써가 물러서자 말이다. 그녀는 장미들을 잊을 수가 없었다! 미뇽은 장미와 정답게 말을 주고

받기도 하고, 쓰다듬기도 하고, 부드럽고 사랑스럽게 유혹해 보기도 하고, 보는 사람의 가슴을 무너뜨리는 알 수 없는 우아함을 보이며 장미 주변을 배회하거나 가르랑거리기도 했다. 결코 무감각한 남자가 아닌 월써는 그 때문에 복잡한 감동을 받아 거의 북받치는 흐느낌을 쏟아냈다.

"오, 미뇽, 내가 뭘 어떻게 해줄까?"

직접 영어로 누군가 말을 걸어준다는 것이 그녀의 기억, 그 특별하고도 선별된 기관에 심금을 울렸다. 그녀는 머리에 감고 있던 타월을 벗어던져 연노랑색 머리칼을 사방으로 흩어지게 했다. 그녀는 미소지었다. 그 미소는 그녀의 전생애를 담고 있으며, 세상에 나와본 적이 거의 없는 것이었다.

"주님께서 여왕님을 보우하사." 그녀가 말했다.

월써는 더이상 그대로 있을 수가 없어서 그 방을 박차고 나왔다.

6

지금까지 두 가지 일이 하나로 합쳐져 윌써의 균형감각을 깨뜨렸다. 첫번째는 오른팔에 부상을 입은 뒤로, 잘 회복되고는 있지만 다 나을 때까지는 글을 쓰거나 타자를 칠 수 없어 직업이 없어졌다는 점이다. 따라서 지금 이 순간 그의 가면은 아무것도 위장하지 않는다. 그는 더이상 광대로 위장한 신문기자가 아니다. 싫든 좋든 환경의 힘이 사실상 그를 **진짜** 광대로, 덧붙이자면 한쪽 팔에 깁스를 한 일종의 '부상당한 전사' 광대로 변모시킨 것이다.

두번째로, 그는 사랑에 빠졌다. 그는 전에 사랑을 경험해보지 못했기 때문에 그런 상태는 그를 불안하게 만들었다. 지금껏 정복은 쉽게 이루어졌고 별로 신경도 쓰지 않았다. 그가 아는 한 전에는 그 어떤 여자도 자신을 모욕하고자 한 적이 없었는데, 페버스는 모욕하려 했을 뿐 아니라 성공하기까지 했다. 지금까지의 난공불락의 자존감에 대한 자의식과, 그 여자가 자신을 대할 때의 존중심 결여 사이에서 갈등을 일으켰다. 그는 그녀와 그녀 동료가 자기를 속였다는 생각 때문이 아니라─그는 아직도 이들이 모종의 사기꾼이라고 확신했지만, 그래서 그건 기삿거리의 일부에 지나지 않을 것이다─자신이 그들의 놀림감이 되었다는 생각에 괴로웠다.

정신적 혼란, 갈등과 방향상실 상태에서 꽁꽁 언 도시의 밤을 방황하면서, 그는 이제 네바 강의 검은 물결 속에 얼음이 두꺼워지는 것을 물끄러미 응시하다가 희미한 공포에 사로잡힌 채 대좌 위에 놓인 그 위대한 인물의 기마상을 바라보았다. 당장은 아니지만, 곧 쌍뜨뻬쩨르부르그에서 영원한 혼란을 맞을 것 같은 예감이 든다.

7

푸른 유리잔의 맑은 음색을 너무나도 닮아서 손끝으로 아주 살짝만 건드려도 반가운 소식이 울려퍼질 것만 같은 하늘 아래 있는 경쾌하고 밝은 겨울의 아침이다. 서리가 사방에 두껍게 내려서 세상은 기쁨에 들떠 반짝인다. 드물게 나는 북쪽 햇살이 초조하기라도 한 듯 그 찬란한 빛으로 자신에겐 없는 따스한 온기를 대신하고 있다. 오늘 성조기는 임페리얼 써커스장 안뜰 위에서 박력있게 휘날리고 있다. 마치 그 성조기의 별이나 줄무늬가 진심어린 의미를 던지고 있는 것처럼 말이다. 안마당은 브뢰헬(군중의 풍경을 주로 그리는 네덜란드 화가—옮긴이)의 그림처럼 온통 바삐 움직이는, 모두 정신없이 북적대는 사람들과 소란법석으로 가득 차 있다.

웃음과 야단법석, 또 짧은 노래들이 퍼지는 가운데, 피리를 불고 다니는 장밋빛 뺨의 마구간 소년들은 발소리를 쿵쿵대고 지나가면서 손가락 사이로 휘파람을 불고, 어깨에 건초와 귀리 자루, 코끼리에게 줄 야채 꾸러미, 침팬지들을 위한 여러 줌의 바나나를 메고서 이리저리로 질주하거나, 혹은 더러운 건초더미 위에 속 뒤집히는 똥덩어리를 갈퀴 가득 쌓아올리고 있다. 장갑도 잘 끼고 목도리도 걸친 어린 샤리바리 녀석이 너무나 즐거워 웃느라 공주의 빨랫줄을 따라 비틀거리면서 늘 하던 연습을 하고 있었다. 그동안 빨랫줄 주인이자, 감기를 피하려고 습관적으로 아침마다 입고 나오는 **잠옷** 위에 헐렁한 원피스를 덧입은 사람이 피가 뚝뚝 떨어지는 고깃덩이를 실은 끔찍한 수하물차의 하역 작업을 감독하고 있다. 그 수하물차는 수척하고 고집센 운전사가 몰고 온 것으로, 그 감독자는 말고기에서 3센티미터 거리에 있다.

　도시의 시끌벅적한 노점상들은, 대령이 이끄는 순회공연중의 왕국을 습격해와 바퀴 달린 배럴통을 끌고 다니면서 러시아산 호밀맥주와 뜨거운 잼 파이를 팔고 있다. 애처로운 집시가 안뜰에서 방황하면서, 조약돌 위에 구두굽 딱딱거리는 소리, 악기들이 왕왕 울리는 소리, 건물 안에 있던 코끼리들이 사슬을 흔들 때 나는 작고 지속적인 달그락대는 소리에 자신의 바이올린에서 나오는 애끓는 가락을 더하고 있다. 코끼리의 사슬 소리는 언제나 놀라운 기쁨을 주면서 대령에게 자신의 사업의 엄청난 대담무쌍함을 떠올리게 한다("코끼리들이 툰드라를 가로질러간다니!").

커니 대령은 아침 일찍 일어나서 카니발 같은 모든 행렬을 전부 다 관장한다. 야단법석을 어찌나 좋아하는지, 어쩌면 그리도 순수하게, 그리도 열정적으로 좋아하는지! 러시아인들이 게으름에 대해 느끼는 것을 그는 야단법석에서 느낀다. 대령은 별모양이 박힌 조끼의 양쪽 주머니에 손가락을 찔러넣고 있다. 바깥으로 휜 짧은 다리에 막대사탕처럼 색이 밝고 끝이 꼬부라진 줄무늬 바지를 입고 거들먹거리며 걷는 동안, 그 조끼는 마치 그의 올챙이배가 벌어들인 수익으로 인해 애라도 밴 것처럼 부풀어 있다. 그는 달러 문양 벨트 버클 때문에 말 그대로 정말 반짝이고 있다. 사업가의 살아 있는 이미지이다.

직원들이 일을 하느라 분주히 움직이는 동안 대령은 자기 직원들 사이로 이리저리 날쌔게 피해다니면서 씨빌을 끼고 있는 팔꿈치를 빠르게 놀려 러시아 노점상인들을 막아낸다. 씨빌은 영리하게도 돼지소리를 꽥꽥대며 대령의 옆구리에 처박혀 있다. 대령이 모든 사람들에게 밝은 인사말을 건네는 동안, 푸른 씨가 연기가 대령의 머리를 맴돌고, 그것은 그의 만족해하는 안색에 떠오른 상냥하고 낙관적인 미소 주변을 맴돈다.

그날 아침, 여러 신문에는 페버스가 여자가 아니라, 고래뼈와 인도 고무, 그리고 스프링으로 교묘하게 만들어진 자동인형이라 주장하는 익명의 편지가 실린다. 대령은 그런 음모가 불러올 당혹감에 대해 생각하며 만족스러운 미소로 빛난다. "그녀는 거짓일까, 사실일까?"라는 소문이 신나게 급물살을 타고 퍼지는 동안 그 와중에도 매표소의 돈궤는 땡그랑땡그랑 동전소리를 울리게 될 것이다. 그의 모토는 "사기는 크면 클수록 대중이 더 좋아하는 법"이다. 그것이 루딕게임을 하는 방식이다. 어떻게 해도 막을 수 없다. 다른 모토는 한마디로 이거다. "감쪽같이 속여라!" 게임은 이겨야 제맛인 법!

네, 맞습니다!

그는 내일 뉴스기사의 틀을 짠 뒤 계약조건에 따라 그걸 외신으로 넣는다. 이번 것은, 그 악명높게도 '기계처럼 정확하다'는 소문과 반대로, 여자 중의 여자인 페버스가 웨일즈 왕자와 비밀리에 약혼해서 영국으로 돌아올 것이라고 공표할 것이다.

넵, 맞습니다요!

침팬지들은 이미 똥덩어리 위로 요강을 비워 펌프 아래 헹궈뒀다. 그들은 본거지로 돌아가 싹 청소를 하고 새 짚을 깐 뒤 이층침대를 만들었다. 그들은 조용한 무리 속에서 침착히 행동했고, 책에 고개를 박고 있었다. 이따금 한 녀석이 계산된 듯 급한 척하는 몸짓을 보이기도 했고, 또 어떤 녀석은 잘 빗질된 머리를 끄덕거리거나 도리질하기도 했으며, 손가락을 살짝 퉁겨서 질문에 답하기도 했다. 멍키맨 무슈 라마르끄는 어디에도 보이지 않았다. 싸구려 술집의 톱밥 위에서 술에 취해 낮잠을 자느라 고꾸라졌기 때문이다.

평범한 관찰자의 눈으로 보면, 전처럼 키 작은 헌신적 곡예사나 잘 단련된 침팬지 조직은 한순간도 공연을 떠나지 않고 지금 '학교에 간 원숭이들'이라는 일상적 프로그램 리허설을 하는 중이라고 생각했을 것이다. 사실상 침팬지들이 자기 계발에 기울이는 노력은 무한했다. 관심은 없어도 동정은 느끼던 미농이 없어져도 침팬지의 학습에는 지장이 없었다. 그러나 초록 리본을 단 암컷 침팬지는 부상당한 광대에 대해 생각하고 있었다.

앞쪽 침팬지들의 태도가 모두 얌전했던 반면, 한정된 공간을 거니는 호랑이 우리에서는 끔찍한 소리가 터져나왔다. 첫번째 호랑이가, 이어서 두번째 호랑이가 포효했고, 그러고는 일제히 포효했다. 아침식사는 어디 있는 거야? 우린 어제 맛있는 광대를 먹지 못했어! 이젠 소고기, 말고기, 양고기 다리와 갈비 살을 뜯고 싶다고!

이들의 포효에 요구가 점점 거세지는 것을 공주가 알아차리고는 피가 뚝뚝 떨어지는 고기를 한아름 안아들었다.

아비씨니아 공주는 왕권을 찬탈당한 자신의 왕국엔 일하러도 가본 적이 없었고, 아프리카 출신도 아니었다. 윈드워드 군도의 과달루뻬 섬 원주민이었던 그녀의 엄마는, 그 느른한 도시를 유랑극단과 함께 찾아든 남자와 갑자기 사랑의 도피를 하기 전까지 피아노 가르치는 일로 먹고살았다. 그 남자는 여흥거리 삼아 이빨이 다 빠진 보잘것없는 사자 한마리를 우리에 키웠는데, 자신을 에티오피아 사람이라고 했다. 사실 그는 리우데자네이루 태생이었는데도 말이다. 사랑의 도피라는 에너지가 그들을 마르쎄이유까지 가게 했고 거기서 그들의 딸이 태어났다. 딸의 부모는 서로에게 헌신적이었다. 엄마는 우리에 앉아 모차르트 쏘나타를 연주했다. 그것은 성업이었다. 아버지는 스스로를 왕으로 임명한 뒤 호랑이들에게로 갔다. 호랑이들도 아프리카 북동부 태생이 아니듯, 아버지도 왕이 아니긴 마찬가지였다. 부모님이 죽자 공주는 피아노와 호랑이들을 물려받았다. 그녀는 현재의 명성을 얻기까지 연주 실력을 연마했다. 그녀는 과거사가 많았지만 말을 아꼈고 누구에게도 발설하지 않은 까닭에 신비롭게 느껴진 것뿐이다.

써커스장에서 그녀는 지방의 꽁쎄르바뜨와르(프랑스의 국립 음악학교—옮긴이)의 졸업반 단원처럼 보였다. 풀먹인 주름장식이 달린 흰 원피스를 입고, 흰색 면 스타킹을 신고, 메리 제인 슈즈라는 납작한 스트랩 구두를 신고, 뒤쪽 머리를 반쯤에서 묶은 곱슬곱슬한 머리칼에 흰색 쌔틴으로 된 나비장식까지 달았다. 그런 복장으로 그녀는 피아노를 연주했고, 호랑이들은 춤을 추었다.

공연이 시작되자 호랑이들은 포악성을 입증하는 포효를 내지르면서 써커스장에서 튕겨올랐다. 그동안 사육사들은 공포탄을 쏘면서 호랑이 우리 주변을 빙빙 돌며 뛰어다녔다. 그녀는 착한 여자아이 같은 원피스를 입고 그 뒤를 따라들어와 베흐슈타인 그랜드피아노에 앉았다.

호랑이를 등지고 앉아 있는 동안은 그녀가 외롭다고 느끼는 유일한 시간이었다. 편치가 않았다. 그녀는 볼 수 없었지만, 첫번째 가락에 맞춰 호랑이들은 미리 준비해 갖다둔 주각의 반원 모양 안으로 펄쩍 뛰었고, 거기 웅크리고 앉았다. 숨을 헐떡이면서, 자신들이 복종했다는 사실에 스스로 기뻐하면서 말이다. 그다음 호랑이들에게는 이런 생각이 들었다. 얼마나 자주 공연을 갖건, 호랑이들은 자유의사로 복종하는 것이 아니라 우리를 무대로 바꾼 것에 지나지 않는다는 점이 놀랍다는 생각 말이다. 그러니 무방비의 한순간이긴 하지만, 호랑이들은 자신들이 복종한다는 미스터리에 대해 곰곰 생각했고 그것에 놀랐다.

호랑이들이 대체 거기서 뭘 하고 있는지 궁금해한다는 것을 그녀가 깨달은 바로 그 순간, 무방비로 노출된 등이 호랑이 쪽을 향해 있어서, 그녀의 말하는 눈이 호랑이에게 보이지 않을 때 공주는 약간의 공포를 느꼈다. 아마 그것이 그녀가 늘 가지던 감정보다는 더 인간적인 감정이리라. 그래서 때로 그녀는 동료가 있다면 얼마나 좋을까, 누군가 인간적인 사람, 마구간지기 소년이나 신랑이 아니라 자신이 믿을 만한 사람, 자신이 왈츠로의 초대를 연주하는 그 긴장된 순간 동안 호랑이들을 감시해줄 누군가가 써커스장에 있으면 얼마나 좋을까 하고 생각했다. 여러 날 중에서도 바로 오늘이 호랑이들이 그녀의 초대를 받아들이지 않기로 결심한 날은 아닌지 자문해보면서 말이다. 그들이 상호협약을 맺은 많은 밤 중에서,

바로 오늘밤에, 호랑이들이 한마리 한마리씩 음악에 맞추어 파트너를 고르러 오지 않을까, 하지만……

만약의 사태에 대비해 그녀는 언제나 피아노 위에 총을 두고 있었고, 이 총에는 공포탄이 장전된 것이 아니었다.

그럼에도 불구하고, 그녀는 호랑이 우리 옆에 한무더기의 깨끗한 짚으로 보금자리를 꾸며놓고, 호랑이들과 굉장히 친근한 관계를 유지하며 살았다. 감염을 예방하기 위해 그녀는 붕산과 아르지롤로 호랑이들의 눈을 닦았다. 호랑이의 부드러운 발에는 연고를 발라주었다. 그러나 그녀는 호랑이들에게 미소를 보낸 적이 없었다. 그들에게 웃음은 우호적인 협약이 아니었기 때문이다. 웃음은 적대감을 예방하기 위해서일 뿐 우호감을 증진시키는 것이 아니었다. 어쩌면 공주에게 "왜 이리 조용해? 호랑이가 혀를 빼물어갔냐?"라고 말할 수도 있을 것이다. 왜냐하면 그녀는 이 일을 시작한 이래 일찍이, 자연의 법칙에서 거부된 인간의 목소리를 매개로 사용하면 호랑이들이 어떻게 자기 목덜미 뒤에서 으르렁대는지, 또자기 귀를 어떻게 납작하게 낮추는지 알아챘기 때문이다.

그녀는 정글에 버려져 야생 곰의 젖을 빨고 자라난 암호랑이의 수양딸이라는 소문이 돌았다. 그러나 마르쎄이유 근처에는 정글이 없었다. 그녀는 아무 말도 하지 않았기 때문에 이 이야기들을 부인한 적도 없다. 대령은 그런 이야기를 마구 퍼뜨렸다.

그녀가 호랑이 옆에 짚으로 만든 자기 침대에 어쩌다 드물

게 되는대로 다른 사람을 데려오는 경우에는, 언제나 어둠속에서 사랑을 나누었다. 왜냐하면 그녀의 몸은 마치 문신이라도 새긴 듯 3센티미터 간격으로 발톱자국 상처가 나 있었기때문이다. 그것은 호랑이들을 조련하기 위해 그녀가 치른 대가였다.

바삭바삭 구운 쏘시지와 베이컨 향은 이제 똥, 살코기, 패스트리, 그리고 안뜰에 있는 야수들의 묵직한 냄새와 뒤섞였다. 스토브와 카운터로 이루어진 취사장이 생겨나 있었다. 하느님이 보우하사! 진짜 영국식 아침식사를 나르면서 마부 소년이 목청을 높이고 있다.

차력사 삼손은 외국인을 혐오하는 욕설로 러시아 행상인들을 한쪽으로 쓸어내면서 모닝커피를 받으러 왔을 때, 베이컨 샌드위치를 으적대고 씹던 부두노동자들에게 엄청난 놀림을 받았다. 써커스단에서 빠르게 퍼지는 소문에 따르면, 그가 애인을 광대 녀석에게 빼앗겼다는 것이다. 삼손은 결코 한번도 우리에서 도망친 호랑이의 발톱 앞에 미뇽을 내맡긴 적이 없었는데, 그놈의 광대가 끼어들자 그 사달이 난 것이다. 말도 안돼! 그는 자신의 빛나는 가슴근육을 자랑하면서 그 망할 광대 녀석을 손봐주게 되면 그에게 무슨 짓을 어찌할지 떠벌리고 다녔다. 그리고 미뇽이 자신의 구세주를 찾아 광대 골목으로 뛰어가버렸기 때문에, 사실 그의 자존심에 진짜로 흠집이 났다. 모든 과정에서 미뇽은 여자의 위치, 즉 남자들 사이에 불화를 일으키는 요인이 되었다. 그렇지 않고서야 남자들의 삶에서 여자가 어찌 중요한 역할을 맡을 수 있겠는가?

아무리 봐도 인도산 고무로 만든 자동인형이 아니라, 고귀한 안목을 지닌 웨일즈 왕자에 걸맞은 대단한 육체의 소유자인 페버스가 휙 지나가자, 대령은 기쁨에 들떠 중절모를 벗는다. 그녀는 말에 타지 못한 발키리처럼 걸음걸이는 예쁘지 않지만, 놀라운 곡선미만큼은 대령이 종종 꿈꾸던 환희를 약속해주리라.

리지는 산파나 낙태 시술자의 것일 법한 가방 하나를 메고서, 그런 대령을 향해 씨칠리아식 악의를 담아 깊이를 가늠할 수 없는 어두운 눈초리를 던졌다. 대령으로서는 페버스의 샤프롱이야말로, 어쩌면 가능할 수도 있는 공중곡예사와 자기 둘만의 친밀한 저녁식사 약속을 잡는 데 방해가 되는 걸림돌로 생각되었다. 그 저녁식사가 무엇으로 이어질지, 또 누가 알겠는가 말이다. 네에, 맞습니다요!

대령은 그 생각에 사로잡혀 진짜 담배연기 구름과 함께 폭발해버렸다. 지나치게 열중한 나머지 끼고 있던 씨빌을 찌그러뜨리는 바람에 씨빌이 그만 비명을 질렀다.

리지는 잠시 멈춰 집시 바이올린 연주자에게 러시아 동전을 한닢 던졌고 그 답례로 의미를 알 수 없는 감사 인사 세례와 함께, 무슨 이유에서인지 소책자 아니면 민요악보 같은 것을 받았다. 그녀는 눈길 한번 주지 않고 그걸 핸드백에 쑤셔넣었다. 대령은 그것에 대해 더이상 생각하지 않았다. 실은 비밀경찰 단원인 뜨거운 잼 파이 장수는 호기심에 차서 그

거래를 보았을 테지만 말이다. 그러나 페버스는 바로 그 순간 그가 가진 것을 전부 다 팔아주기로 결정했고, 샤리바리 아이들에게 열심히 잼 파이를 나누어주었다. 아이들은 그 음식을 받으려고 빨랫줄에서 공중제비로 뛰어내려왔고, 돈을 받는 일이 드문 라틴계의 정열을 지닌 파이장수에게로 깡충대며 뛰어갔다.

두 여자가 한 소녀와 있었는데, 아니 소녀라기보다는 숙녀라 해야 할 것이다. 그녀는 아름다운 머릿결에, 날씬했고, 붉은 모직 옷을 말쑥하게 갖춰입고 있었다. 대령에게는 어디서 본 것 같다는 친숙한 인상만 주었을 뿐이다. "전에 어디서 본 적 있지 않나요?" 그녀는 차력사에게는 어떤 인상을 주지 못했고, 차력사는 월써와 다시 부딪칠 경우 월써가 입을 상처에 대해 친구들에게 떠벌리느라 정신이 없었다.

대령은 씨가를 씹다가 한숨을 쉬었다. 공주가 밥을 주러 다니면서 남긴 핏빛 흔적에 동물막사 전체가 흥분하기라도 한 것처럼, 두 여자가 손님 하나와 동물막사 쪽으로 사라지는 동안 페버스는 그저 무뚝뚝하게 고갯짓만 했기 때문이다. 페버스에 대한 대령의 찬탄은 그녀의 무관심과 예매실적에 비례해 커져갔다.

그러나 "안녕하세요! 안녕, 안녕, 안녕하세요!" 하는 소리가 들리자, 쉽게 산만해지는 그의 주의력은 광대들과 그들에 딸려온 개들이 시끄럽게 짖으며 소란스럽게 등장하자 그쪽으로 쏠렸다. 그가 고용한 신참 광대도 거기 왔으며, 팔에 붕대를 매고 있어 옷차림은 좀 꼴사나워도 제대로 와 있다는 게 흡족했다.

"이제 당신 차례예요!" 함박웃음을 터뜨리면서 마구간 소년들이 삼손에게 말했다. 그러나 삼손은 집채만한 체구에 이미 얼큰히 취해서 예의 그 제정신이 아닌 위엄과 지독한 신체적 폭력을 가할 것 같은 분위기를 풍기며 자신의 무리를 써커스장으로 인도해가는 부포를 한번 쳐다봤다. "어림없지!" 차력사가 분별력을 십분 발휘하며 의견을 말했다. 그는 자신의 머그잔을 카운터로 밀어넣고 자리를 떠났다. 혼자 있을 때 잡으러 가야겠어.

부포는 광대들의 두목이었다. 열두 명의 광대. 잠깐만, 이건 뭐지? 열세 명이잖아! 이런, 어제는 열두 명이었는데 오늘은 열세 명이라니, 좁은 통로엔 분명 열세 명이었다.

광대들. 그들을 테러리스트 집단이라 생각하자. 아니 그건 옳지 않아. 테러리스트가 아니라 비정상인들이지. 외모의 기이함을 유지하는 딱 그만큼만 광폭해지는 최고의 해적집단, 비정상집단 말이다. 광대들의 광폭한 매너가 공포를 주는 것은 아니니 안전하다. 우린 그들을 조롱하는 법을 배워야 하고, 최소한 그 웃음의 일부는 공포를 잘 억눌러야 나온다는 것을 알 필요는 있지만 말이다.

꼬마 이반과 광대들의 관계는 이러했다. 우선 그는 광대들을 두려워했고 그다음에는 광대들에게 매혹되었다. 결국 그는 광대처럼 되고 싶었다. 광대는 상대를 겁주고, 매혹하며,

적대시하고, 파괴하는데도 언제나 존재의 안전한 장에 있고, 방종을 누릴 특권을 허락받았으면서도 그런 행동이 금지되었다. 설령 광대들이 할머니를 둘러싼 도시를 전부 폭파한다 해도, 집으로 돌아온 할머니가 계속 숯을 붉게 또 검게 만들 것이고 그래봐야 아무것도 변한 건 없을 테지만 말이다. 아무것도 말이다. 폭파된 건물들은 거품처럼 공허하게 공중에 떠다닐 것이고 다시 원래 자리로 부드럽게 내려앉을 것이다. 시체들은 몸부림칠 것이고, 관절이 여기저기 사방에 튈 것이며, 사지는 찢어질 것이다. 그러고는 그들의 찢어진 사지를 모아다가 그것으로 저글링을 하는 거다. 그 사지를 좋았던 예전 그 자리에 모두 다 잘 끼워넣기 전까진 말입니다, 네.

그러니 여러분도 알다시피, 또 그 증거를 보았다시피, 사물은 언제나 있던 그대로의 모습으로 존재할 것이다. 대재난으로 인해 새롭게 생긴 것은 아무것도 없으며, 그 혼란마저 정지상태를 맞이한다.

광대가 태어날 때마다 요정 대모는 그들 각각에게 이중적 의미의 축복을 내려준 것 같았다. 당신을 진지하게 받아들이는 사람이 없는 한, 뭐든 원하는 대로 할 수 있다는 축복.

부포는 가장 최근에 입단한 신참 광대에게 씌울 뿔 셋 달린 모자에 종을 달고 있었다. 자신의 지능이 조금씩 빠져나가는 소리를 듣지 못하게 하기 위해서였다.

모자를 쓰고 종을 단 꼬마 이반은 마치 두 발 동물의 자세에서 완전히 해방된 것처럼 써커스장을 빙 둘러가며 공중제비를 넘었다. 그러다 다른 쪽 방향에서 공중제비를 넘으며 오던 부포와 부딪쳤다. 그 과정에서 엄청난 충격을 받았고, 최소한 오분간은 써커스에서 도망쳐나오는 게 좋겠다고 생각했다. 엄지손가락을 입에 문 채 골이 나서 앞줄에 앉아 있으면서도, 아직 희극배우들에게서 눈을 떼지 못했지만 말이다.

부포는 특히 월써에게 어떤 배역이 적격일지 생각해냈다. 더이상은 물구나무를 서고 있을 수 없었기 때문이다.

"수탉처럼 울어봐."

"꼬끼오." 월써가 복종하며 말했다.

"*꼬끼오 꼬꼬스키!*" 부포는 모든 러시아인의 짜르에게 작은 경의를 표하며 닭울음 소리를 수정했다. "팔을 좀 펄럭여봐."

"*꼬끼오 꼬꼬스키!*" 월써는 이제는 동물이 되는구나 생각하면서 발뒤꿈치를 들고 일어서서, 한팔은 깁스를 한 채 두팔을 최대한 흔들어 공기를 갈랐다.

"신사숙녀 여러분, 남녀 여러분." 부포가 억양을 넣어 읊조렸다. "여러분 앞에 소개드리겠습니다. 치킨맨입니다!"

그릭은 자신의 바이올린 안에서 썩 신선하지 않은 달걀 하나를 발견하고는 월써의 두 눈 사이로 던졌다. 부포가 삐걱거리며 허락한다는 신호를 했다. 그록은 자기 탬버린 바닥 안쪽에서 달걀 두 개를 발견했다. 저 멀리 환호소리 가운데, 모든 광대들은 수순에 따라 옷과 몸의 다양한 부위에서 달걀을 꺼내 던졌다. 달걀이 얼굴에 흘러 월써가 아무것도 볼 수 없게 될 때까지 그들은 던졌다. 그록은 여러 악기의 반주에 맞추어 "사냥을 떠날 거예요!"라고 소리쳐 노래부르기 시작했다. 꼬마 이반은 이젠 톱밥 위에 흩뿌려진 달걀들을 다 합치면 자기 할머니가 얼마나 많은 팬케이크를 만들 수 있을까 생각했지만, 너무 웃겨서 생각조차 할 수 없었기 때문에 그 생각이 오래가지는 못했다.

월써가 이들에게로 돌진하자 월써의 눈에는 보이지 않는 고문관들이 쌔틴 코트 자락이 월써의 손에 닿지 않도록 살짝 피했고, 긴 신발로 월써를 걸어 넘어뜨렸으며, 들고 있던 장대로 마구 찔러서 그를 무너뜨렸다. 꼬마 이반이 포복절도하는 괴성을 듣자 월써는 분노가 치솟았다. "뭐가 그리 우습다는 거야?" 그는 자신이 어디에 있는지도 모른 채 폭언을 퍼부었다.

나중에 광대들이 말해주길, 그들이 그를 써커스장 가장자리로 몰고 갈 때 월써가 주먹질과 조롱의 비명과 함께 보여준, 분노에 찬 좌절의 제스처가 그중 가장 우스꽝스러웠다고 했다. 분노에 찬 좌절의 제스처와 희극적인 상처가 말이다.

이에 따라 월써는 광대 고깔모자를 쓰게 될 것이다. 부포는 잠시 생각하더니 커다랗고 홀쭉한 흰 턱을 어루만지며 이렇게 결정을 내렸다. 그의 고깔모자나 닭울음 소리와 함께 치킨 맨은 그 즉시 광대들의 크리스마스 만찬 메뉴에 오르는 성찬이 될 것이다.

월써의 새로운 직업은 그에게 많은 것을 요구하기 시작했다.

그동안 페버스는 동물막사로 가서 조악한 프랑스어로 공

주와 일방적이긴 해도 활기찬 대화를 하고 있었다.

"껠 샹투즈(정말 멋진 노래 아닙니까)!" 그녀가 말했다. "껠 스뻭다끌(정말 대단한 광경이잖아요)!"

피가 뚝뚝 떨어지는 앞치마를 두른 공주는 우리의 칸 하나를 열었다. 그리고 고깃간에서 배달해온 고기의 절반 분량을 던져넣었다. 호랑이들은 탐욕에 차서 으르렁대며 서로의 귓가를 앞발로 차내면서 연회를 벌였다. 호랑이들을 바라보던 공주의 검은 얼굴은 칼리(인도의 죽음의 여신─옮긴이)의 얼굴이 되었고, 그녀 주위를 감도는 짙은 냄새는 그녀와 짐승털이 안 난 다른 모든 인간들 사이에 보이지 않는 장벽이 되기에 충분했다. 페버스는 그녀가 까다로운 손님인지 알고 있었다. 그녀는 겁이 없었다.

"엘 사뻴 미뇽. 세 바슈망 슈에뜨, 싸(그녀의 이름은 미뇽이에요. 정말 이건 대단해요)."

미뇽은 막막히 빛 속에 날리는 먼지 티끌을 바라보면서 페버스 어깨에 기대었고, 자신이 모든 대화의 주제라는 것조차 알지 못했다. 그녀의 새 밤색 드레스는 군복과 비슷한 장식단추가 달려 있어 유럽 호텔의 수위 유니폼을 떠올리게 했고, 그 옷은 사실 그날 아침 여섯시까지만 해도 유니폼이었다.("여기랑 저기에 한땀만 뜨면 완전히 그녀 몸에 딱 맞을 거야. 걱정 마, 친구.") 리지는 미뇽의 노란색 머리 전체를 땋아서 틀어올렸다. 미뇽은 살인자의 자식이 아니라 목사의 딸처럼 보였다.

공주는 페버스에게 기묘한 표정, 질문이 있다는 표정을 지어 보였고, 자기 입술을 톡톡 두드렸다. 페버스는 그 뜻을 이해했다.

"노래는 말이 아니잖아요." 페버스가 말했다. 그 말의 문장 구조는 발음보다 더 미묘한 데가 있었다. "말이 호랑이를 우리와 갈라놓기 때문에 호랑이들이 말을 싫어하는 거라면, 노래는 그런 말의 기능을 빼고 대신 신성함을 부여하죠. 노래와 말의 관계는 춤과 걸음의 관계와 같아요. 아시다시피 호랑이들은 춤추는 것을 좋아하지요."

("행운을 빌며 운이 함께하길." 그녀는 혼잣말로 덧붙였다.)

공주가 보살피는 호랑이들은 하품을 하고 기지개를 켰다. 공주는 앞치마를 벗었다. 공주는 미뇽을 위아래로 훑어보았다. 그 둘은 키가 같고 둘 다 몸집이 작았으며 가녀렸다. 한쪽의 피부가 희다면 다른 한쪽은 피부가 검은 쌍둥이 같았다. 그리고 둘 다 우리와는 다른 방랑자 기질이 있었다. 공주는 야수들 가운데서의 방랑을 선택한 반면, 미뇽의 방랑은 떠밀려서 그렇게 된 것이지만 말이다. 아마도 공주의 마음이 그녀를 향하게 만든 것은 미뇽의 고아 같은 표정이었을 것이다. 그녀가 고개를 끄덕였다.

배부른 호랑이들은 피투성이 뼈들을 앞발 사이에 끼고 무거운 머리를 뉘었다. 그것은 공주가 뚜껑을 열어놓은 베흐슈타인 그랜드피아노 주변에 만들어진 오렌지빛 황갈색 형상의 아름다운 정물화이거나, 정물이었다. 그들은 깨어나지 않은 욕망처럼, 불붙지 않은 불꽃처럼 졸고 있었다. 오렌지색 새끼호랑이들은 피아노 의자 위에서 낮잠을 자느라 몸을 웅크리고 있었다.

미뇽은 어른들이 자기를 위해 어떤 계획을 세웠는지 처음 깨달았다. 공주가 우리로 걸어들어가면서 그녀는 페버스의 손을 꽉 잡고 희미한 경고를 담은 야옹 소리를 내면서 뒤로 주춤 물러났다. 그러나 페버스는 격려하는 빛으로 그녀를 안았고 그녀를 답삭 안아올려 품에 가두고 등뒤로 급히 문을 닫았다. 공주는 미뇽에게 피아노 옆에 자리잡으라는 몸짓을 했고, 거기서 그녀는 호랑이들을 노려볼 수 있었다. 그러나 호랑이들은 식후의 졸음을 즐기면서, 미뇽의 존재는 그저 콧구멍이나 수염 끝자락의 아주 미미한 실룩임 정도로 받아들였다. 공주는 피아노 위에 놓인 소총을 토닥였다. 그것은 미뇽에게 다소간 위안이 되었다.

공주는 잠자는 새끼호랑이를 짚더미에 올려놓고, 의자에 자리잡았다. 그녀는 부드럽게 손가락으로 건반을 두드렸다. 마치 피아노가 자신만의 화음을 가진 합당한 음악을 제공해주는 것처럼 말이다.

미뇽은 피아노 가까이 몸을 붙이고 얼어 있었지만 곧 흰 건반 위 공주의 검은 손가락이 놓인 광경에 매료된 나머지 무서움을 잊어버렸다. 주의깊게 보고 있던 페버스는 자기도 모르는 사이 가죽장갑을 벗고 손톱을 깨물 태세를 취했다. 리지는 핸드백을 깔고 앉아 혼잣말로 빠르게 딱히 이딸리아어도 아닌 뭔가를 중얼거렸다.

피아노가 공주에게 무엇을 연주해야 할지 말해주자 그녀는 머리칼을 귀 뒤로 넘기며 화려한 연주의 제스처를 취했고, 최선을 다해 건반을 공략했다. 미뇽도 그 답례를 하기 시작했다.

미뇽의 남편에게 살해된 영국 남학생이 그녀가 태어나기도 전에 이미 그녀를 위해 작곡된 노래를 미뇽에게 가르치지 않았으리라 생각지는 마시라. 일단 그가 미뇽과 이름을 트고 지낸 이상 어찌 가르치지 않을 수 있었겠는가? 그는 유쾌한 마음으로 리스트와 슈베르트의 곡 가운데서 망설였다. 그의 쌕쌕거리는 하모니카에서 아무리 이상한 반주가 나와도, 미뇽은 자신이 할 노래를 알 것이라 그는 확신했다. 그녀가 가사의 뜻을 모르고 그 가사가 그녀의 모국어로 쓰이지 않았을지라도 말이다.

말한다는 것과 노래한다는 것은 완전히 별개이다.

여기저기서 호랑이들이 눈꺼풀을 깜빡였다.

자신의 용기에 스스로 놀란 듯 미뇽의 목소리는 떨리고 있었다. 마치 호랑이들에게 그 노래에 나오는 땅을 아는지 묻는 것 같았다.

호랑이들이 지푸라기 더미에서 일어났다.

안돼, 안돼. 지금은 너무 이른 아침이야.

레몬 나무가 자라는 땅을 아시나요?

오! 조금만 더 자게 해주라고. 우린 이제 막 아침을 먹었잖아!

레몬 나무가 자라는 땅을 아시나요? 미뇽은 호랑이들이 눈을 뜨는 것을 보고 이렇게 물으며 애원했다. 그들의 눈은 귀중한 열매 같았다.

그들은 일어나 바스락거리는 소리를 냈다. 이 땅은 어쩌면 우리가 처음 태어난 에덴동산, 순진한 야수와 현명한 아이들이 사랑스러운 레몬 나무 아래 함께 뛰놀던 곳이 아닐 수도 있다. 호랑이들은 포악성을 포기하고, 아이는 잔꾀를 포기하는……? 에덴동산 맞지? 맞지?

호랑이들은 모두 거대한 머리를 들어올렸고, 마치 자기들만의 무언의 운명 때문에 우는 것처럼 호박색 눈물을 뚝뚝 떨어뜨렸다. 꼬리로 부드럽게 짚더미를 쳐내면서, 천천히 천천히 모든 야수들은 음악의 진원지를 향해 모여들었다. 첫번째 곡이 끝나자 나지막하고 황홀한 가르랑 소리가 그들에게서 점점 커져가더니 동물막사 전체가 거대한 꿀벌통 속이 된 듯한 소리가 났다.

그다음에 산자락들이 나타났다……

미뇽의 목소리는 처음엔 다소 불안정하더니, 점점 자신감과 세기가 커지더니 이제 동물막사 전체로 울려퍼졌고, 침팬지들은 결코 대답할 수 없는 질문을 하는 눈빛으로 책에서 눈을 떼어 위를 쳐다봤다. 심지어 광대들조차 조용히 숨을 죽였다. 코끼리들은 그 노래가 계속되는 동안 덜걱이는 사슬을 멈추었다.

공주는 공포스러운 정지의 순간이라는 문제가 해결되었다는 것을 알았다.

노래가 끝나자 황홀해진 호랑이들이 한숨을 쉬고 다리와 엉덩이의 위치를 다소 바꾸긴 했지만 춤을 출 기세는 아니었다. 공주가 미뇽에게 입을 맞추었다.

페버스와 리지도 안도의 한숨을 크게 내쉬고는, 그들처럼 서로 키스를 나누었다

"잔인한 남자들은 마치 더러워진 장갑 한짝을 내다버리듯 그녀를 내다버렸어요." 페버스가 말했다.

"그러나 우리 여자들이 미뇽을 완전히 새사람으로 만들었죠!" 리지가 승리에 찬 목소리로 결론내렸다.

그것으로 고용문제는 마무리된 듯 보였다. 공주는 미뇽을 호랑이에게 인사시켰다. 두 여자가 손을 꼭 잡고 호랑이 우리에서 나왔다. 호랑이들은 앞발에 다시 코를 묻었다. 공주는 감사의 표시로 페버스의 양볼에 입을 맞추었다.

"진짜 멋졌어." 페버스가 치하했다. 그들은 다른 이들이 왈츠를 시작하게 놔두었다.

이제 안뜰은 물을 뺀 욕조처럼 텅 비어 있었고, 아침 업무는 끝났다. 대령은 매표소로 가서 돈궤를 확인했다. 야외취사장이 문을 열었다. 잡역부와 마구간지기 소년들은 카드를 치고 보드까를 마시러 동물막사의 고약한 냄새로 가득한 온기 속으로 돌아갔다. 비밀경찰의 잼 파이를 탐내어 달려들었다가 끔찍한 배앓이를 한 작은 샤리바리에게는, 배에 올려놓을

뜨거운 물병이 숙소로 지급되었다. 엄마는 페버스를 탓했다. 황량한 침묵 속에 새들은 쓰레기를 쪼러 돌아왔고, 물 펌프 아래엔 얼굴을 씻으려고 쭈그려앉은 우스꽝스러운 멜빵바지를 입은 청년도 있었다. 물론 그는 한팔만으로도 펌프질을 할 수 있었다.

"네 애인이 왔구나." 리지가 기뻐하는 기색 없이 말했다. "양키 중의 양키, 기자 중의 기자 아니니."

페버스는 뒤쪽에서 월써에게로 다가갔다. 물줄기 속에 그의 얼굴이 나타나자마자 그 순간을 포착한 듯 그녀는 두 손을 들어 월써의 두 눈을 찰싹 쳤다.

"우우우!"

사랑에 익숙하지 못한 월써는 그녀의 모습을 보고 심장이 쿵쾅거리자 잠을 자지 못한 탓이라고 진단내렸다. 그녀는 꺼림칙한 생각이 드는 듯 그를 바라보았다. 신장 면에서, 6~9센티미터는 위에서 월써를 내려다볼 특권, 그녀가 좋아하는 이런 특권을 주는 하이힐을 신은 채 좌우로 까딱거리고 있었다.

"아픈 팔은 좀 어때요?" 그녀가 물었다.

그는 깁스한 팔을 보여주었다.

"조심해야죠. 호랑이한테 할퀸 상처는 곪거나 썩을 수가 있다고요. 정말이에요."

그녀는 목소리를 조금 낮추었기 때문에 그 말은 다소 음탕하게 들렸다.

"저⋯⋯" 그녀가 말했다. "결국 당신은 간밤에 왕림할 뻔한 저승사자를 물리치고 왔다죠. 내가 오해한 것 같네요. 그 애를 범하진 않은 모양이에요."

월써는 소맷자락으로 달걀 세례의 마지막 흔적을 닦아내느라 얼굴을 가렸다. 페버스는 킬킬거리면서 장갑으로 가볍게 그를 쳤다. 전날 밤의 심술 섞인 분위기는 완전히 가시고 대신 지금은 알 수 없는 교태가 자리하고 있었다.

"월써 씨라고 부를까봐." 그녀는 유혹하는 어조로 덧붙였다. "당신이 날 이렇게 세상 끝까지 따라다닐 거라니 기분이 들뜨는데요. 세상 끝까지, 그렇죠?"

월써가 대답도 하기 전에, 리지는 그런 연애질이 절정으로 치닫는 꼴을 더는 못 보겠다는 듯, 성미급하게 월써의 성한 팔 소맷자락을 잡아당겼다.

"아, 월써 씨, **집으로 보내는 편지**에 관해 질문이 좀 있는데…… 우리, 그니깐 페버스랑 내가 좀 궁금한 게 있는데, 아니면, 아하, 지금은 상처 때문에 소식을 전하지 못하겠네? 글쎄, 그렇다면 **우리에 대해 쓸 기삿거리는 무궁무진하게 있는데!**"

리지는 거대한 핸드백에서 엄청난 양의 종이다발을 쏟아내더니 그에게 떠안겼다.

8

그 인기스타는 전에 써커스 일을 한 적이 없기에, 단원들 사이에선 그녀에 대한 적의가 상당했다. 특히 몇세기 동안 공중곡예 댄서 노릇을 해온 샤리바리가 심했는데, 페버스가 속임수를 쓴다는 사실만 빼면 그들도 똑같은 중력 논쟁에 휘말려 있었다. 샤리바리는 그녀가 속임수를 쓴다고 확신했다. 그들은 그 사실을 체험상 직감으로 알았고 증거는 필요없었다. 그런 속임수로 이제 페버스는 기계장치의 도움을 받아 보통은 샤리바리들이 맡던 주연 역할을 빼앗아버렸다. 그들은 페버스의 해부학적 구조와 관련해 '구타페르카'(나무진을 말린 고무 같은 물질로서 절연재로 사용된다—옮긴이) 이론까지도 주장했다. 바로 그날 아침, 아침식사인 커피와 우유 앞에서 아이들은 '페버스가 튕겨오를지 보려면' 공중에서 그녀를 떨어뜨릴 방법이 뭔가 있을 거라는 의견을 제시했다. 엄마는 타일렀다. "장난꾸러기, 그러면 못써요!" 그러나 엄마와 아빠는 의미심장한 시선을 주고받았다. 페버스가 독 든 파이를 선물로 주어 애들에게 배앓이를 시켰으니 이제 참을 만큼 참은 것이다.

엄마, 아빠, 형제, 자매, 사촌들은 열두 명씩 무리를 지어 분노에 찬 채 페버스 악단의 리허설에 도착했다. 그들은 이딸리아식으로 군중을 모으는 법을 다 알고 있었기 때문에, 샤리바리 전체는 부분을 합친 것보다 훨씬 더 많아 보였다. 아이들은 침대에 누워 신음하느라 집에 남겨져 오지 못했는데도 말이다. 샤리바리들은 마치 그럴 권리라도 있는 양 임페리얼 박스를 차지했다. 그 가계가 네로 황제 이래 지폐에 그려진 모든 유럽의 황제들을 기쁘게 해줬기 때문이다. 이들은 정말 자신들이 써커스 역사의 중추라고 느꼈다. 그리고 페버스가 자신들을 경멸했다고 생각하는 것도 그런 화려한 전통에 입각해서였다. 그들 모두는 얼굴에 변함없는 적의와 경멸의 표정을 지었다. 그들은 레오타드(타이츠처럼 온몸에 꼭 끼는 곡예사 옷―옮긴이)를 입은, 섬세하지만 강인한 신체를 가진 작은 사람들이다. 여자들은 경멸감을 표하기 위해 머리에 머리말개를 단 채였다.

곡예사들이 항상 실제보다 더 커 보인다는 것은 공중곡예 현상이다. 따라서 작고 유연한 게 공중에 맞는다는 것이 원칙이다(샤리바리도 잘 알다시피, 곡예줄 위에서도 마찬가지다). 키가 큰 곡예사는 아무리 재주가 뛰어나도 서툴러 보인다. 이상적인 여자 곡예사는 체중계 상에서, 음 보통 45킬로그램 정도가 되고, 굽 높은 슬리퍼를 신어도 158센티미터가 넘지 않는다. 남자 파트너는 아마 4~5킬로그램이 더 나가고 7센티미터 정도 더 클 수는 있지만 땅 위에 서면 이들은 여전히 작은 사람일 것이다. 아무리 시속 90킬로미터가 넘는 속도로 공중을 날아다닐 때 그들이 마치 어떤 그리스의 신처럼 보인다 해도 말이다. 페버스는 스타킹만 신은 맨발로도 키가 189센티미터였고 체중은 89킬로그램까지 나간다는 점을 명심하시라.

세상에나, 그녀는 거대해 보였다. 그녀가 비행할 때 진홍빛, 보라색 날개는 임페리얼 써커스의 지붕널을 덮어버렸다. 그러나 공중에서 수영하듯 여유롭게 동작을 취하는 대리석 같은 거대한 팔다리는 눈으로 보고도 납득하기 어려웠다. 마치 새의 복장에 인위적으로 팔다리를 덧달아놓은 것 같았다.

나방이 불꽃을 향해 덤비듯 써커스장을 향해 달려가면서 월써는 예전처럼 생각했다. '이 여자는 멋지게 보이지만, 그래도 사실 같아 보이진 않아.'

그러나 페버스의 크기와 비교해볼 만한 정확한 대상이 없었기 때문에, 그는 무엇이 잘못되었는지 딱히 지적할 수 없었고, 또 정확히 어떤 식으로 비율이 틀어졌는지도 규명할 수 없었다. 아니 문제는 이것이었다. 뭔가 은근히 뿜어내는 분위기가 있었는데, 그것은 다른 사람들에게는 확신을 주어도, 정작 그녀는 자신이 만든 환각의 분명한 본질에 대해서 확신이 없었다.

페버스가 그려내는 느린 궤적과 시속 40킬로미터의 얌전한 펄럭임은 전부 속임수였다. 그건 샤리바리들을 미치게 했다.

페버스는 오른손으로 공중그네의 가로대를 부여잡았다.

선명하고 낭랑하게 뭔가 부러지는 소리가 났다.

밧줄이 끊어졌다.

조금 전 넋나간 황홀경에 빠져 그녀를 응시하던 대령이 이제, 넋나간 공포에 사로잡혀 그녀를 주시하다가, 공연 계약상 오케스트라 악단에는 삼류 연주자가 아닌, 쌍뜨뻬쩨르부르그 꽁쎄르바뜨와르의 명연주자들이 연주한다는 것을 성공적 홍보거리로 활용할 수 있을 것이라 판단했다. 문제는 이런 예술가들이 스펙터클의 제1법칙, 즉 쇼는 계속되어야 한다는 법칙을 모른다는 점이었다. 그리고 공중그네가 수미터 아래로 떨어져 그네에 매달린 채, 페버스가 시계추처럼 좌우로 흔들리자, 이제 (훌륭히 연주된) 「발퀴레의 비행」은 놀라자빠지며 불협화음으로 무너졌다. 톱밥의 작은 입자들, 중력의 소용돌이 위, 저 아래 저 아래로 하염없이.

페버스의 날개가 펄럭였고 날개 끝 주변의 작은 깃털들이 불안한 듯 공기를 갈랐다. 그러나 그녀는 설령 두려움을 느끼고 있을망정, 아무런 내색을 하지 않았다. 그녀는 둥글게 원을 그리며 회전했고, 아무것도 잡지 않은 한손을 흔들었고, 어쩌면 써커스에서 하는 말로, 조롱의 제스처로 임페리얼 박스를 향해 '스타일'을 연출했다. 심지어 혀를 쏙 내밀어 보이기까지 했다. 영원과도 같은 한순간 동안 연주자들, 그들의 손에 매달려 있던 호른과 바이올린, 그리고 대령과 월써는 아무것도 할 수 없는 상태로 가슴만 벌렁거리며 이를 바라보았다. 안절부절못하는 샤리바리들도 보았다.

그녀는 시간이 흘러서야 시계추운동에 변화를 불러올 수 있었다. 그녀는 점점 더 빠르게 시계추처럼 진자운동을 했고, 충분한 동력을 확보하자, 그제야 몸을 날려 도약하더니 다시 써커스 천막의 반대편에 도달했다. 거기서 그녀는 다른 공중 그네로 내려앉아, 갑작스레 자리를 잡더니 경쾌하게 날개를 접어올린 뒤 성난 세탁부 여인처럼 팔짱을 꼈다. 거대한 위용을 내보이며, 꿈쩍도 않으며, 한바탕 심술을 부렸고, 아래쪽에서 인 동요는 무시해버렸다.

혼란에 찬 소리가 임페리얼 박스에서 쏟아졌다. 그 소리에는 실망의 기색이 역력했다.

"나쁜 새끼들!" 리지는 서너 개의 이딸리아 사투리로 욕지거리를 반복하면서 강도를 높였다. 샤리바리들은 열심히 반격을 했다. 대령은 새 씨가에 불을 붙였고, 자신의 돼지한테 충고를 구하는 것처럼 보였다. 저 높은 곳에서, 페버스는 골이 나서 웅크리고 앉아 있었다.

아니, 그녀는 내려오지 않을 것이다. 여기 위쪽이 그녀에게 더 안전하지 않은가? 왜 아무도 밧줄을 점검하지 않았지? 어떤 죽일 놈이 써커스 장비에 장난질을 한 거지?

그녀는 높은 곳에 있었으므로, 모든 말을 다 들을 수 있었다.

끊어진 밧줄에 미리 반쯤 솜씨있게 톱으로 잘라놓은 흔적이 있는 것을 일꾼이 발견했다.

음모다!

즉각 샤리바리들에게로 의심이 쏟아진다. 샤리바리들은 임페리얼 박스의 돌출부를 따라 튕기듯 솟아오르고 이리저리 뛰어다니면서 격렬히 탄원한다. 샤리바리들이 타당하다고 느낄 만한 것은 뭐든 보이겠다는 제스처를 취하는 동안, 리지는 대령에게 빠르고 분노에 찬 말을 홍수처럼 퍼붓는다. 대령은 씨가를 씹으며 자기 돼지의 귀를 간질이고 있다. 씨빌이 꽥꽥 소리를 지르며 고개를 끄덕이자, 샤리바리에게 짐을 싸라고 할 수밖에 없다고 속으로 되뇐다. 아직 지불 못한 출연료에 보너스를 얹고, 경비는 제한 후 다음 기차를 태워 밀라노로 돌려보낼 것이다.

그렇게 하지 않으면 페버스를 잃을 수밖에 없다. 그건 상상도 할 수 없다. 특히 그날 밤 페버스는 미뇽을 오디션한다는 조건으로 대령과 저녁을 먹기로 했기 때문이다.

물론 샤리바리에게 그것이 다는 아닐 것이다. 그들이 앞으로 이 일을 하는 동안, 그들 가족 전체는 발이 썩는 전염병이며, 엉덩이 종기, 두통 및 소화불량에 시달릴 것이다. 삶에 독이 되지만 영구불멸의 해악은 아닌, 목숨을 앗는 것은 아니지만 영원토록 안색을 나쁘게 만들 온갖 자잘하고 짜증나고 고통스러운 잔병치레로 말이다. 그 자체로는 곡예줄을 타지 못할 정도로 나쁠 것이 없지만, 그저 그 때문에 앞으로 계속 모두의 줄타기 연기가 나빠질 것이다.

미래가 없다. 그 집단적 운명에 항상 밝은 미래란 없다. 페버스가 튀어오를 수 있는지 보고 싶어했던 아이들은 비밀경찰이 돌리던 파이를 먹고 생긴 복통에서 결코 회복되지 못할 것이다. 이들의 부모가 아무리 가망이 없다 해도, 아이들은 부모와 비교도 안되는 운명으로 고통받을 것이다. 미래에, 만일 리지가 샤리바리에 대해 그만큼 생각만 해보면, 이런저런 그들 일족은 진단조차 안되는 통증으로 고통받을 것이다. 역사적인 종족, 수황제와 샤를마뉴와 보르자와 나뽈레옹 등의 앞에서 줄타기 묘기를 부렸던 샤리바리는 이제 길고 느린 쇠락의 길로 접어들 것이다. 결국 이천년을 이어온 써커스 예술은 외국으로 이민가라는 압박을 받아 모트 스트리트(뉴욕 맨해튼의 거리. '리틀 이딸리아'와 가까운 곳 ─ 옮긴이)의 피자 매장에서 맥이 끊기겠지.

이제는 안녕.

대령이 샤리바리를 쫓아내는 것에 마지못해 동의하자, 페버스는 다시 땅바닥으로 내려왔다. 앨험브러에서처럼 점프하는 대신 다른 공중곡예사처럼 미리 제공된 밧줄사다리를 이용해 내려오긴 했지만 말이다. 땅 가까이 다가올수록 그녀의 불평소리도 더 커져갔다.

반은 웃으면서도 반은 의아했던 월써는, 앵무새가 횃대 밖으로 떠밀린 것보다 그녀에게는 큰 위험이 되지 않았을 거라고 완전히는 아니어도 거의 스스로를 납득시켰다. 그리고 그는 이런 일이 정말 있을 수 있다고 믿지는 않았지만, 여전히 다음과 같은 역설에 매혹되어 있었다. 만일 그녀가 정말로 실존하는 선천성 기형이나 불가사의라면, 그렇다면 그녀는 더이상 불가사의가 될 수 없다는 역설 말이다.

그녀는 더이상 특이한 여자가 아니게 되고, 세상에서 가장 위대한 **공중곡예사**가 아니라 그저 하나의 괴물에 지나지 않는다. 정말 놀라운 것이긴 하지만 놀라운 괴물에 지나지 않으며, 살과 피라는 인간적 특권이 거부된 표본의 존재, 관찰자들에게 언제나 관찰당하는 대상에 지나지 않을 것이다. 공감할 수 있는 주체가 아니라, 영원히 거리를 두고 바라보는 외계 생물이 되는 것이다.

그녀가 여자인 것은 순전히 자기 자신 덕이라고 그는 생각했다. 그것이 그녀의 인간적 본분이다. 상징적 여자로서 그녀는 의미가 있다. 기형이라는 의미, 아무것도 아니라는 의미.

기형인으로서 그녀는, 예전에 그랬듯, 다시 한번 진기한 물품을 전시하는 박물관의 전시물이 될 것이다. 그렇지만 만일 계속 여자로 남고 싶다면 그녀는 무엇이 될 것인가?

그다음 그는 마치 실제 공포에서 회복된 것처럼 루주 아래 페버스의 입술이 창백하다는 것을 알아차렸다. 그녀는 몸을 따뜻하게 하려는 듯 깃털로 몸을 감쌌다. 그녀는 그에게 엷은 미소를 지었다.

"정말 떨어질 뻔했죠?" 들릴락말락한 소리로 그녀가 말했다.

리지는 바에서 브랜디 반병을 들고 페버스에게 달려갔다. 대령은 주변을 어슬렁대며 찬사를 늘어놓았다. 그러나 페버스는 써커스장 가장자리 좌석에 꺼지듯 털썩 앉으면서, 대령에게 조용히 하라는 쉬잇 소리를 냈다. 그때 쩔렁이는 쇳소리와 함께 공주와 호랑이들의 공연을 위한 거대한 우리가 올라온다는 것을 알렸다.

"나의 멘토." 페버스는 브랜디를 삼키면서 말했다. "이제 엄청난 걸 보시게 될 거예요."

월써는 페버스 옆에 앉으려 했지만, 그 와중에 리지가 그를 단호히 밀어버렸기 때문에, 그는 대신 대령 옆에 앉았다.

공주는 미뇽의 첫 등장에 골몰하느라 자기 생각은 할 여유가 없었기 때문에, 드레스를 입는 것도 잊어버렸다. 페티코트와 슈미즈는 둘 다 세탁할 수도 있었건만, 하나는 가장자리에 호랑이 우리의 배설물이 얼룩졌고, 다른 하나는 허리께에 아무 생각없이 손을 닦는 바람에 피가 묻어 있었다. 그러나 미뇽에 관해서라면…… 대체 어떤 요정 대모가 작은 뒷골목 부랑아를 마술 지팡이로 건드린 것일까?

그녀의 아마빛 노란 머리칼은 부드러운 곱슬머리로 정돈되어 분홍색 비단 장미로 묶여 있었다. 로맨틱한 주름과 레이스 달린 설탕처럼 하얀 야회복엔 틈새가 나 있어서 그녀의 멍이 얼마나 잘 나았는지 보였다.

겨우, 두번째 소절에서 대령은 바스락거리는 소리를 냈다.

"호랑이 우리에서 리트(독일 가곡—옮긴이)라!" 그는 큰 소리로 되새겼다. "정말 품위있는 공연이지요. 그래요. 그런데 너무 고급스러운 거 아닐까요? 무슨 말인지 아시겠어요? 서민한테는 안 먹히는 거 아니냐고요? 어쩌면……"

"쉿!" 페버스가 날카롭게 항의했다.

월써는 눈이 따끔거렸고 이제 이 **공중곡예사**의 존재에서 연상된 현기증나는 감각에 압도되었다. 이번에는 그녀만큼이나 그 음악 탓도 있다는 것을 알았지만 말이다.

얼마 안되는 관객에게서 나온 산발적인 박수소리는 씨빌의 공격적인 침묵으로 변화되면서, 어느정도 대령의 평가를 정당화해주는 듯했다. 돼지의 상업적 통찰력은 대령의 커다란 자산이었기 때문이다. 아니. 이 쇼는 아니었다. 저 노래는 아니다. 가수는 현금을 찍어낼 정도로 흥행성을 지니고 있지만, 그 가수나 협연자가 써커스장이 아닌 고급 콘써트홀을 만들겠다고 고집한다면 그건 아니다. 업계의 위대한 전임자 바넘이 어떻게 스웨덴의 나이팅게일이라고 불리던 제니 린드를 엄청난 미국 대중에게로 상업화했는지 그는 열심히 떠올렸다. 미뇽과 계약한다, 그래 좋아. 하지만 호랑이 쇼와 함께 계약한다? 음! 그건 문제인걸.

"그밖엔." 그는 초조한 듯 엉덩이를 들썩이며 말했다. "뭘 더 할 수 있지요?"

미뇽은 뛰어난 솜씨로 로맨틱한 스커트 자락을 잘 조절하면서 교각 위에 있는 가장 큰 호랑이에게 다가가더니 인사를 했다. 여자들의 실례합니다에 해당하는 동작이었다!

호랑이의 꼬리가 씰룩거렸고, 콧구멍은 미농의 향수에서 나는 사향고양이 냄새로 흥분하고 있었다. 공주는 시작 화음을 연주했다. 호랑이가 받침대에서 뛰어내렸다.

공주는 쌍뜨뻬쩨르부르그라는 도시에 대한 경외감의 표현으로 예프게니 오네긴의 장엄한 왈츠를 연주하기로 했다. 하나, 둘, 셋. 미농은 호랑이와 왈츠를 추었다. 하나, 둘, 셋. 그 커다란 짐승은 코를 약간 킁킁거리더니 첫 등장한 여성에게로 부드럽게 몸을 굽혀, 183센티미터나 되는 몸을 뒷다리만으로 세웠다. 호랑이는 좀 불편해 보였는데, 어쩌다 흥분하기라도 하면 집어넣었던 앞발톱이 튀어나와 미농의 대리석처럼 매끈하게만 보이는 맨어깨에 끔찍한 상처를 내지 않도록 씌운 끈 달린 기다란 가죽장갑 때문이었다.

그들은 계속 빙글빙글 돌았다. 미농은 아무 생각없이 그 곡조를 허밍으로 따라 불렀다. 그것은 마술 같은 목소리였고, 미농은 처음으로 무도회에 간 소녀들처럼 자신의 노래와 그 결과에 흡족했다. 그러나 호랑이의 각시는 그 장면에 빠져 있어서 슬퍼했고, 어쩌면 예쁜 소녀에게 파트너를 뺏겨서 질투했을 것이다. 그래서 암호랑이는 뒤로 물러나 유황가스 같은 배경음으로 그르렁댔다.

미농은 호랑이 앞발을 잡고, 공주에게 배운 대로 관객에게 '스타일'을 연출했다. 그다음엔 호랑이에게 인사했고, 춤추던 다른 호랑이들에게도 인사했다. 모든 일이 하루 사이에 일어났으므로 당연히 미농은 판단력이 떨어졌으며, 그저 죽은 척하거나 아니면 무서운 동물과 춤을 출 수밖에 없다는 것이 만천하에 드러났다.

더 많은 박수 세례가, 지금까지 그 어느 때보다 많은 박수 세례가 쏟아졌다. 학식있는 침팬지들 모두가 위쪽 벤치를 따라 횃대에 자리잡고 앉았기 때문이다. 자신들의 전임 사육사가 새로운 모습으로 출현하는 것을 보고 박수를 칠 때, 침팬지들을 제외하고 임페리얼 써커스의 단골고객 중 그보다 더 예의를 갖추어 행동할 수 있는 자는 거의 없었다. 그중 한마리, 즉 녹색 리본을 단 침팬지가 월써의 눈길을 끌었고, 월써를 향해 윙크했다. 분명 멍키맨은 보통 때처럼, 다른 곳 어딘가의 싸구려 술집에서 술에 절어 뻗어 있을 것이었다.

이번엔 씨빌이 간신히 흥분을 가라앉혔고 대령의 의심은 사라졌다. 샤리바리들을 잃은 데 대한 보상을 충분히 받은 셈이었다.

"정말 끝내주네, 그렇지, 씨빌! 배짱 한번 두둑한데다 정말 멋지구나! 엄청 매력덩어리야. 저 작은 금발 애는 그야말로 기적이야! 말라깽이 갈색 피부는 경이로움 자체고! 내 말은." 그는 씨빌에게 털어났다. "노래만 빼자. 그냥 노래만. 그건 안돼. 노래는 빼고 곧장 춤으로 가자고."

미뇽은 파트너를 원래 있던 교각으로 인도하고는 그 호랑이를 정중히 다시 올려놓기 전에 화려한 무늬가 있는 호랑이의 이마에 입맞추었다. 그러나 암호랑이는 커다란 호박색 눈물을 자꾸만 떨어뜨렸다. 공주는 암호랑이가 흘리는 실망의 눈물을 보자 자기 손톱으로 이빨을 툭툭 쳤으며, 참지 못하고 관중을 불러들이려는 손짓을 했다. 누가 아픈 팔을 건드리기에 월써가 내려다보니 씨빌이 주둥이로 쿡쿡 찌르고 있었다.

"이게 무슨 뜻인지 알겠지요?" 대령이 입에서 줄렙냄새를 풍기며 공주의 말을 속삭이며 통역했다. "공주는 누군가 지원해줄 사람을 원합니다. 씨빌은 알지요. 알 수 있지요. 젊은 친구, 자네가 한번 나가서 맡은 소임을 다해보시게. 루딕 게임과 커니 대령의 써커스를 위한 소임을 다해보라고!"

"그런데, 대령님." 페버스가 말했다. "그건 좀 심하지 않아요?"

공주는 다시 손짓했다. 씨빌은 또 쿡쿡 찔렀는데 이번에는 좀 거칠었다.

"자넨 미국인 아닌가?" 대령은 간청했다. "미국인의 기상은 어디에 있는 건가?"

"하지만 저 호랑이는 절 잡아먹으려고 했단 말입니다." 월써는 아연해서 외쳤다.

"벌써 자기소개를 했단 말이군. 음, 좋아!"

"하지만 제 팔이……"

"부상당한 군인이 되는 거야, 불쌍한……"

월써는 도망칠 통로를 찾느라 측면부터 넓게 살폈지만, 미농의 모습에 넋놓은 삼손의 유령 같은 얼굴만 보였다. 빛나는 근육을 자랑하는 삼손도 동시에 월써를 보았다. 그에 반응하듯 삼손의 이두박근이 커졌다. 페버스는 한손으로는 눈을 가리고 다른 한손으로는 브랜디 병을 들어 입술에 갖다댔다.

"제 이름은 윌써라 합니다만 춤을 잘 추지 못할까봐 걱정입니다." 윌써는 황갈색의 아름다운 파트너에게 양해를 구했다. 월 플라워(무도회에서 춤 신청을 받지 못한 참석자―옮긴이) 신세는 면했다는 안도감과 함께, 부드럽지만 분명한 압박이 가도록 암호랑이는 윌써의 다친 어깨에 머리를 기대어왔다. 암호랑이용 보호장갑을 구할 시간이 없었으니 암호랑이가 흥분을 가라앉힌 것은 때마침 다행이었다. 춤은 암호랑이가 리드했다. 완벽한 확신과 놀랍도록 진지한 배려심으로 암호랑이는 윌써를 써커스장에서 빙빙 돌렸다.

하나, 둘, 셋. 하나, 둘, 셋.

빙글빙글 돌던 미농은 광대에게 빛나는 미소를 지어 보였다. 암호랑이 앞발에 달린 제련되지 않은 칼날에 기대어 윌써는 생각했다. 여기 미녀와 야수가 나가신다. 그리고 윌써는 암호랑이의 깊이를 알 수 없는 보석 같은 눈을 보면서, 그 눈에 반사된 완전히 낯선 요소의 정수를 보았다. 그것은 모피와 근육과 은총으로 된 세계였고, 자신은 그 세계로 들어온 서투른 침입자였다. 암호랑이가 공주의 흰 피아노 주변으로 윌써를 다시 한번 돌려 윌써의 혼을 빼놓자, 윌써는 호랑이들이 했으면 좋았을 것을 떠올렸다.

여기 미녀와 야수가 나가신다!

암호랑이의 입김에선 놀랍도록 지독한 악취가 풍겼는데, 이빨 사이에 낀 아침식사 잔여물이 썩은 냄새였다. 거슬리는 건 그뿐이었다.

이제 모든 호랑이가 뒷다리로 서서 레몬 나무가 자라는 나라의 마술 무도회처럼 왈츠를 추고 있었다.

써커스장의 쇠창살들이 하나씩 하나씩 지나가더니, 템포가 빨라지면서 그 모두의 경계가 흐려져 하나의 쇠창살로 뭉개져버렸다. 자신이 갇혀버렸다는 것을 알 수 있었으나 더이상 그렇게 느껴지지 않았다. 하나로 변한 쇠창살 자체도 사라졌고, 남은 것이라고는 춤이 계속되는 동안 그 안에서 모두가 완벽한 조화를 이루는 무한한 음악의 풍경뿐이었다.

이번에는 우레와 같은 박수소리가 들렸다. 공주도 박수에 동참했다면 (심술난 샤리바리들은 뺀) 써커스장의 모두가 박수를 친 셈이었다. 윌써는 인사하면서 마구간 소년과 일용잡부와 하인, 게다가 코끼리, 이름이 기억나지 않는 기수, 이름 모를 곡예사, 마술사, 총구에서 발사된 소녀, 모든 광대들, 모두가 그 대단한 장관에 매료되어, 완전히 사로잡힌 것을 보았다. 대령은 좌석에 푹 파묻혀 기쁨에 들떠 허공에 짧은 다리를 차댔다. 페버스는 비어버린 브랜디 병으로 윌써에게 축배의 신호를 보냈다.

윌써는 암호랑이를 원래 교각 자리로 이끌고 간 뒤 암호랑이에게 인사를 했다. 암호랑이는 시끄럽고 만족스러우며 교활한 낌새를 풍기는 포효로 답례했다. 공주는 윌써의 양볼에 우아한 의례적 키스를 했는데, 미뇽에게는 입에 키스를 하면서 두 여자는 의례적인 것보다는 조금 더, 그저 조금 더 오래

껴안고 있었다. 박수갈채의 열기 때문에, 그것이 전혀 놀랄 일이 아닌 사람들을 제하면 아무도 그 사실을 알아차리지 못했다.

공주는 피아노 덮개를 탕 소리나게 닫았고 소총을 집었으며 그 총으로 오만한 자세를 취했다. 호랑이들은 교각에서 뛰어내린 뒤 비탈진 길을 따라 퇴장했다. 마법 같은 사건이 갑작스러운 단절로 끝이 났다.

이제 치킨맨과 암호랑이의 기둥서방이 된 대령은 자신이 택한 오거스트 광대의 발전에 꽤 흡족해하고 있었다. 그러나 그날 오후 늦게 삼손은 월써를 늘씬하게 두들겨팼고 **공중곡예사 페버스**가 끼어들어서야 간신히 목숨을 부지했다.

자기 여자가 다시 바람이 나면 남자는 두 배로 화가 나게 마련이다. 그 화의 무게로 인해 차력사의 이마가 찌그러졌다. 그는 동물막사의 아슬아슬한 평화 속에 몰래 숨었다가 월써가 건물 내부를 통해 안뜰로 소변 보러 지나갈 때만을 기다렸다. 삼손은 등뒤에서 월써를 덮쳤고, 원래 천성이 남의 일에 무관심한 코끼리들 앞에서 월써를 자갈 위에 때려눕혔다. 월써의 볏과 가발이 떨어졌다.

차력사는 월써의 등에 무릎을 꿇고 앉아 무릎으로 그의 콩팥께를 계속 가격했다. 하지만 이 공격은 월써보다는 삼손을 더 아프게 했을 것이다. 차력사가 어린애처럼 엉엉 울었기 때문이다. 오른팔을 쓸 수 없는 월써는 자신을 방어하는 것 말고는 아무것도 할 수 없었고, 두 사람 모두에게 물세례가 쏟아지기까지는, 불평불만을 터뜨리는 거대한 마귀 아래 깔려 버둥거리고만 있었다.

그 물세례가 삼손의 열기를 꺼뜨렸다. 삼손은 고래고래 소리지르고 물을 뚝뚝 떨어뜨리면서 월써를 풀어줬는데, 정말 꼴불견이었다. 호스로 물을 뿌린 사람은 이번엔 페버스였다. 그것으로 공주는 이미 전에 한번 월써를 구한 적이 있었다. 혼란스럽게도 거친 남자처럼 호스의 마지막 물 몇방울을 털어내고 그것을 한쪽으로 치웠다. 미뇽은 그 소동 소리를 듣고 호랑이 우리에서 밖을 내다봤다. 애처롭게 물을 뚝뚝 흘리고 있는 비참한 삼손을 봤을 때, 미뇽의 얼굴에는 자비로운 4월의 소나기 같은 빛이 스쳤다. 상대를 원망하기에는 그녀의 기억력이 너무도 나빴던 것이다.

무시당한 월써는 일어나 자신의 머리장식을 찾았다. 그의 소매와 바짓가랑이로 물이 뚝뚝 떨어졌다. 페버스는 두 싸움꾼을 공주 쪽 막사로 보냈다. 호랑이들이 귀를 쫑긋 세우고 무슨 일인지 궁금해한다는 것을 알아채고, 삼손은 다시 고함을 지르기 시작했지만, 이번에는 무서워서 지르는 고함이었다. 삼손은 평상시처럼 주요 부위만 호피로 가린 옷을 입었고, 공주는 의미심장하게 그 옷을 가리켰다.

"공주 말은, 그걸 벗으라는 거예요." 페버스가 삼손에게 말했다. "호랑이들은 호피 두른 것을 좋아하지 않는대요."

삼손은 눈을 비볐고 거기에 동의하려 하지 않았다. 그래서 페버스가 그 호피를 벗겼고, 잠시동안 위축되어 쭈그러든 그의 거대한 음경이 드러났다. 페버스가 그것을 수건으로 감싸 주고 안전한 거리에 그 옷을 치워두기 전까지 말이다. 월써는 페버스의 손이 자신에게 닿기 전에——오, 그건 얼마나 괴로운 일인지, 오오, 또한 얼마나 황홀한 일인지——서둘러 바지를 벗었다. 곧 두 남자는 수건을 두른 채 밀짚더미에 앉아 있었다. 시각은 네시였고 미뇽은 따뜻한 차를 가지러 막 문을 연 취사장으로 달려갔다.

나무로 된 옷걸이에 걸려 있던 미뇽의 사교복에는 **유럽 호텔**이라고 적혀 있었다. 집에서 보니 호랑이 조련사들은 기숙사에 나타난 야생조류를 보고 놀라는 두 명의 여학생 같았다. 공주처럼 미뇽도 사복 차림엔 별 신경을 쓰지 않았다. 그녀의 속옷은 완전히 새것으로, 고급 평직 삼베에 영국식 자수가 새겨져 있었지만 말이다. 아직도 페티코트 끝자락에 가격표가 달려 있었다.

삼손은 차를 들이마시고 나자 다시 눈물이 북받쳤다. 페버스는 개인감정이 배제된 모성으로 삼손의 곱슬머리를 품에 안고 자신의 가슴을 베개로 받쳐주었다. 월써는 불만스러웠다. 매를 맞은 건 자신인데 미뇽을 제외하고는 아무도 자기에게 관심을 기울이지 않아서였다. 이제 자기 내부의 여태껏 밝혀지지 않았던 능력을 발견해낸 미뇽은 쇠고기 스테이크를 낚아챈 뒤 그것을 삼손의 얼굴에 대고 찰싹 때렸다. 괴물 같은 검은 눈이 나타나기 시작하는 것을 잠재우기 위해서였다. 그러나 미뇽의 행동은 삼손이 바라던 바가 아니었다. 삼손이 울면서 페버스의 젖가슴에 바싹 달라붙으면 붙을수록, 월써는 자신이 부당하고 억울한 대접을 받는다고 느꼈다.

"난 미뇽에게 손가락 하나 대지 않았다고!" 월써가 차력사에게 선언했지만, 새로운 폭풍의 도화선이 될 뿐이었다. 삼손은 페버스의 젖가슴 사이에서 뭔가 중얼거렸는데 그건 페버스에게만 들렸다.

"삼손이 너를 사랑한다는구나." 페버스가 미뇽에게 말했다. 미뇽은 표정이 없었다. 페버스는 서둘러 자신의 말을 번역해주었다. 미뇽이 웃었다. 삼손은 울더니 좀더 중얼거렸다.

"너를 사랑하는데 자기는 겁쟁이라고 하네."

이번엔 미뇽이 웃지 않았고, 발끝으로 밀짚을 걷어찼다.

중얼중얼, 중얼중얼, 중얼중얼.

"너를 사랑한단다. 자기는 겁쟁이고, 네가 광대 품에 안길 걸 생각하니 참을 수가 없다고 한다."

이번엔 공주가 웃음을 터뜨렸다. 반면 미뇽은 고개를 좌우로 흔들었다. "아뇨! 광대는 아니에요!"

삼손은 그 말을 듣고 표정이 환해졌으며 마시던 차를 겨우 내려놓았다.

'강철'(iron)이라는 글자가 그의 오른손 마디마다 조잡하게 적혀 있었고 왼손 마디에는 '쇠'(steel)라고 적혀 있었다. 그 문신들은 스스로 자신을 괴롭히는 끔찍한 모양새를 하고 있었다. 그것은 착취당했고 스스로도 망가뜨렸던 어린시절 잉크를 채운 펜나이프로 새긴 문신 같았다. 그의 거대한 몸은 근육과 단순함으로 되어 있을 뿐, 살집도, 군살도, 위트도 없었다. 그에겐 잘생긴 들창코가 있었는데, 그 코를 훌쩍이자, 그의 얼굴엔 또 한번 세상사 돌아가는 데 대한 영원한 경이로움과 수줍은 순진함이라는 평소 표정이 나타났다.

삼손은 순진해서 속임수를 몰랐다. 써커스 쇼 막간에, 호랑이 우리나 공중곡예사가 위로 올라갈 때, 또 광대들이 익살맞은 표정을 지을 때, 삼손은 머리 위로 말 한마리를 치켜들고 써커스장 주위를 뽐내듯 걸어다녔다.

그랬다. 그는 힘이 매우 셌다. 그러나 내면 깊은 곳에는 알다시피 나약한 영혼이 있었다. 그러나 자신에 관해 잘 알지 못하는 것이 있었는데 그건 그가 대단한 감상주의자라는 사실이었다. 그래서 그는 멍키맨의 여자와 성관계를 할 때마다 그녀가 쉬운 여자라는 것을 제외하고는 별로 많이 생각한 적이 없었다. 그러나 그녀가 광대와 함께 달아나자마자, 그건 어쩌면 그만의 생각이었을지 모르지만, 그녀는 목욕을 하고 머리를 정돈했으며 예쁜 드레스를 입고 스타가 됐다. 이제 다시는 거대한 성기를 그녀 안에 넣을 수 없다고 생각할 때마다, 그의 가슴은 팬케이크 뒤집히듯 완전히 뒤집혔다. 그러나 위대한 사랑이 세상의 일상사 속보다 더 있을 법하지 않은 근원에서 생겨난다고 생각지는 마시라. 만일 미뇽이 호랑이와 왈츠 추는 것을 그녀에게 영원히 닿을 수 없는 거리에서 바라본다면, 그는 가슴이 찢어질 것이라고 생각했고, 그 때문에 감상적이 됐을 수도 있겠지만, 그의 가슴은 정말로 찢어졌다. 가슴이 파열되면서 생겨난 감각이 새로 태어난 그의 축축이 젖은 머리를 찔러댔다.

모두가 이러지도 저러지도 못하고 호랑이 우리 근처에 앉아 있을 때, 질질 끌리고 부딪히는 소리가 났다. 뒤에서 프로페서가 안뜰로 난 문을 통해 들어왔고, 정신줄을 놓은 멍키맨의 발을 질질 끌고 갔다. 프로페서는 헐떡거렸고 숨을 밭게 내뱉고 씨근대면서 그걸 과장했지만, 자신의 임무가 수치스러운 것임을 고통스럽지만 분명하게 깨닫고 있었다. 프로페서가 발걸음을 뗄 때마다 멍키맨의 머리가 자갈에 부딪혔지만, 무감각한 와중에도 얼굴의 미소만은 사라지지 않았다.

"자기야!" 미뇽이 말했다.

"자, 삼손, 이봐요 친구, 가서 저 불쌍한 털보가 심장마비를 일으키기 전에 좀 도와줘요." 페버스가 말했다. 차력사는 허리에 두른 타월 양쪽 끝을 꼭 쥔 채 고분고분하게 일어났다. 그는 멍키맨을 자기 침대로 옮겼고, 그 옆의 프로페서는 짜증난 투로 뭔가 지껄이며 빠르게 걸었다.

페버스는 독일어로 몇마디를 던졌는데 그것이 미뇽을 웃게 했다. 그리고 프랑스어로 말하자 공주 또한 웃었다. 그러나 둘은 페버스 때문에 웃은 것은 아니었다. 그들은 서로를 보고 웃었으며 하얀 손과 갈색 손을 뻗어 서로를 꼭 잡았다.

"자, 이제 다 되었네요." 마침내 페버스가 월써에게 말했다. "당신도 할일이 별로 없으면 나랑 같이 가요. 저 사랑에 빠진 연인들이 둘만 있게 해주자고요."

두 손을 꼭 잡고 소녀들은 이제 우리 뒤로 갔다. 거기는 호랑이들이 오후 내내 잠을 자는 곳인데, 공주는 미농에게 더 많은 리트를 가르쳐주려고 했다. 그러면 자신은 써커스장에서 노래를 부르지 않게 될 것이고 그건 아주 잘된 일이다. 사실, 훨씬 잘된 게 아닌가! 둘은 그들만의 사랑스러운 사생활을 만끽하면서 자기들의 언어인 음악을 소중히 간직할 것이다. 음악이라는 언어로 서로에게 가닿는 법을 찾을 것이다.

차력사가 침팬지들 쪽에서 뛰어 돌아왔을 때, 사랑의 문은 잠겨버렸고, 그는 사랑하는 사람과 자신을 갈라놓은 문창살을 잡고 흔들었지만, 음악을 사랑하는 연인들은 그 소리를 듣지 못했다. 그들은 지나치게 열중해 있었던 것이다.

프로페서는 혼자 남겨지자 멍키맨의 호주머니를 뒤졌다. 평범한 그의 지갑에서 자신이 찾던 것을 찾아냈다. 그것은 대령과 맺은 무슈 라마르끄의 계약서였다. 프로페서는 그것을 읽고 나서 찢어버렸다. 그리고 침팬지의 순수한 경멸의 시선으로 무의식상태인 멍키맨을 노려봤다. 프로페서는 군중의 눈에 띄지 않고 속도를 내기 위해, 침대 발치에 걸린 멍키맨의 두꺼운 방한코트를 거머쥐었다.

그는 안뜰에서 월써가 그날의 두번째 공연 때문에 얼굴을 씻어내는 것을 보았다. 핏자국과 더러워진 분장을 지우려는 것이었다. 프로페서는 월써의 아픈 팔을 꽉 붙잡았기 때문에 월써는 펄쩍 뛰었고, 고약한 성질에 참회하는 빛을 보인 뒤 월써를 광대골목으로 데려갔다. 타월밖에 걸친 게 없는 월써는 완강히 저항했지만, 프로페서는 월써에게 자기를 위해 마차를 잡아주길 바란다는 점을 분명히 했다.

대령은 그날 밤 저녁식사 때 극단의 스타를 대접하겠노라 제안했고, 그건 고대하고 고대해온 데이트라서 그는 푸르스름한 턱을 면도하기 위해 호텔로 일찍 돌아갔다. 대령은 스위트룸 욕실에서 셔츠 소매를 접어올리고 씨가를 문 채 「케이시 존스」를 허밍으로 흥얼거리면서 칼집 없는 면도날로 뺨의 수염을 공략했다. 그때 프로페서는 급한 나머지 프런트 데스크에서 소동을 벌이다가 하수파이프를 타고 기어올라가 건방지게도 김이 낀 유리창문을 두드렸다. 대령은 놀라 켄터키 악쎈트로 몇마디 외친 뒤에, 프로페서를 안으로 들여 응접실로 안내했으며, 뺨에서 떨어진 수염을 닦아내는 동안 기다리도록 했다. 대령이 되돌아오자 프로페서는 책상 앞에 앉아 호텔 메모지에 급히 펜으로 썼다.

"자연은 내게 목소리는 주지 않았지만 무슈 라마르끄의 뇌는 빼다주었지요. 그자는 사업감각이 도통 없는 가망없는 주정뱅입니다. 그런고로 나는 '학식있는 원숭이'와 관련된 모든 사업권을 인수받을 것을 제안하며, 전에 무슈 라마르끄에게 지불되던 봉급과 여러 경비를 이제는 내게 지불할 것을 요구합니다."

"음, 뭐야, 이거 사기잖아, 씨빌." 커니 대령이 돼지에게 말했다. "미친놈이 정신병원을 장악한 꼴이잖아."

말리는 사람도 없었으므로 침팬지는 자신과 동료들의 노

고에 적당하다고 생각한 총액을 적었다. 그걸 보자 대령의 눈썹은 치켜올라갔고 프로페서에게 다정한 술잔을 권하게 되었다. 그 상황에선 그것이 가장 적절한 접대라고 보긴 힘들었으므로, 프로페서는 화를 내며 그 잔을 거부했다. 대령은 새 버번위스키 병을 이로 딴 뒤, 아직 비늣기가 남아 뻣뻣한 아래턱을 쓰다듬었다. 그리고 재미난 듯이 관찰했다.

"오, 이걸 어쩌나, 프로페서! 써커스장에 너랑 같이 입장하는 사람이 없으면 사람들은 아마 너희를 원숭이 복장을 한 고등학생 패거리라 생각할 텐데."

프로페서는 알아들을 수 없는 소리를 냈으며, 그 의미를 표현하는 데 목소리는 필요없었다.

"그 머리통 안에 교양있는 말솜씨가 있다면 얼마나 고마울지, 프로페서! 좋아, 자, 내가 항상 하는 거 있지? 신탁에 물어보자고."

대령이 알파벳 카드를 흩뜨리자 씨빌은 꿀꿀 소리를 내며 카펫 위로 올라왔다.

"가격이 싸긴 한데." 대령이 곰곰 생각했다. "글쎄, 난 네 생각에 반대하기는 싫어, 씨빌. 하지만 이 신사가 좀 어려운 거래를 하려고 하는 건 분명한데 말이야. 이 친구 없이는 안 된다고 확신하는 거야? 정말? 이런 젠장……"

대령은 생각에 잠긴 듯 곁눈질로 씨빌을 바라봤고, 씨빌의 충직성에 대해 처음으로 의심이 들었다. 어쩌면 말없는 짐승들 사이의 결속감 같은 것이 있을 수도 있고, 어쩌면 자신에 대항하는 모종의 협약을 맺었을 수도 있다는 생각이 들었는데 이는 여태껏 한번도 생각해본 적 없는 마음속의 성가신 가능성이었다. 결국 그는 프로페서에게 억지로 손을 뻗었다.

"내 고향에선 신사의 악수는 결속을 뜻하지. 아, 알겠어. 네 고향에서는 아니야, 그래."

마지못해 그는 책상 앞에 앉았고 새로운 계약서를 썼다. 그러나 그러면서도 그는 어쩔 수 없이 괄호친 조항을 명시할 수밖에 없었고, 서명하기 전에 프로페서가 추가 항목을 덧붙이는 것을 허용할 수밖에 없었다. 프로페서는 계약을 마무리 짓기 위해 씨빌의 사과 하나를 한입 베어먹는 것조차 거절한 뒤 소리를 지르며 이번에는 문으로 나갔다. 매우 당혹해하는 대령을 뒤로한 채.

"돼지고기와 콩요리가 어떨까." 그는 씨빌을 위협했다. "갈비구이나 히코리 나무로 훈제한 햄은 어때."

그러나 씨빌은 쿠션으로 뛰어들었고, 더이상의 대화는 견딜 수 없었기에 의도적으로 눈을 감았다. 프로페서가 나가는 길에 로비를 지나가던 리지의 도움을 받아 토머스 쿡의 국제 기차 시간표 사본 하나를 호텔 안내직원에게서 얻었다는 것을 알았다면, 대령은 훨씬 더 평정심을 잃고 면도를 마쳤을 것이다.

9

대령은 캐비아가 든 팬케이크, 싸우어크림과 잉어 젤리소
스, 그리고 향신료로 절인 버섯과 훈제연어를 한꺼번에 목구
멍으로 밀어넣는데 보뜨까보다는 버번을 더 좋아했다. 버번
을 마신 뒤로, 그는 버번이 보르슈트(러시아식 야채수프―옮긴
이)를 더 잘 내려가게 한다는 걸 알았다. 페버스는 첫번째 코
스요리에서 부르고뉴산 백포도주를 몇잔 마셨고, 수프를 먹
을 때는 부르고뉴산 적포도주를 마셨으며, 은식기가 엄청나
게 쌓여갔다. 상대를 유혹하는 저녁만찬 자리에 매우 노련했
던 그녀는 아주 고급스러운 저녁식사를 했으며, 대령은 비용
을 아끼지 않았다. 붉은 양배추를 곁들인 구운 거위와 사과를
먹을까? 그건 그냥 지나치는 대신, 어쨌든 사슴고기를 택했
고 '샤또' 라벨이 붙은 고급 부르고뉴산 적포도주를 마시기

로 맘을 바꿨다. 대령은 버번을 고수했고, 이제 떨리는 손으로 휘젓고 있던 롤빵의 부스러기나 먹기로 했다. 그러나 페버스에겐 디저트로 아이스크림이 들어갈 자리가 있었고, 샤또디켐을 한잔 더 추가해서 식사를 마쳤다. 이미 술을 너무 많이 마셔 얼굴이 벌게진 대령이 자신의 스위트룸에 있는 취침용 나이트캡을 그녀에게 주자, 그녀는 사교성있게 트림을 한 뒤 고개를 끄덕였다.

소파 옆자리에 앉은 대령이 선잠이 들자, 페버스는 마시기 좋게 차가워진 샴페인을 만끽했다. 그녀는 대령의 손에 쥐여 있던 버번 병을 치운 뒤 호기심이 발동해 바지 지퍼 사이로 난 틈을 쑤셔보았는데, 대령은 완전히 뻗기 직전 그곳을 더듬더니 거기서 씰크로 된 작은 미국 국기들이 줄줄이 연결된 것을 꺼냈다. 씨빌이 야단치듯 비난하며 꿀꿀거렸다.

"어땠어?" 둘이 쓰는 방의 응접실로 오자 리지가 물었다. 그곳은 온실 재배한 꽃 향기와, 리지가 조심스레 양초에서 떨어뜨리고 있는 녹은 왁스 냄새로 가득했다. 페버스는 리지가 마녀의 의식이라도 한 것처럼 그녀를 쳐다봤으나, 전혀 그런 것은 아니었다.

"대령의 성조기를 세워줄 순 없었어요." 페버스가 대답했다. "'1812년 전쟁'(1812~14년까지 영국과 미국이 벌인 프렌치 인디언 전쟁으로 미국에서는 제2의 독립전쟁이라 불린다. 대군을 파병했던 영국이 처음엔 백악관까지 점령하지만 전세가 역전되어 어이없이 대패한다──옮긴이)에 대한 영국의 복수야. 울 엄마 리지, 그 안 보이는 글 쓰는 거 아직 안 끝났어요?"

"다음번 탁송화물 편에는 준비가 될 거야." 리지는 침착하게 대답했다.

페버스는 브로케이드 커튼(비단실로 매우 화려하게 장식된 커튼―옮긴이)을 열어젖혔고 광대한 하늘에 등을 대고 누운 작고 차가운 초승달을 바라봤다. 그녀가 한숨을 쉬었다.

"그렇게 괜찮은 남자한테 속임수를 쓰다니 창피해……"

"아직 알을 깨지도 않았는데 뭐." 리지는 월써에 관해 간략히 말했다. "광대들은 어쩌면 달걀쯤은 아무것도 아니라는 듯이, 그한테 달걀 세례를 퍼부을 수도 있겠지. 하지만 그 사람 자신의 껍질은 아직 안 깨졌어. 내 딸, 너한테 그 사람은 너무 어려. 여행이 사람의 마음을 넓혀주는 건 아니라는 산 증거지. 대신 여행은 사람을 진부하게 만들지만."

"그 사람 마음 따윈 관심없어요." 페버스가 말했다.

"오, 쏘피야, 넌 잘생긴 얼굴을 좋아하잖니."

"얼굴도 관심사가 아니라고……"

문을 똑똑 두드리는 소리가 그녀를 방해했다. 하품하던 벨보이가 제철이 아닌 향기롭고 귀한 파르마 바이올렛 한다발을 전달해주었다. 그녀의 행운의 꽃이다! 그녀는 놀라며 감탄했다. 낯선 자가 이걸 어떻게 알았지? 리지는 꽃과 함께 온 카드를 낚아채 읽은 다음, 입술을 굳게 다물더니 불속으로 던졌다. 그러나 페버스는 리본으로 싸맨 촉촉한 꽃줄기들을 유능한 간호사 같은 손길로 욕심껏 조사하다가, 섀그린(표면이

오돌도돌한 가죽―옮긴이) 상자를 발견했다. 그 상자 안에는 리지의 불쾌감을 가중시키는 다이아몬드 팔찌가 차가운 붕대처럼 반짝이고 있었다.

"얼굴 잘생긴 것도 중요하지만요." 페버스가 즉시 팔찌를 차보면서 의견을 냈다. "다이아몬드는 다른 문제라고. 한번 만나볼 만한 고객인데요."

그녀의 동공이 좁혀들면서 두 눈동자에 파운드화 표시가 떠올랐다.

10

그랜드 갈라 오프닝의 정신없는 성공 이후, 페버스는 꽃이
라면, 심지어 바이올렛까지도 신물이 나버렸다. 그녀는 유럽
호텔의 현관 안내인에게 이야기하여 자신에게 선물로 배달
되는 꽃들을 산부인과 병원으로 보내라고 했다. 초대 요청이
쇄도하는 가운데, 그녀는 단 한 번 저녁식사 초대에만 응했는
데 공연의 마지막날 밤이었다. 그 초대장은 새그린 가죽상자
와 함께 배달되었는데, 둘 중 하나에는 다이아몬드 팔찌가 담
겨 있었고, 다른 하나에는 헤이즐넛만한 다이아몬드 귀고리
한쌍이 들어 있었다. 그리고 그날 저녁식사 때엔 거기에 어울
릴 법한 목걸이도 주겠다고 약속하는 쪽지가 있었다. 그렇기
에 그녀는 이 고객이 돈을 머리끝까지 차오르도록 준비해뒀
다는 결론을 내렸다. 아니면 그러고 싶어하거나.

마지막날 밤은 늘 그러듯, 부포 대왕이 술취한 러시아의 목소리에 귀를 기울이다가 멍키맨과 함께 보뜨까의 수도를 떠나게 되는 것을 축하하러 나갔다. 파티의 첫번째 피해자인 이 무뚝뚝한 프랑스인은 위스키 바에서 쓰러졌고, 한쪽 구석에 잡동사니처럼 널브러졌는데도 아무도 신경쓰는 사람이 없었다. 이를 걱정하며 뒷골목 술집들을 뒤지다가 부포를 찾아낸 것은 꼬마 이반이었다. 부포는 조금 휘청거렸지만 그래도 두 발로 섰고, 이반은 부포를 광대골목으로 데려가 금간 사각거울 앞에 놓인, 위아래가 뒤집힌 등받이 없는 분장실 의자에 앉혔다. 거기서 부포는 몸을 격렬히 흔들며 허우적댔고 신음을 내며 난리쳐서, 그릭과 그록이 음주로 엉망이 된 그의 분장을 고쳐주는 것을 방해했다.

그는 슬픈 낯빛이었다. 괴기한 줄무늬와 물줄기가 생긴 흰 분장 사이로 원래의 피부가 드러났다. 음주 순례를 다니며 퍼마신 결과, 그는 대머리 가발을 머리에 잘못 올렸고, 덕분에 조잡한 회색 머리카락의 지저분한 끄트머리가 땀으로 뭉쳐 떡진 채, 얼룩덜룩한 얼굴 위에 얹혀 있었다. 그 얼굴은 늘 보던 비인간적인 모습이라기보다는, 이제 끔찍하게도 부분적으로만 인간의 모습으로 보였다. 그릭과 그록은 혀를 차며 알 수 없는 말을 해댔고 그 상태에 어떻게든 손을 써 그들의 수석광대가 정신을 차리게 하려고 이런저런 애를 썼으나, 부포는 완전히 정신이 나가 황소처럼 고래고래 고함을 질러댔다.

"오늘밤 나의 기병대가 될지어다! 오, 우리는 그 옆구리를 박차고 나갈 것이로다!"

그는 동물 배설물과 진흙과 토사물로 얼룩진 수의를 펄럭이면서, 무덤에서 나온 저승사자 같은 분위기를 풍겼다. 그러나 그는 완강히, 정말 미친 듯이 여전히 술을 마셔댔다. 그는 거울 앞에서 흔들거리며 주머니에서 술 한병을 꺼냈다. 그릭과 그록은 그를 위해 다른 대머리 가발을 찾아냈으며, 삐딱한 각도로 새 고깔모자를 씌웠다. 무슨 이유에선지 그게 부포를 즐겁게 만들었고, 그는 연지 바른 입술을 거울 속 자신에 대고 오므리면서 어린 소녀처럼 시무룩한 표정을 지어 보였다. 그때 갑자기 부포는 똥을 내질렀고, 그릭과 그록은 물과 수세미와 깨끗한 속옷을 찾으러 뛰어갔다. 그러나 수석광대의 요청에 따라, 꼬마 이반은 보뜨까를 한병 더 구하러 다른 쪽으로 바삐 뛰어갔다.

대령은 매표소에서 티켓 수익을 계산하다가 월써가 전해준 부포의 지저분하고 위험한 상태를 비웃었다. "술고래가 되면 될수록, 사람 더 우스워지는 거야." 대령은 마지막으로 한손 가득 집은 무지개색 은행수표를 현금 보관고에 채워넣었고, 희색이 만면한 채 금고를 잠갔다. 그날 밤도 또다시 '매진'과 '입석만 가능'이라고 써붙여야 했는데, 그 밤엔 대령이 평생 저녁으로 먹은 닭튀김보다 더 많은 대공과 대공비들, 공작과 공작부인들이 와 있었기 때문이다.

악단이 「검투사들의 행진」을 시작하자, 대령의 가슴은 성스럽다시피 한 경외감으로 가득 찼다. 그런 유명인사들의 모임에 그토록 대단한 경이의 향연을 제공했다는 사실에, 또 그 향연에서 엄청난 수익을 벌어들였다는 사실로 인해서였다. 그는 자신이 명예롭다고 여겼을 뿐 아니라, 영예로운 사업가라고 느꼈다. 그의 얼마 없는 머리칼 위로 달러화 싸인으로 만들어진 보이지 않는 후광이 떠올라 있었다.

써커스의 퍼레이드는 아무 문제없이 이어졌다. 부포의 비틀거리는 걸음걸이와 박자가 맞지 않는 팔다리의 움직임도 다른 광대들의 익살에 가려 표나지 않았다. 다른 광대들이 부포를 '가려주느라' 너무 마음을 써서, 이상하게 깡충대고, 콩콩 뛰고, 엉덩방아를 찧는 게 부포 그 이상이었다. 부포가 푸들에 걸려 넘어졌을 때, 그의 틀어진 몸체 양쪽 끝을 잡는 일은 순간적으로 그릭과 그록이 했고, 그들은 멋지게 늘어진 소매로 상상의 눈물을 닦는 듯한 과장된 동작을 취하면서, 즉흥적으로 '광대의 장례식'을 시작했다. 부포는 죽음의 고통이 재미있어서 멈출 수가 없다는 듯, 자신을 운구하는 사람들의 어깨 사이에서 계속 몸을 세워 껑충 뛰어내리려고 했다. 그동안 귀를 찢는 날카로운 목소리로 그는 저주의 말을 더듬더듬 지껄였다. 그 말을 이해할 수만 있다면 그건 아마 상상 이상으로 웃길 것이다. 그처럼 깊은 좌절에 찬 분노, 그처럼 이해할 수 없는 격노의 말들이 말이다! 광대들은 부포를 들고 써커스장을 빙빙 돌다가, 발을 높이 쳐들고 오만을 떠는 말 뒤에 그를 내려놓았다. 말들은 그를 보자 곧 그가 야후임을 알아보았다(조너선 스위프트의 『걸리버 여행기』 4부에는 현명한 말들과 탐

써커스의 밤 343

욕스러운 인간이 사는 세상이 나오는데, 그 세상에서 말들의 애완동물이 된 어리석은 인간이 '야후'이며 이 맥락에서는 말보다 못한 동물이라는 폄하적 의미로 쓰였다—옮긴이). 그동안 부포는 관중이 뜻도 모르면서 즐거워하는 것에 대해, 이 세상과 세상 모든 사람들에게 저주를 퍼부었다.

광대들은 부포를 동물막사에 내려놓았고 자신들의 마지막 출연 순서를 기다렸다. 부포는 꼬마 이반을 보내 보뜨까 한병을 더 가져오게 했는데, 마침 바보들의 향연, 즉 광대들의 크리스마스 만찬 시간이 되었고, 혼란의 영주인 부포는 술병 속 혼에 신이 들려 제정신을 차리지 못했다.

광대들은 다리가 있는 탁자를 써커스장으로 날랐고, 익숙한 평상시 연기대로 하얀색 시트를 탁자 위에 폈으며, 고무 나이프와 포크와 접시를 그 위에 올렸고, 서로를 찌르고 베고 쑤시면서 관객의 폭소를 충분히 자아냈다. 그들은 탁자 주위에 각자 위치를 잡았고 냅킨으로 목 주위를 감쌌다. 관객은 잠시 숨을 죽였다.

무대의 끝쪽에 있던 부포는 새 술병을 깨끗이 비운 다음 옆으로 집어던졌다. 빛이 번쩍이며 호를 그리는 것을 보자, 그는 두 손으로 양쪽 눈을 가리고 비명을 질렀다. "오오, 저게 안 보여?" 그는 꼬마 이반에게 외쳤다. "달이 핏빛으로 변했잖아!" 그러나 꼬마 이반은 영어를 할 줄 몰랐으므로 그것을 그저 비명이라고만 이해했다. 부포가 써커스장으로 비틀거리며 갔고, 꼬마 이반은 근심스러워하며 그의 뒤에 따라붙었다.

새로 한 분장은 이미 벗겨지고 있었고, 대머리 가발도 쭈그러져 모자 밖으로 밀려날 지경이었다. 그는 고기 써는 나이프를 집더니 무시무시하게 휘둘렀다. 나이프 끝에서 붉은 리본으로 된 불길한 매듭이 흩날렸다. 꼬마 이반은 정육점 주인이 두르는 푸른 앞치마를 부포에게 입히는 역할을 맡았는데, 흔들거리는 그 거인이 균형을 잃으려 할 때마다 등을 밀어주기 위해 이쪽저쪽으로 움직였다. 관객이 이런 부포를 보자, 마치 웃지 않으면 정말 가혹한 징벌이 내려지기라도 할 듯, 허파에 바람들어간 사람들처럼 깔깔 웃어댔다. 부포 대왕! 아무도 부포 대왕을 좋아하지 않는다!

꼬마 이반은 부포를 잘 인도하여 탁자의 상석으로 이끌었고, 부포는 자신이 쓰러져야 하는 의자로 쓰러졌다. 계속되는 의자와의 씨름 승부가, 야곱과 천사의 대결 같은 도전정신과 기백을 가지고 있다면, 오늘밤 그 어떤 해도 끼치지 않은 그 의자가 정말 부포의 상상 속에서는 아주 먼 곳에서 온 천사 모습을 한 상대라 여겨지는 건 아닌가 하고 광대들만이 추측했을 뿐이다. 그리고 부포가 의자와 드잡이를 하며 난투를 벌이는 동안, 탁자 주변의 광대들은 좀더 가까이로 모였고, 그들을 섬뜩 놀라게 한 한줄기 바람이 불자 누더기 의상이 바스락 소리를 냈다. 곧 써커스장에 있는 모든 아이들은 엄청난 기쁨과 안도의 함성을 내질렀다. 마침내 부포가 기적적으로 네 개의 팔다리로 의자가 항복할 수밖에 없도록 의자를 내리누르고, 주먹으로 엄청난 강타를 날려 의자가 납작해지도록 가격하고, 또 마침내 그 위에 엉덩이를 깔고 앉았을 때였다.

월써는 무대 뒤에서 치킨맨 분장을 하고 바지에는 쏘시지를 잔뜩 집어넣은 채, 마분지로 만든 구운 감자가 담긴 은식기 앞에서 일본식 경의를 표하며 웅크리고 앉았다.

"나이프를 빼앗아." 그릭이 말했다. "기회를 봐서 칼을 뺏으라고."

"왜요?" 불안해진 월써가 물었다.

"너무 취했어, 사람을 **죽일 수도** 있겠어."

그러고는 둥글게 생긴 은식기 뚜껑이 월써에게로 내려왔다. 접시는 그에게 금속냄새, 메아리 소리가 나는 어둠을 내리꽂았고, 그 어둠 주위로 조개껍데기 속에서 들리는 파도소리의 웅웅거림처럼 쉿, 쉬잇 하는 소리가 났다. 늙은 광대의 속삭임이 메아리치고 있었다. "사람을 죽일 수도…… 죽일 수도 있겠어……"

"자, 간다." 그릭이 그록에게 말했다. 둘은 자기들 사이에 있던 구운 감자를 들어 써커스장으로 비틀거리며 날랐다.

부포는 살짝 놀라며 자기 앞에 놓인 거대한 은식기를 바라봤다. 잠시동안, 아주 잠시동안, 그의 주변엔 점점 커지면서 몸부림치는 공포가 격랑의 고요처럼 내려앉았다. 관객의 함성, 분장용 페인트와 휘발유에서 나는 코를 찌르는 냄새, 그를 둘러싼 기묘한 열두 사제들, 이들은 그를 향해 고개를 들고 그를 안심시키면서 또한 경고했다. 언제든 수탉은 세 번 울 수 있지만, 지금 얼마 남지 않은—열 번, 아니 열다섯 번

남았나?──마지막 심장박동이 뛰는 순간에, 그는 다시 아이들에게 고기를 막 나눠주려는 자애로운 아버지였다. 마지막 은총의 손길이 그에게로 왔다. 정말, 이자는 저녁식사 때 사도들과 함께 흰 식탁의 상석에 앉던 그 예수가 아니었나?

그러나 빵은 어디 있지? 그리고 무엇보다, 포도주는 어디다 숨긴 거야? 부포는 빵과 포도주를 찾아봤지만 아무것도 찾을 수 없었다. 주체할 수 없는 엄청난 의심이 그의 빨갛게 충혈된 눈을 뜨게 했다. 그는 손에 들고 있던 나이프를 기억했고, 그것을 가볍게 포크와 부딪쳤다. 그러자 공중에 핏빛 리본이 흩날렸다.

유쾌한 순간이 늘어났고, 또 늘어났고, 너무 많이 늘어나서 희극적 긴장을 계속 유지할 수 없었다. 웃음은 사라져갔다. 불평의 물결이 관객 사이에 들끓었다. 큰 접시 속에서 아무것도 볼 수도 들을 수 없던 월써도 써커스단원의 직감으로 충분히 알 수 있었다. 부포가 전채요리를 보기 위해 너무 많이 달려온 거라면, 전채요리는 이제 스스로 나타나야 한다는 것을 말이다.

월써가 있는 곳은 지나치게 좁은데다 불편했기 때문에, 그는 흔쾌히 근육관절을 구부렸고 점점 더 크게 "꼬끼오, 꼬꼬댁!" 하고 소리를 냈다. 접시 뚜껑이 탁자 위에서 이리저리 튀면서 고무로 된 포크와 나이프들도 이리저리 튀었다. 월써는 거품에서 나온 비너스처럼 요리 고명 사이로 몸을 세워 일어났고, 주변에 있던 파슬리와 구운 감자를 사방으로 뿌리면서, 바지 틈 사이로 쏘시지를 흘렸다. 그리고 팔을 퍼덕이며 다시 노래하듯 크게 외쳤다.

"꼬끼오, 꼬꼬스키!"

부포는 들어본 중 가장 끔찍한 비명을 질렀고, 고기 써는 나이프를 아래로 메다꽂았다.

"이런 제기랄!" 공연장 뒤쪽의 대령이 말했다. 씨빌을 너무 꽉 눌렀기 때문에 돼지가 꽥꽥거렸고, 씨가는 너무 세게 씹은 탓에 둘로 쪼개졌다. "오, 이런 세상에!" 그는 자신의 영광이 날아가고 후광이 사라지는 것을 보았다.

그러나 월써는, 광대 대왕의 눈이라는 끔찍한 거울에 떠오른 모양새를 보고 그의 이성이 마비되었다는 것을 알아챈 바로 그 순간, 공포로 인해 반사신경이 엄청나게 강화되었고, 공중으로 크게 도약했다.

부포는 나이프를 들어 은식기에 있는 나머지 잔해만 찔러댔다. 닭은 날아가버렸다.

자지러지는 기쁨의 함성들!

이제 그 후광은 불확실하고 영원하지도 못할 형상이었으나, 도로 대령의 머리 위로 날개치며 돌아왔다. 번민에 싸인 대령은 쪼개진 씨가를 퉤 뱉어버리고, 다른 씨가를 뒤적뒤적 찾다가, 씨빌이 거친 경련을 일으키는 것에 놀라서 허둥지둥 의사를 부르러 로비로 나갔다.

치킨맨은 두 발로 다시 서자마자, 부리나케 달려가 탁자 길이만큼 질주했다. 부포가 너무 세게 찔러 꽂아 나이프의 날이 접시를 관통해 탁자에 박혔기 때문에, 잠시 나이프를 빼내는 동안 멈춰 있다가 그는 히히힝 하는 하이톤의 비명을 지르며 월써를 뒤쫓았다.

이 장면이야말로 위대한 광대의 일생에 온 절정의 순간이라는 데 참석자 누구도 이견이 없었다. 그는 치킨맨의 뒤를 쫓았고, 쌍뜨뻬쩨르부르그라는 황제의 도시에 황제의 써커스가 자랑하는, 눈에 넣어도 아프지 않은 참으로 소중한 것인 양 써커스장을 맴맴 돌고 또 돌았다. 작은 개들은 사냥꾼과 먹잇감의 발목을 낚아채 물었고, 서로 붙어 있는 쏘시지 줄을 물고 달아났으며, 구운 감자들을 갖고 축구를 하는 동안 작은 개들은 그 소동을 어찌나 재밌어했던지! 다른 광대들이 이리저리 뛰어다니는 동안 개들은 사람들의 발밑을 돌아다녔으며, 어찌해야 할지를 몰랐고, 오로지 의식적으로 베들레헴의 환상을 만드는 데에만 주력했다. 쇼는 계속 진행되어야 하는 것이니까 말이다. 마침내 부포가 치킨맨의 창자를 겨누어 있는 힘껏 나이프를 던졌는데도, 즐거워하는 거대한 군중 무리 중 그 누구도, 부포가 진짜 인간 학살자라고 믿을 수가 없었다. 대신 그건 광대놀음의 정수처럼 보였을 것이다.

광란에 빠진 부포는 몸을 떨기 시작했는데, 너무도 끔찍하게 떨어댔으며, 얼굴은 무시무시하게 찌푸렸고, 온몸에는 경련이 일었다. 경련으로 그의 엄청난 몸의 형상이 동시에 모든 곳으로 퍼진 것 같았고, 열두 명의 부포로 나뉘었으며, 그는 살인을 저지르려는 열두 개의 나이프로 무장했는데, 그것들은 모두 줄줄이 이어진 핏빛 조각천으로 이어져 있었다. 그리고 부포가 날뛰고 뒹굴면 써커스장에서 부포가 없는 곳을 찾을 수 없으니, 월써는 삶의 희망을 포기했다.

왜 월써는 써커스장에 실려갔던 길로 도망쳐나오지 않았을까? 그것은 출구가 이미 공주의 호랑이 우리에 있는 철기구들로 막혔기 때문이다. 호랑이들은 공기중에 떠도는 피와 광기의 냄새를 킁킁대며 불안하게 으르렁거리면서, 꼬리를 흔들며 이리저리 움직이고 있었다. 그동안 쇠창살 사이로 이를 바라보던 두 소녀는 매우 놀랐고, 마침내 공주가 자기 손으로 문제를 해결하기로 결심하고 손에 호스 파이프의 주둥이를 잡은 채 우리 밖으로 걸어나왔다.

물 세례가 부포를 강타하자 그는 원래 한사람이던 부포의 형상으로 되돌아왔다. 물은 부포의 다리를 쓰러뜨렸고, 그를 공중으로 떠올려서 그의 마지막 경력이 될 공중제비를 하게 만들었다. 그러고는 바닥에 등을 댄 채 납작하게 쓰러졌다. 잠시 후 청중이 너무 웃어 아픈 허리를 부여잡고 눈물을 훔치자, 차력사 삼손은 이 납작 뻗은데다 술에 절어 반쯤 정신이 나가 끔찍한 환각을 일으켰던 부포를 좌석 사이의 통로로 날랐으며, 그 길은 로비로 이어졌다. 그때 아이들은 부포가 지구 표면에서 사라지기 전 마지막 행운을 얻고자 킥킥대며 그를 찔러보았고, 그동안 다른 광대들은 객석의 여러 열을 뛰어다니며 아이들에게 입맞추고 봉봉 사탕을 나눠주면서, 무너진 마음을 감추기 위해 웃고, 웃고, 또 웃었다.

프록코트를 입은 의사가, 어두운 표정을 한 몽골 거인 두 명을 대동한 채 샴페인 바에서 기다리고 있었고, 두 거인 사이에는 스트레이트 재킷(죄수나 광인들에게 입히는 웃옷으로 손을 쓸 수 없게 소매를 다 묶게 되어 있다—옮긴이)이 매혹하듯 옷깃이 열린 채 들려 있었다. 공주가 써커스장에 있는 하얀 피아노의 뚜껑을 들어올리는 동안, 미뇽은 레이스 달린 스커트에 주름 장식을 달고 있었다. 욕설을 지껄이던 부포는 대기해 있던 마차에 실려, 현관 입구까지, 영영 그렇게 써커스를 떠났다. 마차는 신사들이나 택할 법해서 전에는 한번도 그렇게 가본 적이 없었다.

노장이여, 잘 가시게. 광기어린 그 관에서 벗어날 탈출구는 없으니.

창백해져 떨고 있던 월써는 다시 한번 피부 속까지 흠뻑 젖었고, 암호랑이와의 댄스를 피해 페버스의 분장실로 도망쳤다. 그곳이 온통 불협화음으로 난리가 났다는 것밖엔 전혀 모르는 리지는 집으로 보내는 편지에 푹 빠져 공중곡예사가 의상을 차려입는 것도 돕지 않았다. 페버스는 친절하게도 월써에게 브랜디와 타월을 줬으나, 부포의 최후의 만찬에 대한 끔찍한 이야기에는 그저 형식적으로 쯧쯧 하고 혀를 찼을 뿐이다. 그녀의 마음속엔 써커스가 아닌 다른 무엇이 자리하고 있는 것이 분명했다. 붉은색 쌔틴 이브닝드레스가 문 뒤에 걸려 있었는데, 분명 그건 공연이 끝난 뒤 그녀를 비밀스러운 쾌락으로 인도할 준비를 마쳤다. 여행으로 인해 모서리가 접힌 프랑스 난쟁이의 포스터가 벽에서 펄럭거리고 있었다. 마치 페버스는 뭐든 할 수 있다고 상기시켜주는 것처럼.

흥분한 탓에 열이 오른데다 다소 음란해 보이는 페버스가 실내복을 입고 거울 앞에 앉았다. 그녀는 오른 팔목에 엄청나게 큰 다이아몬드 팔찌를 찼고, 양쪽 귀에는 귀고리를 했는데, 그건 코이누르(영국 왕실이 소장한 인도산 다이아몬드로 106캐럿의 세계 최고의 극상품─옮긴이)의 빛을 바랠 정도의 다이아몬드였다.

"이거 맘에 들어요?" 그녀는 월써에게 반짝반짝 빛을 발하며 말했다. "다이아몬드는 여자의 가장 좋은 친구라죠."

리지는 그 말을 듣고 비웃듯 뭔가 빠르게 지껄였고, 뭐라고 말을 한 것 같았다. 그런데 그때 저 멀리 관객의 열광적이지만 딱히 뭐라 표현할 수 없는 감정이 담긴 함성이 들려왔고, 안뜰 위 높은 곳에 있는 여기까지 그 소리가 들렸다. 그것은 사자가 기독교인을 잡아먹을 때 로마 관객이 냈을 법한 소리였다.

그리고 날카로운 총성 한발.

악단이 격렬한 음악을 연주했고, 쿵쾅거리는 소리와 덜커덩대는 소리가 분장실 문까지 들려왔다.

대령이었다. 그는 물에 빠진 사람처럼 씨빌을 꽉 껴안고, 불꺼진 씨가의 검은 꽁초 끝을 빨고 있었고, 핏발이 선 눈에는 눈물이 어려 있었다. 대령은 페버스와의 데이트라는 사건 이후 한동안 그녀를 피했지만, 이제 그녀의 호의를 구하며 온

몸을 던지러 온 것이었다.

"페버스, 세상에, 다음 차례는 당신이군요! 감히 막간을 참지 못하고. 사태가 예상치 못하게 흐르더니만. 갑작스러운 참사가……"

그가 무너지더니 어린아이처럼 엉엉 울었다. 페버스는 무감각하게 일어나 자신의 젖가슴 사이 당당한 골짜기를 통해 대령을 면밀히 살폈다.

"한말씀 드리겠는데요." 그녀가 말했다. "남자답게 행동하시고, 정신 좀 차리세요."

아래쪽 안뜰에서는 자갈 위로 무거운 물체가 끌리는 소리가 났고, 이어서 여자의 흐느낌 소리가 들렸다. 그들은 창가에 모여 음산한 달빛 속에서 음울한 행렬을 보았다. 처음에는, 힘쓸 자가 필요해서 그날 밤 두번째로 불려나간 삼손이 월써의 예전 춤 상대였던 암호랑이의 몸통 가운데를 묶은 끈을 붙잡고 있었는데 그 뒤로 호랑이 핏자국이 이어졌다. 암호랑이의 죽음을 애도하는 사람들이 뒤를 따랐는데, 이들은 매우 추운 밤인데도 부주의하게 하얀 드레스 위로 맨어깨를 드러내고 있었고, 드레스는 둘 다 피가 묻은데다 미뇽의 드레스는 끄트머리가 찢어져 등자락에 너덜대고 있었다.

공주는 암호랑이를 쏜 총을 들고 있었다. 무자비한 총알이 바로 호랑이의 두 눈 사이에 박힌 것이다. 파트너를 빼앗긴 질투심 많은 암호랑이가 더이상 미뇽이 자기 짝과 춤추는 것을 견딜 수 없게 된 직후, 바로 그 직후에 일어난 일이었다. 암호랑이가 교각을 빙글거리며 걷다가 뛰어내려, 원을 그리며 돌던 호랑이 무리로 들어와 미뇽의 스커트 주름장식에 발톱을 박으려던 찰나, 공주가 암호랑이에게 총을 쏘았다. 공주는 암호랑이 발톱이 미뇽의 살에 닿기 바로 직전에 쐈다. 언제나처럼 우는 쪽은 미뇽이었다.

페버스는 쩔그렁 소리를 내며 창문을 닫았다. 꽁쎄르바뜨와르의 예술 애호가들은 교훈을 잘 배워두었다. 그래서 정말로 쇼는 계속 진행되었으나, 써커스 오케스트라가 연주하는 숨쉴 틈 없는 명랑함도 관객 사이의 낮은 울음소리를 묻어버리지는 못했다.

"힘을 내요, 대령님." 그녀가 말했다. "제가 나가서 그 사람들 다 잊게 만들어드릴게요. 전엔 나 같은 사람 본 적이 없을 테니까요."

그녀가 숄을 떨어뜨리고 머리에 깃털장식을 쓰자, 거대하지만 전혀 친숙하지 않은 새 한마리가 그들 가운데 나타난 듯했다. 그녀는 거울에 반사된 화려한 모습을 흘깃 본 뒤, 스스로의 가슴선을 자랑스러워했다. 공연장에서는 관객이 그녀를 부르고 있었다. 그녀가 귀를 쫑긋 세웠다.

"병신 새끼들." 그녀가 말했다.

리지가 시무룩이 청년의 어깨에 깃털 외투를 던지듯 걸쳐주었고, 공중곡예사는 뚜벅뚜벅 걸어가 꽝 하고 등뒤로 문을 닫더니 작별의 말을 던지려고 다시 문을 열었다.

"이번 일로 보너스 좀 받겠지?"

이번에는 문소리에 가스불꽃이 흔들렸다.

"페버스는 꼴린 상태야." 리지가 말했다. "아마 대공과 저녁식사를 같이할 게 분명하고, 또 하게 되겠지. 내 충고는 들으려고도 안해. 고집만 세고, 돈만 밝히고. 정말 고집만 세고, 돈만 밝히고. 진짜진짜 애먹이는 애야. 안 그래? 응응, 이쁘지……" 갑자기 그녀가 돼지에게 낮게 흥얼댔다. "초콜릿 좀 줄까?"

리지가 핸드백을 뒤지는 동안, 대령은 충격에서 회복되어 문밖으로 고집스레 페버스를 따라나섰다. 대령은 그날 밤에만 극단의 스타를 둘이나 잃었기 때문에 그 런던의 비너스에게서 잠시도 눈을 뗄 수 없었다. 씨빌은 초콜릿 먹는 일에 방해를 받자 두 발로 날카롭게 항의했다. 공연장에는 구슬프게 울려퍼지는 「금빛 새장 속의 한마리 새」의 선율이 떠돌았고, 모든 것은 정확히 계획대로 진행되는 것처럼 보였다. 마치 그 써커스가 커다란 보아뱀처럼 열정적으로 광기와 살육을 집어삼키고, 그렇게 또 지속되듯이.

월써는 재빠른 기자의 눈으로 방 안을 살폈는데, 거울에 끼워둔 쪽지가 눈에 들어왔다. 의미가 들어오는 말은 '혼자'와 '동행없이' 그 두 마디뿐이었다. 리지가 종이뭉치를 손으로 납작하게 눌러, 얼른 서둘러 외교 행랑 편에 갖다주라고 보내기 직전이었다. 달려가 시간에 맞추라는 것이었다.

페버스가 화려한 드레스를 입고 '혼자' '동행없이' 대공의 품에 안기는 모습을 생각하자 갑작스레 질투의 가시바늘이 찔러대지 않았다면, 월써는 아마 단순한 호기심의 발로에서 리지의 편지 내용을 보려고 멈춰섰을 것이다. 리지는 써커스 기차가 쌍뜨뻬쩨르부르그에서 빠져나오기 전에 그 편지를 런던으로 보내려고 무척이나 안달했다. 어쩌면 암호가 숨겨져 있을지도 몰랐다. 비밀편지 말이다. 거기서 뭔가 기삿거리를 찾으면 월써는 다시 기자로 돌아갈 수 있을지도 모른다. 그는 비참한 나머지 누군가에게 신경쓸 기력도 없었고, 그런 그의 상처에는 무감한 리지가 짜증을 내며 등을 떠밀자 방을 나올 수밖에 없었다.

리지는 마스카라와 루주와 파우더가 든 병과 상자를 짚으로 만든 바구니에 담고, 무릎담요와 머리핀을 잘 정리해서 싸뒀으며, 자필 서명이 있는 포스터는 돌돌 말았다. 그녀는 끓는 냄비처럼 웃기지도 않은 유머를 중얼댔는데, 그때 페버스가 열렬한 박수갈채를 받으며 돌아왔고, 그제야 리지가 입을 열었다.

"안돼, 안돼, 안된다!" 거구의 여자 쪽에서 말을 낚아챘다. "절대로 안되죠, 엄마는 나랑 같이 갈 수 없다고요. 썩어빠진 늙은 뚜쟁이 할망구처럼 쩔뚝거리는 주제에."

"좋아. 그럼 몸조심해라." 리지가 어둡게 말했다. "망할 귀족들. 망할 놈의 귀족들은 믿을 수가 없어서 말이지."

페버스는 아무 도움없이 분장을 지우고 이브닝드레스를 입고는, 화사한 미소와 함께 거울에 비친 진짜 자신의 얼굴을 반갑게 맞으려고 거울 쪽으로 몸을 기울였다.

"오늘은 여기 있지만, 내일은 떠나고 없으리. 사실은 엄마, 우리는 내일 가는 게 아니라, 젠장 오늘밤에 가는 거잖아요. 기차는 자정에 떠나는 거잖아. 그걸 놓칠 순 없어요. 이제껏 놓친 적도 없었지만."

그녀는 멈춰버린 시계에 의미심장한 눈길을 던지더니 깔깔 웃었다.

"흐음!" 리지가 말했다. "만일 널 돕자고 내가 손가락 하나라도 까딱할 거라 생각한다면 내 딸아, 넌 잘못 생각하고 있는 거란다. 순수한 **탐욕**, 그게 문제인 거야."

"대공 같은 사람이 어찌 하찮은 속임수로 날 해치려 하겠어요, 엄마? 사륜마차가 나 없인 가지 않겠다고 저렇게 기다리고 있는데 말이에요! 그 사람이 오늘밤 여기 어울리는 다이아몬드 목걸이를 주겠다고 했잖아? 단, 내가 혼자 간다는 조건으로 말이에요. 내 매력 발산을 다 못하도록 방해할 생각은 아니죠, 늙어빠진 고약한 뚜쟁이 할망구 같은 엄마. 머리 좀 올려줄래요?"

리지는 거울을 향해 투덜거렸으나 딸의 곱슬머리를 핀으로 고정해 올리면서 무방비상태에 있는 수양딸의 목덜미에 입맞추는 일은 미뤄둘 수밖에 없었다.

"글쎄, 그저 몸조심이나 하려무나."

"엄마는 조금이라도 기회만 생기면 불쌍한 늙은이한테도 폭탄을 던질 거야. 나 같으면, 나는 교묘한 일처리를 더 좋아한다고요."

마법사의 요란한 몸짓을 하면서 페버스는 코르셋에서 금도금된 장난감 칼을 꺼냈고, 그 칼로 펜싱 선수처럼 찌르는 흉내를 냈다.

"내가 **무장한 채** 전쟁터로 간다는 점을 기억하라고요, 엄마! 뭐랄까 넬슨의 영향이라고 해두죠. 내가 오늘밤 무기를 놔두고 가야 한다고 생각해요?"

리지가 손을 뻗어 엄지로 칼날을 시험해봤다.

"필요하다면 불알이라도 잡고 늘어지렴." 리지는 만족해하며 충고했다.

페버스는 붉고 검은 레이스로 치장하고 있어서 그저 그녀를 쳐다보는 것만으로도 눈이 시렸다. 게다가 그녀는 방금 대참사 속에서 이뤄낸 승리감 때문에 홍조를 띠며 반짝였고, 미친 광대와 육식동물에 대한 기억은 지워버리고 날개 달린 존재의 기적만을 기억했다. 그녀는 오늘밤 초자연적인 사람처럼 느껴졌다. 그녀는 다이아몬드를 먹고 싶었다.

안뜰 입구에는 도축업자네 집에서 온 우중충한 운반마차 뒤에, 매력적인 사륜마차가 그녀를 맞이할 준비를 하며 서 있었다. 모피 옷을 입은 마부가 페버스를 부축하여 사륜마차에 태우는 동안, 삼손은 호랑이 시체를 도축업자의 운반마차로 던졌다.

그 모든 야단법석과 철수 준비로 분주한 가운데, 일꾼과 마부들은 이리저리 뛰어다녔고, 말들은 히히힝 울어댔으며, 코끼리의 커다란 앞발이 추위에 대비해 그 발에 덧씌워둔 거대한 가죽부츠를 미끄러뜨리자 다시 쇠사슬 덜거덕대는 소리가 들리는 가운데 이제 프로페서가 나타났다.

프로페서는 불룩한 여행용 가방을 한손에 들고, 다른 손에는 반짝이는 새 서류가방을 들고 있었다. 그의 동료들이 뒤를 따라 걸어들어왔다. 모두 든든한 방한외투를 입고 입었고, 그중 한둘은 귀를 따뜻하게 하려고 시장에서 산 넓은 양가죽 모자나 농부들이 쓰는 샤프카(러시아인들이 쓰는 털모자—옮긴이)를 쓰고 있었다. 그들 모두가 가방과 두꺼운 종이로 된 옷가방과 모자 상자, 아니면 조그만 트렁크를 어깨에 지고 있었다. 그중 하나는 접이식 흑판을 들고 있었다. 정신이 혼미한 대령은 행렬 뒤를 열심히 쫓아갔다. 씨빌은 생전처음 자기 힘으로 대령 뒤를 따라갔고, 돼지치고는 꽤 괜찮은 속도로 골목을 돌았다.

대령은 프로페서를 따라잡았고, 그의 어깨를 쥐고 흔들어 들고 있던 서류가방을 떨어뜨리게 했다. 프로페서는 대단히 화가 나서 날카로운 소리를 질러댔다. 그러자 대령은 회유적인 목소리를 띠기로 했고, 결국은 그에게 빌고 간청했다. 씨빌은 어떤 지점에 이르자 뒷다리로 서서, 프로페서의 팔뚝에 간청하듯 양발을 올렸다. 프로페서는 별 생각없이 씨빌을 톡톡 두드렸지만, 대령을 향해 단호히 고개를 좌우로 흔들어대는 것을 멈추지 않았으며, 안주머니에서 밀랍으로 봉인된 인장이 찍힌 뭉쳐진 종이 한장을 꺼냈다. 프로페서는 붉은 잉크로 줄쳐진 조항을 뭉툭한 손가락으로 푹 찔렀으며, 여백에 느낌표 몇개를 표시했다. 하나둘씩 마부들은 일손을 거두고 둘의 논쟁을 즐겁게 바라봤다.

대령은 프로페서를 이성으로 설득하려고 했다. 마부들은 이를 흥미롭게 지켜봤다. 프로페서는 완전히 냉정을 잃고 종이를 공처럼 구겨서 대령의 목구멍 속으로 집어넣었다. 마부들은 반어적인 의미와 환호와 산발적인 박수로 그런 행동을 맞아주었다. 관객이 있음을 새삼 알아차린 프로페서는 갑자기 근육을 씰룩이며 살짝 인사를 했다. 프로페서는 씨빌의 귀를 어루만졌는데, 그것은 분명 작별의 표시였다. 그다음 프로페서와 침팬지 집단은 걸음을 재촉해 대령이 질식하여 캑캑대도록 내버려두고 문밖으로 나갔다. 녹색 리본을 단 침팬지가 멋진 베레모 아래로 살짝 엿보며, 심지어 그리운 듯한 표정까지 띠면서 돌아봤다. 아마도 월써를 마지막으로 보고자 한 것일 텐데, 월써는 리지의 심부름을 하느라 바쁘게 뛰고 있었다.

계약서를 퉤 하고 뱉어냈을 때 대령은 말했다. "이들은 오늘밤 헬씽키로 가는 기차를 예약했어. 프로페서가 말하길 '우리는 씨베리아로 가지 않는다'는 거야. 뭐 말했다기보다는 휘갈겨썼지만. 공연이 끝난 뒤, 아주 철면피처럼 나한테 와서는 쪽지에 휘갈겨서 알려줬지. 끔찍한 글씨체였어. 아주 끔찍한! 나한테는 자기네 순서가 끝났을 때 오분이 넘게 지속된 박수갈채 때문에 나한테 보너스를 받아야 한다고 알려주던데. 그런 항목이 있긴 했지. 난 쪽팔리게도 서명을 했고. 내 시계로 재보면 그 박수는 정확히 사분 오십구초였어. 망할 놈의 원숭이는 이성적인 설득은 들으려 하질 않아. 제기랄."

대령은 씨빌에게로 팔을 벌렸고 위안을 얻고자 서글픈 얼굴을 돼지의 목에 묻었다. 비록 씨빌의 충직성은 약간 망가졌지만, 씨빌은 사려깊게 콧김을 내뿜었다.

그리고 그날 밤 침팬지들이 유일한 배신자였던 것은 결코 아니다. 이미 모험이라면 충분히 만끽한 많은 마구간 소년들이 포위망을 빠져나가, 벌어놓은 돈으로 핀란드 역에서 표를 샀으며, 소나무숲을 통과해 집으로 가는 길이었다. 부포 대왕은 러시아의 정신병원에 감금되었다. 암호랑이는 쌍뜨뻬쩨르부르그 도축업자의 안마당에 놓였다. 벌써 해가 돋고 있는 고립지를 향해 대령이 툰드라를 떠나려 할 때, 써커스단은 이미 많은 자원이 고갈된 상태였다.

그리고 그날 밤, 그는 최고의 인기스타마저 잃을 뻔했다.

11

페버스는 멋지고 남자다운 향내가 풍기는 가죽소파에 앉아 검은 담비 담요를 눈까지 뒤집어쓰고는, 아름다운 도시를 미끄러지듯 질주했다. 함박눈이 빙글빙글 돌며 커다랗고 부드러운 눈송이로 내리고 있었다. 하늘의 거대한 바부슈까(러시아어로 할머니란 뜻. 날씨를 관장하는 신화적 인물—옮긴이), 그 할머니가 마치 가르강뛰아의 깃털 침대라도 준비하듯 허공에 대고 매트리스를 마음대로 아무렇게나 털어대는 것 같았다. 눈은 네바 강 위에 흩날렸고, 그 위에서 두껍게 얼어붙은 얼음으로 흡수되었다. 어떤 눈은 도시 기념물의 왕관과 팔짱낀 양팔뚝에 달라붙었다. 건물 벽에 조각된 코니스(서양식 건축물에 돌출된 띠 모양 장식—옮긴이)와 현관에도, 돌로 조각된 기수 동상의 갈기와 꼬리에도 붙었다. 그것은 흰빛의, 가을을 변화시키는 겨울의 첫번째 손길이었고, 이 정도 위도에서 겨울이 기회만 있다면 그 한갓진 여유를 누리면서도 어찌 사람을 동사시킬 수 있는지가 처음엔 믿어지지도 않는, 그런 마법 같은 손길로 온 겨울의 방문이었다.

그러나 페버스가 눈 속에서 본 것은 죽음이 아니었다. 그녀가 본 것은 모두 다이아몬드를 연상시키는 서리낀 축제와 같은 광채였다.

그녀는 현관 정문까지 미끄러지는 계단을 따라올라가면서 그 담비가죽 담요를 꼭 끌어안았고, 마부는 그녀의 머리 위로 우산을 받쳐들었다. 두 개의 싸티로스(반인반수의 몸을 가진 목양신, 숲의 신—옮긴이) 기둥이 현관문을 지키고 있었고, 그 위에는 유니콘이 기사를 찌르는 문장이 새겨져 있었다. 그 거리는 무척 외진 곳에 있었다. 노란 가로등은 마치 무정하게 내리는 눈을 체로 걸러내는 것 같았다. 마부는 인사를 한 뒤 사라졌고, 페버스가 직접 멜로디가 좋은 초인종을 잡아당기게 놔뒀다. 대공이 직접 그녀를 맞이해 들였다(그렇다면 하인들을 모두 그날 밤 어딘가로 보냈단 말이지, 그렇지?).

"돌아가는 마차는 정확히 열한시 삼십분에 왔으면 해요." 그녀는 검은 담비 담요를 바닥에 떨어뜨리면서 정확하게 일렀다. 원한다면 대공 자신이 그걸 집어들게 하리라.

대공의 집은 광물과 유리금속의 세계였다. 금, 대리석, 수정으로 넘쳐났다. 창백한 홀과 끝없는 거울과 빛나는 샹들리에는 현관문에서 들어온 차가운 바람으로 인해 풍경(風磬)이

울리듯 댕그랑댕그랑 소리를 냈다…… 그리고 딱딱하고 차가운 표면과 텅 빈 공간에는 불모감, 불임의 느낌이 있었는데 그것은 손에 잡힐 듯이 분명하게 느껴졌다.

언제나와 같은데 뭘! 페버스는 까다롭게 검열하듯 생각했다. 돈이란 건 부자들한테 탕진된다니까. 그녀가 만일 자신을 초대한 남자와 같은 굉장한 부호였다면, 브라이튼 파빌리언 (인도식으로 지은 궁전—옮긴이) 같은 것을 집으로 만들고 싶어했을 것이다. 지나가는 행인들을 웃게 하고 부자가 부자가 되게 만든 이들에게 보내는 빈부 상호간의 선물 말이다.

반대로 그녀는 대공의 궁전을 비웃으며 혼잣말을 했다. 가난은 가난한 자들에게 탕진되지. 최고로 멋진 것을 벌 줄 모르는 가난한 사람들은 돈 없는 부자일 뿐이야. 그런 최고로 멋진 것을 돌보는 데에는 부자와 똑같이 쓸모가 없고, 또 부자들만큼이나 현찰 다루는 능력도 없는데다, 정말 부자랑 똑같이 항상 그 돈을 환하고, 아름답고, 쓸모없는 것에다 탕진한다니까.

여러분이 이미 눈치채지 못했다면 페버스에 대해 이야기를 하나 해드리겠다. 다시 말해 페버스는 철학적 성향이 있는 여자라는 말씀이다.

우리를 가난하거나 부자로 만드는 것은 돈이에요. 그러니까 돈을 폐지하자고요! 그녀는 때로 리지에게 그렇게 말하곤 했다. 모든 것이 돈이니까, 돈은 그 정당성에 있어서 구속받지 않거나 아무것도 아닌 교환을 작동시키는 상징적 수단에 지나지 않아요.

그러나 리지는 코에 난 수염 사이로 휘파람을 불며 페버스의 그런 순진함에 응대할 것이다. 빵집 주인은 너 같은 개인적이고 즐거운 기분으로 빵을 만들 수가 없단다. 만일 자연이 너를 사람들이 돈을 내고 볼 만한 구경거리로 만들지 않았다면 너 역시 빵집 주인과 빵을 교환할 때 빵값을 지불해야만 할 테지. 네가 먹고살기 위해 할 수 있는 일이라곤 너를 구경거리로 만드는 것뿐이니까. 넌 그렇게 할 수밖에 없는 운명이니까. 네가 사람들의 눈을 즐겁게 해줘야지 그러지 않으면 넌 아무것도 아닌 거야. 너 역시도 언제나 시장에서 일어나는 상징적 교환인 셈이지. 네가 생산적인 노동에 참여했다고 말할 수는 없잖아, 안 그래?

그러나 이건 그런 노동가치도 교환가치도 아니야. 대공의 궁전에서 페버스는 생각했다. 대공은 너무 부자라서 그에겐 돈이 아무런 의미가 없는 거라고. 이렇게 환하고 아름답고 쓸모없는 나에게 그가 탕진한 돈은 내 진정한 가치와 아무 관련이 없어. 만일 세상 모든 여자가 날개를 가졌다면, 대공은 스스로를 위해 다이아몬드를 비축해뒀다가, 얼어붙은 네바강 위에서 오리와 거위들과 노는 데 썼을 거야. 대공한테 내 가치는 내가 라라 에이비스(천상에 살며 신비로운 목소리를 가진 여덟 가지 빛깔의 새로 천년에 한번씩 노래하지만 무색무취의 노래라 일반인은 들을 수 없다. 보기드문 것이나 사람을 지칭—옮긴이)라는 데 있는 거지.

대공의 대리석 홀에서, 페버스는 포식동물처럼 미소를 지었다. 여기 당신의 모든 다이아몬드를 가져갈 자산재분배회사가 당도했사와요, 대공 전하!

페버스는 대리석 계단의 길게 뻗은 아치로 조심스레 올라갔고, 대공은 주의깊게 뒤를 따랐다. 그의 눈은 그녀의 어깨 아래 불룩하게 고동치는 것에 머물러 있다. 그녀는 앞으로 나가면서, 촛불받침과 거울과 동양식 단지, 심지어 온실에 핀 꽃에도 가격을 매기고 있었다. 그녀는 경매인처럼 움직여가고 있었고, 발걸음을 옮길 때마다 자기에게 요청될 여흥거리가 무엇이든 그것에 대해 이미 책정해둔 가격 총액에 추가요금을 올리고 있었다.

대공의 서재는 좀더 명상적으로 꾸며진데다 가파른 벽을 낀 타원형의 방으로, 그 음영 속에 복층의 갤러리가 숨겨져 있었다. 책장 꼭대기에는 단떼와 셰익스피어와 뿌슈낀의 흉상이 남녀의 저녁식사를 위해 차려진 식탁을 내려다보고 있었다. 보뜨까용 작은 유리잔이 있었고, 샴페인용 술잔, 그리고 중앙에는 그녀를 숨막히게 한 무엇이 있었다. 얼음으로 조각된 그녀의 모습이었다. 그녀의 실제 크기와 똑같았다! 날개를 활짝 펴고, '스타일'을 연출하며 웃고 있었고, 그녀 스스로 다짐한 대로 새벽녘 타이가를 가로지르는 기차에 몸을 실을 즈음이면 녹아서 얼음 웅덩이로 변해 있을 차가운 걸작이었다.

얼음조각은 캐비아처럼 새까만 자갈 위에 한쪽 발끝으로

서 있었는데, 목둘레에는 페버스가 본 중 최고로 장엄한 보석 장신구의 무수한 면이 무지갯빛 광채를 발하고 있었다. 오, 선동적인 보석들이여! 그녀의 손가락은 그 보석을 잡아채고 싶어 근질거렸다. 그러나 수프조차 나오지 않았는데 코르셋을 벗어던지고 퍼덕이며 날아올라 그걸 들고 달아날 수는 없었다. 그녀는 결국 가정교육을 잘 받은 여자가 아닌가? 탐욕이 좌절되자 숨이 막혔고, 이어서 한바탕 심통이 올라오는 것 같았다.

"자, 그럼." 그렇게 말하더니 그녀는 소파에 몸을 묻었고, 뭔가를 하려고 검고 긴 장갑을 벗었다. 대공은 그녀의 한쪽 맨팔이 보이자마자 한손을 움켜잡았고, 수염투성이 입을 페버스의 손바닥에 눌러 입맞췄다. 그것은 페버스에게 털투성이의 뜨겁고, 축축하고, 난폭하고, 역겨운 느낌을 주었다.

"저 얼음조각이 녹듯, 당신도 우리집 온기로 인해 녹아버리길." 그는 얼음조각을 향해 가볍게 목례한 뒤 중얼거렸다. 말도 안돼, 페버스는 생각했다. 그러면서 잡힌 손을 빼내 대공이 흘린 침자국을 냅킨으로 닦았다. 그녀는 그의 인사가 마음에 들지 않았다. 자기가 벌써 녹기 시작한 것은 아님을 확인하려고 얼음조각을 불안한 듯 흘깃 쳐다봤다.

대공은 중키에 정교하게 재단된 녹색 벨벳 스모킹 재킷(담배 피울 때 입는 실내용 재킷—옮긴이)을 입고 있었다. 그의 프랑스어는 생김새와 잘 어울렸다. 그는 수백만 킬로미터의 비옥한 옥토와 소나무숲과 황량한 툰드라를 소유하고 있었고, 그 땅

아래에 석유가 용솟음치고 있었다. 페버스는 자신의 스페인식 숄을 꽉 잡았다. 그녀는 그의 눈길에 사로잡히는 것을 피했다. 그는 그녀가 그 모든 것을 보고 겁을 먹었다고 생각했다. 그녀는 놀라움을 금치 못하면서 발밑의 낡고 오래된 페르시아 카펫에 가격을 매겼고, 그를 단숨에 천국에 보내주는 대가로 받을 파운드화에 동그라미 하나를 더해 값을 올렸다.

그는 보뜨까를 대접했다. 그녀는 술이 너무 반가웠지만, 술병 옆에 쌓인 여러 개의 잔이 신경쓰였다. 이자가 자기 친구들까지 초대하려는 건가? 그러나 이제 그는 웃으면서 술잔을 로마문자로 배열했다. 그녀는 그가 하는 짓을 의심의 눈으로 가늘게 뜨고 보다가, 그가 보뜨까 잔으로 쓰려는 것이 자기 이름이라는 것을 알아차렸다. 그녀의 세례명 S—O—P—H—I—A였다. 그런데 이자가 세례명을 어떻게 알았지?

허걱, 무서워라. 그녀는 생각했다. 옛날이야기에서 톰팃톳(그림형제의 동화 제목으로, 많이 먹으면서 게으름부리던 한 소녀가 엄마의 기지로 왕비가 되지만 엄마가 노래한 자신의 능력을 증명하기 위해 사악한 난쟁이의 힘을 이용한 대가로 그 난쟁이 이름을 맞혀야 하는데 그 난쟁이 이름이 바로 톰팃톳이다—옮긴이)이 하던 그 친숙한, 무덤 위의 거위걸음이잖아. 그녀는 낯선 자에게 쏘피아라고 불리는 것을 싫어했다.

"러시아의 오랜 관습입니다." 뻣뻣한 목례를 하며 그가 말했다. "당신을 위해."

그리고 그는 거기 있는 모든 잔에 보뜨까를 가득 따랐다.

그는 절대로……

그는 하나씩 하나씩, 전부 다 마셔버렸다. 그녀는 최면에 걸린 사람처럼 그 수를 세었다. 서른다섯 잔이었다.

그런데도 그는 그대로 서 있었다!

이제야 그녀는 대공이 보통 남자와는 다르다고 생각하게 되었고, 결국은 리지와 함께 왔으면 좋았을걸 하고 후회했다.

"캐비아 좀 드시겠습니까?" 그가 제안했다.

그녀는 캐비아를 좋아했는데, 수프 숟가락으로 먹는 편을 더 좋아했다. 앞으로 무슨 일이 일어나든 마음을 단단히 먹는 것이 최선이라 판단했다. 그녀가 마음을 가다듬는 동안 대공이 말했다. "저녁식사에는 음악이 함께합니다. 제가 모든 종류의 **예술작품**과 진귀품들을 엄청나게 수집한다는 것은 당신도 아시겠지요. 그 모든 것 중에서도 나는 장난감을 가장 좋아합니다. 경이롭고 초자연적인 인공물들 말이오."

그는 그녀에게 윙크를 했는데, 페버스가 보기에 음란한데다 모욕적이었다. 이런 생각이 떠올랐다. 이자가 대령의 이야기를 믿는 거야? 정말 내가 고무로 만들어졌다고 생각하는 거야? 그렇다면 캐비아가 어디로 간다고 생각하는 거지?

그가 난로 옆의 단추를 누르자, 벽을 채운 책장 일부가 위로 올라갔다. 금장식된 가죽 책표지는 으레 그렇듯 화려하게 채색된 **눈속임그림**이었다! 벽 안 어둠의 동굴 속에서는 세 명의 악사가 둥근 회전단 위에 놓인 채 한꺼번에 미끄러지듯 나왔다. 동굴과 연결된 벽은 부드럽게 쿵 소리를 내며 다시 닫혔다.

악사들은 거의 성인의 모습이었는데, 씨칠리아의 꼭두각시 인형만했으며, 보통 사람보다는 조금 작았고, 귀금속과 준보석과 새 깃털로 만들어져 있었다. 그 깃털을 보자 페버스는 마치 카우보이가 인디언의 허리띠에 매달린 금발 머릿가죽이라도 본 양 몸을 부르르 떨었다.

그리고 그중 하나는 진짜 새같이 생겼는데, 개똥지빠귀 아니면 나이팅게일로 크기가 매우 컸는데 그것을 만든 솜씨있는 장인은 그 새에게 연한 색, 짙은 색, 와인 색, 토파즈 색의 온갖 깃털로 된 요셉의 코트(아브라함의 아들 이상은 고생 끝에 사랑하는 라헬과의 사이에서 귀한 아들 요셉을 얻어 색동코트를 사주는데, 이를 시기한 형들이 코트에 동물의 피를 발라 들짐승의 희생물이 된 척 아버지를 속이고 노예상에게 팔아넘긴다—옮긴이)와, 빨간색 준보석으로 된 날카로운 작은 눈을 만들어주었다. 그 새는 두 개의 튼튼한 다리로 서 있었는데, 그 다리는 금을 두들겨 펴 만든 겹쳐진 조각비늘로 되어 있었다. 부리 대신에 플루트가 있었는데 상아로 정교하게 조각되어 있었다.

현악기도 하나 있었다. 속이 텅 빈 여자 형상의 하프 아니면 리라였는데, 어찌 보면 몸통이 없는 여자 같기도 했다. 머리와 어깨와 가슴이 있었고, 골반도 있었는데, 가슴과 골반 사이에는 양쪽을 나무못으로 고정한 현악기 줄밖엔 아무것도 없었기 때문이다. 팔도 달려 있었는데, 그 팔은 어쩌다 보니 우연히도 간청하는 모습으로 펼쳐져 있었다. 마지막으로 태엽이 풀리며 동작이 멎었을 때 팔이 그 상태로 고정되었기 때문이다. 그 팔은 아름답고 교묘하게 정교한 손으로 이어졌고 손가락과 손톱 모든 것이 완전했다. 그 여인상은 금으로 만들어졌는데, 손톱은 진주자개였고, 머리카락은 금 철사였고, 흰 에나멜 위에 청금석 눈이 있었다. 공기가 불규칙하게 유입된 탓에 여인상은 저절로 귀신 곡소리를 울렸다.

타악기는 그나마 가장 겁이 덜 나는 것이었다. 흑단을 기본 틀로 한 구리 공(접시 모양의 종─옮긴이)이었는데, 그 공을 치는 막대는 보이지 않았다.

대공은 흡족한 듯, 자신의 시계태엽 오케스트라를 유심히 관찰했다. 옛날 중국에서 일상사가 무료해진 황제가 주문한 것이었는데, 한 관리가 그것을 탐내 황제를 암살했다. 무료하던 대공의 조상 중 한명이 이를 갖고자 또 그 관리를 살해했다. 오케스트라는 오로지 쾌락을 위해 만들어진, 가격을 매길 수 없는 화려한 물건이자 기능성이 전혀 없는 불온한 매력이었다. 대공이 또다른 버튼을 눌렀다.

공이 저 혼자 흔들리더니 부드럽게 쿵 소리를 울렸다. 여자 모양 하프의 금빛 어깨가 움직이자 바퀴와 도르래의 복잡하고 은밀한 작동이 시작되어, 팔꿈치가 올라갔고 이어서 손이 가슴으로 된 현악기 줄에 닿았다. 금 손가락과 진주자개 손톱이 구부러지더니 펼쳐졌다. 그 여인상은 저절로 어떤 화음을 현악으로 연주했고, 그동안 거대한 새는 콧바람을 누른 듯한 기묘한 3온음이 나는 거의 멜로디에 가까운 피리소리를 냈다. 그 소리는 한 시대의 수학적 가능성을 굽이쳐 헤쳐 나왔는데, 거기에 가능성이란 게 있다면 이 지구의 것은 아닌, 어디 저 머나먼 얼음 행성의 것처럼 보였다.

페버스는 이렇게 생각했다. 새 안에 뮤직박스가 있는 거야. 그리고 괘종시계를 만들 수 있는 사람이라면 누구나 이런 하프 정도는 조립할 수 있어. 그리고 저 공은 전기자극에 의해 소리가 나는 거야. 그렇지만 그녀의 장밋빛 목덜미에 있는 모든 털이 곤두섰고, 대공은 만족한 미소를 띠며 그녀를 돌아봤다. 마치 처음부터 그녀가 자신을 두려워하길 바란 듯했다.

머리털 나고 처음으로, 페버스는 샴페인을 거부했다.

음산한 화음에 타악기의 음조가 겹쳐지자, 페버스를 조각한 얼음조각의 코에서 물 한방울이 떨어졌고, 톡 소리를 내면서 캐비아 접시의 유리 가장자리에 부딪혔다. 기절할 듯 놀란 한순간, 페버스는 다이아몬드가 녹은 거라고 생각했다.

대공은 페버스에게 팔을 뻗었다. 복층 갤러리로 가서 다른 수집품도 감상하실까요! 보뜨까로 뜨거워진 그의 숨결은 그녀의 볼을 예찬했으나, 음산하고, 순환구조를 띤데다, 딱히 무작위도 아닌, 완전히 비인간적인 음악의 기괴한 배열 형태가 그 방의 분위기를 비틀어감에 따라 그녀의 볼은 점점 더 차가워져갔다.

갤러리에는 유리장이 도열해 있었는데, 그 유리장은 너무나 정교한 방식으로 누르듯 조명이 낮게 깔려 있어서 마치 각각이 하나의 작은 독립적인 세계인 양 빛났다.

"내 알들은 경이로운 요소로 가득하지요." 대공이 말했다.

물론 그렇겠죠. 페버스는 생각했다.

유리장에는 각각 알이 들어 있었다. 정말로 알이었는데, 닭이 낳은 달걀이 아니라 보석가게에서 만든 놀라운 알들이었다. 대공은 페버스가 숄을 벗어 날개만 보여주면 어떤 알이든 골라 가질 수 있다고 말했다.

"알부터 주세요."

"날개가 먼저입니다."

"싫어요."

"보여주시죠."

"안돼요."

대공은 어깨를 으쓱하더니 그녀에게 등을 돌렸다. 갑자기 그곳의 모든 빛이 한꺼번에 사라졌고, 페버스는 어둠속에 홀로 남겨졌다. 들려오는 소리라고는 저 아래쪽에서 인조 악사들이 웅웅대고 뜯어대고 덜거덕대는 소리와, 자신 모습의 얼음조각에서 물방울이 떨어지며 내는 희미한 톡톡 소리가 다였다. 자신의 코가 녹는 소리를 듣자 그녀는 기절할 지경이었다.

"그럼, 좋아요." 그녀는 언짢아서 말했다. 불이 다시 들어왔을 때, 그녀의 숄은 떨어져 있었고 대공은 그녀의 등뒤로 가 그녀가 입은 코르셋 안에서 양쪽으로 부풀어나온 것을 유심히 관찰했다.

"하지만 손대진 마세요!" 페버스는 말했다. 이러한 극한 상황에서도 산전수전 다 겪은 페버스의 매섭게 날 선 목소리 때문에 대공은 페버스에게 손을 대지 못했다.

대공의 알에는 얼마나 엄청난 내부세계가 있던지! 정말이지 놀라움으로 가득했다. 알은 분홍 에나멜로 만들어진데다, 세로로 열려 있어서 조개껍데기 속의 진주층이라는 내부의 껍데기가 있었다. 그 껍데기도 차례로 열려서, 속 빈 금으로 만든 둥그런 노른자가 보였다. 그 노른자 안에는 황금 암탉이 있었다. 암탉 안에는 황금 알이 있었다. 이제 우리는 릴리풋(『걸리버 여행기』에 등장하는 소인국―옮긴이) 비율로 축소되었지만 아직 다 끝난 것이 아니었다. 그 알 안에는 미세한 브릴리언트 다이아몬드로 만든 아주 작은 액자들이 있었다. 그리고 그 액자 안에는 당연히 공중곡예사인 그녀의 축소 모형이 들어 있었는데, 그 모형은 곡예줄 위에서 날개를 활짝 펼친 채였고, 실물과 똑같이 금발에 푸른 눈을 하고 있었다.

페버스는 자꾸만 위축되는 느낌, 또 방 한구석에서 울려퍼지는 이상한 음악소리에도 불구하고, 이 자그마한 공물에 그만 우쭐해졌기 때문에 미숙한 정의감으로 대공이 자신의 가슴 위로 손을 넣어 겨드랑이 아래를 만질 수 있도록 허락하는 것이 합당하다고 생각했다. 페버스가 고무로 만들어진 것이 아니라는 것을 확인하자 대공은 한숨을 쉬었다. 아마도 기쁨의 탄식일 것이다. 그리고 붉은 쌔틴 드레스 아래서 사라락 소리를 내며 깃털들이 동요하기 시작했다.

저 아래서 삐걱이고, 윙윙대고, 둥둥대고, 철썩였다. 삐걱이고, 윙윙대고, 둥둥대고, 철썩이고⋯⋯

그 옆 유리장에는 옥으로 된 단순한 알이 표면을 보석으로 씌운 컵에 들어 있었는데, 마치 달걀 스푼으로 가볍게 쳐주기를 기다리는 것 같았다. 페버스는 염려가 되긴 했지만 아이처럼 몹시 고대하는 열띤 눈초리로 대공을 쳐다봤다. 그 알에 뭔가 더 있을 거라는 추측이 들어서였다. 대공은 잠시 더듬대던 손을 빼냈다.

"그러면 작은 열쇠를 돌리게 해⋯⋯"

승마바지의 끈을 묶은 부분 아래에서, 이제 씩씩하게 고개를 든 그의 남성적인 신체 일부의 윤곽선을 알아챈 페버스는 어떤 면에선 대공도 다른 남자들과 똑같은 것이 **틀림없**다고 생각했고, 마치 때가 오기를 기다리라고 말하는 것처럼 경쾌하게 회유하듯 그것을 애무했다.

그 알껍데기는 속이 빈 두 개의 반원으로 갈라지면서 금색 격자문양을 새겨넣은 흰색 루비 통 안에서 작은 나무 한그루를 드러냈다. 그 나무에는 암녹색 준보석을 조각해 만든 잎이 무성하게 달려 있었다. 금으로 된 가지에는 진주로 된 꽃과 황수정으로 된 과실이 달려 있었는데, 진주 꽃은 꽃잎이 네 장이었고 가운데에는 다이아몬드가 박혀 있었다. 대공은 내키지 않는다는 듯 그녀의 쇄골뼈 아래서 오른손이 하던 일을 멈추고, 손을 꺼내 그 과일 중 하나를 건드렸다. 그러자 그 과일 역시 쪼개지면서 열렸고, 붉은 금으로 만들어진 상상할 수 있는 가장 작은 새가 날아서 튀어나왔다. 새는 머리를 이쪽저쪽으로 움직였고 날개를 파닥거렸으며 부리를 열고 높은 톤의 지저귀는 소리를 냈다. 곡조는 「금빛 새장 속의 한마리 새」였다. 페버스는 깜짝 놀랐다. 새가 후렴부를 끝냈고, 날개를 접었으며, 옥으로 된 속 빈 알은 다시 닫혔다.

그 아름다운 장난감을 보며 느낀 모든 즐거움에도 불구하고, 페버스는 그 나무와 새가 자신을 극도로 떨게 만든다는 것을 깨닫고, 치명적인 위험이 임박했음을 느끼며 몸을 돌렸다.

너무 무서워, 그녀는 다시 중얼거렸다.

삐걱이고, 윙윙대고, 둥둥대고, 철썩이고. 삐걱이고, 윙윙대고, 둥둥대고, 철썩였다…… 그리고 점점 더 정신이 혼미해지고, 점점 통제력이 떨어지는 것이 느껴졌다. 월써라면 그녀를 사로잡은 감각이 무엇인지 알 터였다. 앨험브러에 있는 페버스의 분장실에서 자정의 종소리가 세 번이나 울렸을 때 월써도 똑같은 경험을 했기 때문이다.

어쩌면 정신을 잃고 있는 건지도 몰라. 그녀는 생각했다. 오, 리지, 리지! 엄마가 필요한데 지금 어디 있는 거예요!

언제나처럼 좋은 게 좋은 거니까, 내가 이토록 곤경을 겪게 할 만한 뭔가 대단한 걸 대공은 누릴 자격이 있는 거야. 그녀는 등뒤로 손을 뻗어 드레스 뒤에 있는 고리와 단추를 풀었다. 깃털 날개가 사라락 급히 풀리는 소리가 났으며, 대공은 숨을 멈추고 나지막이 감탄했다. 대공은 얼굴을 비비면서 조금만 더 펴달라고 사정했고, 그녀는 그렇게 했다. 그가 그렇게 부탁하진 않았지만, 그녀는 자기보존이라는 깊숙한 본능 때문에 그의 수탉이 자기 둥지 밖으로 빠져나오도록 꺼내주었으며, 그가 그녀의 깃털을 세워준 것처럼 그녀도 그 수탉의 깃털을 세워주었다.

어둑하고 복층으로 된 방을 둘러보고, 어디에도 창문이 없다는 것을 알아챈 것은 바로 그때였다. 그녀를 안은 대공의 팔이 조여오자, 그녀는 그 남자가 초인적으로 체력이 대단히 강하다는 것을 깨달았다. 그녀를 땅바닥에 내리누르기에 충분한 힘이었다.

다음 순간, 바로 그때, 그녀가 상상할 수 있는 최악의 일이 벌어졌다. 그녀의 몸통을 관찰하던 대공은 코르셋 속에 숨겨둔 넬슨의 칼을 찾아서 끄집어냈다.

"돌려주세요……"

그러나 그는 그 치명적인 장난감을 그녀의 손이 닿지 않는 곳에 두고, 호기심어린 듯 관찰하더니, 콧수염 밑으로 껄껄 웃음을 터뜨리고는 무릎을 구부려 칼을 두 동강 내버렸다. 부러진 조각은 갤러리 양편 끝으로 던져버렸다. 칼조각들은 물처럼 벽을 따라 흐르는 어둠속으로 사라져버렸다. 이제 그녀는 무방비상태였다. 눈물이 터질 것 같았다.

저 아래에서는 기계로 된 악사들이 연주를 계속했고 얼음은 계속 녹아갔다.

페버스는 그 다음번 유리장으로 단호히 몸을 움직일 수 있었을 뿐 아니라 움직이면서 분산된 정신을 하나로 집중했다.

마치 자신의 목숨이 거기 걸린 양 이전처럼 계속해서 대공을 교묘히 조종했다. 그는 점점 쾌락으로 달아올라 발을 질질 끌었고, 그녀가 자유로운 다른 한손으로 유리장을 여는 것은 눈치채지 못했다.

바로 여기, 자수정 조각의 격자문양이 교차되어 새겨진 은으로 만든 알 속에서, 믿을 수 없을 만큼 다행히도, 페버스는 모형기차를 발견했다. 검은 에나멜로 된 엔진과 거북이 등껍데기와 흑단으로 만든 한 개, 두 개, 세 개, 네 개의 일등실 객차가, 마치 뱀이 똬리를 튼 것처럼 둥근 고리 모양을 하고 있었는데, 각 객차 측면에는 키릴문자로, 그 이름도 전설적인 **씨베리아 횡단 급행열차**라고 새겨져 있었다.

"이걸 가질래요!" 그녀는 탐욕스럽게 손을 뻗치며 외쳤다. 그녀의 감탄과 갑작스러운 움직임 때문에, 비록 애무가 멈춘 것은 아니었지만, 대공은 그녀가 인도한 황홀경에서 깨어났다. 마담 넬슨의 아카데미에서 견습기를 보낸 것이 헛되지는 않았던 것이다.

"안돼, 안돼, 안되오." 발기되면서 목소리가 끈적끈적해졌지만 대공은 허락하지 않았다. 그는 기차를 잡고 있는 그녀의 손을 툭 하고 약하게 쳤으나 그녀는 기차를 놓치지 않았다. "그건 안되오. **그 옆의 것**이 당신을 위해 준비한 거요. 특별히 주문해서 오늘 아침에 왔소."

그것은 백금으로 만든 것이었는데, 맨 위에는 사랑스러운 작은 백조가 있었다. 아마도 그녀의 아버지라는 소문이 도는 존재에 대한 일종의 찬사였을 것이다. 그리고 그녀가 추측한 대로, 그 속에는 금철사로 만든 새장이 있었는데, 안에는 루비와 싸파이어와 다이아몬드로 만들어진 친숙한 붉고, 희고, 푸른 작은 가로대가 있었다. 새장은 비어 있었다. 그 어떤 새도 그 가로대에는 아직 서지 않은 것이다.

페버스는 움츠러들지 않았다. 그러나 움츠러들 수도 있다는 소름끼치는 가능성을 곧바로 깨달았다. 그녀는 저 아래에 있는 다이아몬드 목걸이에 작별을 고하며, 장난감으로서의 삶에 대해 숙고했다. 신비한 동양적 불가사의로 인해 자동 오케스트라는 믿기 어려운 음의 배열을 깔고 있었고, 대공의 신체 일부가 단단해지면서 이제 자동적으로 이뤄지는 움직임에 따라 그의 눈이 흐릿해지고 숨을 헐떡여대자, 페버스는 이제 대공의 절정이 얼마 남지 않았다고 판단했다.

그때 아래층에서 그녀의 얼음조각이 물기어린 충돌 소리를 내며, 방 안에 있던 캐비아와 부딪혀 함께 무너져내리는 소리가 들렸다. 그 바람에 그녀를 유혹했던 목걸이는 남은 저녁식사의 잔해 속으로 떨어졌다. 자신이 바보였다는 쓰라린 깨달음에서 그녀는 행동의 동력을 얻었다. 대공이 낮은 신음, 높은 숨소리를 내뱉으며 사정하자, 그녀는 장난감기차를 이스파한(11세기 페르시아의 수도로 유명한 중앙 이란의 도시—옮긴이)산 기다란 융단 위로 떨어뜨렸는데, 다행스럽게도 바퀴로 안착했다.

그가 의식을 잃은 몇초 동안, 페버스는 허둥지둥 플랫폼으로 뛰어들어가 일등석 객실의 문을 열고 기차에 몸을 실었다.

"그 자식이 네 드레스에 한 짓 좀 봐라. 돼지 같은 새끼." 리지가 말했다.

울고 있던 여자는 다른 여자의 품으로 몸을 던졌다. 그날 밤은 어두운 나락과도 같았는데 그 밤 위로 달이 쑥 솟아 있었다. 그 나락 속에서 페버스는 마법의 칼을 잃었다. 역장은 호루라기를 불며 깃발을 흔들었다. 기차는 천천히, 천천히, 역에서 그 긴 몸통을 끌어내기 시작했고 그 기차와 함께 꿈의 화물을 끌고 갔다.

"교훈을 하나 얻었어요." 페버스가 말했다. 그리고 몸을 세워 앉더니 팔찌와 귀고리를 떼어냈다.

복도에는 갑작스러운 혼란이 일었고, 분노한 소년의 저항이 폭발했다. 그들 전용실의 문이 꽝 하고 열리더니 월써가 들어왔는데, 팔에는 발길질을 해대며 격렬하게 저항하는 광대 옷 차림의 어린애가 들려 있었다.

"방해해서 죄송합니다만." 그는 페버스에게 말했다. "이 막무가내인 어린 친구가 써커스단과 떠나서는 안될 것 같아서요. 아직 앞으로 몇년간은 말이죠!"

기차가 천천히 미끄러져 새로 내린 눈이 두껍게 쌓인 플랫폼을 지나갔다. 리지가 창문을 내리자, 찬 공기 한줄기가 세차게 들어왔다. 그리고 월써는 울부짖는 아이를 바깥에 쌓인 눈더미로 떨어뜨렸다.

"자, 이제 일어나서 할머니가 계신 집으로 뛰어가!"

"이걸 할머니께 전해드려!" 페버스가 소리쳤다.

꼬마 이반은 눈 속에서 굴렀고 다이아몬드가 쏟아졌다. 그런 아이들을 통해 우리는 구원받게 될 것이다. 아마도.

기차가 속도를 조금 올렸다. 월써는 특별실 창문으로 머리를 내밀고, 꼬마 이반이 기차 뒤쪽에서 다시 기차로 오르는 것은 아닌지 확인하느라 그 상태로 있었다. 그리고 다시 두꺼운 가죽끈을 당겨 창문을 끌어올렸다. 모두 다 잘 닫히자, 월써는 객실의 승객들 쪽을 돌아봤는데 페버스를 보고는 말을 잇지 못했다. 페버스는 눈물범벅에 머리는 산발이었으며, 넝마 같은 드레스는 여기저기 찢긴데다 정액으로 얼룩져 있었다. 그녀는 더러워지긴 했지만 엄연히 존재하는, 엉켜서 엉망이 된 솜깃털로 드러난 젖가슴을 가리려고 최대한 애쓰고 있었다.

제 3 부

씨베리아

1

이런 데서 사람들은 어떻게 살지? 어떻게 여길 헤쳐나간 담? 어쩌면 난 이런 질문을 하기에 적합한 사람이 아닐 거야. 원래 경치 따윈 별 관심이 없으니까. 망할 놈의 햄스테드 히스(런던에서 가장 높은 언덕으로 런던 시 전체를 관망할 수 있는 관광지—옮긴이)에 올라서도 추워서 떨기만 했잖아. 인간이 사는 곳을 벗어나자마자 내 가슴은 썩은 마룻바닥처럼 무너져내렸고 용기는 꺾여버렸지. 이젠 공원과 정원이 좋아. 주위에 울타리와 도랑이 있는 작은 땅이 있었으면 좋겠어. 그 안에 쓸모가 많은 소들도 기르면 좋겠지. 야생의 언덕이 꼭 있어야 한다면, 적어도 양 한두 마리는 바위더미 위에 그림이 되게 멋지게 배치해두자. 털이 복슬복슬한 건강한 양이나 뭐 그 비슷한걸로…… 난 사람의 손이 형편없이 망쳐놓은 곳에는 있고 싶지 않아. 그리고 우리는 여기, 세계가 시작되었을 때 카인의 표지가 만든 세계의 널따란 이마 위에 지금 와 있다. 기차역에서 우리한테 곰가죽을 팔러 온, 뺨에 '유죄'라는 표지가 찍혀 있던 그 노인처럼 말이다.

나는 노인이 가진 곰가죽을 전부 다 샀는데, 블라지보스또끄에 도착하면 우체국에 가서 집에 있는 애들에게 부쳐주기 위해서였다. 이런 말을 해서 미안하지만, 그 노인은 자기 물건에 충분한 가격을 불렀으니, 그건 '싸구려' 선물이 아니다. 게다가 그 때문에 리지에게 지겹도록 잔소리를 들었는데, 리지는 내가 '후손을 위해서' 그런다고 욕을 해댔기 때문이다. 미국 남자더러 들으라고 한 말이다.

리지가 말한다. "그자가 쌍뜨뻬쩨르부르그에서 이름을 날렸으니, 네가 점점 더 원래 습성대로 행동해가는 거 아니니."

창밖에는 밤이 오고 있으며, 공개 처형대 위에 스며든 무시무시한 핏자국 무늬처럼 해가 기울고 있는 곳에는 상상도 할 수 없는 거대하고 황량한 공간이 스쳐지나간다. 이 대륙의 절반에는 곰과 별똥별과 하늘을 모두 담아 꽝꽝 얼어붙은 얼음을 핥아 목을 축이는 늑대만 살고 있는 것 같다. 세상은 온통 먼지 덮개를 쓴 듯 하얗다. 그 먼지 덮개는 마치 가게에서 들여오자마자 멀리 치워놓아 절대로 사용하거나 만지지도 않을 것 같다. 무섭다! 그리고 이 원형 파노라마 같은 끝없는 풍경 속에 이 부자연스러운 장관은 레이스 커튼이 달린 말끔한 창틀 속에서 시속 30킬로미터로 펼쳐지고 있었다. 약간의 흠이라면 그을음이 좀 있는데다 묵직해 보이는 어둡고 칙칙한 푸른 벨벳 커튼 자락이었지만.

복도에서 나는 석탄 바각대는 소리는 싸모바르로 차를 끓이려고 불을 지핀다는 뜻이다. 이 안은 얼마나 아늑한지.

밖은 지독히도 춥지만 객실 안은 안락하고 따뜻하다. 조그만 난로가 하나 있다. 그리고 벨벳이 깔린 둥근 탁자도 있는데 커튼과 어울리는 푸른색이다. 천으로 덮인 안락의자에는 리지가 편히 앉아 혼자 인내 게임(혼자 하는 카드 게임으로 하루의 운을 예언하기도 하다. 패가 잘 떨어져서 카드를 깨끗이 털면 운이 좋은 하루라 여겨진다—옮긴이)을 하고 있다.

인내. 내게 인내를 주세요.

"내 말인즉슨, 네 인기만큼이나 너도 갈수록 바람이 든다는 뜻이야." 리지가 말한다. "격식 따위는 절대 차리지 않는 진실한 마음씨의 런던 토박이라니, 후후훗."

"그럼, 내가 내가 아니면, 뭐가 되어야 한다는 거예요?" 참지 못하고 확 쏘아붙인다. 하기 싫은 일도 해야 하는 때가 있는 법처럼, 밤이면 침대로 변하는 좌석 위에 미스 오말리(영국에는 그레이스 오말리로 알려져 있으며 16세기 아일랜드 서쪽 공국 우마일의 여왕이자 엘리자베스 여왕도 알현했던 항해와 국제무역에 능한 담대한 아일랜드의 해적—옮긴이)처럼 배를 깔고 누워서 말이다.

"그건 완전히 다른 문제지, 안 그래?" 리지가 언제나처럼 침착하게 대답했다. "너 같은 존재는 세상에 한번도 없었어. 너더러 이래라저래라 말할 사람도 없고. 너는 새 역사의 원년이니까. 네겐 과거사도 없고, 너 자신이 만드는 것이 아니라면 그 어떤 미래의 기대치도 없어. 하지만 네가 실패하면, 세상에, 그건 **정말 대단한** 실패가 되는 거야, 안 그래? 네가 평범한 여자인 척한다면, 그건 상대가 속임수를 은근히 드러낸 것처럼 네가 상대를 **희롱하는** 꼴이 되지. 네가 걱정돼서 하는 말이야. 그래서 널 혼자 두지 않는 거야. 그 망할 대공 자식을 잊어선 안돼. 그자가 네가 그토록 아끼던 마스코트를 부쉈잖니, 안 그래?"

리지는 사람에게 상처주는 법을 안다. 아픈 구석을 찾아서 집요하게 쑤신다. 그게 리지의 방식이다.

"네 마스코트를 부쉈고 너도 거의 부술 뻔했어. 이런 일은 이번 한번뿐인 거야. 앞으론 안돼. 새 역사의 이듬해에는 안된다고. 결코, 절대로, 아무것도."

아무것도.

기차는 지친 한숨과 함께 갈리듯 멈췄다. 엔진은 낮게 울었고 바퀴 잠금장치는 딸깍대며 신음을 냈지만 밖엔 아무것도 보이지 않았다. 이 지역엔, 동화를 연상시키면서 대자연을 놀리듯 생강과자로 만든 집처럼 예쁘고 작은 나무역사 하나 없었다. 저 멀리 보라색 지평선에는 부자연스럽게 하얀 눈만이 일직선으로 도드라져 있었다. 우리는 아무 곳도 아닌 곳의 한가운데에 와 있다.

'아무 곳도 아닌 곳', 아무 곳도 아닌 곳은 '아무것도 아닌 것'처럼 허공처럼 여러분 내부로 열린다. 그리고 우린 아무 곳도 아닌 곳의 극단까지 아무것도 아닌 것의 광대함을 가로질러나가고 있는 것이 아닌가?

때로는 돈에 대한 내 집념에 나도 소름이 끼친다.

갑자기, 거의 불가사의한 침묵 속에서 우리는 호랑이가 으르렁대는 포효소리와 코끼리 사슬이 끊임없이 덜거덕대는 소리를 들었다. 그 소리는 끊이지 않았다.

씨베리아를 횡단하는 투스커(코끼리, 멧돼지 등 큰 엄니가 있는 동물—옮긴이)들! 작고 뚱뚱한 대령의 오만함이여!

종종 기차는 아무 해명없이 멈췄다. 타이가 지역에서는 공기 속으로 튀어나온 정령들처럼, 아이들이 뛰어나와 뭔가 팔 것을 들고 선로를 따라 달리려 할 것이다. 구운 감자, 얼음 딸기가 든 종이 콘, 너무 값이 비싸 팔지 못해 시큼해진 우유 등을 말이다. 그리고 당신은 유리 물병을 그것으로 채울 테지. 그러나 오늘밤은 어떤 농부의 집이나 정착지보다 너무 멀리, 너무나도 멀리 와버렸다. 그 헝클어진 노란머리와, 더럽기 짝이 없는 잡상인들도 여기까지 올 엄두는 내지 못할 것이다. 야생의 세계다.

차가운 바람이 약간 일었고, 음산한 소리를 내기 시작했다.

"저기, 리지, 엄마, 좀더 서둘러 갈 순 없는 거예요?"

카드에 열중하던 리지가 하얗게 세어버린 머리를 좌우로 흔들었다. 거짓말이 아니다. 왜 서두르지 못하는 거지? 믿지 못하겠지만, 날 키워준 수양엄마는 마음만 먹으면 뭐든 해낼 수 있다. 줄었다 늘었다 하며 시계는 까불대는 개처럼 앞뒤로 흔들거린다. 하지만 여기에도 법칙은 있다. 어떤 기준이나 차원의 논리로도 훼방놓을 수 없는 법칙 말이다. 그리고 그 열쇠를 가진 것은 리지뿐이다. 마치 핸드백에 잘 챙겨두고 만지지 못하게 하는 마담 넬슨의 시계 열쇠처럼. 그건 엄마가 보관하고 있다.

리지는 그걸 '가사(家事)' 마술이라 부른다. 만일 이스트가 뭔지 모른다면, 빵이 부푸는 것을 볼 때 뭐라 생각하겠는가? 리지 엄마가 마녀라고 생각할 것 아닌가! 성냥도 마찬가지다! 인이라는 화학원소를 모른다면, 루씨퍼들, 그리고 빛의 천사인 작은 나무병사들과 리지가 공모한 것이라고 생각할 것이다.

한때는 내가 그런 리지의 검은 비단 블라우스 아래 늙어 납작하게 말라붙은 젖꼭지에서 젖을 빨았다고 생각하면, 아, 그래, '마술'이 무엇을 의미하는지 알 것 같다.

이제, 기차 아래칸 '왜건 쌀롱'에서는 공주가 실내용 작은 오르간을 치고 있다. 그르렁, 그르렁, 그르렁. 아, 지금 내가 그레이트 씨베리아 철도에서 겪고 있는 이 기절할 듯한 지루함이란!

'왜건 쌀롱'이 그렇게 재미없는 것만은 아니다. 이동식 매음굴처럼 보이도록 흰 래커칠을 한데다 여러 개의 고급 판유리 거울로 장식된 모조 제국의 거실에 앉아, 아담이 태어나기도 전의 세상 같은 황량한 곳을 여행하는 데서 오는 공포만 없다면 말이다.

나는 여기가 싫다.

우린 여기 있을 이유가 없다. 한번도 벗어난 적 없는 쭉 뻗은 선로에 굼뜬 엉덩이를 딱 붙이고 앉아 즐기는 이 모든 따스한 안락함에도 불구하고 말이다. 마치 오성급 호텔의 안락함 속에서 알 수 없는 심연을 가로지르는 외줄타기의 꿈을 꾸는 줄타기 곡예사 같다. 지독한 겨울의 한가운데와 이 적대적인 지역을 통과해가는.

"금빛 새장에 갇힌 새가 된 기분?" 리지가 수양딸의 짜증을 알아차리고 물었다. "그럼 어떻게 여행하면 좋겠는데?"

다그침을 받자 페버스는 대답이 생각나지 않았다. 뿌루퉁한 뺨은 무릎에 대고 근육질 손은 넓적다리를 꽉 쥔 채 웅크려앉으려고 자세를 바꾸자 의자에서 스프링 튀는 소리가 들렸다. 대체 얼마나 오랫동안 이 회색지대를 덜컹대며 가게 될까? 한 주? 두 주? 한달? 일년?

공주는 결국 실내용 오르간을 능숙하게 다루게 되어 바흐의 푸가를 연주했으며, 그 소리는 호랑이들을 조용하게 만들었다. 그동안 세상은 태양을 비껴가서 밤과 겨울과 20세기라는 신세기로 향해갔다.

"은행계좌를 생각해봐, 우리 딸." 리지는 뿌루퉁한 수양딸에게 조롱하듯 충고했다. "너도 알잖아? 그 생각은 항상 네 기운을 돋우어준다는 거."

페버스는 페티코트만 입고 스타킹과 코르셋은 입지 않은 채 리지의 핸드백을 뒤져 작은 가위를 찾아냈고, 뭔가 좀 팬찮은 할일이 없나 싶어 그걸로 발톱을 자르기 시작했다. 그녀는 매우 지저분한 광경을 연출했는데, 헝클어진 머리카락 뿌리에서는 이미 1.5센티미터 정도 검은 머리가 자라났으며, 그 머리카락은 꾀죄죄해진 모습의 흐트러진 깃털과 뒤엉켜 있었다. 어딘가에 갇혀 있다는 것이 그녀에겐 어울리지 않았다.

그때, 페버스가 발톱을 자르고 있는데 기차가 아무 이유없이 멈춰섰다. 그러니까 아무 이유도 없단 말이지, 리지가 투덜대기 시작했다.

내가 그렇게 어린애처럼 엉엉 목놓아 울기 시작한 것을 어떻게 설명할 수 있을까? 마담 넬슨이 죽은 뒤 누군들 울지 않았겠는가. 그러나 마담 넬슨의 장례식 땐 그저 소리만 크게 울었을 뿐이다. 마치 내가 엄청난 고통이라도 받은 듯이 말이다. 이 세상에 버려진 고독의 고통 말이다. 세상은 우리가 없어도 얼마든지 완벽하니까 말이다. 마치 이 갑작스럽고 비이성적인 절망이 이성적인 슬픔에 붙어서 내 소중한 삶에 내내 대롱대롱 매달려 있는 것 같았다.

"실컷 울려무나!" 리지가 말했다. 그리고 그 목소리의 울림 때문에 그녀의 수양딸은 선견지명처럼 어떤 갑작스러운 느낌에 사로잡혔다. "울고 싶은 만큼 울어! 나중엔 울 만한 시간이 있을지조차 모르잖니."

기차는 아무 설명없이 멈췄듯이 또 그렇게 다시 움직이기 시작했다. 일반 객실에서 광대들은 연자줏빛 담배연기 장막 아래서 카드놀이를 하거나 잠을 자기도 했다. 심한 졸음이 그들을 덮쳐 움직이지 않고 잠시 활동을 정지한 상태에 있는 듯했다. 이따금씩 그중 한둘은, 이제 부포가 간 마당에 완전히 새로운 레퍼토리를 만들어야 한다고 말했을 수도 있다. "그거 할 시간은 충분해"라는 대답이 들렸다. 그러나 시간은 흘렀고 그들은 더이상 카드를 섞고 다시 치는 일을 하지 않았다. 말 달리는 듯한 기차의 리듬은 그들을 달래 수동적 체념의 상태로 만들어주었고, 그 체념 안에서 아무도 인정은 안 했지만 그들의 예수가 다시 일어나기를 기다렸다. 그러니 새로운 레퍼토리는 필요없었다. 필요가 없는 것이다. 술병을 돌리고, 카드를 다시 돌렸다. 그가 다시 올 것이다. 그러지 않으면…… 우리가 그에게 되돌아갈 것이다.

그러나 대령은 항공기 레이더처럼 흥분하여 들락날락 복도를 위아래로 뛰어다녔다. 대령은 별모양 조끼와 줄무늬 타이츠를 신고 다니는 엄청 눈에 띄는 인물인데, 그렇게 왔다갔다하는 것을 '성조기 날리기'라고 불렀다. 그는 버번위스키를 충분히 샀고 식당칸 승무원을 가르쳐서, 선견지명으로 쌍뜨뻬쩨르부르그에서 원예가한테 구입해둔 민트 화분의 가지 몇개를 이용해 쓸 만한 줄렙을 만들어내게 했다.

그는 곧 한 '인물' 한다는 명성을 얻었다. 그와 그의 돼지는 기관사가 있는 조종실에 종종 올라탔다. 기관사는 뒤로 몸을 기대고 풀칠해 말아 피우는 담배를 입술에 문 채, 대령이 제멋대로 까불게 내버려두었다. 그러나 대령은 대체로 코끼리를 찾아가보길 즐겼고, 기차가 노변에 섰을 때 두건 두른 시골여자한테서 바구니째 산 동그란 빵을 코끼리에게 먹이면서, 그 멋진 사건에 대해 생각해보기를 좋아했다. 켄터키 출신의 멋진 사내인 자신이 고대의 정통파 영웅인 카르타고의 한니발보다 한수 위라고 생각했다. 한니발이 코끼리를 데리고 알프스에 올랐다고는 해도, 덩치 큰 이 코끼리를 우랄산맥 너머로는 못 데려가지 않았는가?

　그러나 항상 낙관적인 그의 눈에도 코끼리들이 그 여행을 끔찍해한다는 것은 분명해 보였다. 코끼리들은 아주 편한 곳에 들어가 있었고, 주로 이민자들을 싣고 초원지대를 통과하던 가축용 화차에 깔던 밀짚에 싸여 있었다. 그리고 특별히 후피동물의 편의를 위해 그 화차에는 난로까지 갖추어놓았다. 그러나 코끼리들은 세상의 기둥에 새겨진 모습을 닮지 못했다. 그들은 더이상 넓은 이마로 하늘을 떠받치는 기둥에 새겨진 코끼리가 아니었다. 그들의 작은 눈은 눈물로 가득했고, 때로는 기침도 했다. 기차는 코끼리를 멀리멀리 더 혹독한 추위로 끌고 갔기 때문에 그 추위가 코끼리의 가죽장화를 뚫고 발을 꽁꽁 얼린 뒤, 폐를 공격해 폐 기능을 떨어뜨릴 것이다. 저 먼 북쪽, 훨씬 더 먼 북쪽, 극한 지방의 상상할 수 없는 북쪽 땅은, 비교해서 말하자면, 온대기후의 바깥에 있는 것이고 그들의 사촌 매머드는 얼음에 갇혀 있다. 그래서 그 얼음은 세계의 기둥인 코끼리들을 이미 압도하고 있었는데, 대령은 기질적인 낙천주의 때문에 코끼리들이 나날이 쇠약해져 쓰러져가는 것을 보면서도, 아직 고립되고 상처받는 의심의 순간에 다다르지 못했다. 그는 열차의 차장을 다그쳐 난로에 석탄을 더 때라고 재촉했다. 분명 코끼리들은 그저 추위로 괴로운 것뿐이고 우울한 문제라면, 그래, 빵을 몇 개 주면 기운이 돋워질 것이다!

그는 쑤시는 이를 눌러참듯 의혹이 고개를 드는 것을 눌러참았고, 자기 눈으로 본 것을 믿길 거부했다.

그 당시 호랑이들이 공주를 바라보는 눈빛은, 우리와 함께 사는 어린 호랑이 새끼들이 너무 높아 오를 수 없는 가지에서 노니는 새 한마리를 보는 것과 똑같았다. 공주는 자기 대신 대변인 노릇을 해주는 미농과 그걸 대충 번역해주는 페버스를 통해 대령에게 부탁했다. '왜건 쌀롱'을 쓰게 해달라는 거였다. 대령은 오랫동안 씨가를 씹은 뒤, 씨빌의 충고를 받아들여 그렇게 하도록 페버스에게 허락했고, 페버스는 이런 상황의 변화가 모두에게 혼란스러울 거라고 생각했다. 그뒤로 어떤 차장도 감히 '왜건 쌀롱'에 들어오진 못했으나, 호랑이들은 자기들의 새 구역을 자기 식대로만 생각했다. 호랑이들은 안락의자의 빛바랜 비단천을 찢어발겨서, 속을 채웠던 천으로 보금자리를 차렸으며, 호랑이 줄무늬가 비친데다, 수적으로 많아 보이게 여러 면에 비친 거울 속 스스로의 모습과 드잡이를 벌였다. 그동안 미농은 공주의 어깨에 기대었고, 둘은 오르간에 맞는 완전히 새로운 레퍼토리를 고안했다. 감상적인 가정 실내악, 바흐의 합창곡, 감리교 찬송가 등, 뭐든 호랑이의 심기를 안정시킬 것으로 말이다. 그러나 공주는 호랑이들이 더이상 자기를 신뢰하지 않는다는 것을 알고, 그녀 역시 그들을 믿지 않았다. 공주는 그들에게 총을 쏜 적이 있기에 죄의식과 절망에 사로잡혀 있었다.

대령은 실내악 오르간 소리를 좋아하지 않았다. 암호랑이 시체에 대한 생각, 쌍뜨뻬쩨르부르그의 끔찍한 마지막 밤에 대한 생각이 실패의 푸가를 울리며 돌아온 그날 이후부터였다. 정말 대령의 계속된 흥분에는 열광이나 절망의 기운이 있었다. 침팬지들은 그를 곤경에 빠뜨린 채 떠났고, 수석광대는 써커스장에서 공중제비를 돌며 나와서 정신병원으로 가버렸기 때문이다. 공주의 상심은 그 절반도 되지 않았다. 그리고 대령이 머릿속으로 아무리 열심히 거부해도, 마음으로는 코끼리가 나날이 쇠약해진다는 것을 알고 있었다. 가는 길에 재주넘는 곰 한두 마리라도 건지지 못한다면, 일본 천황 앞에서 선보일 그랜드써커스는 묘하게 축소된 상태가 될 것이다. 씨베리아에서는 어떤 식으로도 충원이 불가능하니까.

대령은 루딕 게임을 하는 사람은 때로 이기지만 또 때로는…… 지기도 한다는 것을 잘 알고 있었다. (아아, 『버라이어티』지에 실릴 수치스러운 헤드라인은 어찌하나!) 미뇽이 '오 상처받아 비탄에 잠긴 성스러운 머리여'라고 노래했을 때 그의 가슴은 박동을 멈추었다. 그리고 운명이 그 자신의 머리칼 몇올 안 남은 정수리를 희롱하고 있다고 생각했다.

'왜건 쌀롱' 밖에는 차력사 삼손이 팔짱을 끼고 서 있었다. 경비 당번인 것이다.

만일 미뇽의 가녀린 몸을 보고 삼손의 심장이 마치 상자 속의 새처럼 가슴속에서 요동친다면, 그는 충분히 흥분을 가라앉히고 여자들을 위해 정중히 물건을 나르고 운반하고 청소하고 돕는 모든 일을 배울 것이다. 그의 근육에 할당된 모든 총력을 동원해서 말이다.

상대방이 알아주지 않는 짝사랑은 차력사의 내면에 특이한 연금술을 행하고 있었지만, 그의 사랑의 목적도 근본적으로 달라지고 있었다. 잃어버린 미뇽에 대한 뜨거운 욕정이 천천히 해소되면서, 그것은 이제 단순한 친밀성에서 벗어나 커플을 이루며 개개인을 초월한 듯 보이는 두 여자를 향한 숭배에 가까운 존경으로 변해갔다. 마치 그녀가 부르는 노래를 사랑하지 않고는 노래하는 그녀를 사랑할 수 없듯, 또다른 한쪽을 사랑하지 않고는 그 사람을 사랑할 수 없다는 것도 잘 알았다. 그리고 그건 둘에 대한, 그 어느 쪽도 손대지 않는 사랑이어야 한다는 것도 알았다. 그래서 그는 점점 육체적인 것에서 벗어났다. 그는 옷 입는 데 신경을 썼는데, 그것은 스스로 변해간다는 인식을 나타내는 가시적인 신호였다. 그는 허리띠가 달린 질긴 러시아셔츠를 샀고, 그걸 입으면 근육질 고깃덩이로는 보이지 않았다. 그는 여자들을 돌보는 경호원 역할을 하면서 감수성을 계발했는데, 그런 감수성은 아직 기초 단계에 머물러 있었다.

차력사가 무뚝뚝하게 고개를 끄덕여 대령을 통과시켰다.

대령은 식당차에서 생선수프를 앞에 놓고 자신이 받은 축복을 헤아려보았다. 주님, 감사합니다! 그는 여전히 런던의 비너스와 독점계약중이다!

탁자 램프로 인해 생긴 고운 분홍 그림자가, 페버스가 눈물 자국을 감추려고 바른 연지의 날카로운 광채를 부드럽게 누그러뜨렸다. 오늘밤, 비록 코르셋까지 입을 생각은 못했지만, 그래도 일등실에 어울리는 수준에 맞추려고 옷을 차려입는 최소한의 성의는 보였다. 그녀는 크림색 레이스로 된 다회복 (茶會服)을 입고 머리에는 핀을 꽂아 가르마 부분의 짙은 머리칼이 눈에 띄지 않게 했지만, 가슴까지 파여 주름장식이 늘어진 다회복은 그녀에게 어울리지 않았고, 두꺼운 피부를 가진 중년여자처럼 보이게 했으며, 핀으로 꽂아 컬을 말아올린 머리는 벌써 늘어지고 있었다. 어깨에 과감하게 핀으로 장식해놓은 '행운의' 바이올렛은 너무도 모조품 티가 역력한, 조잡한 싸구려 물건으로 마치 어린애 생일선물 같아 보였다.

웨이터는 대령이 씨빌의 목에 냅킨을 둘러주는 걸 넋놓고 바라봤다.

"돼지는 사람이 먹는 건 뭐든 먹지요." 그는 탁자 전체에 대고 말했다. "그래서 사람과 돼지는 식성이 같다는 겁니다. 그게 바로 식인종이 호모싸피엔스를 불에 구워놓고 '기다란 돼지'라고 부르는 이유지요, 그렇소! 잡식동물이지, 봐요. 섞어서 먹지요! 우리한테도 활기가 생길 만한 음식 좀 갖다주시오."

식인 습성에 대한 말이 식욕을 돋운 듯, 대령은 송아지 커틀릿을 맛있게 해치웠다. 비록 그 커틀릿의 육질은 며칠 전 이르꾸츠끄 역의 뷔페식당에서 조리해 기차로 옮긴 후, 여기서 요리한 것처럼 보이게 지나치게 밝은 갈색 그레이비를 뿌려 다시 데운 것이었지만 말이다.

나는 접시에 담긴 그 역한 요리를 씨빌 쪽으로 보냈고, 그 돼지는 대령의 말대로 순식간에 그것을 해치웠다. 작고 영리한 돼지한테 대단한 애정이 느껴졌다고 말해야 할 것 같다. 씨빌은 나보다 훨씬 여행에 잘 적응했다. 목덜미의 주름장식은 쌍뜨뻬쩨르부르그를 떠났을 때처럼 깨끗했는데, 심지어 그때보다 더 깨끗해 보였다. 누가 대령을 위해 주름을 만들어준 걸까? 싸모바르를 관리하는 여자애? 식당차 승무원? 씨빌은 오일을 발라 빛이 났는데, 대령에겐 결코 씨빌에게 발라줄 오일이 없었다. 그리고 생각했다. 젊은 친구 잭이 그 오일을 내게 주었다면 그걸로 마싸지를 할 수 있었을 텐데 하고.

그가 이리로 온다.

그가 내게 연상시키는 게 뭘까? 한 악기를 위해 작곡되었으나 다른 악기로 연주된 곡? 커다란 캔버스에 그린 유화 스케치? 아아, 그래. 리지가 말한 대로 그는 아직 미완성이다. 그렇지만 그는 한결같다. 햇볕에 그을린 말라깽이! 햇볕에 바랜 노란머리! 분장으로 가려진 그의 얼굴은 오래전에 알던, 내가 사랑했지만 헤어졌다가 이제 다시 돌아온 얼굴 같다. 나는 전에 그를 안 적이 없고, 그는 완전히 낯선 이방인인데도 말이다. 그래도 그 얼굴은 만나기도 전에 언제나 내가 좋아했던 얼굴이다. 그래서 그를 봤다는 걸 기억하는 것이다. 누군지는 모르지만 기억은 있다. 그것이 어쩌면 욕망의 모호하고 상상적인 얼굴일 수도 있다는 점만 빼면.

아무 생각없이, 페버스는 악마의 케이크 같은 색깔과 질감의 빵조각 하나를 집어 입에 물었다. 대령이 씨빌을 자기 무릎에 앉혀 인심좋게도 월써에게 자리를 마련해주자, 청년은 어떤 굶주린 눈빛이 자신에게 향하는 것을 느꼈다. 월써가 느끼기에 그것은 마치 무해한 관능의 몸짓으로 그녀가 이빨로 자기 살을 문 것 같았다.

그녀가 한 일이라고는 그 모험가에게 꼭 필요한 결백을 밝혀주고, 그것을 이용한 것뿐이다.

스푼이 수프접시 위에서 달그락 소리를 냈고, 나이프가 커틀릿을 짓찢었다. 탁자 구석에 있던 술장식 달린 분홍 램프는 이리저리 흔들리며, 마치 지나쳐가는 길에 서 있는 나무들의 가지에 난 꽃봉오리인 양, 어두운 유리창에 반사되어 비쳤다. 웨이터들은 어깨 밑에 보이지 않는 바퀴라도 달린 듯 팔에 줄줄이 접시를 달고도 부드럽게 지나다녔다. 겉으로 드러나지 않은 주방에서는 팬이 달그락대는 소리가 들렸다. 디저트로는 마케도니아 과일이 나왔다.

공주와 미뇽이 피묻은 앞치마 차림으로 식당차에 도착했고, 삼손이 호랑이 저녁거리를 가지러 주방으로 가는 길에 그들 뒤를 졸졸 따르던 바로 그때, 천둥 같은 폭발음이 들렸다. 그리고 써커스의 역사상 가장 시끄러운 북소리에 맞추어 마치 그런 명령이라도 받은 듯, 식당차가 공중으로 솟구쳤다.

눈깜짝할 사이에 램프, 탁자, 탁자보 등 모든 것이 허공으로 날아갔다. 웨이터도 솟구쳤고 그들의 손에 들린 접시도 솟아올랐다. 씨빌은 자기 턱으로 막 닫으려던 파인애플 캔 속의 과육덩어리처럼 솟구쳤다. 출입구에 있던 검은 소녀와 하얀 소녀의 발은 마룻바닥이 뒤집히는 바람에 위쪽으로 몰렸다. 그다음, 그들 모두의 얼굴이 충격과 경악으로 일그러지기 직전, 식당차는 통째 다시 떨어졌고, 커다란 충격을 받아 산산조각났다.

그 순간 기차는 더이상 기차가 아니었고, 무수한 나뭇조각 파편, 수많은 뒤틀린 금속, 엄청난 비명과 울부짖음으로 온통 변해버렸다. 그동안 파괴된 선로 양편의 숲은 화염에 휩싸였다. 지금은 부서져버린 엔진 점화장치로부터 저 멀리 사방으로 던져진 불타는 나무장작에서 불이 옮겨붙은 것이다.

거구의 여인 페버스는 부서진 식탁 아래 갇혔다는 것을 깨달았다. 그 식탁에서 그녀는 자신의 마케도니아 과일 접시에 담긴 옅은 색 마라스키노 체리를 스푼으로 떠서 애완돼지의 접시에 담아주는 일에 집중하고 있었다. 맨처음 엄습한 감정은 경악과 분노였다. 거의 깜깜한 어둠속에서도 근처에 있던 수양엄마는 모국어 사투리로 유창하게 투덜댔으나, 리지가 어떤 속임수를 쓴들 이 난관에서는 빠져나올 수 없었다. 이제 페버스가 최대한 발휘하고 있는 근육의 힘만이 오직 이 잔해들을 들어올릴 것이다. 그리고 자신들이 입은 타박상 때문에라도 열차 밖으로 기어나갈 것이다. 화염과 날아다니는 파편들로 가득한 열차 밖도 그 자체로 몹시 위험했다. 이제 강풍으로 변해버린 바람이 그것을 모두 다 태워버렸다.

내 오른쪽 날개가 부러졌다. 첫번째 충격이 가시자 통증이 느껴진다. 날개가 아프다. 팔뚝의 단순골절만큼이나 아프다. 하지만 그게 다야. 그러니 감사할 게 많은 거지. 날개는 부러졌지만 오른팔은 아직 쓸 수 있으니까. 오오 이런 세상에, 너무 아프다. 더 나빠질 수도 있겠지. 이를 악물자. 상황이 얼마나 더 나빠질 수 있는지 계속 생각해봐야 해!

정말로, 식당차에 있던 우리 모두는 행운아인 것 같다. 시야에 미뇽이 잡힌다! 갑자기 날아든 브랜디 병에 강타당해 눈이 시퍼렇게 멍들었지만 다른 데는 멀쩡하다. 상처를 내고 긁히게 만들어 위협이 될 만한 도자기와 은그릇의 폭포 아래에서 미뇽이 공주를 끌고 나오고 있다. 리지가 잽싸게 자기 몸을 살핀다. 뼈가 부러진 데는 없지만 기절한 공주를 깨울 수는 없다…… 대령으로 말하자면, 탄성고무로 된 사람은 내가 아니라 대령인 게 분명하다. 왜냐하면 그는 자기 재킷의 가슴께에 안전하게 돼지를 안고 파편 속에서 벌떡 일어서 나왔으니까. 씨빌은 예지자다운 재능을 지녔으니 이런 사태를 미리 예견한 것일까? 그랬을까? 제길! 그러나 씨빌의 러플칼라는 손상을 입었다. 팬케이크처럼 평평해진 것이다. 대령은 씨빌의 옷을 벗겼고 이제부터 그 작은 돼지는 벌거벗고 다닐 것이다.

내 남자는 흔적 하나 없다.

그때, 난 '왜건 쌀롱'의 잔해 속에서 대단히 놀라운 광경을 목격했다. 호랑이들이 전부 거울 속으로 들어가버렸기 때문이다. 어떻게 묘사할 수 있을까. '왜건 쌀롱'은 참을성없는 어린아이가 뜯어놓은 크리스마스 장난감 포장지처럼 옆으로 누워 있다. 그리고 사랑스러운 짐승들은 피 한방울 근육 한점 남아 있지 않다. 부서진 거울조각만 켜켜이 쌓여 우리를 둘러싼 불타는 밤을 수천개의 쪼개진 조각으로 나눠버렸다. 그러니 만일 그 조각들을 다시 맞출 시간이나 인내심이 있다면 갑자기 모든 것이 예전처럼 되리라는 생각이 들지도 모르겠다. 그 숲, 그 평원, 영원한 지평선을 향해 뻗은 두 개의 열차 선로, 조그맣고 예쁜 객차와 연기를 내뿜는 기관차는 이제 내게 대자연의 면전에 던져진 일종의 도전장 같았다. 대자연은 그 도전장을 받아들인 다음, 솟아오른 땅바닥 위로 경멸하듯 다시 내던져놓고, 그걸 산산조각내버린 그 웅대한 저항의 제스처를 보라.

그리고 호랑이 이야기라면, 마치 대자연은 부자연스러운 호랑이들의 춤을 인정할 수 없다고 주장이라도 하듯, 호랑이들은 자신이 반사된 모습 속으로 얼어붙었고, 거울이 깨졌을 때 그 또한 조각나버렸다. 마치 호랑이가죽 줄무늬 사이로 흘깃 본 불타는 에너지가 폭발 당시 우릴 둘러싼 불길에서 나온 에너지에 격렬한 반응이라도 일으키듯, 호랑이들은 그 거울 속으로 각기 흩어졌고, 그 파편 속에서 생식력없는 복제를 반복하고 있었다. 깨진 거울조각 하나에는 발톱을 세운 발 하나가 들어 있었고, 다른 한조각에는 으르렁대는 모습이 들어 있었다. 내가 옆구리 부분을 집었을 때, 그 조각은 내 손가락에 화상을 입혔고 그 바람에 나는 그것을 떨어뜨렸다.

미농은 품에 공주를 꼭 안고 있었다. 이따금씩 그녀는 호랑이처럼 자기 어깨 옆에 있는 공주의 이마를 핥았다. 그러나 짐승들이 사라진 마당에 조련사는 무엇을 할 것인가? 비파 없는 오르페우스 꼴이 아닌가? 그녀의 피아노가 어디로 갔는지는 추측조차 할 수 없었고, '왜건 쌀롱'의 실내악 오르간은 녹아내리고 있는 눈 위에서 엉망진창으로 조각나 있었다. 마치 배관공에게 천재지변이라도 닥친 것처럼 파이프는 사방에 아무렇게나 널려 있었다.

서리 내린 밤이었으나 화염 때문에 눈이 녹고 있었다. 저 위로는 본 적도 없는 수많은 별들이 떠 있었다.

나의 광대는 흔적조차 없다.

그래도 광대골목의 나머지 멤버들은 일반객실의 파편 속에서 튕겨 일어나더니, 그네들 눈에 들어간 티를 닦아냈다. 광대들은 재난에 익숙한 사람들이라 그들에게는 그저 기차가 방화범에게 당한 것일 뿐이었고, 감히 말하건대, 아마도 그들의 개는 좌우로 몸을 흔들어 털면서 주변을 돌아다니다 사람에게 달려들고 낑낑대며 사람들 발치로 갈 테지만, 나는 아직도 그 남자를 찾을 수가 없다.

양손은 쓸 수는 있는데, 뭔가 불편하다. 등에 달린 여분의 팔이 하나 더 있는데 그게 덜렁거리는 거라고, 부러진 거라고 상상해보면 된다.

나는 식당차에서 무릎꿇고 앉아 송아지 커틀릿 저장고를 파냈다. 커틀릿은 아이스박스에서 튀어나와, 여기저기 널렸는데, 정신없이 당황한 내 눈으로 봐서는 거기서 무엇인가 움직인 것 같아서였다. 차장과 기관사, 그리고 웨이터들은 전부 하나가 되어 일사분란하게 움직였다. 어쩌면 그들은 기차의 보뜨까 저장고를 찾아 움직이면서 날 떠밀고, 나의 수색을 방해하는 것처럼 보이기도 했다. 하지만 내가 찾는 청년에 대해서라면, 기념품으로 로켓(사진, 머리털, 기념품 등을 넣어 줄에 꿰어 목에 걸고 다니는 작은 금합—옮긴이)에 넣어 보관할 엄지발가락이나 새끼손가락조차 찾을 수 없었다.

그때 뭔가 부드럽고 축축한, 뭔가 탐색하던 것이 내 뒷목을 공격하는 바람에 나는 튕겨나갔다. 세상에, 그건 코끼리 코 끝부분이었다.

불쌍한 짐승. 바로 그 순간은 운명적인 순간, 운명의 순간이라는 것이 입증되었다. 코끼리를 속박하던 사슬이 정말 전부 조각나서 그들이 자유로워진 순간인 것이다! 하지만 무엇을 위한 자유인가? 코끼리들은 오랫동안 기다려온 해방을 얻어내긴 했으나, 그들에게 아무 소용이 없는 그 순간에 이뤄졌다!

코끼리들은 자신을 구속하던 나머지 것들을 쉽게 부수고 나왔으며, 아주 훌륭하게 일렬로 줄을 서서, 몇몇은 서로서로를 따라 부서진 잔해들 사이를 지나갔고, 나머지는 자신의 코에 눈 녹은 물을 채워서 불을 끄려고 뿜어댔다. 이들은 폐렴에 대해 전혀 들어본 적이 없는 것 같았다. 코끼리들은 우리 모두에게 교훈을 주었다. 우리가 코끼리들의 귀중한 작업에 동참할 수 있었다면 분명 아침까지는 그 잔해를 아주 깔끔하게 정리해놓았을 것이다. 하지만 우린 그걸 그들에게만 맡겨둘 수밖에 없었다. 내가 그 미국인 청년의 유해라도 찾을까 해서 땅을 파는 동안 커니 대령의 써커스단에서 살아남은 모든 생존자는 죄다 납치를 당했기 때문이다. 하나도 빠짐없이 말이다.

리지는 유괴범들이 마치 숲의 수호정령처럼 자작나무숲에서 튀어나왔다고 말했다. 그들은 완벽하게 무장한, 양가죽 옷을 입은 거칠게 생긴 무리였다. 그들에겐 조랑말이나 수레 끄는 동물이 모자란 게 분명했는데, 그중 한두 명이 이상한 장비를 질질 끌고 다녔기 때문이다. 그 장비는 긴 낙엽송 막대를 가죽끈으로 교차해가며 묶은 것으로, 바퀴만 빼면 손수레 비슷한 발명품이라고 불릴 만했다. 들것이 필요해 누워 있는 사람은 비록 공주 혼자였지만, 그들은 마치 부상자의 수송을 준비하고 있던 것처럼 보였다. 그들은 몇가지 명령을 외쳤는데, 뛰어난 언어적 자질이 없던 우리 쪽은 그 말을 단 한 마디도 알아듣지 못했다. 다만 총소리가 내는 언어만은 아주 빨리 이해했고, 우리를 나포한 사람들은 곧 총의 개머리판으로 모두를 하나의 행렬로 밀어넣었다.

그러나 나는 모든 것에 대한 제대로 된 기억이 없다. 내가 아는 것이라고는 리지가 나한테 해준 말뿐이다. 잔해 속을 긁어대고 헤적이면서 나는 뭔가에 홀린 사람처럼 비명을 질러 댔고, 그들이 총으로 나를 쿡쿡 찔러대자 화를 내며 그들을 밀쳐냈다는 것이다…… 그 바람에 나는 통째 들어올려져, 얼굴을 처박힌 채 그들의 수레에 실렸다. 리지는 내게 자신이 건진 담요 한장을 던져줄 생각이었는데, 내가 정신이 나간 나머지 몸을 덮을 생각조차 못한다고 여겨서였다.

그래서 우리는 총의 위협을 받으며 갔고, 그밖의 생존자에 대해서는 털끝 하나 신경쓰지 못했다! 리지 말로는 내가 지금 끔찍한 소음을 내고 있다는데도 그들은 술을 보관한 벽장을 막 발견했기 때문에 고개 한번 돌려보지 않는다. 그러나 나는 아무것도 기억나지 않는다.

사람들은 투비엘 천사(여름을 다스리는 천사―옮긴이)가 작은 새들을 굽어살핀다고 말하지만, 나는 그런 가호를 받기에는 몸이 너무 크다. 큰 새는 자기를 스스로 돌봐야 하는 것이다. 그러니 나는 서둘러서 이곳을 빠져나가는 편이 좋을 듯하다, 그렇지 않을까?

2

월써는 산 채로 아주 깊은 잠속에 묻혔다. 위에 있던 선반에 달린 찬장 문이 떨어져나가며 그의 머리에 충격을 가해 월써는 기절했는데, 그 바람에 선반에 실려 있던 몇몇은 깨끗하고 몇몇은 더러운 식탁보, 냅킨 더미가 쏟아져내려 그 아래 깔려버렸다. 바쁘게 움직이는 코끼리들은 망가진 식당차에서 다양한 것들을 가져다 한데 쌓았다. 식탁용 양념병, 코르크 뚜껑 뽑개, 비스킷 상자 등을 아직 굳지 않은 월써의 무덤에 쌓아올린 것이다. 그곳에서 월써의 명줄이 끝장날 판이었다. 시간이 좀 흐른 뒤 한 살인범 여인이 와서 그를 파내지 않았다면 말이다.

3

길을 알려주는 표지판도 없었고, 심지어 거기까지 가는 힘든 여정중에 족쇄를 찬 주민들의 발길이 만든 길조차 여름엔 이끼류와 작은 풀이 갑작스레 무성해지는 바람에 흐려지고 겨울엔 눈 때문에 없어지는 바람에 도착지에는 아무런 흔적조차 남길 수 없었지만, 우리는 R 정착지 근처에 와 있었다. 그 근처에서 19세기 어느 해인가 P 백작부인은 비소화합물을 몇년간 사용한 끝에 남편을 독살하는 데 성공했다. 그녀는 그 비소화합물을 가지고 도망쳤으며, 홀로 지내면서 다른 여자들도 자기만큼 성공적이지는 않지만 비슷한 죄를 저질렀을 거라는 생각에 사로잡혔다. 그래서 정부의 허가를 받아 자기 같은 죄수복을 입은 여성 범죄자들을 위한 사설수용소를 이곳에 만들었다.

그녀를 움직인 힘은 자매애에 대한 생각이라는 점에 주목하시라. 세월이 흘렀지만, 아직도 죽은 남편의 보르시(비트의 뿌리로 끓인 야채수프—옮긴이)와 삐로슈끼(속에 고기나 야채 등을 채운 빵—옮긴이)에 첨가했던 양념의 실체를 절대 잊지 못한다면, 그녀는 다른 살인범 여자들의 회개를 통해 일종의 그 전달자가 됨으로써, 아니면 전달자가 되겠다고 주장함으로써 자신을 쑤셔대는 양심의 가책을 덜 수 있는 것이다.

장난삼아 골상학을 연구하는 한 프랑스 범죄학자의 도움을 받아, 그녀는 위대한 러시아 도시의 감옥들에서 남편을 죽인 죄로 유죄를 선고받았으나 골상 구조에서 구원의 여지가 보이는 여자들을 골라냈다. 그녀는 가능한 한 가장 과학적인 선상에서 보호시설을 설립했고, 여죄수들이 스스로 그 시설을 짓게 했다. 멕시코 연방조사국을 설득하여 곧 총살당할 죄수가 자신의 무덤을 스스로 파게 한다는 것과 같은 논리에서였다.

그녀가 죄수들을 시켜 만든 것은 원형감옥이었는데, 도넛처럼 가운데가 텅 빈 원 모양이었으며, 내벽 쪽은 쇠격자로 되어 있고, 지붕이 있는 중앙 안마당에는 사방이 유리창으로 둘러싸인 둥근 방이 있었다. 그 방에서 백작부인은 하루종일 앉아 살인자들을 바라보고, 바라보고, 또 바라봤다. 그에 따라 살인자들도 하루종일 앉아 그녀를 쳐다봤다.

여자가 남편을 살해하고 싶어하는 데는 많은 이유가 있고, 그중 대다수는 명분이 있는 것이다. 그녀에게 살인은 아마 그 순간의 존엄성을 조금이나마 지킬 유일한 방법이었을 것이다. 여자들이 노예처럼 여겨지거나, 그게 아니면 똘스또이의 유명한 비유처럼, 내용물을 다 마시고 나면 간단히 부숴버릴 만한 포도주 병처럼 여겨지던 곳에서는 말이다. 비록 그녀를 그러도록 만든 지루함과 탐욕의 결합체는 그 자체로 특권의 산물이긴 했다. 하지만 지각있는 여자라면 백작부인이, 비만한데다 멍청하기까지 했던 백작을 살해했다고 해서 그녀를 비난하진 않았을 것이다. 그녀는 지루할 만큼 여가시간이 남아돌아서 고통스러웠고, 남편의 풍족한 재산은 그녀의 탐욕을 자극했다. 그러나 도끼로 술취한 목수 남편을 찍은 올가 알렉싼드로브나의 경우라면, 그녀의 남편이 너무 자주 그녀를 두들겨팼다. 올가 알렉싼드로브나는 남편이 그녀를 참새로, 미약하고 소심하며 보잘것없는 존재로 바라보고 있다는 확신에서 그런 일을 저질렀다. 매 맞는 여자의 삶은 일반적인 잣대로 견주어봐도, 주먹질하는 남자의 삶만큼 분명 가치가 있다는 생각에서였다. 아마도 그녀가 애정이 넘치는 어머니였거나 그 이상이었기 때문일 것이다. 그러나 법정은 그녀와 생각이 다른 것으로 판정이 났다. 그래서 그녀는 한동안 끔찍한 고통을 당하면서 법정이 자신을 사악한 여자로 생각한다는 것을 깨달았다.

"재수가 좋았네." 프랑스 골상학자가 그녀의 머리를 측정한 뒤 법정에 이 여자를 백작부인의 '여성범죄자 연구를 위한 과학적 기관'에 보내야 한다고 요청하자, 간수는 죄수에게 그렇게 말했다. 정말로 행운인 것이다! 올가 알렉싼드로 브나는 힘든 노동도 채찍질도 없는 백작부인의 연구시설로 가게 되었다. 그다음 간수는 웃었으며 그녀를 강간한 뒤 사슬로 묶었다. 다음날 그녀는 씨베리아로 출발했다.

어둠이 밀려오는 시간에 감방은 여러 개의 작은 무대처럼 불이 켜졌다. 그 안에서 각각의 배우들은 바바오럼(럼주로 만드는 조그만 케이크—옮긴이)을 나눠주기 좋게 잘라낸 모양으로 생긴 그 감방에서 자신이 남한테 보인다는 덫에 스스로를 가둔 채 앉아 있었다. 감시대에 있는 백작부인은 마음대로 속도를 조절하며 움직일 수 있는 회전의자에 앉아 있었다. 그녀는 때로는 엄청난 속도로, 때로는 아주 천천히 빙글빙글 돌면서, 얼음처럼 차가운 푸른 눈으로—그녀는 프로이센 혈통이었다—자신을 둘러싼 불운한 여자들의 여러 층을 샅샅이 살폈다. 백작부인은 회전속도에 변화를 주어서, 수감자들이 정확히 언제 자신이 감시받을지 미리 예측할 수 없게 했다.

수감자들은 정말 올가 알렉싼드로브나의 간수가 예언한 대로, 고생도 하지 않았고 지쳐떨어지는 일도 없었다. 채찍질이 단조로운 일과를 방해하는 일조차 없었다. 그들은 아침과 저녁에 식사를 했다. 음식으로는 검은 빵, 수수죽, 묽은 수프가 쇠창살을 통해 전달되었는데, 그것은 올가 알렉싼드로브나가 전에 먹던 것보단 못했지만 분명 그런대로 괜찮았다. 아침에는 물 한통이 왔고, 그때 전날의 변기가 치워지고 새것이 왔다. 침대는 한달에 한번씩 바뀌었다. 편지는 허용되지 않았고, 방문이 엄격히 금지되지는 않았어도 타이가 지방에 워낙 멀리 격리된 탓에 어떤 방문객도 찾아올 가능성이 없었다.

백작부인은 시간과 장소의 규범에 의거해서 자신의 조직을 독재적이지만 인도적 방식으로 운영했다. 다소 이단적인 선별법으로 만들어진 그녀의 사설 감옥은 처벌의 장소로 의도된 것이 아니라, 가장 순수한 의미에서 일종의 감화원이었다. 그것은 회개를 끌어내기 위해 고안된 기관이었다.

P 백작부인은 명상치료법을 구상해냈다. 휑한 감방 속 여자들에겐 사생활도 오락거리도 없었고, 감방은 신의 시선 앞에 모든 것이 드러나는 수녀원 내 감방과 같은 원칙으로 구성되어 있었다. 그곳 여자들은 자신들의 범죄에 대한 기억만으로 살게 될 것이다. 그들이 자신의 유죄를 인정할 때까지가 아니라——그들 대다수는 이미 그걸 인정했다——**책임**을 인식할 때까지 말이다. 그리고 백작부인은 그런 책임과 함께 양심의 가책이 오리라 확신했다.

그다음 그녀는 수감자들이 구원을 위해, 또 구원을 받아 여기를 나가게 할 것이다. 그것은 자신이 저지른 죄에 대한 명상을 통해 불굴의 노력으로 얻어지는 것이며, 수감자들은 백작부인까지도 구원할 수 있을 것이다.

그러나 지금까지는 그 출입문이 한번도 열린 적이 없으며 단 한 명도 밖으로 내보낸 적이 없었다.

여러분은 어쩌면 그 바퀴 모양의 감화소가, 파멸의 중추에 있는 백작부인을 구원하기 위해 만들어진 기도 경륜(라마교에서 기도문을 넣고 돌리며 기도하는 회전 원통─옮긴이)이라고 생각할 수도 있을 것이다. 비록 그 안에서 경통처럼 회전하는 것이라고는 회전의자에 앉은 백작부인뿐이었지만 말이다.

올가 알렉싼드로브나는 대단한 독서광은 아니었다. 옆방의 여러 죄수들과 달리 글자는 잘 알고 있었지만 말이다. 어릴 적 글자 깨치는 임무가 주어졌을 땐 글자를 배운다는 게 어렵고도 쓸모없이 보였지만 말이다. 그럼에도 불구하고 그녀는 성경을 갖고 다니기 좋아했을 수도 있다. 그녀가 했던 몇몇 윤리적 토론에서 자신을 구원해주기 위해 말이다. 그러나 책은 좋은 소일거리였기 때문에 금지되었다.

그래서 올가는 감화원에 앉아 생각했다. 그곳엔 햇빛을 들이는 창문이 없었고, 환기는 수도관 씨스템을 통해 제공되었기 때문에 바깥세상에 대한 어떤 암시도 없었다. 다른 수감자를 들이기 위해 열릴 때만 햇빛이 살짝 새어들어오는 아치형 출입문 위에 모스끄바의 시간을 알리는 시계가 있었지만, 이곳 경도에 맞는 시간은 아니었다. 시계는 죄수들의 기상, 식사 시간을 규제했고, 투옥된 모든 사람에게 천천히 흐르는 시간을 기록했고, 때로는 시계의 문자반이 백작부인의 납빛 얼굴과 구분되지 않기도 했다.

백작부인은 그들이 회개할 때까지 그들을 관찰할 생각이었다. 그러나 여자들은 가끔씩 죽어나갔다. 거기엔 아무 이유도 없어 보였고, 그게 아니라면 그런 뒤틀린 벌집 속에서의 삶이 너무나 무기력하고 빛바랜 것처럼 보였기 때문이다. 뭐라도 있다면 그게 개선일 것이었다. 누군가 죽자 간수는 감방에서 시체를 등에 메고 나와 수감자들이 아침운동을 하는 원형통로의 포석 아래에 묻었다. 죽음조차 감화원을 탈출하진 못했다. 감방이 비자 다른 여자 살인자가 출입구로 실려왔고, 그 문은 단호한 철컹 소리와 함께 살인자 앞에서 닫혔다.

그렇게 참회의 고통이 시작되었다. 여러 다양한 형태의 쓰라린 외로움에서 오는 고통 말이다. 여기서는 백작부인이 끊임없이 응시해주기 때문에 외롭지 않았다. 그러나 또한 언제나 외로웠다.

그런데 백작부인은 지금껏 희망을 품고 살았지만, 그녀가 응시하는 어떤 대상도 참회의 작은 떨림조차 보이지 않았다.

올가 알렉싼드로브나가 수감된 지 3년째 해 연말까지도, 절대 자신이 결백하다고 말하진 않았다. 그녀는 항상 공공연히 죄를 인정했다. 하지만 그녀는 매일 자기 마음속에 있는 너그럽고 관대한 판사에게 정상참작이 될 만한 상황을 제시했고, 그것은 점차 판사의 마음을 움직였다. 매일 밤 그녀가 짚으로 된 매트리스에 몸을 뻗고 잠들기 전, 판사는 정당방위라는 다른 판결을 내렸다. 그래서 올가 알렉싼드로브나는 일어날 때마다 자신을 샅샅이 훑어보는 백작부인의 눈을 발견하면서 차가운 감방에서 점점 더 놀라며 잠에서 깨어났다. 마치 그 눈은 범죄의 흔적을 훑어보는 것 같았고, 언제나 거기에서 단순한 살인보다 더 의미있는 것을 찾는 듯했다. 그다음 올가 알렉싼드로브나의 마음속 악의 대변자는 재심을 명할 필요가 있다는 것을 발견했고, 그래서 그녀는 그 모든 걸 다 다시 시작해야 했다. 그렇게 그녀의 시간이 흘러갔다.

감방 벽에 댄 펠트와 비슷하게 바닥에도 펠트로 안감을 대 놓았는데, 벽과 천장 표면에서 15센티미터가량 떨어진 곳에 종이로 싸놓은 철망이 있었다. 수감자들이 노크를 하거나 톡톡 두드리면서 서로 소통하는 것을 막기 위한 장치였다. 그러니 이곳에는 완벽한 침묵만이 있었다. 말하는 것이 금지된 여간수가 천으로 감싼 발소리를 제외한다면 말이다. 발소리, 창살문에서 나는 금속성의 미끄러지는 소리, 아침마다 잠을 깨우기 위해 울리는 종소리의 고집스러운 날카로운 울림, 누워 자라고 명하는 저녁의 종소리, 저녁식사가 준비됐다고 알리는 종소리, 더러워진 국그릇과 접시를 모을 준비를 하라고 명하는 종소리, 안마당을 빙빙 도는 운동시간에 맞춰 준비하면서 문간에 서 있으라고 명하는 종소리를 제외하고는 모두 침묵이다. 백작부인이 자기 속도에 맞추어 천천히 자신이 앉은 의자를 돌리고 있다. 운동시간이 끝났음을 알리는 종이 울렸다. 그런 소리를 제외하면 온통 침묵이다. 시계 똑딱이는 소리뿐.

감화원 외벽에는 눈이 쌓여 있었다. 봄이 와 눈이 녹았지만 수감자들은 눈이 내리는 것도 녹는 것도 보지 못했는데, 그건 백작부인도 마찬가지였다. 자신이 가설로 세운 대리참회에 대한 대가가 바로 그녀 스스로를 감금하는 것이었기 때문이다. 감시 대상이 감방에 있도록 권력을 행사함에 따라 자기 스스로가 감시탑에 안전하게 갇혀서 말이다.

무자비한 여인은 그럼에도 불구하고 자신이 자비의 화신이라고 믿었고, 자비의 화신은 정의의 반대라고 생각했다. 그녀는 늘 무자비한 정의가 작동하는 곳——법정이나 감옥 같은——에서 여자들을 빼내 영혼을 새롭게 제조하기 위해 그 실험실에 데려다놓지 않았던가?

관찰을 많이 한 나머지 백작부인의 눈은 아주 하얗게 변해버렸다.

그녀는 어떻게 잠들고 어떻게 깼는가? 아니, 깨지 않았다. 하지만 어쩌다가 이따금씩 평범한 인간성이 결여된 그녀조차 인간적인 옛 방식으로 원기를 재충전해야 했는데도, 그녀는 결코 눈을 감고 싶지 않아했다. 그러나 깜빡 졸 때에는 창문에 베니션 블라인드(끈으로 채광조절을 하는 올이 넓은 발——옮긴이)를 내려놓고 불은 계속 켜놓아서, 그녀가 정말 자는지 아니면 단지 자는 척하는 것인지 수감자들이 알아볼 수 없게 했다. 왜냐하면 간혹 그녀는 자신이 잠들지 **않았을** 때에도 블라인드를 내려두었기 때문이다. 죄수들은 절대 그녀의 시선에서 자유롭지 않지만, 그녀는 죄수들의 시선이라는 폭정에서 도망칠 수 있다는 것을 보여주기 위해서였다. 그녀가 자유를 행사할 수 있는 유일한 분야였다. 그녀가 바로 이런 전체 감금장치의 발명자이자 사용자이긴 했지만 말이다.

여간수도 갇혀 있긴 마찬가지였다. 감화원은 예외없이 여자로만 구성돼 있었기에, 그 여자들은 자신이 감시하는 자들

가운데에서 막사생활을 하면서 살았고, 계약상의 협약에 따라 살인자들과 똑같이 단단히 갇혀 있었다. 그래서 그 안에 있는 모두가 수감생활을 했지만, 살인자 여자들만이 자신이 수감생활을 한다는 것을 알고 있었다.

때때로 사후에나 보일 법한──이런 곳에서라면 죽은 것이나 마찬가지라고 생각했기 때문이다──아랑있는 여유처럼 보였는데, 올가 알렉싼드로브나가 마음속으로 남편을 살해한 상황을 오래 곱씹으면 곱씹을수록, 자신이 비난받아 마땅하다는 생각은 점점 사라져갔다. 그녀는 모든 것을 반복하고 또 반복해서 생각해봤다. 몇번이나 또다시 처음부터 시작해서 셋방에 살던 유년기부터 말이다. 고생으로 허리가 굽은 병약한 어머니, 결혼, 그리고 다시는 보지 못할 아들을 낳은 일, 또 아내를 두들겨패는 걸 칭송하는 옛 러시아 격언을 즐기며 남편이 반복했던 짓, 그리고 어쩌다 음식을 사려고 결혼반지를 저당잡혔고, 어쩌다 남편이 술 때문에 그 돈을 강탈해갔는지를 말이다. 망할 놈의 보뜨까! 둘을 결혼시킨 망할 놈의 그 성직자! 자신을 때린 막대기와 막대기를 만드는 데 쓰인 염병할 놈의 구식 톱!

그러나 날 비난하지는 마시기를. 여자를 방면해주면서 판사가 무슨 일을 할지 생각해보라. 그녀는 결국 쉽게 잠이 들었다. 그녀가 이곳에서 보낸 최초의 뒤척임 없는 밤이었다.

그녀는 상당히 지적인 여성이었는데, 골상학자는 이를 '시골뜨기의 잔꾀'로 분류했다. 그녀는 자신과 공작부인이 서로 관찰하는 통로인 창살을 둘러싼 회반죽에 손톱으로 금을 그어 시간의 흐름을 표시하는 법을 재빨리 익혔다. 그곳은 밖에서는 보이지 않는 감방 내부의 유일한 공간이었다. 상황의 압박을 받기 전까진 날짜 세는 일에 특별히 힘들 건 없었고, 그곳에 있게 된 뒤로 단순 덧셈에 상당한 진전이 있었다. 그 비밀의 안쪽 표면에는 무료한 하루하루의 표시로 긁은 자국이 생겨났고, 잘 자고 일어난 그 아침에 셈을 해보았더니 그곳에서 벌써 3년이 흘러, 이제 막 4년째가 시작되었다는 것을 알았다.

그녀가 처음 이리 왔을 때 이곳에 있던 모든 사람들보다 오래 살아남았기 때문에, 그녀는 이제 '장기수' 자격을 얻었다. 이젠 집으로 돌아갈 준비를 할 시간이 왔다고 결정했고, 일어나 앉아 사물에 주의를 기울였다.

이제, 규칙에 따라 말없는 간수들은 식사를 나를 때 눈을 제외한 얼굴의 모든 부분을 가리는 두건을 썼다. 백작부인도 음식이 어디로 가는지는 간수들이 볼 수 있어야 한다는 데에 동의할 수밖에 없었기 때문이다. 그러나 백작부인은 간수들이 익명의 도구로 남아, 각 수감자들의 고립에 방해가 되는 어떤 개성도 드러내지 않길 원했다. 그래서 간수들은 언제나 시선을 바닥에서 올리는 법이 없었는데, 아침식사나 저녁식사를 나를 때도, 운동하러 여자들을 내보내느라 옥사를 열 때에도 마찬가지였다.

그러나 간수들이 쇠창살을 통해 쟁반을 들이밀 때 그들의 장갑 낀 손은 위험했다. 올가 알렉싼드로브나는 여기 오기 전에 재봉사 일을 했고, 예쁘고 가느다란데다 따스한 온기까지 지닌 손가락이 있었다. 비록 말과 시선은 그녀를 거부했어도, 그래도 그녀는 동료 죄수 중 하나와 접촉할 수 있을 거라고 생각했다. 왜냐하면 올가 알렉싼드로브나 시계가 몇주, 몇달, 몇년으로 흐르는 동안 앉아 생각하고 또 생각해본 결과, 간수도 자신처럼 여기에 갇힌 희생자라는 분명한 결론에 이르렀던 것이다.

그날 아침, 그녀는 앉아서 쇠창살 너머로 올 아침식사를 기다리고 있었다. 한쪽 눈은 빙글빙글 돌고 있는 백작부인에 맞추고 다른 쪽은 시계에 맞추었다. 분침이 시침과 만나자 종이 울렸고 금속성의 소리와 함께 쇠창살이 열렸다. 그녀는 예쁜 한손을(정말 예쁜 손이었으니까) 그 틈에 넣었고 다른 쪽에서 접시를 밀던 가죽장갑 낀 손을 꼭 쥐었다.

올가 알렉싼드로브나의 하얀 손가락이 닿자, 검은 장갑 아래의 손이 떨렸다. 대담하게도, 올가 알렉싼드로브나는 그 가죽장갑을 더 따뜻이 꼭 쥐었다. 올가 알렉싼드로브나의 상상 이상의 용기 덕택에, 두건 쓴 여자는 올가 알렉싼드로브나의 눈을 마주 보기 위해 눈을 들었고, 이제 두 눈이 마주쳤다.

그때 종이 울렸고 쇠창살이 쨍그렁 소리를 내며 닫혔다. 쟁반이 감옥 바깥 바닥으로 떨어져버렸기 때문에 올가 알렉싼드로브나는 아침식사를 놓쳤고, 수수죽은 바닥에 쏟아졌지만 그녀는 신경쓰지 않았다.

베니션 블라인드 뒤로 불이 밝혀져 있긴 했지만, 백작부인이 한순간 졸았던 게 분명했다. 왜냐하면 그 둘은 서로를 분명히 봤는데도, 백작부인은 그 무언의 교환을 보지 못했기 때문이다. 그게 누구건 그 순간 판결에서 그녀의 편을 든 간수가, 자신의 죄는 묻지 않기로 결정내렸다는 것을 올가 알렉싼드로브나가 알아챈 것이 바로 그 순간이었다. 죄를 묻는 일은 감옥 문이 열리고 죄수들을 모두 내보내기 직전, 어쨌거나 그 신체접촉이 일어난 직후에 이뤄져야 하니까 말이다.

그날 저녁, 은밀하지만 자유로운 시선의 교환이 있은 뒤 저녁식사가 날라졌고 올가 알렉싼드로브나는 롤빵 가운데의 빈 공간에 숨겨진 쪽지를 발견했다. 그녀는 그들이 바꿔치기한 빵보다 훨씬 더 열정적으로 그 사랑의 말을 집어삼켰고, 거기서 훨씬 더 많은 영양분을 얻었다. 물론 감방에는 연필도 펜도 없었지만, 공교롭게도 그녀는 생리중이었고, 여자만 할 수 있는 독창적 방법으로 생리혈을 찍어 자신이 받은 쪽지 뒷면에 간단히 답을 적었다. 그리고 그것을 변기통이라는 불변의 비밀장소에 담아 갈색 눈동자에게 건네주었다. 수천, 수십만의 갈색 눈이 있어도 알아볼 수 있는 눈동자에게 말이다.

감방 안 비밀장소에서 자궁의 피로 그녀는 상대의 마음을 움직였다.

욕망이, 즉 올가 알렉싼드로브나와 베라 안드레예브나의 긴장된 접촉으로 전달된 전기작용이 간수와 죄수의 커다란 경계를 뛰어넘었다. 아니 어쩌면 마치 잡초 씨앗이 감옥의 차가운 바닥에 뿌리를 내렸다고도 할 수 있다. 그리고 거기서 꽃이 피자, 때맞추어 주변에 씨앗을 뿌렸다. 감화원의 퀴퀴한 공기는 사라지고 술렁였으며, 농익은 사랑의 씨앗이 이 방 저 방으로 날아가 기대와 희망의 물결로 일렁였다. 느리게 가던 시간은 막혀 있는 내부 안마당을 지나갔고, 이제 그곳에서 간수는 수감자와 보조를 맞추었고, 바로 그때만큼은 쇠창살이 그들을 갈라놓지 않아 결혼식의 신부 같은 축하의 분위기가 감돌았다. 꽃들이 으레 그러하듯 그 씨앗에서 자란 꽃이 침묵 속에 피어나면서 말이다.

처음엔 금지된 손길이나 눈길로 접촉이 이루어졌다. 그다음엔 금지된 쪽지로, 아니면 간수와 수감자 모두 글자를 모를 경우 온갖 재료 위에 온갖 재료로 쓴 그림으로 이뤄졌다. 종이가 없으면 천조각에, 생리혈이나 정맥혈로 썼고, 심지어는 대변으로 쓰기도 했다. 그토록 오랫동안 부정되었던 몸에서 나온 어떤 액체도 따돌림을 당하지 않았으며, 극단적 상황이라 나중엔 결국 낙서처럼 조잡해지긴 했어도 그림이 호소력이 컸다. 간수들이 시선, 애무, 말, 이미지를 통해 수감자들의 인간됨에 모두 넘어갔다면, 죄수들은 쐐기형 정육면체 공간의 맞은편에서 마치 자신의 것처럼 생생하게 다른 여자의 삶을 살아왔다는 지식에 그렇게 눈을 뜨게 되었다.

창밖에는 조용하고 또 은밀하게, 어느새 찾아온 가을이 겨울로 변했는데, 감화원엔 따스함과 온기가 채워졌다. 온기는 그 계절과 너무도 맞지 않아 백작부인조차 내부의 분명한 변화의 여파를 느꼈다. 그래서 그녀는 땀을 흘리곤 했는데 아무리 열심히 들여다봐도 자신이 만든 그 기계적 질서에 대체 어떤 가시적인 변화가 생긴 건지 전혀 감지할 수 없었다. 그녀는 잠을 완전히 포기하고, 회전 감시를 할 때 히스테리를 섞어 무작위 감시법을 도입해봤지만 결과는 마찬가지였다. 그 때문에 그녀는 때때로 심한 현기증을 느꼈고, 때로는 시계의 권위를 빌려 거의 일분 내내 아무도 움직이지 못하게 하기도 했지만, 의심스러운 점은 발견하지 못했다.

백작부인은 간수들이 자신에게 등을 돌릴 거라고는 생각도 못했다. 감시탑에 있는 자물쇠로 잠근 양철 상자에 그들의 계약서를 보관하지 않았던가? 간수들은 돈을 주고 산 것이 아니었던가? 간수들은 수감자와의 대화가 금지되지 않았던가? 금지된 것 자체가 금해지지 않았던가?

백작부인의 하얀 눈에는 이제 핏발이 섰고 가장자리는 붉게 충혈되었다. 계속 빙빙 돌 때마다 그녀는 안락의자 팔걸이 부분을 짜증스레 두들겼다.

쪽지, 그림, 애무, 눈빛, 그 모든 것은 여러 방식으로 "~하기만 한다면"이나 "~하고 싶어"를 말했다. 시계는 다른 장소에 있는 다른 인생의 시간으로 흘렀다. 희망의 포기를 의미하던 시계와 출입문이 이제 희망만을 이야기하게 될 때까지 매일 그들의 상상 속에서 점점 더 커져가던 그 출입문 위로 시간은 그렇게 흘렀다.

결국 마지막 운동시간을 위해 감방문이 열린 그날 아침,

백작부인에게 대항해 봉기한 것은 사랑의 군대였다. 감방문은 열렸고 다시는 닫히지 않았다. 간수들은 일제히 두건을 던져버렸고 죄수들은 앞으로 나왔으며, 모두가 함께 엄청나게 분노한 규탄의 표정을 지으며 백작부인에게로 향했다.

백작부인은 주머니에 넣어둔 소총을 꺼내 한발 한발 쐈고, 총알들이 발사되었지만 계속 메아리없는 감방의 벽돌과 쇠창살 밖으로 튀었기 때문에 반향이 없었다. 그녀가 쏜 총알은 딱 한 번 제대로 명중했다. 그 총알로 시계를 멈춰버렸는데, 시계의 시침을 정확히 쏴버려 문자반을 산산조각냈으며 초침을 영원히 잠재워버렸다. 그래서 나중에라도 백작부인이 시계를 본다면, 그녀의 시간이 끝났고 다른 여자들에게 구원의 시간이 왔다는 것을 상기시켜줄 것이다. 그러나 그것은 사고였다. 백작부인은 너무도 놀라 공포에 떤 나머지 정확한 조준을 할 수 없었고 아무도 다치게 하지 못했으며 쉽게 무기를 거두어버렸다. 분노로 이를 딱딱 맞부딪기는 했지만 말이다.

여자들은 백작부인의 문을 걸어잠갔고, 열쇠는 출입문을 열고 처음 눈에 띈 눈더미 속에 던져버렸다. 그들은 백작부인을 감시탑 속에 안전하게 가두었으며, 이제 백작부인은 자신이 저지른 죄의 망령밖에는 아무것도 관찰할 것이 없었다. 그 망령은 그녀가 계속 의자에 앉아 빙글빙글 돌 때 열린 출입구를 통해 그녀에게 즉각 출몰했다.

키스, 포옹, 그리고 처음으로 보는 그동안 보지 못한 사랑하는 사람의 얼굴들. 최초의 기쁨이 가시자 여자들은 계획을 세웠다. 철도를 따라 행군하자는 계획이었다. 그들은 지도도 나침반도 없었으므로 철도 선로를 따라가겠다는 것이었다. 일단 자신들의 위치를 확실히 파악해야, 어디로 가야 할지도 결정하게 될 것이다. 그중 일부처럼 그들의 새로운 사랑이 첫 번째 난관에 부딪히더라도, 또 나중에 무슨 일이 생긴다 한들, 그들의 노모가 법정 고아가 된 제 아이들을 기르고 있는 마을이나 도시로 7, 8천 킬로미터를 되돌아가려고 하건, 아니면 따로 떨어져나와 그들을 둘러싼 광대한 자연 속에서 **아무도 찾지 못할** 태곳적 낙원을 찾기로 하건 말이다.

올가 알렉싼드로브나가 젖니 난 어린 아들을 마지막으로 만난 곳을 마음속 깊이 기억하면서 그녀가 마음의 평화를 유지하는 곳이 어디인지를 베라 안드레예브나는 알고 있었다.

그들은 무장을 했고 튼튼하고 질긴 방한코트를 갖춰 입었으며 간수실에서 가져온 짚으로 속을 채운 부츠도 신었다. 음식도 있었다. 그들을 둘러싼 하얀 세상은 새롭게 만들어진 것처럼 보였고, 원하는 미래가 무엇이든 써넣을 수 있는 흰 종이처럼 텅 빈 공간이었다.

그래서 그들은 창백한 태양빛을 받으며 손에 손을 잡고 출발했으며, 얼마 지나지 않아 기쁨의 노래를 부르기 시작했다.

4

어둠이 왔을 때 정신을 차리고 보니 그들은 숲속 움막에 있었고, 밤중에 길을 잃을까 걱정되어 잡목숲에서 야영을 하기로 결정했다. 일단 쉴 자리를 정하자 그들은 선로 방향 쪽 나무 위 하늘로 붉은 불꽃이 오르는 것을 보았다. 올가 알렉싼드로브나와 베라 안드레예브나는 모두의 동의를 얻어 선발대로 뽑혔고, 둘은 눈에 띄는 잡목을 이용해 몸을 가리면서 앞으로 기어나왔다. 그러다가 그들은 절벽에서 주목할 만한 광경을 보았다. 그 폭발로 인해 기차 전체가 망가진 장난감처럼 부서졌고, 객차는 산산조각났으며, 선로는 뒤틀렸다. 선로는 마치 새끼고양이가 털실로 장난쳐놓은 것처럼 보일 지경이었다. 불을 끄려는 시도는 보였지만 별 효력이 없었던 듯, 상당수 객차가 여전히 화염에 휩싸여 있었는데 선로에서 가장 가까운 나무로 화염이 옮겨붙고 있었다.

그리고 열차 파편들 사이로 거대한 볼링핀 같은 것들이 쓰러져 있었는데, 뭔지 알 수 없는 굉장히 거대한 것이었다. 올가 알렉싼드로브나는 어릴 때 고향 쌍뜨뻬쩨르부르그에 있는 짜르의 동물원에서 그걸 한번 본 적이 있었다. 코끼리다! 꽤 커다란 코끼리 묘지 하나를 가득 채울 정도의 코끼리들이 죽어 있었다. 그러다가 잔해들 속에서 움직임이 있었고, 거대한 코끼리 한마리가 여전히 살아남아 그 극단적인 상황에서도 자기 코로 목재와 휘어진 바퀴를 이리저리 들어올리며 일하는 광경이 보였다.

그리고 가장 이상한 건 바이올린과 탬버린 소리가 뒤섞인 음악소리였는데, 베라 안드레예브나는 올가 알렉싼드로브나를 나무 뒤로 데려가 이상한 행렬이 옆으로 지나가게 했다. 행렬을 감시하던 무법자들은 여자들을 발견하지 못하고 지나갔다. 여자들은 그것에 감사했다. 무법자들은 무기를 잔뜩 가진 채 법석대고 있었기 때문이다. 무법자들에겐 인질도 있었는데 예쁜 소녀는 울고 있었고, 농부처럼 옷을 입은 덩치 큰 사내는 러시아어가 아닌 말로 소녀를 안심시키고 있었다. 소리를 꽥꽥 내지르던 줄무늬 바지의 키 작은 남자가 하는 말은 여자들도 알아들을 수 있었다. "미국 영사를 만나게 해주시오." 그보다 많은 무법자들이 끄는 원시적 형태의 바퀴 없는 수레가 두어 개 있었는데, 그 안엔 담요가 가득 쌓여 산을 이루고 있었다. 그중 하나는 조용했으나, 다른 하나는 고래고래 소리를 지르고 있었다. 체구가 작고 얼굴이 검은 회색 머리 여자는 혼자 중얼거리고 있었는데, 그건 상대편 언어도 러시아어도 아닌 말이었다. 그 모두는 전혀 예상 밖의 일이었다. 그리고 무법자들은 더 많이 나타났다.

그러나 그들이 성호를 긋게 한 것은 행렬에 뒤이어 등장한 온갖 잡색의 광대 집단이었다. 모양새와 키가 가지각색이었는데, 몇몇은 난쟁이처럼 키가 작았고 몇몇은 바지랑대처럼 키가 크고 말랐으며 그 수는 열둘 이하였다. 정말 희한한 스타일로 한때는 밝은 색 옷이었을 누더기조각을 걸치고 있었다. 그중 몇몇은 커다란 빨간 코를 붙이고 있었고, 또 몇몇은 눈 주위에 커다랗고 검은 고리를 그려넣었는데, 이들 모두의 얼굴에서 분장이 벗겨지고 있었기 때문에 얼룩말처럼 보였다. 그중 늙고 쭈글쭈글하며 거인보다는 난쟁이 체구에 가까운 두 사람이 축제 음악을 연주했다. 그러나 바이올린 소리는 주눅이라도 든 듯 자그마했고, 다른 쪽은 등에 매단 금속 트라이앵글로 탬버린 소리를 크게 만들고 있었다. 그는 걸음을 내디딜 때마다 그걸 차면서 소리를 내고 있었다. 그 노래가 뭔지만 알았어도 베라 안드레예브나와 올가 알렉싼드로브나를 감동시켰을 「대영제국이여, 통치하라」를 허세도 당당하게 연주하고 있었던 것이다.

기묘한 종류의 인간 동물원만큼이나 다양한 종의 많은 개들이 컹컹 짖으며 앞뒤로 뛰어다녔고, 이따금 무법자들 가까이 다가갔다가 발길질을 당하기도 했다.

도망친 여자들은 이 세상의 대표적 본보기들을 의혹의 눈초리로 흘겨보았다. 자신들은 바로 이런 세계에서 감화원으로 추방되었던 것이다.

무법자들과 외국인 포로들이 시야에서 사라지자마자, 두 여자는 동지들한테로 돌아갔으며 어떻게 해야 할지를 놓고 토론했다. 그들은 곧 결정을 내렸다. 그들은 무법자들에게 대적할 수 없으니 포로들은 운명의 손에 맡겨야 한다는 것이었다. 운명이 합당한 대비를 해줄 것이라는 말이다. 그러나 그들이 파괴된 기차로 갈 수는 있으니 그리 가기로 했다. 그들이 부상자와 죽어가는 이를 도울 만한 일을 하는 동안 구조대가 와서 그들을 탈출범이자 무단이탈자로 체포해버린다 해도 말이다.

별빛 아래 쌓인 눈은 악몽처럼 빛을 발하는 푸른색으로 번쩍였다. 마치 그 눈 자체가 시체가 내는 빛 같았다. 불길은 사그라지고 있었지만 여자들이 할 수 있는 일은 사실상 거의 없다는 것을 알 만큼은 남아 있었다.

그들이 다가가자 최후의 생존자인 코끼리가 마지막으로 있는 힘을 다해, 부서진 찬장을 코로 들어 숲 쪽으로 던졌다. 그 바람에 소금통, 후춧가루통, 식초병이 흩뿌려졌다. 그다음 코끼리는 거대한 고독감이 가득 밴, 가슴을 찢는 울음소리를 잠시 내지르더니 옆으로 쓰러졌다. 무대에서처럼 천천히 쓰러진 것이 아니라, 굉음을 내는 단 한 번의 동작으로 녹고 있는 눈 위에 쿵 쓰러졌다. 그다음, 어쩌면 아직 완전히 끝나지

않았다는 듯 불타고 있는 잡목이 탁탁대는 소리를 제외하고
는 무시무시한 고요가 엄습했다.

그때 올가 알렉싼드로브나의 발이 누군가의 몸통에 걸렸
는데, 처음에는 시체일 거라고 생각했다. 그러나 그녀는 그의
주먹쥔 손에 병이 들려 있는 것을 보고 아직 살아 있다는 걸
알아챘다. 비록 발로 차거나 꼬집어도 미동도 않겠지만 말이
다. 기차에 탄 모든 승무원들, 살펴보니 차장, 웨이터, 요리사
등은 농부의 결혼식 마지막 장면처럼 기차 잔해 속에 엎어져
있었다. 불의 온기가 그들을 얼어죽지 않게 해줬다. 이들은
유일한 생존자인 듯했고, 모두 다친 곳이 없는 것 같았다. 이
들은 어떤 해도 끼치지 않을 것이 분명했기에, 여자들은 그들
이 누워 있도록 그냥 내버려두는 것이 가장 현명하다고 판단
했다.

올가 알렉싼드로브나는 그 밝은 빛깔에 매혹되어—그동
안 색에 굶주려왔기 때문이다—눈 위에서 조각이불을 하나
집었다. 조각이불은 어린애가 만든 것처럼 네모 모양의 여러
조각천을 바느질로 붙여 만든 것이었다.

"우리에게 기적이라도 일어났나봐. 이 황무지에 쓸 만한 보
물이 나타났네!" 그녀가 말했다. 그녀는 실용적인 여자였다.

그들은 가져온 빵과 쏘시지로 원기를 돋우는 식사를 하고,
숲의 불길에서 온 따뜻한 열기로 몸을 녹인 뒤 건질 수 있는
것은 건지려고 나섰다.

우선 올가 알렉싼드로브나는 금도금된 낫을 든 노인상을

찾았는데, 용수철과 조그만 놋쇠 바퀴가 달린 망가진 상자에서 떨어져나온 것이 분명했다. 베라 안드레예브나는 주저하며 그것이 시간의 아버지 괘종시계라고 판단했다.

"하지만 우리가 어딜 가든 더이상 아버지는 필요없어." 그녀가 선언했다. 그래서 그들은 그걸 던져버렸다.

그 생각에 따라 베라는 친구에게 자기를 부를 때 아버지의 성은 부르지 말아달라고 설득했다. 올가는 그러겠다고 약속했고 자기를 부를 때도 똑같이 해달라고 요청했다.

그다음 올가는 부서진 샹들리에와 깨진 가구더미 아래서, 오렌지색에 갈색 줄무늬로 이상하게 칠해진 거울의 파편을 발견했다. 그것을 건드리다가 그만 손가락을 데었다. 그래서 떨어뜨리고 말았다. 그 파편은 수천개의 더 작은 조각으로 쪼개졌고, 올가에게 두려움을 주면서 눈 속에 연기를 내는 액체로 그 흔적을 남겼다. 올가는 미신적인 두려움에 사로잡혔다.

"여기서 나가자." 그녀는 베라에게 말했다.

"어디로 가야 하지?"

반짝이는 별빛 아래, 선로는 불타고 있는 종착지에서부터 뒤로, 뒤로, 뒤로 수천 수십만 킬로미터나 떨어진 출발점인 쌍뜨뻬쩨르부르그에서 달려온 것이다. 그곳에는 올가의 노모가 반복되는 일상의 노고 속에 싸모바르 아래 석탄불 앞에 몸을 웅크리고 있는 비좁은 셋집이 있다. 더이상 자신을 기억하지 못하는 어린 아들은 바깥 골목길에서 게임을 하고 놀았는데, 그 게임이 무엇인지는 더이상 추측조차 할 수 없었다. 베라는 둘의 손가락이 닿기 전에 그랬던 것처럼 시선을 아래로 깔았다. 뭔가를 본다는 것은 뭔가를 강요한다는 것임을 그녀는 알고 있었고, 앞으로 무슨 일이 닥친다 해도 그 순간 그들의 선택은 자유였다.

올가는 내부의 격동에 휩싸여, 최후의 코끼리가 마지막 찬장을 비울 때 떨어져나온 리넨 탁자보더미에 주저앉았다. 주위에 있던 탁자, 꽃병, 술병, 은그릇의 산산이 부서진 잔해로 미루어보건대 이것은 분명 식당차였을 것이다. 다른 여자들도 결정을 내린 뒤, 가까이에 있는 주방의 파편더미를 뒤졌고, 이러저러하게 유용하게 쓰일 만한 조리용 팬, 주전자, 큰 냄비, 칼, 그외 공공취사장에 어울릴 법한 온갖 커다란 것들을 한쪽에 쌓아두었다.

그들은 저장된 음식, 밀가루 포대와 설탕과 콩을 날랐다. 부엌에 꽉 차 있던 갈색 그레이비(고기요리에 뿌리는 양념소스─옮긴이)는 그대로 두었지만 말이다. 철사 바구니 안에는 달걀도 많이 있었는데, 폭발에도 용케 깨지지 않고 그대로 있었다.

달그락거리는 소리와 감탄하는 소리가 울렸다. "이거 딸기잼이잖아!" "초콜릿이다!" "믿어져요? 특허품 아이스박스라니!" 감화원에서 예민해진 올가의 귀는 이제, 자신이 앉아 있는 곳 안쪽에서 흘러나오는, 다쳤거나 공포에 질린 어린아이의 신음도 감지할 수 있을 거라 생각했다. 그녀는 벌떡 일어나 천과 냅킨 더미를 옆으로 집어던졌다.

그렇게 해서 올가는 금발의 혈색 좋은 젊은 남자를 찾아냈다. 그는 아동용 하얀 반바지를 입고 마치 깃털 침대 위에 하얀 시트를 덮고 누운 것처럼 잘 자고 있었다.

"이 사람 깨워야 하나?"

"동화에 보니까 잠자는 미인한테는 키스가 치료책이라던데." 베라가 살짝 빈정대듯 말했다.

올가의 모성적 마음은 그런 빈정댐에는 주의를 기울이지 않았다. 그녀가 그의 이마에 입을 맞추자 눈꺼풀이 천천히 팔딱였고, 그는 천천히 눈을 뜨고 팔을 올리더니 그녀의 목에 감았다.

"엄마." 그가 말했다. 모두가 쓰는 그 말.

그녀는 미소지으며 고개를 가로저었다. 월써가 더이상 뭘 물어야 할지 몰라한다는 것을 그녀도 알아챘다. "여기가 어디죠?" 주변 풍경처럼, 그는 완전히 백지상태였다.

올가와 베라는 그를 일으켜세워 걸을 수 있는지 살폈다. 몇번의 시도와 시연 끝에 그는 가까스로 걸을 수 있었다. 그리고 올가의 팔에서 아직 덜 친숙한 베라의 팔로 왔다갔다하면서 스스로 걸을 수 있게 되기까지 점점 자신감을 키우면서 아장아장 걷게 되자 그는 기쁨과 자긍심에 크게 웃었다. 잠시 후 그는 자신에 대한 감각을 되찾았다. 손으로 자기 배에 동그라미를 그리며 문질렀고, 기억 속에 소멸된 것이 무엇인지를 찾아봤지만 무슨 말을 해야 할지 알려줄 수 있는 것은 아무것도 없었다. 그래서 그는 계속 문질렀다.

올가 알렉싼드로브나는 주방에서 캔우유 하나와 그 안에 넣어 먹을 빵부스러기를 찾았고, 스푼 사용법을 잊었기 때문에 손가락으로 그걸 조금 떠서 월써에게 먹였다. 월써는 모든 것이 기뻐서 아기처럼 즐거운 소리를 냈으며 눈을 접시처럼 동그랗게 뜨고 주변을 둘러봤다. 빵과 우유를 다 먹자 그는 다시 배를 문질렀고, 이번엔 또 뭐가 올지 지켜봤다.

올가 알렉싼드로브나는 철사로 된 달걀바구니를 집어들었다.

"이젠 신선한 달걀이 먹고 싶은가봐?"

달걀을 보자 그의 눈은 분주히 이리저리 움직였다. 온갖 연상이 일어났다. 그는 발끝으로 서서 날갯짓을 퍼덕였다.

"꼬끼오 꼬꼬스키!"

"불쌍한 사람." 올가 알렉싼드로브나가 말했다. "바보가 됐네. 신의 가호가 있길."

그때 날카로운 경적소리가 밤공기를 찢었고, 여자들은 저 멀리서 철도 기관차의 불꽃을 보았고, 기관차가 빛을 뿜으며 R 기점 방향에서 다가오는 것을 보았다. 여자들은 남자들이 횃불과 손전등과 로프와 도끼를 든 차림으로, 천천히 움직이는 기차를 따라 걸어간다는 것을 알아차렸다. 간호사가 객차 밖으로 몸을 기울여 자신 앞에 펼쳐진 상황을 파악하려 하는 동안, 그녀의 하얀 앞치마가 갑자기 펄럭였다. 그래서 그 간호사를 어떻게 할지를 놓고 올가 알렉싼드로브나가 결정을 내렸다. 그들은 모두 서둘러 쓸 만한 도구와 조리기구를 바리바리 싸들고 숲으로 잽싸게 내빼기로 한 것이다. 사랑과 자유의 빛나는 불확실성을 향해서 말이다.

올가는 서둘러 달걀에 핀을 찔러 월써에게 먹였고, 그는 열심히 빨아먹었다.

"꼬끼오 꼬꼬댁!"

"이 불쌍한 사람을 그대로 두고 가긴 싫어." 올가가 베라에게 말했다.

"아무리 바보가 됐다지만 이 사람은 남자야." 베라가 대답했다. "남자는 데려갈 수 없어."

올가는 여전히 머뭇거렸다. 뭔가 떠오르기만이라도 한다면 이 청년도 자신들을 위해 할 수 있는 뭔가 유용한 일이 분명 있을 거라고 생각하는 듯했다⋯⋯ 그러나 시간이 없었다. 올가가 월써에게 작별의 키스를 했을 때, 그녀는 자신의 아들과 자신의 모든 과거에 작별을 고한 것이었다. 여자들은 사라졌다.

월써는 달걀바구니에 몸을 숙이다가 달걀이 쉽게 부서진다는 것을 깨달았다. 낙담한 월써는 바구니를 발로 찼고, 뱅글뱅글 도는 달걀들을 보며 즐거워했다. 구조대는 당당한 걸음으로 다가왔다. 사태가 아무리 긴박해도 오래된 종족은 가장 오래된 관습에 맞추어 뽐내듯 다가오려 할 뿐이기 때문이다. 월써는 굴러다니는 달걀 위로 뜀뛰기를 하다가 그걸 뭉개버리게 되자 더 재밌어졌다. 하지만 그렇게 계속 재밌지만은 않았다. 지루해진 그는 날갯짓을 하며 다시 외쳤다.

"꼬끼오 꼬꼬댁! 꼬끼오 꼬꼬스키!"

친절한 여자들이 가버렸다는 것을 깨닫자, 눈물이 주르륵 흘렀다. 그는 수탉처럼 목청껏 울고 위아래로 날갯짓을 하며 여자들을 찾아 나무 사이를 뛰어다녔다. 그러나 눈 위에 흐려진 별빛이 서린 광경에 황홀해져 자신이 찾는 것이 무엇인지조차 곧 잊어버렸다.

5

우리가 기차에서 등을 돌리자마자 기차는 더이상 존재하지 않았다. 우리는 다른 세계로 이동한 것이다. 지도에도 없는 회색지대의 중심으로 떠밀려 내던져졌다.

그들은 우리를 멀리 저 멀리 숲의 가장자리까지 데려갔다. 숲은 느긋하게 음미하듯 태곳적 즐거움에 취해 우리를 천천히 삼켰다. 내가 평정심을 다소 회복하는 데에는 꽤 시간이 걸렸으며, 회복이 되자 우리는 고래 뱃속에 삼켜진 요나처럼 완전히 깊은 숲속에 들어가 있었고, 거의 칠흑 같은 어둠에 둘러싸여 있었다. 가까이 있던 상록수 가지들이 하늘에 검은 얼룩을 만들고 있었다. 가지에 쌓여 있던 눈덩이가, 거대한 냉혈의 새가 내지르는 똥처럼 우리 머리 위로 줄지어 쏟아져 내릴 때를 제외하고 말이다. 그리고 우리가 벗어난 화염에서 나온 희미한 붉은빛 조각은 밤하늘의 구름을 붉게 물들이며 그 구름 사이로 새어나왔다.

시간이 지날수록 나는 점점 더 우리를 초대한 주인장의 의도를 이해하게 되었고, 그들은 오랜 관습과 숲에 대한 가장 정통한 지식이 있어서, 빽빽이 자란 나무 밑동을 도끼로 쳐낸 길을 걷는 데에 아무런 빛조차 필요없어 보였다. 그들은 우리에게도 서로에게도 아무 말이 없었다. 이따금 나를 끌고 가는 사람들의 냄새를 한숨씩 맡았는데, 정말 끔찍하다고 말할 수밖에 없었다.

일단 정신을 추스르고 나자, 나는 흔들거리는 들것에 실려 엎드린 채 그들의 등을 두들겨댔고 그들은 나를 떨어뜨렸다. 떨어지고 보니 거기 다시 리지가 있었고, 나는 엄마에게 키스했다. 내가 닿을 수 있는 신체 일부에 키스했는데 알고 보니 그것은 리지의 코였다.

"이제 두 발로 걸으니 만족해?" 리지가 나를 반겨주었다. 늙은 마녀. "이렇게 전진하는 게 풍경과 더 맞는다는 걸 안 거야, 그치?"

자, 내가 리지를 '마녀'라고 부를 땐 그게 완전한 사실은 아닐 수도 있으니 적당히 감안해 들어야 한다. 왜냐하면 나는 이성적인 존재이고, 더욱이 난 리지의 젖을 먹으면서 합리성을 먹었다. 어쩌면 리지에게 합당한 명성을 가져다준 것은 지나치게 많은 합리성이라고 할 수도 있겠다. 때로 리지가 2 더하기 2는 5라고 한다면 그건 그녀가 누구보다 더 빨리 생각하기 때문이다. 리지는 자기가 가진 정치적 성향과 이런 사기성을 어떻게 조화시키는 것일까? 내겐 묻지 마시길! 리지의 가족이라 할 무정부주의 폭탄제조자들에게나 물어보시라! 누가 제니의 결혼식에서 봉브 쒸르프리즈 얼음과자에 폭탄을 넣었던가? 폐가 좋지 않은 우리의 지아니가 눈깜짝할 사이에 해치운 일이다. 그리고 어느 누군들 폭탄제조범을 찾는 데 그 즐거운 아이들이 있는 아이스크림 가게를 수색할 거라고 생각이나 하겠는가?

그리고 바로 이 순간, 배터씨에 있는 우리집에서는 아이들이 이렇게 물을 수도 있다. "리지 이모는 지금 어딨어요? 페버스는 어디 갔죠?" 그러나 페버스와 리지에 관해서라면, 아이들은 그 질문에 스스로 대답할 수 없다. 아이들을 떠올리면 지난 크리스마스 때 비올레타가 선물한 행운의 바이올렛이 내 머리에 있는 듯 느껴진다. 물론 바이올렛은 거기 없다. 씨베리아 어딘가로 던져졌을 것이다.

내가 숨죽여 우는 소리를 듣고 리지가 소곤댄다. "날개 부러진 덴 좀 어떠니?"

"많이 아파요."

리지가 내 손을 꼭 쥔다.

"게다가 행운의 바이올렛도 잃어버렸어." 나는 덧붙인다. 리지는 내 손을 날카롭게 떨어뜨린다. 엄마는 감상주의를 혐오한다.

"망할 놈의 행운의 바이올렛, 그게 어디 있든 뭐가 달라져?" 그녀가 말한다. "최악의 경우를 대비해야지. 우린 그놈의 시계도 잃어버렸잖아. 아마 잔해 속에서 완전히 타버렸을걸. 처음에는 칼을 잃어버리더니, 이젠 시계라. 이제 곧 시간의 흐름까지 전부 놓치게 될 거야. 그러고 나면 우린 뭐가 될까. 넬슨의 시계. 사라져버렸지. 하지만 그게 다가 아냐. 내 핸드백. 그것도 없어졌다고."

이건 너무도 큰 재앙이었기에 나는 그로 인한 재난에 대해선 감히 생각조차 할 수 없었다.

우리는 앞으로, 더 깊이 더 깊이 미지의 영역으로 들어갔다. 우리를 가로막는 나무들 때문에 밀실공포증이 일어났고, 그와 동시에 그 나무들이 들어찬 광대한 영역 때문에 광장공포증도 일었다. 우리는 점점 더 지쳐가는 발을 끌면서 걸음을 재촉했다. 말뚝으로 둘러친 방책 뒤로 온갖 종류의 거주형태가 뒤죽박죽 엉켜 있는, 더러운 눈에 뒤덮인 개간지에 도착할 때까지 말이다. 거기엔 가죽으로 만든 천막집이나 군용텐트 같은 것도 있었고, 정말 급하게 지은 티가 나는 생나무 널로 이어 만들고 흙으로 틈을 메운 움막도 몇채 있었다. 우리를 잡아간 사람들이 막 불을 붙여 불꽃이 이글이글 타오르는 소나무 횃불을 통해 나는 그 모든 것을 보았는데, 그중 여자는 단 한 명도 없을 거라는 의심은 현실로 충분히 확인됐다. 그런 발견으로 우릴 초대한 사람에 대한 신뢰가 높아졌다고는 할 수 없지만.

그들은 특히 내 주위로 몰려들었고 나만 뚫어져라 봤다. 그리고 자기들끼리 뭐라고 중얼대거나 감탄하기도 했다. 그러나 공주나 미뇽에게는 눈길 한번 주지 않았다. 나는 마치 메뉴판에 있는 특별 메뉴 정도 되는 것 같았다. 분명, 담요를 단단히 두르고 있었는데도 말이다.

그래도 그들은 우리에게 꽤 친절했다. 뜨거운 차와 화끈한 독주를 줬으며 차가운 불고기도 제공했는데, 내 생각엔 사슴 고기 같았다. 그러나 나는 아무것도 먹을 수 없었다. 음식을 보고 바보같이 울기만 했다. 그땐 그게 충격 탓이라고 리지는 말했지만, 나중에 알고 보니 내가 음식을 마다하는 모습은 아기 때 이후 처음으로 리지에게 걱정거리를 안긴 원인이 되었다.

그날 밤 그들은 더 많은 배려심을 보여줬다. 우린 마음도 고단했고 여행으로 모두 지쳤기 때문에, 그들은 심문을 하거나 명령을 내리는 일 따위는 자제하고 있었다. 그러다 우리 모두를 잠자리가 될 약간 큰 움막으로 몰아넣었다. 거긴 나무 바닥에 털가죽이──대부분은 곰의 털가죽이었다──쌓여 있었는데, 냄새로 보아 가공이 잘 안된 것 같았다. 그들은 우리를 아무렇게나 던져넣었다. 대령의 써커스단에서 낙오된 패잔병들인 것이다. 그리고 대령은 우리가 받은 모욕과는 별개로 화가 나서 치를 떨었다. 대령은 그들이 호의로 제공한 보뜨까엔 전혀 흥미가 없었고, 너무 일찍 엄마젖을 뗀 아기처럼 없어진 버번만을 원했으며, 미국 영사를 "지금 당장" 불러달라고 처절하게 요청했다. 그는 "젠장, 지금 당장 말이야"라고

했다.

바깥에선 쨍그랑거리는 소리와 쿵 소리가 났다. 러시아말로 많은 논쟁이 오가는 가운데 골칫덩이 놈들이 빗장을 질러버렸다. 남자들은 이곳 출신이 아니다. 여기 출신인 산지기들은 키가 작고 피부가 노랗다. 간혹 기차역에서 본 적이 있었는데, 그때 그들은 썰매에 높이 쌓인 짐승가죽을 화물칸으로 옮기고 있었다. 또 신기하게 생긴 삼각형 모자를 썼는데, 모자에 달린 양철 장식물에서는 쨀랑대는 소리가 났다. 하지만 우릴 납치한 자들은 덩치가 크고 단단한 사내들이다. 비록 땅을 개척하라고 아주 오래전 씨베리아로 보내진 농부들의 경작지와는 아주 멀리 떨어진 곳에 우리가 있긴 했지만 말이다. 그리고 그들도 우리만큼이나 이곳에선 이방인일 거라는 생각이 든다.

우리 숙소에는 난로가 하나 있었고, 연기 일부는 천장의 구멍을 통해 빠져나갔다. 조그만 소년이 우리와 함께 있었는데, 그 아이의 임무는 밤새도록 불 옆에 앉아 장작을 지피는 일이었다. 화구를 다루는 일은 우릴 믿지 못해서다. 광대의 개들은 함께 놀 수 있다는 생각에 그 어린 친구를 보려고 깡충대며 달려들었다. 하지만 곱슬거리는 털에 빨간 쌔틴 리본을 맨 까만 푸들 암컷이 친해지고 싶다는 몸짓으로 소년에게 뛰어들자, 유쾌한 소년은 그 개를 붙잡아 손가락이 긴 손을 단 한 번 움직여 개의 목을 부러뜨렸다. 그 광경을 본 광대들은 모두 끔찍한 기분이 들었고, 우리를 초대한 사람들이 전혀 마음씨 좋은 자들이 아니라는 확신이 생겼다.

불지기 소년이 불쌍한 돼지 씨빌을 바라보는 표정은, 퀸즈타운가에서 돌차기를 하던 거지 꼬마들이 "아이스, 아이스, 아이스크림"이라 외치는 지아니를 쳐다보던 바로 그 표정이었다. 그래서 나는 씨빌이 오래 살지는 못할 거라 생각했는데 단언컨대, 씨빌은 자신이 처한 상황을 확실히 깨닫고 대령의 조끼 안쪽으로 곧바로 기어올라가 주둥이를 대령의 가슴에 파묻고 이따금 훌쩍인다.

그런데도 나는 불지기 소년을 설득해서 리지를 시켜 통나무 하나를 쪼개어 부러진 날개에 댈 부목을 만들 수 있었다. 리지는 속옷을 찢어 만든 천으로 부목을 고정했고, 그제야 나는 조금 편해졌다. 그러나 우리는 하려는 바를 불지기 소년에게 숨길 수 없었고, 소년은 우리가 어쩔 수 없이 보여준 모습에 눈이 수레바퀴만해졌다. 세상에, 그러면서 그는 지켜봤다. 그리고 믿으실지는 모르지만 성호를 그었다.

마침내 공주가 정신을 차렸고, 오로지 복수심 때문에 평생을 지켜온 침묵을 깨뜨렸다. 그녀는 신경질적으로 떠들어댔지만, 그건 아무런 의미도 전달하지 못했으니 말이다. 미뇽도 공주를 안정시킬 수 없었다. 이미 모든 상황이 종료됐다는 걸 공주도 아는 게 분명해 보였기 때문이다. 공주는 마치 앞으로는 더이상 그 손을 손으로 사용할 일이 없을 것처럼, 자기 손이 더이상 자기 것이 아니라는 듯 두 손을 앞으로 축 늘어뜨렸다. 그녀의 불쌍한 손가락은 예배당의 모자걸이처럼 이미 뻣뻣했다.

공주는 엄청난 소동을 피웠고 비탄에 빠졌는데, 아마 피아노와 호랑이들이 사라져서인 것 같았다. 그 바람에 광대들도 걷잡을 수 없이 짜증을 내더니 모두가 합심하여 불지기 소년을 시켜 문을 열고 공주를 눈밭으로 밀어내게 만들었다. 그러나 리지가 핸드백에서 카드 한벌을 발견하자 모두들 조용해졌다. 광분했지만 조용히 안정을 찾은 것이다. 한편 공주의 흥분도 잦아들어 그녀는 미뇽의 팔에 안겨 그저 이따금씩 숨죽인 흐느낌만 토해냈다.

리지가 나를 껴안더니 입을 맞추었다. 그리고 겉으로 드러난 평온한 얼굴 아래 어떤 기분을 느꼈는지는 모르지만, 몸을 두 번 떨더니 악취가 코를 찌르는 곰가죽을 덮고 곤히 잠들었다. 그러나 나는 우리가 겪은 충격적인 비극 때문에 신경이 너무 날카로워져서 눈을 감을 수가 없었다. 마침내 광대도 카드와 술잔을 손에 든 채 잠이 들고, 대령도 잠들고, 미뇽과 공주도 둘 다 잠으로 빠져들었지만 말이다.

늑대 울음소리만이 숲의 정적을 깨뜨렸다. 그 소리는 인간의 것과 달라서 그런 차이가 뼛속까지 시리도록 만들었고 내가 얼마나 외로운지, 또 우리를 둘러싼 밤 안에는 이 텅 빈 공간의 무한한 우울을 달랠 것이 아무것도 없음을 말해주었다.

나는 팔에 얼굴을 묻고 누웠다. 그러자 흙바닥 위로 아주 작은 발소리가 들렸고, 곧이어 내 등에는 상상할 수 있는 가장 작고 부드러운 손길이 닿았다. 나는 재빨리 일어났으나 그 손길이 누구 것인지는 보지 못했다. 다만 이제 화덕 옆에서 책상다리를 하고 앉은 불지기 소년의 손에 보라색 깃털 하나가 들려 있었다.

그를 비난하고 싶은 마음은 들지 않았다.

내가 움직이자 대령은 자는 데 방해를 받았다. 그는 등을 둥글게 말았고, 곧 돼지와 화음을 맞추어 코를 골았다. 아마 이들의 듀엣 화음은, 아무리 내 남자가 종잇장처럼 타죽었다 해도 나한텐 꼭 필요한 잠을 돕는 자장가가 된 것 같았다. 왜냐하면 그다음으로 내가 기억하는 것은 문의 빗장이 열리던 것이었기 때문이다.

알고 보니 무법자들 중 두목이 나만 유독 따로 보기를 원해서, 그들은 나를 두목의 움막으로 데려가려고 왔다. 그들은 시큼한 우유, 검은 빵, 그리고 차가 차려진 꽤 괜찮은 아침 식탁 앞 의자에 나를 앉혔다. 잠을 잤더니 기운이 생겼으며 살아야 희망도 있다는 생각이 들었다. 그래서 슬픔이 북받치는데도 그 빵을 버터밀크(우유 가공식품으로 버터를 채취한 후의 우유―옮긴이)에 찍어 음식을 약간 넘겼다. 그동안 두목은 자신의 콧수염을 잡아당겼는데, 그 수염은 윗입술에서 목젖에 이르기까지 두 갈래로 가느다랗게 꼬아 늘어져 있었다. 그는 본래 악의는 없지만 매서운 눈매로 나를 꿰뚫듯 응시했고 그 앞에서 나는 무력했다.

우스꽝스러운 차림은 그만두었어야 했다. 새것일 때도 나한테 안 어울리던, 스완과 에드거 상점에서 장난삼아 샀으나 이제 넝마가 되어버린 레이스 달린 다회복 차림으로 인해 나는 웃음거리가 되었을 것이다. 페티코트 대신 나는 로마시대 토가처럼 담요를 두르고 있었다. 그러나 그의 태도에는 가난한 자의 당당한 위엄이 있었다. 그는 내 깃털을 보여달라고 한번도 요청하지 않았다. 분명 그걸 원하고 있었지만, 결례라는 것을 알았다.

"당신은 지금 자바이깔(러시아 바이깔 호수 너머의 산악지대―옮긴이)에 있습니다. 강물은 바닥까지 얼어붙고, 물고기는 호박보석에 파리 가두듯 가둬두는 곳이지요." 그는 말했다. 여러분은 외국어 배우는 일은 나한텐 벼룩 때려잡는 일만큼이나 쉽다는 걸 기억할 것이다. 그의 러시아어는 쌍뜨뻬쩨르부르 그 말이 아니었지만 나는 충분히 따라갈 수 있었고 내 간단한 응답 역시 그렇게 맞혔다.

"분명, 매력적이네요." 내가 말했다.

"자유인의 형제애 세계로 오신 걸 환영합니다."

'형제애'라고? 나는 남자도 아니고 네 형제도 아닌데! 그의 형제애 넘치는 인사는 그가 제공한 음식의 반만큼도 설득력이 없었고, 나는 그에게 냉소를 날렸으나 그는 전혀 눈치를 못 채고 말에 감정을 높였다.

"우리는 죄수도, 탈주범도, 정착민도 아닙니다. 비록 때때로 우리의 지위가 인간의 세 가지 조건으로 인해 부풀려왔지만 말입니다. 우린 동정심없는 법의 바깥에 있고, 우리의 생활과 행위로 어떻게 숲속의 야생생활이 자연과 평등과 형제애를 가져오는지 입증합니다. 실향과 위험과 죽음이라는 대가를 지불한 사람들에게 말이죠. 이제 우리의 누이라고는 오로지 칼뿐이며, 우리의 아내는 밤마다 우리와 매트리스를 충실히 함께 쓰면서 절대 질투를 유발하지도 않고 늘 보이는 데 있는 소총입니다. 우리는 결혼을 준비하듯이 아주 즐겁게 죽음을 향해 갑니다."

그의 열정어린 장광설에 서린 기백에 전혀 공감하지 않았다고 생각하진 마시길. 비록 여기저기에 달린 자구(字句)들에는 정신집중이 좀 필요했지만 말이다. '누이가 칼이고, 아내가 소총이라고!' 정말 대단도 하네! 대체 무슨 관계인 거지? 조금이라도 지각있는 사람이라면 올가미를 향해 가듯 **결혼**을 향해 가지 죽으러 가진 않을 것이다. 그자는 술고래가 술을 퍼먹듯 은유를 섞어 쓴다. 단연코 말하는데, 게다가 그 은유에 얼근히 취한 상태. 더욱이 그의 말은 브라스와 팀파니를 위해 작곡된 뒤틀리지 않고 잘 부른 남성 합창에 음이 맞춰져 있어 듣기에 좋았다. 세상에, 이자가 우릴 납치했는데도 그 순간 나는 그자에게 거부반응보다는 호감을 느꼈다.

"오로지 파국만이!" 그는 말을 이었다. "남자를 이런 외진 땅으로 오게 할 수 있습니다."

하지만 여자는 동의도 없이 이곳에 끌려왔다는 것을 보여주는 산증인이 바로 나 아닌가? 나는 분노를 감추기 위해 그에게 차 한잔을 더 부탁했다. 무기가 쨍그랑 쿵 소리를 내는 가운데 그는 그 부탁을 정중히 승낙했다. 게다가 소총은 그의 손이 쉽게 닿는 식탁 다리에 기대어 있었고, 허리띠에는 권총이 두 자루 있었으며, 탄띠는 그가 입은 터키식 상의에 십자로 교차되어 매여 있었다. 전체적인 통일감을 주기 위해 약간 터키식 디자인의 날이 넓은 칼도 지니고 있었다. 이는 분명 야생적인 사내의 복장이었고, 그 칼은 턱수염의 특별한 잔인함과 아주 잘 어울렸다. 그런 차림새가 희극 오페라의 도둑을 다소 연상시킨다면, 그건 그가 그들을 따라한 게 아니라 그들이 그를 따라했기 때문일 것이다. 그의 총에는 나무로 된 부분은 전혀 없었는데도, 크림전쟁 때 사용하던 것처럼 보일 만큼 낡았다.

"우리 하나하나는, 저 불지기 소년까지도, 우리를 처벌하려는 법을 피해 여기 와 있는 것입니다. 하급관리, 군장교, 지주, 또 그 비슷한 자잘한 폭군들에 대한 우리의 복수지요. 그런 자들은 한때 우리와 있었으나 이젠 우릴 떠나버린, 우리가 몸과 마음을 다해 사랑했던 우리의 누이, 아내, 연인 들의 명예를 짓밟았습니다."

그 부분이 바로 오페라 대본에서 여자들이 등장하는 부분 아닌가. 정신나간 친구들 같으니!

"명예를 짓밟다니 그게 무슨 말이죠?" 나는 역겨워하며 찻잔에서 죽은 파리를 건져올리면서 말했다. 그런데 여긴 파리가 살기엔 너무 추운 곳이 아닌가. 그래서 다시 보니 다행히도 파리가 아니라 찻잎이었다. 나는 '명예를 짓밟았다'는 문제로 그를 더 깊이 끌고 갔다.

"여자의 명예는 어디에 있는 건가요? 여자의 성기에 있나요, 아니면 영혼에 있나요?"

이 간결한 재담은 음악과도 썩 어울렸다. 그럼에도 불구하고, 그 말은 남자를 괴롭혔다. 비록 내 말의 음란한 표현이 순간적으로 말의 흐름을 끊어버린 것일 수도 있겠지만 말이다. 그는 꼬아 만 콧수염을 입에 물고 맹렬히 씹었다. 자신의 의견에 의문이 제기되는 것에는 익숙지 않았기 때문이다.

"내 생각엔 말이죠." 내가 덧붙였다. "여잔 자길 강간한 남자를 총으로 쏴야 해요."

그리고 마치 그 총 주인인 양 그의 소총을 흘깃 보았다. 그의 마음 뒤편에 그런 본성이 조금이라도 있다면 그건 단단한 오산이었다.

"내 부하들이었소." 나랑 문제적인 토론은 전혀 원치도 않는다는 투로 그가 말했다. "철로를 폭파한 것 말이오."

"잘했군요!" 비꼬듯 내가 말했다. "근사한 한방 아닌가요! 써커스 기차를 다이너마이트로 폭파하다니! 대체 무슨 작전인 거죠?"

그러자, 아아, 이 대단하고 순수하고 마음 약한 멍청이의 눈에서 엄청난 눈물이 뚝뚝 떨어졌고, 그가 식탁 다리를 한쪽으로 누르는 바람에 그의 열변 때문에 거의 먹지도 못한 음식들이 다 엎어졌다. 그러더니 그는 내 앞에 무릎을 꿇고 긴 아리아를 부르기 시작했다.

"저 산들과 저 바다 너머에서 오신 위대한 여인이여! 모든 러시아인의 아버지 짜르께서 이 사실을 아시기만 했다면, 우리처럼 순박한 농민들이 쟁기질을 그만두고 멀리 집 떠나 이면 곳에서 법도 없이 짐승처럼 살게 내버려두지 않았으리란 걸 잘 아실 겁니다. 왜냐하면 우린 불명예가 우리의 어머니와 소중한 딸들을 위협할 때 짜르께서 행했을 법한 행동밖에 하지 않았으니까요.

우리가 가장 최근 R 기점을 약탈했을 때, 우린 신문을 가져다 우리와 관련해 어떤 기사가 났는지 봤지요. 그리고 그 신문에서 우리는 당신에 관해 읽었습니다. 유명한 **공중곡예사**, 날개 달린 불가사의, 영국의 천사, 그리고 영국 왕실의 친우라고……"

대령과 그의 홍보 곡예에 저주가 내리길!

"당신은 저 거대한 대양으로 가는 길에 자바이깔을 지나갈 것이고, 거기서 잠자리 왕국으로 건너가 또다른 황제와 즐거운 시간을 보내려고 하셨겠죠. 우리는 오로지 당신을 인질로 삼을 목적으로 선로를 폭파한 것입니다. 그래야 당신 앞에서 우리가 빌고, 청원하고, 무릎 꿇고 머리를 조아릴 것이 아닙니까?" 그는 그 말에 맞게 행동도 취했다. "다름아닌 당신의 시어머니가 되실 영국의 여왕 폐하 편에서 중재를 해주시길 청원하기 위해서 말입니다."

대령은 지금껏 어떤 짓을 꾸며온 것인가? 어떤 새 거짓말을 퍼뜨리고 다녔던 것인가? 이 대가는 나중에 반드시 갚아주리라!

"위대한 빅토리아 여왕의 중재를 청원키 위해 말입니다. 영국의 왕좌에 앉아 계시는 널리 사랑받는 위대한 어머니 말씀입니다. 존엄하신 여왕의 호령은, 해가 지지 않는 대영제국의 폴폴 끓는 싸모바르 아래 석탄이 계속 빛나게 만듭니다. 자비롭고 존귀하신 존재인 당신께 탄원하노니, 이 여왕 폐하께서 손녀사위인 짜르에게—보십시오, 그건 가족간의 일이 아닙니까—우리 모두를 사면해달라고 청원해주시기 바랍니다. 그렇게 되면 우린 자유민으로서 고향에 돌아갈 것입니다. 가서 땅 위에 팽개쳤던 쟁기를 들고, 우리가 떠나야 했기에 젖이 불어도 오랫동안 돌보지 않아 웅크려 있던 소의 젖을 짜고, 추수하지 않고 내버려둔 옥수수를 다시 수확할 수 있도록 말입니다."

"짜르는 소박한 진리의 신봉자이니, 자기 관리들이 한쪽 옆으로 저지르는 일은 반도 다 모릅니다."

그때 이 남자의 불쌍한 단순성에, 정말 소름이 끼칠 만큼 대단한 마음에, 눈물을 흘릴 뻔하지 않았다면, 정말 확 웃어버릴 뻔했다. 그는 이런 불행한 상황에서도 베토벤의 「피델리오」에 나오는 것처럼, 세상에는 진실을 알면 반드시 굽어살펴줄 어떤 절대적이고 지고한 권위가 있다고 믿었다. 영혼의 고결함은 분석의 결여와 함께 오는 것이라서 그게 항상 노동자계급을 엿먹이는 것이다. 나는 산적 두목을 저지하려 애썼지만, 그자는 내 다회복 끝자락에 눈물 젖은 키스를 퍼부었다.

"신비로운 여인이여, 당신은 빅토리아 여왕께 편지를 쓰실 것이고 쓰셔야만 합니다! 그러면 우린 그 편지를 기차로 보낼 것이고, 기차는 편지를 싣고 기적을 울리며 아주 멀리 저 멀리 머나먼 런던에 당도할 겁니다. 그리고 런던에서는 어느 안개낀 아침, 제복을 입은 집사가, 정직한 사내들의 희망과 믿음이라는 보이지 않는 화물과 함께 그 편지를 우리의 여왕 폐하께 전해드릴 것입니다. 여왕 폐하께서 버킹엄 궁전의 여왕님 침상 베개맡에 놓인 황금 달걀 컵에 담긴 아침식사용 달걀을 황금 달걀수저로 톡톡 두드리며 앉아 계실 때 말입니다. 여왕께서 편지 겉봉에 눈에 익은 사랑스러운 필체를 보시면 얼마나 기쁘게 외치시겠습니까? '편지로구나! 내 사랑하는 장래 며느릿감에게서 온 편지로고!' 그다음엔……"

그 시점에 이르자 내 무릎은 온통 눈물과 키스로 흠뻑 젖었고, 나는 더이상 견딜 수 없었다.

"오, 이런 세상에, 신문에서 본 대로 전부 다 믿는 사람이 세상에 어딨어요? 나는 영국의 왕세자와 약혼한 적이 없다고요! 왕세자에겐 이미 아주 완벽한 부인이 있잖아요! 나는 왕세자의 친우도 아니고, 왕세자가 나 같은 부류의 사람에게 보이는 사랑이나 친근감을 빅토리아 여왕이 받아들일 리도 만무하잖아요! 정말로 어처구니없는 건, 그런 왕가 사람들이 당신이 겪는 부당함에 대해 눈썹이나 까딱할 거라고 생각해요? 그 대단한 사람들이야말로 지구를 한바퀴 두르고도 남을 거대한 부당함의 그물망을 만드는 사람들 아닌가요?"

우선, 그는 내 말을 믿지 않았다. 이윽고 내 주장에 설득되자, 분노와 슬픔과 절망에 찬 엄청난 폭풍을 발산했다. 강도 면에서는 거의 바그너 수준의 격렬함이었는데, 세상과 신문을 성토하고, 군주들의 표리부동과 자신의 잘 속는 기질에 대해 한탄했다. 나는 정말 진심으로 동감이라고 말해야 했지만, 그 순간 그는 텐트 안의 모든 것을 부수어버렸다. 심지어 식탁 다리와 의자도 발로 차 조각을 내버렸는데, 다름아닌 실망에서 온 분노였다. 다른 산적들이 모두 황급히 들어왔으나 두목의 극단적 행동을 전혀 막지 못했다. 그래서 내가 말했다. "삼손을 불러오세요." 우리의 친구 차력사 삼손이 두목의 목을 눌렀고 머리를 가격했다. 이어서 조용해지자 우리는 원래 있던 움막으로 철수했다. 그 움막은 이미 우리에겐 '집'처럼 느껴졌다. 이런 것이 가장 극단적인 상황에서도 무엇이든 안전한 것에 정착하는 인간의 정신력인 셈이다.

"나쁜 새끼들." 내가 모든 걸 다 이야기하자 리지는 그렇게 말했지만, 딱히 산적들을 겨냥한 것은 아니었다. 대령조차 당혹스러워했다. 비록 그가 우리의 곤경에 책임이 없을지는 몰라도, 그는 그것이 '매수자 위험부담 원칙'(구매한 물품의 하자에 대해서는 매수자가 확인할 책임이 있다는 원칙—옮긴이)에 해당하며 바보들은 자신에 대해 스스로 책임져야 한다고 투덜댔다.

그러나 산적 두목이 정신을 차리고 나면 우리를 어떻게 할까? 자신의 분노를 우리한테 터뜨릴까? 그자의 무기를 뺏어봤자 아무 소용이 없다. 모든 산적들은 머리끝에서 발끝까지 무장한 채 우리에게 총구를 들이대고 있었기 때문이다. 우리는 꽤나 곤경에 처한 것이 분명하다.

공주는 쓸모없어진 손을 늘어뜨린 채 멍하니 위아래로 왔다갔다했는데, 마치 맥베스 부인의 몽유장면처럼 소름끼쳤다. 미뇽은 그녀가 자해를 하지나 않나 확인하려고 한걸음 뒤로 물러나 있었다. 그러나 광대들은 활기를 띠었고, 불지기 소년을 카드 속임수 몇가지로 재밌게 해줄 정도의 원기는 되찾았다. 푸들과 관련된 일은 잊었거나 용서한 듯 보였다. 대령은 아마 스스로 인정할 수 없는 죄의식 때문에, 이제는 보뜨까에 대한 거부감을 극복하고, 기분이 좋아져서 높은 바리톤 음색으로 「켄터기 옛집」을 몇번이고 부를 정도가 되었다. 그래서 아직도 긴급대책회의를 만들려 하고 만들 수 있는 사람들은 모두 함께 나무로 지어진 토론장에 모여앉았는데, 그들은 다름아닌 친애하는 리지와 삼손이었다.

나는 삼손의 앞쪽 귓불에 이상한 변화가 일고 있다는 것을 알아챘다. 아주 밝게 텅 비어 있던 눈동자 색깔이 점점 짙어지면서 시간이 갈수록 그는 내향적인 사람이 되어갔다. 비록 그가 대화에 뛰어들 시간이 적절히 무르익은 것은 아니었지만, 나는 그의 그런 부분을 보고 어쩜 우리 모두 더 살 수 있을지 모른다는 큰 희망을 품기 시작했다. 만일 삼손이 우리의 토론에 참여하지 않으면, 상황에 대한 순간순간의 이해력만으로 헤쳐나갈 수밖에 없고, 그렇게 되면 지금 우리가 그런 갈등을 일으키는 것처럼 기만당한 무법자들을 정말로 동정

하느냐 아니면 우리 자신이 처한 곤경에 대해 걱정하느냐의
갈등에 빠지게 될 것이다.

"켄터키 옛집에." 대령이 노래한다. "햇빛 비치어."

씨빌은 대령을 포기한 듯이 보였고, 대령은 이제 컵을 들고
불지기 소년에게서 가능한 멀리 떨어져 씨빌이 파고들 수 있
게 곰가죽 위에 자리를 잡았지만, 우리는 '예언자의 신탁을
받는' 것이 좋다고 생각했고, 리지는 대령이 없는데도 전혀
아랑곳없이 대령의 주머니에서 글자카드를 꺼냈다. 그러나
씨빌이 주는 충고는 'W—A—I—T A—N—D S—E—E(기
다려봐라)'였다. 밖에는 다시 눈이 내리기 시작했고, 불지기
소년도 행동이 빨라졌다. 다행이었다.

그리고 우리는 산적들이 슬픔에 흠뻑 빠지는 소리, 그 분명
한 소리를 들었다. 그들은 희극 오페레타 산적단이었는데 이
제는 슬픔의 베이스 바리톤을 합창했고, 시간이 지남에 따라
몇몇 부분, 중창 부분이 점점 힘이 빠져갔다. 그것은 스스로
목이라도 자르게 할 만큼 슬픈 음악이었다.

"우린 여기 갇혀 있어." 리지가 주장했다. "지저분한 산적
무리가 만든 너절한 세상에 갇힌 거지. 산적들은 영국 여왕이
자기들의 비참한 상황만 알면 눈물을 뚝뚝 떨어뜨릴 거라는
착각에 깊이 사로잡혀 있는 거고. 게다가 날개가 부러졌으니
우린 이제 날지도 못해. 시계는 영원히 사라졌고. 게다가 마
지막 편지가 고국에 잘 도착했는지도 알 길이 없지."

런던의 동료들이 우리가 당한 재난 소식을 들었는지는 지

금 우리의 문제가 아닌 것 같다. 내가 그렇게 말하자 생전처음 우리 사이가 틀어졌다. 곱지 않은 말이 우리 사이를 오간다. 리지와 나는 움막 양쪽 구석으로 물러나 한바탕 골을 부린다. 우리 기분이 안 좋아지자 공주는 얼굴을 찡그리고 인상을 구겼으며, 미뇽은 화를 내고, 대령은 설상가상의 불협화음으로 스티븐 포스터의 노래를 부른다. 마치 바깥에 있는 무법자들의 슬픔과 겨루기라도 하는 것 같았다. 무법자들이 바빌론 강가에 앉아 울고 있는데 거기다 늑대 우는 소리와 귀에 거슬리는 웃음소리가 더해진 것이다. 그 소리에 점점 상스러운 게임이 더해지고, 광대들은 그 게임에 불지기 소년을 가담시킨다. 이제 나는 전생에 내가 분명 뭔가 대단히 사악한 짓을 했기에 이런 난장판에 빠진 거라고 생각하기 시작한다.

그리고 늘 그렇듯 바보같이 미신적인 작은 두려움, 언제나처럼 유치하고 변덕스러운 것…… 내가 항상 지니던 작은 칼, 그리고 한때 우리 편이었던 괘종시계…… 둘 다 사라졌다. 완전히 없어진 것이다.

게다가 날개뿐 아니라 마음도 좀 다친 게 아닌가 의심된다.

저녁식사는 제공되지 않았다. 산적들이 슬프고 느린 노래에 너무 푹 빠져들었기 때문이다. 그러나, 나는 곁눈질로 리지를 줄곧 보고 있었는데, 리지는 불지기 소년에게 나이프 하나를 얻어내어 곰가죽 자르는 일에 착수한다. 바깥 날씨를 버틸 만한 좋은 새 옷을 우리 모두에게 만들어줄 계획이라는 것을 알아차린다. 그 노회한 머리로 뭔가 그녀만의 계획을 짜냈는지 궁금하기 짝이 없다. 그러나 우린 사이가 틀어진 관계로 물어볼 생각은 없다.

그때 문간에 노크소리가 들렸고, 학식있는 어조의 어떤 낯설고 새로운 목소리가 묻는다. "집 안에 누구 있습니까?"

"밖에 빗장이 걸려 있어요!" 내가 외쳤다. "열고 들어오세요!"

그것이 도망친 탈주범과 우리가 안면을 튼 경위이다.

6

이른 아침 검푸른 하늘이 하얀 눈에 검푸른 얼룩을 드리운다. 달이 푸른 안개 스카프 뒤로 놀리듯이 나타났다 사라진다. 모든 것이 투명해 보인다. 턱에 가볍게 은빛 수염이 자라기 시작한, 빠르게 움직이는 형상이 우거진 수풀 쪽으로 획 질주한다. 분명 추위쯤에는 둔감한 녀석이다. 바지와 희극용 멜빵과 가발을 잃어버려 반쯤 벌거벗은 상태인데도 아무 불편한 기색이 보이지 않기 때문이다. 올빼미와 흰뺨오리와 갈 까마귀의 깃털들은 나무열매, 가시, 작은 가지, 버섯과 이끼와 더불어 자기 털에 들러붙어 있다. 이 남자는 숲에서 태어난 숲의 자식 같아 보인다.

그는 별을 새라고 착각하고 다른 언어는 모르는 것처럼 별을 향해 짹짹대며 지저귄다. 아마도 작은 새들을 자기 날개 아래 품는 천사가, 그자의 큰 키에도 아랑곳없이 그를 받아들인 모양이었다. 왜냐하면 정강이가 긁힌 것을 제외하면 상처도 없었고, 그가 정신을 차리도록 할 때 사용되는 상자 안에서 굴러다니는 이런저런 잡동사니 헌옷가지는, 때로 끊임없이 변화하는 지혜를 동원해 어떤 한 날개 달리고 부드러운 이미지를 연출해냈다. 그 이미지는 어쩌면 옛적에 알을 품고 앉아 있었을 모습이다.

닭벼슬은 사라진 지 오래지만, 그는 아직도 외친다. "꼬끼오 *꼬꼬댁 꼬꼬!*"

텅 빈 지평선 한복판에서 월써는 눈 쌓인 황무지를 퍼덕이며 날아다닌다. 아직 감각은 있지만 이성은 완전히 잃은 존재가 된 것이다. 정말 이제 그는 지성은 한톨도 없는 감성 그 자체가 되었다. 감각적 인상만이 충격을 주거나 황홀하게 만들 힘을 갖고 있다. 그는 들뜬 상태에서 북소리의 리듬에 귀를 기울인다.

그 풍경에서 펼쳐지는 기이한 현상이라니! 그것은 마치 눈 밑의 대지나, 그 위 하늘에서 들려오는 소리 같았다. 희미하지만 끊임없이 들리는 북소리가, 처음에는 작더니 갈수록 격렬해진다…… 타닥타닥타닥, 라타타 탁탁탁 그다음엔 두둥둥. 두룹둡둡둡 라타타 탁탁탁, 이런 북소리와 반복 악절이 타악기 소리가 복잡한 카리브해 흑인음악보다 더 많이 들어가 있었다.

그가 그런 북소리를 진짜 북소리라고 생각하는 것은 아니었다. 어쩌면 그의 뒤죽박죽 엉킨 두뇌가 만들어낸 것일 수도 있고, 그렇지 않을 수도 있다. 그는 황새처럼 한발로 서서 그 북소리가 어느 방향에서 들려오는지 냄새로 확인하겠다는 듯, 허공에 코를 킁킁대고 서 있다. 그처럼 주문을 외우는 듯한 자세를 취한 덕분에 고환으로 갑작스레 한기가 파고들었고, 그 바람에 가만히 서 있던 그는 외마디비명을 지르며 펄쩍 뛰어올랐다가 버려진 모자걸이처럼 눈 속에서 삐죽이 튀어나와 세상구경을 하려는 순록의 뿔 앞에서 숨을 돌린다.

월써가 이번엔 다시 허공에 대고 킁킁대자, 차가운 공기 속에 뭔가 풍미있고 향기로운 냄새가 확 풍겼고 그의 콧구멍이 벌렁댔다. 그가 맛있는 냄새를 따라가는 동안, 북소리는 더욱 커졌으며 리듬은 더욱 파격적이었다. 나무들 속에서 그는 작은 불을 피운 화로를 발견했는데, 그 화로에서는 향기로운 연기가 피어올랐다. 불 옆에는 술장식이 달린 가죽, 색깔이 요란한 넝마조각, 그리고 딸랑거리는 금속장식이 갖춰진, 어쩌면 그렇게 갖춰진 것처럼 보이는 사람이 하나 서 있었다. 그는 한손에 쥔 나무막대로 쓰레기통 뚜껑만한 가죽북을 치고 있었다. 그 북은 아일랜드 음악인들이 '보드럼'이라고 부르는 종류의 것이었는데, 온갖 괴상한 방법을 써서 밝은 색으로 칠해놓았고 목재로 짠 틀에 팽팽히 당겨 만든 것이었다. 그 북은 자신만의 언어로 황무지에 말을 걸고 있었다.

무당은 월써를 보고도 조금도 놀라지 않았다. 그는 북을 쳐서 자신의 직업에 필요한 초월적 황홀경으로 빠져들었고, 그의 영혼이 이제 뿔 달린 조상, 지느러미 달린 새, 죽마에 올라탄 물고기, 그리고 다른 많은 신경생리학적 변형을 겪은 정령들과 장난을 치고 있었기 때문이다. 그중에서 월써는 오히려 평범한 존재였다. 월써는 불 옆에 쪼그려앉아 연기를 감상하고 그 온기의 감각에 적응하고 있었다. 그러다 무당은 눈알이 튀어나오고, 입에 거품을 물고 쓰러졌으며, 북을 떨어뜨렸다. 북은 눈 위에서 조금 구르다가 뒤집혔다.

월써는 북을 향해 손을 뻗었으나, 거기선 둔탁한 작은 소리밖엔 낼 수 없다는 것을 깨달았다. 어떻게 그런 북소리를 내는지 알 길이 없었고, 우연히 방법을 알게 됐다 해도 이해할 수 없었을 것이다.

시간이 흘렀다. 무당이 한숨을 내쉬고 일어나 가죽치마 가장자리에 묻은 눈을 털고는 아직도 거기 있는 월써를 보았다. 무당은 영적인 여행을 할 때마다 만반의 준비를 했고, 월써를 따뜻하게 맞이했다. 그 근처에서 머물도록 결정된 야생자연의 에너지가 발산된 현상이라고 생각한 때문이었다. 그를 불러낸 북소리가 멈추고 시간이 좀 지나면 그도 때맞춰 소리없이 조용히 사라지리라 생각한 것이다. 그러나 일단 이렇게 되고 나서 얼마나 좋은 일들이 일어났는지 회상하며, 월써가 둥그렇게 원을 그리며 자기 배를 문지르기 시작하자 무당에겐 다른 생각이 들었다.

무당은 월써에게 자기 나라 말로 말을 건넸다. 삼대에 걸친 문헌학자가 있다 해도 곤혹스러울, 알아들을 수 없는 피노 우그리아 어족 방언이었다.

"당신은 어디서 왔는가? 또 어디로 가는가?"

월써는 키득거리며 아무 데도 가지 않고 배만 계속 문질러 댔다. 무당은 신성한 도구를 담아 나르는 작은 가방에서 텀블러 컵을 하나 꺼냈다. 접신으로 힘을 소모한 뒤 회복을 위해 마시는 차를 담는 컵으로, 차는 차벽돌(찻잎을 네모모양으로 압축해 건조시킨 것—옮긴이)을 이용해 화로에 준비해두었다. 그는 천천히 등을 돌리고는 옷 한쪽을 들어올려 그 컵에 오줌을 누었다. 그리고 무당은 격식을 갖춘 미소와 함께 김이 모락모락 나는 호박색 액체를 갑작스레 들이닥친 손님에게 건넸다.

"설탕이 없잖아." 월써가 불평했다. "레몬도 없고."

그러나 그는 목이 말랐기에 그걸 마셔버렸다.

그러자 그의 눈이 머릿속에서 빙글빙글 돌기 시작했고, 뱅뱅 도는 불꽃처럼 눈에는 불꽃이 튀었다. 신장을 통해 증류된 광대버섯의 효력에 익숙한 무당조차 깜짝 놀랐다. 월써는 환각이라는 순간적 몽환상태로 들어갔다. 환각 속에서 새, 마녀, 어머니, 코끼리들이 피셔맨스 워프, 앨험브러 극장, 런던, 임페리얼 써커스장, 쌍뜨뻬쩨르부르그, 그리고 다른 많은 장소들의 풍경과 냄새가 뒤섞여버렸다.

그의 지난 모든 삶은 구체적이지만 불연속적인 파편으로 머릿속을 스치고 지나갔고, 그는 뭐가 뭔지 도통 이해할 수 없었다. 그는 취한 사람처럼 무당이 모르는 말로 중얼대기 시작했고, 그 모습에 무당의 호기심은 더 커졌다.

무당은 자기 소지품을 싸더니 어깨에 북을 걸머졌다. 그는 화로에 있는 불을 다 비운 뒤 발로 밟아 꺼뜨렸다. 그리고 화로를 챙겼다. 이제 무당은 월써가—그자가 누구든 상관은 없다—자신이 불러낸 환각 가운데 하나가 아니며, 어쩌면 추측건대 다른 부족 출신의 견습무당일 거라고 확신했다. 눈에 띄게 다른 신체적 특징을 지닌 부족의 견습무당 말이다. 어쩌면 엉성하게 짠 여행계획 때문에 경로에서 이탈해 방황하던 중일지도 몰랐다. 무당은 키는 작아도 체력이 강해서 월써를 어깨에 둘러메고 자기 마을로 돌아가기 시작했다.

거꾸로 매달린 월써는 제례복 자수가 있는 무당의 등에 대고 비난을 계속 퍼부었다. 환각을 일으킨 오줌이 그의 뇌에서 돌아가는 느린 모터에 과부화를 건 것이었다.

"아아!" 그는 밝아오는 씨베리아의 새벽에 대고 외쳤다. "인간이란 얼마나 뛰어난 예술작품인가!"

7

탈주범이 문을 열고 안으로 들어와 화롯가에서 토스트를 잘 먹고는, 무법자 캠프에 그런 각양각색의 어릿광대 단원들이 인질로 잡혀 있는 것을 알고 매우 재밌어했다. 이자는 교육받은 남자야, 아니 스무살이 채 넘지 않았고 자기 나이만큼도 보이지 않으니 소년이라 해야겠지. 상큼한 얼굴에 빛나는 눈, 프랑스어가 능숙하고 영어도 수준급인 진지한 꼬마 천사 케루빔. 그리고 절대 '어제' 이야기를 하는 법이 없었으므로 이 절망의 장소에 신선한 분위기를 불어넣었다. 그가 말하는 것은 오직 '내일'에 관한 이야기였다. 평화와 사랑과 정의가 빛나는 아침을 말하는 것이었다. 조화와 완전을 구하고자 분투했던 역사를 통해 인간의 영혼은 마침내 내일 그것을 이뤄낼 것이다. 그리고 그는 다가올 20세기에 이상적인 '내일'의 온갖 좋은 것이 응축된 그 정수를 전할 방법을 찾았다.

그는 구리그릇 가게를 폭파해 유토피아를 한걸음 앞당기려다가 추방당했다. 그 사실 때문에 처음에는 리지가 그에게 호감을 보이는 것처럼 보였다. 그러나 당혹한 그가 다이너마이트가 젖어버려 폭발이나 피해는 없었다고 고백하자, 리지는 '쯧쯧쯧' 하며 그의 무능을 비웃었고 그녀의 이마는 그에 대한 불쾌감, 그의 '영혼'과 그의 '내일'에 대한 생각으로 어두워졌다. 리지는 맹렬히 문제를 제기했다.

"우선, 당신이 말하는 **영혼**이란 게 뭐지? 사람의 몸속 어디에 있는지 내게 한번 보여줘봐. 그럼 어쩌면 믿을지도 모르지. 하지만 솔직히 말하는데, 아무리 실컷 해부를 해봐도 찾지 못할걸. 그리고 존재하지도 않는 완벽한 어떤 것을 당신이 만들 수는 없어. 그러니 당신 말 속에 그 '영혼'이란 말은 지워버려. 둘째, 우리나라 속담 중에 '내일은 없다'('오늘 할 일을 내일로 미루지 마라'에 대한 직역—옮긴이)는 말이 있는데, 그게 바로 당신이 뜻하는 내일이 약속에 불과할 뿐 이룬 건 없는 이유야. 우리는 항상 지금 여기에서 현재를 살아가. 당신이 희망을 미래로 고정하는 것도 이런 희망을 가설로 만드는 건데, 가설이란 다시 말해 아무것도 아니라는 거야. 우리가 싸워야 하는 것은 지금 여기에서니까. 셋째, '완전'이란 말을 볼 때 그건 어찌 인식할 거지? 불완전한 현재로 완전한 미래를 규정할 뿐, 우리 모두가 살고 있는 현재는 필연적으로 **누군가**에게는 항상 불완전해 보이니까. 이 현재라는 시간은, 여기 있는 내 수양딸을 자기의 장난감 수집품 목록에 추가하려던 대공 같은 자에게는 꽤 완벽해 보이겠지. 대공의 사치품 비용을 대느라 소작료를 내는 불쌍한 농부들에게는, 현재란 즐거운 지옥이지만."

"문법적인 은유를 집어치운다면, 전 분명 당신의 말에 동의합니다. 우리가 동시대에 살고 있는 이 현재가 어느정도는 **불완전하다**는 데에는 말입니다. 그러나 이 한탄스러운 상황은 영혼과는, 혹은 당신 말대로 '인간 본성'과는—여기서 신학적 함의는 빼고 말하죠—아무 관계가 없습니다. 믿기 어려울 수도 있겠지만 대공이 나쁜 놈인 것은 대공 자신의 본성이 아닙니다. 대공의 소작농이 노예가 되어버린 것도 본성과는 아무 관련이 없죠. 여기서 우리가 만족해야 할 부분은, 잠깐 문법적 유추로 돌아가자면, **지난 역사**의 긴 그림자입니다. 그게 바로 처음 현재의 인간 본성을 만든 제도들을 주조해낸 것입니다."

"역사의 모루 위에 주조해야 할 것은 인간의 '영혼'이 아니야. 인간성을 변화시키려면 그 모루 자체가 변해야 하는 거지. 그러면 우린 '완전'하진 않아도 좀더 나은 뭔가를 볼 수도 있겠지. 너무 많은 거짓된 희망을 키우지 않을 수도 있고, 조금 덜 나빠질 수는 있는 거야."

리지가 훨씬 쾌활해졌다는 것을 알 수 있었고, 탈주범은 애초에 그가 무법자 캠프에서 쉴 곳을 제공받았을 때 그 대가로 거래한 것 이상을 얻고 있었다. 그러나 탈주범과 리지가 어떻게 인간성이 좀더 많은 덕목을 효과적으로 갖출 수 있는지 열띤 토론을 벌이기 전에, 나는 잽싸게 끼어들어 밖에서는 무슨 일이 벌어지고 있느냐고 그에게 물었다.

무법자들은 내가 영국 왕세자비가 아니며, 그렇게 될 일도 없다는 사실을 알고 침울해진 것 같았다. 그들은 슬픔에 흠뻑 빠졌지만, 그렇다고 기운을 되찾지는 못했다. 들어가는 게 있으면 나오는 게 있다고, 술을 마시면 마실수록 그들은 더 많이 울어댔다. 우리가 그들을 달래지 못한다면, 어쨌거나 무법자들은 작은 총격전을 벌일 가능성이 높고 탈주범은 그럼 이제 다 끝이라고 생각하는 것 같았다. 주께서 축복하시길. 그걸로 다 끝인 거다.

그러나 새 소식도 더 있었다. 그는 한무리의 여자들에게 푹 빠진 것 같았는데, 그들은 여감독관을 안에 가둬둔 채 인근의 정신병 범죄자 시설에서 도망쳐나와, 씨베리아 안쪽으로 행진하고 있었다. 그들 말로는 여감독관은 그런 일을 당해도 완전히 싸다는 것이다. 그 여자들은 타이가 지역에서 여성의 유토피아를 건립할 계획이었고, 탈주범에게 정액을 500밀리리터나 1리터 정도 좀 전해달라고 부탁했다. 타이가 지역의 차가운 기온에 정액은 급속으로 냉동될 것이고, 그렇게 되면 그들이 가져온 거대한 보온병처럼 생긴 특허받은 얼음 양동이에 저장할 수 있을 것이며, 그들이 정착한 뒤 가임기 여성을 임신시키는 데 사용할 수 있을 것이고, 그러면 자유 여성들이 만든 이 작은 공화국의 생존도 보장될 것이라는 말이다. 그는 그 요청에 응했다. 나는 그가 완벽한 신사라는 것을 알 수 있었다.

"남자아이를 낳으면 어떻게 할 거죠? 북극곰들 먹이로 주기라도 할 건가? 암컷 북극곰한테?" 리지가 따져물었다. 그녀는 자신이 공격적이라는 생각이 들었고, 명백히 화이트채플 시절로 돌아간 것처럼 여겨졌다. 고드윈과 울스턴크래프트 (윌리엄 고드윈과 메어리 울스턴크래프트는 각기 19세기 영국의 뛰어난 정치평론가와 여권운동가이다. 둘은 『프랑켄슈타인』의 저자인 메어리 셸리의 부모이다—옮긴이) 토론회 모임에 참여했던 시절 말이다. 나는 그녀가 말을 못하게 막았다. 특허받은 얼음 양동이라는 말에 호기심이 일었다.

"어디서 난 거냐고 물어봤죠." 탈주범이 말했다. "그레이트 씨베리아 열차 선로에 있던 기차의 잔해 중 식당차에서 가져왔다고 말해주던데요."

대령은 코끼리에 관한 소식, 뒤집어진 많은 가구진열장처럼 선로 주변에 쓰러져 죽은 코끼리 시체들을 그녀들이 어쩌다 보게 되었는지를 듣자 주저앉아버렸다. 그는 무한히 쓸 수 있게 쟁여서 다니는 듯한, 비단으로 된 작은 성조기를 이어놓은 것에 대고 몇번이나 팽 하고 코를 세게 푼 다음에야 눈물을 막을 수 있었다. 그러나 난 탈주범을 압박해서 거기 생존한 인간의 소식은 없는지 말하게 했다. 하느님이 보우하사! 그 여자들은 **금발** 외국인을 발견한 것으로 밝혀졌다. 그 사람은 식탁보에 말려 있어 상처 하나 없었으며, 오다가 구조대를 보고는 그냥 남겨두고 떠났다고 했다. 탈주범이 여자들을 만났을 때는, 그토록 멋진 정액 저장고를 포기한 것을 이미 후회하고 있었다는 것이다. 나는 그 모든 사실을 듣고 흥분했으며, 정신줄을 놓고 이렇게 외쳐버렸다.

"내 남자가 와서 우리를 구해줄 거야!"

"정신차려, 이 감상적인 멍청이 같으니라고. 들어보니 그 남자는 제 자신을 구할 처지도 못되는 것 같은데 뭘." 리지가 말했다. "구조대 소리를 들으니 훨씬 낫다!"

그러나 탈주범은 무엇보다 구조대를 피해 도망중인 것으로 밝혀졌다. 구조대가 자신을 '구조'하여 유형지로 돌려보내려 할 테니까. 무법자들 또한 민첩하고 빈틈없게 행동했고, 그게 아니라도 소방차, 구급차, 경찰차가 도착할 때 대응할 수단은 매우 많았을 것이다.

그러나 대령은 매우 만족해했다. 나는 이미 그가 모든 신문의 헤드라인을 장식할 말을 꾸미는 중이란 걸 알 수 있다. 전보 치러 갈 때까지 기다릴 뿐이다! 그는 이 대참사가 결국 자기에게 이러저러한 방식으로 거액을 안겨줄 거라고 생각하는 것이다. 그의 낙천주의는 개선의 기미가 없었으며, 불운의 그림자가 드리워지는 것도 알지 못했다. 대령은 미국 인디언의 함성을 여러 번 내지르고 나서 춤을 추기 시작했는데, 그렇게 갑작스럽게 충천한 사기가 폭발하자, 그 활기는 나를 가라앉게 만들었다. 앞으로 무슨 일이 일어나든, 지금 이 순간 우린 술에 완전히 취해 맛이 간데다 총쏘기를 즐겨하고 머리

끝에서 발끝까지 무장한 강도단 떼거리에 싸여 눈더미 쌓인 오지에 갇혀 오도가도 못하고 있다. 그들 자신을 위해서라도 우리를 내버려두고 도망가야 한다고 설득해야만 한다.

"자, 여러분." 리지가 광대에게 말했다. "무기력상태는 떨쳐버릴 때가 왔어요. 우리를 초대한 산적들이 정신차리고 일어나 우리의 설득에 귀기울일 만한 쇼를 벌여야 합니다. 그들을 미소짓게 하세요. 껄껄 웃게 만드세요. 그런 다음에야 뭔가 얘길 할 수 있을 겁니다. 이 사람들 정신 좀 차리게 해보자고요."

아마 리지는 불행히도 단어 선택을 잘못한 것 같았다. 그 단어는 광대의 장례식에 쓰이던 옛 프로그램을 상기시켰고, 그런 건 결코 다시는 하려 들지 않을 것이다. 처음에 광대들은 그런 생각을 경계했는데, 그건 부포가 떠나고 모든 것이 정리된 뒤 그들에게 남은 것이라고는 지금 입고 있는 누더기와 바이올린, 탬버린, 그리고 트라이앵글뿐이었기 때문이다. 그들의 카드 속임수가 불지기 소년에게는 잘 통했을지 몰라도, 어떻게 하면 최선의 성과를 거둘 수 있을지 알지 못했다.

"생각해봐요." 리지가 간청한다. "부포를 위한 진혼곡을 올리는 거예요."

그 말에, 광대들이 서로 낯빛을 교환한다. 기묘하고 어둡고 슬픈 표정이다. 그 표정에서 소리가 난다면 그건 대성당의 엄숙한 오르간 음처럼 그들 사이에 메아리치며 돌았을 것이다. 그 표정의 마지막 메아리가, 그 말없는 메씨지가, 알 수 없는 어떤 강력한 무언의 선언이 사라지자 늙은 그록이 트라이앵글을 들고 친다. 그릭은 모자에서 작은 바이올린을 꺼낸다. 그들이 싸울의 장송곡을 연주하기 시작하는데 나는 그리 즐거운 기분이 들지 않았다. 무언가 다가오는데 그건 시작에 불과하다는 오싹한 전율이 느껴졌다. 잠시 후 빨간머리 광대 하나가 나무토막을 집어 난쟁이 광대를 때린다. 불지기 소년이 온몸을 떨며 웃어댄다. 나는 문을 열고 그들은 밖으로 행진한다.

무법자들은 캠프 중앙에 모닥불을 지필 만큼 정신을 차렸고, 로댕의 「생각하는 사람」 자세를 취한 채 나무 그루터기에 둘러앉아 있었다. 눈이 가볍게 내려 그들의 머리 위로 쌓였다. 광대들은 수석광대를 잃었기에 뭘 어떻게 할지 결정하는 데 시간이 좀 걸렸다. 광대 하나가 좀 산만하게 수레바퀴 공연을 했고, 그러다 다른 광대가 와서 그를 넘어뜨렸다. 무법자들은 매우 순박한 사람들이었기에, 무법자 두목의 뺨이 미소로 살짝 주름졌다. 그것이 광대들의 기운을 북돋운 것 같았다. 아니면 좀더 복잡한 다른 동기가 있었는지도 모르겠다. 그들은 모두 동작이 빨라졌고, 그릭과 그록은 더 멋진 리듬을 연주했으며, 모두가 춤을 추기 시작했다.

그런데 그들이 연주한 음악이 뭐였지? 거기다 이름을 붙인다면 저주를 받을 것이다. 그건 악마의 연회에서 따온 섬뜩한 음악이었다. 춤에 대해 말하자면, 그 춤, 거기에 춤이란 이름을 붙이는 것이 타당할까? 흥을 돋운다는 것 말고는 춤이라

부를 것이 없다. 세상에나, 나는 생각했다. 우리는 바보들이다. 페버스, 넌 광대를 비웃은 적이 한번이라도 있어? 저들이 저러는데 한번도 없다고? 광대들은 언제나 네 마음에 혼란과 재난과 혼돈만 가져다주지 않았어?

그 춤은 죽음의 춤이었다. 그들은 죠지 버핀스를 위해 춤을 추었고, 광대들은 버핀스 같았을 것이다. 그들은 이 세상의 비참한 자들을 위해 춤을 추었는데, 그것을 통해 자신들의 비참함을 목도하게 될지도 모른다. 그들은 음울한 나무들 가운데서 눈폭풍이 다가오는 것을 느끼며 추방자를 위해 추방자의 춤을 추었다. 그리고 하나씩 차례로 추방당한 무법자들이 고개를 들어 바라봤고, 정말 모두가 웃음을 터뜨렸지만 그것은 기쁨이 없는 웃음이었다. 운명에 맞서 승리할 수 없다는 걸 알 때 짓는 쓰라린 웃음이었다. 그 망할 놈의, 기쁨이라고는 하나도 없는 아라베스크를 보고 지옥의 원환에 갇혀버린 이들의 웃음소리를 들으며, 리지와 나는 마음의 안정을 구하려고 손을 맞잡았다.

그들은 그날 밤 숲속 개간지에서 춤을 추었고, 무법자들은 환호로 그들을 맞이했다. 그들은 자기 스승의 불안한 영혼을 춤으로 추었고, 그 영혼은 광풍과 함께 와 뼛속까지 얼릴 정도의 강풍을 날려댔다. 그들은 모든 것을 빙글빙글 돌려 내던지는 춤, 사랑의 종말과 희망의 종식을 고하는 춤을 추었다. 내일을 어제로 던져버리는 춤, 무자비한 현재의 고갈을 나타내는 춤, 모든 것을 너무 빨리 고정해 더 움직일 수 없게 하는 치명적인 과거완료의 춤을 추었다. 또한 죄많은 인간 아담의 춤을 추었다. 자신이 영원히 살 거라 믿은 까닭에 세상을 망가뜨린 아담의 춤을 말이다.

무법자들은 그들 스스로 무아지경에 이르렀다. '히야호'와 '브라보' 등의 소리를 내지르며 모두 함께 총을 쏘며 일어나 열광적인 가보트 춤곡의 리듬에 몸을 던졌다. 세차게 퍼붓는 눈발에 몸이 축축하게 젖고 얼굴은 하얀 눈으로 뒤덮이고 바람은 늙은 광대의 소름끼치는 음악을 전하면서 미칠 정도로 그 음악을 증폭시켰다. 그다음엔 눈이 우리 눈앞을 막았고, 삼손이 우리를 하나씩 들어다 움막 안으로 집어던졌다. 그는 자신의 튼튼한 양어깨로 폭풍에 맞서 문이 열리지 못하도록 단단히 막아 지켜냈다.

총알들이 벽에 부딪히고, 바람은 옹이구멍을 통해 윙윙 휘몰아쳐 들어와 화롯불의 깜부기불을 돋워 세웠는데, 그 불꽃이 바람에 마구 휘날려 우린 눈과 얼음 한가운데서 타죽을지도 모른다는 생각이 들 지경이었는데도 움막은 잘 버텨냈다. 움막은 이리저리 마구 흔들렸고 언제든 지붕이 날아가버릴 것만 같았다. 그러나 이 작은 우리 집단이 이성을 신뢰하는 면에서 아무리 제각각이라 해도 지금 최악의 눈폭풍에 노출된 것은 아니었다. 그러나 탈주범은 투쟁적 비관주의의 부활을 마주해 얼굴이 창백해졌고 핏기가 사라졌으며, 마음을 진정시키기 위해 끄로뽀뜨낀(러시아의 무정부주의자—옮긴이) 등의 경구를 중얼거렸다. 다른 사람들이 이런 곤경에 처한다면 묵주 기도를 드릴 판인데 말이다.

마침내 폭풍우가 지나가자, 새롭게 내린 눈이 우리가 새사람이라도 된 듯 느끼게 해줬고, 모닥불은 모두 꺼뜨려버렸다. 여기저기 주홍색 비단조각이 널려 있었다. 그릭의 작은 바이올린은 줄이 끊어져 있었지만 무법자들의 막사, 움막집, 소총, 갑옷 흉갑도 거기 그대로 남아 있었다. 광대들, 정작 광대들 자신은 하나도 보이지 않았다. 모두 다함께 지구 표면 밖으로 날아가버린 것 같았다.

불쌍한 개 한마리가 뒤에 던져져 있었다. 회오리바람이 그 불쌍한 동물을 날려버린 게 분명했다. 작은 잡종 강아지는 꼬리에 털실방울을 달고 낑낑대며 원을 그리면서 뱅글뱅글 돌고 있었다.

나는 무법자 두목이 자기 고향으로 단방에 날아갔기를 바랐다. 그의 손길을 기다리는 쟁기와, 손가락으로 젖을 짜주길 기다리는 부푼 암소의 젖, 그리고 방치된 달걀을 수거해달라고 꼬꼬댁대는 갈색 암탉들, 예전과 똑같이 그 모든 것을 찾길 바랐다. 소중한 집에 대한 향수는 집을 떠나봐야 더 커지는 법이다. 그러나 광대들이 어디로 갔는지는 모르겠다. 하늘의 커다란 정신병원에 있는 죠지 버핀스를 만나러 사라졌나보다.

리지는 자신도 모르게 이런 결말을 촉발한 데 대해 미안해하지 않는다. 그녀는 어깨를 으쓱하더니 한마디로 논평한다. "쓸데없는 잡동사니는 깨끗이 청소했네." 그녀는 옷을 벗더니, 우리 모두가 입게끔 바느질해둔 곰가죽 코트와 바지를 입는다. 그 콧수염과 다갈색 얼굴, 그리고 귀를 따뜻하게 하려고 직접 만든 샤코 모자 때문에 그녀는 흡사 작은 곰처럼 보인다.

"걸어서 나갑시다." 그녀가 말한다. "떠나자고요."

누더기가 된 움막이 여전히 그대로 있긴 했지만, 우리 생존자들 중 누구도 그 저주받은 곳에 머물고 싶지 않았다. 우리는 거침없이 앞으로 전진하여 스스로를 구원할 것이다. 우린 가는 길에 방한이 되도록 리지가 즉석에서 재단해 만든 옷을 입었고, 탈주범이 선로 쪽이라고 여긴 곳으로 방향을 잡는다. 탈주범은 생각을 좀 해보더니 안내자로서 우리와 동행하는 데 동의한다. 대령이 미국 여권을 만들어주겠다는 거창한 약속을 했고, 그 청년은 자유의 여신상이 약속하는 아름다운 미래를 믿는 것 같은 얼굴을 하고 있다.

다른 사람들은 지난 일에 매우 놀라워했으나, 리지와 내가 아는 것이라고는 그 광대들이 혼란을 야기했고 인간사에 항시 내재한 그 혼란이 제때에 시간 맞춰 왔다는 것뿐이다. 그러나 탈주범은 그 사건 때문에 마음이 매우 불편했고, 사건의 의미에 대해 나와 토론하려 든다.

"이봐요, 자기." 내가 결국 말한다. 나는 문학비평을 할 마음은 없으니 말이다. "만일 기차 폭발로 날개가 부러지지 않았다면, 나는 힘 안 들이고 우리 모두를 블라지보스또끄까지 날아가게 할 수 있었어요. 그러니 어떤 게 현실이고 어떤 게 아닌지에 관한 문제라면 나는 적임자가 아니라고요. 날 오리너구리 보듯 쳐다보는 사람들의 절반은 자기가 본 걸 의심하고, 나머지 절반은 자신이 뭔가 대단한 걸 봤다고 생각하니까."

그 말을 하자 그는 입을 다물었다.

대령이 광대들을 잃은 손실을 무난히 처리하는 것을 봐서 기쁘다. 당연히 마음속으로는 언론과 할 인터뷰를 연습하고 있을 것이다. "눈폭풍에 광대들이 날아가버리다! 유명 써커스단 경영주가 직접 눈으로 목격한 사실." 그러나 우리 중 몇몇은 아직 회복이 덜 된 상태다. 미눙은 공주의 손을 꼭 잡고 있었으나 공주의 눈엔 초점이 없었다.

"저 여자애를 얼른 피아노에 앉히지 않으면, 저애는 지금보다 상태가 더 나빠질 거예요." 내가 리지에게 말한다.

삼손은 공주를 털가죽으로 감싸 안아올렸고 미눙은 그 뒤를 종종대며 따라간다. 그렇게 우리는 무법자 캠프, 아니 그 캠프의 잔해를 떠난다. 마지막 남은 광대의 작은 개는 혼자 남겨지기 싫어 우리를 따라나선다. 날 슬프게 한 것은 바람에 날린 눈 위에, 조금 떨어진 곳에 있던 깃털 하나라는 걸 깨닫는다. 불지기 소년이 내게서 훔쳐갔고, 바람이 그를 쓸고 갔을 때 그의 웃옷에서 떨어진 게 분명한 보라색 깃털 말이다.

마치 그게 제2의 천성이라도 되듯 그렇게 우리의 여정은 다시 시작되었다. 나는 젊긴 해도 이건 피카레스크 소설에나 나오는 삶이었다. 여기엔 끝이 없을까? 내 운명은 여자 돈 끼호떼가 되는 거고, 리지는 나의 산초 빤사일까? 그렇다면 그 미국 남자는 뭐지? 그 남자는 결국 아름다운 환상, 낭만적 감상의 둘시네아로 결론이 날까? 그 감상성 때문에 리지는 그게 현금에 대한 내 열정의 이면에 지나지 않는다며 날 신랄히 비난하는데도?

터벅터벅, 터벅터벅 걷고 또 걷는다. 앞으로 있을 사건은 그냥 펼쳐지라지.

오랫동안 멀리 걸어왔는데도 우린 아직 숲에 있다. 철로는 우리가 떠났을 때보다 조금도 더 가까워지지 않고 탈주범은 걱정하는 낯빛이다. 그가 방향을 잘못 잡은 것일까? 하긴 여기 방향이란 게 어디 있나? 어쩌면 이렇게 아무 흔적도 없는 불모지에, 상상의 교차로에 있는 모든 지점에, 모든 방향이 합류하는 장소에는 제대로 된 방향이란 건 없는지도 모른다. 그래도 우리는 계속 간다. 한 지점에 가만있으면 얼어죽을지도 모른다는 불안감 때문이다.

나무들이 드문드문 보이는가 싶더니 아예 없어지자 탈주범은 극도로 불안해한다. 널따랗고 꽁꽁 언 강가에 도달했기 때문이다. 그 강은 고려사항에 전혀 없던 것이다. 하지만 강 저편에는 작은 집이 하나 있다. 러시아인들이 지어놓은 것으로, 정말 어울리지 않게 가외장식이 많으며, 주름장식까지 달려 있다. 탈주범은 그 외떨어진 모습으로 볼 때 그 집이 자기 같은 망명자의 집이고 집주인이 우리를 환영할 거라 예측한다. 그래서 우리는 작은 유령 같은 회오리바람과 휘몰아치는 눈보라가 사나운 날씨를 알리는 전령처럼 주위를 맴도는 가운데 미끄러지고 자빠지며 강을 건넌다. 그리고 런던의 벨그레이비어(런던 하이드 파크 남쪽의 고급 주택 지구—옮긴이)를 공식 방문하듯이 한껏 정중하게 대문으로 걸어올라간다.

대문 옆 벽에는 키릴문자로 '자바이깔 꽁쎄르바뜨와르'라고 적힌 작은 명판이 못으로 박혀 있다. 그리고 이름 하나가 그 뒤에 한줄짜리 문장과 함께 씌어 있다. 그러나 명판은 이끼와 세월에 부식되어 이름을 판독할 수 없다. 명판은 수십년간 학생 모집에 실패해온 광고처럼 보인다.

탈주범이 문을 두드렸다. 대답이 없다. 안에서는 아무 빛도 새어나오지 않았고, 굴뚝에선 연기도 나오지 않았다. 그는 한번 더 문을 두드렸고, 그다음엔 우리가 문을 밀어서 열고 들어가, 그 안에 분명 인간의 악취가 나는 것을 확인했다. 그러나 우리가 다다른 첫번째 방에선 별다른 인간의 흔적이 보이지 않았다. 집 자체는 소나무로 만들어졌는데, 생선 뼈다귀가 두껍게 쌓인 바닥재만이 상아처럼 빛났고, 그건 그 슬픈 집에 살던 사람이 주로 강에서 물고기를 잡아먹고 살았다는 것을 말해주었다.

옆방에는 불씨의 싸늘한 잔해만 담긴 난로와, 불꺼진 램프가 있었다. 대령은 램프에 손가락을 담가보고 물고기기름으로 채워졌다는 것을 깨닫자마자 씨빌에게 윤기를 내주기 위해 그 기름을 조금 발라주었다. 씨빌의 가죽은 늘 하듯이 철저한 관리를 하지 않아 광택과 유연성을 잃어가고 있었고, 그럴수록 점점 더 지갑 모양으로 변했다. 리지는 대령의 작은 깃발 하나에 기름을 좀 묻혀주었고, 대령은 곧바로 쪼그리고 앉아 씨빌이 돼지가 아니라 알라딘의 램프라도 되는 양 문질러댔다. 그 대단한 향기라니! 홍!

그 집은 가구가 갖춰져 있었는데, 가구라야 대충 검소하게, 의자 몇 개, 붉은 벨벳보가 깔린 탁자가 다였다. 가구들에는 흰곰팡이가 피어 있긴 했지만, 애처로운 마음이 들 만큼 예전 모습이 어땠을지 넌지시 암시를 주었다. 벽에는 야자나무 화분과 그랜드피아노 사이에 선 젊은 남자의 은판사진이 있었다. 게다가 18세기식 가발을 쓴 소년의 사진이 하나 더 있었는데 마치 골동품 같아 보였고 리지는 그 소년이 모차르트라고 공언했다. 그래서 여기서 누가 살았건, 아니 예전에 뭐가 살았건 간에 냄새로 미루어봐서 최근 사망했을 것이고 음악에 취미가 있던 사람이었을 것이다. 나는 즉시 그런 남겨진 물건으로 공주의 관심을 끌어보려 했으나, 그녀의 기운을 돋우기에 충분치 못했다.

우리는 램프를 켰고, 삼손이 헛간에서 발견한 나무를 가져다 난로에 불을 피웠다. 예전 그곳에 있던 죽음의 냄새를 불김으로 소독하려는 목적이었다. 우린 그 헛간 앞에서 방으로 열리는 세 번째 문을 열었다.

마치 기도에 대한 답이라도 내린 것처럼, 그랜드피아노가 찍힌 사진이 아니라 그랜드피아노 자체가 나타났다! 뚜껑은 커다란 검은 나비가 막 와서 쉬려고 하는 것처럼 열려 있었고, 그 위에 메트로놈도 있었다. 공주는 아무 말도 없었으나

478

눈이 반짝였고 손가락관절을 구부려보더니 기뻐하는 아이처럼 박수를 쳐댔다. 잠시 후 공주는 정신을 차리고 그 악기 앞으로 튕기듯 달려나갔는데, 바로 그 순간, 지금껏 흑단 날개 뒤에 숨어 있던 키 크고 비쩍 마른 누군가가 건반 앞 보이지 않던 피아노 의자에서 갑자기 튀어나와 울부짖는 소리를 냈다.

리지가 들고 있던 램프에서 드리워진 그림자 때문에 그 사람은 뭔가 공포스러운데다 심지어 귀신 같아 보였다. 엉덩이까지 기른 머리카락은 배꼽까지 자란 수염과 엉켜 있었다. 그리고 손톱은 그림책에 나오는 더벅머리 페터(하인리히 호프만이 쓴 독일 동화로 손톱 깎기 싫어하는 소년이 겪는 고충이 주요 내용이다—옮긴이)처럼 길었는데, 그걸로 미루어보아 그는 너무 오랫동안 피아노는 건드릴 마음조차 없었다는 것을 알 수 있었다. 비록 분명 수년간 조율조차 한 적 없는 불협화음의 음률을 내지르며 그 피아노 속에 숨었지만 말이다.

그는 처음 우리를 보고 한무리의 곰이 쳐들어왔다고 생각한 게 분명했다. 그는 공포에 질려 낮은 울음소리를 냈고 메뚜기같이 가느다란 팔다리를 사방으로 마구 휘저었으며, 무음조 효과를 내는 풍요의 뿔(동물 뿔 모양에 과일과 꽃을 가득 얹은 장식물—옮긴이) 소리를 냈다. 그다음 피아노 위로 가 두 팔을 흔들었는데 마치 목숨 걸고 피아노를 사수하거나, 아니면 숨기 위해 그 안으로 뛰어들 기세였다. 둘 중 무엇을 택해야 할지 결정하지 못한 것 같았다. 그는 메트로놈을 바닥으로 던졌고, 메트로놈은 생선뼈 융단 위에 떨어져 시계처럼 째깍댔다.

　"모자장수(『이상한 나라의 앨리스』에 나오는 미치광이─옮긴이)만큼이나 완전히 돌았구나." 리지가 말했다. "묶어야겠어."

　공주는 희미하게 고양이 소리를 내며 피아노로 팔을 뻗어 돌가슴도 녹일 법한 애원의 자세를 취했다. 그러나 그 미친 노인은 자신에게 가슴이 있는지조차 더이상 알지 못했다. 무뚝뚝한 동작으로 리지를 막은 것은 미뇽이었다. 그녀는 재깍거리는 메트로놈을 발로 차 조용하게 만들었고, 목청을 가다듬은 뒤 깨끗이 가래를 뱉고 노래를 부르기 시작했다.

　우리가 유럽 호텔의 내 방에서 처음으로 미뇽의 노랫소리를 들었을 때는 노래가 스스로 노래하는 것 같았다. 마치 노래는 미뇽과 아무 관계가 없고, 그녀는 단지 인간의 육체를 지닌 축음기 같은 것일 뿐, 그녀가 전혀 의식하지 못하는 음악을 전달만 하게 되어 있는 것 같았다. 그건 미뇽이 여자가 되기 전이었다. 목소리라는 나긋한 올가미에 노래를 잡아 이제 새롭게 찾은 영혼과 일치시켰다. 그래서 노래는 완전히 변신했지만 본질은 변하지 않은 채였다. 새롭게 사랑이 찾아왔을 때 친근하던 얼굴은 변했어도 여전히 같은 사람의 얼굴인 것처럼 말이다. 그녀가 아카펠라를 부른다면 노래의 절반밖에 전달하지 못하겠지만, 그녀가 고른 곡은 「겨울 여행」(슈베르트의 가곡으로 「겨울 나그네」로 더 많이 알려져 있다─옮긴이)의 마지막 노래였는데, 그 곡 역시 나에겐 좀 심했다. 「겨울 여행」은 어떤 미친 젊은이가 거리의 풍각쟁이를 쫓아 눈 속을 떠도는 내용을 담고 있다. 내게서 멀리 떨어져 방황하고 있는 젊은이의 겨울 여행은 너무 끔찍한 것일까? 내 여행은, 그건 어떻게 되는 거야? 나는 칼을 잃어버렸고, 그건 지금의 내 모양새와 다를 바가 없어. 이제 불구가 된 거야…… 지나간 감동, 닳아빠진 불가사의. 페버스, 정신차려야 해.

털투성이 노인은 미뇽이 첫 소절을 부르는 내내 몸만 북북 긁어댔으나, 두번째 소절을 부르는 동안에는 긁는 속도가 느려졌고, 세번째 소절 동안엔 처음에는 한쪽 다리를, 그다음엔 다른 다리를 뻗었는데 뼈가 삐걱대는 소리가 들릴 정도였다. 그리고 그는 피아노 의자로 되돌아가 털썩 앉았다. 그가 손잡이를 돌려 움직이는 휴대용 오르간을 흉내낸 반주로 소악절 하나를 골라 연주하는 동안, 나는 악기라는 게 조율이 엉망이면 그토록 거슬리는 소리를 낼 수 있다는 걸 생전처음 알았다. 아주 천천히, 손가락 마디가 딸깍대는 소리가 들릴 정도로 그는 그 악절을 연주했고, 다시 연주했고, 또다시 연주했다. 그 소리는 휴대용 오르간처럼 음률이 맞지 않는 소리를 내게 되어 있었기 때문에, 불협화음에는 별 차이가 없었다.

"물론 이건 바리톤이 불러야 해요, 정말로."

여태까지 나는 공주가 '좋은 아침' 하는 말소리조차 들어보질 못했기 때문에 그 말은 충격으로 다가왔다. 진짜 그 거친 마르쎄이유 프랑스어라니. 그리고 누군가는 예상했을지도 모르지만 그 목소리는 마치 우르르 울리는 것 같은 저음이었다.

"제기랄, 젠장." 그녀가 말했다. "저 피아노는 드라이버로 손을 좀 봐야 해요."

노인은 다행히도 좀 생각에 잠기더니 케케묵은 프랑스어 단어 몇개를 기억해냈고, 그걸 말로 옮기려고 애썼다. 그리고 우린 그들 셋이서 피아노를 어떻게 분해해 수리하는 게 최선일지를 놓고 기분좋게 다투도록 내버려두었다. 노인의 얼굴에선 별다른 표정 변화를 감지할 수 없었는데, 그건 그의 얼굴에 가득한 수염 때문이었다. 그래도 그는 무난히 모든 상황을 대처해나가는 듯했다.

노인의 식품저장소에 있는 것이라고는 얼핏 봐서 순록고기로 보이는 얼마 안되는 훈제고기와 반쯤 냉동된 쥐가 다였는데, 내가 보기에 그 쥐는 일상적인 식료품이라기보다는 사고로 생긴 개인적인 불행의 희생물 같았다. 식량저장고가 거의 텅 비어 있다는 것을 알자, 씨빌을 놓고 대령과 탈주범 사이에 추악한 논쟁이 벌어졌다. 씨빌은 한사람에겐 훌륭한 저녁거리로 보였지만, 다른 사람에겐 애완동물의 도축에 반대하여 도축이 금지된 보호대상이었다. 그런 금기에도 불구하고, 씨빌은 그 불지기 소년의 식탐에서는 도망쳤지만, 그래봤자 결국 동료들의 민주적 식욕에 굴복해야 할 판이었다. 결국 탈주범이 "투표로 결정합시다"라고 말했기 때문이다.

나는 그 작은 돼지를 좋아했지만, 중간에 멈춘 아침식사 이후로 빵부스러기 한톨 먹지 못했기 때문에 돼지에게 베풀 더 큰 사랑은 없었다. 돼지는 생명을 던져야 할 것이다…… 씨빌도 뭔가 분위기가 술렁대는 걸 알고 있었다. 씨빌의 뛰어난 재능으로도 그 술렁임이 무엇인지 파악할 수는 없었지만 말이다. 씨빌은 대령의 조끼로 파고들었고, 거기서 위경련이 난 장기처럼 덜덜 떨었다.

"씨빌을 잡기 전에 나부터 잡아보시지!" 대령이 외쳤다. "내 돼지를 먹어치우기 전에 **덩치 큰** 돼지부터 잡으란 말이야, 이 식인종들아!" 그러나 탈주범은 심리적으로 겁주려는 괜한 으름장은 무시해버렸다.

"돼지고기 구이가 먹고 싶으신 분 모두 손들어주세요!"

탈주범, 리지, 나, 삼손은 마지못해 찬성한 다수파였는데, 여기까지 우리 뒤를 쫓아왔던 그 광대 개가 문밖으로 내보내 달라고 낑낑거리는 바람에 멍청하게도 사람들의 주목을 끌었다. 아마 도망치려는 생각 같았다. 그러나 우리는 재빨리 예측했다. 씨빌 대신 개를 먹는 거다. 불에 굽기엔 고기가 질길 테니 녹인 눈에 끓여먹는 거다. 그러면 국물도 좀 생길 것이다. 이름이 피도건, 본조건 뭐건 간에 그 개로 일곱 명을 충분히 먹일 순 없겠지만 허기를 조금은 달래줄 것이다. 그러니 아무짝에도 쓸모없던 광대의 마지막 유산이 종국에는 어떤 중요한 기능을 하게 된 것이다. 그리고 다음날 아침, 아마 내 생각엔 이렇게 위도가 높은 곳은 겨울에 동이 늦게 트기 때문 같은데, 거의 정오가 되어서야 그 미친 노인이 음악실에서 몸을 질질 끌고 나와, 우리 중 음악가가 아닌 사람들을 강으로 데려가 낚시법을 보여줬다. 상황은 예측한 대로 흘러가고 있었다.

노인이 입은 옷은 콘써트홀 연단에는 완벽히 어울릴지 몰라도, 이렇게 아무것도 없는 곳에서 보니 좀 이상했다. 그가 외출복용으로 아코디언같이 찌그러진 씰크햇을 왕관처럼 썼기 때문이다. 그러나 그는 자신이 하려는 일에 대해서는 잘 알고 있었다. 막대기와 노끈을 남겨둔 뒤 커다란 나이프를 집어 꽁꽁 언 얼음 위에 무릎을 꿇고 앉아 얼음 한덩어리를 도려낸 뒤 얼음덩이를 치켜들고 그 안에 물고기가 있는지 살폈다. 세번째엔 행운이 따랐다. 그는 냉동된 잉어를 반으로 갈랐다. 그다음 모두 준비하고 아침식사로 충분한 음식을 집으로 날랐다. 얼음은 아주 무거웠지만 말이다.

현관문에 도착하기 한참 전에 우리는 그 소리를 들었다. 소리는 아무것도 없는 허공을 타고 멀리 퍼져나가 이 작은 목조가옥이 소리상자 작용을 해서 피아노 소리를 확대하며 음색을 더 멋지게 만드는 것일 수도 있었다. 어쨌든 그 소리는 종소리처럼 깨끗하다. 그녀가 손을 봐서 새것처럼 고친 것이다. 대단한 여자다. 나중에 누가 쏠로를 할지 말다툼이 예상될 수도 있겠으나, 순간 노인은 그 소리에 감동하여 흠잡을 수가 없었다.

미뇽의 노래는 슬픈 노래가 아니다. 비애에 사무치지도, 탄원하는 것도 아니다. 그녀의 질문에는 어떤 장엄함이 있다. 어떤 땅을 노래하는지 묻지 않는다. 그 땅이 있는지도 확실히 모르기 때문이다. 아아, 그 땅이 저기 어딘가 저 멀리 꽃이 사라진 곳 너머에 있다는 것을 얼마나 잘 알고 있는지! 그녀는 그런 땅의 실존을 선언하고 있으며 알고 싶은 것은 오직 당신도 그걸 아는지 여부이다.

노래의 마력에 끌려 다른 모든 것은 망각한 채 우리는 정원으로 난 출입구에 이르렀다. 기쁜 나머지 물이 뚝뚝 떨어지는 얼음덩어리의 무게도 잊은 채 어깨에 지고 왔고, 씨빌은 대령의 조끼에 몸을 파묻고 있다가 구슬프게 훌쩍이더니 코를 실룩였다.

우리는 호랑이들이 그 집 지붕에 진을 친 것을 보았다. 진짜 무시무시하게 균형을 잡고 있는 호랑이들은 우리가 사고로 잃은 사람들처럼 활활 타오르고 있었다. 그들은 감금도 강압도 전혀 겪어본 적 없는 이 지역 토박이 호랑이였다. 호랑이들은 비록 버려진 털외투처럼 몸을 쫙 펴고 흥겨움에 늘어져 있었지만, 내가 보기엔 공주에게 길들여지려고 온 것은 아니었다. 호랑이들이 음악에 경이로울 정도로 공명한 탓에 처마에 털 고드름처럼 드리워진 그 꼬리가 얼마나 떨리는지 모두 볼 수 있었다. 호랑이들의 눈은 성화의 배경처럼 금빛이었고, 그들의 털빛에 윤기를 더하는 태양을 불러모아 마침내 형언할 수 없을 만큼 고귀해 보였다.

계절에 어울리지 않는 태양빛 때문에, 아니면 고운 음성과 피아노 소리 때문인지 야생의 모든 생명이 마치 새 삶을 얻은 듯 몸을 꿈틀댔다. 어렴풋하게 희미한 새 노랫소리, 날갯짓 소리가 들렸다. 작게 으르렁대는 소리, 야옹거리는 소리,

또 눈 위에 뽀드득대는 발걸음 소리도 났다. 그리고 저 멀리서 강에 언 얼음이, 마치 황홀경에 빠져 갈라지듯 깨지는 소리가 한두 번 났다.

나는 혼자 생각했다. 저 호랑이들이 뒷다리로 일어날 때면 이들은 자기들만의 춤을 출 것이다. 아마 미뇽이 가르쳤던 춤으로는 만족하지 못하리라. 그리고 미뇽과 공주는 전에 없던 새로운 음악을 만들어 호랑이들이 그 곡에 맞추어 춤추게 하리라. 그들 모두가 자유의지로 춤을 출 완전히 새로운 음악이 생기리라.

방문객은 호랑이들만이 아니었다. 조금 떨어진 곳에서 숲의 가장자리 쪽으로 살아움직이는 한무리의 생명체가 보였다. 이들은 처음엔 덤불과 구분이 잘 안되었는데, 우리처럼 황갈색과 밤색의 가죽과 털을 몸에 두르고 있었다. 그중 하나가 양철에 새겨진 작은 부적을 들고 있었고 태양이 떠서 비추자 그는 인공적인 찬란함을 떨치며 빛으로 번쩍였다. 첫번째 사람에 뒤이어 두번째 사람도 조심스레 앞으로 전진했다. 그들 몽골인종의 특징은 매우 독특해서 파악이 어려웠지만 당혹스러운 표정을 짓고 있는 것처럼 보였다.

음악에 매혹되어 짐승 하나가 엄폐물로 삼은 소나무 가지에서 튀어나오기 전까지 나는 순록에 탄 거구의 남자를 알아보지 못했다. 그는 덩치가 크고, 거대해서, 다른 사람 두 배는 되어 보였다. 게다가, 오오, 그는 빛을 발하고 있었다. 그자는 어릿광대 지팡이를 늘어뜨리고 있었는데, 런던의 피커딜리

거리처럼 환하게 빛이 났다. 너무 멀리 있어서 얼굴은 확실히 보이지 않았지만, 그의 얼굴이 우유처럼 하얗다는 것을 알 수 있었다. 햇살이 그의 은색 머리털과 턱을 환히 비추었는데, 처음에 은쟁반처럼 보이던 것은 사실 턱수염이었다.

처음엔 그 수염 때문에 그를 못 알아보았다. 길고 텁수룩한 수염 끝에는 빨간 리본이 양쪽으로 매달려 있었다. 방패처럼 손에 든 커다란 북 때문에 그는 거칠어 보였다. 이 얼마나 엄청난 상전벽해의 변화란 말인가! 아니 상전벽림의 변화가 아닌가! 이 세계에 사는 한 우린 바다와는 멀리 떨어진 생활을 하니까 말이다. 나는 그가 아주 거친 야생의 여자가 된 것이라고 생각했고, 그다음에 그의 턱이 은쟁반처럼 빛나는 것을 보니 그건 전부 다 수염이었다. 그 정도로 수염을 기를 만큼 나와는 오래 떨어져 있었던 것이다! 아아, 내 심장이……

그 또한 (그의 새로 생긴 야만인 형제와는 달랐지만) 마치 야생의 짐승처럼 완전히 매혹된 양 음악을 듣는 것을 보노라니, 분명히 말하는데 내 심장이 쿵쾅거렸다. 노래를 부른 사람과 그 노래까지 잘 알고 있는데도 말이다.

"잭! 잭!" 나는 노래의 마지막 소절을 방해하며 외쳤다. 그렇게 말해 미안하지만, 타고난 성미가 급한 걸 어쩌겠는가, 그렇게 내가 끼어들자 이런 세상에, 모든 주문이 다 깨져버렸다.

"잭 월써!"

호랑이들은 고개를 들었고 처음에 어쩌다 자기들이 그런 상태에 빠졌는지 의아하다는 듯, 불쾌해하고 짜증을 내며 으르렁거렸다. 숲에서 나온 사람들은 모두 몸을 떨었고, 호랑이가 옆에 있는 것조차 몰랐던 사람들처럼 호랑이들을 쳐다봤다. 그리고 이젠 호랑이들의 그 시선이 그리 달갑지 않았다. 도망치려 한 것일까? 웰써가 나를 알아보지 못하고 도망치려 하는 걸까?

날개를 펼친다. 순간적인 감정에 휩싸여 그만 날개를 펼친 것이다. 강하고 빠르게 날갯짓을 하는 바람에 곰가죽 웃옷의 바느질 솔기가 터져버렸다. 나는 날개를 펼친다. 그리고 웃옷을 찢는다. 여러분도 아시다시피 날아오르는 것이다.

탈주범은 놀라 입이 떡 벌어졌는데, 그러는 것은 폐가 얼어붙을 수 있는 이런 날씨에는 위험하다. 노인은 무릎을 꿇고 앉아 경이로운 듯 성호를 그었다. 숲속 사람들도 모두 내 쪽을 봤다. 숲속 사람들에게서 함성이 높아져갔다. 음악이 끊긴 사이로 북소리가 들린다. 양철조각을 들고 있던 남자가 필사적으로 북을 두드려대기 시작한다.

나의 열정 덕분에 나는 대기 중으로 수미터를 날아갔다. 날개가 부러졌다는 사실을 나는 정말로 잊고 있었다. 다른 쪽 날개의 도움으로 삐딱하게 몇미터를 더 펄럭대며 날았지만, 더이상 떠 있을 수 없었다. 나는 눈더미에 얼굴을 박고 추락했다. 그때 숲속 사람들은 모두 있던 자리를 박차고 도망쳤으나 북 치는 사람은 계속 북을 치며 사라졌다. 호랑이들도 다른 사람들처럼 놀라서 모두 꽁무니를 감추었고, 다시 우리만 남았다.

8

장님의 나라에서는 외눈박이 남자가 불완전한 그 능력만이라도 온전히 갖추고 온다면 왕이 될 수 있다. 말하자면 외눈박이가 시각의 정확한 본성에 대해 정확히 알고 있다면 그것을 두번째 시각과 혼동하지 않을 것이고 마음의 눈에서 오는 광경이나 광기와도 혼동하지 않을 것이다. 숲속 거주자들 사이에서 월써가 정신을 천천히 회복하기 시작하자 앞 못 보는 사람들에게 광기어린 외눈박이는 별 쓸모가 없듯, 그런 정신은 쓸모없는 것으로 판명되었다. 때때로 그러하듯 마을 바깥의 세계에 대한 기억이 찾아올 때면 그는 자신이 미친 열에 들뜬 거라 생각했다. 이전에 했던 모든 경험은 전혀 없는 것처럼 생각되었다. 그러한 경험이 현재까지 그의 인격을 조금도 바꿔놓지 못했다면 이제 그것이 월써의 실존적 진실성을 재건할 잠재적 가능성을 모두 잃은 것이다. 말하자면 미친 사람으로서의 진실성을 제외하면 말이다.

월써에겐 다행히도, 그가 이상한 말로 마구 호통치는 것에 대해 그를 맞아준 정착민 중 누구도 기분나빠하지 않았다. 전혀 말이다. 그들은 월써를 왕처럼 대접하지는 않았어도 상당히 친절하게 대한 것은 사실이었다. 정확히 말하면 월써에게 귀신이 들렸다고 여겼기 때문이지만 말이다. 씨베리아 먼 오지에 사는 정착민들은 전통적으로 환각도 하나의 직업적인 일이라고 생각했다.

물론 그들의 나라는 결코 장님의 나라가 아니었다. 시력이 닿는 한 그들은 자신의 눈을 잘 활용했다. 눈 위에 난 새나 짐승의 흔적은 글로 읽히는 기호였다. 그들은 어느 방향에서 바람, 눈, 그리고 해빙기가 오는지 알아보기 위해 하늘을 읽었다. 별은 그들의 나침반이었다. 무지한 도시인의 눈에는 텅 빈 종이뭉치처럼 보이는 황폐한 땅은, 실은 온갖 정보로 뒤덮인 백과사전이었다. 그것이 마치 '질문을 내재한' 형식의 보편지식에 관한 교육지침서라도 되듯 그들은 풍경을 자세히 조사하면서 모든 필요에 따라 매일 상의했다. 그들은 문자에 관해서는 문맹일지 몰라도, 축적된 이론과 지식에 관해서는 학자였다.

무당은 그런 학자 중에서도 학자였다. 그의 믿음의 체계에는 모호한 구석이 전혀 없었다. 그가 취하는 신비화의 전술에는 환영에 의한 것일지라도 어떤 분명한 사실이 필요했고, 그의 마음은 구체적인 개별지식들로 채워져 있었다. 어떤 열정적인 학술원의 전통을 이었기에 각 현상에 그 미묘하고 복잡한 신학적인 타당한 위치를 할당하는 데 온 마음을 바친 것일까! 만일 언제나 액막이나 예언을 해야 한다면, 그러다가 이따금씩 혼령과 대화하는 주술을 사용하여 엉킨 가정사를 해결해달라는 요청을 받는다면, 그런 문제들은 당장의 중요하고 긴박하며 힘든 작업에서 벗어나는 가벼운 기분전환거리였을 것이다. 힘든 작업은 그가 꿈에서 획득한 정보를 통해 자신을 둘러싼 가시적인 세상을 해석하는 일이었다. 사실 그는 상당 시간 동안 잠을 자며 보냈는데, 그가 잘 때면 문간에 '지금은 업무중'이라고 써두거나 표지를 걸어두었다.

무당은 심지어 눈을 뜨고 있어도 '꿈속에 산다'고 할 수 있다. 사실 그들 모두가 그랬다. 그들은 공통된 하나의 꿈을 공유했는데, 그 꿈이 그들의 세상이었으며, 그들이 사는 현실에 대한 모든 감각을 만들었기 때문에 그건 '꿈'이라기보다는 '이상'으로 불려야 했다. 꿈은 진짜 현실세계에 어쩌다 우연히 침범한 것뿐이다.

이 세계, 그 꿈, 그리고 꿈꾸던 이상이나 정립된 확신은 그들과 밀접한 관계를 맺고, 거기 살아가는 모든 사람들과 더불어서 위로는 하늘까지, 아래로는 땅속, 호수와 강 깊은 곳까지 뻗어 있었다. 그러나 옆으로는 뻗어가지 못했다. 자신의 것이 아닌 세상이나 다른 사람의 꿈에 대해서는 어떤 해석도 내놓지 않았고 내놓을 수도 없었던 것이다. 그들의 꿈은 단순했다. 로제트 무늬(시계의 측면 금속에 기계로 새긴 줄무늬——옮긴이)의 변형이자 닫힌 체계였다. 닫힌 체계라서 단순했다. 무당의 우주론은 끊임없이 유동하는 존재의 상태와 충동과 형상임에도 불구하고 유한한 것이다. 그것은 인간이 만든 개념인지라, 진정한 역사의 가능성은 전혀 없기 때문이다. 그리고 '역사'란 그들에게 전혀 익숙지 않은 개념이었다. 사실 그것은 그들 스스로 발명해낸 신비한 사차원 지리학을 제외한 온갖 지리학에 대해서도 마찬가지였다.

그들은 자신들이 보는 우주를 알고 있었다. 자신들이 이해한 우주를 믿었다. 그 지식과 믿음 사이에 추측이나 의혹은 없었다. 그들은 대단히 실용적이며 지성적으로 말을 하는 동시에 언제나 깊이 취해 있었다.

50년 전 이 부족에게 임질균을 들여와 지금껏 저출산의 원인이 된 러시아 모피무역상을 만나기 전까지 이들은 한번도 외국인을 본 적이 없었다. 외국인이라는 말도 그들의 단어에 없었다. 그들에겐 '외국인'이라는 단어가 없었으므로 모피무역상을 지칭하기 위해 '악마'라는 단어를 썼고 이후 '악마'란 말이 적절하다고 결론내리고 계속 그대로 쓰기로 했다. 그 뒤로는 그 말이 여기저기 나타나기 시작한 동그란 눈을 가진 서양 사람들을 가리키는 통칭이 되었다.

왜냐하면 눈깜짝할 사이에, 처음 생긴 나무 오두막집 주위로 완전히 낯선 마을이 생겨나고 있었기 때문이다. 이제 R 기점으로 향하는 길에 철로는 너무 가까이로 지나갔고 어린아이들은 커다랗고 육중하며 연기를 내뿜는 기관차에 환호하며 그 뒤를 따라 달렸다. 몽상가들의 마을은 얼마나 오랫동안, 증기시대의 잔혹한 기계적 사실성에 대항하여 집단무의식이라는 태곳적 이상을 유지할 수 있을 것인가?

아마 그들이 무시하기로 다같이 공모하는 한은 유지할 수 있을 것이다. 환호하는 아이들이 커서 증기기관차 운전사가 되고 싶다고 결심하지 않는 한 말이다. 무심히 경탄하며 그것들을 바라보는 대신, 그들 중 하나가 정말 기차는 어디에서 오고 어디로 가는지 궁금해하지 않는 한은 말이다. 부족 사람들이 R 마을과 그곳 주민이 의미하는 바로부터 스스로를 지켜낼 수 있었던 것은 무관심, 즉 공들여 만든 무관심이었다.

그 무관심이 두려움을 가려서 감추었다. 그들은 원래 낯선 사람을 두려워하지 않았다. 그들에게 불임증을 가져다준 남자는 총도 처음 들여왔는데, 원주민이자 정착민들은 무장 중립만이 최선의 방책이라는 것을 빠르게 습득했다. 그들은 임질균을 두려워한 것이 아니었다. 그들이 두려워한 것은 다른 종류의 감염, 즉 낯선 것에 노출되어 생겨나는 불만이라는 정신적 감염이었고, 질문이 감염의 증상들이었다. 그렇기에 그들은 무역을 하거나 물건을 주워오기 위해 R 정착지를 방문했다. 그 이상은 없었다. 그들에게 R 기점은 자기 마을처럼 꿈속의 마을에 지나지 않았고 그렇게 생각하기로 했다.

월써는 그들의 평균신장보다 두 배나 컸고 피부는 박달나무 속처럼 희었으며 그의 동그란 서양인 눈은 몽골인종에게는 감점 요인이 되었지만 그들은 월써가 '외국인 악마'라는 의미에서의 '악마'가 아님을 알아차렸다. 월써는 '악마의 망령' '나무 유령' 혹은 '영적 세계의 대표자'라는 의미에서 '악마'였는데 그것은 그가 깨어 있는 시간 대부분을 기이한 황홀경에 사로잡혀 있었기 때문이다. 무당은 자신이 데려온 남자를 부족의 다른 사람에게 이렇게 소개했다. "보라, 이 꿈꾸는 자를!" 그들은 월써가 중얼대는 소리에 외경심을 갖고 귀기울였고, 그의 말을 이해하지 못하자 그게 월써가 신성한 몽환에 빠져 있는 증거라고 생각했다.

이윽고 월써가 머리를 한대 맞아 기억상실증에서 회복되었을 때, 그는 자신이 영원히 신성한 착란상태에 빠져 있도록 선고받았다는 사실을 깨달았다. 아니 설령 정신병자가 아니라 다른 정체성을 부여받았다고 해도 그는 자신이 형을 선고받았다는 것을 깨달았을 것이다. 사실 그의 자아는 이도 저도 아닌 림보(가톨릭에서 벌은 받지는 않지만 하느님과 함께 천국에 사는 기쁨을 누리지 못하는 영혼이 머무는 천국과 지옥 사이의 경계 지대─옮긴이)에 놓여 있었다.

월써는 무당과 함께 살았다. 그 무당은 증조부 때부터 계속 무당이었다. 병약한 소년시절 무당은 자기 조상들과 마찬가지로 졸도 발작을 겪었다. 한번은 졸도중에 존경하는 모든 조상들이 그에게 찾아왔다. 몇몇은 뿔을 썼고 다른 사람들은 젖을 달고 있었다. 그들은 그를 나무토막처럼 세우더니, 그가 졸도한 와중에 또 졸도할 때까지 자신들의 활로 그에게 화살을 쐈다. 말하자면 그는 졸도한 와중에 또 졸도하는 꿈을 꾼 것이었다. 그다음 조상들은 그를 조각조각 잘라서 생으로 먹었다. 그리고 남겨진 뼈의 수를 셌다. 보통보다 하나가 더 많았다. 그 때문에 조상들은 그가 가업을 이어갈 올바른 재목임을 알게 되었다.

그러한 의식은 여름 내내 지속되었고, 조상들이 그런 일로 바쁜 동안, 어린 소년은 아무것도 마시거나 먹지를 못해 매우 창백해져갔다. 이제 무당은 다 자랐고, 윌써의 피부가 창백한 것을 보고 그의 뼈를 세는 일이 여름 한철보다 오래 걸린 게 틀림없다고 생각했다. 뭔가 문제가 생겼었나? 너무 뼈가 많았나? 너무 적었나? 사물의 위대한 체계 안에서 뼈가 너무 많고 적다는 게 무슨 의미일까? 무당은 그런 종류의 수수께끼를 좋아했다!

조상들은 그의 뼈를 센 뒤 다시 제자리에 갖다두었고, 소년은 원기를 돋우는 순록 피를 마시고 회복했다. 그가 자신의 움막에 누웠을 때 그의 입은 고유한 화음을 가진 노래를 시작했다. 둘 다 무당이었던 부모가 와서 그 노래를 들었다. 노래하는 입은 아들이 어떤 북을 사용해서 영혼 부르는 일을 할지 말해주었다. 그들은 밖으로 나가 순록을 죽여, 즉시 가죽을 벗겨 치유책에 착수했다.

무당은 윌써에게 오줌이 가득한 잔을 하나 더 주었고 윌써는 노래하기 시작했다. 무당은 매우 주의깊게 들었다. 윌써는 노래했다.

그래서 우리는 더이상 방황하지 않으리
너무 늦은 밤 속으로
마음은 여전히 사랑스럽고
달빛은 여전히 반짝이건만

무당은 젊은 후계자의 뺨에 차오르는 눈물을 보면서 어찌나 진심으로 걱정했던지! 그러나 그의 노랫소리는 유럽 음악에 익숙하지 않은 무당에게는 이상하게 들렸다. 그래도 자신이 그 소리를 정확히 해석했다고 확신했고 그래서 순록 한마리를 죽여 그 가죽을 두 개의 장대에 찔러 펴서 말렸다. 험악한 날씨 때문에 그는 그 일을 움막 안에서 해야 했는데, 움막에서는 곧 썩는 내가 났다. 그는 말린 백리향 가지와 향나무 가지로 불을 지폈다. 비록 그 향의 연기가 썩어가는 순록가죽에서 나는 악취를 숨기지는 못했지만 말이다. 월써는 구역질을 좀 했지만, 무당은 오히려 그 악취를 즐겼다. 불타는 목초에서 나는 향이 환각을 일으켰기 때문이다. 월써의 두 눈이 다시 뱅뱅 돌고 또 돌았다. 엄청났다!

보통 월써는 무당과 함께 저녁을 먹었다. 하지만 오늘 무당은 실험삼아, 간소하고 창문 없는 마을의 움막 신당에 있는 우상들에게 바치는 음식을 월써에게 먹이기로 했다. 반쯤은 사람 모습인 그 형상 앞에서 무당은 종교의 신비를 행했다. 그 형상들은 짓이긴 보리에 잣을 넣고 끓인 죽과, 뇌조로 끓인 국을 먹고 자라났다. 월써는 의심스럽다는 듯 그것을 홀짝홀짝 마시더니 뿔로 만든 숟가락으로 나무대접에 들어 있는 죽을 둥글게 둥글게 휘휘 저었다. 건조된 목초가 난로 위에서 딱딱 소리를 냈다. 월써의 동공이 풀렸다.

"햄버거." 그는 큰 소리로 혼잣말을 했다. 무당이 그의 귀를 찔렀다. 월써는 미식가의 기억의 통로를 따라 거닐었다. 그의 말을 무당이 어떤 기도문이라고 생각했을지 누가 알겠는가?

"생선수프." 월써의 얼굴은 그의 기억을 반영하는 거울이었다. 그는 얼굴을 찌푸렸다. 다시 말해보았다. "크리스마스 만찬……"

그의 얼굴에 경련이 일었고 곧 훌쩍거렸다. 그 말, '크리스마스 만찬'이라는 말은 뭔가 공포스럽고 끔찍한 위험을 떠올리게 했던 것이다. 그 말은 메인요리를 떠올리게 했고, 결국…… '꼬끼오 꼬꼬댁꼬꼬'를 떠올리게 했다.

그는 큰 소리로 울었다. 잘 생각나지 않는 기억이지만 공포에 짓눌렸고, 엄습해온 침묵에 빠져들었다가 다른 더 행복한 기억을 떠올렸다.

"장어 파이와 매시트포테이토."

그 말에 그는 환히 웃으며 배를 쓰다듬었다. 매우 열중해서 지켜보던 무당은, 그 기호들을 해석해내고, 그에게 국물을 더 따라주었고, 다른 계시는 없는지 좀더 기다렸다.

"난 장어 파이와 매시트포테이토." 월써는 음미하듯 말했다.

무당은 월써가 이제 자신의 무당용 북을 만들 시간이 왔다는 의미라고 판단했다. 다음날 아침, 그는 순록가죽으로 만든 띠로 월써의 눈을 가리고 따뜻하게 몸을 감싸준 뒤 밖으로 데려갔다. 월써가 정신을 잃게 만들려고 한곳에서 그를 세 바퀴 돌리더니 세게 밀었다. 월써는 비틀거렸고, 무당은 도끼를 어깨에 지고 그를 따라가, 월써에겐 아무 의미도 없는 낙엽송과 박달나무가 내는 부드러운 소리와 전나무가 달콤하게 속삭이는 소리에 열심히 귀를 기울였다.

월써는 주저하며 앞으로 걸어나갔다. 점점 더 불쾌해지는 여정에 짜증이 나서, 그의 상상력은 가려진 눈 뒤로 닫혀버렸다. 그러다가 그는 덤불에서 휙 불어온 바람결에 쉿 하고 꾸짖는 소리로 들려온 단어 하나는 분명히 들었다. "살인자!"

그 소리에 월써는 눈가리개를 잡아채 무당의 얼굴에 주먹을 날렸다. 그러나 무당은 월써가 비합리적 행동을 하리라는 확신을 가지고 내다보았기에 월써에게 바로 반격을 날렸다. 비록 무당이 월써보다 훨씬 키가 작아서 반격을 위해 공중으로 뛰어올라야 했지만 말이다. 어쨌든 그뒤로 월써는 눈가리개 없이 걸을 수 있었다.

잠시 후 무당은 부드럽게 연속으로 노크소리를 냈다. 아무것도 들을 수 없던 월써는—사실 그 순간엔 아무 소리도 나지 않았다—무당이 이름모를 나무로 올라가는 모습을 곁눈으로 의혹에 차서 보았다. 잠시 후 무당은 짜증스레 머리를 가로저으면서 월써에게 계속 걸어가라고 지시했다.

북 치는 나무가 무당에게 말했다. "그래! 내가 널 놀려먹었다!"

곧 다른 나무도 북을 치기 시작했지만, 그 나무 역시 무당을 놀리고 있음이 드러났다. 그는 소리없이 중얼대기 시작했다. 하지만 세번째 북 치는 나무는 "바로 내가 그 나무다"라고 수심에 잠긴 채 선언했다. 무당은 곧바로 그 나무를 잘랐고 월써에게 그 나무 밑동을 끌고 오게 했다. 그는 악취가 진동하는 집에서 난로 앞에 앉아 그 나무를 잘라 북의 둥근 테를 만들었다.

무당의 처소는 깔끔하고 아늑한 사각형 소나무로 된 단층 통나무집이었다. 싸모바르 위로는 독수리 깃털과 다람쥐꼬리, 그리고 토끼꼬리로 장식된 가죽가방이 매달려 있었고, 양철 원반과 작은 가죽끈도 있었다. 가방엔 그가 아무에게도 보여주지 않는 부적이 들어 있었는데, 심지어 월써에게조차 보여주지 않았다. 그는 월써를 금세 진심으로 좋아하게 됐는데도 말이다. 그의 부적 안에 그가 가진 모든 초자연적 힘의 원천이 들어 있었다. 그에게 부적을 물려준 그의 아버지는 절대로 부적의 내용을 공개하지 말라고 신신당부했다. 부적가방의 내용물에 관해 숨기는 게 너무 많은 걸 보면 어쩌면 그 안엔 아무것도 없을지 모른다.

무당과 월써는 둘만 살지 않았다. 아직 한살도 채 안된 검은 새끼곰 한마리가 있었다. 그 곰은 반은 애완동물이자 반은 가족이었다. 진짜 곰이라서 털도 많고 사랑스러웠으며 또한 초월적인 곰의 정령이자 하급 신이자 조상을 의미하기도 했다. 숲의 거주자들은 숲에 사는 다른 종의 생물이 출산할 때 상당한 관용을 베풀었고 그 부족의 남성계보에 속하는 곰이 꽤 있었기 때문이다.

무당은 그 곰이 새끼일 때 하늘에서 은빛 요람을 타고 내려왔다고 믿었다. 요람이 탯줄을 끊고 잡목숲으로 떨어지는 걸 봤지만, 아기곰에게 당도했을 때는 요람과 탯줄 둘 다 사라지고 없었다. 그는 숭배물을 담아두는 가방에 곰을 담아 집에 데려왔으며 순록 젖을 천에 적셔서 빨게 했다. 새끼곰이 커가면서 곰은 무당이 먹는 것—민물고기, 죽, 사냥한 고기 등—을 같이 먹었다. 곰이 죽어야 무당은 곰고기를 먹을 수 있을 것이다.

무당은 새끼곰을 예쁘게 꾸며주려고 곰의 귀를 뚫어 구리 귀고리를 걸었고, 구리 목걸이도 해줬으며 왼쪽 앞발에 팔찌를 끼웠다. 곰의 첫번째 생일에는 움막 신당으로 데려가, 곰 성상 앞에서 목을 잘라야 할 것이다. 비슷한 방식으로 운명을 맞았던 다른 곰들의 해골더미 위에 놓인 곰 성상 앞에서 말이다.

무당은 곰을 죽이지는 않았다. 곰의 죽음을 집행하는 자는 신령의 계시로 마을 주민 중에서 선발되었고, 신령은 꿈속 아니면 외계의 수단을 통해 자신이 선택한 자를 알려줬다. 무당은 항상 곰들과 매우 가까운 관계였기 때문에, 아무리 그게 모두를 위한 것임을 안다 해도, 곰들을 떠나보내기가 가슴아플 것이기에 자기 손으로 하지 않아도 된다는 사실이 반가웠다. 마을의 모두는 그 의식을 보기 위해 움막 신당에 모여, 열렬히 슬퍼하고 아낌없이 미안해했다. "불쌍한 불곰아! 미안해, 불곰아! 우리가 얼마나 너를 사랑하는데, 작은 불곰아! 우리가 너를 죽여야 해서 얼마나 마음이 슬픈지 아니!" 그다음엔 곰의 머리가 잘리고 나머지는 모닥불에 구워질 것이었다. 아직 귀고리가 걸린 채 잘린 머리는 모두를 위한 식탁의 중앙에 놓이고, 가장 맛있는 부위인 간과 췌장과 연한 허리 살과 궁둥이 살은 피가 흐르는 유골 위에 놓이고, 그동안 다른 모든 사람들은 곰의 몸에 남은 것으로 향연을 열 것이다. 그런 씨베리아의 성사를 집전한 사제는 연회에 제공된 것들을 못 본 척하고 자기 입에는 한조각도 대지 않을 것이다.

이제 육체라는 껍질에서 해방된 불곰은 죽은 자들에게 소식을 전할 것이다. 곰을 먹은 사람들은 곰의 힘과 용기를 나눠가질 것이다. 게다가 이곳 신학으로는 죽음이 딱히 끝이 아니기 때문에 곰은 다시 깨어나 다시 태어나고 다시 길러지고 다시 살해당하는 영원한 윤회의 순환고리에 들어서게 될 것이다.

세상에나! 곰고기는 어찌나 맛이 없는지!

살을 모두 끓여먹은 뒤 곰의 해골은 움막 신당의 해골무더기 위로 던져진다. 해골 수를 세어보면 그 관습이 얼마나 오래된 것인지 밝혀질 것이다. 그러나 아무도 그 수를 세지 않았다. 왜냐하면 그들 중 누구도 과거가 현재와 어떻게 다른지 알지 못했기 때문이다. 그들은 미래가 뭐가 그리 다른지도 잘 알지 못했다. 그동안 곰은 행복한 무지의 삶을 산 것이다.

월써는 무당과, 또 곰과 넓은 놋쇠 침대를 함께 썼다. 낭비도 결핍도 모르는 무당이 그 침대를 철도의 R 기점 쓰레깃더미에서 가져왔던 것이다. 월써는 곧 기생충까지도 곰과 공유하게 되었다.

무당은 곰이 숲에 사는 다른 모든 동물과 이야기할 수 있다고 믿었고, 그래서 자기 곰이 곧 월써와 의미심장한 대화를 시작할 것이라 생각했다. 그러나 시간이 흐르고 청년과 곰이 아무리 사이좋게 지내도 대화의 기미는 전혀 보이지 않았다. 그래도 뭔가 더 나은 방책을 써야 했기에 길고긴 저녁시간 동안 시간 많은 월써가 곰에게 춤을 가르쳤다. 곰이 수컷이었는데도 깊고 거의 본능적인 느낌에 따라 월써가 리드했다.

곰이 처음으로 춤을 제대로 해내자 월써의 과거의 또다른 한조각 퍼즐이, 비록 불완전한데다 퍼즐로 인식조차 되지 않는 상태인데도 지금 겪는 현재와 불협화음을 일으켰다. 그와 곰은 움막을 빙글빙글 돌았다. 월써의 발은 그가 머릿속에 그리던 것을 머리보다 더 잘 알아서, 달리했다면 잊어버렸을 특정 리듬의 지시에 잘 따르고 있었다. 하나, 둘, 셋. 하나, 둘, 셋…… 월써와 그르렁 소리를 내던 곰은 난로 앞에서 원을 그리며 바닥을 돌았고, 그 바닥 위로는 말린 향나무가 탁탁 타들어가면서 연기를 내고 있었다. 그는 예전에 한번 발톱 달린 어떤 다른 포식동물과 톱밥으로 된 바닥에서 춤을 춘 적이 있었다. 예전에 이런 춤을……

"왈츠!" 윌써가 외쳤다. 그리고 인식의 기쁨으로 넘쳤다. "윌써! 나는 윌써야!"

그리고 가슴을 둥둥 치려고 곰을 놔주었다.

"내가 윌써라고!"

무당은 완벽히, 그리고 처음으로 정확히 이해했다. 그는 자신의 제자가 황홀경 속에 야만적인 춤을 추다가, 그 황홀경에 빠져 무당으로서의 자기 이름을 짓는 것을 보고 매우 기뻐했다. 윌써는 아주 빨리 마법사가 될 수 있을 것이다. 무당은 북의 테 위를 덮으려고 준비해뒀던 순록가죽을 쭉 펴서 건조시켰다. 무당은 오리나무를 깎아 북채를 만들었으며, 이런 계절이면 여기저기 눈처럼 하얗게 나타나는 변덕스러운 산토끼를 덫으로 잡아 껍질을 벗긴 뒤 그 가죽으로 북채를 덮어씌웠다. 이제 남은 일은 끈질긴 기다림뿐이다. 윌써가 입에 거품을 문다거나, 쓰러진다거나, 비명을 지른다거나, 이제 그가 북을 칠 준비가 됐다는 것을 알리는 신호를 보여줄 때까지 말이다.

그때까지 싫든 좋든 윌써는 무당의 언어 몇가지를 배웠다. 그 언어는 어렵고 낯선 것이었는데, '크'와 '트' 발음이 많아 날카롭게 들렸고, 성문폐쇄음으로 막힌 소리가 났으며, 죄다 나무 찍는 도끼 소리나 눈 위를 밟는 장화 소리처럼 딸깍대는 소리와 꿀걱 삼키는 소리가 났다. 아이들이 말하는 법을 배우는 것처럼 우연에 따른 방식으로, 그는 '배고픔' '갈증' '잠' 같은 몇가지 명사도 익혔다. 그다음엔 그들 언어에서 추위의 여러 다른 강도를 표현하는 일흔네 가지에 달하는 엄청나게 불어난 단어도 습득했다. 오래지 않아 그는 그들의 로코코 문법에 도전하기 시작했다.

무당의 언어를 점차 습득하면서 월써의 내면에는 갈등이 자리잡았는데, 그의 기억이나 꿈이 아니면 그게 뭐든 그 무엇이 아주 다른 언어로 펼쳐진다는 점이었다. 월써가 그 말로 크게 외치자 무당은 자신이 초기 피노우그리아 말로 차 한잔을 더 달라고 했을 때보다 더 큰 관심을 기울였다. 왜냐하면 무당은 월써가 기억하는 영어가 별세계의 담화라고 생각했고, 자신의 위대한 가설에 따라 그건 한무더기의 수수께끼가 틀림없다고 해석했기 때문이다. 그 수수께끼는 명상의 도움을 받아, 또 그가 월써에게 계속 먹이고 있는 증류액의 도움을 받아 완벽히 판독될 터였기 때문이다.

무당은 월써가 꿈꾼 뒤 하는 말을 가장 주의깊게 들었는데, 무당 자신은 그렇게 생각하지 않았는지 몰라도 그 말이 무당이 이해하는 현실과 비현실 사이의 얇은 경계를 없애버리기 때문이었다. 무당은 현실과 다른 층위 사이는 겨우 계단 하나만큼밖에 안되는 얄팍한 차이뿐이라는 걸 알기 때문이었다. 무당은 보이는 것과 믿는 것 사이에 어떤 범주적 구분도 하지 않았다. 그 지역에 사는 모든 사람들에게는 사실과 허구의 구분이 없었고, 대신 마술적 사실주의 같은 것이 있었다. 사실이란 없고 그 자체로 존재하지도 않는 곳에 와 있다는 것이 기자에게는 기이한 운명이었다! 월써는 이제 더이상 기자가 무엇을 하는 사람인지 알 수 없었지만 말이다. 그에게는 점점 더 많은 기억이 떠올랐다. 그걸 알고만 있었다면 그의 머리는 매일 조심씩 더 맑아졌을 것이고 더이상 닭처럼 울지도 않았겠지만 그의 기억은 무당이 해석해주기 전까진 불완전한 것이었다.

무당은 월써가 복잡한 형이상학적 논리로 하는 말을 별 어려움 없이 이해했다. 그러나 꿈꾸는 비범한 재능을 갖고 태어났다는 생각을 월써가 받아들인다면, 그것이야말로 그가 다른 사람들과의 차이를 설명할 수 있는 이론이므로 그는 어쩌다 제 이름을 재발견하여 별안간 벌떡 일어섰다.

"내가 가끔 꿈꾸었던, 여기가 아닌 어떤 다른 세상이 있을까요?"

그다음 그는 복잡한 내적 명상에 빠질 것이다. 그렇게 월써는 '내면의 삶'을 얻었다. 온전히 그 자신의 것인 월써 내부의 성찰과 추측의 영역 말이다. 새-여성을 좇아 써커스단을 따라 떠나기 전엔 가구를 구비해 세놓은 집과 같은 상태였다면, 이제 그는 마침내 그 셋집에 사는 사람이 되었다. 비록 그 내부 세입자가 환영처럼 비본질적이고, 때로는 한번에 며칠씩 사라지기도 했지만 말이다.

그러나 그런 상황에서 그 너머의 다른 세상이 있는지 묻는 것은 무의미하다. 왜냐하면 무당은 그런 세계가 있다는 것을 잘 알기 때문이다! 그런 세계를 무당은 계속 방문해온 것이 아니었던가? 유산으로 물려받은 기질 때문에 생긴 몽환상태에서 그는 종종 그 다른 세상을 여행했다. 무당 혼자만 그런 세상과 친숙한 것은 아니었다. 그가 그리로 여행을 갈 때마다 자바이깔의 하늘에는 날아다니는 무당들이 가득했다! 그 세계는 그가 월써와 다른 세계라는 논제에 대해 토의하기 위해 잠시 정박하고 있는 이 세계만큼이나 친숙했다. 그리고 그 세계와 이 세계는 월써가 **자신**의 몽환상태에서 방문했던 세계와 분명 같은 것이다. 왜냐하면 모든 세계가 독특하고 또 구분이 안되는 것이기 때문이다.

그리고 그게 다였다. 토의는 끝났다. 무당은 자신의 곰을 어루만지는 일에 몰두했다.

그러던 어느날 월써는 철도 선로까지 헤매면서 걸어갔고, 거기서 작은 부족 소년이 눈 그루터기에 쪼그려앉아 있는 것을 보았다. 소년의 눈은 저 먼 한가운데 고정되었는데 떠나가는 기차에서 나오는 흰 연기 얼룩이 점점 사라져가고 있었다. 그 아이 얼굴에서 월써는 동경의 표정을 읽었고, 그 표정이 연기보다 월써에게 더 감동을 주며 그의 기억을 휘저었다. 월써는 눈이 아니라 마음으로 그 표정이 무엇인지 알아보았기 때문이다. 한순간에 지나지 않았지만 그는 다시 헝클어진 노란머리의 장난꾸러기가 되었다. 25년 전 쌘프란스시코 만에서 온 세계를 향해 출항하는 배들의 한껏 부푼 돛과 연기를 뿜는 굴뚝을 바라보던 소년이 된 것이다.

그리고 그는 그 바다를 기억했다. 땅이 없는 황무지, 무한히 변화하는 물결의 무한자유, 그리고 깊은 심연에서 올라오는 푸가를 기억하자, 그는 무당이 그 모든 것을 결코 믿을 수 없으리라는 것을 알았다. 무당은 내륙 깊은 곳에 살았기에, 설령 배의 노를 본다 한들 그건 바람을 일으키는 부채라고 생각할 터였다. 그리고 무당은 이런 장면을 해석할 수 없다. 그는 바다가 무슨 **뜻인지** 결정할 수 없기 때문이다. 비록 월써가 무당의 언어를 점점 더 알게 되면서 꿈의 소재를 해석하는 시도를 몇번 할 수는 있었겠지만 말이다.

월써는 더듬댔다. "음…… 돼지를 갖고 다니는 남자가 보여요. 돼지 말입니다. 돼지가 뭔지 모르죠? 작은 동물인데 식용으로 좋습니다. 그 남자가 입은 상의는 별이 가득한 하늘을 흉내낸 것이네요. 하의는 막대기들이 죽 나열된 것이니 아마도…… 쓰러진 나무는 아닐까요. 그 남자가 빛을 가져오고 음식도 가져오는데…… 파괴도 함께 가져오는 것 같습니다."

월써는 자신이 보는 장면을 자세히 말하기 위해 이미지로 말하는 법을 배웠다. 그래서 무당은 월써의 환영을 이해했지만, 그건 그 자신만의 방식으로 이해한 것이었다. 무당은 '식용으로 좋은 작은 동물'이 곰이라고 생각했고 월써도 자기만큼이나 곰을 좋아한다고 여겨서 그 꿈을 곰의 죽음을 집행하는 자로 신령이 월써를 지목한 것이라고 해석했다. 곰이 죽을 때가 다 되었기 때문이다. 신령은 또한 그 꿈으로 월써에게 무당 제례복을 갖추라는 명령을 내린 게 분명했다.

그에 따라 무당은 순록가죽으로 옷을 지었고 R 기점에서 찾아낸 오래된 쇠고기 통조림 캔의 잔해에서 별 모양 몇개를 따냈다. 무당은 마을의 산파이자 현명한 여인이라는 작은 목가적 능력을 가진 큰 여자 사촌에게로 가서 순록가죽 원피스를 바느질해 양철로 된 별을 가슴께에 꿰매 붙여달라고 부탁했다. 그녀는 자기 큰딸의 첫 출산을 둘러싼 복잡한 의식을 하고 남는 시간에 해주겠다고 동의했다. 출산 의식은 특별히 복잡했는데, 왜냐하면 근래에 출산은 그 지역사회에선 상대적으로 드문 일이었던 탓에 신령들을 속일 필요가 있었기 때문이다. 이 세계가 아닌 다른 세계의 인구를 늘리기 위해서는 직접 가서 어린 아기들을 훔쳐오지 않는 한 출산은 전혀 없다고 신령들을 설득해야 했던 것이다.

월써는 난로 앞에 앉아 별과 줄무늬에 대해 생각하더니 노래를 불렀다.

오, 그대는 보이는가,
이른 새벽 여명 사이로(미국 국가 1절 도입부 — 옮긴이)

그는 무당을 위해 그 노래를 번역하려 했지만 단어가 떠오르지 않아 영어로 할 수밖에 없었다. 무당은 월써가 노래하는 것을 재미있게 들었다. 비록 그의 귀에는 그 소음이 귀에 거슬리는데다 극단적 불협화음이었지만, 그건 신령들이 그를 통해 그렇게 하도록 만든 비범한 사건에 대한 증거라 생각했다. 그는 특히 오줌을 한모금 마신 뒤에 월써와 함께 노래하는 것을 좋아했다. 노래하면서 무당은 그 낯선 멜로디를 자기

음으로 사분의 일음이나 이음 정도 수정했다.

    포탄의 붉은 섬광과
    창공에서 작렬하는 폭탄이(미국 국가 1절 중간 부분 ── 옮긴이)

  하지만 없었다! 성조기는 거기 **없었다**(미국 국가는 1812전쟁 당
시 밤새 영국의 대형 포탄공격을 받고도 포화 속에 살아남은 미국 매킨리
요새 수호자들이 생존을 알리기 위해 구멍난 성조기를 내건 것을 보고 변호
사 프랜씨스 스콧 키가 감동받아 작사한 것이다 ── 옮긴이). 움막 신당의
향내 가득하고 흐릿한 연기 속에 휘날리는 성조기는 없었다.
그 속에는 놋쇠 침대 프레임, 싸모바르, 부적가방, 그리고 불
앞에 앉아 겨드랑이를 긁고 있는 귀고리를 한 곰이 있었다.
무당은 북을 손질하느라 바빴다. 저녁식사용으로 말린 생선
스튜가 끓자 진한 사람냄새와 이미 창녀의 서랍장 같은 악취
를 풍기던 짐승냄새에 다른 향이 더해졌다.
  "창녀의 서랍장이라……" 월써는 회상하듯 혼잣말을 했
다. "창녀의 서랍장이라……"
  기억인지 알 수 없는 기억의 조각천 주머니 속에서 알 수
없는 조각으로 과거를 맞추면 맞출수록 그건 점점 더 기억이
아닌 것처럼 보였다. 그는 구석에 앉아 무당이 그에게 수업을
해주려고 몽상에서 흔들어 깨울 때까지 혼란에 빠져 있었다.
  수업은 다음과 같았다.

가) 요술 혹은 손 속임수──돌멩이, 막대기, 거미, 그리고 구할 수 있다면 사람만한 아기쥐를 숨겼다가 검진이나 수술 과정에 튀어나오게 하는 능력.

나) 복화술──신령의 목소리를 연상시키는 특별한 높고 새된 목소리를 위장해서 '발사할 것', 그러면 그 소리는 마치 환자 자신의 소리, 아니면 불길에서 혹은 귀고리를 단 새끼곰의 주둥이에서, 혹은 움막 신당에 있는 성상 조각의 입에서 나오는 소리처럼 들린다.

다) 마지막으로 중요한 점──마치 보통 인간에게 감춰진 지식을 소유한 것처럼 불가사의할 정도로 근엄하게 내려다보는 능력.

그 모든 것 때문에, 무당이 월써의 '희대의 사기꾼' 씨리즈에서 입상할 정도의 사기꾼이라는 생각을 하지는 마시라. 무당은 전혀 사기꾼이 아니었다. 그의 술수는 모든 사기술 중 가장 숭고한 형태였다. 무당은 자신의 완전함을 완벽히 신뢰했으므로 다른 사람들도 그를 신뢰했다. 무당은 그 마을의 의사였고 산파였으며 꿈의 해석자이자 점술가이고 지식인이자 심지어 철학자였다. 그는 또한 결혼식과 장례식을 주관했다. 더욱이 그는 주민의 삶의 환경을 특히 위태롭게 하는 자연의 힘의 의미를 조율하고 해석했다.

그러나 예컨대 무당이 비록 환자의 설사의 원인이 어째서 쥐 형상으로 나타난 악령인지 아주 잘 알고 있다 해도, 환자는 신탁의 증거에 의해서만 믿음을 가질 것이며, 그 가상의 쥐가 항문에서 제거될 때까지는 계속 설사를 해댈 것이다. 신령들은 가시적인 형태를 띠지만, 불행히도 그건 무당에게만 나타나기 때문에 무당은 고객을 만족시키기 위해 스스로 몸에 그런 악마의 형상을 모방한 장비를 갖추고 있어야 했다. 그래야 그가 악령들을 쫓아낸 것으로 보일 수 있기 때문이다.('보이는 대로 믿는 법.')

들리는 대로 믿기도 한다. 무당에겐 움막 신당의 우상들이 말하는 소리가 아주 분명하게 들렸고, 그는 바람의 소리에 열심히 귀기울였으며, 자신처럼 예민한 청력을 갖지 못한 사람들도 그 소리를 듣게끔 설득할 필요가 있었다.

근엄한 표정은 모든 일의 수행에 있어 필수조건이었다. 누가 키득대는 무당을 믿겠는가?

한번은 부족민들이 무당의 힘을 믿지 않게 된 일이 있었다. 그러자 절대군주 오셀로(셰익스피어 4대 비극 중 하나인 『오셀로』의 주인공으로 베네찌아 공국 원로의 딸과 결혼한 절대권력의 무어인 장군 — 옮긴이)의 통치는 사라졌다. 사람들은 심지어 무당이 균형을 잃었다고 생각하기 시작했을지도 모른다. 아니 설상가상으로, 전통의 인가를 받지 못했다면 그의 습관 중 일부는 분명 변태스럽게 보였을 것이다. 무엇보다 최악은, 사람들이 무당을 더이상 믿지 않게 되면 무당은 심지어 신령들이 금지했던 생산노동에 참여해야 할 것이라는 점이다. 그 당시 이웃들이 해야 했던 사냥, 활쏘기, 낚시, 그리고 산발적인 늦보리 재배

등 단조로운 노동 말이다. 그는 지금껏 감사를 표하는 환자들이나, 정확한 꿈 해몽을 받아 행복해하는 사람들이 보답으로 바친 잉여 농산물로 편안히 살아왔다.

그는 월써를 신령이 숲으로 인도해준 방랑자이자, 새끼곰의 천상 요람처럼 사라져버린 껍데기를 깨고 나온 작은 새라고 해석했다. 또 수양아들 월써에게 언젠가 자신의 모든 능력과 권위와 특별한 기술, 심지어 순록과 싸모바르까지 다 물려줄 작정이었다. 날이 갈수록 그는 점점 더 월써가 좋았다. 밤에 잠들기 전에는 애정을 담뿍 담아 월써를 어루만지고 껴안았다. 그는 자기 곰보다 월써를 훨씬 더 좋아했다. 이제 월써가 있으니, 무당은 곰을 산 제물로 바치는 때가 와도 아쉬워하지 않을 것이다.

그 부족은 시간의 흐름을 빛과 어둠의 구획, 눈과 여름의 구획으로 헤아렸다. 그들의 달력은 그런 계절로 되어 있고 방광에 불을 질렀던 외국인 악마도 다른 달력을 쓰라고 권하지 않았으므로, 이들은 대단한 의식을 치르며 동지를 보냈다. 겨울이라 움막 신당 밖에는 잎이 다 떨어진 커다란 낙엽송이 한그루 있었고, 정오에 스며들던 빛줄기가 점점 약해지자 무당과 그의 부관 겸 사촌은 움막 신당 안에 있는 수많은 상자를 열어 엄청난 양의 붉은 리본과 여러 가지 모양으로 된 별, 초승달, 보름달, 그리고 남녀 생강과자 모양의 양철장식을 꺼냈다. 무당은 자신과 부관이 나무에 올라 가지에 장식물을 다는 것을 월써에게 돕게 했다. 월써는 그들이 나뭇가지에 촛불을 달아두면 나무가 훨씬 더 멋져 보일 거라 생각했지만, 그들에겐 초가 없었다. 월써는 성탄이 다가왔다고 생각했지만, 성탄이 뭘 하는 건지는 기억할 수 없었고, 물론 성탄은 아무런 상관도 없었다. 마을은 엄청난 속도로 다가오고 있는, 이제 19세기가 20세기로 변모하는 순간에 대해 전혀 모르는 것이다.

그렇다고 그들이 역사에서 추방됐다고 말할 수는 없을 것이다. 그보다 그들은 오히려 역사를 염두에 두지 않는 시간의 차원을 살고 있었다. 그들은 무역사적이었다. 시간은 그들에게 아무 의미도 없었다.

지금 이 시간, 현대로 가는 분기점이자 19세기의 틈새인 시간은 온 세계 주민들 사이에 전체적인 의사표명이 이루어지게 했다. 지금껏 그들처럼 지구 전역에 걸쳐 사는 많은 사람들, 각종 벌목이나 화경 농업, 전쟁과 형이상학과 출산의 직업에 종사하는 사람들도 20세기나 혹은 어떤 다른 세기라는 개념 자체가 매우 기묘한 생각이라는 데 대해서는 이 씨베리아 토착민들과 진심으로 공감할 것이다. 그런 전지구적 의사표명이 민주적 방식으로 이루어진다면, 20세기란 앞으로 존재하지 않을 것이며 백년을 한 세기로 분할하는 체계도 포기했을 거고 대중적 합의를 얻어 시간은 그대로 멈추었을 것이다.

그러나 그 당시 그 먼 지방에서조차, 역사에 선행하는 마지막 혼란기가 있었다. 다시 말해, 우리가 아는 역사 즉 백인의 역사, 유럽의 역사, 양키의 역사에 앞서 있던 시기 말이다. 역사 이전에 마지막으로 겨우 살아 있던 작은 공간이 지구 전체를 쥐려고 그 촉수를 뻗었다. 부족 사람들은 이미 차에 중독되었고 수입된 총과 그들이 본질적으로 석기시대 사람들이었기에 자급자족할 수 없던 도끼를 쓰고 있었다. 그들은 말 이상의 지식이 있었다. 미래는 그들이 인정할 준비가 된 그 이상으로 이미 그들에게 현존해 있었다. 그들은 매일 미래를 들이마시고 미래를 헤쳐나갔다.

그래서 그들은 미국 인디언들과는 사뭇 다른 입장이었다. 미국 인디언들은 1492년의 그날(크리스토퍼 콜럼버스가 신대륙 아메리카를 발견한 날—옮긴이), 인디언들은 지구상에 혼자인 외로운 종족이 아니라는 생각으로 즐겁게 잠에서 깨어났다. 세상에 변한 것이 없었으므로 앞으로도 아무것도 변하지 않으리라는 불안정한 신념의 비호 아래 자부심을 느끼면서 말이다. 그리고 그들은 그런 순수성 속에서 파멸했다. 씨베리아 사람들은 자신들은 혼자가 아니며 자신들의 삶이 이미 변했다는 것을 알고 있었다. 그 지점에서 그들의 유연하고 탄력있는 신화가 미래를 자기 안으로 합체할 수 있을 것 같아 보였고, 그래서 그것은 그 신봉자들을 과거로 사라지지 않게 막을 수 있을 것 같았다.

무당의 사촌이 월써의 무당 옷을 완성했다. 요청받은 대로 가슴에는 양철 별들이 붙어 있었고 스커트에는 비스듬한 줄무늬가 있었다. 비록 대령은 성조기의 이런 현현을 알아보지 못하겠지만 무당의 사촌은 그 도안 주제를 자기 부족의 전통적 도상법과 잘 융화시켰다. 여사촌은 그 의상의 장식을 완성하기 전에 양철이 다 떨어져 순록을 타고 R 정착지로 갔으며, 약을 약간 건네주고 새 주전자를 받았다. 그녀는 집에 와서 주전자를 잘라 금속으로 된 별을 아주 많이 만들었다. 그리고 견갑골, 겨드랑이, 그리고 팔꿈치에 바느질해서 별들을 달았다.

"별이 짤랑대는 소리에 귀기울여……" 이 대목에서 무당은 놀랄 만큼 근엄해 보였다. "어떤 것을 찾아야 하느니라."

그러나 짤랑대는 소리는 월써에게 까불고 깡충대며 노는 모습을 연상시켰다. 무당의 사촌은 옷의 양어깨에 깃털로 만든 술도 조금 꿰매 붙여주었다. 월써가 공중으로 뜨는 데 도움을 주라고 붙인 것이었지만, 월써는 그 깃털을 보자 주저앉아 어린아이처럼 엉엉 울었다. 왜 그랬을까?

무당은 여러 종류의 흙, 이끼, 지의류, 산딸기에서 추출한 염료를 뒤섞더니 북의 표면에 그림을 그리기 시작했다. 윗부분에는 해, 달, 자작나무, 버드나무, 그리고 종을 알 수 없는 뿔 달린 포유류를 그렸다. 아랫부분에는 개구리, 물고기, 달팽이, 애벌레, 그리고 사람을 그렸다. 두 부분 사이에는 아래엔 다리, 위엔 머리가 달린 사람을 닮은 어떤 형상을 그렸는데, 양쪽 영역 사이를 쉽게 여행할 수 있게끔 도안되어 있었다. 그 형상은 사람이거나, 아니면 두 발로 걷는 동물이었고, 남자인지 여자인지는 전혀 알 수 없지만 크기는 상당히 컸다.

그 형상이 여행하기 쉽도록 무당은 거기에 커다랗고 활짝 편 날개를 그려넣었다. 그리고 날개에는 칙칙하지만 선명한 붉은 염료로 칠을 해넣었는데, 그 염료는 무당이 말린 이를 절구에다 넣고 회반죽을 함께 갈아서 만든 것이었다.

그 형상은 옷에 달린 종이나 깃털보다 월써를 훨씬 더 고통스럽고 또 기쁘게 했다. 그는 그 북을 한번에 몇시간씩이나 뚫어져라 봤고, 새로 태어난 감각을 시험이라도 하듯 좋아라 하고 낄낄거렸다. 그는 털 달린 북채로 북을 톡톡대고 탁탁거리면서, 북이 자신에게 말을 걸어오도록 설득했다. 그러나 아무 일도 일어나지 않았다. 그는 그 형상을 바라보며 미소를 지었고, 그 형상을 위해 춤을 추었는데 곰과 추기도 하고 혼자 추기도 했다. 마지막으로, 그는 기도하는 자세로 그림으로 그려진 그 형상을 향해 팔을 뻗었다. 그에게서 영어가 튀어나왔다.

"금빛 새장 안의 한마리 새!"

그때 그의 기억 속 문이 쾅 하고 닫혔다. 그동안 그는 그저 유별난 재능을 타고났기에 특권을 부여받은 부족의 아이로 살았기 때문이다.

다음에 떠오른 것은 그의 모자 문제였다. 모자가 없이는 무당 복장이 불완전했다. 모자 디자인도 나머지 복장을 디자인했을 때처럼 시각적 영감에서 비롯된 것이어야 한다. 무당이 생각한 가장 좋은 방법은 월써를 순록 위에 앉히고, 순록에게 모자에 대한 영감을 발견할 가장 좋은 곳을 결정하게 하는 것이었다. 하지만 언제 할 것인지에 관해서라면 강신술의 날로는 동지가 가장 적합하지 않겠는가! 태양이 일순간 낮아지고 낯선 밤의 짐승들이 어슴푸레한 대기 중에 즐겁게 노닐고자 밖으로 나왔을 때 말이다.

겨울이 이미 두세 달이나 지속되어왔으므로, 마을 사람 대부분은 동짓날 늦은 새벽이 밝아올 때 즐겁게 놀 준비를 마쳤다. 비록 문명국가였다면 오전 열한시의 티타임을 훨씬 지났을 시간에 태양은 지평선 위로 떠오르진 못했겠지만 마침내 찬란한 광채를 뿜었다. 햇빛이 지나치게 눈부신 그런 날씨는 계절과 어울리지 않았기에 음울한 낮을 예상했던 무당은 위화감을 느꼈다. 자신의 힘이 미치지 못하는 마술이 진행되는 것 같아서였다. 그러나 햇살은 마을 사람들을 집밖으로 나서게 만들었고 무당과 월쎄가 나들이 준비를 다 갖추자 꽤 많은 소풍객들이 소풍에 필요한 잡동사니를 들고 주변으로 모여들었다. 그러나 무당의 사촌은 자기 딸에게 마을과 좀 떨어진 곳에 은신처를 마련해주려고 집에 남았다. 딸이 출산을 하면 아기와 함께 그 은신처에 열흘간 격리시켜서 무슨 일이 있어났는지 악령이 모르게 할 작정이었다.

월쎄가 순록이 알아서 가도록 놓아두자 순록은 외국 귀신들의 성소와 저주받은 철길이 있는 쪽으로 그들을 이끌었다. 무당은 내심 불편했지만 언제나처럼 뭐든 가능했다. 심지어 무당이 쓰는 모자도 그레이트 씨베리아 철도의 차장이 쓰던 스타일로 만들어질 것이라는 의미의 환영도 있었으니, 다른 무리는 그저 뒤에서 따라올 수밖에 없었다. 월써는 짐짓 엄숙해 보이는 표정 훈련을 성공적으로 해냈기 때문에 무당은 내적인 온갖 마음의 동요에도 불구하고 감상적 자부심을 느꼈다.

그날은 연중 그 지역에서 나타날 수 있는 최상의 날씨였다. 하늘은 아기 눈망울처럼 파랬고, 창백하고 과묵한 햇빛은 달콤 쌉싸래한 느낌이었다. 덧없이 사라지는 슬라브인들의 기쁨처럼 이런 날씨도 곧 금방 사라질 것이다. 그리고 오늘 내린 눈은 사람을 질식시키는 담요 같아 보이는 것이 아니라, 싹트는 씨앗을 추위에서 보호하는 부드러운 이불 같아 보였다. 아이들은 눈을 동그랗게 뭉쳐 서로에게 던졌다. 눈덩이 하나가 무당의 모자 뒷부분을 맞혔고 그의 종에서 땡그렁 소리가 울리게 했으며, 어린애들은 소리죽여 킥킥 웃었다. 무당은 침울한 채 불경(不敬)의 표지에 주목했다. 월써에 대한 자부심이 강한만큼, 그의 육감은 그에게 그날 좋지 않은 일이 일어날 수 있다고 말했다. 월써의 순록이 R 기점으로 가는 길에 방향을 틀어 강으로 가는 쪽 길을 잡자 무당은 기뻤다. 그는 즉시 기운을 차렸다. 모두가 흥겨운 기분으로 미끄러지듯 나아가고 깡충대며 즐거워했다.

그러자 정말 받아들이기 어려운 찬란한 그림자가 그날 아침에 온통 변신의 마법을 걸었다.

알 수 없는 곳에서, 혹은 옅은 푸른빛 하늘에서, 아니면 하얗고 부서질 듯한 태양의 멋진 한가운데에서, 노래하는 목소리가 퍼져나왔다. 그것은 사람의 목소리, 여자의 목소리, 사랑스러운 목소리였다. 그 목소리는 때이른 봄을 가져올 것만 같았다. 작은 꽃들을 모두 재촉하여 젖은 눈을 헤치고 나와 꽃잎을 피우도록 하는 목소리였다. 낙엽송들을 기쁨으로 떨게 하고, 가지들을 신나게 춤추려는 아이들처럼 펼쳐지게 하는 목소리였다. 그 목소리는 모든 부활과 모든 재생을 약속했다.

쏘프라노 목소리와 피아노가 어우러졌다.

새들은 지저귀며 환해진 대기 사이로 가지 위로 날아올랐고, 그 음악이 들리는 곳으로 향했다. 덤불은 작은 포유류와 설치류들의 움직임으로 살랑였고, 이들 또한 목말라하며 기적과 같은 노래의 샘에 가서 마른 목을 축이고자 했다. 순록조차 동철(冬鐵) 박힌 신발이라도 신은 듯 따각따각 발걸음을 재촉했다.

그러나 씨베리아 숲의 동물군과 식물군이, 마치 트라키아의 숲이 한때 오르페우스의 음악에 보였던 반응을 보인다 한들, 숲에 사는 사람들은 그 신화적 울림을 듣지 못했다. 그 음악이 자신들의 신화에는 아무 반향을 일으키지 못했기 때문이다. 음악은 그들에게 아무런 매력이 없었고 그들의 야만적 가슴도 전혀 달래지 못했다. 그들은 슈베르트의 가곡을 음악으로 인정할 수 없었다. 왜냐하면 그들의 음계나 음악 양식과 아무 공통점이 없었기 때문이다. 그들의 음악은 어쩌다 있는 신령의 요청에 따라, 순록가죽으로 만든 북, 대퇴골로 만든 피리, 돌로 된 실로폰으로 이루어졌다. 노래에 관해서라면, 그들은 사포로 간 듯한 날카로운 목소리를 좋아했다. 쏘프라노의 달콤한 음색은 그들의 취향에는 달콤하게 느껴지지 않았다. 그녀가 부르는 노래의 마술은 이질적이라서 그들을 매혹하지 못했다. 그러나 그 목소리는 그들의 관심을 끌었고, 흥분을 일으키기까지 했다. 계절에 맞지 않게 어쩌다 이렇게 환한 동짓날, 보이는 것과 보이지 않는 것 간의 경계를 미끄러져들어온 초대받지 못한 신들의 불협화음이 생겨난 것인지를 곰곰이 생각하며 그들 또한 그 소리가 나는 곳으로 갔다. 의문으로 인해 모두의 눈살이 찌푸려졌고 입술은 오므려졌다.

그러나 월써는 자신이 그 낙엽송처럼 떨고 있다는 것을 깨달았다. 그 음악이 자신이 기억하는 꿈과 어떤 연관이 있었기 때문이다. 월써가 삼림 개간지에 있는 집과 그 지붕 위에서 황홀해하는 호랑이들을 봤을 때 처음에는 너무 복잡해서 해독할 수도 없는 영상이었지만, 열정적이고 호기심 많은 부족민들이 앞으로 몰려가자 그는 자기가 탄 순록을 조금 뒤로 물렸다.

그러나 무당은 쥐냄새를 맡았다. 그는 보는 일, 혹은 보는 자가 되는 일에 익숙했고, 그래서 다른 사람들도 자신과 똑같은 것을 보았다고 설득했다. 그러나 그를 둘러싼 주변 모든 사람들이 이제 그와 동시에 같은 것을 보고 있었다. 그는 그 점이 매우 이상하다고 생각했다. 잘 맞춰진 음계로 그의 이가 덜덜 떨리게 한 피아노는 누군가 다른 사람의 꿈에서 나온 것이었다. 그것은 자신의 꿈이 아니었고, 자신에게 친숙한 꿈도 아니었다. 만일 피아노가 월써의 꿈에서 나온 것이라면, 월써는 무당이 깨달은 것보다 더 완벽한 무당의 길로 가는 고속도로를 탄 것이었다. 그들 앞에 있는 농가, 그 안에서 퍼져나오는 노래, 그 집 지붕에 올라가 있는 최면에 걸린 호랑이들, 물고기가 들어 있는 얼음덩이를 들고 강 쪽에서 나타났던, 눈이 둥근 이상하게 생긴 사람들의 무리, 그 모든 것이 뒤섞이면서 무당을 혼란스럽게 했다. 그는 자신의 이해력이 한계를 드러내고 있다고 느꼈다.

둥근 눈의 사람들이 나타났을 때, 월써는 때이른 해빙이 자신의 뇌를 말랑하게 만든 것처럼 느껴졌다. 어떤 생각을 해야 할지, 더이상 어떻게 생각하는지도 불확실한 채, 그는 좀더 가까이 보기 위해 순록을 앞으로 재촉하여 나아갔다.

"잭! 잭!"

그녀는 어쩌면 나무 쪼개는 소리를 흉내내는 것인지도 모른다. 그래서 그 소리는 월써에게 별다른 감흥을 주지 못했다. 음악은 불협화음을 내며 멈췄다. 갑작스러운 침묵에 크고 낭랑한 목소리가 울려퍼졌다.

"잭 월써!"

날개 달린 피조물의 입에서 그의 이름이 튀어나왔다. 그것은 징표! 그러나 그것만으론 무당을 완전히 기쁘게 하지 못했다. 무당은 날개가 달렸거나 아니거나, 곰의 머리가 달렸거나 순록의 다리가 있거나, 물고기 몸통을 했거나 독수리의 허리를 가졌거나 하는 온갖 기묘한 상상의 존재들과 교섭하는 데 익숙했기에 노란 머리칼에 다리엔 털이 있고 전에 무역상의 담요에서 봤던 밝고 인공적인 색채의 깃털을 가진 여자는 해로울 수도 있고 아닐 수도 있었다. 심지어 자기 제자의 이름을 알고 있다고 해도, 무당의 관점에서 보면 여자는 여전히 터무니없는 수작을 부리는 것이었다. 게다가 그녀의 화려해 보이던 날개는 제 기능을 하지 못했다. 날개는 재수없게 쿵 소리를 내며, 몰골사납게도 눈더미 위에 그녀를 내팽개쳤다. 환영의 불완전함이라! 이제 그녀는 성난 호랑이들 앞에 무방비상태로 놓여 있었다!

부족 사람들이 놀라 이리저리 흩어지고, 날카로운 실망과 분노의 비명을 내지르자, 무당은 급히 북을 울려 마술적인 방어를 하기 시작했다. 모든 무당이 으레 겪곤 하는 황홀경 발작에 빠진 것으로 보이는 월써는 허둥지둥 자신이 탄 순록에서 도망치려 했으나 소용이 없었다. 순록은 마을로 돌아올 때까지 한번도 질주를 멈추지 않았다. 마을에 와서야 순록은 월써를 내려주었고, 안도의 한숨을 내쉰 뒤, 이끼를 뜯으러 가버렸다. 월써는 낄낄대며 게거품을 튀기면서 눈 덮인 땅을 빙글빙글 돌았다. 그는 토끼가죽 북채를 잡고, 북채의 도움을 받아 기쁨의 찬가를 울렸다.

"그 여자를 전에 본 적이 있어요!" 무당이 자신을 따라잡자 월써는 진지하게 무당에게 말했다. "그 여자를 잘 안다고요!"

무당은 그럴 가능성이 있다고 생각했지만, 그게 반드시 불길한 징조는 아니었다. 왜냐하면 제자가 자기를 잘 따라오고 있으며, 이미 신령들의 비밀을 북소리로 알릴 줄 알았기 때문이다.

"여자, 새, 별." 월써는 중얼거렸다. "그 여자 이름은……"

9

비록 멀리서는 아직 금발로 보였지만, 페버스의 머리카락 뿌리 부분에 족히 2.5센티미터는 갈색이 올라와 있었고, 털갈이중이라 깃털도 갈색으로 보였다. 리지의 핸드백엔 새로 자라는 머리칼을 물들일 염색약과 어쩌면 새로 나는 깃털까지 염색할 붉은 잉크병이 있었을 테지만─가사 마술의 기본 아닌가!─핸드백은 사라졌고, 다시 찾을 수 없게 기차 잔해 속에서 잃어버렸다. 그리고 하루가 다르게 열대조는 점점 더 런던의 참새처럼 보이게 되었다. 이제 마술이 풀린 것처럼 참새로서의 삶을 살아가야 할 판이었다. 페버스는 노인의 더러운 거울에 비친 자신의 모습을 흘깃 보고는 시무룩해져 짜증을 냈다. 그 거울의 도움으로 리지는 노인의 긴 머리를 칼라에 닿을 정도로 잘라 사자머리 같은 마에스트로의 머리모양을 완성했다.

"이것 봐! 아주 좋아하잖아!"

노인의 사연은 간단했다. 이미 중년에 접어들었을 때 그는 노브고로드에 있는 한 여학교의 음악선생이라는 안정된 위치에 있다가 R 마을의 부패한 시장이 한 약속에 현혹되어 넘어갔다. 그 시장은 자바이깔 꽁쎄르바뜨와르 기획에 할당된 정부예산을 횡령해먹었다. 뭐라고 했소? 그 음악선생은 주의 깊게 되물었다. 곰한테 음계를 가르치고 까마귀와 흰뺨오리한테 도레미파를 가르치라는 말입니까? 싫소, 싫소, 싫소이다! 시장은 보뜨까를 더 따라주면서 그를 설득했다. 그 음악학교로 모피상, 정부관리, 역장, 바퀴수선공, 철로공의 어린 딸들이 몰려들 겁니다. 게다가 씨베리아 출신 농부의 자식들 중에서도 어떤 알려지지 않은 재능이 발견될지 모르는 법 아닙니까? 보뜨까는 그 지방의 누구도 손대지 않은 음악적 재능에 관해 못 견디게 매혹적인 그림을 그리도록 한몫 거들었다. 멀고먼 노브고로드의 따뜻한 난로 앞에서 마에스트로의 이상주의가 불붙은 것이었다.

그러나 마에스트로는 자신이 개척자가 될 만한 그릇이 못 된다는 것을 깨닫는 경험을 한 적이 없었다. 그리고 시장이 부정한 수익을 거두자마자 그를 완전히 잊어버릴 것이라는 점도 깨닫지 못했다. 괜찮은 집에 갖춰야 할 물건이 너무나 부족하게 되자 마에스트로는 곧 도시에서 멀리 떨어진 그 집의 가난에 찌들게 되었다. 그의 꽁쎄르바뜨와르로 배당된 것은 오로지 피아노와 씰크햇 그리고 그가 한때 어떤 사람이었는지 기억나게 하는 문패가 다였다. 기적처럼 그들이 들어왔을 때 그는 깊은 절망에 빠져 있었다.

"마치 오래전에 잃은 딸을 되찾은 사람 같구나." 리지가 말했다. "셰익스피어의 후기 희극들의 결말처럼 말이야. 그가 찾은 것이라고는 두 딸뿐이었잖아. 잘 짜인 해피엔딩이야. 귀 기울여 들어봐."

마에스트로와 공주의 손 네 개가 화음에 맞춰 연주하고 있었다. 그동안 미뇽은 눈썹을 찌푸리며 대위법의 기초를 공부했다. 마에스트로의 열렬한 지도 아래서 그녀는 작곡에 비범한 재능을 보이고 있었다.

페버스는 끓고 있는 생선을 보면서 누군가가 행복해서 자기도 기쁘다고 중얼거렸다. 이미 골절된 날개는 최근의 비행 시도로 다시 부러져, 이젠 마에스트로의 낚싯줄로 단단히 고정해 매어놓았다. 리지는 당분간 안정과 영양섭취를 하고 좀더 푹 쉬어야 한다고 엄히 처방했다. 부족민들의 억류에서 그 미국 청년을 구하러 즉시 떠나야 한다는 수양딸의 주장에는 완전히 무관심했다.

"그 남자는 아주 편안하게 적응한 것처럼 보였어. 그 옷을 입은 걸 보면 그들의 일부가 됐다는 걸 알 수 있지."

"하지만 우리가 서로 헤어진 지 일주일도 안됐잖아요! 일주일 만에 부족민이 될 수는 없다고요!"

"그 남자랑 헤어진 게 일주일뿐인지는 나도 모르겠구나."

리지가 말했다. "그 남자 수염이 길게 자란 걸 봤니?"

"수염은 나도 봤어요." 페버스는 자신없어하며 동의했다. "일주일뿐인지 모르겠다니 그게 무슨 말이에요……"

리지는 무당에게조차 깊은 인상을 줄 만큼 엄숙한 얼굴로 페버스를 바라봤다.

"뭔가가 벌어지고 있는 거야. 뭔가 우리가 알 수 없는 일이. 우리가 시계를 잃어버린 걸 기억해봐. 시간의 아버지에겐 많은 자식이 있다는 것도 기억해라. 아마 내 생각엔 그들은 이 지역에 사는 시간의 아버지의 사생아들 같아. 월써의 수염 길이와 순록을 타는 기술로 미루어보건대 이 숲속 사람들에겐 시간이 놀랍도록 빠르게 흘렀던 거야. 아니 지금도 흐르고 있겠지."

"어쩌면." 그녀는 생각에 잠겼다. "어쩌면 그들의 시간은 이제 다했는지도 몰라."

페버스는 그런 추측을 인정하지 않았다. 그녀는 생선수프를 한숟갈 떠서 맛보고는 인상을 찌푸렸고 마에스트로의 찬장을 뒤져보고 소금이 없다는 걸 알았다. 불행한 일이다. 먹을 건 많았지만 정작 먹을 만한 것은 없었다. 그녀가 그토록 당당하지 않았다면 아마 벌써 무너졌을 것이다.

그녀의 비참함을 악화시키는 것은 그녀가 환상을 품었던 미국 청년이 그렇게 그녀 가까이 있으면서도 여전히 너무나 멀리 있다는 사실을 안 데 있었다. 그것이 비참함을 악화시키긴 했어도 그 원인은 아니었다. 그녀의 우울에는 다른 원인이 있었다. 외모가 망가져가는 속도가 그녀를 낙담시켰던가? 그것이었던가? 그녀는 그 사실을 인정하는 것이 창피했다. 언제나처럼 거울을 바라보며, 자신의 찬란한 색채가 시들어가는 모습을 볼 때, 그녀는 가슴이 무너져내리는 듯했다. 그러나 그보다 더한 것이 있었다. 그녀는 여기까지 내몰린 과정에서 어떤 핵심적인, 그녀의 중요한 부분을 정말 놓쳐버렸다는 것을 알고 있었다. 대공의 얼음궁전에서 대공에게 무기를 잃었을 때, 그녀는 예전엔 가는 길마다 보존하고 있던 스스로에 대한 찬란한 당당함을 일부 잃었다. 난공불락이라는 느낌이 사라지자마자 무슨 일이 일어났지? 그래. 날개가 부러졌다. 이제 불구의 구경거리가 된 것이다. 할 수 있는 한 가장 용감한 얼굴을 하는 것, 그것이 요점이다.

런던의 비너스라! 그녀는 씁쓸히 생각했다. 이제 그녀는 비너스보다는 크롬웰이 부숴놓은 잔해조각처럼 보인다. 예전의 곡예줄 위의 헬레네는 이제 영원히 땅으로 곤두박질쳤다. 신세기의 여성이 나처럼 이렇게 쉽게 파괴되는 것으로 밝혀진다면 얼마나 안됐을까.

페버스는 마치 대공이 얼음조각상을 하나 더 주문한 것처럼, 매일매일 조금씩 쪼그라들어간다고 느꼈다. 그리고 이제 자신의 비상에 대해 대공이 효과적으로 복수하는 것처럼, 아주아주 천천히, 어쩌면 불붙은 담배꽁초를 적절히 사용해 녹이는 것처럼 조각상을 녹이는 일에 참여한 것 같았다. 예전 페버스의 모든 이야기를 노트에 기록한 사람은 바로 그 미국 청년이었다. 그가 그녀는 진짜라고 말해주길 간절히 바랐다. 그의 잿빛 눈 속에 자신이 기억하는 모든 찬란함이 비치는 것을 너무나 보고 싶었다. 간절히 바라고 또 열망했다. 다 소용없는 짓이다. 시간은 흘러가고 그녀는 멈춰 있었다.

술이 다 떨어져 대령의 손이 떨리고 있었고, 그는 마지막 남은 씨가 상자로 향하고 있었지만 매우 의기양양했다. 탈주범은 이제 포로가 된 청중이라 생각했기 때문이다. 무모한 추측이 시작될 때부터 그는 대령을 응시하고 있었다.

"이런 사소한 차질은 우리를 시험하기 위한 것이라네, 젊은 친구. 나는 기막힌 써커스를 고안했지. 툰드라를 가로지르는 코끼리들이라네! 그래, 난 실패했소. 맞아요. 실패한 것이오. 엄청난 실패를 한 것이지. 완전한 실패를 정면에서 마주한 적이 있소? 노려봐서 상대를 당황시키는 게 기술이지! 모든 위대한 사업에는 실패라는 위협이 따르는 거요. 루딕 게임에서 주사위는 그렇게 떨어지는 거라오. 어떤 때는 이기고, 또 어떤 때는 나처럼 지기도 하는 거요. 그토록 장렬하게, 어마어마하게, 마지막 단 하나 남은 것까지 모조리 잃게 된다는 것이지. 마지막 일 쎈트, 일 달러, 단추 하나까지 다 잃는 거야…… 맞소! 그건 그 자체로 승리의 일종이라오."

그는 분연히 일어나 마지막 씨가 꽁초를 과시했다.

"자바이깔은 경계하라! 나는 돌아올 것이다! 파산의 잿더미를 딛고 나는 다시 새롭게 일어설 것이다! 이 커니 대령이 얼어붙은 황무지와 곰과 별똥별에게 도전장을 던진다! 대령은 더 거대하고 더 많은 코끼리, 더 크고 더 사나운 호랑이를 데리고 다시 돌아올 것이다. 헤아릴 수 없이 많은 더 익살맞은 광대 무리를 이끌고 올 것이다! 그렇도다! 성조기가 툰드라 전역에 다시 휘날릴 것이다!

커니 대령, 과거와 미래의 흥행주! 커니 대령이 새 시대를 맞이하고 있도다! 보라, 20세기여, 여기 내가 왔노라!"

밖에선 군용담요 같은 색깔과 질감의 하늘 아래 야생동물과 사냥꾼과 산파, 그리고 상인, 모피업자, 또 맹금류들이 모두 그런 대령의 도전을 무시하고 자기네 일로 바빴다. 그들이 대령의 말을 들었던들 이해도 못했을 것이다. 이해했던들 비웃었을 것이다. 삼손이 장작더미에서 양팔 가득 통나무를 들고 안으로 들어올 때 조소하는 밤의 침묵도 함께 들어왔지만, 파리한 두 눈에 새로운 흥분의 폭발이 일어 평소보다 더 튀어나온 대령은 다시 그 밤을 밖으로 내쫓아버렸다.

"이보게, 젊은 친구, 내 돼애지와 인사 좀 나누지."

씨빌은 탈주범을 볼 때마다 객쩍은 소리가 떠올라 발을 뒤로 빼내려 했지만, 대령이 뒷목에 날카로운 일격을 가해 할 수 없이 씨빌은 그와 악수했다.

"씨빌, 신비의 돼지, 루딕 게임의 내 동반자라오. 그래요, 씨빌과 나, 우리는 오랜 친구지. 오래전, 아주 오래전, 렉싱턴과 켄터키에 있는 아버지 농장 때부터 말이오. 자넨 켄터키, '블루그래스'(기타와 밴조로 연주하는 미국의 전통 컨트리음악—옮긴이)의 주에 대한 이야길 들어봤나? 그래, 신이 내린 땅이지…… 아버지 농장에서 난 웃기는 꼬마였어. 돼지죽을 먹고 있던, 지금 이 친구를 빼고는 가장 대단했던 작은 숙녀를 처음 알게 된 것은 내가 돼지 뒷다리만큼이나 아주 쬐끄만 꼬마였을 때지……"

탈주범은 대령의 장광설에 입이 막혀버렸다. 그는 대령 같은 사람은 한번도 만나본 적이 없었다. 비록 대령은 전혀 쎄이렌처럼 생기지 않았지만, 대령이 부르는 노래는 쎄이렌의 노랫소리처럼 달콤했다. 생선이 요리되어 먹을 때가 되자 탈주범은 대령을 R 기점까지 안내하기로 동의했다. 그리고……

"꼭 그래야 한다면, 저도 돼애지를 따라갈래요!"

가능한 모든 수단을 동원해서, 신문이 커니 대령의 써커스단의 어지러운 운명에 주의를 기울일 곳이면 어디라도 말이다. 모든 것을 전부 다시 시작할 명망을 얻을 수도 있으리라.

키 작고 땅딸한 대령의 회복력이란! 그는 아무리 세게 밀어도 쓰러뜨릴 수 없는, 바닥이 둥근 오뚝이 인형 같았다. 대령은 탈주범의 혼란에 빠진 선한 심성을 어떤 선교의 열정으로 대면한 것인가! 인간의 타고난 순수함과 그 안에 내재된 선의를 믿던 탈주범은 대령에게 어떤 항변도 할 수 없었다. 비록 꽤 다른 관점에서이긴 했지만, 대령도 물론 같은 것을 믿었기 때문이다.

"그리고 그 작은 숙녀, 애의 증조모는 족보도 긴 애국돼지중 첫 세대였는데, 그 암돼지는 뒷다리로 힘차게 자리를 박차고 일어나 내가 학교에서 배우지 못한 교훈을 가르쳐주었다네. 젊은 친구, 그 교훈이란 바로 이거였지. '덜떨어진 놈한테는 절대 기회를 주지 마라!'"

"핫핫핫!" 대령은 민첩하게도 탈주범을 덜떨어진 놈으로 판단하고는 의기양양하게 웃어젖혔다. 그는 작은 두 눈으로 쉴새없이 은자의 오두막을 두리번거렸는데, 음악의 기하학은 그 오두막을 초월적 사상이 깃든 고매한 하얀 궁전으로 변모시켜버렸다. 그는 그 외형이 전혀 마음에 들지 않았다. 모차르트가 돈 한푼 없이 거적때기에 싸여 죽었다는 것을 알았기 때문이다.

"그들을 속여넘기는 거요!" 그는 탈주범에게 털어놓았다. 그때까지 탈주범은 자신의 삶을 인류의 의사와는 상관없지만 어쨌든 인류를 완전하게 하고자 하는 계획에 바쳐왔다. 탈주범은 '그들을 속여넘기다'를 이해하는 데 조금 시간이 걸렸고, 분명 그건 대령이 말하려던 게 아닐 것이므로 대령이 의미하는 바를 알 수 없는 자신의 부족한 언어 실력을 원망했다! 하지만 대령은 생기있는 얼굴에 밝은 눈빛의 탈주범을 보면서 껄껄 웃었고, 이렇게 생각했다. 만일 이자가 루딕 게임이라는 거대한 기획에 쓸 만한 인재라면, 미국에서 쓸 이름으로는 그에게 '뱀부즐렘'('사람들을 속여넘겨'의 영문에 해당하는 'bamboozle them'의 약어 'bamboozle'em'을 줄여 'bamboozlem'으로 줄인 이름이다─옮긴이)이라는 이름을 주리라. 대령은 문명세계로 돌아가면 탈주범을 무엇으로 고용하는 게 가장 좋을지 씨빌에게 물어봤다. 씨빌은 고개를 들고 곰곰이 생각했다. 신탁은 이렇게 내려졌다.

"B―U―S―I―N―E―S―S M―A―N―A―G―
E―R(사업관리자)."

순수한 마음에는 현금금고가 가장 어울린다. 탈주범은 신
세계에서의 새로운 삶의 전망을 심사숙고했다. 그 전망이 그
에게 무척이나 원기를 돋워주었다. 그는 당장 일어나 떠나고
싶었지만, 미뇽과 공주는 꿈쩍도 하려 들지 않았다. 단 한 발
자국도 말이다! 대령이 그들에게 가 자신과 함께 광명의 세
계로 돌아가자고 설득하자 그들은 고개를 가로저었다. 그가
단념했던 자바이깔 꽁쎄르바뜨와르를 의도치 않게 창설하면
서 맛본 순수한 기쁨이 곧 소진할 온갖 징조가 보이는 마에
스트로는 특별한 재능을 지닌 두 학생을 가슴에 끌어안았다.
그들 주위의 무한한 자연 속에는 야만인 관객이 배회하고 있
었고, 그 관객들을 위해 두 여자는 여태껏 지구상에 없던 음
악을 만들어야 할 것이다. 비록 그것은 천상의 음악이 아닌
피와 살, 힘줄과 심장으로 만든 음악일 테지만 말이다.

그들은 그런 음악을 만들기 위해 태어난 것이라고 미뇽은
선언했다. 여자로서, 또 연인으로서 오로지 그 음악을 만들기
위해 여기 함께 온 것이다. 길들이는 동시에 길들이지 않는
음악을 위해. 인류와, 아직은 자유로운 야생의 그 형제자매들
간의 평화협정을 맺어줄 음악을 만들기 위해서 말이다.

미뇽은 대단한 열정과 정열로 말했고 그것이 모두를 감동
시켰다.

"저애가 정말 겨우 몇주 전에 내게 동정을 구하러 왔던 그 누더기 걸친 어린애란 말이야?" 페버스는 생각했다. "사랑, 진정한 사랑이 저애를 완전히 바꿔놓은 거야." 미뇽을 저토록 아름답게 바꿔놓은 것이 어째서 미뇽과 함께한 바로 그 미뇽의 상대라는 존재인지 생각하노라니, 작은 눈물방울이 페버스의 눈물샘을 자극했다. 바로 그녀, 천하의 페버스는 하루하루 외모가 망가졌기 때문이다.

대령은 웅얼대며 말을 더듬긴 했어도 강요는 하지 않았다. 둘의 행동은 그가 떠올린 작은 이윤과 같은 맥락에서 진행되고 있었다. 씨빌에 대한 그토록 지극한 배려가 없었다면 대령은 '돼지 목에 진주 목걸이'라고 말했을 수도 있었다.

삼손은 어땠는가? 삼손의 재주를 기억하는 대령은 돈과 명성으로 그를 유혹했다. 삼손이 두 여자한테 기대할 것이라고는 우정밖에 없다는 것도 환기시켰다. 삼손은 목을 가다듬더니 당혹스럽다는 듯 왔다갔다하다가 이렇게 말했다.

"평생껏 살면서 저는 힘이 세고 단순했습니다. 그리고 약한 영혼을 강한 몸 뒤에 숨기고 살던 겁쟁이였죠. 나는 여자들을 못살게 굴고 또 그들을 헐뜯었습니다. 근육에 관해서라면 어떤 여자보다 세다고 생각했으니까요. 사실 난 어떤 여자의 사랑도 어깨에 질 수 없을 정도로 약한 남자였지만 말입니다. 언젠가 미뇽이나 공주가 나를 남자로 사랑하는 법을 알게 될 거라는 헛된 생각은 하지 않습니다. 아마도 언젠가 둘은 날 형제로 소중히 여기겠지요. 그 희망만으로도 마음속 두려움이 사라지니, 나는 호랑이 속에서 사는 법을 배우겠습니다. 내가 열심히 봉사할수록 내 영혼도 강해질 테니까요."

삼손이 짧은 연설을 끝내자 공주와 미농은 손을 뻗어 삼손과 악수했다. 그러자 삼손의 얼굴에는 희미한 당혹감이 스쳤고, 그는 나무를 더 하러 다시 밖으로 뛰쳐나갔다.

"'부드러움은 강함에서 나온다'더니 골든 시럽 깡통에 씌어 있는 그대로네." 리지가 말했다. "삼손은 자기 패를 뒤집은 거야. 하지만 난 절대 아냐."

페버스는 그동안 바닥에 널린 생선뼈를 차고 있었고 반항하는 것처럼 보였다. 대령의 무언의 질문에 대한 답으로, 그녀는 귀에 거슬리는 분개한 목소리로 이렇게 선언했다.

"나라면, 나 같으면 당신과는 정반대방향으로 갈 거야, 이 썩을 놈의 화상아. 당신이 써커스로 꼬드긴 그 미국 청년을 찾아 이 미개인들 가운데서 살게 될 운명을 박차고 가자고 말이야!"

대령은 마지막 씨가의 마지막 꽁초를 신발 밑창으로 비벼 껐고, 잘게 부서진 잔해를 무한한 회한의 마음으로 바라보았다. 그리고 새 씨가를 만들기 위해 원고지를 길게 찢어 돌돌 말아서 튜브로 만들어 씹었다. 그는 과거 자신의 스타를 곁눈질로 바라봤다. 깃털 달린 추레한 심술꾼.

한때 자극적이던 그녀의 몸매는 코르셋의 구속에서 풀려나자 마치 모래가 모래시계 밖으로 새듯이 축 처져버렸고, 그게 바로 이 지역에선 시간이 주체가 안되는 이유였다. 그녀는 세수를 할 열의조차 부족했고, 덕분에 루주 찌끼가 여전히 피부 모공에 남아 있는 탓에 얼굴에는 반점과 뾰루지가 생겨나기 시작했다. 페버스는 머리 꼭대기에서 거의 쥐털 모양의 머리카락을 되는대로 말아올려, 적절한 곳에 잉어 뼈로 단단히 고정해놓았다. 날개를 숨기는 번잡스러운 일은 하지 않기로 했기 때문에, 다른 사람들도 이젠 더이상 대단해 보이지 않는 그 모습에 점점 더 익숙해져갔다. 게다가 한쪽 날개는 그 화려한 색채를 모두 잃었고, 다른 쪽 날개는 붕대에 감긴 무용지물이었다. 그녀가 다시 나는 데 시간이 얼마나 걸릴까? 한때 그녀를 돋보이게 했던, 그녀에게 볼 만한 **구경거리**를 원하던 무언의 요구는 다 어디로 갔는가? 사라져버렸다. 그리고 이런 상황에서는 차라리 잃어버리는 편이 나았다. 이젠 무시해달라고 호소하는 편이 나았다. 그녀는 너무나 초라해서 가짜처럼 보였고 이제는 대령에게도 가짜, 그것도 싸구려 가짜로 보였다. 그런데도 대령은 기뻐하며 외쳤다.

"계약을 깨겠다는 겁니까?"

페버스는 중간에 말을 낚아챘다.

"왜요, 돈이 없으셔서?"

"없지요." 대령은 복수의 쾌감을 느끼며 말했다. "그리고, 그 계약서 항목에 따르면, 만일 요꼬하마에 도착하기 전에 계약을 깰 경우 씨애틀은 말할 것도 없고, 쌍뜨뻬쩨르부르그에서 번 출연료까지 전부 다 잃게 되는 겁니다."

"허허허!" 그는 큰 소리로 웃었고 기운을 꽤 되찾았다. 대

536

령은 그 약삭빠른 행동에 대해 자신을 비난하는 돼지의 눈길은 무시한 채, 씨빌의 귀에서 줄줄이 엮인 깃발들을 빼냈다.

"커니 대령에게 속임수를 쓰려면 아침 일찍 일어나셔야 합니다!" 그는 기대(旗帶)를 흔들면서 외쳤다.

"제 변호사가 연락할 겁니다!" 페버스는 애처롭지만 저항의 말을 하려 했다.

"서류는 순록 편에 보내주시죠."

이처럼 다정한 말을 주고받은 뒤, 대령은 자기보다 앞장서서 열심히 뛰어다니고 있는 안내자와 함께 철로를 향해 떠났다. 리지는 기분이 상할 대로 상해 현관문까지 그들을 배웅했다. 그녀의 눈동자는 엄청나게 많은 걸 말했지만 입술은 분노로 침묵했다. 이젠 더이상 말뚝이나 무좀 같은 구체적인 것으로는 앙갚음할 수 없었기 때문이다. 페버스는 런던에서 시작된 여정에서 화려한 아름다움을 잃어버렸지만, 리지는 더 심한 일을 당했다. 그녀는 소규모로 가정 내 파괴를 초래하는 기술을 잃었던 것이다. 그 기술은 핸드백에 보관했다. 핸드백이 아니라면 어디겠는가?

그녀는 스스로를 위안했다. 대령과 노골적으로 마찰을 일으킬 필요는 없었다. 대령이 이미 노골적이었으니까.

그래도 어쨌든 씨빌에겐 악의가 없었다. 그 작은 돼지가 자신의 보호자 때문에 당황해서 귀 뒤로 얼굴을 숨기고 불만으로 코를 킁킁거리며 대령의 품에서 뛰쳐나와, 대령이 버리고 떠나려는 사람들에게 운명을 맡기고 싶어하는 상황을 보고 감동도 받았다. 그러나 씨빌은 어느 편이 더 안락한 자리인지 알고 있었다. 기분은 상했어도, 대령과 함께 있는 편이 최선이라고 씨빌은 생각했다. 대령은 언제나 최상의 안락함을 획득해내는 방법을 알고 있었다. 대령은 「성조기의 행진」을 노래하면서 이미 기운에 넘치는 자기 기백을 과시했다. 탈주범은 묵직한 발음의 악쎈트로 코러스를 넣었다. 처음에는 주저했지만 갈수록 자신감이 붙어갔다.

"자유기업제에 굴복한 어린 군인이네." 리지는 슬퍼했다. 그러고는 집 안쪽을 향해 페버스에게 외쳤다. "봐라, 이제 네가 우릴 어떤 지경까지 밀어붙였는지 좀 보라고!"

10

모피를 두껍게 걸친 두 여인이 풍경 속으로 뛰어들었다. 마에스트로의 집은 곧 사라졌고 이제는 그 둘만 남았다.

"처음 영국에서 떠나왔을 때 우리 무리가 얼마나 잡다했는지 기억이 안 나십니까?" 리지는 공식 석상에서 쓰는 사무적 어투로 말했기 때문에, 페버스는 지금껏 미뤄둔 비난이 곧 쏟아지리라 예감하고 바짝 긴장했다.

"정말 잡다했지요. 여러 다른 나라에서 온 이방인들의 군집이었잖아요. 그래요, 어쩌면 우린 인간의 소우주를 구축했다고 말할 수도 있겠지요. 우린 하나의 상징적인 집단이었으니. 그 각각은 삶의 위대한 삼단논법 안의 서로 다른 명제를 의미했지요. 여행의 난관은 작은 순례자 집단으로 우리 규모를 줄여주었고 순례단은 자연 속에 던져졌고 이들에게 자연은 도덕을 비추는 확대경처럼 작용한 거지요. 어떤 오점이라도 있으면 확대했고 오점이 없다고 생각한 사람에게도 더 미세한 부분을 들추어냈지요. 우리 중에서 경험으로 교훈을 얻은 자들은 이미 여행을 끝낸 거고. 가능한 한 빨리 결코 교훈 따윈 없을 문명으로 다시 굴러들어가려는 겁니다. 과거에 그랬던 것처럼 무지몽매상태를 즐기면서. 하지만 쏘피, 쏘피 넌 말이야, 이런 좌우명을 얻은 거 같습니다. '희망에 찬 여정이 목적지 도착보다 낫다'는 좌우명."

"어떻게요?" 페버스가 조심스레 질문했다. "어떻게 그런 결론을 내린 거죠?"

"다 헛수고야, 쏘피. 우린 스치듯 얼핏이지만 네 꿈의 남자가 치마를 입고 순록에 탄 걸 봤어, 그 남자는 더이상 과거의 그가 아닌 것 같았지. 이제 아무것도 남은 건 없어, 쏘피. 아무것도…… 하지만 너보다 더한 바보는 바로 나야. 적어도 넌 네 자유의지로 그 남자를 찾아 떠나려 하지만, 난 네 뒤에 꼬리처럼 달려서 이 광막한 곳 한가운데를 헤쳐나가려 하잖아. 오로지 해묵은 애정의 굴레 때문에 말이야."

"난 네 자유의 노예인 거야." 그녀는 시무룩이 덧붙였다.

페버스는 모든 것을 들으면서 점점 더 조용한 분노가 치밀어 이제 폭발했다.

"난 한번도 날 최우선으로 생각해달라고 부탁한 적 없어요, 이 끔찍한 마녀 할망구 같으니! 난 특이하게 태어났고, 부모가 없었고, 자유로웠고, 과거의 구속을 받지 않았어요. 엄마가 날 우연히 발견한 그 순간부터 엄마는 나를 우연의 존재로, 누구의 딸도 아닌 엄마 딸로 구속한 거잖아……"

하지만 그 대목에서 페버스는 잠깐 멈추었다. 누구의 딸도 아닌 여자가 어딘지도 모르는 곳을 걷고 있다는 생각이 엄청난 현기증을 일으켰고, 그녀는 멈추어서 몇번이나 심호흡을 해야 했다. 그 때문에 차가운 공기가 들어가 허파가 마비될 지경이었다. 주변을 둘러싼 막막한 고뇌감에 사로잡혀 울 지경이었는데, 그래봤자 자기가 울면 수양엄마의 만족감만 더할 것이라는 생각에 겨우 눈물을 억누르고 있었다.

"자자, 그만." 딸의 눈가 한구석에서 비탄을 깨달은 리지는 좀더 다정하게 말했다. "나는 너한테 억지로 나랑 있으라는 게 아냐, 우리 딸. 우리는 인간이란 허수아비 위에서 펄럭이는 사랑의 넝마조각을 어떻게든 만들어야잖니."

그러나 그 말은 페버스를 더욱 깊은 우울감에 빠뜨렸다. 그녀는 삶에서 그것보다 더 많은 걸 원했다! 게다가 그 순간 그녀는 자신이 허수아비 같다고 느꼈다. 그녀는 비참한 듯 어깨를 구부렸다.

"하지만 내 딸아." 리지는 페버스의 횅한 침묵은 아랑곳하지 않고 계속 말을 이었다. "사랑과 환상은 완전 별개란다. 월써 씨가 나타난 뒤로 우리 사이에 악감정이 생겼다는 것 모르겠니? 네가 처음으로 남자한테 눈을 돌리자 불행이 우리 뒤를 따랐잖아. 넌 예전의 네 모습의 반밖에 안돼. 자, 널 한번 봐봐! 대공의 집에선 무기를 잃더니, 날개는 부러졌잖아. 그

게 다 우연한 사고라고? 너무 많은 일련의 사고도 다 우연이
겠지. 그 모든 자잘한 사고가 매번 널 특이한 위치에서 한걸
음씩 뒤로 물러나게 만들었어. 넌 조금씩 빛을 잃어가고 있는
거야. 너를 빛내주는 것은 오로지 관객의 성원뿐이라는 규칙
이지. 이젠 더이상 금발도 아니잖아.

그리고 그 미국 청년을 정말 **찾기라도** 한다면, 그다음엔 도
대체 뭘 할 거지? 옛날 코미디의 뻔한 결말을 몰라? 연인의
이별, 불행의 극복, 무법자와 야만들 가운데서의 모험 말이
야. 진실한 사랑이 다시 만나면 결론은 항상 결혼이지."

페버스는 잠시 주저했다.

"뭐라고요?" 그녀가 말했다.

"올란도는 로잘린드를 얻고, 로잘린드는 이렇게 말하지(셰
익스피어의 「뜻대로 하세요」의 주인공들—옮긴이). '난 이제 당신 것
이니, 내 모든 것을 당신께 드리겠어요.' 그리되면 여자의 은
행계좌도 넘어가는 거고." 리지는 나지막이 날카롭게 덧붙
였다.

"하지만 나를 드린다는 건 불가능해요." 페버스가 말했다.
그녀의 어휘는 지나칠 정도로 정확했다. "내 존재, 나의 나다
움이란 특이한 것이고 떼어낼 수도 없는 거예요. 다른 사람의
쾌락에 날 이용하도록 판다는 건 별개의 문제지만. 난 감사
의 마음으로, 또는 나의 쾌락을 기대하며 공짜로 날 드릴 수
도 있어요. 쾌락만이 내가 그 미국 청년에게 기대하는 전부일
테고. 하지만 내 본질 자체는 줄 수도 받을 수도 없는 거예요.

그렇지 않다면 나한테 뭐가 남겠어요?”

“바로 그거야.” 리지가 조금 애처롭게 만족해하며 말했다.

“게다가.” 페버스는 급히 덧붙였다. “여기는 결혼을 주관해줄 교회나 성직자와는 아주 멀리 떨어진 곳이잖아요……”

“오오, 아마 네 애인이 피난처로 삼은 이 숲속 사람들도 다른 사람들처럼 결혼제도를 열렬히 받들고 있다는 걸 알게 될걸. 축복하는 방식은 다를지 몰라도 말이야. 자연과 치르는 거래가 힘들면 힘들수록, 사람들은 질서를 유지하기 위한 규칙을 더 많이 만들려는 경향이 있지. 여기에도 아마 교회가 있을 거고, 어쩜 교구사제도 있겠지. 사제란 게 이상한 제례복을 입고 폭력적인 성사를 내릴지도 모르지만.”

“월써만 붙잡아 도망치면 돼요. 사랑의 도피를 할 거라고요.”

“그 사람이 같이 가기 싫다고 하면?”

“지금 질투하는 거죠!”

“와우, 그 생각은 못해봤네.” 리지가 뻣뻣하게 말했다. “살아생전에 딸한테 그런 말을 들으리라곤 말이야.”

페버스는 창피한 마음이 들어 조금 천천히 걸었다. 리지의 말을 계속 마음속으로 되뇌며.

“결혼이라니!” 그녀는 갑자기 큰 소리로 말했다.

“용의 소굴에서 공주를 구한 왕자는 언제나 그 공주와 결혼해야 하는 거야. 서로 좋아하든 말든 그건 상관없어. 그게 관습이니까. 그 관습이 광대를 구한 공중곡예사에게도 해당된다는 건 의심의 여지가 없어. 그런 관습의 이름이 바로 ‘해피엔딩'이잖아."

"결혼이라." 페버스는 끔찍한 혐오감에 차서 중얼거리는 목소리로 다시 한번 읊었다. 그러나 잠시 후 곧 기운을 차렸다.

"하지만 리지, 그 사람의 유순한 인상을 떠올려봐요. 어떤 여자든 자기가 원하는 대로 주무를 수 있어요. 분명 우리가 다시 만나면 그 남자는 자기를 나한테 바치는 예를 베풀 거예요. 나는 날 바칠 수 없지만요. 그가 내게 자기 안위를 맡긴다면 난 그 사람을 변화시킬 거예요. 그 사람 아직 알에서 깨어난 게 아니라고 그랬죠, 리지? 아주 잘됐어요. 내가 그 사람을 **품**겠어. 내가 그 사람을 알에서 깨어나게 할 거고, 새로운 남자를 만들어낼 거야. 그를 새 남자로 만들어서, 사실상, 신여성에 걸맞은 신남성으로 만들어버리겠어요. 그리고 우린 서로 손을 잡고 신세기를 향해 걸어갈 거예요……"

리지는 페버스의 목소리에 흥분이 커져가는 것을 감지했다.

"그럴 수도 있고, 아닐 수도 있겠지." 그녀는 그 흥분에 찬물을 끼얹으며 말했다. "아마 앞으로의 계획을 세우지 않는 편이 안전하겠는데."

페버스는 수양엄마와의 대화가 그들 주변의 텅 빈 풍경만큼이나 알맹이가 없다고 생각했다. 그녀는 기운을 돋우려고 휘파람을 불었다. 「발퀴레의 비행」이었다. 씨베리아 한가운데에서 작은 휘파람 소리는 조금 처량하게 울렸지만 그녀는 버티고 계속 불었다. 잠시 멈추어 리지는 다른 화제를 꺼냈다.

"하지만 이 말은 꼭 해주고 싶어. 네가 네 기삿거리를 신문에 팔지 않으면 커니 대령이 가로채고 말 거야……"

화제를 바꾸고 싶었던 페버스는 휘파람을 멈추고 말을 잘랐다.

"리지, 커니 대령이라면 사업 실적과 근로자 대우만으로도 언론에서 조롱거리가 될 수 있잖아요."

"너 자신을 언론에 팔아넘길 생각이 아닌 한, 애써봤자 뭐 그걸로는 돈 될 게 없을 것 같은데. 아마 그건 네 안에서 도덕성이 커져간다는 표시겠지."

페버스가 다시 휘파람을 불기 시작했지만, 리지는 계속 밀어붙였다.

"그 남자가 네게 지불할 돈 때문이 아니라 그 남자의 몸에 이끌려 찾아다닌다는 도덕성 말이다, 우리 딸. 결국 도덕성에 대한 너의 예리한 공격만큼이나 그게 불편하다는 게 증명될 거야. 투쟁에 자금을 대는 문제라면 고질적인 문제가 되겠지만."

"말 다했어요? 아직 안 끝난 거예요? 그렇게 불평을 늘어놓을 거면 왜 나랑 같이 있는 거예요?"

"넌 인간의 마음에서 첫째가는 원칙이 뭔지를 몰라." 리지는 슬픔에 잠겨 말했다. "인간의 마음은 믿을 수 없는 기관이라 충동적인 게 없으면 넌 아무것도 아닌 거라고. 쏘피, 난 네가 정말 걱정된다. 너 자신을 뭔가에 파는 것과 바치는 것은 정말 다른 거야. 하지만, 오, 쏘피야! 네가 경솔하게도 너 자신을 버린다면 어떻게 될까? 그 독특한 '너다움'은 어떻게 되는 거지? 다 쓸모없어지겠지, 그렇게 되고 말겠지! 난 너를 하늘을 날도록 길렀지, 알을 품도록 기른 건 아니라고!"

"알? 이게 알과 무슨 상관이죠?"

바로 그 순간, 그들이 정말 수킬로미터를 걷는 동안 처음으로 인간의 흔적을 보지 못했다면 아마 곧바로 싸움이 시작됐을 것이다. 나뭇가지로 만들어진 작고 부실한 움막 하나가 할아버지처럼 굽어보는 듯한 소나무에 기대서 있었다. 처음에는 그게 움막인지조차 알아차리지 못할 것 같았다. 거기엔 문도, 창문도, 그 안으로 난 어떤 틈도 없었기 때문이다. 그래서 원시적 움막이라기보다는 장작더미처럼 보였다. 하지만 야생 속의 장작더미는 대양에 떠 있는 요트만큼이나 어울리지 않았다. 게다가 그들이 그리 가까이 가자 안에서 숨죽인 신음과 흐느낌이 새어나왔다.

리지는 페버스더러 자기 등뒤로 오라고 신호했다. 몸집이 작은 여자가 무거운 발을 끄는 덩치 큰 공중곡예사보다는 훨씬 걸음이 재발라서였다. 리지는 가볍게 움막 위로 기어올라 그 안에서 은밀히 일어나는 일을 보고 놀랐다. 그러나 불결한 짚더미에 누워 있던 여자는 그냥 놀랄 수도 없는 상황이었다.

리지는 통나무를 치우고 여자를 자세히 내려다봤다. 이미 밖엔 짧은 낮이 끝나 잿빛 어스름이 내리기 시작했고 안에는 불빛도 불씨도 없었다. 그래서 리지는 마에스트로한테 훔쳐낸 성냥을 급히 찾았다. 그 작은 불빛 속에서 리지는 엎드려 누워 있는 여자를 보았다. 그녀는 다가오는 밤의 매서운 추위에도 불구하고 낡고 해진 사슴가죽 원피스만 입고 있었는데, 그나마 가운데가 찢어져서 아직 불룩한 배가 드러나 있었다. 아마 침대보를 차낸 것 같았다. 열도 있는 듯했고 헛소리까지 하는 것 같았으니까. 어쨌거나 여기저기 약간 손질한 가죽이 있었는데도 여자는 이불보로 덮고 있는 것이 없었다. 그 옆에는 나무로 만든 조잡한 바구니가 있었는데, 안에 있던 아기가 깨어나 울기 시작하자 그게 요람임을 알 수 있었다.

리지는 조심스럽게 통나무 두어 개를 치우고 그 틈새로 들어갔다. 그녀는 가방에서 양초조각을 찾아 불을 붙였다. 처음엔 장밋빛 뺨을 가진 아기가 아주 건강해 보인다고 생각했다. 그다음 아기를 안아올려 달래려 하다가 아기의 창백한 얼굴을 감추고 있던 것이 연지처럼 발라놓은 피라는 것을 알아차렸는데, 그건 부족 사람들의 오랜 관습이었다. 아기 엄마가 눈을 떴다. 곰 한마리가 자신의 은밀한 산후의식을 침범한 거라 생각했다면 냉철히 대처할 것이었다. 또다른 곰은 움막 벽을 훨씬 더 많이 허물고 쿵쿵대며 들어왔다. 아기 엄마의 표정은 변하지 않았다. 리지는 손바닥을 아기 엄마의 이마에 대보았다. 아주 뜨거웠다.

"여자를 좀 일으켜봐." 리지는 아기를 맡은 채 페버스에게 말했다.

"도대체 뭐가 어떻게 된 거지?" 페버스는 리지 말대로 하며 물었다.

"나도 잘 모르겠어." 리지가 말했다. "쏘피야, 어쩌면 자기 부족의 재생산 체계에 예속된 이 여자의 극적인 장면은, 네 생리구조는 대자연에 거스르고 있지만, 이 여자는 꼼짝없이 대자연에 손발이 묶여 나타난 것을 보면 이건 기형 변종에서 여자로 돌아오려고 하는 너한테 한번 더 생각해보라는 의도로 보내진 게 아닐까 한다만."

리지는 아기를 들어 젊은 엄마의 젖가슴에 가져다놓았다. 하지만 어린 엄마의 젖은 아직 나오지 않거나 아예 없는 듯했다. 아기는 입으로 젖꼭지를 꽉 물고 맹렬히 빨았지만, 날카로운 실망의 울음소리와 함께 젖을 놓고 얼굴을 찌푸렸으며 큰 소리로 울며 주먹을 흔들기 시작했다. 그것을 보고 아기 엄마도 탈진과 열 때문에 아이만큼 울었다. 페버스가 그녀의 차가운 손을 자신의 따뜻한 손으로 문지르는 동안 리지는 자기가 입은 가죽옷 속에 아이를 아늑하게 집어넣었다.

"여기 이대로 애를 두고 떠날 순 없어. 그건 너무 잔인해." 그녀가 공언했다. "불쌍한 갓난애는 굶주린데다 곧 죽게 될 테니까."

"엄만 항상 주운 아기에 집착하는 경향이 있더라." 페버스는 신랄하게 말했지만, 한편으로 애정이 다시 살아났다. "그럼 이 불쌍한 엄마는 어떻게 하고? 이 여자도 업둥이인 거예요?"

"네가 맡으면 되겠네."

"뭐 무게는 별로 안 나가네요." 페버스는 아기 엄마를 올려 세우면서 인정했다. 여자는 잠시 정신을 차리더니 미소를 지었다. 만일 페버스가 곰이 아니라 여자라는 것을 알아차렸다면 출산에 대한 금기가 깨졌기에 심하게 불평했을 것이다. 말하자면 그녀는 자신이 자비로운 은총을 받아 죽은 자의 땅으로 가게 내버려두었다. 아기도 같은 방향으로 떠나기에 작게 옹알대는 울음소리를 들을 수 있어서 기뻤다.

리지와 페버스는 움막의 벽 한면을 걷어내버렸다. 그것이 밖으로 나갈 가장 손쉬운 방법이었다. 페버스는 한손으로 옷으로 잘 감싼 젊은 산모를 부축하고 흩어진 나뭇가지를 밟으며 나가다가, 사방을 둘러싼 눈 속에서 뭔가를 보고 소리를 질렀다.

"오오오, 엄마, 엄마!"

연약한 바이올렛의 기적이었다. 서리에 얼고 피곤한 눈꺼풀처럼 창백한 빛깔이지만 향기와 평화만은 대단한 바이올렛이 커다란 소나무가 비바람을 막아주는 뿌리 사이에서 활짝 피어 있었다. 정말 바이올렛이었다!

"바이올렛이야." 리지가 말했다. "새해 전날에 바이올렛이라."

"저걸 봐요, 저 작고 예쁜 꽃들을요." 페버스는 흥분으로 벅차올랐다. "우리 비올레타가 우릴 잊지 않았다고 보낸 소식 같아요. 그런데 오늘이 새해 전날이라 그랬어요?"

리지는 고개를 끄덕였다. "날짜를 세고 있었거든. 내가 센 바에 따르면 오늘은 새해 전날이야. 분기점에 와 있는 거지. 내일은 다른 시간대가 될 거야."

페버스는 어깨에 젊은 산모를 받친 채 허리를 구부렸는데

리지가 부탁했다.

"꺾지 마. 스스로 씨를 퍼뜨리게 놔두렴. 눈 속에 핀 바이올렛이라. 아마도 아주 드물 게 분명해."

겉보기엔 무관심해 보였지만 리지 역시 감동을 받은 것이었다. 그리고 두 여자는 휴전, 아니 평화가 다시 선언됐다는 사실을 알고 서로를 향해 미소지었다.

"보인다." 리지가 가리켰다. 바이올렛 옆의 눈에 발자국이 나 있었다. 걸음을 멈추고 바이올렛을 찬미한 사람은 이들이 첫번째가 아니었다. 부드러운 밑창이 달린 부츠자국이었다. 발자국은 하나뿐이었는데, 프라이데이(대니얼 디포의 『로빈슨 크루쏘우』에서 크루쏘우가 표류한 섬의 원주민이자 충직한 하인―옮긴이)의 발자국처럼 신비롭고 또 그만큼 불길했다.

"저길 봐요!" 페버스가 지목했다. 붉은 리본조각이 나뭇가지에 걸려 있었다. 마법의 산파가 숨겨둔 환자를 돌보러 갈 때면 발자국을 숨기려 애썼지만, 그것만으로는 충분치 못했다. 두 마리 곰이 아기 엄마와 아기까지 납치해가지 않았던가? 붉은 리본 너머 몇미터 앞에는 녹고 있는 밟힌 눈의 흔적 한편에 작은 종이 놓여 있었다. 이제 그들은 어딘가로 이어진 고속도로를 탄 것이고 지난 며칠보다 나아진 기분으로 성큼성큼 활보하며 나갔다.

곧 그들 앞에는 뿔로 창틀을 만든 두꺼운 창 너머로 희미하게 반짝이는 빛이 보였고 길고 낮은 지붕에 나무로 된 집들, 그리고 굴뚝에서 올라오는 연기가 보였다. 이상한 화로에서 요리하는 이상한 저녁식사의 진하고 이상한 향기가 풍겼다. 어스름 저녁이었다.

이미 바이올렛으로 놀라 흥분된 페버스의 가슴은 그 다정한 풍경과 냄새로 훨씬 더 따뜻해졌다. 마을이다! 집이야! 자연을 궁지로 몰아넣는 인간 손길의 흔적들이다! 그들이 외롭게 숲속을 배회하는 동안 그녀에게 삶은 정지되어버린 것 같았다. 이제 외로움은 더이상 없으며 상황이 나아지려 하고 있다. 어쩌면 이 마을에서 머리 염색이나 탈색을 할 수 있을지도 모른다. 그리고 다시금 기운을 추스르기 시작할 수도 있다.

분명 그는 여기에 있다. 저 목조가옥 중 하나에 미국 청년이 머물고 있을 것이다. 그리고 그녀는 사랑하는 이의 눈 속에서 다시 한번 경이로움을 발견하고 완전해질 것이다. 이미 그녀는 자신이 더 환한 금발이 되었다고 느꼈다.

"그 사람 내 연인이 아니라, 작가 아니면 대필가라고 생각하세요." 페버스가 리지에게 말했다. "리지, 내 인생 궤적만 쓴 게 아니라 엄마의 궤적도 쓰잖아요. 엄마의 긴 망명의 역사, 그리고 엄마가 티도 안 냈던 교묘한 술책, 내 이야기보다 그게 열 배는 더 그 사람 수첩을 채웠잖아요. 그 사람은 이제 우리가 말하려는 그 모든 이야기를 쓰는 대필가라고 생각하세요. 그러지 않았다면 이름도 없이 잊히고, 마치 존재하지 않았던 것처럼 역사에서 삭제된 그런 여자들의 역사를 말이에요. 그 사람도 미약하나마 열심히 수레바퀴를 밀어서, 내일 시작될 새로운 시대로 세계가 한걸음 더 나가도록 도와줄 테니까요.

일단 구세계가 자신의 축을 중심으로 회전하면 아아, 그때는 새로운 동이 트겠죠! 모든 여자들은 나처럼 날개를 가지게 되겠죠. 내가 안고 가는 이 젊은 여자는 소름끼치는 의식의 굴레에 손발이 묶인 채 발견되었지만, 이제 더이상은 그런 고통을 겪지 않겠죠. 여자는 자신의 마음에서 버려진 족쇄를 끊고 일어나 날아오르게 될 거예요. 인형의 집은 모든 문이 열릴 것이고 창녀촌은 그 안에 가뒀던 사람들을 쏟아낼 것이고 온 세상, 모든 곳의 금빛 그리고 다른 새장들도 그 안에 가두어둔 새를 내보내 새들이 이 새롭게 변화된 세상에서 새벽의 합창을 함께 부르게 될 거예요……"

"그보단 좀더 복잡해질 것 같은데." 리지가 끼어들었다. "나같이 늙은 마녀는 폭풍우를 먼저 보거든. 내가 미래를 볼 땐 유리창을 통해 음침하게 보니까. 네 분석은 좀더 다듬어야겠다. 다음에 다시 이야기하자."

그러나 딸은 아랑곳없이 환상에 중독된 듯이 계속했다.

"그 찬란한 날, 나도 더이상 특이한 존재가 아니고 세상 모든 여자가 더이상 상상의 허구가 아니라 평범한 사실이 되면, 그땐 그 사람이 자기 수첩을 내던지고 나란 존재와 내 예언적 역할에 대한 증인이 되어줄 거예요."

"까꿍, 까꿍, 까꿍." 리지는 불안해하는 아기를 얼렀다.

마을에는 거리도, 광장도, 골목길도 없었다. 집들은 때로는 가깝게 붙어 있고 때로는 멀리 떨어져 있었는데, 마치 소가 풀밭 여기저기 흩어져 있는 것 같은 배치였다. 모두가 집에 있을 시각이라 인기척은 없었지만, 순록 한두 마리가 뿔 달린 머리를 들어 새로 온 사람들을 물끄러미 응시하더니 이끼를 더 뜯으려고 뒤로 물러났다. 커다란 낙엽송에는 축제의 분위기를 돋우는 종과 리본이 매달려 있었는데, 그 나무는 이 마을에서 가장 길고 가장 낮고 어쨌거나 가장 관공서답게 생긴 건물 바깥에 있었다. 리지는 어째서 그 가옥에 더 많은 리본과 깃털과 뼈 장식이 달려 있는지 눈여겨보며 노크를 했다. 노크를 하자 안에서 숨죽인 으르렁 소리가 들렸다. 작은 소동 소리와 쿵 하는 소리와 남자의 목소리가 귀에 익지 않은 낯선 언어로 들려왔다.

"저게 들어오라는 말인 거지?"

페버스는 어깨를 으쓱했다.

"열어요. 얼어죽을 지경이라고요."

그들은 삐걱 소리를 내며 문을 밀었다. 안에는 눈으로 볼 수 있는 범위에서는, 생명체라고는 없었다. 뭐 그게 그리 대단한 건 아니었다. 통풍이 잘되는 내부는 원시적인 등불로 불규칙하게 불을 밝혔는데, 그 등불은 곰의 지방을 녹인 기름으로 가득한 양철 접시였고, 그 안 심지는 곧 가라앉을 것처럼 불안하게 떠 있었다. 등불은 대들보가 교차하는 곳에 끈으로 매어놓았는데 바람이 들어올 때마다 흔들렸다. 그래서 예측할 수 없어 으스스한 느낌을 주는 그림자가 왔다갔다했고, 그게 도통 뭔지 파악은 안되지만 벽과 구석에 세워놓은 기묘한 형태의 이상한 색깔의 물체를 흘끗흘끗 보여줬다. 미련하고 말없는 점거자들이 여기저기에 웅크리고 있다는 낌새를 주었지만, 그 즉시 모든 것이 다시 어둠에 싸여버렸다.

램프 밑에는 긴 탁자가 있었는데, 거기엔 한두 개의 이상한 얼룩이 눈에 띄었다. 탁자에는 끌이 아니라 불을 이용해 속을 파낸 큰 나무주발이 놓여 있었다. 또한 골동품 모양으로 생겼지만 날이 아주 예리하게 갈린 돌칼도 있었다. 탁자 주위에 땅을 밟아 다진 바닥에는 오래된 피와 모피와 깃털의 흔적이 흩뿌려져 있었다. 아마도 사제와 예배자들이 발로 밟아 만든 것 같았다. 죽음의 냄새가 향내와 뒤섞인 것처럼 그 냄새는 섬뜩했다. 그리고 매우 추웠다.

"내가 뭐라고 그랬어?" 리지가 말했다. "이 사람들의 교회야. 전형적인 교회 분위기잖아."

뭔가가 있었다. 어쩌면 서까래에 부는 바람이거나 쥐 한마리였는지도 몰랐다. 몸을 숨긴 사제는 리지가 말을 하자 바스락대는 소리를 냈다. 그리고 그곳은 조명이 너무 어두워서, 귀신이라도 나올 듯한 짙은 어둠에 마을 주민 전체가 몸을 숨겼을 것 같았다. 그곳엔 밀실공포증의 악몽 같은 느낌이 있었다. 그런 느낌은 아직 기대와 팽팽히 맞서고 있었는데 마치 뭔가 아주 끔찍한 일이 그들의 도착으로 인해 일어나지 못하고 중단된 것 같았다. 그러나 중단된 의식의 주인공들은 끈기가 있었고 기다릴 수 있었으며 기다리면서 어머니와 아기를 마을로 다시 데려온 이 두 사람이 어떤 일을 벌이려는 지 지켜보고 있었다. 신성하고 불가해한 고대의 관례를 따르고, 계시를 받고, 죽은 자와 만나고, 제물을 바치기 위한 용도로 제작된 그 야생의 교회는 감동을 주고자 만들어진 것이었으며 실제로 감동을 주었다.

그러나 리지와 페버스는 주변환경에 감동받기를 거부한 덕에 생존능력을 갖고 있었다. 페버스는 안도의 중얼거림과 함께 젊은 아기 엄마를 탁자에 부드럽게 내려놓았고, 지친 팔을 뻗었다. 젊은 아기 엄마는 눈을 떠 주의해서 주변을 보았다. 고향 마을의 움막 신당이 아닌가! 아기는 왜 울음을 멈춘 거지? 그녀는 몸이 조금 나아졌다고 느꼈고 일어나서, 분명 지금 진행중이던 자신의 장례식에 어떤 준비가 필요한지 알아보려고 안간힘을 모았다.

"조심해!" 리지가 높은 소리를 질렀다.

구석에 한 **남자**가 있었다.

아니, 남자가 아니었다. 두 여자는 다시 한숨을 돌렸다. 등불이 흔들려서 이제 빛이 비치다가 곧 다시 어두워지는 구석에는 나무 성상이 하나 서 있었다. 그것은 키 작은 이 부족 사람들의 실제 키보다 조금 더 컸는데 모피와 숄과 허리띠가 둘러져 있었고 하얀 셔츠 한장이 입혀져 있었다. 그 셔츠 앞자락은 말라붙은 달걀 흰자로 뻣뻣했다. 그것을 보자 페버스의 심장이 쿵쾅대기 시작했다. 성상의 머리에는 검정, 파랑, 빨강 천으로 만든 뿔 세 개짜리 모자가 여러 개 씌워져 있었으나 모피며 숄이며 레이스 약간과 양철과 리본이 뒤덮고 있어서 그 얼굴은 알아보기 힘들었다. 그래도 입은 뭔가를 게걸스럽게 먹는 듯 보였다. 그리고 눈은 두들겨서 편 양철 접시로 되어 있어서 흔들리는 등불 빛이 닿을 때마다 반짝였다.

성상이 말을 했다.

"그대들은 어디에서 왔는가? 어디로 가는 길인가?"

놀란 아기는 성상이 뛰어난 미국 영어로 말하는 것을 듣고 큰 소리로 울었다. 젊은 아기 엄마는 탁자에서 뛰어내렸는데, 그 울음소리가 결코 사후세계의 것이 아니었기 때문이다. 그녀는 아기를 안고 있던 리지와 맞붙었으며 귀가 멍멍할 만큼 비명을 질러댔다. 리지는 아기를 건네주었고 그래서 탁자 밑에서 뭔가 으르렁대며 나오는 것을 보았다. 희생의식이 시작도 하기 전에 중단되자, 무당은 탁자 아래로 곰을 걷어찬 것이다. 모욕을 당한 곰은 리지의 머리를 쳤고 둘이 난투극을 벌이다가 탁자를 쓰러뜨렸다. 접시와 칼이 쨍그랑 소리를 내며 바닥으로 떨어졌다. 둘은 격투중에 성상과 부딪혔다. 성상이 넘어지면서 그와 비슷한 흙으로 빚은 좀더 수사슴처럼 생긴 다른 성상 위로 무너졌다. 사슴 성상은 넘어지면서 또다른 성상을 쓰러뜨렸고, 가장 상위로부터 일렬로 늘어선 성상들이 줄줄이 쓰러졌다. 광범위한 신성모독의 도미노현상이었다. 바닥에는 곰 성상 아래 감추어두었던 수많은 해골이 풀려나와 굴러다녔다. 처음에는 그것이 곰의 해골인지도 확실치 않았다. 난리통에 등불은 앞뒤로 더 빠르게 흔들리며 사방에다 대고 뜨거워진 기름을 흩뿌렸다. 페버스는 침착함을 유지하며 이 난투극에서 뒤쪽으로 유유히 빠져나와 노래를 불렀다.

"꼭꼭 숨어라, 머리카락 보인다!"

등불이 불붙은 심지가 꺼질 정도의 과한 운동량을 보이며 위아래로 흔들리더니 벽을 들이받고 꺼져버리는 바람에 움막 신당은 칠흑같이 어두웠다. 그 안에서 보이지 않는 생명들이 서로를 맹렬히 꼬집고 때리면서 그들끼리 몹시 거칠게 굴었으며 때로는 모피로 된 것이, 또 때로는 가죽으로 된 것이 이상한 비명을 내지르면서 조그만 종을 딸랑딸랑거렸다. 두 여자가 모리스 춤(영국 전통춤으로 가장무도의 일종으로 주로 메이데이에 이 춤을 춘다―옮긴이)을 추는 귀신들에게 단체 공격을 받았던 것일까? 페버스는 보이지 않는 존재와 격투를 벌이다가 살냄새와 약간 불쾌한 냄새를 맡았다. 그녀는 뼈를 물어서 피맛을 본 것이었다. 그것은 살아 있었다. 듣기 싫긴 했지만 분명 사람이 내지르는 비명이었다. 그녀가 단단히 움켜잡자 또다시 비명이 들렸다. 그녀는 자신이 남자와 싸우고 있다고 확신했다.

리지는 일단 곰에게 팔 조르기를 하면서 발로 떨어진 돌칼의 위치를 확인했고 발로 계속 단단히 그 돌칼을 누르고 있었다. 어떤 가죽 같은, 이상하게 끽끽거리고 딸랑거리는 것이 자신을 세차게 때리고 있었는데도 돌칼을 단단히 밟고 있었다. 페버스는 깨문 팔을 놔주지 않고 있다가 정체불명의 상대를 바닥에 팽개쳤다. 바닥에서 그녀는 숨을 거칠게 몰아쉬며 상대의 가슴을 깔고 털썩 앉아버렸다. 상대는 쇠바늘 여러 개로 옷감을 짤 때나 나올 법한, 소리로조차 들리지 않는 언어로 외쳤다. 이 상황을 밝힐 불빛을 가져오라는 것이 분명했다. 잠시 후, 이상한 냄새를 풍기며 구석 어디에선가 이상한 옅은 불빛이 나타났기 때문이다.

마치 빛이 그들을 진정시키기라도 한 것처럼 소동은 진정되었다. 마지막으로 아기가 칭얼거리는 소리, 곰이 쿵쿵대는 소리, 그리고 뒤이은 침묵 속에 페버스는 자신이 걸터앉아 누르고 있는 사람을 보았다.

월써는 의례용 원피스를 입고 있었고 모피조각으로 술장식을 달고 앞에 달러 모양으로 자른 양철조각을 붙여 만든 삼각모자를 쓰고 있었다. 그는 얼굴이 좀 말라 보였다. 유럽인의 눈으로 보면 옅은 금빛 수염이 이제 가슴의 절반까지나 있었는데, 그건 그가 입은 가죽치마와 어울리지 않았고 물과 비누로 몸을 씻을 수 있었을 텐데 악취가 코를 찔렀다. 하지만 이건 아무것도 아니었다. 매섭도록 정확히 쏘아보는, 찬란하게 빛나는 잿빛 눈동자에는 예언자다운 번뜩임이 있었기 때문이다. 예언자의 번뜩임이 있을 뿐 의혹의 흔적은 전혀 찾을 수 없었다. 게다가 그 두 눈은 과거에 대한 기억력을 상실한 것 같았다.

페버스는 그가 자신을 바라보는 것을 보고, 목덜미에 솜털이 일어서는 느낌이었다. 마치 완전히 자연스러운 존재를 보는 양, 자연스럽지만 혐오스러운 존재를 보는 양 소름끼치도록 공포에 찬 시선이었다. 그는 인광이 발하는 눈을 그녀에게 고정했다. 그리고 잠시 후, 그의 목소리는 노래를 부르며 커져갔다.

"금빛 새장 속의 한마리 새!"

"세상에, 맙소사!" 페버스가 말했다. 월써가 그 친숙한 음색을 일종의 성가, 어쩌면 애도가처럼 바꿔놓았기 때문이다. 이 세계와 함께 존재하는 다른 세계의 유령 주민들을 불러내는 일종의 씨베리아 강림기도처럼 바꾼 것이었다. 그리고 페버스는 그 노래가 자신에게 해가 되리란 걸 직감했다.

무당은 그녀의 깃털, 머리카락, 그리고 부러진 날개를 보고 그녀가 누군지 알아차렸고 그 짧은 시간에 너무나 빠르게 빛깔이 바랜 것을 보고 다소 위안을 받았다. 그는 평가라도 하듯 아기 엄마와 아기를 지켜보았다. 곰 신령은 새끼곰 대신 저들을 쓰라는 것인가? 그렇게 보였다. 그러나 둘 중 작은 쪽은 아직도 희생제의용 칼 위에 있었다. 아마도 이들은 직접 그 일을 하려는 듯했다. 분명 지금 해야 할 일은 가능한 빨리, 곰 신령들이 제단 위 엄마와 아기에게 다시 손을 뻗기 전에 이들이 사라지게 돕는 것이다. 그는 벽에 기대어둔 북을 낚아채서 맹렬한 에너지로 귀신을 쫓아내려는 푸닥거리를 하기 위해 둥둥 울려댔다. 페버스에게 월써의 목소리는 바로 광기의 정수처럼 단숨에 급습하여 어떤 소리로 진동했다.

페버스는 와들와들 떨리는 느낌이었는데 그건 마술사, 마법사, 흥행주가 찾아와 그녀만의 유일한 특이성을 앗아가려 할 때의 느낌이었다. 마치 그 특이성이 그들의 발견물이라도 되는 것처럼, 마치 그녀가 자신의 모습을 유지하기 위해서는 자기들의 상상력에 기대야 한다고 믿는 것처럼 말이다. 그녀는 어쩔 수 없이 여자에서 이상형으로 변하는 것을 느꼈다. 무당은 북 치는 힘을 두 배로 올렸고, 그 소리에 맞춰 이상하게 깽깽대며 구슬피 우는 소리로 노래하기 시작했다. 보이지 않는 흔들 향로에서는 정신을 혼미하게 하는 보랏빛 향기가 나와 움막 신당을 채웠다. 이제 무당은 자신을 수십명으로 증식시키고 있는 것 같았다. 페버스이기도 하고, 페버스가 아니기도 한 이 존재에게 똑같은 기원을 하기 위해 수십개의 북을 둥둥둥 울리면서 말이다. 페버스는 월써의 눈에서 자기 모습이 인화지 위의 이미지처럼 고정된 의미를 향해 표류하는 것을 보았다. 그러나 그녀가 본 것은 페버스 자신의 모습이 아니라 꿈에서 나온 두 개의 완벽한 축소모형이었다.

그녀는 자신의 외형이 불안하게 떨고 있는 것을 느꼈다. 자신이 월써의 눈동자에 비친 모습에 영원히 사로잡혀 있다고 느꼈다. 한순간, 바로 그 한순간, 페버스는 삶에서 최악의 위기를 경험했다. "나는 사실인가? 아니면 허구인가? 나는 내가 아는 나인가? 아니면 나는 그가 나라고 생각하는 것인가?"

"깃털을 보여줘, 빨리!" 리지가 재촉했다.

알 수 없는 절망감과 부러진 날개와 빛을 잃은 깃털에 대한 비참한 깨달음에 페버스는 그 말을 따르는 것 말고 다른 어떤 생각도 할 수 없었다. 그녀는 모피 옷을 벗어던지고 두 날개를 다 펼칠 수는 없음에도 불구하고 그중 하나를 펼친다. 한쪽 날개의 천사, 불완전하고 초라한 장관이었다! 비너스도, 헬레네도, 묵시록의 천사도, 이즈라엘도 이스파엘도 아닌…… 단지 운이 다한 불쌍한 기형 인간에 지나지 않았다. 그녀를 지켜보는 이들에게는 가장 모호한 현실의 대상이었다. 움막 신당의 두 남자는 환영을 보는 데 익숙해서 환영처럼 보여도 사실 환영은 아닌 그녀가 사물을 향한 그들의 시선에 자리할 곳이 없었기 때문이다.

문이 삐걱대고 또 삐걱댔다. 페버스는 뒤돌아보지 않고도, 월써의 새 친구 몇몇이 무슨 소란이 벌어졌는지 보러 왔다는 것을 알 수 있었다. 이제 온갖 황인종 얼굴들이 문간에 나타났고, 이들은 자신이 들고 온 등불 빛을 받아 여러 개의 달이 뜬 것처럼 보였다. 그녀는 그들의 눈이 자신의 등을 보고 있다는 것을 느끼고는 주저하면서 온전한 한쪽 날개를 펄럭였다. 처음에는 주저했고 확신이 서지 않았다. 그러나 그 깃털은, 오오, 그래, 해낸 것이었다! 그녀의 깃털은 경탄의 호흡, 그들이 내뱉은 숨결로 물결쳤다. 오오오오오오!

언제나처럼 바람은 그녀의 기분을 상쾌하게 만들었다. 바람은 움막 신당 안에서 불고 또 불었으며 약을 섞은 향내와 묵은 피냄새를 날려버렸다.

그녀는 고개를 꼿꼿이 세워 등불에서 나오는 빛을, 배우를 비추는 각광 같은 무대조명처럼 즐겼다. 그런 각광을 받는 것은 독한 브랜디만큼이나 좋았고 그 너머로 너무 놀라 그녀에게 고정된 시선들, 외경어린 시선들은 그녀가 누구인지 말해주었다.

그녀는 염색약을 찾는 대로 다시 최고의 금발이 될 것이다. 쉬운 일이었다. 그동안 누가 신경이나 쓰겠는가! 물론 날개는 나을 것이다. 눈이 녹고 모든 타이가 지역이 바이올렛으로 뒤덮일 때면 다 나을 것이다. 그리고 그때는 튼튼해진 날개로 마을 위로, 숲 위로, 저 산들과 얼어붙은 바다 위로 날아오를 것이다. 품에 사랑하는 이들을 안고서 말이다. 집! 그래! 그녀는 트래펄가 광장을 다시 보게 될 것이며, 대좌 위에 놓인 넬슨(트래펄가 광장에 있는 넬슨 기념 동상─옮긴이)도, 황혼에 템즈강으로 녹아드는 첼씨 다리도…… 그리고 쎄인트 폴 대성당도 다시 보게 될 것이다. 그녀가 사랑하는 고향 도시의 하나뿐인 아마존의 젖가슴도.

오만, 상상력, 그리고 욕망! 그녀의 피가 핏줄 속에서 노래했다. 그들의 시선은 그녀의 영혼을 복구했다. 그녀는 월써의 가슴 위에서 무릎을 꿇은 자세로부터 일어섰다. 그녀는 찬란하고 가식적인 미소를 지었으며 마치 한번의 큰 포옹으로 거기 모두를 덮어버릴 듯 양팔을 펼쳤다. 그녀는 문 쪽으로 공손하게 몸을 낮추어 절하며 마치 자신이 거대한 한다발 글라디올러스라도 되는 양 관중에게 감사를 표했다. 그러고는 월써 쪽으로 공손히 몸을 낮추어 절했고, 이제야 월써는 의혹이 사라진 것 같은 표정을 지으며 누워 있다가 급히 일어났다. 그제야 페버스는 월써가 더이상 예전의 그 남자가 아니며 다시는 그때로 돌아가지 않으리라는 것을 알았다. 다른 암탉 하나가 그를 껍데기를 깨고 나오게 만든 것이었다. 잠시 그녀는 그렇게 재구성된 월써가 어떤 사람이 되었는지 불안했다.

"당신은 이름이 무엇이오? 영혼을 가지고 있소? 사랑할 수 있소?" 그녀가 절하는 자세에서 몸을 일으켜세우자 그는 엄청난 열정을 갖고 서두르며 물어왔다. 그 소리를 듣자, 그녀의 가슴은 뛰었고 그녀는 노래를 불렀다. 빛을 발하며 원기왕성하고 새롭게 무장한 그녀는 그에게 속눈썹을 깜빡였다. 이제 그녀는 움막 신당 지붕에 갈라진 틈을 만들 정도로 커 보였다. 거친 머리카락과 깃털과 의기양양한 젖가슴과 저녁식사용 접시만큼 커다란 푸른 눈 그 모든 것이.

"이렇게 인터뷰를 시작해요!" 그녀는 외쳤다. "연필을 꺼내들고 우리 시작하자고요!"

결미

"리지가 날 발견했을 때 리지는 아이를 막 잃은 참이어서 자기 가슴에 날 안아 젖을 먹였다는 걸 알아야 해요. 그리고 물론 리지를 그토록 형편이 어려운 창녀로 만든 건 **종교** 탓이 아니라 고객들한테 강의를 일삼던 그녀의 습관 때문이었죠. 아일랜드 문제, 인도 문제, 공화주의, 반성직주의, 노동조합 운동, 상원의 폐지뿐만 아니라 백인의 노예무역, 여자가 잘한 점과 못한 점, 보통선거권에 대해서까지도 말이에요. 넬슨은 이 모든 문제에 완전 공감했지만 자기도 말했다시피 세상이 하룻밤에 변하는 것도 아니고, 우리도 모두 먹고살긴 해야죠.

당신을 통해 외교행낭에 넣어 보낸 편지들은 보이지 않는 잉크로 써서 망명중인 동지들에게 보내는 러시아에서의 투쟁 소식이었어요. 그러니 우리가 가장 지독하게 당신을 이용한 거죠. 이렇게 말해 안됐지만, 비밀경찰이 이 사실을 알아냈다면 우리도 찾을 수 없는 씨베리아 어딘가로 당신을 보냈을 테니까요. 하지만 리지는 그렇게 하기로 했어요. 대영박물관 열람실에서 만난 서류가방을 든 열정에 찬 작은 신사(카를 맑스를 암시함─옮긴이)에게 그렇게 약속을 했으니까.

게다가 우린 처음 런던의 앨험브러에서 만났을 때 넬슨의 시계 덕분에 당신에게 속임수를 썼어요. 하지만 그 시계는 사라졌고 이제 다신 당신에게 속임수를 쓰지 않을 거예요.

다른 거짓말은 한 적도 없고, 똑바른 진실에서 벗어난 말을 한 적도 없어요. 믿건 말건, 내가 말한 모든 것은 진짜로 일어난 일이었고, 내가 사실인지 거짓인지의 질문에 대해서는 당신 스스로가 답해야 해요!"

페버스는 아무것도 입지 않은 채 집의 규모를 살폈다. 그녀는 싸모바르에서 대야에 물을 부어 그걸로 몸을 하나하나 조금씩 닦느라 바빴다. 그동안 월써는 수염 빼고는 벌거벗은 채 무당의 놋쇠 침대 위에서 기다렸다. 놀라지도 않고 그는 그녀에겐 정말 배꼽이 없어 보인다는 걸 눈으로 확인하고 있었지만, 그 사실로 어떤 분명한 결론을 내릴 기분은 더이상 들지 않았다. 그녀가 펼친 날개는 벽을 쓸어냈다. 그는 자연이 어떻게 그녀에게 '여성 상위' 체위만 가능하게 만들었는지 기억해냈고 지푸라기 침상에서 바스락거리는 소리를 냈다. 그는 앞으로 자신의 모습이 될 자기 모습을 되찾았지만 그런 '자신'은 결코 과거와 같을 수 없었다. 왜냐하면 이제 그는 두려움의 의미를, 그 의미가 가장 격렬한 형태라고 규정될 때 그 두려움의 의미를 알았기 때문이다(오스트리아 심리학자 브루노 베텔하임의 『옛 이야기의 매력』에 따르면 동화에서 주인공 남자가 두려움과 떨림을 알게 되는 것은 매우 중요한 사건이다. 두려움을 모르는 자는 아동에서 성인으로 성장할 수 없기 때문이다─옮긴이). 그것은 둘 중 하나가 죽거나 둘 다 죽지 않고서는 끝나지 않을 불안의 시작이었다. 그 불안은 양심의 시작이고, 양심은 영혼의 아버지이지만 순진함과 공존할 수는 없다.

리지는 콧방귀를 뀌었을 것이다. "저자를 봐, 쏘피. 저 모든 미신적 의식 하며 이젠 여자들 치마라니!" 그러나 그런 가시 돋친 말과는 달리, 리지는 거의 다정하다시피 한 눈으로 그를 바라봤다. 왜냐하면 월써의 잿빛 눈동자 속에서 수양딸이 다시 예전의 자아로 변모하고 있었기 때문이다. 염색약을 바른 것도 아닌데 말이다. 페버스가 여러 번 고갯짓과 눈짓을 한 다음에야 리지는 무당, 무당의 사촌, 사촌의 큰딸, 그리고 신생아와 함께 무당의 사촌네 집으로 자리를 옮겼다. 거기 즉석에서 만들어진 산과 병동에서 리지는 포괄적인 모자보건의 제의를 공들여 올리는 데 착수했다. 향후 10년간 종교적으로 효력을 발휘하여 그로 인해 분만 전후의 사망률로 인해 감소한 낮은 출산율을 보충하고도 남을 제식을 말이다.

무당의 사촌인 신비한 산파는 무당이 했던 대로 자신의 부적가방을 싸모바르 옆에 갖다두었다. 리지는 흥미로운 눈길을 던졌다. 어쩌면 그녀도 후진적이고 미신적이긴 해도 이 다정하고 지성적인 사람들 가운데서 새 핸드백을 몸소 찾은 것이 아닐까? 리지의 콧수염에 매료된 무당은 경의를 다해 리지를 '모든 곰의 작은 어머니'라고 불렀다. 새끼곰들은 마치 십대들 불장난의 희생양이라도 된 듯 리지의 뒤로 따라붙었다. 리지는 딱 한 번만, 딱 오늘밤만 합리성에서 잠시 해방되어 작은 신이 되어보는 놀이를 하고 싶은 유혹을 단호히 억눌렀다.

"둘만 있을 만한 곳이 어디 있을까요?" 페버스는 속눈썹을 깜빡이며 솔직하게 제안했다. 매순간 머리가 맑아지고 있는 월써는 그녀의 손을 잡고 무당의 집으로 끌고 갔으나, 페버스가 즐거이 그를 침대에 못박아두고 단장을 마칠 때까지 기다리라고 하자 그 즉시 주도권을 잃었다. 그녀는 색색의 등줄기에서 엉덩이까지 씻는 것처럼 보였다. 씻으면서 그녀가 부르는 노래는 「카르멘」에 나오는 「하바네라」가 아닌가? 지금 내가 감당도 못할 일을 저지르고 있는 건가? 월써는 곰곰이 생각했다.

그는 거울에 비친, 아주 분주하게 다시 구성되고 있는 자신을 응시했다.

"내 이름은 잭 월써, 미국 시민이다. 난 써커스에서 보낸 며칠 밤에 대한 기사로 내 글을 읽을 대중을 즐겁게 해주기 위해 커니 대령의 써커스에 참가했다. 난 러시아의 짜르 앞에서 광대로서 공연해 박수갈채를 받았다. (얼마나 대단한 이야기인가!) 내가 탄 기차는 도적들의 습격으로 자바이깔에서 탈선했고, 한동안 나는 원주민들 사이에서 마법사로 살았다. (세상에, 이 얼마나 대단한 이야기인가!) 내 아내, 쏘피 월써 부인을 소개하겠다. 예전에 음악당 무대에서 성공적인 직업 경력을 쌓았는데 예명은……"

"오오!"

두 연인도 모르는 사이, 그 순간 자정이라는 움직이는 축제가 씨베리아 침엽수림 지대로 굴러들어왔고, 자정은 새 시대를 깨우며 들어왔는데도 그 과정에서 아무것도 흩뜨리지 않았다. 무지와 희열 속에 다음 세기로 곤두박질치면서 거기서, 이 모든 것이 끝난 뒤에 월써는 자신을 분리하고 다시 재조합했다.

"잭, 언제나 모험을 좋아하던 남자는 염색한 금발 여자 때문에 써커스단과 함께 도망쳤고, 금발 여인을 처음 본 순간부터 그 여인이 하라는 대로 했다. 자신을 마모시켜 없애고 또 없앴으며 암호랑이와 춤을 추고 공연에서 구운 치킨 역할을 맡았고, 마침내 날 완전히 속인 교활한 늙은 남색가의 지도를 받아 더 고차원적인 형태의 사기술에 스스로 견습생으로 참여하게 되었다. 내게 일어난 모든 일은 삼인칭으로 일어난 것만 같다. 마치 내 평생 대부분을 내 삶을 바라보기만 했고 살지는 않았던 것 같다. 이제 머리에 받은 충격과 성적인 황홀경의 날카로운 떨림이 결합되어 알 수 없는 껍질을 깨고 나온 이 순간, 나는 이 모든 것을 다시 시작해야 한다."

깃털과 쾌락으로 질식할 지경인 상태에서도 여전히 한가

지 질문이 남아 그를 애타게 했다.

"페버스……" 그는 말했다. 어떤 육감이 들어 그녀를 쏘피라고 부르지는 못했다. 그들은 아직 그만큼 충분히 친밀한 사이는 아니었다.

"페버스, 물어볼 게 하나 있는데…… 전에 왜 자기는 온갖 방법을 써서 당신이 역사상 단 하나뿐인 날개 달린 완전한 처녀라고 믿게 하려 했지?"

그녀는 웃기 시작했다.

"그땐 내가 당신을 속인 거예요!" 그녀는 말했다. "세상에, 내가 속였다니까!"

그녀가 웃어젖힌 바람에 침대가 흔들거렸다.

"신문에 쓴 걸 믿어선 안돼요!" 그녀는 웃느라고 말을 더듬고 딸꾹대면서 그에게 확신을 주었다. "내가 당신을 속였다고 생각해봐요!"

그녀의 웃음이 창문을 빠져나와 움막 신당 밖에 있는 나무에 걸린 양철장식들을 흔들어 짤랑거리게 했다. 그녀가 어찌나 크게 웃었던지 무당의 사촌 집에 있던 아기도 그 소리를 듣고는 조그만 주먹을 공중에 흔들면서 즐겁게 웃었다. 비록 무당은 아기를 까르르 넘어가게 한 그 농담을 이해하지는 못했지만 곧 전염되어 낄낄대기 시작했다. 곰이 공명하듯 숨을 헐떡였다. 곰도 웃을 수 있었다면 웃었을 것이다. 무당의 사촌과 리지의 눈이 마주쳤고 둘은 폭소로 자지러졌다. 평화로운 순록가죽 침대에 있던 젊은 아기 엄마도 자면서 미소를 지었다.

페버스의 웃음은 마을의 모든 집 창문틀 틈 사이로 문틀의 갈라진 금 사이로 새어나갔다. 마을 주민들은 자신들의 꿈에 침투한 그 거대한 농담에 킬킬 웃으면서 침대에서 몸을 비틀었다. 아침이 되면 그것이 일으킨 웃음을 빼고는 그 꿈에 대해 그들은 아무 기억도 하지 못할 것이다. 그녀는 웃고, 웃고, 또 웃었다.

이 행복한 젊은 여자의 웃음은 원초적 야생의 자연으로부터 나선형을 그리며 솟구쳐올라 씨베리아를 가로질러 굽이치며 진동하기 시작한 것 같았다. 그 웃음은 R 기점의 철도 종점 거주민들의 잠자는 옆구리를 간질였고 마에스트로 집에 있던 음악의 대위법을 관통했으며 자유 여성 공화국의 일원들은 그 웃음을 상쾌한 산들바람으로 느꼈다. 하바로프스끄로 가는 흡연객차에 웅크리고 있던 커니 대령과 탈주범은 그 메아리를 듣고 만면에 수줍은 미소가 살그머니 번져가는 것을 느꼈다.

페버스 웃음의 회오리바람은 전 지구를 가로질러 굽이치며 진동하기 시작했다. 모든 곳에서, 살아숨쉬는 모든 것이 웃을 때까지 끊임없이 자기 아래 펼쳐지는 엄청난 희극에 대한 즉각적인 반응이라도 되듯이 말이다. 그게 아니면 마치 속임을 당하고도, 자신이 농담의 과녁인지 아닌지도 확실히 모르면서 그 또한 웃고 있는 여자의 남편에 대한 반응인 양 말이다. 마침내 웃음이 그칠 때까지 침을 튀겨대며 웃던 페버스는 월써 위로 몸을 구부리더니 그의 얼굴을 키스로 뒤덮었다. 오오, 그와 함께라서 그녀는 얼마나 즐거운가!

"내가 정말로 당신을 속였어요!" 그녀는 탄복했다. "세상에 믿을 건 아무것도 없다는 것을 보여주려고 그런 것뿐이거든요."

최근 앤젤러 카터(Angela Carter, 1940~92)의 작품이 우리말로 번역되어 쏟아져나왔다. 사실 카터의 발칙한 엽기 에로 환상 소설이 한국사회에서 수용될 수 있을지 자체가 의심스럽던 내게 그것은 아주 새롭고 신선한 현상이었다. 1, 2년 새에 『매직 토이숍』(1967), 『피로 물든 방』(1979), 『여자는 힘이 세다』(1990, 1992) 등 많은 번역본이 출간된 일은 초기 카터의 환상적 페미니즘 소설뿐 아니라, 여성적 관점에서 동화 다시 쓰기라는 작업까지 대중적으로 요구되고 또 수용되는 현상을 보여준다고 평가할 만하다. 그중에서 제임스 테이트 블랙 메모리얼 상을 받은 『써커스의 밤』(1984)은 『현명한 아이들』(1991)과 더불어 카터 최고의 수작이라 감히 말할 수 있겠다.

앤젤러 카터는 1940년 영국 런던에서 태어나, 브리스틀 대학에서 중세 문학을 전공했고, 브라운 대학교, 애들레이드 대학교, 이스트앵글리아 대학교에서 강의한 바 있다. 그녀는 포스트모던 페미니즘의 방식으로 동화와 민담, 고딕소설과 포르노그래피를 해체적 양식으로 차용한 여러 소설을 출간하여 '카터식 글쓰기' 세계를 확립하면서 영문학계에서 독자적인 위치를 만들어갔다. 특히 비현실적이고 초현실적인 요소를 현실적이고 사실적인 소설 맥락에 유기적으로 배치하여 비판적 사실주의와 마술적 리얼리즘을 적절히 융합했다. 그녀의 대표작으로는 『그림자 춤』(1966), 『매직 토이숍』, 『새로운 이브의 열정』(1977), 『피로 물든 방』, 『써커스의 밤』, 『현명한 아이들』 등을 꼽을 수 있으며, 1992년 폐암으로 세상을 떠나기까지 전후 영국문학의 작품 경향을 변화시키고 이후 미국의 여러 우화작가에게도 깊은 영향을 주었다.

『써커스의 밤』은 날개가 달린 아름다운 공중곡예사 여인이 실제인지 아니면 거짓인지의 진실을 밝히려고 써커스에 합류한 남성 신문기자의 이야기와 이들간의 사랑을 다룬 카니발적인 환상소설이다. 반면, 이 소설은 기형적인 거구에 곱사등 같은 날개가 달려 매음굴, 괴물 박물관, 유랑 써커스단이라는 풍진 인생을 겪는 여성노동자 페버스의 프롤레타리아 리얼리즘 소설이기도 하다. 또 한편으로 겉보기에는 객관적이고 합리적인 언론계의 지성인이지만 실은 자기 내부의 알조차 깨지 못하고 주어진 인생만을 살다가 새로운 삶의 양상에 눈뜨며 비로소 자아를 갖게 되는 동화의 주인공 잭 월써의 성장 드라마이기도 하다.

이 작품은 크게 3부로 되어 있는데, 각 부마다 화자가 다르다. 1부 '런던'은 페버스의 진실을 밝히려는 미국 기자 월써에게, 페버스와 양엄마 리지가 런던 동부의 빈민가 창녀촌에 버려진 업둥이의 성장기를 회고적 시선으로 재구성하는 이야기가 주축이 된다. 2부 '쌍뜨뻬쩨르부르그'는 그런 페버스의 진실을 밝혀보려고 써커스단의 유랑길에 동행한 신문기자 월써의 시선으로 실제 여정중 일어난 모험과 기담이 그려진다. 월써는 호랑이에게 맞서다 팔이 부러져 더이상 기사를 쓸 수 없게 되고, 무대에서 치킨맨 역할을 하다가 대취한 부포 대왕의 칼날에 진짜 죽을 뻔한 경험이 펼쳐진다. 3부 '씨베리아'는 그 써커스단이 기차 철로 탈선사고로 겪는 현실의 비현실적 사건사고들에 관한 이야기인데, 현실보다 더 환상적이고, 환상보다 더 현실적인 마술의 현실세계가 펼쳐지면서 여러 인물이 복잡한 관계로 얽힌다. 많은 이해관계를 가진 온갖 다양한 인물 유형의 카니발적 다성악과 혼성적 협주곡이 펼쳐지는 가운데 페버스와 월써는 새로운 재회로 새천년의 신인류의 장을 연다.

1부는 런던의 비너스이자 날개 달린 공중곡예사로 인기를 구가하는 페버스를 취재하는 월써의 질문에 답하는 페버스의 목소리로 그녀의 과거사가 펼쳐진다. 취재하면서 점점 더 미궁에 빠져 현실과 거짓을 완전히 구분할 수 없게 된 월써는 이 기삿감에 깊이 빠져들면서 결국 자신이 취재차 써커스단에 아예 합류하도록 편집장을 설득한다. 페버스는 병아리처럼 바구니에 버려진 채 런던 동부 빈민가 매음굴 앞에 버려졌고, 그 매음굴 관리 일을 하던 리지의 손에 이끌려 여섯 창녀들을 어머니 삼아 자랐으며, 사춘기가 되면서 날개가 발아하여 나는 법을 배우고 그 날개를 매개로 매음굴의 '처녀 창녀'라는 직업을 갖게 되었다는 믿지 못할 서사가 믿지 못할 시간의 흐름 속에 이어진다. 큐피드와 승리의 여신상을 연출했던 마 넬슨의 매음굴에서, 마담 슈렉의 괴물 박물관, 그리고 커니 대령의 써커스단에 합류하기까지의 믿을 수 없는 이야기가 페버스의 서술과 리지의 맞장구로 펼쳐진다.

　2부는 써커스단에 합류한 월써가 광대라는 직업을 받게 되면서 기자라는 자신의 원래 정체성과 광대라는 실제 행위 중에 형성된 정체성 가운데 방황하는 서사가 중심이 된다. 써커스단 입단 초기에는 취재를 하기 위해 위장 잠입한 기자라는 의식이 분명했지만, 호랑이에게 팔을 다치면서 기사를 쓸 수 없게 된데다 처음으로 사랑이라는 주관적 감정에 빠진 월써는 자신이 진짜 광대인지 아니면 기자인지 정체성에 혼란을 일으키게 된다. 월써를 중심으로 객관적인 양 펼쳐지던 이야기는 다시 페버스의 시점으로 전환되고, 영생을 꿈꾸던 이상주의자 로젠크로이츠보다 더 무서운 장난감 수집광 대공의 보석 공세로 치장된 위험한 초대에 응한 그녀가 목숨을 잃을 뻔한 위기상황을 가까스로 극복하여 씨베리아로 가는 써커스단 기차로 돌아오면서 2부는 끝이 난다.

3부에서는 난데없이 간접화법으로 페버스의 내면 진술이 펼쳐진다. 씨베리아 열차 전복사고로 현실이 현실성을 전복하는 상황이 펼쳐진다. 화자는 페버스로 바뀌지만, 중간중간 여러 새로운 여성인물들이 등장하면서 3인칭 관점이 등장하고, 다시 페버스의 1인칭 관점과 교차된다. 기차 폭발사고로 페버스의 날개는 부러지고, 월써는 기억을 잃은 채 둘은 서로 헤어진다. 열차 폭파범과의 대면 이후 리지와 방랑하던 페버스는 기억상실 이후 무당의 도제가 되어버린 월써와 우연히 재회하고, 드디어 서기 1900년, 20세기를 알리는 신새벽에 날개 부러진 천사와 무당이 된 기자 간에는 신인류를 꿈꾸는 현실과 환상을 넘나드는 사랑의 결합이 이어진다.

페버스는 두 번의 위기를 맞는다. 한번은 불로장생을 꿈꾸며 회춘의 제식으로 페버스를 죽이려 했던 로젠크로이츠의 집으로 팔려갔을 때이고, 다른 한번은 다이아몬드 목걸이에 눈이 멀어 희귀품 수집가 대공의 집 초대에 스스로 응했을 때이다. 첫번째 위기에서 페버스를 구해주는 것은 넬슨의 칼, 즉 남성적인 무기이지만, 두번째 위기에서는 남성의 쾌락을 이용할 줄 아는 매음굴에서 배운 쾌락 조절의 지혜, 즉 여성의 기지이다.

이 작품의 매력적인 특징은 상식의 전복, 이분법의 와해에 있다. 남자와 여자 간의 젠더 위계도, 사람과 동물 간의 종의 경계도, 지식인과 야만인의 지적 경계도 모호하거나 전복되어 있다. 190센티미터에 달하는 페버스는 남성적인 백조인간, 혹은 새 인간으로 아직 두려워하는 법조차 모르는 미숙한 월써를 내려다보고 희롱하기도 하며 때로 위압한다. 월써는 미국의 기자였지만 자신이 광대인지 아니면 닭인지 구분하지 못하게 되며, 무당과의 만남 이후 언어나 의식 면에서 무당에게 상당부분 동화된다. 한편 매음굴에서 식모로 일했던 리지가 씨베리아에서 만난 탈주범과 한 대화는 여느 정치철학자들의 학술토론만큼이나 진지하고 논리적이며, 페버스는 독서광 창녀로 지성적이고 과학적이다. 뚜쌩에게 입을 만들어주기까지 그녀의 과학자들과의 교류와 공헌은 신실하고도 학술적이다.

그러나 진지하고 논리적인 것만이 중요한 것은 아니다. 날개 달린 처녀 창녀인 줄 알았던 페버스는 날개도 부러졌고 처녀도 아니다. 처녀도 창녀도 심지어는 처녀 창녀도 아니니 이 세상에 믿을 것은 아무것도 없다. 백문이 불여일견, 보는 대로 믿는다는 서구 인식론의 기반을 뒤흔드는 그 발언을 하는 페버스의 폭발적인 웃음은, 원본과 모방본의 경계를 허무는 패러디의 웃음처럼, 자신을 바라보는 모든 시선을 돌로 만들어버리는 메두사의 웃음처럼 세계 방방곡곡에 울려퍼진다. 모든 이분법적인 개념과 대립항에서 의미를 추론하는 사유를 조롱하듯 말이다. 시각은 믿을 만한 것이 아니다. 보는 대로 믿는 것이 아니라 믿고 싶은 대로 믿는 것이 환상이 아닌, 진짜 현실이기 때문이다. 이 작품은 '보이는 대로 믿는' 것이 아니라 '보이는 대로 믿을 순 없는' 법이라고 주장하는 듯하다.

이 작품은 여성주의적이기도 하고 반여성주의적이기도 하다. 여주인공 페버스의 젠더 자체가 의심스럽기 때문이다. 페버스는 고아로 런던 동부 빈민가에 버려서 창녀들 손에 자랐지만 사춘기 때 날개가 생겨 '날개 단 천사'의 조각상 연기를 통해 첫 직장을 얻게 된다. 그러나 페버스는 거구의 장신에 엄청난 식욕과 장력, 그리고 좌중을 압도하는 카리스마에 쉿 소리 나는 콘트랄토나 바리톤 음역대의 목소리를 지니고 있어서 전혀 여성적이지 않다. 창녀들 속에 자라 천사 역할을 하는 처녀 노동자는 천사도 처녀도 아니다. 그녀는 런던 동부 빈민가 태생이라 코크니의 비너스, 혹은 런던의 비너스라 불리는 날개 달린 천사이자 괴물이다.

반면 월써는 페버스를 취재하기 위해 온 미국의 신문기자지만, 취재 과정에서 점차 자신이 맡은 역할인 광대가 되어간다. 광대로서 써커스에서의 역할은 인간 치킨, 혹은 치킨맨이다. 월써는 기자/광대 사이에서 혼란을 겪지만, 곧 닭/인간 사이에서, 또 신들린 무당/보통 기억상실증자, 제1세계 유럽의 백인/구획 불가능한 씨베리아의 원주민 사이에도 혼동을 일으킨다. 인간이 동물과 경계를 허물고, 신과 인간의 경계를 허물며, 제1세계적인 가치와 다른 세계의 가치가 중첩된다. 존재하는 것은 사랑의 몸짓 속에 발견하는 자아정체성과 경계를 허무는 웃음뿐이다.

월써가 인간이면서 동물의 경계 가까이 가는 사람이라면,

프로페서와 씨빌은 동물이면서 인간의 경계에 와닿은 인물이다. 프로페서는 침팬지이지만 또래 침팬지 중에 영리하고 민첩하며, 침팬지들의 교수일 뿐 아니라 인간의 계약서에도 능통하고 사업가 커니 대령의 수완을 능가한다. 그는 인간보다 더 영리한 원숭이라서 인간을 실험대상으로 쓰기도 한다. 또 씨빌은 원래 아폴론을 모시던 쿠마에의 무녀 이름을 딴 돼지인데, 원래 무녀 씨빌은 아폴론에게 소원을 빌면서 청춘을 말하는 것을 잊고 모래알 수만한 수명만 빌려서 예언력은 뛰어나나 비루하고 노쇠한 육신이 쪼그라들어 망태기에 달리고 독 속에 갇혀도 죽지 못하는 축복 혹은 저주를 받은 신녀이다. 씨빌은 돼지이지만 써커스단에 합류하는 사람들의 운명을 점치고 인간보다 나은 신녀로서의 예지력을 보인다.

작품을 통해 가장 많이 변모하는 인물은 미뇽과 삼손이다. 고아 미뇽은 멍키맨의 학대를 받아 매를 맞으며 써커스단을 떠돌다가 쏘울메이트 아비씨니아 공주를 만나 자신의 음악적 예술성을 발견하고 공주와 함께 새로운 삶을 시작한다. 그녀의 노래와 공주의 피아노가 만나 시대와 지역을 가로지르는 완벽한 예술을 구현하는 것이다. 반면 미뇽의 연인이자 무대 위 파트너인 차력사 삼손은 강력한 남성성을 자랑하지만 공연중 호랑이에게 습격당한 위기에서 혼자만 줄행랑치는 비겁한 모습도 보인다. 강인한 남성으로 군림하던 그는 나중에는 미뇽과 공주의 뒤를 따르는 대단히 수동적이고 유순한 인물로 변모해 남성성/여성성이 능동성/수동성이라는 프로이트식 도식을 전복한다. 성차는 문화적으로 구성되는 것이다.

한편 미뇽의 남편 멍키맨은 원뜻인 공처가란 의미가 무색하게 여자 때리기를 일과로 삼는 프로페서의 친구이자 침팬지 조련사인데 여자를 능욕할 목적으로 미뇽을 꼬셔내는 데 성공한 뒤 미뇽의 몰락의 주원인이 된다. 그는 침팬지들과의 삶으로 생업을 유지한다는 의미에서 멍키맨, 혹은 무슈 라마르끄라고 불린다. 이 이름이 용불용설을 제창한 프랑스의 진화론 생물학자 장 바띠스뜨 라마르끄와 같다는 점은 대단히 아이러니컬하다. 술고래 멍키맨이 술을 마시면 마실수록 침팬지들은 더욱 그를 무시하기 때문이다. 거기엔 침팬지에서 인간으로의 진화론을 주장하기 위해 인간이 침팬지들을 조련한다는 의미도 있지만, 인간도 경우에 따라서는 지적 능력이나 도덕적 의식이 침팬지만도 못하다는 경고도 들어 있다. 씨베리아 벌판에서 장렬한 최후를 맞기까지 폐렴감염을 불사하고 코로 들이마신 눈으로 불을 끄는 코끼리들의 모습도 보통 인간은 줄 수 없는 비장미를 준다.

이 책은 원래 예정보다 일년 이상 늦어졌다. 생각할 거리가 복잡하게 많은 반면 가볍고 즐겁게 읽혔던 경험 때문에 흔쾌히 수락한 번역이 생각만큼 가볍지도 즐겁지도 않게 진행되자, 갈수록 무거운 짐이 되어갔고 마치 페버스의 어깨에 올려진 혹덩이처럼 무겁게 나를 짓눌렀다. 앞으로 소설 번역은 다시 하지 않겠다는 다짐도 수차례 했고 중간에 포기할까

고민도 했다. 무엇보다 오랜 기간 기다리며 격려해준 창비 출판부에 감사드린다. 또 그리스, 라틴어에서 19세기 영국식 영어까지 신화와 성서를 넘나드는 복잡한 인명과 지명의 꼼꼼한 교열을 맡아, 오역과 모호한 문장을 다듬어준 편집진에게 특별히 감사드린다.

『써커스의 밤』은 다양한 인물들의 복잡한 이야기가 실타래처럼 얽혀 있는 다성악적 카니발 소설이지만, 무엇보다 페버스와 월써의 사랑 이야기이다. 강력한 카리스마를 지닌 거구의 공중곡예사 페버스와 객관적 진실만을 신봉하는 신문기자 월써 간의 사랑이 새로운 세기를 빛낼 신세기의 사랑, 신인류의 탄생 가능성으로 제시된다. 이들의 정신적, 육체적 결합은 진실/허구, 처녀/창녀, 남성성/여성성, 인간/동물, 이성/감성, 객관성/주관성의 이분법을 폭발적으로 허무는 패러디적 웃음으로 온 세계에 울려퍼진다. 보는 그대로 믿지 마시길! 보이는 것은 믿을 수 없으니 여러분의 찬란한 상상력을 발휘하시길! 어쨌거나 이 작품은 날개 달린 공중곡예사와 무당이 된 기자의 환상적이고 낭만적인 신세기의 사랑 이야기이다. 믿거나, 아님 말거나.

2011년 겨울
조현준

써커스의 밤

초판 1쇄 발행/2011년 2월 25일

옮긴이/조현준
펴낸이/고세현
책임편집/황혜숙
펴낸곳/(주)창비
등록/1986년 8월 5일 제85호
주소/413-756 경기도 파주시 교하읍 문발리 513-11
전화/031-955-3333
팩시밀리/영업 031-955-3399 편집 031-955-3400
홈페이지/www.changbi.com
전자우편/literat@changbi.com
인쇄/상지사P&B

한국어판 ⓒ 창비 2011
ISBN 978-89-364-7200-9 03840